LA NUIT DES GROENLANDAIS

W0244040

JANE SMILEY

La Nuit des Groenlandais

ROMAN TRADUIT DE L'AMERICAIN
PAR PHILIPPE DELAMARE

LAFFONT

Titre original :

THE GREENLANDERS

Alfred A. Knopf, Inc., New York

© Jane Smiley, 1988.
© Editions Robert Laffont, S.A., 1989, pour la traduction française.

Ce livre est dédié avec tendresse à Elizabeth Stern, Duncan Campbell, Frank Ponzi, et à la mémoire de Knud-Erik Holm-Pedersen.

Il a été conçu en 1976 et 1977, lors d'un séjour en Islande facilité par une bourse Fulbright-Hays d'études à l'étranger.
Que ce programme trouve ici l'expression de ma reconnaissance.

þar munu eftir
undrsamligar
gullnar töflur
í grasi finnask,
þærs í árdaga
áttar höfðu.

Ils trouveront ensuite les pièces du jeu d'échecs,
merveilleuses et dorées dans l'herbe,
juste à l'endroit précis où jadis les dieux les avaient abandonnées.

Völuspá
(Les paroles de la prophétesse)

LISTE DES PERSONNAGES

LES GENS DE LA FERME DE GUNNAR
ET LEUR FAMILLE

Asgeir Gunnarsson, un riche paysan.
Helga Ingvadottir, sa femme, née en Islande.
Margret Asgeirsdottir, leur fille, née en 1345.
Gunnar Asgeirsson, leur fils, né en 1352.
Birgitta Lavransdottir, sa femme, née en 1357.
Leurs filles : *Gunnhild Gunnarsdottir,* 1374.
Helga Gunnarsdottir, 1376.
Astrid Gunnarsdottir, 1381.
Maria Gunnarsdottir, 1384.
Johanna Gunnarsdottir, 1386.
Leur fils : *Kollgrim Gunnarsson,* 1378.

Hauk Gunnarsson, frère cadet d'Asgeir.
Thorkel Gellison, cousin d'Asgeir.
Jona Vigmundsdottir, sa femme.
Leurs fils : *Skeggi, Ingolf, Ogmund, Ofeig.*
Olaf Finnbogason, fils adoptif d'Asgeir.

LES GENS DE LA FERME DE KETIL

Ketil Erlendsson, autre riche paysan, voisin et rival d'Asgeir
Sigrun Ketilsdottir, sa fille, mère de Ketil l'Infortuné.
Erlend Ketilsson, son querelleur de fils.
Vigdis, femme ou maîtresse d'Erlend.

Thordis, fille de Vigdis.
Leurs fils : *Geir, Kollbein, Hallvard, Jon Andres* (né en 1374).

LES GENS DE GARDAR (prêtres)

Ivar Bardarson, Norvégien assurant l'intérim de l'évêque de Gardar.
Evêque Alf, évêque de Gardar, originaire de Stavanger, en Norvège.
Sira Jon, prêtre, neveu d'Alf.

Sira Petur, prêtre ordonné à la hâte en Norvège après la « mort noire ».

Sira Pall Hallvardsson, autre prêtre de l'entourage d'Alf, aux origines à la fois islandaises et flamandes.

Sira Audun, Groenlandais nommé prêtre mais pas ordonné selon les règles.
Sira Eindridi Andresson, autre Groenlandais, cousin de Sira Audun, nommé prêtre mais pas ordonné.
Sira Andres, fils de Sira Eindridi.

Larus le Prophète, Groenlandais, ancien vacher.

LES GENS DE LA COLLINE DU SOLEIL

Ragnvald Einarsson, premier propriétaire de la Colline du Soleil.
Saint Olaf le Groenlandais, son petit-fils.

Bjorn Bollason, de Dyrnes, deuxième propriétaire de la Colline du Soleil.
Signy, sa femme.
Sigrid, leur fille.
Leurs fils : *Bolli, Sigurd, Hoskuld, Arni.*

ISLANDAIS

Bjorn Einarsson Jorsalfari.
Solveig, sa femme.
Einar, son fils adoptif.

Snorri, commandant d'un navire islandais.

Thorstein Olafsson, un conteur.

Thorgrim Solvason, un notable islandais.
Steinunn Hrafnsdottir, femme de Thorgrim.
Thorunn Hrafnsdottir, sœur de Steinunn.

NORVÉGIENS

Thorleif, commandant de navire, surnommé le Magnifique par les Groenlandais.

Skuli Gudmundsson, mousse sur le navire de Thorleif, devenu ensuite hirdmadr (garde) de Kollbein Sigurdsson.

Kollbein Sigurdsson, dernier représentant du roi de Norvège au Groenland, 1373-1376.

SOMMAIRE

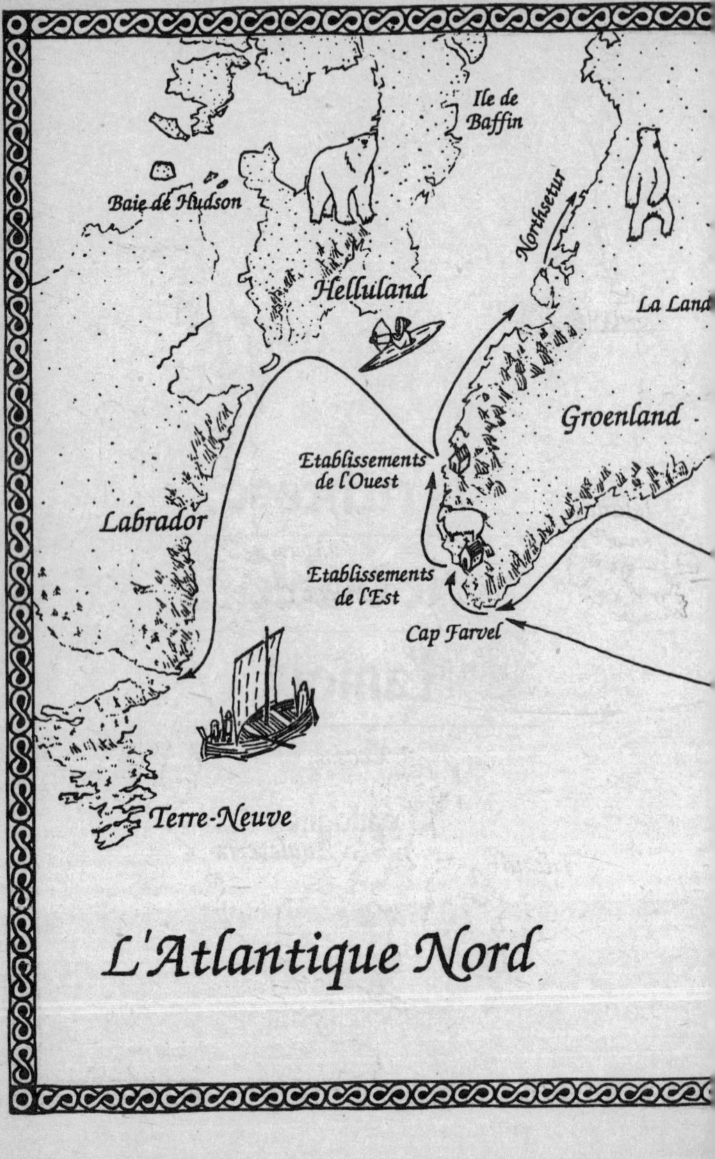
Ile de
Baffin
Baie de Hudson
Northsetur
Helluland
La Land
Groenland
Etablissements
de l'Ouest
Labrador
Etablissements
de l'Est
Cap Farvel
Terre-Neuve
L'Atlantique Nord

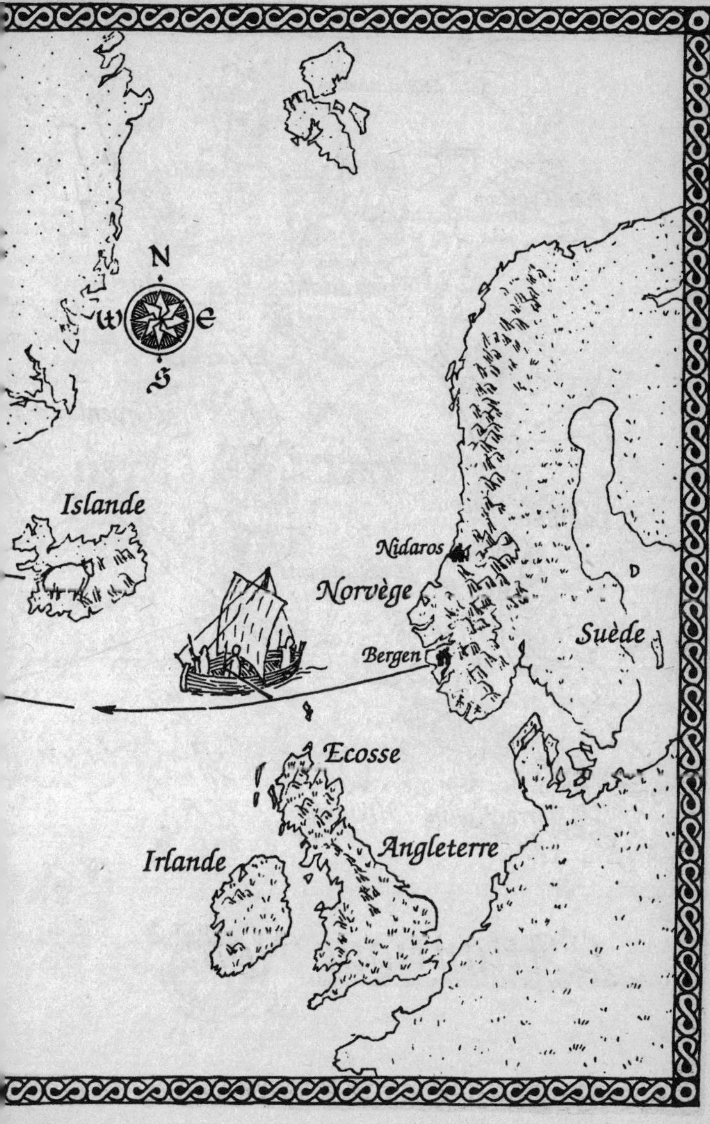
N
W
E
S
Islande
Nidaros
Norvège
Bergen
Suède
Ecosse
Angleterre
Irlande

Terre de Steinstraum
Brattahlid
Eglise de Thjodhilds
Terre de Eyvind
Colline du Soleil
Isafjord
Eriks Fjord
Gardar
Austfjord
Eglise de
Terre de Ketil
Eglise de Dyrnes
Eglise de Ste Birgitta
Einars Fjord
Dyrnes
Kambsteadfjord
Hvalseyfjord
Terre de Lavran
Terre de Hestur
Hreiney
Vers les établissements de l'Ouest

Les établissements de l'Est

LA RICHESSE

Asgeir Gunnarsson cultivait la terre de Gunnar dans l'Austfjord, près de l'église d'Undir Hofdi. Son pré clos était presque aussi vaste que celui de Gardar, où l'évêque absent avait son siège, et il possédait également un autre grand champ. Lorsqu'il reprit la ferme à la mort de son père, cet Asgeir-là jouissait parmi les Groenlandais d'une solide réputation d'orgueilleux. Jeune homme, il était parti pour la Norvège à bord du *knörr* du roi, et lorsqu'il revint sur la terre de Gunnar, deux ans plus tard, il ramenait une épouse islandaise, qui s'appelait Helga Ingvadottir. Celle-ci apportait avec elle deux tentures murales et une demi-douzaine de brebis blanches à la tête noire, ainsi que d'autres objets de prix. Et pour l'orgueil, disaient les gens, Asgeir avait trouvé en elle compagne digne de lui.

Asgeir construisit un enclos pour ces brebis d'Islande à l'extrémité de son second champ, et l'on apercevait cet enclos de la maison. Chaque matin, Asgeir aimait à se planter sur le seuil de la demeure pour regarder ses brebis paître l'herbe grasse de son pré, et lorsque Helga lui apportait son bol de lait caillé, il se tournait vers elle pour admirer sa savante coiffure et les fibules d'argent qui fermaient sa tunique. Ainsi contemplait-il son bonheur. C'est en ce temps-là que Helga Ingvadottir donna le jour à un enfant que l'on baptisa Margret, fillette robuste et tranquille qui faisait la fierté de sa mère.

Du seuil on voyait également la hutte en tourbe de Thorunn Jorundsdottir, qui, au milieu de son lopin, formait une petite enclave dans la terre de Gunnar, là où celle-ci jouxtait la propriété de Ketil Erlendsson, le plus proche voisin d'Asgeir. La vieille Thorunn ne possédait qu'une vache et une poignée de chèvres et de moutons. Pour améliorer son maigre ordinaire, elle allait mendier quelques provisions dans les fermes avoisinantes. Elle se complaisait aussi dans les commérages, et les gens du pays ne se faisaient pas prier pour lui prêter l'oreille, même s'ils ne l'avouaient pas volontiers.

Rien chez cette femme ne plaisait à Helga Ingvadottir : ni ses bavardages, ni sa quémanderie, ni la vue de sa masure à l'horizon, sans parler des fréquentes escapades de sa vache et de ses quelques chèvres et moutons parmi les troupeaux du domaine. Un jour, selon sa coutume, Thorunn vint à la terre de Gunnar gueuser quelques gouttes de lait fraîchement tiré. Helga, qui se tenait à la porte de la laiterie parmi les seaux écumants, repoussa sa requête parce qu'elle sentait depuis peu un autre enfant remuer en elle ; et nul Groenlandais n'ignore qu'une femme qui désire engendrer un garçon ne doit boire que du lait du jour. Thorunn parcourut du regard les pots bien remplis et s'en fut en grommelant. Le soir, quand Asgeir rentra manger sa viande du soir, Helga se plaignit amèrement de la vieille, tant et si bien qu'il dut lui imposer le silence.

Il semble bien, pourtant, que Thorunn avait jeté un sort à la terre de Gunnar, car peu de temps après un des chevaux d'Asgeir broncha sur un trou et se brisa la jambe, et il fallut l'égorger. Puis, lorsque les serviteurs eurent comblé le trou, un autre cheval s'y enfonça à son tour et se rompit la même jambe, et on dut l'abattre aussi. Ensuite, Helga Ingvadottir vint à terme, mais la naissance fut difficile et, si l'enfant vécut, la mère succomba. Cela se passait en l'an de grâce 1352, à en croire le bâton-calendrier de Gardar.

Asgeir appela l'enfant Gunnar, car il y avait toujours eu un Gunnar ou un Asgeir sur la terre de Gunnar depuis qu'Erik le Rouge avait baillé à son ami Hafgrim tous les alentours de l'Austfjord et le nord de Vatna Hverfi, le plus riche terroir de toute la Terre Verte, dont Hafgrim avait cédé une partie au premier Gunnar, son cousin. Le nouveau-né n'était ni particulièrement malingre ni particulièrement vigoureux. Une servante nommée Ingrid lui tint lieu de nourrice. Margret était alors âgée d'environ sept hivers.

Le petit Gunnar ne grandissait pas sans encombre : à l'âge où il aurait dû marcher, il parvenait tout juste à se dresser sur son séant, et lorsque arriva le temps de jouer avec les autres enfants autour de la ferme, Margret le portait toujours sur son dos dans une écharpe. Asgeir regrettait d'avoir prénommé le garçon Gunnar et parlait de le rebaptiser Ingvi.

Asgeir avait un frère appelé Hauk qui habitait aussi la terre de Gunnar. Hauk n'était pas marié et il affectionnait la chasse, le piégeage et la pêche sous toutes leurs formes. Il se rendait dans le Northsetur, très au nord des régions habitées de la côte occidentale, où les Groenlandais aimaient à traquer le morse, le narval et l'ours polaire, ces grands animaux que prisaient tant l'évêque et les navires dépêchés par l'archevêque de Nidaros et le roi de Norvège. Eté comme hiver, il courait ces contrées froides et désertes, et grâce à ses talents la terre de Gunnar ne cessait de prospérer. Il ne parlait guère et Asgeir disait que son cadet était capable de rendre une chasse à l'ours blanc aussi ennuyeuse qu'une journée de barattage. Beau et élancé, Hauk était le plus grand des deux frères. Asgeir l'engageait souvent à se trouver une épouse, mais Hauk ne tenait pas plus compte de ces suggestions que des autres. Dans le pays, son industrie lui avait gagné l'amitié de tous, et on ne lui reprochait même pas son indépendance, car les Groenlandais hantent les confins de la mer occidentale et savent comme il importe de savoir se débrouiller seul en toutes circonstances.

Un jour, Asgeir réunit un groupe d'hommes. A la brune, ils encerclèrent la petite ferme de Thorunn et invitèrent celle-ci à sortir. Lorsqu'elle parut, une écuelle à la main, marmonnant à son habitude, Asgeir dit qu'il était las de ses malédictions et il la tua de son couteau à tondre les moutons. Gunnar avait trois hivers. Et voilà qu'il se mit à marcher et à se comporter davantage comme les autres enfants. Aussi Asgeir ne parla-t-il plus de le rebaptiser Ingvi. Ce meurtre ne fit guère de bruit dans le pays. Thorunn avait une nièce, mère d'une petite fille, qui vivait à Petursvick, près du Ketilsfjord, loin dans le Sud, mais point de parent mâle pour la venger. Nul doute qu'elle avait jeté un sort à l'enfant, et ils furent nombreux à approuver la décision d'Asgeir, surtout Hauk Gunnarsson qui, en voyage dans l'Isafjord, n'avait pas assisté au meurtre. On enterra Thorunn près de l'église d'Undir Hofdi ; puis Asgeir fit raser sa masure par ses serviteurs et donna la vache et les moutons à Nikolaus, le prêtre d'Undir Hofdi, de même que tout le mobilier de Thorunn. Ainsi furent rectifiées les bornes entre la terre de Gunnar et la terre de Ketil, et du seuil de la ferme de Gunnar la vue ne fut plus gâchée par ce taudis. Asgeir se dit alors qu'il avait renoué avec la bonne fortune et il fut très content de lui.

Enfant, Margret aimait à parcourir les collines autour du domaine en quête de simples et de myrtilles, et la plupart du temps elle emmenait Gunnar. Elle le portait dans une écharpe car, à onze hivers, elle était grande et forte, bien plus grande qu'Ingrid et guère moins qu'Asgeir lui-même. Or il advint un jour, un an après le meurtre de Thorunn la sorcière, que Margret s'éloigna plus que de coutume et Gunnar, las de jouer parmi les ruisselets et les halliers de bouleaux, sombra dans un profond sommeil. L'heure de la viande du soir était passée depuis longtemps lorsque Margret ramena l'enfant endormi à la ferme, mais, loin de recevoir une sévère correction, elle trouva la maison déserte et silencieuse.

Ingrid la nourrice, conteuse s'il en fut, avait raconté à Margret bien des histoires sur les Skraelings et leurs méchants tours : quelle vie misérable menaient les petites filles enlevées par les Skraelings et emmenées dans le Nord, par-delà le Northsetur où Hauk Gunnarsson allait chasser le morse et le narval. Assise contre le mur de tourbe, Margret se disait que les enfançons de ces petites filles n'étaient jamais baptisés et se voyaient précipités dans les ténèbres de l'hiver et abandonnés aux éléments.

On battait ces fillettes si elles osaient prier et il leur fallait se soumettre à tout homme qui voulait d'elles. Jamais elles ne se baignaient et elles se vêtaient de peaux de bêtes ; à leur mort, elles ne recevaient point les derniers sacrements et passaient leur vie éternelle dans le froid et les ténèbres, en aussi démoniaque compagnie que les Skraelings. En vérité, il n'était pas inhabituel pour Margret de s'abandonner à semblables rêveries, qui la fascinaient autant qu'elles l'effrayaient. Peu lui importait qu'Asgeir se gaussât des contes d'Ingrid en assurant qu'elle n'avait jamais vu un Skraeling de sa vie (les Skraelings ne s'aventuraient pas auprès des fermes norraines, pas plus alors que jadis), ni que Hauk Gunnarsson fréquentât volontiers lui-même les démons, dont il admirait l'habileté à la chasse et les chaudes pelisses. En revanche, Margret avait entendu Asgeir et Ivar Bardarson — le prêtre qui avait la charge de Gardar en attendant l'arrivée du nouvel évêque — parler de ce qu'il était advenu des Etablissements de l'Ouest. Ivar Bardarson s'y était en effet rendu en bateau avec une poignée d'hommes pour trouver toutes les fermes abandonnées et tout le bétail mort ou enfui dans la lande. Et à plus d'une reprise elle les avait entendus évoquer les Skraelings. Elle se leva, sous prétexte de dénicher quelques bribes de poisson séché et de beurre pour Gunnar que la faim faisait pleurnicher, mais surtout pour inspecter les recoins de la maison. Il n'y avait personne, ni homme ni démon. Le crépuscule tombait. Elle se rassit et prit son frère sur ses genoux. Celui-ci se mit à manger et elle s'assoupit.

Les deux enfants furent réveillés par la lueur des torches et la voix tonitruante d'Asgeir.

— Eh bien, fit-il, voilà les seules personnes de tout l'Einarsfjord qui ne sachent rien de la grande nouvelle !

On le vit sourire à la lumière tremblante des flambeaux :

— Un navire est arrivé, ma fille, et, bien qu'il ne nous apporte point d'évêque, nous ne le renverrons pas nous en chercher un sans l'avoir d'abord déchargé.

La salle se remplissait : gens de la terre de Gunnar

mais aussi de la terre de Ketil, car l'événement était assez inhabituel pour que tout le voisinage ait envie d'en parler et d'échanger des conjectures. Les yeux grands ouverts, Gunnar s'assit sur le banc tandis que Margret, Ingrid et le servantes préparaient du lait caillé et d'autres rafraîchissements pour les hôtes.

— Pourtant, ce navire est venu seul et n'a même pas été mandé par le roi, fit remarquer Ketil Erlendsson.

— Ni par l'évêque, renchérit un des hommes.

— Mais il est assez grand pour que chacun de nous puisse y trouver quelque chose, souligna Asgeir. Assurément quelque chose dont nous ignorions le besoin jusqu'à présent, ajouta-t-il en riant.

Un homme brun, l'air acerbe, étrangement hirsute, que Gunnar n'avait encore jamais vu, prit la parole à son tour :

— Vous connaissez la nouvelle ? Le roi Magnus a cédé le trône au roi Hakon, bien qu'il soit encore vivant !

Il avait parlé avec colère, et le cousin de Gunnar, Thorkel, lui lança, avec un sourire narquois :

— Erlend Ketilsson, à t'entendre, on croirait que le trône aurait pu te revenir en d'autres circonstances.

Erlend Ketilsson. Gunnar avait entendu mentionner ce nom à maintes reprises, aussi écarquilla-t-il les yeux dans la lumière vacillante pour mieux l'observer. Comme si quelqu'un l'avait touché, le jeune homme se retourna brusquement et lui rendit son regard. Alors Gunnar leva les mains vers son visage et se pressa les joues pour faire jaillir ses yeux des orbites, puis il darda sa langue de toutes ses forces. Ce fut l'affaire d'un instant mais Thorkel le surprit et éclata de rire. Erlend se renfrogna.

— Ce ne seront pas les seules nouvelles, ni les pires, vous pouvez m'en croire, dit Ketil.

— Peu de marchandises et de mauvaises nouvelles, ajouta Asgeir, mais ça me va. S'il n'y a rien d'autre, il faudra bien s'en contenter.

Les hommes hochèrent la tête, finirent leur lait caillé et prirent congé.

Le lendemain, tous les Groenlandais affluèrent à Gardar pour apercevoir les Norvégiens et échanger les produits qu'ils amassaient depuis tant d'années. Le chef des marchands, un homme de Bergen appelé Thorleif, semblait toujours hilare. Il éclata d'un rire retentissant en voyant ce qu'apportaient les Groenlandais : peaux de phoque, défenses de morse et pièces de tissu de fabrication domestique, piles de peaux de mouton et de renne, et longues défenses torsadées de narval. Il s'approcha d'eux, les dévisagea et s'esclaffa de plus belle. Les marins paraissaient trop réservés en comparaison et n'avaient presque rien à dire. Ils dévoraient les Groenlandais des yeux, en vérité, et restaient plantés comme des cruches sur l'esplanade de Gardar, à croire qu'ils n'avaient jamais vu une cathédrale, une étable ou un édifice comme la grand-salle de Gardar, ni de chèvres, moutons et bovins paissant les collines, ni chevaux dans leurs écuries, ni débarcadère, ni même de fjord avec les hautes montagnes sombres qui se dressaient tout autour. Lorsque Ivar Bardarson fit venir du fromage et du lait caillé, de la viande de renne bouillie et du phoque séché — un festin pour la plupart des Groenlandais —, ils considérèrent longuement ces provisions avant de se décider à manger.

— Tes hommes sont-ils de tels rustauds qu'ils n'aient jamais vu pareille richesse auparavant ? demanda Asgeir à Thorleif.

Et Gunnar crut que Thorleif allait s'étrangler de rire devant cette plaisanterie.

— Non, Groenlandais, finit-il par répondre. C'est ce qu'on leur a raconté sur votre pays. Certains disent que les Groenlandais sont tous un peu verdâtres et que c'est pour cela qu'on vous appelle Groenlandais [1]. Et d'autres assurent que vous vous nourrissez de glace et d'eau salée et qu'un tel potage vous suffit, maintenant que vous y êtes habitués.

Alors Asgeir s'épanouit en un large sourire.

— Il se peut, dit-il, que ces choses soient vraies des

1. Groenland : la Terre Verte.

hommes de Herjolfsnes, car ils vivent très au sud et font bande à part. Il faudra aller vérifier vous-mêmes.

— J'y songerai. Notre traversée n'a pas été si brève que je puisse rentrer cet été comme je l'espérais.

Thorleif regarda autour de lui et gloussa derechef.

— La plupart des gens ne se réjouissent guère à la perspective d'un hiver en Terre Verte, dit Asgeir.

— Mais peut-être se réjouissent-ils à la perspective de tous les récits qu'ils en feront jusqu'à la fin de leurs jours.

Les échanges s'engagèrent rapidement et il y eut peu de querelles. Des paysans arrivaient d'aussi loin que le Siglufjord et l'Alptafjord avec leurs marchandises, et Thorleif semblait toujours avoir davantage à proposer. Les gens de la terre de Gunnar n'étaient point en reste, car Asgeir avait élevé et tondu force moutons tandis que Hauk s'était rendu trois fois dans le Northsetur. La grande barque dans laquelle ils étaient venus à Gardar regorgeait de cordes en cuir de morse, de barils de graisse de baleine, de plumes, de duvet et de peaux. Lorsque Thorleif revint négocier l'achat de défenses, Asgeir le fit asseoir et lui offrit du fromage.

— Maintenant, capitaine, dit-il, goûtez-moi donc ça si vous croyez que les Groenlandais se nourrissent d'eau salée et de glace. Puis vous me conterez les nouvelles. Voilà maintenant une dizaine d'années que nous autres Groenlandais entassons toutes ces marchandises. C'est vous qui possédez les richesses véritables : les nouvelles des autres contrées.

— C'est une monnaie que vous regretterez peut-être de recevoir quand vous entendrez ce que j'ai à raconter.

— N'importe, dites toujours.

— Une grande peste ne vous a-t-elle point envahis, ici en Terre Verte ?

— Pas plus que d'habitude, mais il n'y a pas si longtemps que les gens des Etablissements de l'Ouest, chassés par les difficultés, sont venus s'installer ici parmi nous.

— La main de Dieu ne s'est pas apesantie trop lourdement sur vous ?

— Capitaine, la main de Dieu n'est jamais légère pour les Groenlandais, qui oserait le nier ?

Les deux hommes furent interrompus par une connaissance d'Asgeir, Lavrans Kollgrimsson, du Hvalseyfjord. Il passait dans le pays pour être aussi niais que bon, et Asgeir partageait ce sentiment. Il offrit un morceau de fromage à Lavrans.

— Voilà, fit Lavrans. Je viens pour cette affaire de peau d'ours, et je ne bougerai pas d'ici tant que ce Norvégien ne m'aura pas donné ce que je désire.

— Vieillard, tu es fou, répondit Thorleif. On m'a dit que tu avais eu toutes les peines du monde à obtenir cette peau et pourtant tout ce que tu en demandes, c'est une pièce de soie rouge. Ni moyeux de roue, ni poix, ni objets de fer.

— C'eût été une grande chose que d'expédier un ours vivant au roi de Norvège, comme le faisaient jadis les Groenlandais, mais l'animal est mort dans mon étable. Non sans avoir estropié un de mes serviteurs dans l'intervalle. Pourtant, je me suis mis en tête d'obtenir ce bout d'étoffe rouge, car personne ne possède rien de semblable dans tout le Groenland. Ma femme attend de nouveau un enfant, et elle a déjà perdu les trois précédents, ce n'est un secret pour personne. Peut-être que ça lui portera chance de faire flotter fièrement cette bannière au-dessus de sa chambre lorsque arrivera la délivrance. Personne ne me fera changer d'avis.

Aussi Thorleif accepta-t-il de céder à Lavrans Kollgrimsson, pauvre paysan d'une pauvre paroisse, la soie qu'il avait apportée pour l'évêché de Gardar. Les gens dirent que Lavrans avait obtenu une bien piètre récompense pour tout le mal que lui avait donné cet ours, mais Lavrans, comme toujours, ne prêta aucune attention à l'opinion de ses voisins. Or Osmund Thordarson, de Brattahlid, qui avait aussi une fourrure, grande peau dont il s'était contenté, qui plus est, de dépouiller la bête dans la forêt, reçut pour la sienne deux sacs de semence d'avoine, une hache en fer, un baril de poix et un couteau à la lame d'acier. Mais Osmund avait une chance proverbiale ; c'était un homme qui savait s'imposer en toutes circonstances. Le frère de sa mère, Gizur Gizursson, était le récitateur de la loi, mais tout le monde savait qu'Osmund connaissait mieux les lois que personne dans le district de Brattahlid.

Avec tout ce négoce et tous ces marchandages, ce ne fut guère qu'à la tombée de la nuit que Thorleif eut enfin l'occasion de livrer ses nouvelles. Et c'étaient, en vérité, d'étonnantes nouvelles. Car la colère de Dieu s'était assurément abattue sur les Norvégiens, et pas seulement sur eux, mais sur le monde entier, hommes, femmes et enfants, riches et pauvres, dans les campagnes comme dans les villes. C'était un tel fléau que nul n'en avait jamais connu de semblable : des familles en parfaite santé au moment du souper étaient mortes avant l'aube ; il y avait des districts où, dans l'ensemble des paroisses, toutes les âmes avaient péri en quelques jours, hormis quelque enfant ou vieillard. Les rues de Bergen étaient plus désertées pendant la saison des voyages, dit-il à Asgeir, qui s'y était déjà rendu, que jadis au cœur de l'hiver. Chaque marin avait perdu parents, enfants, épouse ou frère ; chacun avait vu les cortèges de pénitents se rendre de ville en ville, priant et réclamant l'aumône à grands cris. Thorleif avait vu le navire même qui avait apporté la mort, un petit bateau d'Angleterre arrivé dans le port de Bergen : tout l'équipage portait les stigmates de la mort et bientôt tous étaient morts, puis les gens de la ville se mirent à trépasser à leur tour. Certains s'enfuirent, mais la peste les suivit jusque dans la dernière vallée et le dernier fjord. Et il y avait pire : puits empoisonnés et gens brûlés sur le bûcher, prêtres trouvés morts sur leur autel et cadavres jonchant les rues ; et personne pour les porter en terre ou dire une dernière prière sur eux. Rien de tout cela n'avait atteint les Groenlandais ? Non. Les marins s'en étonnèrent, mais c'était au tour des Groenlandais de rester muets, et ils rentrèrent chez eux et méditèrent ces nouvelles pendant bien des jours.

Ivar Bardarson, qui était un grand ami d'Asgeir, trouvant que Thorleif était d'un commerce agréable, l'entraînait assez souvent à Vatna Hverfi pour rendre visite à

Asgeir, et celui-ci répondait bien volontiers aux questions du capitaine. Comment se faisait-il que les Groenlandais fussent aussi gros et gras ? L'abondance de viande de phoque. Comment faisaient-ils pour se passer de pain ? L'abondance de viande de phoque. Pourquoi leurs maisons comptaient-elles tant de pièces et de couloirs ? Pour être mieux chauffées par les lampes à huile de phoque. Pourquoi les chèvres et les moutons étaient-ils si grands et les vaches aussi petites ? Parce qu'il en avait toujours été ainsi depuis qu'Erik le Rouge avait amené les colons par bateaux entiers de la côte occidentale de l'Islande. Comment les Groenlandais se passaient-ils d'évêque ? Ils attendaient, et cela faisait dix ans qu'ils attendaient, depuis la mort du dernier évêque, Arni. Pourquoi les Groenlandais n'avaient pas de navires ? La loi du roi et le manque de bois. Ils n'avaient pas non plus de chats, de poulets ni de porcs, bien que certains fermiers élevassent une jolie race de limiers qu'admirait Thorleif. Les Groenlandais étant si pauvres en armes, comment s'y prenaient-ils pour chasser ? Même les meilleurs chasseurs, tel Hauk Gunnarsson, recouraient plus volontiers aux lacets et aux pièges qu'aux lances et aux flèches. Et ils n'avaient pas non plus d'épées, s'étonna Thorleif.

— Il y a d'autres manières de régler les querelles, lui répondit Asgeir, et pas plus que les autres hommes les Groenlandais ne préfèrent les accommodements pacifiques.

— Et comment avez-vous échappé à cette peste qui hante le reste du monde ? demanda Thorleif en plus d'une occasion.

Mais à cela Asgeir n'avait pas de réponse.

Quelques marins prirent leurs quartiers d'hiver dans le district de Vatna Hverfi et l'un d'eux, un garçon du nom de Skuli Gudmundsson, s'installa sur la terre de Gunnar. Il était très adroit et avait toujours dans les mains un morceau de bois ou de stéatite. Il orna le fuseau de Margret d'une tête grimaçante qui, dit Ingrid, était sacrilège et idolâtre. Pour Asgeir, il sculpta un ensemble de pièces d'échecs. Il n'avait pourtant pas grand-chose à raconter d'intéressant, car il avait vécu sur la ferme de son père, près de Bergen, jusqu'au jour même où il embarqua pour la Terre Verte sur le navire de Thorleif.

Il advint que l'automne, cette année-là, fut particulièrement faste pour Asgeir. L'herbe était haute dans les prés, il y avait beaucoup d'agneaux à tuer, Hauk rapporta tant de viande et de graisse de la chasse au phoque que les claies de séchage en ployaient sous le poids ; aussi Asgeir annonça-t-il son intention de donner un festin de Noël en l'honneur du prêtre Ivar Bardarson, de Thorleif et de son cousin, Thorkel Gellison, qui venait d'entrer en possession de sa ferme dans le sud de Vatna Hverfi. Et il se trouvait qu'Asgeir n'avait pas donné de festin sur la terre de Gunnar depuis son retour, lorsqu'il avait célébré son mariage avec Helga Ingvadottir.

Un soir que Hauk, Ingrid et les autres membres de la maisonnée étaient rassemblés pour la veillée, Asgeir alla chercher dans la resserre un baril de miel qu'il avait obtenu de Thorleif en échange de deux défenses de morse. Les autres, qui somnolaient ou s'amusaient à des jeux de palet, se redressèrent, et Hauk dit :

— Je vois que nous ne sommes pas près d'en accommoder notre lait caillé.

— Effectivement, répondit Asgeir.

Et il mélangea tout ce miel, qui représentait une grande quantité, avec un peu d'eau et quelques mesures de myrtilles pourries, puis il le mit de côté.

Ingrid le regarda et dit :

— La confection de cet hydromel aura de funestes conséquences.

— Ce sera une bonne surprise pour Ivar Bardarson, répliqua Asgeir.

— Tu crois impressionner le capitaine avec le savoir des Groenlandais. Les Groenlandais courent toujours après les gens des autres pays comme si c'étaient des saints du paradis.

— Nous savons aussi bien que d'autres ce qui sied à un festin, et, si nous pouvons l'offrir, il est agréable de le faire.

— Au moins verrons-nous qui a la tête assez solide pour boire et qui ne l'a pas, fit remarquer Ingrid.

Hauk prit alors la parole.

— Les gens de la terre de Ketil seront-ils invités à la fête ?

— S'ils ne le sont pas, répondit Asgeir, Ketil se précipitera à la barrière pour compter nos hôtes à leur arrivée, en se disant qu'il compte ses ennemis. Il vaut mieux l'avoir à la maison pour le surveiller.

La terre de Ketil jouxtait la terre de Gunnar et nul n'ignorait qu'Asgeir et Ketil vivaient en mauvais voisinage et trouvaient toujours de nouvelles occasions de désaccord.

Hauk sourit et Asgeir lui lança un regard rapide, avant d'ajouter :

— Mon frère, j'ai l'impression que tu cherches une raison de t'absenter de cette réunion et de partir pour la lande, bien que ce soit le cœur de l'hiver.

— Il y a bien des occupations, je l'avoue, que je préfère à traîner à la maison avec une foule de gens, suffoqué par les lampes et par le bavardage.

— De toute façon, ce n'est pas dans la lande que tu trouveras une épouse, à moins que tu ne veuilles un fantôme ou une démone des neiges.

Hauk ne répondit pas.

— Une femme aurait honte d'aller avec un homme qui porte des peaux d'oiseau tout emplumées à même le corps, comme le font les Skraclings, intervint Ingrid.

— Et une vieille femme devrait avoir honte de remarquer les sous-vêtements d'un jeune homme, repartit Asgeir.

Et il rit joyeusement, car la perspective de sa fête le réjouissait vivement et il venait, lui semblait-il, de rendre joliment à Ingrid la monnaie de sa pièce après sa prédiction sur l'hydromel.

Puis arriva le jour de la fête, et, de Gardar et des autres domaines, l'on se rendit en foule à la terre de Gunnar. Margret était chargée d'aider au service mais aussi, naturellement, de surveiller Gunnar. Elle l'installa sur un banc en compagnie de Skuli et de Jona Vigmundsdottir, la femme de Thorkel. Margret était un peu intimidée par Jona, bien que celle-ci ne fût que de quelques années son aînée, d'abord parce que Jona était mariée, mais surtout parce qu'elle était née dans les Etablissements de l'Ouest. Ces gens étaient arrivés à bord d'une multitude de petits bateaux, serrant leurs chèvres et leurs moutons contre leur sein, assis sur ce qui subsistait de leurs richesses. Ils parlaient d'années et d'années de mauvais temps : pluie et gel tout l'hiver, vent et sable soufflé par le vent tout l'été, combats sur les terrains de chasse de Northsetur entre les Scandinaves armés de haches et les Skraelings munis d'arcs et de flèches. Maigres ils étaient arrivés, et maigres ils demeuraient pour la plupart, s'installant sur des fermes abandonnées dans le Sud ou se louant à Brattahlid ou à Gardar. Jadis, disait Asgeir, c'était dans la colonie occidentale que vivaient les riches Groenlandais, mais aujourd'hui pas même les attraits du Northsetur, où les hommes allaient chasser le narval, l'ours polaire et le morse, ne pouvaient compenser l'amenuisement du bétail dans les champs. Les hommes doivent manger du mouton et du fromage et boire du lait. Se nourrir d'animaux sauvages les transforme en démons. Maintenant seule une poignée des plus hardis, tel Hauk, s'aventurait dans le Northsetur, et la plupart des gens préféraient la lande orientale, bien que le gibier n'y fût pas aussi abondant.

Le seul fait que Jona se fût mariée à un âge aussi tendre trahissait son origine occidentale, car ces fermiers de l'Ouest étaient pressés de se débarrasser de leurs filles pour les expédier à d'autres tables que la leur. Gunnar était placé en face de Margret, et celle-ci posa un grand bol de lait caillé et une petite jatte de miel entre eux deux. Jona avait un fils, Skeggi, âgé d'environ deux hivers, qui était assis auprès d'elle. Gunnar passait son temps à faire des grimaces à l'enfant, et Skeggi, qui était un garçon hardi et provocant, ne faisait que rire de toutes ses facéties. D'autres jeunes gens de Gardar ne tardèrent pas à prendre place sur le banc, et, lorsque Margret leur apporta des bols de nourriture, ils dirent qu'ils s'appelaient Olaf Finnbogason et Halldor Karlson.

Halldor était un des passagers du navire, et Skuli et lui paraissaient enchantés de se retrouver.

Margret avait entendu parler d'Olaf, bien qu'elle ne l'ait jamais vu auparavant. Il était originaire de Brattahlid et, lorsque son père avait trouvé la mort pendant une chasse au phoque, sa mère l'avait envoyé à Gardar pour qu'il devînt prêtre. C'était un garçon paisible, trapu et de petite taille, à peu près de l'âge de Margret. Sa cuiller, qu'il sortit de son étui de manière plutôt furtive, était en corne du Groenland. Elle était aussi légèrement ébréchée. Les jeunes marins avaient des cuillers en bois et celle de Skuli, particulièrement belle, était sculptée dans du frêne de Norvège et s'ornait de grappes de raisin. Ce n'était pas la première fois que Margret l'admirait. Elle partit servir quelques nouveaux arrivants, puis revint s'asseoir auprès de Gunnar pour finir son repas.

Skuli et Halldor avaient nappé leur lait caillé de miel, et Halldor disait, à haute voix :

— Qui sont donc ces Groenlandais pour n'avoir jamais goûté de miel auparavant ?

Et de lancer à Olaf :

— D'après la couleur, tu croirais de la pisse de cheval, non ?

Olaf resta silencieux, le visage empourpré, et Halldor et Skuli éclatèrent de rire. Gunnar les imita. Margret versa un peu de miel sur son lait caillé en jetant à Olaf, de l'autre côté de la table, un regard d'encouragement, mais celui-ci l'ignora. Juste à ce moment-là, il y eut un grand remue-ménage, et l'on vit Ivar Bardarson sortir quelque chose du sac qu'il avait apporté. A en juger par la forme et la couleur, on aurait dit trois grosses pierres rondes. Rires et murmures parcoururent l'assemblée. Ivar Bardarson avait apporté du pain, une chose que la plupart des Groenlandais n'avaient jamais vue, car ils n'ont ni grain ni levain et accompagnent leur beurre de viande de phoque séchée. Asgeir se dressa en poussant un cri et ordonna à sa servante de présenter le cuveau. Ce fut un triomphe. Ivar et Asgeir s'étaient fait mutuellement une surprise pour la plus grande joie des invités. Les Norvégiens n'avaient pas bu d'alcool depuis six mois et certains des Groenlandais n'en avaient jamais goûté de leur vie, puisqu'il n'y a ni abeilles, ni raisin, ni orge en Terre Verte, où les hommes ne peuvent se désaltérer qu'avec de l'eau et du lait.

Lorsque Margret regagna sa place, Olaf était silencieux tandis que Jona évoquait la traversée avec Skuli.

— Combien de temps a duré votre voyage ? demanda-t-elle.

— Six semaines, d'après le bâton-calendrier de Thorleif.

— Est-ce long pour un tel parcours ?

— On était bien affamés quand on est arrivés ici, répondirent Skuli et Halldor avec un large sourire.

— Avez-vous eu des tempêtes ?

— Thorleif dit qu'il doit y avoir à chaque périple autant de tempêtes que peut en supporter le navire, expliqua Halldor.

Soudain, Olaf Finnbogason s'empara de la jatte de miel, qu'il vida entièrement sur sa viande.

— Ho, Groenlandais ! cria Halldor, assez fort pour attirer l'attention des autres tables. Tu as noyé ta viande dans la pisse de cheval sans nous en laisser une seule goutte !

Et il abattit son poing sur la cuiller d'Olaf, posée entre eux, la brisant en deux. Gunnar, puis Skeggi, et même Jona s'esclaffèrent devant l'embarras d'Olaf, qui s'empourpra jusqu'à la racine des cheveux. D'autres de sourire et de crier à leur tour. Margret se leva, mais elle ne savait vraiment pas quoi faire parce que toutes les cuillers de la maison étaient utilisées pour le service, et, d'ailleurs, la coutume voulait que chacun apportât sa propre cuiller. C'est alors que Skuli Gudmundsson s'exclama :

— Halldor, il faut toujours que tu joues les trouble-fête.

En disant ces mots, il glissa le pied sous la table et, d'un coup, fit tomber Halldor à la renverse. Puis, au milieu des rires et des acclamations, il poussa sa cuiller de frêne vers Olaf, en disant :

— Prends celle-ci, Olaf Finnbogason. Elle est taillée

dans un bois solide, sans compter qu'elle tiendra parfaitement dans ton étui.

Olaf murmura un remerciement et contempla la riche cuiller, sans toutefois la prendre.

Une grande effervescence s'était emparée de l'assemblée. Margret avait l'impression que tout le monde criait et elle ne fut pas étonnée quand Gunnar se hissa sur ses genoux pour s'y nicher craintivement. Partout, les hommes s'apostrophaient, souriaient, grimaçaient et se gargarisaient d'hydromel. Margret, qui l'avait goûté, le trouvait trop sucré. Asgeir avait le visage aussi fleuri et luisant que les autres, et Margret le voyait envoyer de grandes tapes dans le dos du capitaine. Jamais son père ne s'était comporté ainsi devant elle, et la jeune fille serra fortement Gunnar contre son cœur.

Ingrid vint alors chercher les enfants, y compris Jona, Skuli et Halldor, pour les emmener dans une autre pièce de la ferme où se trouvaient deux lits clos. Tous s'assirent sur le seuil des alcôves et s'apprêtèrent à écouter une histoire.

Ingrid entreprit de leur raconter une de ses meilleures, l'histoire de Thorgils, le fils adoptif d'Orrabein. Même Jona resta bouche bée en entendant l'aventure familière de Thorgils et de sa trentaine de compagnons, partis d'Islande à bord d'un grand knörr. Ils appareillèrent tard dans la saison pour plonger dans une terrible tempête, et les flots étaient si déchaînés que le ciel lui-même disparaissait du champ de vision, à moins de se coucher au fond du bateau en regardant droit vers le firmament. Deux esclaves furent emportés par les lames et un autre aurait subi le même sort si Thorgils ne l'avait empoigné par la chemise au moment même où la vague l'enlevait. Il advint que la tourmente dura bien des jours et bien des nuits, ce qui prouvait qu'il s'agissait d'une tempête magique, fruit d'une malédiction, et il est vrai qu'ils étaient maudits puisqu'ils échouèrent sur la côte orientale de la Terre Verte, loin des établissements, et que leur navire se brisa sur les bancs de glace. Avant le début de l'hiver, Thorgils et ses compagnons parvinrent à construire un abri et à tuer quelques-uns des nombreux phoques qui fréquentaient l'endroit, et, en vérité, ces phoques n'étaient pas des phoques parce qu'ils souriaient comme des hommes et s'approchaient tout près de l'abri. On entendait à l'intérieur les frottements et les claquements que faisaient les phoques en tournant sans relâche autour de la masure. Mais il faut que les hommes mangent, aussi mangèrent-ils la viande des phoques, bien que la vieille mère de Thorgils dît que c'étaient les âmes des marins noyés en mer. Cette année-là, nombreux furent les compagnons de Thorgils qui moururent de saignements, mais la femme de Thorgils donna le jour à un fils, qui reçut le nom de Thorbjorn.

Un jour, Thorgils envoya son intendant pêcher avec les esclaves pendant qu'il escaladait la banquise avoisinante pour voir où en était la glace. Lorsqu'il revint, l'intendant et les esclaves avaient disparu en emportant le canot du knörr et toutes les réserves de nourriture. La femme de Thorgils gisait sur un banc de l'abri, assassinée, et le bébé tétait le cadavre.

En entendant ces mots, et bien que tous les Groenlandais connussent fort bien l'histoire, car c'est une histoire vraie, les enfants poussèrent de petits cris et Margret frissonna.

Thorgils prit son couteau, se perça le sein et le donna à téter au nourrisson. D'abord, ce fut du sang qui coula, puis un liquide clair et enfin du lait, et Thorgils nourrit désormais son fils de la sorte et découvrit pour lui-même ce qui est possible en Terre Verte, où les gens doivent apprendre de nouvelles façons de faire ou mourir.

Le tintamarre s'était calmé dans la pièce commune et Ingrid dit que l'heure du coucher était largement passée. La salle de la ferme était sens dessus dessous : hommes et femmes dormaient çà et là parmi les bancs chambardés et renversés. Ingrid contempla la scène :

— Je serais bien étonnée que ce soit le seul désordre à réparer après cette orgie d'hydromel.

Quelque temps après, la nouvelle se répandit dans les environs que Sigrun Ketilsdottir avait été violée par un des hommes de Thorleif, Ragnar Einarsson, pendant la nuit du festin. Certains dirent que Ragnar n'aurait pas dû être le premier accusé, à en juger par le comportement passé de Sigrun, mais d'autres soulignèrent que les hommes de Thorleif ne se conduisaient pas tous comme ils l'auraient dû, et d'ailleurs les matelots sont ce qu'ils sont.

Il advint qu'un jour Ketil et son fils Erlend surprirent Ragnar dans le sud du district, où il avait pris ses quartiers d'hiver avec quelques Groenlandais ; ils l'entraînèrent sur la terre de Ketil, où ils le rouèrent de coups. Seule l'intervention de leurs serviteurs les empêcha de tuer le marin dans leur fureur, les obligeant ainsi à payer une compensation au lieu d'en recevoir une.

Bien que le carême fût déjà très avancé, Ivar Bardarson quitta Bardar pour se rendre à skis à la terre de Gunnar, et Asgeir et lui décidèrent ensemble qu'il fallait régler tranquillement l'affaire dans le district de Vatna Hverfi en évitant de la porter devant le Thing, où se jugeaient la plupart des conflits. Inutile de laisser cette querelle couver jusqu'en été, expliqua Ivar, car ce n'était pas un incident d'une telle gravité, même si Ketil risquait d'envenimer les choses. Ketil avait la réputation d'aimer les complications. Aussi les deux hommes partirent-ils le lendemain matin pour la terre de Ketil, de l'autre côté de la colline, et c'est ainsi que Ketil obtint quelque réparation pour le viol de sa fille : six gros moutons, six chèvres et trois bonnes vaches à lait d'Asgeir, puisque la boisson servie à sa fête était montée à la tête de Ragnar ; et, sur les marchandises invendues de Thorleif, il reçut aussi une petite quantité de semence d'avoine, un baril de poix et quatre essieux de fer. Ragnar put alors quitter la terre de Ketil pour regagner Gardar où, dirent certains, Thorleif devrait achever ce que Ketil et Erlend avaient commencé. Mais Thorleif se contenta de rire de la stupidité de Ragnar et en resta là.

Dès que la neige fondit et que l'herbe reverdit au printemps, Asgeir fit abattre le mur sud de la vacherie, et ses vaches furent transportées dans son pré clos. Il ne restait plus une seule botte de foin ce printemps-là, mais l'herbe était précoce et certaines des bêtes les plus jeunes parvinrent à se mettre debout dès qu'Asgeir et Hauk les posèrent sur le sol. Les autres n'étaient pas aussi vigoureuses, mais Asgeir dit qu'en mangeant elles seraient bientôt sur pied, et il chargea Gunnar et quelques autres garçons de couper l'herbe humide pour l'apporter aux animaux les plus maigres. Quatre jours plus tard, toutes les vaches à l'exception d'une vieille étaient sur pied et pâturaient dans le champ. Ce n'était pas une perte bien grave pour un hiver, d'autant plus que les chèvres et les moutons avaient bien résisté aussi, sans même souffrir de maladies. Skuli Gudmundsson dit que son père, comme d'autres paysans de sa région de Norvège, n'était pas partisan de murer les vaches pour l'hiver, et Asgeir fut étonné d'apprendre cela, parce qu'il est bien connu chez les Groenlandais que non seulement l'herbe d'hiver ne convient pas à la nourriture des vaches, mais que la lumière hivernale aveugle les animaux les plus fragiles. Skuli déclara qu'il n'avait jamais rien entendu de tel.

Margret était très attachée à son oncle, Hauk Gunnarsson, et ce printemps-là, comme Hauk ne partait pas souvent dans la lande, ils passèrent beaucoup de temps ensemble dans les collines au-dessus de la ferme. Ils étaient d'un tempérament semblable et il leur arrivait parfois de s'absenter une journée entière sans échanger un seul mot. Au grand soulagement de Margret, car la nourrice Ingrid la pressait sans cesse de parler ou d'adopter des manières plus douces : elle ne tarderait pas, en effet, à vouloir un mari, et il est bon d'acquérir au plus tôt des habitudes amènes.

L'habileté de Hauk à la chasse était légendaire chez les Groenlandais et plus d'une fois Asgeir s'était écrié en plaisantant qu'il se garderait bien d'examiner de trop près les tours des Skraelings que son frère avait pu adopter. Qui savait ce qu'un chrétien pouvait apprendre de ces démons du Nord ! Margret ne posait pas de questions non plus, mais elle l'observait avec une vive curiosité, aussi discrètement que possible, chaque fois qu'il posait un lacet ou un piège, chaque fois qu'il tâtait une plante, ou la cueillait pour la mettre dans sa poche. Elle imitait sa démarche glissante, calme et silencieuse, tout comme son immobilité absolue lorsqu'il s'arrêtait pour écouter le bruit d'un lièvre ou d'un renard dans les broussailles. Elle l'avait déjà vu se pencher soudain pour saisir un lièvre par la patte ou un renard par le cou, mais il dénigrait ses propres talents. Les Skraelings, disait-il, peuvent rester immobiles comme une pierre au-dessus du trou de respiration d'un phoque, parfois pendant deux jours et deux nuits, et même alors ils sont encore capables de sentir le phoque remonter à la surface sous la banquise et de lancer soudain un harpon pour le tuer. Un Skraeling savait marcher sur la glace d'un fjord si doucement que les phoques qui nageaient dessous ne l'entendaient pas, aussi attentifs fussent-ils.

— Peut-être bien que nous autres Groenlandais, avec nos moutons et nos vaches et nos grandes églises de pierre, ne sommes pas aussi fortunés que nous le croyons, et que les Skraelings, avec leurs chiens hurlants et leur errance perpétuelle, ne sont pas aussi misérables que nous l'imaginons.

Et c'est tout ce que Margret l'entendit jamais dire sur la question.

Un jour, le mousse Skuli vint voir Margret pour lui donner une cage à oiseaux qu'il avait faite avec des brins de saule, et il lui dit seulement que son oncle lui avait demandé de la fabriquer en lui indiquant de quelle forme il la voulait. Margret le remercia de son travail. Lorsqu'il vit la cage, Hauk hocha la tête avec satisfaction, mais sans lui expliquer à quel usage il la réservait. Quelques jours après, alors que Margret courait les collines avec Hauk et qu'il disposait des pièges à lagopèdes, il fit une chose qu'elle n'avait jamais vu faire par quiconque : il saisit brusquement dans sa main une alouette perchée sur une branche de bouleau, puis il referma doucement son autre main sur l'oiseau et le mit dans sa poche. A son retour à la ferme, il le sortit de sa poche, toujours vivant, et l'enferma dans la cage de Margret.

— Maintenant, dit-il, lorsque l'oiseau chante pour toi, dis-toi que c'est ton oncle qui te raconte une histoire, car si j'avais pu choisir à ma naissance, c'est sous la forme d'un oiseau que j'aurais aimé vivre.

Puis Skuli retourna à Gardar, et il fit à Gunnar un

grand cadeau de départ, un cadeau tel que nul enfant n'en possédait de semblable dans les Etablissements de l'Est : le navire de Thorleif en réduction, avec six hommes à bord et une voile en *vadmal* gris qu'on pouvait hisser et amener, et Thorleif lui-même debout à la proue. Le minuscule capitaine avait la bouche ouverte, comme s'il riait. Skuli avait aussi un menu présent pour Asgeir, un petit phoque sculpté dans la stéatite, aussi doux, luisant et humide d'aspect qu'un vrai, dit Asgeir.

Thorleif et ses hommes s'affairaient à calfater et réparer leur bateau et à recoudre les déchirures de la voile, bien qu'il y eût encore beaucoup de glaces flottantes dans l'Eriksfjord. Thorleif, Asgeir et Ivar Bardarson parlèrent de l'hiver, comme il sied à des hommes qui se retrouvent pour la première fois au printemps. La grande demeure de Gardar avait été presque entièrement ensevelie par la neige qui n'avait cessé de tomber pendant les fêtes de Noël et un peu après.

— Ça n'a pas été trop terrible, conclut Ivar.

Thorleif écarquilla les yeux ; deux vieux n'étaient-ils pas morts de froid dans leur ferme de l'Isafjord, alors qu'il restait encore de l'huile de phoque dans les lampes ?

— Les gens de l'Isafjord, dit Asgeir, s'attendent au pire, et c'est ce qui leur échoit plus souvent qu'à leur tour.

Puis ce furent les fêtes de la Saint-Hallvard ; Margret avait alors douze hivers. Thorleif, malgré toutes ses proclamations, s'attardait à Gardar et ses marins hantaient toujours le district de Vatna Hverfi. Margret, dit Ingrid, devait cesser de vagabonder dans les collines pour se consacrer à son filage, à son tissage et à ces besognes auxquelles toutes les femmes consacrent leur vie. Sans oublier Gunnar. Asgeir fronça les sourcils. Il n'était pas question que Gunnar restât à traîner dans la maison, à raconter des histoires aux servantes ; il était temps qu'il se mît aux travaux de la ferme dont il était capable.

Plus question non plus que Gunnar dormît dans l'alcôve de Margret. Il pouvait partager le lit de Karl, un des jeunes serviteurs, ou coucher seul.

— Pas même les chiens ne dorment seuls, protesta Gunnar.

Mais il ne voulait pas dormir avec Karl, aussi s'étendait-il seul tous les soirs sur le grand lit orné de têtes de chevaux sculptées.

Un jour arriva le jeune Olaf Finnbogason qui avait débarqué à l'appontement de l'église d'Undir Hofdi, et Asgeir dit qu'il était venu pour apprendre à lire à Gunnar et que celui-ci pouvait partager son alcôve avec Olaf s'il le souhaitait. Et Gunnar saisit un petit plat de stéatite sur la table et le fracassa sur les pierres du mur, mais il ne fut pas puni, et tout le monde sortit de la maison. Et, lorsqu'il sortit à son tour quelque temps après, tous étaient au travail.

Olaf reçut d'Asgeir, en paiement, une chemise neuve, des bas neufs et des souliers neufs. On lui donna un lit, une place à table, une coupe et un tranchoir personnels. Il avait apporté la cuillère de frêne que Skuli lui avait offerte, ainsi que deux livres de Gardar. Pendant sept jours, il s'assit quelque temps chaque matin avec Gunnar pour lui montrer les livres. Mais Gunnar répliquait que c'étaient de bien misérables choses et il ne cessait de taquiner Olaf, lui suggérant de sortir, de manger quelque chose, de se servir à boire, tout plutôt que de déchiffrer des mots comme on le lui proposait. Asgeir finit par leur dire qu'ils pouvaient laisser les livres de côté pendant un jour ou deux. Ce jour-là, Olaf aida à répandre de l'engrais dans le pré clos tandis que Gunnar grattait le second champ pour y semer l'orge et l'avoine que Thorleif leur avait vendues. Tôt le lendemain, Asgeir découvrit à son réveil que les vaches avaient pénétré dans le pré clos, et les gens de la ferme passèrent presque toute la journée à rassembler les bêtes et à réparer la clôture de pierre. Après quoi, Asgeir déclara que la lecture était une distraction pour l'hiver, mais qu'Olaf n'avait pas besoin de retourner à Gardar tant que le vieux prêtre ne l'aurait pas réclamé.

Nul ne pouvait plus ignorer alors que Sigrun Ketilsdottir attendait un enfant de Ragnar Einarsson. Il se trouvait aussi que le troupeau de Ketil avait beaucoup souffert de la maladie pendant l'hiver, et cinq des six moutons qu'il avait reçus en compensation étaient morts. A ce propos, Erlend Ketilsson, qui aimait à vagabonder alentour et à mettre les pieds sous la table des autres, avait beaucoup à dire. Asgeir se bornait à hausser les épaules en montrant son propre troupeau, éclatant de santé. Beaucoup disaient que Ketil n'avait pas de chance avec ses enfants. Seul un heureux hasard avait jusqu'alors préservé Sigrun de la grossesse, et Erlend était un vantard qui ne cessait de se plaindre. Et pourtant, les gens trouvaient que Ragnar Einarsson aurait avantage à épouser Sigrun et à s'installer sur la terre de Ketil, voire à ramener la jeune femme en Norvège. Sigrun elle-même disait que « l'on vit dans la prospérité en Norvège aussi bien qu'au Groenland ». Mais Thorleif faisait remarquer qu'à sa connaissance aucun de ses marins n'était venu en Terre Verte pour trouver une épouse. Nul doute que Thorleif et ses hommes brûlaient d'entamer leur voyage de retour. Leur navire était entièrement réparé et prêt au départ, et Thorleif rassemblait les provisions et procédait à ses derniers échanges.

De temps à autre, les Groenlandais de tous les coins de la colonie orientale avaient coutume de se rassembler dans le Sud, à l'embouchure de l'Alptafjord, où les falaises regorgeaient au printemps d'oiseaux et d'œufs. Asgeir, quant à lui, était friand de ces œufs et goûtait fort cette occasion de bavarder longuement avec les gens du Sud. Ce printemps-là, pour la première fois depuis bien des années, il consentit à se rendre au ramassage des œufs et il déclara que Margret et Gunnar viendraient avec lui. Ils demeureraient chez Thord Magnusson dans le Siglufjord, près des sources d'eau chaude. Thorkel Gellison les accompagnerait aussi.

Les oiseaux nichaient dans l'île du côté de la mer. A l'ouest de cette île, dit Thorkel à Gunnar, se trouvait le Markland, la Terre des Forêts. L'océan, que Gunnar n'avait encore jamais vu, était bleu et profond, et il battait les falaises en grondant. Pas le moindre bouquet de bouleaux ni aucune autre végétation. Le soleil était haut et les falaises, d'une blancheur éblouissante, grouillaient de mouettes et de goélands. L'air retentissait de cris d'oiseaux et de bruissements d'ailes.

Gunnar portait en bandoulière un petit sac d'osier tapissé de mousse, et Asgeir, le tenant fermement par la main, le hissa vers les nids sur le rocher glissant. Devant eux, Kristin, la femme de Thord Magnusson, et ses deux enfants s'étaient dispersés sur la falaise. Kristin était très vive. Elle brandissait son panier en criant, puis se penchait pour ramasser dans le nid un ou deux œufs, qu'elle soupesait dans sa main et mirait dans le soleil. Elle en gardait quelques-uns et replaçait les autres dans le nid. Ceux-ci étaient trop vieux, expliqua Asgeir à son fils, les poussins avaient déjà commencé à se former à l'intérieur. Il en prit un, le soupesa, puis en brisa la coquille. Il y avait dedans une masse jaune où Gunnar distingua des pieds et un bec. Asgeir en ramassa un autre et le plaça dans la lumière pour Gunnar : aucune ombre ne se dessinait à travers la coquille translucide. Asgeir acquiesça et Gunnar le rangea dans son panier. Lorsque, quelque temps plus tard, Gunnar montra à son père qu'il avait récolté dix bons œufs, celui-ci le regarda et dit :

— Mon fils, s'il y avait chaque jour des œufs à ramasser, je pourrais peut-être nourrir pour toi quelque espérance.

Leur récolte terminée, Asgeir prit Gunnar par la main pour l'aider à descendre de la falaise. En dessous d'eux, une foule de barques venues de maintes autres fermes des Etablissements de l'Est étaient alignées sur la grève. Eparpillés sur le sable, les gens bavardaient et mangeaient. Enhardi par le compliment d'Asgeir, Gunnar s'écria :

— Père, est-il possible que tous ces gens soient groenlandais ?

— D'après les calculs d'Ivar Bardarson, il y a environ cent quatre-vingt-dix fermes rien que dans les Etablissements de l'Est, sans compter les gens venus depuis de l'Ouest. Ivar Bardarson parle d'écrire un grand récit des Groenlandais, pour que le monde entier sache exactement ce qu'il en est de nous.

— Alors Ivar Bardarson a appris à lire, comme Olaf ?

— Et à écrire d'une belle écriture et à faire des images pour orner ses paroles. C'est un bel art.

Gunnar médita tout cela en mangeant sa viande de phoque et son fromage.

Puis quelqu'un dévala la pente en criant qu'un groupe d'hommes avait cerné Thorleif et un de ses marins, qui ramassaient aussi des œufs sur les falaises, et menaçait de tuer les Norvégiens. Asgeir posa son plat et dit :

— Décidément, Ketil Erlendsson ne peut s'empêcher de traîner ses querelles avec lui partout où il va.

Et Asgeir, Thorkel, Thord et quelques autres empoignèrent ce qui pouvait leur servir d'armes et se précipitèrent à la rescousse du capitaine.

Quelques jours après, Ivar Bardarson se présenta sur la terre de Gunnar en compagnie de Thorleif. Le capitaine boitait et une large meurtrissure déparait son visage. Asgeir et Ivar l'installèrent à table et s'assirent à ses côtés. Thorleif ne riait pas.

— Mange ta viande, ami Thorleif, dit Asgeir, et écoute ceci. La femme continue de grossir et Ketil réclame davantage maintenant. Un baril de poix et deux essieux, ainsi que six autres moutons bien portants.

Thorleif s'agita sur son siège.

— Ragnar n'a pas reçu de compensation.

— Et je trouve pour ma part, ajouta Asgeir, que les échanges que j'ai faits l'été dernier me reviennent bien cher si j'y ajoute ces paiements de l'hiver.

— Néanmoins, Ragnar n'a rien reçu pour sa première correction, et voilà qu'il s'est fait battre de nouveau. Peut-être les Groenlandais ont-ils l'habitude de ces raclées. Il n'en reste pas moins que je ne donne pas mes marchandises en dédommagement pour le plaisir de me faire estropier. Et Ragnar est pour moi un homme précieux.

— Cette affaire est le prétexte de sombres manigances. Ketil guette le moindre tort imaginaire.

Thorleif haussa les épaules.

— On ne va pas tarder à s'en aller.

— Ketil n'est pas le seul à être furieux, intervint Ivar. Vos marins ont dévoré beaucoup de provisions cet hiver, et les gens aimeraient bien savoir ce que ça va leur rapporter.

Thorleif esquissa le geste de repousser son tranchoir, mais Asgeir le remplit de nouveau avec un sourire.

— Allons, ne vous faites donc pas prier, capitaine, dit-il.

Le lendemain à l'aube, alors que Thorleif dormait encore, quelques hommes commencèrent à se rassembler autour de la ferme. Ils arboraient des couteaux, des gourdins et d'autres armes, et discutaient sans faire de bruit. Lorsque Ingrid les vit en se levant, elle réveilla Gunnar et Margret et les entraîna dans l'étuve. Mais elle ne put empêcher Gunnar de regarder. Par bonheur, rien ne se passa. Lorsque Thorleif sortit de la maison pour se laver, il fit tranquillement face à la petite troupe et éclata d'un rire sonore. Les Groenlandais ne tardèrent pas à se disperser. Deux jours plus tard, Hauk Gunnarsson revint de la lande. Asgeir lui annonça que Thorleif, ses marins et une équipe de Groenlandais allaient se rendre dans la Terre des Forêts pour en rapporter du bois de construction : Ketil exigeait cette compensation supplémentaire, et nombre de Groenlandais brûlaient d'effectuer cette traversée qui n'avait pas été tentée depuis bien des années.

Ce voyage décidé, Thorleif retrouva sa bonne humeur : à raconter, cette expédition lui ferait un plus long usage encore qu'une visite en Terre Verte. Nul n'ignorait que dans le Markland les forêts abondaient en martes, ours bruns et autres fourrures convoitées, et Thorleif espérait bien y faire sa fortune. Le navire ayant été paré pour le retour en Norvège, il ne tarda guère à lever l'ancre. Nombreuses furent les barques qui l'escortèrent jusqu'à Herjolfsnes et nombreux les yeux qui virent les voiles rouges et blanches disparaître à l'horizon. Parmi les Groenlandais du voyage figuraient Hauk Gunnarsson, Odd, le frère de Thord du Siglufjord, Osmund Thordarson, qui s'était déjà rendu une fois dans la Terre des Forêts, Ketil Erlendsson et son fils Erlend. Mais il est juste de dire que tous les Groenlandais étaient tentés de partir, car tous avaient entendu parler des fameuses aventures de Leif Eriksson et des siens, et du paradis qui les attendait à l'ouest.

Un jour, vers le milieu de l'été, quelque temps après le départ du bateau, une servante de la terre de Ketil vint chercher Ingrid sur la terre de Gunnar. Sigrun Ketilsdottir arrivait à son terme et les femmes de la ferme ne se sentaient pas capables de réussir l'accouchement. Ingrid la suivit malgré l'animosité entre les deux domaines, et Margret l'accompagna.

La terre de Ketil était une grande propriété offrant nombre d'agréments. L'Austfjord léchait le bas du pré clos et l'on faisait une pêche excellente à deux pas de la demeure.

Le pré clos, par contre, était orienté au nord et chaque année reverdissait tardivement. Les chevaux de Ketil se montraient souvent rétifs, parce que, disait Asgeir, ils se nourrissaient d'algues marines. La terre de Ketil jouxtait également un domaine qui appartenait à l'église d'Undir Hofdi. Voilà pourquoi Ketil se tournait de préférence vers la terre de Gunnar lorsqu'il rêvait de s'agrandir, c'était du moins ce qu'Asgeir assurait volontiers.

Sigrun Ketilsdottir était livide et, hormis son ventre rebondi, aussi efflanquée qu'une vache à la fin de l'hiver. Elle gisait les yeux fermés entre les douleurs, et chaque douleur qui la tordait la laissait pantelante. Les femmes étaient assises autour d'elle. Ingrid s'approcha du lit, lui prit la main et dit :

— Ma petite Sigrun, je crois que l'enfant sera gros, car il t'a toute dévorée de l'intérieur. Mais il dormira bien et forcira vite dès qu'il sera né.

Sigrun acquiesça, puis une douleur l'emporta. Derrière elle, Margret entendit une des filles de ferme murmurer :

— Les esprits se sont emparés d'elle, et bien dormir et forcir vite, tout ça c'est des histoires.

Une autre femme ajouta :

— Cette petite qui vient d'arriver a plus de chair qu'elle sur les os.

Margret avait l'impression que le ventre de Sigrid pesait sur elle comme une baleine ; les femmes avaient beau la relever, la soutenir, Sigrun retombait sans force sous le poids. Elle avait ressenti les premières douleurs pendant le souper, deux nuits plus tôt, et avait perdu les eaux peu après. Margret glana du chuchotis des femmes qu'elles n'avaient guère d'espoir ni pour la mère ni pour l'enfant.

Mais Ingrid avait dans le canton la réputation de réussir les accouchements difficiles, et elle se mit à l'ouvrage comme le prescrivait la coutume. Elle défroissa le couvre-lit et la robe de Sigrun en veillant à ce qu'il n'y ait pas de nœuds dans ses vêtements. La porte et la fenêtre de la ferme étaient ouvertes et les femmes allaient et venaient tout en filant. De temps à autre, Ingrid présentait à la jeune fille en travail une chaude décoction d'algues broyées mélangées à quelques autres simples. Elle glissa un petit couteau sous la paille de l'alcôve, pour couper les douleurs. L'après-midi s'écoula et, vers l'heure du souper, Ingrid, en plongeant trois doigts dans le ventre de Sigrun, sentit la tête du bébé. Les servantes coururent chercher une peau de mouton propre pour recueillir l'enfant tandis qu'Ingrid faisait venir Nikolaus le Prêtre d'Undir Hofdi. Sigrun avait cessé de crier, bien que chacun pût voir les contractions sous sa robe. Mais celles-ci semblaient étrangères à la jeune femme aux yeux mi-clos. La bouillie d'algues, chaude et revigorante, dégoulinait des coins de sa bouche presque aussi vite que la servante la lui entonnait. Toutes les femmes exhalaient maintenant des soupirs. La nuit tomba. Le vieux prêtre Nikolaus arriva après son repas du soir et se planta près du lit en priant d'une manière qui ne laissait aucun doute sur le sort de la mère.

Les femmes soulevèrent Sigrun pour faciliter le passage du bébé ; elle n'avait plus aucune force. L'enfant naquit sur la peau de mouton et on l'enveloppa rapidement dans un lé de vadmal fin. Il n'était pas gros du tout, et il faisait peur à Margret, avec ses yeux obliques et les poils noirs qui lui couvraient tout le dos. Un sang rouge vif s'échappait de Sigrun en abondance, inondant sa chemise et la paille du lit ; puis elle mourut.

On confia le nouveau-né à Vigdis, une des filles de

ferme, qui avait eu un enfant à la fin de l'hiver, pour qu'elle lui donnât le sein, mais Vigdis dit qu'il ne savait pas téter, et, pour finir, les femmes durent lui faire avaler du lait de brebis en introduisant le tube d'une plume d'aigle dans sa petite bouche. Nikolaus le Prêtre baptisa le bébé Ketil et convint qu'il mourrait.

Mais il se trouva que l'enfant ne mourut pas, et Vigdis parvint à le gorger de riche lait de brebis. Qui plus est, il expulsa deux gros excréments noirs et, à tous égards, se mit à ressembler davantage à un enfant comme les autres. Vigdis et son propre bébé, Thordis, qui était gros et avenant, s'installèrent dans la demeure avec le nouveau-né. Trois nuits de suite, dit-on, l'esprit de Sigrun erra autour de la ferme et pénétra dans la maison pour s'emparer de l'enfant. Aussi Vigdis plaça-t-elle sa petite Thordis dans le berceau, et lorsque Sigrun posa les mains sur elle, Thordis cria de toutes ses forces et Vigdis sauta du lit et lutta avec l'esprit sur le sol en disant : « Sigrun, ton enfant a été baptisé au nom du Christ et il doit vivre. » Après quoi l'esprit de Sigrun abandonna la terre de Ketil, et partout on loua Vigdis pour son habileté.

Dans le Markland, entre-temps, les voyageurs se félicitaient de leur bonne fortune : des vents favorables, une chasse excellente et du bois en abondance dans les forêts sombres et denses. D'autant que les seules traces de Skraelings remontaient à au moins un an. Tous les soirs, les marins s'installaient autour de leur feu, et les Groenlandais autour du leur, mais ces feux n'étaient pas si distants que les deux groupes ne pussent échanger des paroles amicales ni répondre aux remarques les uns des autres. Les tranchoirs étaient si pleins de viande rôtie que les hommes ne pouvaient tout manger, et tous étaient satisfaits.

Un soir, Thorleif demanda quelle sorte d'êtres étaient ces Skraelings, et Osmund Thordarson, le seul à être déjà venu dans la Terre des Forêts, répondit qu'il n'avait lui-même jamais vu de Skraelings dans cette contrée, mais on racontait qu'ils étaient aussi vigoureux que féroces. Les premières expéditions vers la côte du Markland avaient vu force combats. Thorleif avait certainement entendu parler du célèbre périple de Karlsefni et des projets qu'on avait caressés alors de s'établir dans ce pays et d'y bâtir des fermes. Thorleif en ignorait tout. En bref, Karlsefni avait trouvé l'endroit riche et agréable — ainsi le bétail passait-il tout l'hiver dans les prés, puisqu'il n'y avait pas de neige —, mais au printemps les Skraelings arrivèrent à bord d'innombrables canots, en agitant des bâtons qui produisaient des sifflements assourdissants, et ils apportaient des fourrures, énormément de fourrures, qu'ils brûlaient d'échanger, surtout contre des tissus rouges, et, comme toujours avec eux, les Vikings avaient beau couper le tissu en morceaux de plus en plus petits, les Skraelings en offraient autant que pour les grands. Puis le taureau de Karlsefni surgit des bois en mugissant, et les Skraelings s'enfuirent, terrorisés.

Les Vikings s'esclaffèrent devant l'ignorance de ces démons, mais ils ne riaient plus d'aussi bon cœur lorsque les Skraelings revinrent trois jours après, et en grand nombre. En si grand nombre que l'eau était noire de bateaux, et cette fois ils agitaient leurs bâtons dans l'autre direction, et ils se ruèrent à l'assaut avec tant d'armes étranges, manipulées avec tant d'adresse, que ce fut au tour des Vikings de prendre leurs jambes à leur cou. Et pourtant, rappela Osmund à Thorleif, cela se passait au temps jadis, lorsque le fer n'était pas aussi rare et que tous les hommes portaient la hache, l'épée et jusqu'au bouclier.

Or il y avait parmi les Vikings une femme appelée Freydis, qui était la fille d'Erik le Rouge et la sœur de Leif l'Heureux. Elle se reposait dans sa cabane, et lorsqu'elle entendit le tapage, dit-on, elle surgit de l'abri pour hurler son mépris aux Vikings en déroute. Personne ne vint à son aide, aussi, bien qu'elle fût grosse et souffrante, entreprit-elle de les rejoindre. Les Skraelings se lancèrent à sa poursuite. Il se trouva qu'elle tomba alors sur le cadavre d'un des Vikings et, lui arrachant son épée des mains, fit face aux démons, qui étaient sur ses talons. Et elle déchira le haut de sa robe, dénudant ses seins, et se martela la poitrine du plat de son arme, sans cesser de hurler, si bien que les Skraelings, effrayés par ce manège, prirent la fuite.

Thorleif trouva cette histoire très amusante.

— Le fait est, reprit Osmund, que les Groenlandais n'ont cessé depuis de faire le voyage vers la Terre des Forêts, et que les Skraelings du Markland se sont toujours montrés aussi innombrables et imprévisibles qu'au début. Mais les Groenlandais sont devenus petit à petit moins nombreux et moins bien armés, aussi n'est-ce point une contrée où ils se sentent chez eux, bien qu'elle soit plus accueillante que leur patrie.

Hauk Gunnarsson prit alors la parole, et il dit que les Skraelings des landes de la Terre Verte n'étaient pas aussi féroces ni aussi étranges que ces Skraelings du Markland, mais il se faisait tard et les voyageurs s'enroulèrent dans leurs fourrures pour dormir.

Le lendemain soir, Osmund Thordarson prit à nouveau la parole.

— En vérité, la Terre des Forêts est riche, bien que sombre aussi. Et nous avons trouvé ici ce que nous cherchions.

Les hommes accueillirent cette remarque en silence.

— Mais rares sont ceux qui ont vu terre aussi belle que le Vinland qui s'étend au sud, ajouta Osmund.

— Il n'en demeure pas moins, fit remarquer Thorleif, qu'à perte de vue petites îles, passages étroits et récifs à fleur d'eau promettent une navigation difficile.

Repus de viande, les hommes restaient silencieux.

Alors Erlend Ketilsson se redressa et se pencha en avant vers la lumière du feu :

— Voilà des mois que l'on couvre ce Norvégien de compliments. Quel homme remarquable, quel beau navire, et toutes ces marchandises qu'il nous a apportées...

Il se tut et certains des Groenlandais posèrent leur bol sur le sable à côté d'eux.

— Mais surtout, reprit-il, quel merveilleux marin ! A en croire les gens, il pourrait faire passer son bateau par le chas d'une aiguille de Nuremberg, s'il le voulait. Et notre Thorleif se contente de se goberger et d'avaler ces louanges comme du lait caillé plein de baies.

Pendant un long moment, tous les hommes, tant Norvégiens que Groenlandais, restèrent silencieux, et le silence s'emplissait des sombres bruits de la grande forêt du Markland. Puis Thorleif éclata de rire à sa manière habituelle, mais si bruyamment et si soudainement que tout le monde sursauta. Mais il ne répondit rien à Erlend, et les hommes ne tardèrent pas à s'endormir.

Le matin, Thorleif dit :

— Si ce Vinland est si riche, peut-être que les pauvres gens que nous sommes voudront l'échanger pour Bergen, où tant d'Allemands se rendent, ou même pour Gardar, bien que, selon les Groenlandais, ce soit un petit paradis. Mais nous ne pouvons pas conclure semblable marché avant d'avoir vu ce fameux endroit, non ?

— Nous ferions mieux, à mon avis, intervint Odd du Siglufjord, de finir ici notre tâche et de regagner Gardar. Hier encore, nous nous trouvions riches, avec toutes les fourrures et le bois de charpente que nous avons rassemblés. Et ces histoires de Skraelings ne me donnent aucune envie de les rencontrer.

Thorleif regarda Hauk Gunnarsson, mais celui-ci ne dit rien. Aussi Thorleif répondit-il :

— Ce matin, nous sommes pauvres à nouveau. Nous sommes comme ces gens gorgés de viande qui apprennent qu'un festin encore plus fastueux les attend ailleurs.

— Nous n'avons vu aucune trace de Skraelings dans cette région, insista Osmund, et s'il est vrai que certains sont morts en partant à la découverte du Vinland, quels hommes serions-nous si nous n'allions pas nous en assurer de nos propres yeux ? On dit que l'herbe ondulante atteint la taille d'un homme et que les raisins sauvages ne sont que les meilleures de toutes les baies que l'on y trouve. La côte abonde en poisson et en coquillages de toutes sortes et les troupeaux de rennes défilent pendant des jours entiers. Sans compter que tous les bois nécessaires à la construction d'un navire poussent au même endroit.

— Leif l'Heureux a découvert le Jardin d'Eden et nul ne peut le nier, ajouta Erlend.

— Jamais prêtre n'est allé en personne dans le Vinland, riposta Odd. Ils n'ont jamais dépassé la Terre des Forêts, et il est donc difficile de dire s'il s'agit du Jardin d'Eden.

Thorleif regarda Hauk derechef, et cette fois Hauk lui rendit son regard et dit :

— J'aimerais y aller voir.

Alors ils rangèrent le bois en piles et enterrèrent les fourrures pour les soustraire aux charognards. Puis ils levèrent l'ancre et, le premier jour, la navigation fut aisée et rapide. Le lendemain, cependant, une tempête éclata si brutalement qu'ils n'eurent pas le temps de gagner la côte et se retrouvèrent pris au piège des îlots et des récifs pleins de traîtrises. La tourmente fit rage une partie de la nuit, et le bateau heurta nombre de rochers qui éventrèrent et fendirent sa coque. Le mât se rompit, tuant sur le coup Ketil Erlendsson et un marin, Lavrans à la barbe noire. La vigie tomba à la mer et se noya, tandis qu'un autre matelot était précipité par une lame contre le bordage avec une telle violence qu'il eut le bras brisé.

Après cette mésaventure, la paix ne régna plus à bord. La vigie était un homme à la vue perçante et fort aimé de ses camarades. Quant à Lavrans, il comptait plusieurs parents dans l'équipage, et sa mort ne leur plut guère. Ketil, dirent les marins, avait été puni pour avoir manigancé ce maudit voyage dans le Markland et, avant tout, pour avoir élevé une fille aussi légère. Erlend, disaient-ils, n'était qu'un trublion et cela ressemblait bien aux Groenlandais de se laisser influencer par un tel personnage. Thorleif ne mit pas le holà à ces controverses, il se contenta de dire :

— Je ne suis pas le premier à rencontrer le malheur en cherchant fortune.

L'endroit était richement boisé et les naufragés n'eurent pas de difficultés à trouver les matériaux nécessaires aux réparations. Tandis que les marins vaquaient à cette occupation, les Groenlandais assemblèrent un grand tonneau qu'ils remplirent d'eau ; puis ils démembrèrent les cadavres et entreprirent de faire bouillir les os pour en détacher la chair, afin de les rapporter à Gardar et de les y enterrer en terre consacrée. Deux marins explorèrent la côte, mais le corps du noyé ne reparut pas, aussi un des Groenlandais sculpta-t-il un bâton commémoratif orné de runes qu'il joignit aux os à ensevelir dans le cimetière. Lorsque le navire fut réparé, les Groenlandais et les matelots n'avaient plus grand-chose à se dire.

Thorleif longea la côte en direction du nord, relâchant de temps à autre pour chasser ou pêcher, mais toute vie semblait avoir disparu, comme par une malédiction. Quand, au bout de six jours, ils trouvèrent le bois et les fourrures qu'ils avaient amassés, ces trésors leur parurent curieusement dépourvus de valeur et bien encombrants. Hauk et quelques-uns de ses compagnons essayèrent de piéger du gibier alentour, mais sans succès. Comme la saison était fort avancée, après une brève discussion, le navire appareilla avec seulement quelques provisions, un peu d'eau douce et de viande séchée. Les marins de railler les Groenlandais : « Racontez-nous vos histoires, maintenant », leur lançaient-ils. Mais les seules histoires que connaissaient les Groenlandais parlaient de navires qui avaient entièrement manqué la Terre Verte et s'étaient retrouvés en Islande ou, pis encore, en Irlande, après avoir erré des semaines. Thorvald, vaillant héros viking qui accompagnait Karlsefni lors de son fameux périple, n'avait-il pas été drossé sur la côte d'Erin pour s'y voir réduit en esclavage ?

Après trois jours de navigation lente et prudente, Thorleif jeta l'ancre pour la nuit à l'île de l'Ours, et là une bagarre éclata entre deux marins et deux Groenlandais, un homme de Herjolfsnes et Erlend Ketilsson. Erlend y perdit deux dents. Osmund eut beau prier Thorleif de mettre fin à l'empoignade, celui-ci se contenta de répondre :

— Une bagarre interrompue ne manque jamais de reprendre plus tard, lorsque les hommes sont encore plus furieux. S'ils se brisent les os maintenant, il faudra qu'ils s'entre-tuent la prochaine fois.

Le lendemain matin, les voyageurs se réveillèrent affamés, pour découvrir que Hauk Gunnarson avait disparu.

De tous les membres de l'expédition, Hauk Gunnarsson ne frayait qu'avec Odd du Siglufjord, qu'il connaissait depuis l'enfance. Il parlait rarement aux autres, quand même il les regardait, et les Groenlandais, habitués aux manières de Hauk, ne le prenaient pas en mauvaise part. Les marins, par contre, pestaient contre Hauk et l'accusaient de hauteur. Un certain Koll, en particulier, exaspéré par la mort de son cousin Lavrans, prenait un malin plaisir à agacer Hauk pendant les repas et les moments de repos. L'amenuisement des vivres n'améliorait en rien l'humeur de Koll, mais Thorleif ne tentait pas de le modérer, car ce n'était point dans ses habitudes. Alors Koll se mit à suggérer qu'ils n'auraient pas un aussi bon vent de sitôt et qu'ils feraient mieux d'appareiller ; à l'évidence Hauk Gunnarsson avait été enlevé ou égaré par des trolls. Les Groenlandais s'esclaffèrent et répliquèrent que Hauk était certainement parti à la chasse.

Et, de fait, Hauk Gunnarsson avait aperçu un grand nombre d'oiseaux qui volaient autour des falaises de l'île et avait résolu d'en capturer quelques-uns, l'affaire d'une matinée, mais, quand il se fut éloigné du navire, il remarqua de nombreuses traces d'ours. Le récit de sa chasse est resté célèbre, car lorsque l'on cessa de se rendre dans le Northsetur, la chasse à l'ours se fit rare en Terre Verte et presque tous les Groenlandais oublièrent l'art de les approcher et de les attirer dans l'eau pour les tuer pendant qu'ils nageaient. Au rebours des Skraelings, en effet, les Groenlandais ne se servaient guère de canots de peau et ne goûtaient pas particulièrement la chasse sur la glace ou en mer. Accroupi, Hauk Gunnarsson posait un lacs à oiseaux lorsqu'il sentit une odeur d'ours, et voici qu'une petite ourse et son ourson s'avancèrent près de la fissure de la falaise où il se dissimulait. Comme il se tenait immobile, l'ourse s'approcha, sans le sentir ni le voir, et Hauk détacha silencieusement une corde de morse qu'il portait à la ceinture, la jeta autour de la tête de la bête et se hâta de l'enrouler sur une saillie de rocher en tirant brusquement la tête de l'ourse vers l'arrière. Puis il saisit son épieu et le plongea dans la poitrine du fauve. Et tout cela se passa si vite que l'ourse ne fit pas un bruit, et l'ourson, qui cherchait de la nourriture un peu plus bas sur la falaise, ne leva même pas les yeux. Puis Hauk, tapi derrière sa proie, attendit le retour de l'ourson. Il lui lança alors le nœud coulant autour du cou, comme si c'était un chien, et attacha l'autre extrémité de la corde à la patte de l'ourse. Ainsi suivi de l'ourson, Hauk traîna la mère jusqu'au navire. La nuit tombait, et matelots et Groenlandais se querellaient toujours pour savoir s'il fallait ou non mettre à la voile.

La vue de l'ourse et la perspective de la viande rôtie firent taire tout le monde. Hauk donna l'ourson à Thorleif, qui vida son plus gros baril d'eau pour l'y enfermer. Et voilà comment un des derniers oursons apprivoisés arriva à Bergen pour finalement échouer dans le château de Mehun-sur-Yèvre, car le duc de Berry collectionnait les animaux sauvages, et cet ours, dit-on, vécut de nombreuses années et mourut bien après Hauk Gunnarsson lui-même.

Il y a six jours de mer de l'île de l'Ours à la Terre Verte, mais Thorleif fut dérouté par deux tempêtes et la traversée dura deux fois plus longtemps. Thorleif fut cependant très satisfait d'arriver à destination sans trop d'avaries.

— Avec un navire, Bergen est un peu plus près que sans, disait-il.

Hauk prépara la peau de l'ourse et la jeta sur son lit, et cette peau d'ours demeura de nombreuses années sur la terre de Gunnar. Les os et le crâne de Ketil furent enterrés auprès de la tombe de Sigrun à Undir Hofdi tandis que les os et le crâne du marin Lavrans étaient ensevelis à Gardar en même temps que le bâton runique du noyé. La mort de Ketil en stupéfia plus d'un, car c'était un homme prospère à qui la chance avait toujours souri. D'aucuns dirent qu'il était toujours funeste de donner à un enfant le nom d'un homme encore vivant. Quoi qu'il en fût, Ketil était mort et l'enfant Ketil Ragnarsson paraissait, disait-on, malingre et repoussant. Après le retour d'Erlend, Vigdis, la fille de ferme, resta au domaine avec Thordis, son enfant, et elle vécut avec Erlend comme mari et femme, bien que nul prêtre n'ait béni leur union. Déjà d'un naturel revêche, Erlend devint encore plus maussade, et désormais personne ne vit plus les gens de la terre de Ketil.

Hauk Gunnarsson n'avait guère le goût à chasser cette saison-là, bien qu'il fît merveille à la chasse au phoque de l'automne et qu'il capturât profusion d'oiseaux. Pour la première fois depuis maintes années, l'arrière-saison le vit participer aux travaux de la ferme, à la récolte des algues et des baies qui nourriraient bêtes et hommes pendant la froidure. Il ne prépara point d'expédition hivernale vers les terrains de chasse, et lorsqu'on eut rentré le foin, muré les vaches et ramené les moutons des collines, il lui arrivait de s'asseoir avec Gunnar et Olaf pour lorgner les livres de lecture par-dessus leur épaule. A Noël, Gunnar prit l'habitude de dormir dans le lit clos de Hauk Gunnarsson : il s'éloignait peu à peu de Margret et d'Ingrid.

Après Noël, le froid devint très rigoureux, en particulier du côté de Gardar, et la neige tomba si épaisse que les moutons ne pouvaient la gratter pour paître. Les énormes monceaux de foin qu'Ivar Bardarson avait ramassés dans ses prés furent vite épuisés, et la plupart accueillirent avec soulagement le dégel, aussi rapide que précoce. Pourtant Asgeir hochait la tête avec scepticisme, et, de fait, au redoux succéda bientôt un froid brutal qui couvrit les champs de glace et chassa les moutons vers les fjords en quête d'algues ou d'autres pâtures. Beaucoup glissèrent sur les falaises gelées et tombèrent dans la mer où ils se noyèrent ou furent emportés. Ivar Bardarson estima qu'il avait perdu de la sorte un quart du troupeau de Gardar, outre deux ou trois de ses meilleurs chevaux. D'autres paysans subirent des pertes plus considérables encore. Sur la terre de Gunnar, les blizzards étaient si denses que cinq moutons furent étouffés par la neige soufflant de toutes parts dans leurs narines et leur bouche, et lorsque le fourrage manqua, jusqu'à la paille d'avoine du second champ, quatre vaches moururent de faim. Les chevaux recevaient la même nourriture que les hommes, surtout de la viande séchée et des algues. Une des servantes périt d'une chute sur la glace et un des bergers se perdit dans une tourmente. Il faisait encore un froid inhabituel lors de la récolte des œufs, puis le temps s'améliora et l'été fut chaud et agréable. Gunnar avait maintenant six ans et Asgeir parlait d'expédier Margret au Siglufjord pour apprendre auprès de Kristin, l'épouse de Thord, comment les femmes doivent employer leur temps.

Thorleif prépara son navire au départ. Au début de l'été, peu après le ramassage des œufs, les gens de la terre de Gunnar se rendirent à Gardar pour procéder à d'ultimes échanges et assister au chargement des marchandises sur le bateau. C'est alors qu'Ivar Bardarson demanda aux serviteurs de Gardar d'abattre pour la première fois depuis dix ans le mur de l'est du plus grand magasin, fait de tourbe et de pierre, et cela prit une journée entière. Puis serviteurs et marins en transportèrent le contenu dans le navire. Les enfants assistaient à la scène, bouche bée, et les adultes ne tardèrent pas à en faire autant : qui aurait cru que la Terre Verte comptait tant de richesses ? se demandaient-ils les uns aux autres. On embarqua d'abord cent vingt-quatre paires de défenses de morse enveloppées dans un fin vadmal d'un brun rougeâtre, parce que, expliqua Ivar Bardarson, c'était de l'ivoire extrêmement précieux, qui constituait l'essentiel de la dîme que l'évêché de Gardar devait au pape pour ces dix dernières années. S'y ajoutèrent quarante-neuf dents vrillées de narval sur lesquelles on jeta, pour les couvrir et les protéger, les deux peaux d'ours blanc de Lavrans Kollgrimsson et d'Osmund Thordarson, ainsi que trois autres, obtenues avant la disparition des Etablissements de l'Ouest. Celles-ci aussi étaient très précieuses et reviendraient probablement à l'archevêque de Nidaros, voire au pape lui-même. Puis l'on entassa pardessus, d'un bord à l'autre du navire et presque de la poupe à la proue, des rouleaux de cordage en cuir de morse, recouverts à leur tour d'une multitude de rouleaux de vadmal, aux couleurs variées. Gunnar indiqua à Margret la nuance particulière de la terre de Gunnar, un pourpre brun profond, exactement comme les vêtements qu'ils portaient, et Margret dit que certains de ces lés avaient certainement été tissés par Helga Ingvadottir et remis à l'évêché pour acquitter la dîme d'Asgeir. La coque pansue du bateau était maintenant presque pleine, aussi les marins posèrent-ils le pont de bois sur la cargaison. Et sur le plancher s'amoncelèrent des piles de peaux de renne, des fourrures de renard bleu et blanc, une cage contenant six faucons blancs, des sacs de cuir remplis de graisse de phoque et de viande de phoque séchée, des barils d'huile de baleine, du beurre et du lait caillé pour le voyage de retour, et, pour l'archevêque de Nidaros, des meules de fromage des fermes de Gardar. Dans un endroit bien abrité était rangé un gros ballot, enveloppé de drap jaunâtre, qui contenait, disait-on, les fourrures, introuvables au Groenland, que Thorleif avait rapportées du Markland. Pour finir, on chargea l'ours et la cage où il serait enfermé pendant la traversée, bien qu'il ait été largement apprivoisé par un des jeunes serviteurs d'Ivar Bardarson, qui l'accompagnait. Montèrent aussi à bord un Groenlandais de Herjolfsnes, qui allait faire son apprentissage de marin, et Odd, le frère de Thord du Siglufjord, certain de faire fortune avec Thorleif. Gunnar demanda à Hauk s'il partirait aussi, parce que Asgeir ne cessait de dire qu'un célibataire sans enfants avait tout intérêt à voir le vaste monde, mais Hauk n'était guère tenté par le monde dont il avait entendu parler ; il embarquerait seulement, disait-il, s'il était certain que le navire de Thorleif serait dérouté vers le Vinland. Il ne manquait que trois hommes à Thorleif pour disposer d'un équipage au complet (car, outre Lavrans et la vigie, deux marins étaient morts de la fièvre). Skuli et un autre garçon avaient considérablement forci en Terre Verte, aussi ne nourrissait-il guère d'inquiétudes. Ils appareillèrent et beaucoup dirent bon débarras. Lorsque sa grand-mère était jeune, assura Ingrid, les Groenlandais recevaient chaque saison la visite de deux ou trois navires, mais Asgeir répondit que ce ne pouvait être vrai, même en ce temps-là : nul n'ignorait qu'alors la Terre Verte confinait aux rivages du Paradis.

L'été que le navire de Thorleif regagna Bergen, Margret Asgeirsdottir accompagna Kristin, la femme de Thord Magnusson, au Siglufjord, et Hauk Gunnarsson déclara qu'il était grand temps que son neveu Gunnar apprît à approcher les oiseaux et à les capturer, car à la ferme on tirait même parti de leurs os, pour faire des aiguilles et des hameçons, sans parler naturellement de la chair, des plumes et du duvet. Hauk s'assit à la table en face de Gunnar et l'envisagea :

— Auprès de la ferme les oiseaux sont méfiants, alors que dans le Northsetur ou la Terre des Forêts ils viennent se percher sur tes bras et sur ta tête si tu restes assez longtemps immobile. Mais on peut quand même les attraper, avec un peu d'application.

Gunnar approuva, mais il lui semblait bien fastidieux d'errer au loin dans les collines. Ils n'auraient même pas la compagnie des chiens puisque Hauk préférait chasser sans eux, à la manière des Skraelings.

Tous deux quittèrent Vatna Hverfi avec des provisions pour la journée et s'enfoncèrent vers l'ouest dans les montagnes derrière l'église ; Hauk refusa de porter Gunnar comme le faisait Margret et le fit même marcher à son pas. Gunnar eut beau tempêter, Hauk ne répondit à ses plaintes que par un silence imperturbable, de sorte que celles-ci s'espacèrent puis se tarirent entièrement dans l'effort de leur marche rapide. Un moment, Gunnar bâilla. Juste alors, Hauk dit, comme s'il se parlait à lui-même :

— Tous les gens de la ferme doivent être dans les champs à répandre du fumier et à l'enfouir dans le sol. Une journée de travail harassant les attend, à mon avis.

Et Gunnar de se hâter péniblement derrière lui.

Ils ne tardèrent pas à atteindre un endroit nu et caillouteux au-dessus des petits buissons d'airelles que Gunnar avait explorés lors de ses promenades avec Margret. Çà et là, dans des crevasses, poussaient des bouleaux et des saules rabougris. Sans un mot, Hauk s'installa dans une de ces crevasses et se mit à confectionner des pièges à oiseaux avec du boyau de phoque. Il disposa ceux-ci sur le sol, les recouvrit de galets et de feuilles et les fixa soigneusement à des tiges de saule ployées, puis il entraîna Gunnar à l'écart, dans une autre crevasse où il s'assit patiemment dans les broussailles. Gunnar, qui n'osait ouvrir la bouche, s'assoupit. Quelques instants après, il fut réveillé par de bruyants caquètements et, levant la tête, il vit son oncle tordre le cou à quatre ptarmigans bruns et les attacher ensemble avec une lanière de peau de morse. Puis il ramassa les autres pièges et fit signe à Gunnar de l'accompagner dans un autre endroit. A un moment Hauk dit :

— Le boyau de phoque est ce qu'il y a de mieux pour faire des pièges.

Un peu plus tard il ajouta :

— On ne chasse le ptarmigan l'hiver qu'en cas de disette, parce que sa chair est amère et peu appétissante.

Gunnar acquiesça en bâillant. Il regardait avec envie le sac de nourriture de Hauk, car il avait vu Ingrid le remplir de fromage de chèvre et de viande séchée.

Ils rentrèrent tard ce soir-là ; Asgeir et Ingrid étaient déjà couchés. Hauk pendit ses treize ptarmigans au plafond de la ferme et Gunnar s'endormit sur le banc pendant son dîner. Et les choses se passèrent ainsi pendant quatre jours encore, jusqu'à ce que Hauk dît à Asgeir que Gunnar n'avait guère de dispositions pour la chasse et se montrait maladroit et bruyant, même dans les tâches les plus simples. Bien qu'Asgeir n'en soufflât mot, les gens du domaine chuchotaient qu'il était très mécontent de Gunnar, car Olaf n'avait pas eu plus de succès en essayant de lui imposer sa science. D'autant que Gunnar ne s'activait guère à la ferme ; il restait seul et refusait de jouer avec les autres petits. Il ne s'attachait pas davantage aux chevaux, comme parfois les enfants. Sa loquacité d'antan avait disparu, bien qu'on l'entendît parfois dans l'alcôve de Hauk raconter des histoires à son oncle d'une voix pleine d'excitation. En somme, il était paresseux et peu sociable, et Asgeir et lui gardaient leurs distances. On voyait souvent Olaf en compagnie d'Asgeir, car Olaf s'était transformé en lourd gaillard au front bas, et, disait Asgeir, s'il n'avait rien de gracieux c'était un fermier-né, en particulier avec les vaches. Asgeir n'était pas pressé de le renvoyer à Gardar pour qu'il y devînt prêtre, et Olaf lui-même ne parlait pas souvent de l'évêché où, disait-on, les prêtres devaient se passer de beurre et de lait, tandis que sur la terre de Gunnar il y avait en abondance toutes sortes de viandes, du fromage et du beurre, des baies et des herbes. A la fin de l'été, Margret revint du Siglufjord et toute la famille passa tranquillement l'hiver sur la terre de Gunnar.

Or il advint qu'au printemps, quatre ans environ après la venue de Thorleif, un autre bateau arriva à Gardar. Mais ce n'était pas un navire marchand et il n'apportait que quelques présents pour Ivar Bardarson, des ornements d'autel pour la cathédrale et des nouvelles d'Angleterre, car le capitaine du bateau était un moine anglais appelé Nicholas, venu en Terre Verte poussé par la curiosité. Lorsqu'on apprit cela, il y eut de nombreuses conversations sur la curiosité. L'évêque, disaient les gens, n'était même pas curieux de connaître ses terres et ses fermes, encore moins son troupeau, car vingt ans s'étaient écoulés depuis la mort du dernier évêque et nul doute qu'ils étaient nombreux en état de péché mortel sans le savoir et malgré eux. Si un moine pouvait venir d'Angleterre par simple curiosité, comment se faisait-il qu'un évêque ne vînt pas accomplir sa mission divine.

Le moine Nicholas était cependant un charmant compagnon, qui connaissait toutes sortes d'histoires sur l'Eglise, sur la vie en Angleterre depuis la Grande Peste et en d'autres lieux, comme en France et en Hollande, car il avait beaucoup voyagé. Certains dirent que ses histoires ne ressemblaient pas à celles de la plupart des moines car il savait aussi ce que les femmes portaient et comment les riches meublaient leurs demeures. Il ne cessait d'interroger les Groenlandais et encourageait Ivar Bardarson non seulement à lui raconter tout ce qu'il avait appris sur les Etablissements de l'Est et de l'Ouest, mais à mettre son récit par écrit parce que, disait Nicholas, en Europe les gens avaient peine à croire que la Terre Verte existât encore. Ainsi naquit le projet d'Ivar Bardarson qui se réalisa l'hiver suivant.

Or il advint un jour que le moine Nicholas se présenta sur la terre de Gunnar pour rencontrer Hauk Gunnarsson qui piégeait des lapins dans les collines ; et d'assiéger celui-ci de questions : Combien de jours de navigation y avait-il jusqu'au Northsetur ? Le temps permettait-il de naviguer à ce moment de l'année ? Etait-il vrai que Ivar Bardarson et quelques hommes eussent mis six jours à la rame pour atteindre les Etablissements de l'Ouest ? Jusqu'où Hauk s'était-il enfoncé dans le Nord ? Quelle sorte de gens étaient les Skraelings de ces régions ? Disaient-ils leurs prières à l'envers et reculaient-ils devant le signe de la croix ? S'habillaient-ils de fourrures ou en étaient-ils eux-mêmes couverts, comme les bêtes ? A quel endroit dans le Nord la glace se changeait-elle en feu, comme l'assurent les vieux livres ? Et tout ce que Hauk répondit à ces questions sur le Nord fut :

— Je ne sais pas. La chasse est bonne là-bas.

Après que Nicholas eut regagné Gardar, Hauk dit :

— Cet homme est fou, à mon avis. N'importe qui peut vivre très convenablement de la chasse dans les régions du Nord, mais ses conceptions n'ont aucun sens.

— On peut dire que les Anglais sont souvent ainsi, répondit Asgeir. Ils ne parlent guère que pour parler et entreprennent de grands voyages inutiles pour le seul plaisir de voir du pays.

Quelques jours plus tard, Nicholas apparut de nouveau pendant que Hauk prenait son repas du matin. Il s'assit aussitôt à table et se pencha en avant en écartant le tranchoir dans lequel Hauk mangeait, et il dit :

— Hauk Gunnarsson, j'ai fermement décidé de me rendre cet été dans le Nord en bateau, et je désire que vous m'y guidiez.

Hauk éclata de rire et répondit que l'été était trop avancé pour un tel voyage.

— Mais, objecta Nicholas, j'ai la ferme intention d'explorer les fjords de la Terre Verte et de voir les Skraelings qui s'y trouvent, car c'est pour cela que je suis venu au Groenland.

Hauk rit derechef et lui dit qu'il devait renoncer à ses intentions car personne d'autre n'avait l'intention d'en tenir compte.

Mais Nicholas revint peu de temps après pour dire qu'il avait trouvé un équipage de Groenlandais qui souhaitaient chasser dans les anciens terrains de chasse, et le plus éminent de ceux-ci était Osmund Thordarson de Brattahlid. Eindridi Gudmundsson et Sigurd Sighvatsson brûlaient aussi de partir car ils avaient déjà participé à de fructueuses expéditions dans le Nord. En vérité, nombreux étaient ceux qui se souvenaient de la prospérité de jadis, lorsque les hommes partaient chaque année dans le Nord pour en rapporter force peaux de morse et défenses de narval, et que les établissements groenlandais regorgeaient de marchandises dont l'archevêque de Nidaros et les marchands de Bergen étaient friands. Thorleif avait emporté tout ce que recélait le magasin épiscopal et les gens du pays devaient désormais payer en peaux de mouton, fromages et vadmal ce qu'ils réglaient jadis en cuirs, cordes et cornes. Son projet obsédait Nicholas jusqu'à la folie, dit Hauk à Asgeir.

— Les fjords seront pleins de glaces flottantes et, de toute façon, on ne pourra presque plus rien voir dans les ténèbres, que ce soit la glace se transformant en feu ou les Skraelings en démons.

Et voilà que Nicholas revint de nouveau, cette fois avec Osmund, pour dire que le navire était prêt à appareiller. Osmund prit Hauk à part et lui dit :

— Un voyage dans le Northsetur ne ressemble guère à une expédition vers la Terre des Forêts, car les vents sont généralement favorables et les provisions ne manquent pas. N'y a-t-il pas encore des moutons et des chèvres dans les pâturages des Etablissements de l'Ouest ? En vérité, mon ami, tu fais preuve d'une curieuse réticence pour quelqu'un qui a effectué de longs séjours dans le Nord, quelle que soit la saison de l'année.

Asgeir, qui parlait avec Nicholas, s'approcha d'eux et dit :

— Mon frère, les marins ne seront-ils pas tous groenlandais, à la seule exception de Nicholas lui-même ? Les Groenlandais connaissent la glace. Et quelques défenses de morse et de narval pourraient faciliter le paiement de la dîme. C'est sept vaches que nous avons perdues l'hiver dernier et jamais les brebis n'ont fait aussi peu d'agneaux.

Ainsi Hauk Gunnarsson se laissa-t-il convaincre d'embarquer avec l'Anglais et de le guider vers le Nord afin qu'il pût satisfaire sa curiosité.

Sept jours après avoir quitté Gardar, le navire parvenait au Lysufjord dans les Etablissements de l'Ouest et se dirigeait à la rame vers l'église de Sandnes où l'équipage le hissa sur la grève pour chercher un endroit où se reposer une journée. Les fermes étaient abandonnées et nombre de toits et de murs s'étaient effondrés. Dans les prés, l'herbe était parfois épaisse mais çà et là le sable avait envahi les champs. Les moutons et les chèvres que les Groenlandais espéraient trouver étaient morts ou s'en étaient allés, mais le fjord regorgeait de morues, et les voyageurs purent se rassasier avant de dormir dans une grande ferme aux nombreuses pièces. Un homme trouva un fuseau et un poids de métier à tisser là où il se reposait, et il les garda, bien que beaucoup disent que de tels objets abandonnés étaient de mauvais présages et porteraient malheur au voyage. La nuit, Hauk Gunnarsson, qui n'avait dit mot ou presque depuis le départ, se redressa en criant, réveillé par un mauvais rêve. Sur un bloc de glace, une géante au visage de morse démembrait et dévorait un petit garçon, bien que celui-ci fût encore vivant. En entendant ce songe, nombre de Groenlandais s'écrièrent que le plus sage serait de mettre fin au périple et de regagner les Etablissements de l'Est, mais le moine Nicholas se gaussa de leurs craintes en disant que tous les rêves n'étaient pas des visions et qu'ils étaient souvent le fruit des activités de la veille ou de quelque chose que le rêveur avait mangé. En fait, dit-il, que ce songe soit survenu au début de la nuit montrait qu'il ne pouvait s'agir d'une vision, puisque les vieux livres affirmaient tous que les visions ne pouvaient se produire que vers le matin. Nicholas était un homme de grand savoir, et Hauk Gunnarsson déclara qu'il était tout à fait prêt à continuer, aussi, après une autre journée de repos, s'éloignèrent-ils du Lysufjord à l'aviron pour entamer leur voyage vers le nord, loin des établissements et des demeures des hommes.

Ils longèrent la côte pendant plusieurs jours et il leur arrivait souvent de harponner des phoques, de capturer des oiseaux ou d'apercevoir des ours polaires et des rennes. Nicholas déterminait la hauteur du soleil à l'aide d'un curieux instrument qu'aucun des Groenlandais n'avait le droit de toucher car, disait le moine, cet astrolabe était rare et très précieux. De temps à autre, ils distinguaient au loin les embarcations en peau des Skraelings, mais ils ne parvenaient pas à s'en rapprocher suffisamment pour que Nicholas satisfît sa curiosité.

Ils arrivèrent alors aux abords d'une île à morses que certains des plus vieux avaient déjà visitée, et ils virent d'innombrables morses qui s'étaient hissés sur cette île, entassés les uns sur les autres, mâles, femelles et jeunes, par dizaines à la fois. Voilà pourquoi ils étaient venus dans le Nord, se dirent les Groenlandais, pour tuer des morses. Et de débattre entre eux comment procéder à cette chasse. Il se trouvait que seuls Hauk Gunnarsson, Sigurd Sighvatsson et Eindridi Gudmundsson connaissaient la chasse au morse, mais les autres brûlaient encore davantage de s'y essayer, aussi Hauk leur proposa-t-il un plan, auquel ils se rallièrent.

Peu avant la marée haute, mais après le crépuscule, ils s'approchèrent de l'île à la rame et se hissèrent sur les rochers, qui se trouvaient à quelque deux coudées au-dessus de la surface de l'eau et domineraient la mer d'environ huit coudées à marée basse. Les morses étaient d'humeur automnale, flegmatiques et distraits, cependant quelques mâles ne cessaient de dresser leur tête gigantesque pour faire le guet, aussi les Groenlandais se mirent-ils à plat ventre pour s'enfoncer en rampant dans le troupeau, et ils avançaient sans parler et s'immobilisaient dès qu'un mâle auprès d'eux levait les yeux.

Lorsque les hommes se furent éparpillés, leurs plus longues lances à la main, ils se tournèrent vers Hauk qui leur donna un signal, et à ce signal les hommes bondirent sur leurs pieds et se précipitèrent au milieu des morses en les frappant à la poitrine en plein cœur, car c'est ainsi qu'il faut tuer les morses et non en leur cognant la tête comme les phoques, parce que les morses ont tous la tête dure comme de la pierre et sont invulnérables à cet endroit. Dès les premiers coups d'épieu, tous les morses se dressèrent et commencèrent à s'ébranler dans un concert de meuglements et de lourds raclements sur le roc. Certains sans doute se dirigèrent vers l'eau et les hommes prirent soin de s'écarter de leur chemin, mais d'autres, dans leur confusion, s'éloignèrent de la mer, et les chasseurs de les poursuivre en les transperçant. Les rochers sanglants ne tardèrent pas à devenir extrêmement glissants et c'est ainsi que Sigurd Sighvatsson trébucha et tomba devant deux gros morses qui le percèrent de leurs défenses et l'écrasèrent sous leur poids, mais tous les autres Groenlandais surent conserver leur équilibre et il n'y eut pas d'autre victime.

Lorsque le soleil se leva, les hommes commencèrent à discuter de la suite à donner à leur boucherie, car si une bonne longueur de corde en peau de morse est chose précieuse, on ne s'en procure qu'au prix de grands embarras, au prix de se baigner dans le sang de ces animaux. En revanche, on peut se contenter d'aller rapidement d'une victime à l'autre en coupant les défenses et la tête des morses. La moitié des Groenlandais souhaitaient en rester là tandis que les autres désiraient emporter des cordes de peau.

— Nous pouvons travailler jusqu'à ce que la marée remonte et ne prendre que les défenses, proposa Hauk Gunnarsson, ou attendre deux marées pour tailler une partie de la corde, mais lorsque la marée montera pour la deuxième fois, nous risquons de recevoir de la visite et il nous faudra donc placer des vigies sur la plage pour surveiller l'arrivée des ours.

Car il se trouve que dans le Nord les ours ne se rassemblent que pour une seule chose, pour dévorer les morses que les hommes ont tués pour eux.

Mais, incapables de se décider, les Groenlandais perdirent du temps à discuter, et à la première marée haute ils n'avaient pas fini d'arracher toutes les défenses. Il semblait donc tout indiqué d'emporter une partie du cuir, aussi trois des hommes se déshabillèrent-ils, ne gardant que leurs sous-vêtements pour s'enfoncer au milieu des morses. Dès qu'ils se mirent à dépouiller les bêtes, le sang jaillit et de la vapeur montait des carcasses qui tenait chaud aux bouchers, et bientôt les hommes furent rouges et sanglants des pieds à la tête. Hauk Gunnarsson ne participa pas à ce travail et préféra rester sur la grève à surveiller l'arrivée des ours car il espérait en tuer un dans l'eau, mais en cela la chance ne lui sourit point. Puis la marée monta de nouveau et les ours commencèrent à sortir de la mer. Aussi les hommes ramassèrent leurs trophées et sautèrent dans le navire. Mais lorsqu'ils furent tous dans le bateau et qu'ils eurent commencé à s'éloigner de la côte, on s'aperçut que les os de Sigurd Sighvatsson avaient été abandonnés, tant l'avidité était grande pour les défenses de morse et grande la peur des ours. Et ce fut regardé comme une grande infortune d'avoir laissé le cadavre d'un homme en pâture aux ours et de n'avoir emporté aucun de ses os à Gardar pour les inhumer comme il sied.

Nicholas voulait aller toujours plus au nord, bien que les Groenlandais lui assurassent que le navire atteindrait bientôt les limites de la Terre Verte, et ils lui montraient comment la côte obliquait vers l'ouest, et par beau temps l'on pouvait même voir la rive occidentale. Il semblait bien qu'ils étaient parvenus au fond du fjord de l'océan, et Nicholas s'apprêtait à faire demi-tour lorsqu'un matin ils se trouvèrent au réveil dans un large fjord ou à l'embouchure d'un fleuve au fort courant. Selon Nicholas, ce fjord était orienté plein nord. Mais la nuit était déjà retombée sur le pays à ce moment-là et les Groenlandais hésitaient à s'enfoncer profondément dans cet estuaire s'ouvrant vers le nord. Lorsque vint l'heure de se coucher, Nicholas prit Osmund à l'écart et parla longuement avec lui, l'empêchant de dormir, car Nicholas, semblait-il, n'avait pas besoin de sommeil et son projet l'obsédait de nouveau ; et il caqueta et harcela Osmund, Hauk et le reste des Groenlandais jusqu'à ce qu'ils acceptassent de naviguer encore une journée vers le nord. Et ce jour-là, on aperçut de nombreux narvals, sans compter quatre ours polaires, aussi les Groenlandais se dirent-ils que la chasse pourrait bien être bonne en ces parages.

Ils allèrent de l'avant, évitant les glaces flottantes, chassant un jour, naviguant l'autre, et les Groenlandais étaient fort satisfaits, jusqu'à ce qu'enfin ils atteignissent la pleine mer. Et Nicholas dit qu'ils étaient au sommet du monde à en juger par les étoiles et le soleil, mais les Groenlandais inclinaient à croire qu'ils étaient simplement parvenus à une nouvelle grande baie. Là le navire fit demi-tour et mit le cap sur le sud. Alors, bien que quelques jours seulement se fussent écoulés depuis leur voyage aller, le fjord était beaucoup plus envahi par la banquise, et les passages entre les bancs de glace s'ouvraient et se fermaient d'un instant à l'autre. La glace, ainsi que le savait chacun des Groenlandais, pouvait soudain se soulever et exploser en l'air, comme projetée par les sortilèges de sorcières et de trolls. De temps en temps, les hommes devaient descendre du navire pour le tirer sur la glace jusqu'aux passages encore libres. C'est lors d'un de ces halages qu'ils rencontrèrent un groupe de Skraelings sur des traîneaux tirés par des meutes de loups. Il était impossible de s'approcher de ces gens tant les loups hurlaient, jusqu'à ce qu'un Skraeling allât frapper sa meute avec un gourdin en os. Les Skraelings transportaient des piles de peaux et de défenses de narval que les Groenlandais contemplaient avec envie, mais seul Hauk Gunnarsson consentit à s'approcher d'eux car, dit-il, il avait appris quelques mots de leur idiome diabolique lors de ses voyages antérieurs dans le Nord. Pour finir, les Skraelings échangèrent un nombre considérable de cornes et un peu de graisse de phoque contre deux lances à la pointe de fer et trois des couteaux à lame de fer de l'Anglais, et ce troc leur parut équitable. Un de ces couteaux avait une lame trempée et un manche en argent orné de l'image de saint Matthieu, et certains des Groenlandais s'esclaffèrent à l'idée qu'un Skraeling possédât un tel couteau. Nicholas grommela que Hauk aurait échangé tous ses instruments astronomiques, mais il se montra très content d'avoir vu ces êtres démoniaques et affirma que c'étaient certainement des hôtes de l'enfer, comme le disaient les vieux livres. Il fit promettre aux Groenlandais de faire bénir les cornes de narval à la cathédrale dès leur retour à Gardar.

Désormais, les Groenlandais brûlaient de rentrer chez eux car les jours raccourcissaient rapidement, mais le navire se retrouva au milieu de quelques îles qu'aucun des hommes n'avait jamais vues, où les courants étaient forts et la glace épaisse et trompeuse. La glace et le brouillard les immobilisèrent à maintes reprises et, l'hiver approchant à grands pas, les voyageurs commencèrent à craindre pour leur vie. Seuls Nicholas et Hauk Gunnarsson restaient confiants, l'un en raison de la miséricorde de Dieu, qu'il priait longuement et bruyamment chaque jour, et l'autre parce qu'il avait déjà hiverné dans le Nord et savait qu'il y aurait beaucoup de gibier, même dans les ténèbres de la longue nuit d'hiver. Mais les autres n'étaient pas aussi confiants et insistaient pour poursuivre le voyage vers le sud à la moindre occasion.

Il leur fallait alors hisser le navire hors de l'eau et le haler sur la glace plusieurs fois par jour, et dans le désert blanc il était difficile de dire quel chemin était sûr, bien que, grâce aux instruments d'astronomie de Nicholas, ils sussent toujours dans quelle direction se trouvait le sud et dans quelle direction l'est. Deux hommes marchaient devant le bateau, à quelque distance, visibles mais hors de portée de voix, et s'ils pouvaient se voir, ils étaient trop loin l'un de l'autre pour se héler. Il leur fallait éprouver la résistance de la banquise et rechercher des passages entre les bancs de glace. Ils devaient tous faire cela, à l'exception de Nicholas, car le moine ne connaissait rien à la glace. Tout se passa bien pendant de longs jours, de sorte que les Groenlandais commencèrent à retrouver l'espoir d'atteindre bientôt les eaux libres et de reprendre leur périple vers les Etablissements de l'Est. Une fois, alors que Hauk Gunnarsson marchait en tête, suivi sur sa gauche par Njal Ingvason, la banquise trembla et se fendit, pour se refermer brutalement, et Hauk Gunnarsson disparut. On retrouva son corps le lendemain, projeté par le choc à quelque trois ou quatre coudées de hauteur, sur une falaise de glace qu'il fallut escalader pour le redescendre. Peu après, les voyageurs parvenaient à l'océan, et, mettant le cap vers le sud, ils gagnèrent d'abord les Etablissements de l'Ouest puis Gardar, et les os de Hauk Gunnarsson furent enterrés à Vatna Hverfi, le long du mur sud de l'église.

Cet été-là, une autre histoire concernant les gens de la terre de Gunnar fit le tour du pays, lorsque Asgeir Gunnarsson, il est vrai, avait le dos tourné. On disait qu'un matin Gunnar se leva tôt, bien qu'il eût coutume de dormir aussi tard que possible, et entreprit longuement d'ôter et de replacer les fourrures et les couvertures du lit jusqu'à ce qu'il les ait disposées à sa convenance. Ce soir-là, après le souper, il se rendit dans le lit clos qu'il partageait avec son oncle. Tout le monde le croyait endormi, mais lorsque les gens de la ferme allèrent se coucher à leur tour, ils l'entendirent discuter fiévreusement, comme s'il parlait avec Hauk, bien que, naturellement, Hauk fût dans le Nord avec Nicholas. Le lendemain tout était redevenu normal. Asgeir ne demanda pas au garçon comment s'était passée sa nuit et celui-ci se garda de fournir la moindre explication, mais lorsque le navire revint avec le cadavre de son oncle, Gunnar de la terre de Gunnar n'eut pas du tout l'air surpris. Ensuite, la grande prospérité de la terre de Gunnar déclina, car Asgeir, n'étant pas un fervent de la chasse, dut de plus en plus se contenter des ressources qu'il tirait de sa ferme. Mais en vérité il possédait de vastes champs et se considérait, même alors, comme un homme heureux.

Le moine Nicholas passa l'hiver chez Ivar Bardarson, et le suivant aussi, et pendant tout ce temps il faisait des mesures et des calculs avec les instruments qu'il avait apportés. Au début, les marins anglais n'avaient que mépris pour les Groenlandais. Ils détestaient particulièrement la viande et les autres aliments qu'ils devaient manger parce que, racontaient-ils, la viande séchée ne remplaçait pas le pain, ni le lait, le vin et la bière que prisaient tant les matelots d'Angleterre. Les gens disaient que la nourriture des Groenlandais semblait pourtant leur profiter, et à la fin du second hiver ils ne se firent pas prier pour en emporter autant qu'ils purent en charger leur petit navire. Après leur départ, plus d'un protesta que les Groenlandais avaient fait une médiocre affaire avec cet homme d'Eglise, car ils n'avaient guère reçu que quelques objets pour la cathédrale en échange de l'entretien de son équipage durant presque deux ans, et, en outre, la folle quête du moine avait coûté à la communauté deux hommes précieux qu'elle ne pouvait pas se permettre de perdre. Plus un troisième, si l'on comptait le départ du prêtre Ivar Bardarson qui, après s'être occupé pendant vingt ans à Gardar de la ferme de l'évêque et de la cathédrale, avait décidé de retourner en Norvège.

Ses conversations avec Nicholas, dit-il à Asgeir, lui avaient donné un grand regret de Nidaros, où il avait passé quelques années de sa jeunesse, et de Brême, la ville de ses études. Il se faisait vieux et craignit d'être bientôt trop vieux pour pouvoir quitter Gardar. Aussi s'en alla-t-il. Beaucoup firent remarquer que Gizur Gizursson de Brattahlid, le récitateur de la loi, qui avait confié à Ivar la charge des Etablissements de l'Est vingt ans auparavant, était beaucoup plus âgé qu'Ivar, trop vieux, disait-on, pour se rappeler grand-chose de la loi ou de l'art de régler les différends. Jamais on n'avait tant reproché à l'archevêque de n'avoir su mander un évêque à Gardar, car il n'y avait pas un seul Groenlandais qui pût régenter le pays, pas plus au nom de l'Eglise que du roi. Les gens commencèrent à se rendre compte à quel point les sanctuaires étaient délabrés, et trop souvent ternis, tordus ou brisés les précieux ornements d'autel. Et tout cela parce que Ivar Bardarson n'était venu que pour gouverner les biens de l'évêché, sans avoir le droit d'y faire la moindre dépense. De même, disait-on, les âmes des fidèles étaient ternies par le péché et tordues par des pratiques incorrectes et brisées par le désespoir de ne jamais voir arriver un nouvel évêque, et certains menaçaient d'en revenir à l'ancienne religion de Thor, d'Odin et de Frija, bien que leurs voisins les raillassent en disant que ces croyances-là étaient encore plus délabrées. Et ainsi vécurent les Groenlandais pendant six années, tantôt bonnes tantôt glacées, jusqu'à ce qu'arrivât un navire de Norvège avec, à son bord, l'évêque Alf. Celui-ci venait prendre possession du siège de Gardar et rectifier les erreurs dans lesquelles avaient pu tomber les âmes de la Terre Verte.

Asgeir fut parmi les premiers fermiers à se rendre à Gardar après l'arrivée du nouvel évêque, et il apportait de nombreux présents : une paire de défenses de narval qu'il conservait depuis le dernier voyage de Hauk, force peaux de mouton de diverses nuances, des rouleaux du meilleur vadmal et une excellente coupe sculptée par son père, Gunnar Asgeirsson, dans une dent de morse du temps du dernier évêque. L'évêque, rapporta-t-il, accepta le tout fort gracieusement en disant que les Groenlandais le régalaient de bien beaux objets pour sa maison.

Alf était plus vieux qu'Asgeir ne l'eût imaginé, presque aussi vieux que le serait Ivar Bardarson, mais plus grand et plus maigre, avec des pommettes comme de rouges nodosités et des yeux de la couleur pâle du ciel au printemps au-dessus des fjords. Il n'avait pas, dit Asgeir à Ingrid, les manières aisées d'un homme rompu aux civilités, et il parlait de la Terre Verte comme si c'était le bout du monde ou que les Groenlandais fussent des sortes de trolls. Lorsque Asgeir avait dit en plaisantant que certains retournaient aux vieilles croyances, à Thor et à Odin, le nouvel évêque l'avait pris au sérieux et Asgeir, embarrassé, avait dû se lancer dans des explications. Qui plus est, le navire qui l'avait amené était tout petit et transportait peu de marchandises : quelques barils de goudron seulement et des semences d'avoine, pas assez pour toutes les fermes de l'Eriksfjord, une misère pour l'ensemble de la colonie. Il y avait aussi quelques jantes, moyeux et essieux que visait Asgeir, mais ils étaient plusieurs fermiers à l'avoir précédé, et tous avaient vu combien les marchandises étaient rares.

En revanche, de jeunes prêtres accompagnaient l'évêque, tous ordonnés par l'archevêque en personne et dûment préparés à leur tâche. Sur les trois, un seul était un homme plus âgé, consacré à la hâte après la grande peste, car le fléau était revenu en Norvège, en Angleterre et dans le reste de l'Europe à l'époque du départ d'Ivar Bardarson, mais personne ne put dire à Asgeir si son ami en était mort. Il avait aussi demandé des nouvelles de Thorleif, car les Groenlandais évoquaient souvent Thorleif et son navire merveilleux, et l'abondance inépuisable de ses marchandises, tout ce dont chacun pouvait avoir besoin, mais nul n'avait non plus entendu parler de Thorleif, ou de Skuli ou d'aucun des marins dont on avait gardé le souvenir.

Ces jeunes prêtres avaient apporté de nombreux livres pour la bibliothèque de Gardar, et tous ceux qui rendaient visite au nouvel évêque disaient que Gardar ne tarderait pas à déborder d'activité, comme du temps de l'ancien évêque et, dit Asgeir, Olaf Finnbogason devrait bientôt y retourner car les gens de Gardar se souviendraient soudain de lui et se demanderaient ce qu'il était devenu. Olaf ne fit qu'en rire, mais on disait à la ferme qu'il n'avait guère envie de passer son temps à déchiffrer des livres qu'il n'avait jamais lus avec des gens qu'il n'avait jamais vus.

Margret avait alors vingt-trois ans. Grande, le teint clair, elle avait appris de Kristin tous les secrets d'une bonne fermière pendant ses étés au Siglufjord. Elle portait les chaussures, les bas et les robes qu'elle avait tissés, teints et cousus elle-même, et des bandeaux qu'elle avait confectionnés le soir avec des fils aux couleurs éclatantes retenaient sa chevelure. Ingrid lui avait aussi enseigné à faire bon usage des plantes et des simples, pour les couches et pour soigner les hémorragies du printemps et bien d'autres choses encore. Elle travaillait tous les jours avec les femmes, filant, tissant et fabriquant du beurre et du fromage, et quoiqu'il n'y eût aucune raison qu'elle ne fût pas mariée ou simplement promise, elle ne l'était pourtant point. Certes, Helga Ingvadottir avait atteint l'âge de vingt-quatre ans lorsqu'elle était partie pour la Terre Verte avec Asgeir, mais c'était une femme cabocharde, péremptoire et insatisfaite des hommes qu'elle connaissait. Kristin dit à Asgeir que Margret ne savait pas tirer parti de ses attraits, et Asgeir répondit que sa fortune devrait pourtant offrir un attrait suffisant, mais en vérité tout le monde savait qu'outre la richesse et une épouse capable il faudrait hériter du fils.

Gunnar avait maintenant seize ans, et bien qu'il fût grand et beau, c'était toujours à la ferme un parfait bon à rien. On pouvait lui faire réparer les clôtures ou épandre du fumier dans les champs, mais il faisait ces travaux simples avec autant de lenteur que de bonne humeur, et ceux qui travaillaient avec lui étaient toujours tentés d'accomplir sa tâche en même temps que la leur. Il lui fallait de longues nuits de sommeil, même au cœur de l'été, et il s'endormait parfois pendant la journée. On ne l'emmenait jamais à la chasse car il était incapable de se taire ou de rester tranquille. Il passait nombre de ses journées assis près du feu avec Ingrid, car la nourrice était maintenant extrêmement vieille, tout engourdie, presque aveugle et proche de la mort, et Gunnar était son seul ami et lui seul veillait à ce qu'elle eût bien chaud et que sa viande fût à son gré. Ils passaient des journées entières à marmonner ensemble tandis que les autres travaillaient dans les granges ou dans les champs, et Gunnar en vint même à filer la laine, comme une femme, afin de mériter sa place à la table, car Ingrid insistait pour qu'il fasse quelque chose. Asgeir disait que tous les hommes font ce qu'ils doivent faire et cherchent leur propre voie, mais dans le pays certains prétendaient qu'il n'avait guère de chance avec ses enfants. Les serviteurs traitaient Gunnar en simple d'esprit ; ils ne cessaient de se moquer de lui et de lui parler avec brusquerie, et c'était devenu tellement coutumier que ni Asgeir, ni Margret, ni Gunnar même, ne s'en indignait.

Parmi les prêtres venus en Terre Verte avec l'évêque Alf se trouvait Pall Hallvardsson, qui fut envoyé à Vatna Hverfi pour aider Nikolaus, le desservant de l'église d'Undir Hofdi. Car celui-ci, comme tous les autres prêtres de la Terre Verte, était maintenant fort âgé, bien qu'il eût gardé sa vigueur et son franc-parler. Sira Pall Hallvardsson n'était pas norvégien mais flamand, quoique son père fût islandais. Ce dernier s'était même rendu au Groenland dans sa jeunesse, du temps du dernier évêque, à bord d'un navire de commerce. Peu de prêtres, dit Pall Hallvardsson à Asgeir, demandaient à partir pour la Terre Verte, aussi, lorsqu'il avait fait connaître ses vœux, l'archevêque lui avait-il bien volontiers donné satisfaction. Pall Hallvardsson avait fait ses études à Gand, et il était à la charge puis au service de l'Eglise depuis la mort de sa mère, emportée par la peste peu après sa naissance.

Un des deux autres prêtres, Sira Jon, avait environ l'âge de Margret. C'était le neveu de l'évêque. Les gens disaient qu'il se faisait une règle de s'en remettre pour tout à l'évêque, « jusque pour le goût de son potage ». Petur, le prêtre de la peste, était presque aussi vieux qu'Asgeir, bien qu'ordonné de fraîche date. Il ne se mettait pas en avant, et beaucoup de Groenlandais disaient qu'il faisait bien, car on grognait qu'après tant d'années l'archevêque n'aurait pas dû envoyer un vieillard dans un endroit où il y en avait déjà tant.

A la fin de l'été, alors qu'on redescendait les troupeaux des montagnes, un messager se rendit dans toutes les fermes de Vatna Hverfi et de l'Einarsfjord jusqu'à Gardar pour inviter les fermiers et leurs gens à une grande fête donnée sur la terre de Ketil. Asgeir n'aimait guère Erlend, et rares étaient ceux qui avaient conservé des relations avec la terre de Ketil après la mort de Ketil dans le Markland, car Erlend était un homme dur, et sa femme Vigdis n'était pas plus aimable. Ils étaient toujours prêts à se quereller pour des broutilles, moutons égarés et seaux de lait. Pourtant le messager promettait un grand festin, car Erlend avait beaucoup de moutons à tuer avant l'hiver. L'évêque et les nouveaux prêtres entendaient aussi venir, après avoir célébré une messe solennelle dans l'église d'Undir Hofdi, où l'évêque n'avait pas encore officié.

Et en vérité l'évêque sembla fort satisfait du festin d'Erlend, car Erlend et Vigdis firent grand cas de lui et de sa suite, installant l'évêque à la place d'honneur et lui donnant les meilleurs morceaux de viande. Chaque fois que l'évêque parlait, Erlend attirait l'attention de l'assistance et tous se taisaient, bien que beaucoup fussent trop loin de l'évêque pour l'entendre. Les deux enfants, Ketil et Thordis, la fille de Vigdis, étaient vêtus de robes blanches, et des bandeaux d'étoffe rouge et blanc retenaient leurs cheveux en arrière. Avec Geir, un troisième enfant, dans le même appareil, ils servaient à l'évêque sa viande, et chaque fois que celui-ci prenait quelque chose, ils l'en remerciaient à genoux. Comme l'évêque semblait enchanté de cet hommage, les autres Groenlandais essayaient de cacher leur sourires. Erlend et Vigdis étaient assis de part et d'autre de l'évêque et tous deux étaient flanqués de gens qu'Asgeir ne reconnaissait pas ; alors Osmund lui murmura que c'étaient des amis d'Erlend venus de Petursvik, loin dans le Sud, et qu'ils avaient pris l'habitude de séjourner longuement sur la terre de Ketil. Asgeir devait certainement les connaître, ajouta Osmund, parce que la femme était Hjordis, la nièce de Thorunn, la vieille sorcière, l'enfant était leur fille, Oddny, et l'homme le mari de Hjordis, Sigmund. Asgeir rit dans sa barbe et déclara que c'était là un bien mauvais signe, puis il n'en dit plus un mot.

Cet hiver-là, pour la première fois depuis longtemps, une messe de Noël fut célébrée dans la cathédrale de Saint-Nicolas, et les Groenlandais purent constater qu'elle avait été décorée de neuf, et superbement, avec de nouvelles tapisseries, une nouvelle nappe d'autel et un calice. L'évêque avait apporté avec lui des robes magnifiques, et il avait appris de belles mélodies pour la messe à quelques garçons de Gardar. Les gens dirent qu'il en allait déjà ainsi avec l'ancien évêque, mais on avait perdu la musique des chants du temps d'Ivar Bardarson. D'autres messes furent célébrées pour le Nouvel An et la fête de la circoncision, et l'évêque porta de nouvelles robes encore et prononça d'une voix tonitruante un beau sermon sur l'hérésie et le péché et les manquements aux pratiques consacrées. Les âmes des Groenlandais avaient-elles fini par sombrer dans le péché ? cria-t-il. Certes oui ! Et de cela l'Eglise était fort à blâmer, mais cette Sainte Mère avait enfin entendu le cri violent de ces âmes, et maintenant, par la voix de leur évêque, elle leur criait à son tour de s'écarter des pratiques anciennes pour revenir à l'obéissance et à la vigilance contre le mal. C'était, estima-t-on, un bon sujet pour un sermon de Nouvel An.

Les offices suivants, pendant le Carême, l'évêque évoqua avec éloquence les épidémies de peste en Norvège et en Allemagne, et la terrible culpabilité des peuples qui avaient tant offensé Dieu qu'Il les avait punis, et comment cela pouvait échoir à n'importe quel peuple pécheur à n'importe quel moment, par la volonté de Dieu. Dieu était si miséricordieux, dit l'évêque, qu'Il avait vu le sort de Ses enfants de la Terre Verte, et comme ils étaient dépourvus de direction, Il avait retenu Sa main, mais leur pasteur, l'évêque lui-même, était maintenant arrivé et Dieu allait les maintenir sur le chemin de la vérité avec verges et fouets, tout comme Il le faisait pour le reste du monde. A la suite de ces sermons, un certain nombre d'hommes et de femmes se rendirent au monastère d'Arosvik et au couvent près de l'église de Vagar, et il fallut remettre les bâtiments en ordre pour les accueillir. C'est au début de cette année-là que Sigmund Sigmundsson de Petursvik, avec l'aide d'Erlend Ketilsson, assigna Asgeir Gunnarsson devant l'évêque pour le meurtre, quatorze ans auparavant, de Thorunn Jorundsdottir, qui avait vécu à Undir Hofdi tant d'années.

En ce temps-là, les Groenlandais avaient trois sortes de lois, la loi du Thing, la loi de l'évêque et la loi du roi, et ces deux dernières se confondaient parfois, selon que l'évêque ou le représentant du roi vivait en Terre Verte.

La loi du Thing et la loi de l'évêque se rapportaient normalement aux différentes questions du droit séculier et du droit de l'Eglise, mais parfois le Thing était moins puissant, et parfois l'évêque ne résidait pas sur place ; aussi les hommes de la plupart des fjords réglaient-ils leurs différends entre eux, et c'était là une habitude que les Groenlandais avaient adoptée depuis la mort du dernier évêque et la vieillesse du récitateur de la loi, Gizur, qui vivait à Brattahlid.

La première chose que fit Asgeir fut de se rendre auprès de Gizur, à Brattahlid, pendant quelques jours. A son retour, un des hommes de Brattahlid porta à la terre de Ketil un message disant que la plainte de Sigmund était illégale, parce que les meurtres relevaient du Thing, et que Sigmund n'avait pas saisi le Thing, qui venait de finir de siéger. Quelques jours après, Sigmund envoya à Gizur, à l'évêque et à Asgeir un message disant que Thorunn avait été tuée à l'extérieur de sa chaumière sur une terre appartenant à l'Eglise, et qu'Asgeir s'était approprié cette terre, en faisait un usage illégal et ne versait pas la dîme dessus depuis bien des années. Alors Asgeir alla parler en privé à l'évêque, et de même avec Nikolaus le Prêtre à Undir Hofdi. Ensuite, un message fut dépêché à Erlend, disant qu'Asgeir, grâce aux talents de chasseur de Hauk, avait entièrement payé sa dîme et le denier de saint Pierre pendant toutes ces années, et qu'ainsi le meurtre n'était pas une affaire ecclésiastique mais relevait bien du Thing, devant lequel Sigmund était invité à présenter son affaire l'année suivante, ainsi qu'il convenait. D'abord, Erlend ne répondit rien à ce message, puis, au moment même où les gens cessaient de parler de l'affaire, Sigmund fit savoir que Thorunn avait été accusée de sorcellerie et tuée comme sorcière sans enquête de l'Eglise ; par conséquent, son meurtre relevait de l'évêque. L'évêque et le récitateur de la loi en convinrent, aussi Asgeir entreprit-il de chercher soutiens et partisans dans cette affaire.

Le jour que choisit l'évêque pour entendre le procès tomba pendant les fumures de printemps, juste après l'agnelage, alors que les derniers agneaux naissaient encore. Néanmoins, lorsque Asgeir réunit ses partisans dans le champ devant la cathédrale de Gardar, ils étaient nombreux et beaucoup étaient venus de loin, du Hrafnsfjord et du Siglufjord. Comme au Thing, ces hommes firent une pile de leurs armes et se tinrent désarmés pour empêcher des combats d'éclater. Parmi les partisans de Sigmund, qui étaient assez peu nombreux, seul Erlend était un fermier prospère avec beaucoup de terres. Les autres étaient, comme Sigmund, de petits paysans du Sud, dont certains vivaient jadis dans les Etablissements de l'Ouest. Les deux groupes n'avaient pas grand-chose à se dire, mais il n'y eut pas d'affrontement, comme il aurait pu en survenir au Thing. Erlend parla pour Sigmund et Asgeir pour lui-même, bien que Gizur, le récitateur de la loi, intervînt de temps à autre en sa faveur.

Alors l'évêque sortit sous le porche de la cathédrale, regarda à l'entour et dit :

— A qui appartiennent tous les hommes rassemblés ici ?

— Ce sont des hommes libres, répondit Asgeir, mais ils sont venus me soutenir dans cette affaire.

— Libres ou non, dit Erlend d'un ton querelleur, six d'entre eux m'ont empêché de haler mon bateau sur la grève et ont menacé de me jeter à l'eau avec Sigmund.

— C'est la récompense que vous ont value toutes vos querelles pour des broutilles, comme nul ne l'ignore. Pourquoi aurais-je suggéré à mes partisans d'empêcher ce procès ? Je n'ai aucune raison de le faire.

Alors l'évêque dit :

— Nous devons savoir quelle sorte de personne était cette Thorunn.

— Cette vieille femme avait l'habitude de jeter des sorts à mes moutons, dit Asgeir, et surtout à deux beaux chevaux que j'avais, de sorte que chacun d'entre eux, Flos et Gulli, marcha dans le même trou et se rompit la même jambe, bien que mes hommes aient eu soin de boucher le trou après le premier incident. Et Thorunn provoqua cela parce qu'elle était furieuse que ma femme, Helga Ingvadottir, lui eût refusé du lait qu'elle était venue demander. Mais tout le monde sait qu'une femme qui désire concevoir un fils doit se réserver le lait fraîchement tiré de ses vaches.

Et prenant l'assemblée à témoin, il ajouta :

— Il est arrivé à d'autres, aussi, de subir les malédictions de Thorunn, et elle faisait savoir dans le pays qu'elle jetait des sortilèges d'amour et de mort. Mais quoi qu'il en soit, voilà pour quelle raison je l'ai tuée : elle a ensorcelé mon fils Gunnar pour l'empêcher de marcher, et bien qu'il fût dans sa troisième année déjà, il se traînait encore à quatre pattes. Et la meilleure preuve de ce fait, c'est que, dès la mort de cette femme, le garçon se mit debout et marcha comme les autres enfants.

— Nenni, dit Erlend. Cette Thorunn-là n'était pas une sorcière mais une vieille femme dénuée de richesse ou de puissance, et Helga Ingvadottir racontait dans tout le pays que sa chaumière était pauvre et laide et qu'il fallait la détruire. A mon avis, Asgeir Gunnarsson ne voulait qu'une seule chose, augmenter ses propres champs de ce lopin, et c'est ce qu'il a fait, bien que, sur sa longueur, ce lopin jouxte le pré clos de la terre de Ketil, et sur sa largeur les terres de l'église d'Undir Hofdi. Aucun sortilège ne pouvait être retenu contre la vieille femme, voilà pourquoi il n'y eut pas d'enquête de l'Eglise.

Erlend regarda Asgeir avec son aigreur habituelle.

— Puisque nous parlons de choses bien connues dans le pays, il nous faut mentionner Gunnar, qui est aujourd'hui aussi attardé qu'alors, et faible d'esprit. Sans doute ce meurtre a-t-il été annoncé, comme le veut la loi, mais il était injustifié et, en conséquence, Hjordis et Oddny, par l'entremise de Sigmund de Petursvik et de moi-même, réclament une compensation d'Asgeir.

— Qui, au Groenland, avait à l'époque le savoir ou l'autorité nécessaires pour démasquer la sorcellerie et la punir ? demanda Asgeir. A défaut d'évêque, les Groenlandais devaient régler leurs différends eux-mêmes, et c'est ce qu'ils ont toujours fait.

Gizur hocha la tête.

— C'est incontestablement vrai, dit-il.

— Et ceci également est vrai, ajouta Asgeir. Sigmund n'aurait pas aussi aisément persuadé son ami Erlend de présenter son affaire si Erlend vivait dans un autre district, dans un endroit où il ne pût, de sa porte, voir et convoiter les champs de son voisin de la terre de Gunnar. Ou peut-être aurait-il engagé un procès contre quelqu'un d'autre, pour quelque autre crime imaginaire.

Et un sourire amer découvrit les dents d'Asgeir.

L'évêque se tourna vers Sira Jon et s'entretint avec lui à voix basse pendant quelques minutes. Puis il posa ces questions :

— Avait-on jamais entendu Thorunn dire du mal de Jésus-Christ, l'avait-on vue cracher sur une image du Christ ou se livrer à d'autres blasphèmes ?

Gizur et Asgeir restèrent muets.

— Avait-on jamais vu cette femme s'envoler la nuit ou se transformer en chat, en chèvre ou en quelque autre bête impure ?

Gizur et Asgeir restèrent muets, car ils ignoraient tout de semblables méfaits.

— Cette Thorunn, reprit l'évêque, a-t-elle jamais frayé avec des groupes de démons ou l'a-t-on jamais vue déterrer des morts ou provoquer la disparition d'enfants ?

Finalement, Asgeir dit :

— La sorcière n'avait pas le moindre ami, hormis sa nièce Hjordis qui s'en alla dans le Sud il y a quelque vingt hivers de cela.

L'évêque déclara qu'il allait entrer dans l'église pour que la prière lui inspire une décision. Il se dirigea vers l'église, puis s'arrêta un instant pour regarder de nouveau les partisans d'Asgeir qui patientaient sur l'herbe, et Asgeir dit que ce regard était de mauvais augure et qu'il n'en attendait rien de bon.

L'évêque resta dans l'église presque toute la journée, appelant parfois Jon auprès de lui ou Gizur, le récitateur de la loi. Margret, Gunnar et Olaf s'assirent en compagnie d'Osmund et de Thord du Siglufjord, mais Asgeir ne demeura pas avec eux. Il préféra aller de groupe en groupe, en parlant et plaisantant d'une voix enjouée. Erlend et son clan se tenaient à l'écart, sans s'éloigner de leur bateau sur la grève.

Au crépuscule, l'évêque sortit, gravit une butte devant la cathédrale et se mit à prononcer un sermon.

« Un serviteur, dit l'évêque, sort de la demeure de son maître au cœur de l'hiver. Il fait un temps clair et glacé, aussi marche-t-il aisément sur la neige durcie, et la lune est pleine, de sorte que, même avant l'aube, tout est visible autour de lui. Sa tâche est simple. Il doit simplement donner du foin aux vaches et aux chevaux et rapporter de la remise un seau de lait caillé. On l'attend à la maison. Sa vie est douce, car il est domestique dans une ferme prospère, où il est bien nourri et rarement battu, et son maître, qui le surveille attentivement, est juste mais clément.

« Soudain un nuage couvre la lune et un grand vent se lève, qui cache les étoiles, et une tempête éclate. Le serviteur parvient juste à voir l'étable dans l'obscurité, et il y dirige ses pas avec difficulté, en raison de la tempête. Il a très peur, car il entend, croit-il, des voix qui l'appellent à grands cris, et il se souvient d'un rêve qu'il a fait, lui ou quelqu'un d'autre de la maison, sur un fantôme errant qui arrache les yeux aux hommes, s'ils essaient de voir, et leur arrache la gorge, s'ils essaient de parler. Le serviteur a si peur qu'il peut à peine bouger, et pourtant il sait que les vaches et les chevaux vont mourir de faim s'il ne les nourrit pas. Il dit un Ave et invoque Notre-Seigneur Jésus-Christ, mais la tempête ne fait que redoubler et il crie de plus belle. Bousculé, il ne sait plus où il se trouve, près de l'étable, des remises ou de l'étuve. Alors il tombe à genoux et prie avec ferveur le Christ de le protéger, et il est protégé. Mais voilà que la tempête s'aggrave encore, et il y a de grands coups de tonnerre et des éclairs répétés, de sorte que l'homme meurt de peur et demande à Thor de le sauver, en promettant à Thor le sacrifice d'un bon mouton, ou d'une chèvre, ou même d'une vache, bien que ce soient les animaux de son maître, si Thor peut seulement faire diminuer la tempête d'un cheveu. Et voilà que la tempête diminue, et le serviteur remercie Thor et déclare que Thor est plus puissant que Jésus-Christ.

Puis, dans les ténèbres, le serviteur se dirige vers l'étable et il voit un homme parmi les vaches, et il croit que l'homme est en train de voler une vache, aussi, dans les ténèbres, avec le vent qui hurle et toutes ces voix qui crient à ses oreilles, le serviteur se glisse derrière l'homme et lui fracasse la tête avec un gros gourdin qui lui est tombé sous la main, peut-être grâce à Thor, et l'intrus tombe inanimé sur le sol. Puis la tempête se calme et des gens de la maison sortent avec des torches et des lampes à la recherche de leur serviteur fidèle et travailleur, et ils le trouvent dans l'étable, pour découvrir qu'il a tué à coups de bâton non un intrus, mais le fils unique du maître, qui, voyant que le troupeau avait faim, avait commencé à le nourrir. »

Et l'évêque déclara que c'était une histoire vraie, arrivée sur une ferme de Vik lorsque l'évêque lui-même, alors enfant, vivait sur une ferme voisine. Alors Asgeir, se tournant vers Thorkel Gellison qui se tenait auprès de lui, dit :

— Cette affaire verra ma mort, c'est chose certaine.

— Il advint donc, dit l'évêque en regardant Asgeir, que le serviteur succomba à deux tentations. La première de ces tentations fut de croire que Notre-Seigneur Jésus-Christ était impuissant, bien que sa prière eût été promptement exaucée et qu'il fût épargné. Ce fut la tentation qui poussa Thorunn à tomber dans la sorcellerie et à jeter des sorts. Mais l'autre tentation, celle d'agir au nom de son maître sans savoir ce que l'on fait, est une tentation plus forte et encore plus dangereuse, car tout le monde peut renoncer à sa foi en des démons comme Thor, mais personne ne peut défaire le meurtre du fils unique de son maître.

« Puisque le meurtre de Thorunn fut dûment annoncé, poursuivit l'évêque, Asgeir n'est pas coupable d'assassinat et n'est donc pas passible d'une condamnation à la proscription. Et peut-être Thorunn était-elle une sorcière, coupable de jeter des sorts malfaisants. Quatorze ans après, ces choses ne peuvent être clairement prouvées. Rien n'indique que la vieille femme abjura son Sauveur, fit un pacte avec le diable ou se lança dans la sorcellerie telle qu'elle a récemment été définie chez les Italiens, les Allemands et les Français par les saints inquisiteurs de l'Eglise.

L'évêque s'interrompit pour parcourir du regard les nombreux partisans d'Asgeir réunis sur la place de Gardar.

— Et dans cette affaire aussi, reprit-il, Asgeir Gunnarsson montre un penchant pour la violence, et un désir d'influer sur notre décision par une démonstration de force. Nous ne nous soucions pas de telles menaces. Ceux qui menacent le font parce qu'ils craignent de n'avoir pas le droit de leur côté.

— Asgeir lui-même, fit l'évêque, est une brebis très chère de notre troupeau, et maintenant, à la fin d'un long hiver où le berger est resté bien des mois à l'écart du troupeau, nombre de brebis ont perdu leur chemin, et certaines se sont égarées plus profondément dans la montagne que d'autres, et courent le danger d'être perdues à jamais. Asgeir, qui prend tout à la légère, en riant, est une de ces brebis-là.

« Le printemps est arrivé, cependant, et le berger est revenu plus fort que jamais. Il parcourt la lande à la recherche de ses brebis, et son désir n'est pas de les punir mais de les ramener au bercail pour assurer leur sauvegarde. Aussi, déclara l'évêque, serons-nous clément dans notre sentence.

Le murmure se tut parmi les hommes qui attendaient sur l'esplanade, au point qu'on pouvait entendre jusqu'au clapotis des eaux du fjord sur la coque du petit bateau d'Erlend.

— Asgeir, dit l'évêque, est le possesseur de deux grands champs. De ceux-ci, il pourra conserver pour lui et ses héritiers le plus grand autour de sa demeure, mais il devra céder le deuxième champ à l'église de Gardar, et le foin de ce champ sera réparti ainsi : un tiers au siège de Gardar, un tiers à l'église d'Undir Hofdi et un tiers à Sigmund, Oddny et leurs héritiers, le tout étant administré par Erlend Ketilsson, le voisin le plus immédiat, contre une redevance d'un cinquième de tout le foin récolté dans le pré. Au bout de neuf ans, Asgeir pourra racheter le champ pour un prix que fixera l'évêque à une date ultérieure, et s'il n'est pas en mesure de le faire, tout homme de la colonie pourra l'acquérir.

Puis l'évêque pria et s'en fut. Alors les Groenlandais rassemblés sur l'esplanade de Gardar commencèrent à ramasser leurs armes et à s'en aller, car la nuit était maintenant tombée et tout le monde avait très envie de souper.

La chasse au phoque du printemps se déroula peu après, et l'infortune d'Asgeir fut l'objet de bien des conversations. Car les hommes étaient troublés par ce dénouement : ne pouvaient-ils donc plus agir de leur propre chef sans se voir châtier ? Plus tard, à l'automne, Asgeir tua force agneaux et veaux, ainsi qu'un de ses chevaux, car il dit qu'il n'aurait pas assez de foin pour les nourrir jusqu'à la fin de l'hiver. Erlend Ketilsson récolta le foin du second champ à grand-peine, car il était loin de sa grange et de son autre champ. Nikolaus, le prêtre de l'église d'Undir Hofdi, envoya trois de ses serviteurs l'aider à la fenaison. La récolte fut excellente et une bonne partie revint à Erlend lui-même, parce que l'évêque l'autorisa à prendre le tiers de Gardar en plus de son propre cinquième en échange de quelques tapisseries votives tissées par Vigdis et de trois vases en stéatite. Ce foin supplémentaire formait une énorme meule autour de la grange d'Erlend et les gens disaient que ses chevaux n'étaient pas près de manger à nouveau des algues. Ce n'étaient pas des choses dont Asgeir aimât parler sinon pour dire avec un rire en enfilant sa chemise un matin : « Je me trouve amaigri et très diminué », alors qu'il avait toujours autant de chair sur les os.

Cet hiver-là, il passa beaucoup de temps en compagnie d'Olaf, et à Noël il fit d'Olaf son fils adoptif, car la mère d'Olaf était morte. Après Noël, il y eut un fort redoux, suivi d'un gel brutal, et les moutons devaient parcourir de longues distances à la recherche de brindilles et de touffes d'herbe. Certains s'aventurèrent même sur le lac gelé et il fallut aller les chercher avec de grandes précautions. Un jour qu'Asgeir se portait ainsi à leur secours, la glace céda sous son poids. Il y avait des gens non loin de là, mais personne ne l'entendit appeler à l'aide. D'aucuns dirent qu'il n'avait même pas appelé. Lorsque Olaf et un des domestiques le découvrirent au crépuscule, il avait le corps entièrement gelé, les bras serrés autour de sa poitrine et les yeux et la bouche grands ouverts. Ils durent faire un feu dans l'étuve et l'y laisser dégeler. Telle fut la mort d'Asgeir Gunnarsson de la terre de Gunnar. On l'enterra auprès de son frère Hauk, le long du mur sud de l'église d'Undir Hofdi, et beaucoup dirent qu'il y avait bien des années qu'un festin plus délicieux et abondant n'avait été offert pour des funérailles, car Margret Asgeirsdottir avait passé ses étés avec Kristin, la femme de Thord, dont nul n'ignorait qu'elle était une des ménagères les plus habiles et les plus généreuses du pays tout entier. Et dans tout le district, Thorkel Gellison racontait ce qu'Asgeir lui avait dit à la fin du sermon de l'évêque : que cette affaire le tuerait.

Peu après qu'Asgeir Gunnarsson mourut noyé et gelé, l'évêque Alf déclara que les âmes des Groenlandais étaient en grand péril de damnation, car, dit-il, il n'y avait pas un homme sur cinq qui observât convenablement les prescriptions du jeûne, en particulier pendant les quarante jours de Carême. On disait que Sira Jon avait surpris les serviteurs de la propre table de l'évêque en train de manger de grandes quantités de viande, et dans la liesse, alors qu'ils auraient dû jeûner en méditant sur les souffrances du Seigneur Jésus-Christ. L'évêque s'intéressait tout particulièrement aux Skraelings et il prononça plus d'un long sermon sur les démons, les diables et les païens. Il déclara que le commerce coupable des chrétiens avec les diablesses était aussi noir que la nuit la plus ténébreuse aux yeux de Notre-Seigneur, et désormais les Groenlandais commencèrent à envisager les choses autour d'eux et à voir les Skraelings d'un autre œil. Quelques-uns, en vérité, cessèrent de se rendre auprès des femmes skraelings, mais d'autres continuèrent, bien que leurs visites ne fussent plus maintenant aussi voyantes ni aussi fréquentes.

Il se trouve que ces années-là les Groenlandais rencontraient les Skraelings de plus en plus souvent, surtout en allant chasser dans la lande, et hommes et démons en venaient aux coups de temps à autre, mais la plupart des gens disaient que les Skraelings se plaisaient surtout à courir l'océan dans leurs canots de peau. Le meilleur signe de leur nature démoniaque était que les tempêtes les plus redoutables ne leur faisaient aucun mal. On avait vu des Skraelings disparaître entièrement sous les vagues avec leurs canots pour reparaître à bien des coudées de là sans le moindre dommage. Beaucoup disaient que le plus effrayant avec les Skraelings était leur perfide habitude de sourire à tout, et que leur douceur même était un signe des complots qu'ils ourdissaient contre les Groenlandais chrétiens. On parlait beaucoup de ces choses, mais il en résulta en fin de compte que ceux qui voulaient commercer avec les Skraelings le firent et que ceux qui le redoutaient s'en abstinrent.

Après avoir d'abord déclaré qu'il fallait éviter tout contact, l'évêque changea d'avis : c'était le devoir de tous les chrétiens, dit-il, de tâcher d'amener les païens au Christ. Trois hommes revinrent avec des femmes skraelings, les firent baptiser et les épousèrent, et certains dirent que ces femmes faisaient des épouses souriantes et serviables, moins rétives que les chrétiennes. Ces femmes vécurent en paix parmi les fermes de la colonie. Ainsi ne parlait-on à Gardar que des Skraelings et de leurs usages, et, entre eux, les Groenlandais s'en divertissaient tant et plus.

Une qui n'était pas mariée, c'était Margret Asgeirsdottir de la terre de Gunnar. Un certain Arnkel, du Siglufjord, avait déclaré son intention de l'épouser, mais cela resta sans suite et Arnkel retourna dans son domaine. Dans le district de Vatna Hverfi, on disait combien Margret était belle et quel beau parti c'eût été si Asgeir était parvenu à conserver toute sa ferme, mais maintenant l'homme qui prendrait Margret risquait de se retrouver avec toute une famille à sa charge qui épuiserait sa propre fortune. Sans doute Gunnar et Margret étaient-ils richement pourvus en objets de prix, car les hommes de leur lignage avaient couru les mers et les femmes étaient d'habiles ouvrières, mais il y avait plus d'objets de prix dans la demeure que de moutons dans les prés ou de vaches dans l'étable. On se rappelait aussi comme Helga Ingvadottir était fière et décidée à n'en faire qu'à sa guise, et parfois ces penchants ne se révélaient, disait-on, que lorsqu'une femme devenait enfin maîtresse de sa propre maison et de sa propre laiterie. Arnkel dit aux gens du Siglufjord qu'il avait eu quelques conversations avec cette femme, mais en fait elle le mettait mal à l'aise, avec son habitude d'attendre longuement pour répondre et de ne cesser de le dévisager, de sorte qu'il était tenté de toujours parler davantage et finissait par avoir le sentiment d'être un imbécile.

Qui plus est, et c'était aussi inhabituel pour une femme, Margret aimait en toute saison à s'en aller dans la montagne au-dessus de la terre de Gunnar, et elle ne rapportait pas seulement des herbes et des plantes médicinales, mais aussi des oiseaux qu'elle avait capturés et des œufs qu'elle avait ramassés. Comme son oncle Hauk, elle était dehors plus souvent qu'à la maison et toujours à la recherche de quelque proie. Aux poutres de la demeure pendaient cinq cages en osier, pleines des petits oiseaux de Margret, culs-blancs et alouettes, qui babillaient et piaillaient tout l'hiver, et la plupart des voisins trouvaient ces cris désagréables et de mauvais augure.

Les gens de la terre de Gunnar avaient vu leur nombre diminuer considérablement au printemps qui suivit la mort d'Asgeir, au point qu'il ne restait plus que Margret, Gunnar, Olaf et Ingrid, ainsi qu'un berger, Hrafn, et deux servantes, Maria, la femme de Hrafn, et une jeune fille nommée Gudrun. Il y avait aussi deux ouvriers qui aidaient Olaf aux travaux des champs. Hrafn et Maria avaient deux enfants, des garçons, qui accompagnaient leur père dans les pâturages au début de l'été. Ingrid ne quittait plus maintenant son alcôve, de jour comme de nuit, car elle ne pouvait plus se lever ni même s'asseoir. On ne lui donnait ni lampes ni torches, parce qu'elle ne distinguait plus le jour de la nuit, et elle demandait parfois à Gunnar de lui apporter du caillé et de la viande de phoque séchée, écrasée dans du beurre, pour son petit déjeuner ou son dîner, bien que l'heure du repas fût souvent depuis longtemps passée. Gunnar s'exécutait toujours, et Ingrid lui racontait par bribes de vieilles histoires qu'il avait déjà entendues dans son enfance. Parfois, Nikolaus, le prêtre d'Undir Hofdi, et sa « femme » venaient s'asseoir et prier avec elle, car cela faisait nombre d'années qu'elle n'était pas allée à l'église.

La ferme appartenait à Gunnar, mais il travaillait aux champs aussi peu que jamais et ne se souciait pas davantage des moutons, bien qu'il montât à l'occasion un des vieux chevaux, laissant les deux plus jeunes à Olaf. Gudrun et Maria n'arrivaient pas à tisser toute la laine qu'il avait le loisir de filer à ses moments perdus, aussi apprit-il à teindre et à tisser, et il riait aussi lorsque les gens riaient de cela. On disait dans le pays que la terre de Gunnar allait sens dessus dessous, et on trouvait cela bien malheureux, mais en vérité les hivers qui suivirent l'arrivée de l'évêque furent si froids et tourmentés, et les étés si courts que dans toutes les familles de la colonie on dut faire certaines choses comme jamais auparavant. Seuls les gens de Gardar et de quelques autres fermes avaient assez de foin et de provisions pour tenir jusqu'à ces printemps tardifs, et bien des Groenlandais étaient si affaiblis par la faim et le mal des saignements qu'ils succombaient à des toux et des vomissements bénins comme s'il s'agissait de la peste.

Rien, semblait-il, ne pouvait décider Gunnar à travailler. S'il faisait froid, plutôt que de chercher du bois sur la grève, il se glissait sous sa couverture en peau d'ours jusqu'à ce qu'il se fût réchauffé. Quand il avait faim, il attendait qu'Ingrid réclamât son repas, pour se contenter de ses restes. Chaque fois qu'un objet se perdait, tout précieux fût-il, il déclarait qu'on le retrouverait bien un jour. Il portait les chemises et les bas que personne ne semblait vouloir, bien qu'il sût fort bien les repriser lui-même. Il disait que Noël allait bientôt arriver, ou Pâques, ou le premier jour de l'hiver ou quelque autre occasion d'échanger des cadeaux. On lui donnerait bien alors une chemise neuve, et il pouvait aisément attendre jusque-là. Naturellement, les domestiques ne tardèrent pas à suivre son exemple et le travail s'en ressentit à la ferme. Les clôtures s'abattaient, les blocs de tourbe se défaisaient, les bâtiments commençaient à s'effondrer. Les magasins se vidaient et ne se remplissaient pas de nouveau, l'étuve tomba à l'abandon, on envoyait les vaches et les chevaux chercher leur pitance dehors lorsque les champs étaient couverts de glace. Ni Gunnar ni Olaf ne participaient à la chasse au phoque, pas plus au printemps qu'à l'automne. Malgré tous ses efforts, Olaf ne parvenait pas à conjurer la malédiction qu'était la paresse de Gunnar, bien qu'il fût lui-même devenu un fermier accompli et qu'il rappelât Asgeir par son énergie. Les choses se poursuivirent ainsi pendant plus d'un an après la mort d'Asgeir, et les voisins disaient que Gunnar et Margret allaient bientôt finir par se louer comme serviteurs, car ils ne pourraient guère subsister de la sorte un autre été, et encore moins un autre hiver.

Vint alors le moment où se réunissait le Thing, et Gunnar déclara qu'il avait maintenant dix-neuf ans et qu'il était décidé à se rendre à Gardar afin de découvrir ce qu'un homme avait à faire. Il se cousit une chemise neuve et des bas neufs et se fit accompagner d'un des serviteurs, et, pour dire en bref ce qui arriva, il revint chez lui sept jours après avec la nouvelle qu'il était convenu de prendre une épouse, Birgitta Lavransdottir du Hvalseyfjord, qui avait quatorze ans et apportait en dot deux moutons et un rouleau de soie rouge.

A l'évidence, dirent les gens, Lavrans Kollgrimsson n'avait pas vu la terre de Gunnar depuis maintes années, ou alors il ne se souciait guère de sa fille. D'autres suggéraient, cependant, que Lavrans était pauvre, bien qu'il cultivât la bonne terre de Hvalsey, et qu'il se faisait vieux ; n'importe quel mariage était donc assez bon pour une fille aussi entêtée que Birgitta Lavransdottir.

Birgitta Lavransdottir passait pour une fort belle femme chez les Groenlandais ; les joues rouges, bien nourrie, blonde comme Gunnar, elle était de petite taille, n'arrivant qu'au milieu de la poitrine de son promis et à l'épaule de Margret. Le mariage eut lieu dans la nouvelle église du Hvalseyfjord et le festin sur la terre de Lavrans, qui s'étendait au bord de l'eau, au fond du fjord, directement en face de l'église. Celle-ci, baptisée Sainte-Birgitta, avait été bâtie par les gens du Hvalseyfjord sous le règne du roi Sverri. Gunnar offrit à Birgitta force beaux présents, dont un peigne d'argent que son grand-père Gunnar avait acquis en Irlande et le bateau avec ses marins sculptés dans du bouleau que Skuli Gudmundsson lui avait donné lorsqu'il était enfant. Ce jouet parut particulièrement enchanter Birgitta, de même que l'épais manteau gris que lui avait cousu Margret. Ils regagnèrent Vatna Hverfi avec leurs moutons et leur pièce de soie dans le bateau de Lavrans, remontant lentement l'Einarsfjord à la rame par une journée de fin d'été où, dit-on, le fjord était aussi calme et clair que l'eau d'un gobelet. Le bêlement des deux moutons, porté par l'eau, se répercutait dans toutes les fermes et même le bruit des rames de Gunnar résonnait mystérieusement, de sorte que nombre de familles évoquèrent le passage de ce petit bateau le soir en s'attablant devant leur viande.

Or il advint que les gens de la terre de Gunnar firent un agréable festin en l'honneur de l'arrivée de Birgitta Lavransdottir, et alors que tous étaient encore assis devant leurs tranchoirs, satisfaits d'avoir mangé tout leur soûl, Gunnar dit à Margret :

— Où Birgitta Lavransdottir va-t-elle dormir, maintenant qu'elle habite ici ?

A ces mots, Olaf et Maria, la femme de Hrafn, éclatèrent de rire. Birgitta leva la tête, les yeux pleins de curiosité, et Margret la regarda. Elle fit sortir Olaf et Maria de la maison et contempla son frère et l'enfant qui était son épouse. La coiffe de Birgitta, prérogative des femmes mariées, reposait lourdement et légèrement de biais sur sa petite tête. Margret se tourna vers Gunnar.

— Mon propre lit clos, dit-elle, est le plus grand. Je vais lui faire une place dedans.

Elle se leva et montra l'alcôve à Birgitta, avec ses

feuilles d'angélique sculptées et sa petite étagère tout autour de la tête du lit pour poser une lampe à huile de phoque ou tout autre objet que l'on pouvait souhaiter avoir près de soi pendant la nuit.

Sur cette étagère, Birgitta entreprit d'aligner ses cadeaux de mariage : le peigne d'argent, un collier de perles de verre, un poids de fuseau en ivoire sculpté en forme de phoque à la tête levée avec le fil qui sortait de sa gueule, un petit couteau au manche en fer battu, et deux ou trois bandeaux tissés qu'elle portait avec sa coiffe. Sans oublier le petit bateau. Elle empila à côté ses sous-vêtements et ses bas dûment pliés, auprès desquels elle rangea ensuite ses chaussures neuves, puis, après avoir dit ses prières, elle s'allongea, remonta son nouveau manteau gris jusqu'au menton, tourna le visage vers ses nouvelles possessions et s'endormit.

De tous les habitants de la maison, c'était Olaf qui ressemblait le plus à Asgeir. Il se levait tôt tous les matins, emportait aux champs son repas de viande de renne séchée et de lait caillé et commençait tout de suite la tâche de la journée. Au printemps, c'était lui qui, avec l'aide de Hrafn, transportait les vaches dans le grand champ. C'était lui qui attelait les chevaux à la charrette pour aller épandre le fumier. C'était aussi Olaf qui brisait la fumure et la mélangeait à la terre avec un jeune bouleau qu'il traînait derrière lui, Olaf qui réparait les clôtures pour empêcher les vaches de manger les nouvelles pousses d'herbe. A l'époque de la tonte, il allait retrouver Hrafn et son troupeau dans les collines, l'aidait à tondre les moutons, puis ramenait à la maison les paquets de laine que Maria et Gudrun lavaient et peignaient. Il aidait aussi à la traite et à la fabrication des fromages et du beurre. A la fin de l'été, il coupait à la faucille l'herbe que Maria et Gudrun râtelaient, puis il mettait le foin en bottes qu'il empilait devant l'étable.

Un jour, un homme appelé Audun vint de Gardar sur la terre de Gunnar annoncer que l'évêque souhaitait voir Olaf et aimerait qu'il revînt immédiatement à l'évêché avec le messager. Olaf envoya l'homme se restaurer à la ferme, puis il s'attarda à son travail jusqu'à ce qu'il fît presque nuit et qu'il fût trop tard pour entreprendre le voyage.

Cet Audun-là était un gars de Sud, et pendant toute la soirée il se plaignit en plaisantant d'avoir à passer la nuit dans un endroit aussi misérable et de devoir dormir par terre, enveloppé en tout et pour tout dans une seule peau de renne, la tête sous la table et les pieds sortant presque par la porte. Gardar, dit-il, était tout à fait magnifique maintenant que l'évêque y résidait.

— En vérité, fit-il, la plupart des garçons ne participent plus du tout aux travaux de la ferme mais passent leurs journées à fabriquer du parchemin avec la peau des veaux, à apprendre à copier les manuscrits et à faire de l'encre avec des raisins d'ours. Il y a des garçons qui passent leur temps à chanter, trois d'entre eux, et je trouve leurs voix d'une douceur angélique. Sira Jon est le maître du chant et lorsqu'il entonne un cantique, pour montrer à ces garçons ce qu'ils doivent faire, tous les copistes et les fabricants du parchemin interrompent leur tâche pour écouter. L'évêque en personne surveille les copistes. Sira Pall Hallvardsson va et vient, et Sira Petur de même, bien que ces prêtres soient le plus souvent absents, à Brattahlid ou dans l'Isafjord.

Pendant qu'Audun continuait ses bavardages, Olaf faisait un ballot de ses quelques affaires : sa cuiller de frêne, ses livres, la coupe qu'Asgeir lui avait donnée, et ses bas, ses braies et ses souliers les plus neufs. Le lendemain matin, lorsque arriva le moment pour les deux hommes de partir pour l'église d'Undir Hofdi, de l'autre côté de la colline, Olaf dit à Gunnar :

— Je crois que je préférerais avoir les pieds dehors que la tête pleine de chansons.

Et il dit à Margret :

— Je ne vois pas comment les moutons descendront des collines ni comment les vaches seront murées dans l'étable si je ne suis pas là pour le faire.

— Et cela, dit Margret en le regardant s'éloigner, est la fin d'Olaf.

Il y avait maintenant quatorze ans qu'Olaf n'était pas allé à Gardar et la ferme de l'évêque avait bien changé en vérité. Rien n'était plus gardé à la maison qui ne fût immédiatement nécessaire, car toutes les pièces qui abritaient jadis barils et seaux, peaux et rouleaux de tissu, accueillaient maintenant prêtres et garçons. On indiqua à Olaf une de ces pièces, où il trouva sur le sol de terre battue une paillasse de joncs tressés recouverte de deux peaux de renne, entre lesquelles il lui faudrait dormir. Il y avait aussi deux petites étagères. Sur l'une était placée une lampe à huile, l'autre était pour les livres. Olaf y disposa sa coupe, sa cuiller et ses trois petits volumes, qu'il n'avait pas ouverts depuis six ans. Il n'essaya pas de les ouvrir ce jour-là non plus, car les couvertures et les pages étaient aussi rigides que si elles avaient été collées les unes aux autres. Si l'évêque demandait à les voir, il ne manquerait pas de constater qu'ils étaient sur le point de se disloquer.

Olaf avait vu l'évêque une fois, de loin, lors du jugement d'Asgeir Gunnarsson. Sinon, il s'était toujours tenu à l'écart de Gardar et de tous les gens de passage à la ferme de Gunnar qui auraient pu donner de ses nouvelles à l'évêque. Maintenant qu'il y était, cependant, il lui semblait évident que tout le monde le connaissait parfaitement, que tous s'attendaient qu'il revînt tôt ou tard, et que ses espoirs étaient d'un enfant, qui se couvre les yeux et croit qu'on ne peut le voir.

Quand Olaf sortit de la résidence dans le soleil du matin, les vaches de l'évêque débouchaient sur deux files de l'étable où on venait de les traire pour regagner le champ. Il y en avait cinquante, et dans le champ se trouvaient déjà force veaux et génisses. C'étaient de bonnes vaches, grasses, à la robe sombre, et les deux domestiques qui transportaient les seaux de lait vers la laiterie avaient fort à faire, mais il ne voyait que des domestiques : les garçons qui conduisaient les vaches, les garçons qui portaient le lait, le vacher et son aide qui se tenaient à la porte de l'étable. Pas de prêtres parmi eux, car tous les prêtres étaient à l'intérieur de la résidence, occupés à lire et à écrire à la lueur de petites lampes fumeuses. Mais ce n'était pas tout à fait vrai, cependant, puisque Pall Hallvardsson survint derrière lui.

— Alors tu es enfin arrivé, mon cher Olaf, dit-il. Voilà maintenant quatorze hivers que l'on t'attend ici.

Il sourit.

— Eh bien, dit Olaf.

Et il présenta un fromage que Margret lui avait remis pour en faire don à l'évêque. Pall Hallvardsson leva le fromage dans la lumière et déclara :

— Ces fromages de la terre de Gunnar sont trop bons pour de simples prêtres, non ? Blanc et moelleux comme doit l'être un fromage.

Et Olaf ne put s'empêcher de soupirer, car en vérité il avait un grand amour de la nourriture et il avait été rassasié pendant ses quatorze années sur la terre de Gunnar.

Puis Pall Hallvardsson fit rentrer Olaf et l'assit à une table avec quelques-uns des plus jeunes garçons. Ils avaient des livres devant eux, et Pall Hallvardsson dit aux garçons qu'Olaf les aiderait dans leur lecture, mais les yeux d'Olaf étaient encore éblouis par le soleil et ses gros doigts ne parvenaient pas à s'habituer de nouveau à tourner les pages. Aussi les garçons commencèrent-ils à chahuter et Jon, à une table de l'autre côté de la pièce, dut venir les calmer. Et c'est alors qu'il fit la connaissance d'Olaf.

— Ah, c'est toi, Olaf, dit-il, comme s'il avait beaucoup entendu parler de lui, en bien comme en mal.

Après le départ de Jon, les petits garçons se remirent à leur lecture, mais Olaf ne savait pas s'ils lisaient correctement ou non, car il ne distinguait pas assez bien les lettres pour reconnaître les mots.

Bien qu'on s'activât et qu'on parlât beaucoup dans la grande salle, la journée parut longue et ennuyeuse à Olaf, et il avait mal aux os à force d'être assis. A deux reprises, tout le monde se leva pour se rendre en rang à l'office, et il n'y eut rien à manger avant la fin des vêpres, presque au crépuscule. Olaf se sentait beaucoup plus affamé que d'habitude et il regrettait d'avoir donné le fromage de Margret à Pall Hallvardsson au lieu de le cacher dans sa chambre ou au moins d'en garder un morceau dans sa poche. Le dîner suffisait tout juste à remplir une fois la bouche, comme aurait dit Asgeir, aussi, tout fatigué qu'il fût, Olaf savait qu'il dormirait mal. Son insomnie, cependant, ne l'aida pas pour autant à se lever pour les matines dans la nuit froide. Il n'avait ni la dévotion de Pall Hallvardsson ni la pratique d'un vieux prêtre, qui peut se traîner dans la cathédrale et se tenir droit sur son siège sans paraître réveillé le moins du monde. Pourtant, lorsqu'il regagna sa cellule, il resta éveillé jusqu'au matin à songer aux particularités individuelles des vaches, moutons et chevaux de la terre de Gunnar qu'il était seul à connaître et qu'il avait oublié de mentionner avant son départ. Mais qui s'en serait soucié, de toute façon ?

Après none, l'évêque manda Olaf dans son appartement, et, suivant du doigt les lignes d'un livre, lui récita la propre histoire d'Olaf : la mort de son père, le départ de sa mère et de sa sœur pour le Ketilsfjord, où toutes deux depuis étaient mortes de la toux, la nature de ses fonctions à Gardar du temps d'Ivar Bardarson, son éducation et son affectation, par Ivar, à la terre de Gunnar, dans le but d'apprendre à lire à Gunnar Asgeirsson. De temps à autre, l'évêque levait les yeux vers lui et Olaf hochait la tête.

— Eh bien, dit l'évêque, Gunnar Asgeirsson a-t-il appris à lire ?

— Non, répondit Olaf de sa voix bourrue, Asgeir Gunnarsson a mis fin aux leçons de lecture en voyant que Gunnar n'y montrait aucun goût.

— Et pourquoi ne t'a-t-on pas renvoyé ici, puisque tes services n'étaient plus requis ?

Et Olaf ne répondit pas, car en vérité il n'en savait rien. Finalement il dit :

— Sira, je n'étais moi-même qu'un enfant à ce moment-là, et Ivar Bardarson ne m'a pas fait revenir.

— Qu'as-tu donc fait, mon cher Olaf, pendant ces quatorze ans sur la terre de Gunnar ?

— Sira, je soignais les bêtes et j'aidais aux travaux de la ferme, dit Olaf.

L'évêque lui tourna le dos, traversa la pièce, puis revint vers lui en disant :

— Asgeir Gunnarsson était un homme qui n'en faisait qu'à sa guise.

Mais il dit cela d'une voix sourde et furieuse, non comme Asgeir le disait de lui-même, en riant et d'un ton tonitruant. Olaf murmura qu'Asgeir avait fait de lui son fils adoptif après la mort de sa mère, mais l'évêque ne répondit rien à cela, et Olaf n'était pas sûr qu'il l'eût entendu.

L'évêque s'écarta derechef et, tournant le dos à Olaf, fit face au fauteuil qui se trouvait dans un coin de sa chambre, et Olaf vit que c'était un fauteuil magnifique, avec un fond triangulaire et le dossier et les bras sculptés de figurines, mais ses yeux ne parvenaient pas à distinguer ces figurines, tant ils avaient perdu l'habitude de la faible lumière des intérieurs.

— Jamais depuis le temps des apôtres, dit l'évêque, il n'y a eu un tel besoin de prêtres pour accomplir l'œuvre de Dieu.

Il pivota sur lui-même et Olaf fit un pas en arrière.

— Car la terre est ravagée et décimée par la Grande Peste, au point que le siège de Nidaros lui-même... Oui, naguère encore, mon cher Olaf, il y avait là-bas trois cents prêtres, qui élevaient leurs prières vers les cieux et additionnaient des chiffres dans les livres...

Il eut un bref sourire.

— Sais-tu combien ils sont maintenant ? Combien ils étaient lorsque Sira Jon, Sira Pall Hallvardsson, Sira Petur et moi-même en avons été arrachés ?

Olaf fit non de la tête.

— Trois douzaines, sinon moins. En vérité, dans chaque fjord de Norvège, des paroisses entières ont disparu, hormis parfois un enfant qu'on retrouve çà ou là dans les bois. Il est arrivé que des régions entières soient anéanties par la mort.

Il regarda Olaf de haut en bas et reprit :

— Le temps est maintenant venu pour des hommes comme Petur, ignorants mais de bonne volonté, de se consacrer à l'œuvre de Dieu, ou pour des hommes comme Pall Hallvardsson, étrangers et orphelins, d'abandonner ceux qu'ils aiment, leur pays et leurs proches, pour partir où l'on a besoin d'eux. Nous-mêmes pensions finir nos jours à Stavanger, près de l'endroit où nous sommes né, mais nous voilà sur l'autre rive de l'océan, à Gardar.

L'évêque retourna à son siège et lui sourit. Il écarquilla soudain les yeux et Olaf recula encore d'un pas.

— Pourtant, dit l'évêque, dans Sa merveilleuse miséricorde, Notre-Seigneur donne aux hommes les moyens de travailler en ces temps sombres, parmi les vagues les plus lointaines de l'océan occidental.

Il se pencha de nouveau sur son livre et lut ce qui y était écrit, peut-être de la main d'Ivar Bardarson lui-même.

— Olaf Finnbogason, dit-il, est venu étudier chez nous sur le tard, mais il lit très bien et commence à écrire d'une écriture épaisse mais soignée.

L'évêque sourit alors franchement. Pas à Olaf mais à lui-même, comme sourit un homme qui fabrique un tonneau, en mettant la dernière douve en place.

— Qui saura mieux que toi, mon cher Olaf, poursuivit-il, s'occuper des petits garçons tout en étudiant pour l'ordination que tu attends depuis si longtemps ?

— En vérité, Sira, cela fait bien des années que j'ai cessé de lire. J'ai l'impression que mes yeux ont pris l'habitude de voir de loin. Et mes mains se sont endurcies à force de travailler aux champs.

Il dit cela de sa voix sourde et bourrue, et l'évêque sembla ne pas l'entendre, à moins qu'il ne le comprît point. Après un bref silence, Olaf reprit, d'une voix plus forte :

— Sira, dès mon enfance, Dieu m'a donné le don d'une mémoire prodigieuse, et si l'on me lisait un passage à haute voix, je pouvais le répéter mot pour mot, mais je n'ai jamais compris grand-chose à l'écriture ni à ce que je disais quand le passage était en latin.

Alors l'évêque le regarda et dit :

— Le prêtre est le truchement de Dieu, et le Seigneur parle par sa bouche, même s'il ne comprend pas lui-même ce que dit le Seigneur. La parole est un vin qui ne se répand pas, même lorsque la coupe se brise.

Ses paupières s'abaissèrent et il regarda plus gentiment Olaf, en disant avec davantage de douceur :

— Tu peux t'en remettre au Seigneur pour qu'Il t'inspire.

Bien qu'ainsi congédié, Olaf ne sortit point, mais il dit d'une voix forte :

— Sira, je suis fiancé à Margret Asgeirsdottir et nous vivons ensemble comme mari et femme.

L'évêque leva les yeux, surpris, et dit qu'il ignorait tout de cela, mais, en vérité, il y avait quelques semaines qu'il n'avait pas rencontré Nikolaus, le prêtre d'Undir Hofdi. Olaf répondit que le mariage n'avait pas encore été annoncé à Nikolaus mais seulement à Gunnar, parce qu'il était le maître de la terre de Gunnar, et à Ingrid, par considération pour son grand âge. A ces mots, l'évêque se leva, s'approcha d'Olaf, et ses yeux flamboyants semblèrent jaillir de leurs orbites pour scruter le regard du jeune homme. Olaf se campa sur ses jambes, comme pour dompter un taureau rétif, et, au bout de quelques instants, l'évêque se détourna et renvoya Olaf dans sa cellule en lui demandant de faire venir Sira Jon.

Le jour du départ d'Olaf, Margret Asgeirsdottir s'en alla dans les montagnes au-dessus de Vatna Hverfi, tandis que Gunnar s'asseyait au soleil devant la maison pour raconter des histoires à sa femme Birgitta.

Après avoir trait les vaches, Maria et Gudrun s'assirent auprès d'eux pour écouter Gunnar. De temps en temps, l'une ou l'autre, ou Gunnar lui-même, se levait pour porter quelque chose à Ingrid. Ses histoires terminées, Gunnar s'allongea sur l'herbe et s'endormit, tandis que les deux servantes retournaient travailler dans la réserve et la laiterie. Birgitta Lavransdottir ôta sa coiffure, qu'elle trouvait lourde et inconfortable, et se mit à passer son peigne d'argent dans ses cheveux, d'un blond certes plus sombre que ceux de Gunnar, qui lui tombaient jusqu'à la taille. Pendant que Gunnar dormait, elle les tressa et les arrangea de diverses manières, se levant de temps à autre pour regarder son reflet dans un baril d'eau placé sous l'avant-toit de la maison.

En ce temps-là, juste après son mariage, Birgitta Lavransdottir n'avait que quatorze printemps, mais dans la région du Hvalseyfjord nul n'ignorait qu'elle avait son franc-parler et tenait à ses opinions. Car, en vérité, Lavrans était un prodigue qui n'avait guère su apprendre à sa fille unique qu'à prodiguer ses opinions. Non seulement elle avait un avis bien tranché sur des questions comme la couleur de ses vêtements ou la manière d'arranger ses cheveux et ses effets, mais elle donnait son point de vue sur toutes sortes d'autres choses, tant et si bien que les hommes se cachaient parfois derrière leurs mains pour rire, et Lavrans avec eux. Tous les gens de Hvalsey reconnaissaient cependant que Birgitta avait une vue extrêmement perçante et l'ouïe très fine : elle était au courant de l'arrivée des visiteurs et des migrations des oiseaux et des poissons avant n'importe qui. On se souvint de tout cela par la suite, après que Birgitta raconta ce qu'elle avait vu dans le pré clos de la terre de Gunnar pendant que les servantes faisaient leur travail et que Gunnar dormait auprès d'elle.

La première chose que remarqua Birgitta fut une tache de fleurs jaunes et blanches à quelque distance, sur une petite butte. Bien que la saison fût avancée, c'était presque le début de la demi-année d'hiver, on eût dit des anémones et des ellébores. Le soleil les baignait d'une lumière éclatante. Puis Birgitta aperçut une femme à la robe et à la coiffure blanches qui marchait parmi les anémones, et un instant elle crut que c'était Margret, de retour de la montagne, mais elle se souvint que Margret portait un manteau brun, et d'ailleurs cette femme n'avait pas non plus de besace. A ce moment-là, Margret tourna la tête vers Gunnar pour voir si d'aventure il se réveillait, et lorsqu'elle regarda de nouveau, elle vit que la femme tenait dans ses bras un enfant d'environ un hiver, tout de blanc vêtu lui aussi. Alors, la femme souleva l'enfant et l'embrassa et le posa sur l'herbe, parmi les fleurs. L'enfant rit, puis, se dressant avec précaution, il se mit à marcher d'un pas hésitant, les bras en l'air. Birgitta se dit alors que ces deux-là devaient venir de la terre de Ketil ou d'une autre des fermes voisines, car arrivée dans le pays depuis peu, elle n'avait pas encore rencontré tout le monde. Mais le plus étrange, c'était qu'à chaque pas titubant de l'enfant, de nouveaux anémones et ellébores surgissaient à ses pieds, et la lumière éclatante le suivait.

A ce moment-là, Maria appela Birgitta de la laiterie pour lui demander de lui trouver quelque chose. Birgitta ne comprit pas ce qu'elle voulait, mais, son attention ainsi distraite, elle tourna la tête. Quand elle regarda de nouveau, la mère et l'enfant avaient disparu.

Margret ne tarda pas à revenir, et ce fut seulement lorsque la maisonnée se fut attablée pour la viande du soir que Birgitta, de son ton péremptoire habituel, raconta ce qu'elle avait vu dans le pré clos. Et telle fut la première vision qu'eut Birgitta Lavransdottir de la terre de Gunnar, dont nul n'ignora par la suite qu'elle avait le don de seconde vue.

Le matin du troisième jour après le départ d'Olaf, Sira Jon et Pall Hallvardsson, son collègue, quittèrent Gardar dès l'aube dans le petit bateau de l'évêque. Les deux prêtres étaient robustes d'épaules et bons rameurs, aussi glissèrent-ils vivement sur les eaux de l'Einarsfjord, en évitant aisément la glace qui commençait à s'y former. Ils atterrirent à l'église d'Undir Hofdi et laissèrent leur bateau à la garde de Nikolaus le Prêtre, puis ils gagnèrent à pied la terre de Gunnar, où ils arrivèrent bien avant midi. Les gens de la terre de Gunnar se levaient à peine et Birgitta était encore en chemise de nuit. Gunnar était auprès d'Ingrid et essayait de lui faire avaler un peu de lait caillé. Margret accueillit les deux prêtres à la porte.

Les deux prêtres n'eurent pas l'impression qu'elle était surprise de les voir, et Sira Pall Hallvardsson en déduisit qu'elle savait qu'Olaf s'était entretenu avec l'évêque, mais alors elle se mit à tenir un discours insensé, disant :

— En vérité, Sira Jon, tout le monde à la ferme a examiné soigneusement le pré clos, mais sans rien trouver. Adressez-vous plutôt à la jeune fille elle-même.

— Que vous puissiez ou non les voir maintenant, dit Birgitta de son ton péremptoire habituel, le fait est qu'il y avait des anémones et des ellébores dans le pré clos, d'abord une tache, puis une bande, là où les deux avaient marché.

Sira Jon se ressaisit et se tourna vers la plus petite des jeunes femmes, et dit :

— Quels étaient ces deux-là, mon enfant ?

Margret répondit :

— Une mère et un enfant, et le bébé portait une chemise blanche et la mère une robe blanche. Mais il est plus probable, à mon avis, qu'il s'agissait de Thora Bengtsdottir, qui a des filles jumelles et habite non loin d'ici.

— Ma sœur, ce n'est pas des jumelles que j'ai vues, dit Birgitta.

Et elle partit mettre sa robe et ses chaussures. Sira Pall Hallvardsson regarda Sira Jon et vit qu'il avait rougi jusqu'à la racine de ses cheveux et que sa main posée en travers de sa robe tremblait légèrement. Soudain, Sira Jon s'écria d'une voix forte :

— J'ai déjà entendu parler de cela, dans trois cas en vérité. Et rien qu'en Norvège, la Vierge est apparue à des jeunes filles que connaissaient certains de mes amis. Une de ces jeunes filles habitait une ferme dans le Trondelag, et deux autres dans le Jaemtland. Et ces fleurs, la façon dont elles sont apparues, c'est une preuve de ce miracle. Ces fleurs du printemps. Cette fille du Trondelag a ramassé des fraises des bois dans la neige et les a rapportées chez elle, et ces fraises sont précieusement conservées dans un reliquaire de son église paroissiale.

Margret et Sira Pall Hallvardsson le regardaient fixement, et il baissa les yeux en disant :

— En vérité, je ne les ai pas vues, mais nous pouvons nous promener dans le champ et examiner l'endroit, non ?

Et c'est ce qu'ils firent. Et la discussion du cas d'Olaf fut lente à commencer. Sira Jon ne pouvait s'empêcher de ramener la conversation à cette vision, et il harcela Birgitta de questions jusqu'à ce qu'elle partît s'enfermer dans la laiterie. Pour finir, Pall Hallvardsson demanda à Margret à brûle-pourpoint :

— Est-il vrai, ma fille, que tu es fiancée à Olaf Finnbogason ?

Et, sans ciller, Margret déclara :

— En vérité, Sira Pall, c'est le cas depuis quatre semaines.

La servante, qui se tenait derrière Margret, ramassa quelques fromages et sortit.

Alors Pall Hallvardsson, suivi de Sira Jon, partit dans les champs à la recherche de Gunnar pour lui demander si ces fiançailles entre Margret Asgeirsdottir et Olaf Finnbogason lui avaient été annoncées dans les règles, et Gunnar répondit :

— Il me semble avoir entendu parler de cela.

Et il dit ces mots fermement, sans détourner les yeux du visage de Pall Hallvardsson.

— Quand le mariage doit-il avoir lieu ? interrogea soudain Sira Jon.

— A Noël, quand Lavrans Kollgrimsson viendra pour la fête, déclara Gunnar en regardant cette fois Sira Jon droit dans les yeux.

— Malgré tout, dit Sira Jon, il nous faut maintenant en parler avec Ingrid, pour voir si cette nouvelle lui a été annoncée.

Alors Gunnar barra le chemin de Sira Jon, qui commençait à se diriger vers la maison, et, se redressant de toute sa taille, il dit avec douceur, un sourire aux lèvres :

— Ma vieille nourrice dort presque toute la journée, elle est très faible et vous ne pouvez lui rendre visite.

Et Sira Jon regarda autour de lui, de sorte que ses yeux tombèrent sur l'endroit du champ où la Vierge avait marché avec son enfant, et il n'insista point. Peu après, les deux prêtres prirent congé, parce qu'ils voulaient être rentrés à Gardar avant la nuit. C'est ainsi qu'Olaf revint sur la terre de Gunnar, mais beaucoup dirent que, si Jon avait posé la question qu'il était supposé demander, à savoir si Margret connaissait une raison empêchant Olaf Finnbogason de poursuivre ses études et d'être ordonné prêtre, Margret Asgeirsdottir n'aurait pas su quoi répondre.

Lorsqu'il revint, Olaf dit simplement qu'il y avait cinquante vaches laitières à Gardar, et grasses, luisantes et resplendissantes, que les chevaux avaient la crinière épaisse et un arrière-train vigoureux, et que tous les animaux mangeaient mieux que les prêtres.

A Noël, en présence de Lavrans et des siens, eut lieu le mariage de Margret Asgeirsdottir et d'Olaf Finnbogason. A cette occasion, Lavrans s'entretint longuement avec sa fille Birgitta et il en résulta que Birgitta transporta ses cadeaux de mariage dans le lit clos de Gunnar et se glissa sous la grande peau d'ours polaire de Hauk avec son mari. Peu après Noël, Ingrid Magnusdottir mourut pendant son sommeil, et elle fut enterrée auprès de Hauk Gunnarsson, son nourrisson préféré, à l'extrémité sud de l'église d'Undir Hofdi.

Au printemps, Olaf et les gens de la terre de Gunnar se virent récompenser de leur abstinence hivernale : leur naquirent, en effet, sept veaux, dont un joli petit taureau, et dix-neuf agneaux. Olaf échangea trois de ceux-ci contre une jeune jument avec Magnus Arnason, de Nes à Austervik. Cette jeune jument était d'une robe particulière, grisâtre avec une raie sombre au milieu du dos. Olaf l'appela Mikla, et il s'y attacha fortement.

La terre de Ketil était maintenant la plus grande ferme du district de Vatna Hverfi, car Erlend Ketilsson était un fermier laborieux, et sa femme, Vigdis, non moins que lui. Cinq enfants vivaient avec eux : Thordis (la fille de Vidgis), Ketil Ragnarsson, qu'on appelait le Malchanceux, Geir Erlendsson, Kollbein Erlendsson et Hallvard Erlendsson. Vigdis en avait aussi perdu deux autres, des filles toutes deux, peu après la naissance. Vigdis était devenue très grosse et sa fille Thordis, disait-on, ressemblait tant à sa mère à son âge qu'on eût dit sa sœur jumelle. Seul Ketil le Malchanceux rappelait le lignage d'Erlend. Les autres étaient beaux et vigoureux, avec, comme Vigdis, de larges visages ronds et de fortes dents, et beaucoup trouvaient qu'ils faisaient une très belle famille. Thordis, bien qu'elle ne fût pas la fille d'Erlend, était très courue, car Erlend lui avait promis une grosse dot, et tout le monde pouvait voir que, comme Vigdis, ce serait une épouse bien portante et travailleuse. Puisqu'ils habitaient près de l'église, ils assistaient à toutes les messes, et Thordis portait souvent une longue robe rougeâtre à la taille haute et serrée qu'elle avait coupée et cousue de ses mains. Ils étaient nombreux dans le pays à dire quel bon fermier s'était révélé Erlend, et nombreux à se compter parmi les amis d'Erlend et de Vigdis, bien que presque tout le monde convînt que les gens de la terre de Ketil pouvaient être étonnamment mesquins et intéressés.

L'été qui suivit le mariage d'Olaf et de Margret, un grand nombre de Skraelings commencèrent à traîner autour de la terre de Ketil, car c'était une ferme prospère qui dominait le fjord. Presque tous les jours, on pouvait voir les canots de peau des Skraelings sur l'eau ou tirés sur la grève, et ces démons faisaient des feux et préparaient leurs repas sur les terres d'Erlend. Il advint une fois qu'une des bonnes génisses d'Erlend fut tuée et rôtie par ces Skraelings, mais la plupart du temps ils se contentaient de pêcher dans le fjord. Erlend était de ces Groenlandais qui n'avaient jamais appris le moindre mot de la langue skraeling, et Vigdis mêmement, aussi, lorsque Erlend allait à leur rencontre pour leur ordonner de quitter ses terres, ne pouvait-il leur parler que comme il l'eût fait avec d'autres Scandinaves. Ils l'accueillaient toujours joyeusement, avec force rires et manifestations d'amitié, mais se conduisaient toujours comme s'ils n'avaient pas la moindre idée de ce qu'il disait ou voulait. Quelques voisins en riaient, car nul n'ignorait que les Skraelings comprenaient souvent fort bien le norrain. La terre d'Erlend n'était pas la seule dont les Skraelings fissent un tel usage, mais, parce qu'ils étaient aussi intéressés, Erlend et Vigdis s'en irritaient plus que quiconque, comme si, disaient les gens, bien plus que cette unique génisse leur était volée chaque fois que les Skraelings posaient le pied dans leur domaine.

En plus de tout cela, il arrivait souvent que l'un des jeunes Skraelings suivît partout Thordis, tantôt à distance, tantôt de plus près, bien que, si Thordis le chassait de la main et lui faisait des grimaces, le jeune homme s'enfuît comme terrifié. Les voisins qui connaissaient quelque peu les Skraelings disaient que ces démons admiraient par-dessus tout l'embonpoint chez une femme. Et il était vrai qu'il n'y avait chez les Skraelings aucune femme tout à fait aussi imposante que Vigdis et Thordis.

Vigdis déclarait qu'il ne fallait pas soudoyer les démons, car, ainsi qu'elle l'avait entendu dire par Nikolaus le Prêtre, si un démon croit pouvoir obtenir quelque chose de vous, il reviendra toujours réclamer davantage, jusqu'à ce qu'il ait réduit votre fortune à néant. Aussi Vigdis ne donnait-elle ni lait ni fromage aux Skraelings, comme le faisaient certaines fermes, et n'acceptait aucune de leurs marchandises dans ses resserres. Quelques Groenlandais avaient pris l'habitude de troquer avec les Skraelings du tissu et du beurre contre les peaux et les défenses que les Groenlandais ne pouvaient plus se procurer par la chasse, puisque les voyages dans le Northsetur avaient cessé. Mais Vigdis ne voulait pas en entendre parler.

Erlend dit qu'il fallait effrayer les démons, et il persuada Hafgrim Hafgrimsson de l'Eriksfjord, qui avait épousé une femme skraeling, de venir parler aux Skraelings en son nom. C'est ce que fit Hafgrim, et il dit aux démons qu'Erlend et Vigdis navreraient ou tueraient quiconque ils trouveraient dorénavant sur la terre de Ketil. Et pendant un jour ou deux les Skraelings se tinrent à l'écart, puis ils revinrent, comme des vers sur un cadavre en décomposition, et naturellement Erlend était incapable de les faire tuer, parce que les Groenlandais avaient peu d'armes en ce temps-là ; ils avaient bien déchu depuis les temps guerriers d'Erik le Rouge ou d'Egil Skallagrimsson, et n'avaient guère de vaillance au combat.

Les difficultés de l'été avec les Skraelings n'améliorèrent aucunement la nature déjà irritable d'Erlend et lorsque, à l'automne, ils disparurent aussi mystérieusement qu'ils étaient venus, leur absence ne le rendit pas plus agréable. Et un jour de cet automne-là, on trouva Mikla, la nouvelle jument de la terre de Gunnar, dans le pré aux chevaux d'Erlend avec son étalon. Erlend constata que la jument était en chaleur, et lorsqu'il exigea de Gunnar deux beaux agneaux en paiement de l'engendrement, car, dit-il, un poulain issu de son étalon surpasserait n'importe quel cheval de Gunnar, et il était juste que celui-ci payât dignement ce privilège. Gunnar ne fit qu'en rire et dit :

— Ni Ketil Erlendsson ni Erlend Ketilsson n'ont payé Thorleif pour l'engendrement de Ketil le Malchanceux et j'aurais tort de ne pas m'en tenir à cette règle. Les juments indisciplinées qui font des escapades doivent garder ce qu'elles trouvent.

Cette réponse ne plut guère à Erlend, et il s'avança vers Gunnar comme pour le frapper, mais Olaf surgit alors à la porte de la laiterie, tout près de là, et Erlend recula en disant :

— Après tout, nous aurons tout le temps au Thing pour régler cette affaire.

Le mot de Gunnar fit le tour du pays et les gens trouvèrent que c'était joliment dit. Mais certains persuadèrent Erlend de renoncer à sa plainte avant le printemps, car, en ce temps-là, les arrangements entre fermes pour l'accouplement du bétail se faisaient sans formalités, et d'ailleurs l'étalon d'Erlend ne passait pas pour un si bon cheval qu'il fallût payer ses services. Néanmoins, l'animosité entre les deux domaines, qui avait semblé s'apaiser quelque peu, reprit alors de plus belle, et ce fut une mauvaise chose.

Cet automne-là mourut Gizur, le récitateur de la loi de Brattahlid. Il était très vieux et sans enfants, aussi, au Thing, les Groenlandais choisirent-ils comme gardien de la loi Osmund Thordarson, qui habitait une autre grande ferme à l'embouchure de l'Eriksfjord. Osmund était un gaillard entreprenant, un bon ami de l'évêque Alf et le neveu de Gizur Gizursson. Peu d'affaires furent alors soumises au Thing et les fermiers des fjords éloignés commencèrent à déclarer qu'ils étaient trop occupés pour faire ce long voyage. Gardar occupant une position plus centrale, les gens qui désiraient converser et commercer vinrent de plus en plus à l'évêché pour les fêtes de Pâques, juste avant le début des travaux du printemps, et de la Saint-Michel, après les foins et la chasse aux phoques de l'automne. Beaucoup aussi s'y rendaient à skis pour Noël, si les fjords étaient pris par les glaces et recouverts d'une bonne croûte de neige. Tous les visiteurs remarquaient les changements qui s'étaient produits à Gardar, et la plupart en étaient satisfaits, car bien qu'on ployât plus souvent le genou qu'auparavant, non seulement devant l'évêque mais aussi devant Jon, son vicaire, il y avait aussi tant d'activité, tant de prêtres et de garçons s'affairant de-ci de-là, tant de beau bétail, de bâtiments bien remis en état et tant de belles choses nouvelles dans la résidence et dans la cathédrale, que les Groenlandais se disaient l'un à l'autre que jamais plus l'Eglise ne les abandonnerait.

Peu à peu, l'évêque avait appris les coutumes des Groenlandais et souvent il jugeait les affaires comme les Groenlandais les auraient jugées eux-mêmes. La seule chose qu'on pût dire contre lui, c'était qu'il se montrait parfois trop strict sur les jours de jeûne et pas tout à fait assez strict envers la « femme » de Nikolaus, de l'église d'Undir Hofdi, qui était en fait sa concubine mais vivait avec lui depuis si longtemps qu'elle se montrait ouvertement à ses côtés et parlait même en son nom à tout propos, y compris des pratiques et des règles religieuses. Outre cela, une des servantes de Gardar commença à fréquenter Petur, le prêtre de la peste, qui, disait-on, avait été marié. L'évêque permit cela aussi et, en fait, Petur conserva parmi ses ouailles autant, sinon plus, de Groenlandais qu'avant, car les gens le trouvaient bon, discret et clément confesseur.

Pall Hallvardsson venait souvent à la terre de Gunnar et il se lia d'amitié avec, d'abord, Birgitta Lavransdottir, qui bavardait et plaisantait avec lui comme une enfant, puis avec Gunnar et le reste de la maisonnée. Il aimait particulièrement entendre Gunnar raconter les histoires qu'il avait apprises d'Ingrid, et de temps à autre il narrait à son tour une histoire, que les gens goûtaient, bien que ce fussent souvent d'étranges récits sur des personnages aux noms singuliers, qui habitaient des contrées très au sud, où il n'y avait pas de neige du tout. Les gens de la terre de Gunnar félicitaient Pall Hallvardsson d'être un si bon conteur d'histoires, mais il se bornait à rire et à dire qu'il avait lu dans des livres bien d'autres récits dont il ne se rappelait guère les détails. Gunnar déclara qu'il était surpris d'entendre parler de tels livres parce que les seuls livres qu'il eût jamais vus contenaient des prières et des listes de règles, rien d'autre. Ainsi les livres qu'Olaf avait apportés lorsqu'il était venu pour la première fois sur la terre de Gunnar. Pall Hallvardsson dit qu'à sa prochaine visite il apporterait un livre d'excellentes histoires qu'il possédait en personne, et c'est ce qu'il fit. Le livre s'appelait en latin *Metamorphoseon libri* et Pall Hallvardsson en narra une histoire, rendant le latin en langue norraine à mesure qu'il lisait. Il se trouvait qu'il possédait ce livre, dit-il, mais il y en avait d'autres dans la bibliothèque de l'évêque, et certains étaient déjà écrits en langue norraine, histoires tant des Scandinaves que d'autres peuples, traduites par des moines islandais de Skalholt et de Holar.

Alors Gunnar laissa son filage, s'approcha de Pall Hallvardsson et prit le livre dans ses mains. Il était d'un aspect plus recherché que ceux d'Olaf, avec, sur quelques pages, de petites images aux couleurs passées mais agréables. Pall Hallvardsson dit qu'il avait copié ce livre lui-même quand il était étudiant et qu'un de ses amis avait dessiné les petites images. Cela s'était passé à Gand, dans le pays des Belges. Au bout de quelques instants, Gunnar rendit le livre et demanda à entendre une autre de ses histoires, aussi Pall Hallvardsson feuilleta les pages, en trouva une, et se mit de nouveau à traduire ce qu'il lisait. C'était l'aventure d'un renard et d'un coq, et Olaf et Birgitta la trouvèrent très drôle. Gunnar rit, mais dit que c'était un conte pour enfants, pas comme les récits des Islandais et des Groenlandais qu'il tenait d'Ingrid. Pall Hallvardsson lui en demanda un, et Gunnar choisit le dit d'Atli, tel qu'on le rapporte en Terre Verte, où il est très célèbre et très goûté.

« Il y avait une femme appelée Gudrun, commença-t-il, et c'était la sœur de Gunnar et Hogni, qui étaient de grands héros et des hommes très riches du temps d'Egil Skallagrimsson et d'Erik le Rouge. Gudrun était mariée à un riche fermier appelé Atli, qui habitait dans l'Est, raconte l'histoire, c'est-à-dire probablement l'est de l'Islande, puisqu'il n'est jamais fait mention de cet Atli-là chez les Groenlandais. Atli, lui aussi, avait une grande ferme avec une multitude de moutons, de vaches et de chevaux, ainsi que de riches meubles dans sa vaste demeure aux hautes poutres de bois, aussi hautes que celles de Gardar. Il avait aussi de nombreux domestiques et pourtant il n'était pas satisfait et avait résolu d'obtenir la fortune des frères de sa femme, qui était sous forme d'or et d'argent. Aussi ordonna-t-il à sa femme d'inviter ses frères au festin de Noël et, comme il avait gardé ses projets secrets, elle le fit. Puis Gunnar et Hogni se rendirent seuls à cheval à la ferme du mari de leur sœur, en se réjouissant de bien festoyer, avec force bière et cervoise et moult viande.

« Dès que Gudrun les conduisit dans la maison, les serviteurs d'Atli se saisirent des deux hommes et les ligotèrent, et Atli s'approcha et exigea de savoir où le trésor était caché. Atli menaça Gunnar de le tuer et de tuer son frère s'il ne le disait pas, mais Gunnar ne le dit point. Alors Atli dit à Gunnar qu'en vérité Hogni avait été occis et qu'il ne servait à rien de se taire puisque Hogni avait révélé l'emplacement du trésor avant de mourir, et alors Gunnar demanda que les serviteurs d'Atli lui apportent le cœur de Hogni sur un tranchoir. Comme les domestiques n'avaient pas tué Hogni, car c'était un prodigieux guerrier, ils se saisirent d'un de leurs propres hommes, le mirent à mort et lui arrachèrent le cœur qu'ils apportèrent à Gunnar. Le cœur, cependant, tremblait sur le tranchoir et Gunnar déclara que ce n'était pas le cœur de Hogni mais le cœur d'un lâche, aussi Atli terrassa-t-il Hogni lui-même, lui arracha le cœur et le présenta à Gunnar. Et Gunnar reconnut le cœur vaillant de son frère, et il proclama qu'il ne parlerait jamais puisqu'il était désormais le seul à connaître le secret. A ces mots, il prit son propre couteau et se trancha la langue. Alors Atli et ses hommes attrapèrent Gunnar et le jetèrent dans une fosse à serpents, où il périt des morsures des vipères et d'autres reptiles venimeux.

« Cette nuit-là, Atli se coucha très ivre sans remarquer l'épée que sa femme avait placée entre eux deux. Et après qu'il se fut endormi, elle se leva et lui plongea la lame dans le corps. Puis elle ouvrit la porte de la ferme, réveilla et poussa tous les chiens dehors et fit brûler Atli et ses domestiques dans leurs lits. »

Gunnar arpentait la pièce en racontant cette histoire, car c'était une de ses préférées et il y prenait grand plaisir. Quand il eut terminé, Pall Hallvardsson sourit.

— C'est une chronique sanglante, dit-il, qui ne sied guère à un prêtre, sinon comme exemple de la vie des hommes avant la venue du Christ pour les sauver.

— N'est-il pas vrai, demanda Gunnar d'une voix agitée, que les hommes sont encore très cupides et meurtriers, même ceux qui vont à l'église tous les dimanches et se montrent très amis avec les prêtres ?

— S'il existe de tels hommes, répondit Sira Pall, Dieu condamne celui qui nourrit un ennemi dans son cœur et ressasse les torts que lui ont faits les autres comme s'il caressait un trésor.

— Je trouve que l'histoire de Gudrun est belle, car lorsque je la raconte, ma poitrine se dilate devant les torts qui lui sont faits et son impétueuse détermination à se venger.

Ils s'en tinrent là et Gunnar demanda à Pall Hallvardsson de lui montrer quelques-unes des images et des fables de son petit livre.

Or Nikolaus le Prêtre tomba gravement malade et dut s'aliter presque tout l'hiver. Cette maladie fut l'occasion de visites encore plus fréquentes de Pall Hallvardsson, car l'évêque lui confia les fidèles de Vatna Hverfi, qui était une paroisse très peuplée. Lors d'une de ces visites, il apporta un livre d'histoires en langue nordique et entreprit d'apprendre à lire à Gunnar. Cette fois, Gunnar se montra beaucoup plus avide d'étudier que bien des années auparavant avec Olaf. Aussi, lorsque Nikolaus le

Prêtre fut de nouveau sur pied au printemps et que Pall Hallvardsson cessa de venir, Gunnar parvenait à lire la plupart des récits du livre qu'il avait apporté, et Birgitta, qui était plus jeune et avait la vue plus perçante, le lisait en entier, de sorte qu'à eux deux ils connaissaient toutes les histoires de Pall Hallvardsson mieux que lui. Quand la nouvelle s'en répandit dans le pays, les conversations allèrent bon train, car nul n'ignorait la paresse et la balourdise de Gunnar Asgeirsson. Certains attribuèrent son nouveau savoir à la vision de Notre-Dame dans le pré clos de la terre de Gunnar, et d'autres dirent qu'il ne faisait que rattraper enfin son retard. La plupart s'empressèrent d'oublier tout cela, car, disaient-ils, savoir lire était science dérisoire et inutile, de toute façon, et sans Olaf aucun livre n'empêcherait les gens de la terre de Gunnar de mourir de faim, comme cela avait failli leur arriver auparavant.

Cet hiver-là, il y eut une grave épidémie et beaucoup de Groenlandais périrent. La maladie durait peu de temps, trois ou quatre jours seulement, et c'étaient souvent les vieillards et les enfants qui survivaient tandis que mouraient les gens dans la force de l'âge. Elle commençait toujours par de grands vomissements, de sorte que la victime ne pouvait garder la moindre goutte de lait caillé ou le plus petit bout de viande et rendait tout à peine goûté. Ce mal s'accompagnait d'une forte fièvre, au point que le malade semblait se consumer d'un feu intérieur et ne pouvait supporter le contact d'une main sur sa joue, voire le poids de la plus légère couverture. Par ces signes, il n'était guère différent des autres maladies à vomissements qui survenaient de temps à autre, sinon qu'il était beaucoup plus grave.

Une des premières personnes à tomber malade et à mourir fut Thordis de la terre de Ketil, et à son enterrement, Pall Hallvardsson, qui prêtait encore main-forte à Nikolaus le Prêtre, fit un sermon sur la robe rouge de Thordis et sur ses manières enjouées, qui semblaient lui promettre des années de bonne santé et de prospérité et ne lui avaient valu que la tombe. Et, dit-il, ainsi en va-t-il de chacun de nous. Et les gens du pays furent très abattus par le poids de ce sermon et l'on parla beaucoup de la peste qui avait ravagé la Norvège. Sur la terre de Ketil encore, Geir Erlendsson mourut de la maladie, puis les gens se mirent à tomber malades et à expirer dans tout le district, à raison, en général, d'une ou deux personnes par ferme. Sur la terre de Gunnar, Maria, la femme de Hrafn, mourut, et Birgitta et Olaf furent frappés mais parvinrent à survivre, bien que Birgitta restât très faible et ne pût s'éloigner de son lit pendant bien des jours. Petur, le prêtre de la peste, périt également, et deux des jeunes chantres de l'évêque, ainsi que deux des autres garçons, de sorte que les offices ne furent plus aussi magnifiques que naguère. Pall Hallvardsson et l'évêque lui-même tombèrent malades à leur tour, et Pall Hallvardsson, qui n'acceptait que l'eau d'un petit lac de la montagne, se rétablit rapidement, aussi l'évêque suivit-il son exemple et se rétablit également.

La maladie n'abandonna les Groenlandais qu'après Pâques, et bien des fermes se retrouvèrent avec seulement un ou deux convalescents pour cultiver les champs, s'occuper de l'agnelage et du vêlage, et veiller à tous les travaux du printemps, de sorte que, ce printemps-là, quelques fermes furent désertées, il se trouve à jamais, et dans beaucoup d'autres on perdit faute de soins force veaux, agneaux et cabris, tandis que l'herbe poussait comme elle pouvait dans les prés. Ce fut cet été-là que Gunnar abandonna pour la première fois son filage et ses habitudes de paresse afin de travailler de longues journées dans les champs à des tâches qui ne lui étaient pas familières et pour lesquelles il manquait d'aptitudes.

Peu avant le repas du matin, il se rendait au chevet d'Olaf pour lui demander ce qu'il fallait faire ce jour-là, et Olaf disait, par exemple, que Gunnar devait longer le mur sud du pré clos pour replacer les pierres qui avaient pu tomber, et Gunnar, s'exclamant qu'il en aurait vite fini avec ce travail, s'en allait dans la lumière glaciale du matin. Mais la marche se révélait pénible dans la neige et les pierres lourdes et difficiles à mettre en place, au point que certaines retombaient aussitôt qu'il s'éloignait.

Enfin, vers midi, Birgitta venait lui porter sa nourriture, et elle le trouvait en train de contempler une pierre pour tâcher de calculer des yeux la meilleure manière de l'encastrer. A son retour, elle disait que sa besogne avançait vite et qu'il aurait certainement bientôt fini. Ou encore il entreprenait de ranger le fumier en tas dans l'étable, et il le poussait sous les sabots des vaches, de sorte qu'elles l'écrasaient et le dispersaient avant qu'il ait fini. Quand l'herbe reverdit peu après Pâques, ce fut Gunnar qui abattit les derniers vestiges du mur de l'étable et transporta les vaches dans le pré clos. Hrafn et ses fils, que la maladie avait épargnés, aidèrent les brebis à agneler, mais Gunnar dut mettre au monde les trois veaux, dont l'un se présenta par les pattes arrière et fut perdu, mais Hrafn et Olaf, qui se leva avec difficulté de son lit, à eux deux parvinrent à sauver la vache. Olaf commença alors à se lever davantage et à sortir de la maison, puis il se remit peu à peu au travail, aidant Gunnar ici et là, de plus en plus souvent, surtout après que Hrafn et ses fils eurent conduit les moutons dans les pâturages de la montagne, laissant Gunnar et Olaf seuls à la ferme. Tant et si bien que la fenaison venue, Gunnar n'avait pas fait la grasse matinée une seule fois depuis le début du Carême, à la grande hilarité de certains.

L'été, lorsque le représentant et ombudsman du roi Hakon et de la reine Margarethe arriva de Norvège à bord de son navire, il trouva la colonie fort réduite. Les deux fermes du roi, Foss dans le Sud et la ferme de Thjodhilds dans le Kambsteadsfjord, étaient tombées en ruine et Kollbein Sigurdsson, car tel était le nom de cet ombudsman, ne fut pas peu mécontent de découvrir que les Groenlandais ne pouvaient pas reconstruire ses bâtiments et réparer ses canalisations d'eau sur-le-champ. Sans même les déballer, il entreposa à Gardar ses grandes tapisseries et ses vaisseaux d'or, et se mit à cultiver ses champs avec ses marins. C'était un homme d'humeur colérique qui avait dû quitter une région prospère de Norvège et venir en Terre Verte pour avoir, disait-on, encouru les foudres de la reine Margarethe en personne, bien que le récit complet de ses mésaventures ne se répandît pas assez vite au gré de la curiosité des Groenlandais.

De nombreux fermiers de Vatna Hverfi et du Hrafnsfjord proclamèrent alors qu'il y avait tout avantage à régler ses différends sur place et à se tenir bien à l'écart du collecteur des impôts royaux, quel que fût le respect dû à la personne du roi.

Peu après l'arrivée du navire, un homme en tenue de marin se présenta sur la terre de Gunnar en disant qu'on l'y connaissait, mais ni Birgitta, ni Gunnar, ni Olaf ne remirent son visage ou son nom, bien qu'ils lui offrissent de se restaurer et de passer la nuit au domaine, comme il sied d'accueillir les voyageurs. Margret était partie dans la montagne pour chercher des simples, car Birgitta était grosse et l'enfant, disait Margret, ne semblait guère prospérer. Comme c'était l'été, Margret ne revint que fort tard ; Olaf et Birgitta s'étaient déjà retirés dans leurs lits clos, et seul Gunnar tenait compagnie au marin, lui demandant le récit de ses aventures en Norvège et ailleurs et lui racontant la mort d'Asgeir et d'Ingrid. Ils étaient assis dehors, dans la lumière oblique du soleil tardif, lorsque Margret arriva à grands pas avec son sac. Soudain elle s'arrêta, fit demi-tour et disparut. Quelques instants après, elle surgit derrière eux de la ferme et posa sur le banc, entre eux, le petit bateau de Gunnar, encore joliment sculpté, mais auquel manquaient maintenant deux marins et le bout-dehors du beaupré. Elle dit alors, avant même que Gunnar pût parler :

— Bonsoir, Skuli Gudmundsson, bienvenue à la ferme de Gunnar.

Et Gunnar, à son tour, se rappela qui était Skuli, car le petit bateau avait été le jouet préféré de son enfance, et il étreignit le visiteur.

Skuli sourit et sortit de sa poche les présents qu'il avait apportés de Norvège : quatre coupes de bois ciselées à foison, sculptées, dit Skuli, dans un olivier de Jérusalem, et un petit couteau pointu au manche d'argent que Skuli destinait à Asgeir et qu'il offrit à Gunnar. A Margret, Skuli donna des nouvelles de Thorleif et des autres marins dont elle avait gardé le souvenir. L'histoire de Thorleif était la plus malheureuse car, peu après son retour de la Terre Verte, il s'était heurté à Bergen à un groupe de marchands, connu sous le nom de Fraternité hanséatique. C'étaient des Allemands qui espéraient s'approprier tout le commerce de Bergen et qui s'en prenaient brutalement aux autres négociants quand ils croyaient pouvoir le faire impunément. Ce groupe d'étrangers comptait trois mille affiliés ou plus, selon certains, et ceux-ci portaient des armes, refusaient de se marier et faisaient bande à part. Lorsque Thorleif revint de la Terre Verte avec son navire chargé à ras bord, sa cargaison était si précieuse que l'archevêque de Nidaros en avait garanti personnellement la sauvegarde, mais après qu'il s'en fut défait, Thorleif se retrouva à la merci de cette Fraternité hanséatique, qui brûla traîtreusement son bateau jusqu'à la quille. Puis, une fois qu'il eut fait construire un autre navire avec l'argent que lui avait rapporté son aventure au Groenland, les étrangers assaillirent le chantier naval, tranchèrent la gorge des gardes qui le surveillaient et le détruisirent à coups de hache, de sorte qu'il n'en resta pas planche sur planche. Après quoi, Thorleif se sentit très découragé et parla de s'embarquer pour l'Angleterre, mais il mourut avant, pendant la Grande Peste de l'an 1362. Margret fut fort affligée de ce récit, et elle se mit à évoquer avec Skuli le grand rire de Thorleif et ses manières provocantes, et Margret dit que jamais n'était revenu navire aussi plein de trésors que celui de Thorleif. Skuli retraça le voyage de Thorleif et de Hauk Gunnarsson dans le Markland, et Margret lui parla du moine anglais Nicholas et de la mort de Hauk au milieu des bancs de glacc du golfe du Groenland.

Puis Skuli parla de lui. A son retour de la Terre Verte, il était retourné cultiver un an ou deux la petite ferme de son père, mais le travail lui semblait stupide après ses voyages et il était difficile de trouver des paysans pour aider aux champs, d'autant qu'ils demandaient un salaire que seuls pouvaient payer les plus riches du pays. Aussi le père de Skuli était-il entré au service d'un cousin prospère tandis que Skuli s'attachait à un autre homme du district qui brûlait de faire sa fortune auprès du jeune roi Hakon et de la reine Margarethe, bien qu'elle préférât s'entourer de Danois et d'Allemands. De la sorte, Skuli avait passé une bonne partie de ces dernières années dans de grandes maisons, à faire ce qu'on lui disait, et il avait épousé la fille d'un homme comme lui, de basse extraction mais plein de ressources. Elle s'appelait Hrefna et lui avait donné quatre fils. Mais par malheur Hrefna était morte en accouchant d'une fille, qui était morte elle aussi, et les petits garçons étaient allés chez le frère de Hrefna, qui possédait une grande ferme dans le Trondelag et ne dépendait pas pour sa viande des caprices des autres. Maintenant, il était au service de cet homme très puissant, Kollbein Sigurdsson, qui entendait bien tirer auprès du roi le plus grand parti de sa mission au Groenland, et, après ce voyage, Skuli retournerait sur la ferme de son père, près de Bergen, avec quelque argent, et essayerait de la cultiver derechef, car son père était mort et la ferme lui appartenait désormais.

A ce moment-là, le soleil remontait dans le ciel après s'être approché de l'horizon, et les oiseaux, qui s'étaient tus quelques instants, échangeaient de nouveau leurs rauques appels. Gunnar s'était assoupi. Margret indiqua à Skuli un endroit où dormir, mais, pour sa part, elle préféra veiller pour trier sa récolte et pendre ses bouquets de plantes aux poutres de la demeure. On disait dans le pays que Margret en connaissait long sur les vertus et le pouvoir des simples, bien que sa science ne fût pas aussi profonde que naguère celle d'Ingrid. Olaf ne tarda pas à se lever, et Margret posa devant lui son repas du matin, avec une ration supplémentaire de beurre pour sa viande séchée, puis elle vint s'asseoir près de lui d'une manière qui était inhabituelle. Alors Olaf regarda sa femme et dit, en riant :

— Aurais-tu essayé tes propres potions que tu sois aveugle à mon front bas et à mon teint basané ?

A cela Margret ne répondit rien et Olaf sortit de la maison.

Il y avait un homme qui possédait une grande ferme sur la côte nord de l'Eriksfjord, et cette terre était appelée la Colline du Soleil, parce que ses champs s'inclinaient en pente vers le sud. Elle se trouvait exactement en face du débarcadère de Gardar, sur l'autre rive de l'Eriksfjord, et les gens de la Colline du Soleil fréquentaient plus les gens de Gardar que n'importe qui d'autre. C'était un domaine prospère, et Ragnvald Einarsson, le maître de cette ferme, avait une grande maisonnée et six fils solides. Un jour, pendant la moisson, un de ses fils, un homme fait appelé Vestein qui avait une réputation de simple d'esprit, avisa un Skraeling solitaire qui remontait lentement l'Eriksfjord dans son canot de peau en jouant avec son arc et ses flèches. Ce Vestein-là se mit à apostropher le Skraeling de la grève, en criant dans la langue skraeling :

— Voyons voir si tu peux me toucher de si loin.

En ce temps-là, un important groupe de Skraelings campait vers le milieu de l'Isafjord, derrière la Colline du Soleil, aussi nombre des Groenlandais qui habitaient alentour connaissaient un peu la langue skraeling, et ces fermiers s'enrichissaient des marchandises que les Skraelings avaient à troquer, car les démons semblaient très peu priser leurs propres biens et beaucoup ceux des Groenlandais.

Comme le Skraeling ne faisait guère attention à lui, Vestein fit un bond de sur son filet et se mit à crier encore plus fort, de sorte que Ragnvald lui-même sortit de l'étable. Vestein s'égosillait en trépignant et les gens de la ferme interrompirent leur travail pour regarder, jusqu'à ce qu'enfin Ragnvald lançât au Skraeling :

— Vas-y, puisqu'il le veut, et vise bien !

Tant il est vrai que bien des pères tentent de montrer leur sottise à leurs fils en permettant qu'ils en éprouvent les effets. Le Skraeling encocha une flèche à oiseau et en vérité il visa bien, car la pointe s'enfonça dans la gorge de Vestein, qui tomba mort. Ragnvald se précipita vers la grève et prit Vestein dans ses bras. Puis il cria au Skraeling dans le canot :

— Nous ne te reprochons rien, puisque tu n'as fait que ce qu'on t'a demandé !

Néanmoins, la plupart des Skraelings installés dans le voisinage s'en allèrent peu après.

Cet incident fit beaucoup de bruit chez les Groenlandais, et les trois acteurs de l'affaire reçurent chacun leur part du blâme, mais surtout le Skraeling, pour s'être montré aussi disposé à tuer un chrétien. Vigdis et Erlend déclarèrent que la première victime des Skraelings aurait pu être n'importe qui, un de leurs fils, un de leurs parents, même, durant cet été où ils demeurèrent tant de temps sur la terre de Ketil. Lorsque Lavrans Kollgrimsson vint rendre visite à sa fille sur la terre de Gunnar, il rapporta que Vebjorn et Oli, des frères de Vestein, avaient dit du mal de leur père en présence de beaucoup, le traitant de lâche pour son discours au Skraeling, et, dans le district du Hvalseyfjord et de Brattahlid, certains disaient que le Skraeling avait décoché sa flèche à Vestein sans provocation.

Au bout de quelques jours de ce bavardage, il était bien malaisé de déterminer ce qui s'était effectivement passé, et l'histoire était entrée dans toutes les oreilles, y compris celles de Kollbein Sigurdsson de la terre de Thjodhilds, dans le Kambsteadsfjord. Et bien que la moisson battît son plein, Kollbein décida de rendre visite à Ragnvald avec quelques-uns de ses hommes, dans le but d'enquêter sur cette affaire au nom du roi.

Il se trouvait que la plupart des Groenlandais ne savaient que penser de Kollbein Sigurdsson. Il arborait toujours des costumes éclatants, comme les courtisans qu'il avait amenés avec lui, et il vivait sur un pied magnifique à la ferme de Thjodhilds, en sorte que les Groenlandais qui l'y allaient voir ne tarissaient pas sur l'abondance de viandes de toutes sortes, les belles tapisseries aux murs et les jolis meubles disposés çà et là dans la demeure. Mais, en vérité, tout était dans un grand désordre et, au milieu de cette munificence, Kollbein ne manquait jamais de prendre les gens à part pour se plaindre de la promptitude avec laquelle son bétail diminuait, ou de la maigre récolte que promettaient ses champs, ou de la lésineuse part de viande de phoque et de renne que lui accordaient les Groenlandais. Et il parlait toujours de la même chose, du Northsetur d'où les hommes rapportaient jadis force ivoire de morse, défenses de narval, peaux d'ours polaire et faucons blancs. Outre cela, les Groenlandais avaient l'impression qu'il cherchait toujours à se goberger à la table des autres. Lorsqu'il était invité, il ne manquait jamais d'amener la plus grande partie de sa maison.

Le soir de l'arrivée de Kollbein (avec cinq de ses hommes et six chevaux) à la Colline du Soleil, Ragnvald lui donna un grand festin et lui fit visiter sa ferme, et Kollbein en fut très impressionné. Il ne parla pas du tout de l'affaire de Vestein mais seulement des nombreux moutons, chèvres et vaches de Ragnvald, et des séchoirs qui se dressaient un peu partout, et de la magnificence de la ferme, et de la belle mine de la femme de Ragnvald et de ses fils.

Le matin du deuxième jour, cependant, Kollbein s'enferma avec Ragnvald, et de nouveau l'après-midi, jusqu'à l'heure du repas du soir.

Le matin du troisième jour, Kollbein s'entretint longuement avec Vebjorn et Oli, avec l'un le matin et avec l'autre l'après-midi.

Le matin du quatrième jour, Kollbein parla derechef avec Ragnvald, et l'après-midi il resta en compagnie d'un de ses hommes, puis fit la sieste.

Le cinquième jour, chaque homme et chaque femme au fait de l'incident vint voir Kollbein dans l'étuve, où il siégeait, et raconta ce qu'il ou elle avait vu.

Le sixième jour, il y eut un grand festin au milieu de la journée. Les Skraelings avaient disparu et Ragnvald ne manifestait aucune intention de les poursuivre, aussi le résultat de la venue de Kollbein fut-il que Vebjorn et Oli firent leurs excuses à Ragnvald en présence de Kollbein. Au cours de leur séjour, les cinq hommes de Kollbein et leurs six chevaux se gorgèrent tous des réserves et des provisions de Ragnvald, et beaucoup dans le pays dirent que maintenant Ragnvald avait sûrement été assez puni d'avoir un fils stupide sur six.

Ce même automne, après la chasse aux phoques, les fermiers du district de Brattahlid et du district de Dyrnes allèrent voir l'évêque et obtinrent la permission d'entreprendre une grande chasse au renne à Hreiney, une île qui se trouve à l'embouchure de l'Einarsfjord et grouille de rennes à cette époque de l'année. Chaque automne, la plupart des fermiers allaient chasser le renne çà et là dans les pâturages au nord de la colonie ou sur les îles à l'embouchure des fjords, mais il y avait bien des années que l'évêque n'avait pas donné la permission de capturer des animaux à Hreiney. Cette année-là, néanmoins, il écouta attentivement les fermiers raconter leurs épreuves et il déclara qu'il partageait leurs craintes à propos du prochain hiver, après toutes les morts du printemps et la si pauvre récolte de l'été. Il décréta aussi qu'un animal sur dix reviendrait à l'Eglise. Beaucoup trouvèrent que c'était cher payé, surtout avec la dîme en plus, mais d'autres disaient merveille de l'abondance des rennes sur l'île et se souciaient peu du prix à verser.

Gunnar et Hrafn le berger, qui n'était pas mauvais chasseur, devaient y participer pour revendiquer la part de la terre de Gunnar tandis qu'Olaf resterait au domaine pour s'occuper des animaux. Gunnar rassembla tous les outils de la ferme, toutes les armes et tous les couteaux, et les disposa sur l'herbe devant la maison pour les réparer et les aiguiser. Nombre de ces instruments avaient appartenu à Hauk Gunnarsson : deux petites lances et une grande, trois coutelas aux longues lames, dont l'un, cependant, avait la lame en croissant de lune à force d'usage et d'aiguisages, un grand arc et dix-huit longues flèches, neuf à pointe de fer et neuf munies d'un os effilé, et un petit arc avec huit flèches émoussées, pour la chasse aux oiseaux, une hachette, deux grands couteaux et des filets de tailles diverses. Il y avait aussi deux autres coutelas qui avaient appartenu à Asgeir, et deux petits arcs qui avaient appartenu à Asgeir et à son père, Gunnar Asgeirsson. On ne put retrouver le couteau à tondre les moutons avec lequel Asgeir avait tué Thorunn la sorcière. Hrafn possédait en propre un arc et des flèches et un grand couteau à tondre les moutons au manche sculpté dans un bois de renne.

Après avoir affûté et graissé les armes, Gunnar et Olaf s'occupèrent des deux bateaux de la ferme de Gunnar. Tous deux étaient d'un âge ancien et assez petits, mais tous deux faits de planches sciées dans des troncs du Markland et non de débris d'épaves recouverts de peau de phoque. Le meilleur des deux avait été démonté et reconstruit juste avant l'arrivée de l'évêque par Asgeir, son intendant et un homme de l'Isafjord appelé Koll le charpentier, qui avait une bonne réputation pour ce travail, ainsi que pour fabriquer des tonneaux et des poutres de maison. Les deux bateaux étaient assez marins pour s'aventurer hors du fjord, en pleine mer, et tous deux serviraient à la chasse, parce que certaines fermes n'avaient plus d'embarcation en bon état. Pour ces deux chaloupes, Olaf et Gunnar préparèrent du goudron de phoque : ils creusèrent une grande fosse près de l'étuve, la remplirent de graisse de phoque qu'ils firent bouillir en plongeant dedans des pierres brûlantes. Après refroidissement, ils en enduisirent le fond des bateaux pour les rendre étanches et glissants. Personne n'apportait plus de poix aux Groenlandais depuis bien des années, depuis le temps de Thorleif, mais beaucoup disaient que le goudron de phoque était aussi bon pour cet usage.

Hreiney était le seul endroit en Terre Verte où avaient été creusées des fosses à rennes comme on le fait en Norvège, car les Groenlandais avaient plusieurs manières de tuer les rennes en petite quantité, et les rennes abondaient auprès de la plupart des districts. Ces fosses à rennes étaient jugées fort précieuses, cependant, et souvent autrefois, certains faisaient le voyage de Gardar à l'île de Hreiney pour les curer. La plupart des chasseurs du district déclarèrent néanmoins qu'il n'y avait guère de difficultés à redouter avec les fosses, tant elles étaient profondes et bien faites. Trente-neuf fermes envoyèrent des hommes et des chiens à la chasse, et de Gardar arrivèrent Pall Hallvardsson le prêtre et deux serviteurs habiles à traquer le gibier. Il y avait quarante et une barques, presque toutes construites avec des planches. A cette vue, Gardar s'exclama :

— Je n'imaginais pas que les Groenlandais étaient aussi bien pourvus en bateaux. Voilà à quoi devait ressembler le départ de Harald Harfagri pour l'Angleterre, ne crois-tu pas ?

— Je ne sais rien à cet égard, répondit Hrafn, mais nous serons en mauvaise posture si nous avons la fortune de Harald.

C'était alors l'époque de l'année où les journées sont à moitié lumière et à moitié ténèbres et que la glace recommence à se former dans les fjords. La flottille arriva à la jetée de l'île, là où la mer s'enfonce profondément entre Hreiney et Stone-ey, juste au moment où le soleil se levait derrière l'Einarsfjord. Les chasseurs halèrent les nombreux bateaux sur la grève et se dispersèrent à la recherche du plus grand troupeau de rennes, mais en vérité, à ce moment de l'année, Hreiney n'est qu'un vaste troupeau d'un bout à l'autre et ils n'eurent pas loin à chercher. Gunnar regardait avec stupéfaction, car il n'avait entendu parler de telles hardes que dans les récits du Markland et du Vinland. Les chasseurs étaient pleins d'ardeur et certains se ruèrent au milieu des rennes avec des lances, avides de s'en saisir au plus tôt. C'est ainsi que le jeune Thorbjorn Thorgilsson fut blessé, piétiné par les rennes affolés, de sorte que depuis, et jusqu'à la fin de ses jours, il marcha en boitant et toujours respira avec un bruit de branches frottant les unes contre les autres. D'autres eurent plus de chance et cinq rennes furent tués avant que Hoskuld Hrutsson, de Dyrnes, et Osmund Thordarson, de Brattahlid, qui avaient organisé la chasse, aient retrouvé les vieilles fosses.

Les fosses, au nombre de sept, étaient recouvertes de branchages de saules et partiellement comblées par du sable, mais Osmund déclara qu'elles étaient parfaitement utilisables. Alors les hommes formèrent un large demi-cercle à quelque distance, afin de surgir en ligne derrière les bêtes pour les pousser vers les fosses. Il sembla d'abord qu'ils n'auraient guère de succès avec ce plan, car les rennes étaient si nombreux qu'aucune partie du troupeau ne se rapprochait des fosses, la harde tout entière se contentant de bouillonner et de tourner sur elle-même. Un groupe, cependant, finit par s'affoler et prendre la fuite, et les Groenlandais parvinrent à le diriger vers les fosses à l'aide des chiens et de flèches. Bientôt les animaux coururent, poursuivis par les Groenlandais et leurs chiens, qui criaient, brandissaient leurs armes et faisaient un grand charivari. Aux abords des fosses, un autre groupe d'hommes attendait, coiffés de leurs capuchons en peau de renne et dissimulés dans des abris de fortune. Gunnar et Hrafn étaient cachés avec ces hommes, près du bord de la première fosse, qui avait été masquée à l'aide de broussailles et de mottes de terre. Les premiers animaux en fuite s'arrêtèrent à temps et, rejetant la tête en arrière, essayèrent de faire demi-tour, mais la poussée était trop forte derrière eux et ils glissèrent et culbutèrent dans la première fosse. Les suivants les escaladèrent et les piétinèrent, pour tomber dans la deuxième ou la troisième. Il y eut de grands mugissements. Gunnar, Hrafn et le reste des Groenlandais se précipitèrent en avant lorsque la harde fut passée et, à coups de lance, de couteau et de hache, s'efforcèrent de tuer autant d'animaux que possible avant qu'ils ne pussent se remettre sur pied et sortir de la fosse, mais en prenant bien garde d'éviter le choc des ramures et les ruades. Gunnar, tout meurtri et rompu par la lutte avec les rennes, ne tarda pas à patauger dans le sang jusqu'aux genoux.

Telle fut la chasse le premier jour. Les fosses étaient dans un tel état de délabrement que nombre de rennes qui auraient pu être capturés parvinrent à s'enfuir. Et lorsqu'on eut étripé et compté les animaux tués, on découvrit qu'il n'y en avait même pas un par ferme, avec le prix de l'évêque et la dîme de l'évêque ; aussi Osmund, Hoskuld et Pall Hallvardsson délibérèrent-ils entre eux et décidèrent d'essayer une autre manière de chasser, souvent utilisée dans les Etablissements de l'Ouest, où les rennes étaient encore plus abondants que dans les Etablissements de l'Est.

Le lendemain matin, avant l'aube, les chasseurs tirèrent la moitié des bateaux dans l'eau, tout près de la grève, et dans chacun se tenaient un homme avec une paire d'avirons et un autre avec une arme. D'autres chasseurs formèrent de nouveau un demi-cercle et surgirent derrière un groupe de rennes, très nombreux celui-ci, et ils les poussèrent vers les barques, en les empêchant d'approcher de la plage pour les contraindre, avec force cris et tintamarre, à sauter d'une falaise élevée près de laquelle les bateaux attendaient, en sorte que les animaux se retrouvèrent bientôt en train de nager dans la mer. Alors les hommes dans les embarcations, et d'autres aussi, armés de gourdins, de lances et de flèches, s'avancèrent au milieu des rennes et les saisirent par les andouillers, leur levant la tête pour les égorger ou leur plonger leur lance dans le cou. Les rabatteurs à terre se précipitèrent à leur tour dans les autres canots pour se joindre à la tâche. Les bêtes se débattaient follement et la mer ne tarda pas à bouillonner et à rougir de leur sang. Maints rennes furent capturés de la sorte, bien que certains fussent perdus, se noyant avant même de pouvoir être hissés dans les bateaux et transportés à terre. Lorsque l'on eut compté tous ces rennes, on découvrit que chaque ferme en recevrait cinq et l'évêque plus de quarante, et certains de protester que la mer n'appartenait pas à l'évêque et qu'on ne devait de redevance à Gardar que pour l'utilisation des fosses. D'autres dirent que c'était l'île même qui appartenait à l'évêque, et donc les rennes y vivant, et d'ailleurs quelle apparence y avait-il que l'évêque, si on lui demandait de trancher, trancherait en sa propre défaveur ?

Des chasseurs, aucun ne fut tué, et seul Thorbjorn fut gravement blessé, bien que trois autres se vissent encornés ou froissés par les ruades des rennes qui se débattaient. Les Groenlandais passèrent le restant de la journée à étriper les animaux, et au crépuscule, la flottille chargée à ras bord remontait l'Einarsfjord vers Vatna Hverfi et Gardar. Gunnar se taisait et ramait avec Hrafn à l'arrière.

Alors, pendant quelques jours, on interrompit tous les travaux agricoles pour s'occuper des rennes. Olaf étendit les peaux sur l'herbe du pré clos, la fourrure vers le sol, et Margret pendit des lanières de viande sur les séchoirs. Les os, nettoyés par ébullition, furent rangés dans la resserre avec les ramures. On fit de la soupe avec les sabots, on écorcha les têtes, on les flamba comme les têtes de mouton, et l'on vida le sang pour en préparer des boudins. Birgitta dut s'en sustenter deux fois par jour, mais cela ne la dérangeait point car elle était particulièrement friande de boudin. La viande de cette chasse, et auparavant de la chasse aux phoques, fut singulièrement bienvenue cette année-là chez les Groenlandais, car il n'y avait pas autant de moutons à abattre que naguère, et lorsque les gens se rendaient visite d'une ferme à l'autre, ils parlaient d'ainsi chasser tous les ans, parce que, en vérité, malgré des douzaines de rennes capturés, Hreiney était toujours aussi pleine de rennes que l'océan est plein d'eau après en avoir pris une louche. Et ils s'extasiaient de l'abondance du gibier et des animaux marins dans leur contrée et rendaient grâce à la munificence de Dieu dans l'océan de l'Ouest.

Ces journées-là, le temps fut propice aux fermiers qui préparaient leurs rennes, car le ciel était haut et clair, et jour après jour les champs et les icebergs bleus qui flottaient dans les fjords scintillaient sous le soleil. Un vent vif et sec soufflait uniment de l'est et la viande sécha sur les tréteaux en moins d'une journée. On pouvait aisément travailler la nuit, car la lune brillait d'un vif éclat, pleine et sans halo. Chaque nuit, les lueurs du nord ondoyaient et frémissaient au milieu des cieux. Une de ces nuits, Birgitta Lavransdottir se leva de son alcôve trempée par ses eaux jusqu'à la taille, et Margret se leva à son tour pour lui donner un peu de lait caillé mêlé de miel. Puis elles s'assirent pour filer en attendant la venue des douleurs, mais les heures passèrent et la journée avança sans qu'elles viennent. Après le repas du matin, Birgitta ôta sa coiffe, brossa et arrangea ses cheveux, puis se dirigea vers son lit clos. Margret sortit surveiller l'ébullition des os de renne, car ceux-ci seraient par la suite d'une grande utilité à la ferme. Elle laissa Birgitta en compagnie de Svava Vigmundsdottir, une vieille nourrice venue de Kristin dans le Siglufjord, et c'était une vieille fort laide en vérité, le dos bossu et les yeux louches, mais néanmoins savante en matière d'enfants et qui s'y entendait en naissances.

Après le repas du soir, Svava dit qu'il fallait promener Birgitta, car cela amenait parfois les douleurs, mais Birgitta refusa de marcher et en vérité il semblait qu'elle pourrait à peine se tenir debout. Puis Svava dit qu'une fois, dans un cas semblable, elle avait vu un homme aller s'étendre avec sa femme, et peu après les douleurs étaient venues et le bébé était né, mais Margret répondit que cela ne plairait pas à Gunnar et à Birgitta et qu'elle redoutait de le leur demander. Pendant qu'elles parlaient, Birgitta s'assoupit, et elle dormit jusqu'au lever du soleil. Mais, lorsqu'elle se réveilla, les douleurs n'étaient toujours pas arrivées. Ce que voyant, Svava et Margret la hissèrent hors du lit et la firent aller et venir entre sa chambre et celle de Margret, mais c'étaient elles qui la soutenaient et ses jambes bougeaient à peine.

Alors la jeune femme se mit à remuer la tête et à marmonner, et ses joues devinrent très rouges et chaudes au toucher. Lorsqu'elles la couchèrent dans son lit, elle dégagea une odeur nauséabonde, de sorte que Margret hésita à lui relever la chemise. Lorsque Margret lui fit boire un peu d'eau fraîche dans une coupe, elle en avala avidement quelques gorgées, puis, d'un revers de main, renversa le reste sur le sol. A ce moment-là Gunnar entra, regarda la jeune femme sur le lit et ressortit. Au bout de quelque temps, il revint avec « l'épouse » de Nikolaus le Prêtre et deux de ses servantes. Cette femme alla immédiatement au chevet de Birgitta et défit le haut de sa chemise. Puis elle plaça les mains sur les seins de Birgitta et entreprit de la frotter vigoureusement, bien que Birgitta poussât des cris, agitât la tête et tentât de la repousser. Lorsque la femme du prêtre n'eut plus la force de continuer, une de ses servantes la remplaça, puis Margret, puis ce fut de nouveau le tour de la femme de Nikolaus. Svava gardait la main sur le ventre de Birgitta et l'autre servante se tenait auprès du visage de la jeune femme avec un morceau d'étoffe, pour essuyer les larmes et la sueur. Quelque temps plus tard, Svava sentit le ventre se durcir sous la main, puis de nouveau un moment après. Mais les femmes ne s'interrompirent pas de frotter, car « l'épouse » de Nikolaus dit qu'alors les douleurs cesseraient aussi et que le bébé ne naîtrait jamais. Elle avait entendu dire qu'il fallait parfois couper le ventre de la mère, bien que, naturellement, elle n'ait jamais vu cela.

La nuit était bien avancée lorsque Svava déclara qu'elle venait d'apercevoir le sommet de la tête du bébé pour la première fois, et c'était presque le matin lorsque l'enfant naquit, un garçon aussi petit qu'un chiot, les narines dilatées et haletant comme un cheval qui viendrait de prendre une suée. Un seul regard suffit à « l'épouse », et elle chuchota quelques mots à sa servante, qui courut chercher Nikolaus le Prêtre. Margret se pencha vers Birgitta et lui demanda si elle voulait voir le bébé, mais Birgitta ne pouvait parler et gisait sur le lit les yeux clos, aussi Margret se promena-t-elle avec le bébé qui haletait et tremblait en poussant parfois de petits cris. Svava lui souffla doucement sur le visage et, au bout de quelque temps, elles le portèrent à Gunnar et demandèrent à celui-ci quel nom lui serait donné, et il répondit Asgeir. Puis le prêtre arriva, et baptisa du nom d'Asgeir Gunnarsson l'enfant qui reposait maintenant en silence dans les bras de Margret. Quelques instants après, il le bénit et pria sur lui, ensuite, il emmaillota étroitement le bébé dans un bout de vadmal et le posa dans son berceau, et Gunnar se pencha sur lui, puis il se releva et dit qu'on l'enterrerait près de la ferme, là où d'autres nouveau-nés avaient été enterrés dans le passé. Il ferait cela le matin avec Olaf.

Les gens quittèrent la ferme et Gunnar gagna son alcôve, mais Margret et Svava, n'ayant pas sommeil, s'assirent à la table pour boire et manger quelque chose, et Margret dit :

— Te souviens-tu de la naissance de Ketil le Malchanceux ?

— Non, répondit Svava, mais on peut dire que la plupart des enfants apportent la malchance aux femmes qui leur donnent la vie. J'ai assez vu de naissances difficiles pendant mon existence. Il est mauvais d'en parler.

— Kristin a quatre enfants, et certaines en ont davantage.

— Pourtant, je m'occupe des enfants des autres depuis que j'ai douze hivers, et ce n'est ni un accident ni un effet de ma laideur si je n'ai jamais connu d'homme, parce que le plus souvent les chrétiennes sacrifient leur vie à leur enfant, sinon au premier du moins à l'un des suivants. Hafgrim Hafgrimsson a maintenant trois enfants autour de lui, et la femme se met à peine au lit pour la naissance, dit-on. Les Skraelings sont différents et peu importe qu'ils soient baptisés.

— Mais les gens se marient, et ensuite ils doivent avoir des enfants.

— Non, dit Svava. A mon avis, les gens ne veulent qu'une seule chose par-dessus tout, et c'est d'avoir des biens à eux, pour les posséder et les conserver, et ensuite ils sont surpris par le prix de ces biens, car tantôt ils coûtent presque plus qu'ils ne peuvent payer, tantôt vraiment plus qu'ils ne le peuvent.

Elle se tut un instant, dévisagea Margret et dit :

— Toute ma vie, je suis allée de ferme en ferme et jamais je n'ai rien pris pour moi, mais je n'ai aucun regret.

Bien des jours passèrent avant que Birgitta Lavransdottir pût se relever. Svava repartit pour le Siglufjord et une servante de Nikolaus le Prêtre vint pendant la journée s'occuper de la jeune femme. Lorsque Margret parla du bébé et de sa mort, Birgitta la regarda longuement et dit qu'elle n'était guère étonnée parce que le jour de la venue de Svava Vigmundsdottir elle avait vu Margret partir en courant pour revenir avec une femme étrange, puis, en un clin d'œil, la femme s'était transformée en un feu ardent et Margret avait mis la main dans le feu et s'était avancée avec la main qui brûlait comme une torche, et Birgitta avait eu si peur qu'elle s'était évanouie. Tout cela n'augurait rien de bon pour le bébé, et elle rendait grâce à Dieu d'avoir épargné sa vie car la mort lui était alors apparue inéluctable. Par la suite,

Margret et Birgitta ne parlèrent jamais de ces choses ni n'y firent allusion devant Gunnar. A Noël, Birgitta était assez forte pour faire ses relevailles et elle se rendit à l'église sur ses deux jambes, vêtue du manteau gris qu'elle avait reçu pour son mariage, flanquée à sa droite de son mari, et de son père Lavrans à sa gauche. Et tel fut le sort du fils premier-né de Gunnar.

Les gens de la terre de Gunnar se réjouissaient vivement en ce temps-là des visites de Skuli Gudmundsson, car ses fonctions à la ferme du roi lui laissaient d'amples loisirs. Skuli avait beaucoup de choses à dire, tant sur la cour de Norvège où il avait vécu de nombreuses années que sur Kollbein l'ombudsman, et il avait une manière de raconter ces histoires qui donnait aux personnages une apparence ridicule. Margret le taquinait parfois en demandant de quelle espiègle façon il parlait de la terre de Gunnar lorsqu'il se trouvait sur la terre de Thjodhilds, mais Skuli fronçait les sourcils et feignait d'ignorer ses remarques.

Il leur décrivait aussi les atours que portaient les gens à la cour de la reine Margarethe, car, disait-il, la cour s'habillait toujours somptueusement, même lorsqu'il n'y avait pas de viande sur la table ni de bois dans l'âtre. Quant à la reine Margarethe, elle était courte et brune, disait Skuli, et pas du tout jolie, quoique tous les courtisans prétendissent le contraire, mais, dans sa personne, quelque chose d'attentif indiquait qu'elle savait où poser les pieds. Le roi Hakon était plus beau, comme son père Magnus, et voilà pourquoi, estimait Skuli, les gens lui prêtaient davantage d'attention alors qu'ils auraient mieux fait de s'occuper de la reine et, en vérité, c'était exactement ce qui était arrivé à Kollbein l'ombudsman, alors collecteur d'impôts dans le Trondelag, où il avait su édifier une fortune. Il avait acheté deux domaines pour presque rien, bien qu'ils fussent amplement fournis de bonnes étables, de riches chapelles et de canalisations d'eau en parfait état. Ce fut la reine qui remarqua la richesse de ces domaines et les compara à la relative maigreur des impôts perçus ces années-là. Quoique Kollbein eût en fait acheté ces propriétés beaucoup

Vigdis avait eu beaucoup d'enfants et les activités de Jon Andres ne l'intéressaient pas au point de lui faire oublier d'autres divertissements. Aussi demandait-elle à tous les visiteurs de lui raconter ce qu'ils connaissaient des affaires de la terre de Gunnar ; elle ne tarda donc pas à savoir qui était le bonheur en question. Sans doute ne répéta-t-elle jamais ces vers, mais elle n'empêcha point ses serviteurs et ses enfants de les réciter. Elle n'avait pas oublié la vache aux yeux bandés qu'ils avaient trouvée à demi gelée dans le lac, ni l'insulte méditée, ni les auteurs présumés de ce forfait.

A quelque temps de là, Gunnar était assis près du petit lac sur les bords duquel se trouvait la terre de Gunnar, et il réparait un filet à phoques. Katla, la femme de Hrafn, vint vers lui et lui répéta les vers qui circulaient maintenant dans tout le pays. Gunnar ne dit rien et continua de réparer le filet. Il travailla ainsi presque toute la journée, et à l'heure du repas du soir le filet était en parfait état. Il le rangea et alla manger. A table, il demanda à Birgitta où pouvait bien être Margret. Birgitta répondit que Margret était partie piéger des ptarmigans dans les collines. Puis Gunnar demanda où pouvait bien être Skuli. Birgitta répondit que Skuli avait emmené l'étalon gris à la ferme d'Axel Njalsson, qui se trouvait à une petite matinée de cheval de là. Alors Olaf leva les yeux de son tranchoir et regarda Gunnar. Le repas fini, ils allèrent trouver Katla et, quelque peu effrayée, celle-ci répéta la strophe à Olaf. Margret rentra un peu plus tard avec cinq oiscaux. Skuli revint le lendemain matin.

Les gens de la terre de Gunnar finissaient leur viande du matin quand Skuli entra dans la maison. Gunnar le salua et dit :

— Tu es toujours par monts et par vaux, mon ami. Où iras-tu ensuite chercher les impôts du roi ?

— Je ne suis pas encore allé à la ferme de Stein Sigmundsson.

— C'est un endroit misérable, dit Gunnar. Je doute qu'il soit impatient de te voir.

Les deux hommes rirent.

— Tu es pour nous un si bon ami que nous préférerions te voir t'attarder sur la terre de Gunnar, du moins jusqu'à la saillie de la jument.

— A dire vrai, cela ne me ferait aucun mal de profiter davantage de la viande et des conversations auxquelles j'ai été habitué sur la terre de Gunnar, dit Skuli avec un sourire.

Margret dit alors :

— N'importe-t-il pas avant tout de faire ta tournée, Skuli Gudmundsson ?

Mais Skuli éclata de rire, s'étira sur le banc et tendit la main vers le pot de lait caillé.

— En vérité, dit-il, j'en ai déjà fait plus pour Kollbein dans ce district qu'il n'en a fait pour lui-même dans tous les autres districts réunis.

Margret se tut.

Les quelques jours suivants, tout le monde, y compris Margret, resta à la ferme, et Margret déclara que les magasins étaient suffisamment pleins d'oiseaux pendus aux poutres et de simples en train de sécher. Elle suivit l'enfant qui courait çà et là à quatre pattes et raconta à Birgitta des histoires du temps où Gunnar était tout petit, mais en vérité, hormis l'apparence, Gunnild ne ressemblait en rien à Gunnar. Birgitta était très fière d'elle et avait soigneusement arrangé la maison et la cour extérieure pour qu'elle pût y jouer sans danger. Tant pis si Gunnar et Olaf avaient toutes les difficultés à retrouver leurs affaires et leurs outils dispersés dans des endroits inattendus ou éloignés. Jamais l'enfant n'était battue, jamais on ne lui parlait durement, et pour cette raison, peut-être, elle était très joyeuse.

Un matin, juste après le repas, Skuli s'éloigna sur l'étalon gris. Après son départ, la matinée s'écoula très lentement. Margret s'efforça péniblement d'écouter Birgitta et Svava, bien que leurs propos ne fissent que l'exaspérer. Elle se rendit dans le magasin et fourragea parmi ses herbes et les autres provisions qui s'y trouvaient. Elle fila un peu de laine et s'assit quelques instants devant le rouet. Elle suivit le bébé alentour et se promena autour du pré clos, mais il n'y avait pas grand-chose à y faire, et d'ailleurs elle ignorait presque tout des travaux agricoles puisque, bien avant même la mort d'Asgeir, elle passait presque toutes ses journées d'été dans les collines. En outre, il était imprudent pour Margret de s'offrir trop souvent aux regards de Birgitta Lavransdottir, car sa taille s'arrondissait et tirait sur les coutures de sa robe de tous les jours. A ce propos, elle craignait un peu d'en détendre les plis, car la robe était si usée que de nouvelles coutures se seraient immédiatement remarquées. Enfin à chaque instant elle imaginait Skuli dans les collines, qui errait autour de leurs endroits préférés, l'espérant comme elle l'espérait.

Puis Margret alla voir ses oiseaux et se mit à leur parler en leur donnant de l'eau et en nettoyant leurs cages. Elle avait six oiseaux dans trois cages : deux couples d'alouettes et un de culs-blancs. En les regardant, elle songea — comme parfois lorsque Skuli était loin d'elle et jamais en sa présence — combien elle avait succombé misérablement à la tentation et combien peu elle avait résisté, pour, au contraire, se précipiter avec joie dans ses bras la première fois, et chaque fois depuis avec plus de joie. Quelle pécheresse elle était devenue aux yeux du Seigneur et comme elle s'était ruée gaiement dans le péché, au point que la dernière année s'était enfuie si rapidement que le temps semblait ne point s'être écoulé du tout et qu'elle avait l'impression d'avoir conservé toute l'innocence de son âme. Soudain, elle désira ardemment revenir un an en arrière, se retrouver pure et sans tache, mais non, comprit-elle, pour résister à la tentation mais pour revivre tous ces instants disparus. Puis elle prit chaque oiseau sur son doigt pour lui parler, et, quand elle eut terminé, elle alla chercher son manteau, l'enfila et partit dans les collines. Skuli l'y attendait. Elle s'attendait aussi à trouver Gunnar et Olaf, mais elle ne vit personne, et leurs rencontres recouvrèrent leur insouciance de naguère.

Bientôt, Ketil le Malchanceux, qui était devenu aussi intelligent qu'amer et sarcastique, imagina cet autre poème :

L'étranger sans terre aux habits de couleur n'a que
La colline boisée pour labourer la putain blonde.
Les Groenlandais sont bien négligents
D'échanger leurs chevaux et leurs femmes
Pour si peu.

Peu de temps après, Hrafn et Olaf commencèrent à tondre les moutons dans les pâturages d'été. Katla accompagna Olaf pour retrouver son mari et l'aider à laver la laine. A son retour, Olaf prit Gunnar à part et s'entretint avec lui de cette affaire, lui récitant les vers de Ketil. Il ajouta également que Hrafn menaçait de chercher du travail ailleurs si cette affaire n'était pas réglée, car c'était une grande honte pour tous les gens de la ferme que de tels vers circulassent ainsi, sans que le maître et le mari ne fissent rien contre.

Alors Gunnar réfléchit silencieusement pendant quelques minutes. Puis il dit à Olaf :

— Olaf, mon ami, nul n'ignore que je suis paresseux, et ce que préfère un paresseux, c'est passer chaque matin, chaque soir et chaque nuit comme les précédents, c'est toujours effectuer, de ses mains paresseuses, le même travail habituel, c'est contempler, de son regard paresseux, les mêmes vaches, les mêmes moutons, les mêmes chevaux et les mêmes personnes qui vaquent çà et là sur la ferme, du lever au coucher du soleil, et ainsi de suite, comme ils l'ont toujours fait. Un paresseux doit toujours se soustraire à une tâche nouvelle, surtout à un travail dont il n'a aucune expérience, comme tuer et enterrer un ami.

— Mais je n'ai jamais été paresseux et moi aussi j'hésite à entreprendre cette tâche.

Et les deux hommes s'assirent là, et ils n'hésitèrent pas à pleurer, mais, après avoir pleuré, ils se rendirent dans la remise aux outils et choisirent deux haches. Puis, les ayant soigneusement aiguisées, ils les déposèrent près de la porte de la maison et appelèrent tous les gens de la ferme pour leur faire part de la nouvelle. Lorsqu'ils eurent fini de parler et répété les deux poèmes, Birgitta, qui tenait la petite Gunnnild dans ses bras, dit :

— Il est clair que vous êtes de tels lâches, tous les deux, qu'il vous faut la permission de vos serviteurs pour faire ce qui doit être fait.

Alors Olaf enfourcha Mikla et Gunnar son vieux cheval, Noddi, ils attachèrent leur hache sur leur selle et s'en furent.

Margret et Skuli étaient assis côte à côte sur la colline, à deviser. Skuli portait son habit de cour bleu et vert et Margret la robe de soie rouge qu'elle s'était faite et mettait depuis de temps à autre. L'étalon gris broutait à quelque distance de là, et on le voyait de très loin, tant sa robe luisante reflétait violemment l'éclat du soleil. Margret ne fut guère surprise de voir Gunnar et Olaf, comme si elle les attendait depuis quelque temps, mais elle fut surprise de constater que Skuli accueillait leur apparition avec une expectation en rien inférieure à la sienne. Il se leva et siffla le cheval gris comme il avait l'habitude de le faire avec sa propre monture, mais l'étalon n'y prêta aucune attention et s'écarta de quelques pas. Skuli se dirigea vers lui en claquant doucement la langue, car sa seule arme, un poignard, était fixée à la selle. Le cheval s'éloigna au trot. Il était maintenant clair que Gunnar et Olaf avaient aperçu la robe éclatante de Margret, car ils se mirent à gravir la pente au galop. L'étalon leva la tête au bruit des sabots, puis il hennit bruyamment et partit au trot rejoindre ses congénères. Quelques minutes après, Olaf attrapait le cheval et l'attachait à un bouleau tordu. Gunnar et Olaf s'avancèrent au trot. Skuli fit quelques pas en avant puis attendit, immobile, à mi-pente.

Il portait son bonnet vert, et ses cheveux flamboyants retombaient souplement sur ses épaules. Alors, suivi de près par Gunnar, Olaf s'approcha de lui, leva sa hache et porta au Norvégien un coup violent, étincelant, sur le côté de la tête. Comme l'homme tombait, Gunnar l'acheva d'un autre coup sur la nuque. Le sang gicla dans les saules rabougris. Puis Gunnar et Olaf se tournèrent vers Margret. Leurs montures et leurs jambes étaient éclaboussées de sang frais. De la main, Gunnar étala un peu de sang sur la joue de Margret, puis s'en alla.

Olaf mit pied à terre devant sa femme.

— Maintenant, dit-il, mes yeux se sont ouverts et je vois que cette honte portera bientôt ses fruits.

Alors il lui cracha au visage, puis, faisant demi-tour, il se lança au galop à la suite de Gunnar, et la première chose qu'ils firent fut de se rendre sur la terre de Ketil, qui était le domaine le plus proche, pour annoncer le meurtre de Skuli Gudmundsson, ainsi que l'exigeaient les lois.

Kollbein Sigurdsson fut très courroucé par le meurtre de Skuli Gudmundsson et il sollicita les conseils de force riches fermiers pour tâcher de décider quelle action engager et où l'engager — au Thing, sous sa propre juridiction de représentant du roi, ou à Gardar sous la juridiction de l'évêque. Skuli Gudmundsson, disait-il, était un de ses plus gracieux cavaliers et sans lui sa maison paraissait beaucoup plus misérable. Bien des voisins de la terre de Thjodhild jugèrent sage de soutenir Kollbein dans cette affaire et de s'efforcer d'obtenir une entière proscription contre Gunnar Asgeirsson et Olaf Finnbogason. Mais les fermiers qui habitaient plus loin estimèrent, comme l'évêque d'ailleurs, que Gunnar et Olaf étaient dans leur bon droit et que c'était Skuli qui avait risqué la proscription en nouant une intrigue avec une femme mariée.

La session du Thing s'ouvrit très peu de temps après le meurtre, mais les quatre jours de l'assemblée s'écoulèrent l'un après l'autre sans qu'une action fût engagée contre Gunnar et Olaf, bien que Kollbein ne cessât d'aller d'un fermier à l'autre en parlant toujours d'une voix douce et pressante. Tous les fermiers, hormis les plus proches voisins de Kollbein, déclarèrent que oui, le meurtre pouvait apparaître déplorable à certains ; en revanche, le meurtre d'un Norvégien ne devait pas nécessairement diviser les Groenlandais, surtout le meurtre d'un voleur venu en ami. Aucun des arguments qu'invoqua Kollbein pour souligner que Skuli était son représentant dans le district de Vatna Hverfi, comme lui-même était le représentant du roi, n'emporta la décision de l'assistance, tandis que les partisans de Gunnar et d'Olaf se pressaient dans le baraquement de Gunnar, qui était neuf et fait de peaux de rennes presque blancs aux mouchetures distinctives, et ils semblaient omniprésents au Thing. Or il advint que, le matin du jour précédant la dispersion de l'assemblée, le baraquement avait disparu. Voyant cela, un voisin de Kollbein suggéra que celui-ci aurait peut-être une chance avec son procès s'il le soumettait au Thing en l'absence des défendeurs.

Bien que ce Groenlandais eût dit la chose en plaisantant, Kollbein le prit au mot et se hâta d'introduire sa plainte à la fin du dernier jour. Et il demanda que Gunnar Asgeirsson et Olaf Finnbogason, de la terre de Gunnar à Vatna Hverfi, fussent déclarés hors-la-loi et que tous leurs biens fussent confisqués pour le meurtre de Skuli Gudmundsson, *hirdmadr* et représentant de Kollbein Sigurdsson, lui-même représentant direct du roi, et il réclamait, comme c'était son droit, que les juges en exercice, au nombre de treize — trois pour chaque district du Nord et du Sud et un pour Gardar —, rendissent le verdict sur-le-champ, avant l'ajournement de la session. Ses partisans trouvèrent que c'était habilement joué et qu'il pourrait gagner ce qui était généralement considéré comme une affaire très douteuse. Les juges venaient de commencer de débattre entre eux lorsqu'un important groupe d'hommes, mené par Thord du Siglufjord et Thorkel Gellison de Vatna Hverfi, et où l'on trouvait Gunnar et Olaf, se rua dans l'enclos de la loi en exigeant d'être entendu. L'histoire de Margret Asgeirsdottir et de Skuli Gudmundsson fut alors racontée et les juges refusèrent toute condamnation. Ainsi Kollbein Sigurdsson fut-il grandement déconfit par ce qu'il appela des pratiques désuètes, car il y avait bien longtemps que le Thing n'avait plus de pouvoir en Norvège ni même en Islande, où s'exerçait l'autorité du roi. Pour leur part, les Groenlandais furent enchantés et montrèrent désormais encore moins de respect à Kollbein, certains fermiers allant même jusqu'à prescrire à l'ombudsman comment administrer ses terres et son bétail et à lui refuser de nouveaux animaux lorsqu'il eut disposé stupidement des autres. C'était Gunnar qui avait eu l'idée de démonter le nouveau baraquement blanc et de se cacher au-dessus de l'enclos de la loi de Gardar le dernier jour, dans l'espoir que Kollbein intenterait alors son procès, et tout le monde trouva que c'était très habile.

Dès le lendemain, Gunnar partit avec Margret dans le bateau de la terre de Gunnar. Ils emportaient cinq brebis et quelques ustensiles de ménage. A la fin de la matinée, ils arrivèrent à Gardar, mais, sans s'arrêter pour bavarder, ils transportèrent le chargement sur leur dos et conduisirent les moutons de l'autre côté de la péninsule, à faible distance de là, où l'évêque gardait son bateau de l'Eriksfjord. Ayant emprunté le bateau, ils ramèrent pendant presque tout le reste de la journée jusqu'à ce qu'ils aperçoivent les bâtiments de pierre rouge de Brattahlid, de l'autre côté du fjord vers le nord, et une rivière grise et glaciale au sud. Les moutons étaient couchés immobiles au fond de la barque et, bien que de temps à autre Margret cherchât les yeux de Gunnar, celui-ci ne la regarda pas une seule fois. Lorsqu'ils eurent atteint un petit débarcadère, Gunnar resta tranquillement assis dans le bateau tandis que Margret déchargeait toutes ses affaires sur la plage de galets. Puis elle fit descendre les brebis. Dès qu'elle eut terminé, Gunnar poussa le bateau et s'en fut à la rame. En se séparant, ils n'échangèrent ni un regard ni un adieu.

Cette ferme appartenait à Gardar, car la famille qui en avait la propriété s'était éteinte deux générations auparavant. Outre la dîme, Margret devait verser un autre dixième de sa production pour la location. En échange, Pall Hallvardsson, Jon ou Audun (un des trois Groenlandais ordonnés prêtres par l'évêque) devait lui rendre visite trois fois par an, à Pâques, à Noël et à l'époque de la Saint-Michel, pour la confesser et lui donner la communion. C'était Gunnar qui avait pris ces dispositions avec Jon, et elles passaient pour étranges, plus étranges que l'adultère ou le meurtre.

La robe de soie rouge avait disparu. On ne la retrouva dans aucun des coffres de la terre de Gunnar. Pas le moindre fragment d'icelle ne servit à orner les petites robes de Gunnhild, pas plus que les restes de tissu. Pas le moindre coupon n'apparut sur un autel ni ne décora les vêtements d'aucun prêtre. On n'en trouva rien dans les affaires expédiées à la terre de Lavrans, car Birgitta les avait empaquetées elle-même, interdisant à Margret de toucher à quoi que ce fût jusqu'au moment où elle chargea ses maigres possessions sur le bateau. Les gens jugèrent que Birgitta ne s'était pas montrée peu parcimonieuse en ne donnant à Margret que les pots et les objets les plus vieux et les plus aisément remplaçables. Il n'y avait qu'une seule chose douillette et richement faite, et c'était le manteau blanc que Margret avait offert à Birgitta pour son mariage.

Margret trouva la petite ferme, appelée Steinstraum, en bien piteux état. Des trois pièces de la maison une seule avait quatre murs, et aucune n'était sèche, confortable ou bien abritée des intempéries. Le magasin, grâce à sa petitesse même, était l'endroit le plus facile à réparer, et Margret s'y employa rapidement, relogeant les pierres, taillant et remplaçant les mottes de tourbe, nettoyant le sol avec une pelle en bois et un balai fait de branchettes de saule solidement attachées ensemble avec un tendon de renne. La pièce était sombre et étroite, cependant, et une seule lampe à huile suffisait à la rendre enfumée et étouffante, aussi Margret y passa-t-elle peu de temps quand elle l'eut nettoyée et y eut rangé ses provisions. Ensuite, elle s'occupa de l'étable, bien calfeutrée à l'origine et munie de stalles pour quatre vaches. Comme elle n'avait pas de vaches ni n'avait l'intention d'en acquérir, elle put laisser l'endroit plus ou moins tel quel, se contentant de débarrasser un coin bien sec, pour le peu de foin et d'algues qu'elle parviendrait à récolter ; et d'empiler des mottes de tourbe le long du mur nord pour abriter ses cinq moutons pendant les plus grosses tempêtes de l'hiver. Sa propre chambre présentait davantage de difficultés, car elle était grande et pratiquement dépourvue de toit, tandis que l'alcôve (car il y en avait une, toute rudimentaire fût-elle) était ouverte sur deux côtés. Pendant quelques jours, elle abandonna ses aménagements, se bornant à suivre ses moutons dans leurs nouvelles pâtures, d'abord le long de la rivière, puis dans l'autre direction, qui menait vers le fond de l'Eriksfjord. Ces promenades lui étaient de quelque réconfort et, si elle ramenait les bêtes à la fin de chaque journée, c'était seulement pour dormir un peu et traire les brebis avant de repartir. L'enfant remuait dans son ventre, mais guère lorsqu'elle marchait, et parfois la certitude la prenait qu'il était mort. Mais, quand elle s'asseyait ou s'allongeait pour dormir, il roulait et sautait en elle jusqu'à ce qu'elle se levât.

Le coteau, jadis un peu cultivé, bien qu'il n'ait jamais été aussi riche que la terre de Gunnar ou que n'importe quelle autre ferme de Vatna Hverfi, était envahi d'herbes et d'autres plantes, quelquefois presque inconnues à Vatna Hverfi. Le fjord, en bas d'une petite pente au pied de sa maison, regorgeait de morues et de truites de mer, alors que le cours d'eau glacial qui donnait son nom à la ferme était ennuagé de limon et pauvre en poisson. La grève était étroite, caillouteuse et abrupte. Margret n'avait pas de bateau.

L'enfant ne la dérangeait guère. Les tourments et les gênes de la grossesse, dont parlaient Birgitta et Svava, lui étaient épargnés. Birgitta, en particulier, se plaignait souvent que la tête du bébé l'écrasât juste en dessous du cœur, lui coupant le souffle au point qu'elle ne pouvait plus marcher ni même parfois parler. Une autre fois, alors qu'elle approchait de son terme, Birgitta avait été prise d'une souffrance soudaine qui courait de son cœur à ses jambes et dura presque toute une matinée. C'était l'enfant qui se retournait la tête en bas pour la naissance, dit-elle, et c'était bien pire, et de loin, que toutes les douleurs de l'enfantement. Svava se rappelait que les pieds de Kristin du Siglufjord faisaient éclater ses chaussures et que ses jambes ne pouvait plus entrer dans ses bas, et il semblait quelquefois que la peau elle-même allait éclater, car ses orteils étaient aussi gros que des poids de métier à tisser. Et cela avec chaque enfant, des tout débuts de la grossesse jusqu'à la délivrance. Les gênes dont parlaient Birgitta et elle étaient presque risibles, mais Margret n'éprouvait rien de semblable. Elle était toujours la même Margret, avec un gros ventre et dans une robe lâche, parfaitement capable de suivre ses moutons aussi loin qu'ils souhaitaient vagabonder.

Un jour, un assez gros morceau de bois, en forme de V et arrondi aux deux extrémités comme s'il flottait depuis des années, échoua sur la grève en dessous de la maison, et sa première pensée en le voyant fut que Skuli Gudmundsson en tirerait un excellent parti, car c'était un grand morceau de bois, long de six à huit coudées et large d'au moins une coudée à l'endroit le plus évasé, sans la moindre ramification, et elle se rappela qu'il lui avait parlé de lui sculpter un siège avec des bras en forme de poisson et le dossier orné d'une baleine en bas-relief, mais jamais il n'avait trouvé de pièce de bois convenant à son projet. Un violent désir de le revoir la saisit soudain, tel qu'elle n'avait rien éprouvé de semblable depuis sa mort, car le morceau de bois en dessous d'elle se mit à prendre la forme de deux poissons arqués et luisants, pris dans le bloc de bois comme dans de la glace, de l'ambre ou de l'eau solidifiée. Les deux poissons semblaient se tordre et se débattre pour se libérer, comme dans un filet qu'on remonte de l'eau, et Margret ne pouvait en détacher ses yeux. Quand, après un bref instant, ils cessèrent de remuer pour redevenir les deux moitiés du morceau de bois, un tel chagrin l'étreignit qu'elle se mit à hurler et à hurler jusqu'à ce qu'enfin elle s'évanouît. Et ce fut ainsi qu'elle comprit vraiment quels bouleversements l'enserraient, que Skuli Gudmundsson était mort et qu'elle resterait seule avec son enfant jusqu'à la fin de sa vie.

Depuis le meurtre, elle n'avait guère pensé à ce qu'elle emporterait à Steinstraum et comment elle y vivrait. Pendant le meurtre lui-même, le retour et l'enterrement du corps et pendant le temps qu'elle avait passé à Undir Hofdi et sur la terre de Gunnar, elle s'était sentie calme, comme morte, mais pas malheureuse. Elle s'était pliée à bien des ordres : ceux de Birgitta de libérer ses petits oiseaux et de déchirer, couture après couture, la robe rouge ; ceux de Pall Hallvardsson de prier Dieu qu'Il lui accordât Son absolution et de mendier le pardon de son mari et de son frère, ainsi que celui de Kollbein Sigurdsson pour avoir entraîné son hirdmadr dans le péché et la mort. Même Olaf lui avait donné des ordres. Il lui avait commandé de dormir dans l'ancien lit clos d'Ingrid et de ne jamais se trouver dans la maison quand il y était ni dehors quand il y était. Elle avait accompli toutes les tâches imposées, jour après jour, pour tomber ensuite dans un sommeil comme elle n'en avait jamais connu, noir et sans rêves. Puis elle s'était rendue à la ferme de Steinstraum, en obéissant aux ordres de Gunnar de ne pas lui parler ni d'ouvrir les paquets de Birgitta avant son départ.

Depuis son arrivée, il y avait eu tant de changements et de travaux qu'elle n'avait pas pensé à grand-chose et rêvé encore moins, mais, maintenant qu'elle avait vu les poissons pris dans le bois, elle rêva chaque nuit de Skuli Gudmundsson, vivant et magnifique, tantôt comme s'il avait ressuscité, tantôt comme s'il n'y avait pas eu de meurtre. Ce furieux désir de le voir qui ne l'avait jamais quitté depuis leurs premières rencontres ne cessait de redoubler, au point qu'elle ne pouvait s'asseoir ou marcher ou courir ou s'étendre ou prier ou manger ou dormir ou placer une pierre sur l'autre. Elle pensait aux histoires qu'on lui avait racontées de démons ardents qui parfois s'emparaient des gens. Et si ces gens restaient les mêmes en apparence, lorsqu'ils mouraient, comme il advient toujours, ils avaient les viscères noirs et putréfiés, contrairement à la chair des âmes de Dieu. Quelques Groenlandais soutenaient que les Skraelings étaient des êtres de ce genre, d'autres que non, que ces choses se voyaient plus souvent loin au sud, dans les pays chauds. Quoi qu'il en fût, Margret se disait que l'entrée d'un semblable démon devait sûrement ressembler beaucoup à son furieux désir et être aussi difficile à apaiser. Le morceau de bois fourchu resta échoué bien des jours sur la grève étroite, comme cloué par un enchantement. Tempêtes et grandes marées ne faisaient que le pousser plus haut, mais ne l'emmenaient point. Margret finit par s'y attacher, sans cesser de le redouter, mais jamais elle ne le toucha ni ne s'en approcha.

Un jour qu'elle revenait de paître ses moutons, Margret vit qu'un petit bateau avait été hissé sur la grève et qu'une vieille femme et un jeune homme étaient assis sur le coteau devant la maison. Ces gens étaient Marta Thordardottir, la sœur d'Osmund Thordarson, le récitateur de la loi, et son fils, Isleif Isleifsson. Tous deux vivaient dans le district de Brattahlid, et Isleif était un de ces Groenlandais ordonnés prêtres par l'évêque. Marta n'était pas vieille, mais son mari était mort pendant une épidémie du mal de la toux. Elle menait désormais grand train sur la ferme d'Osmund à Brattahlid et son autre fils, Ragnleif, cultivait son ancien domaine. Alors Margret se dirigea vers ses visiteurs et leur souhaita la bienvenue à Steinstraum et les invita à boire du lait de brebis en guise de rafraîchissement. Ils la saluèrent de manière amicale et Marta dit :

— Margret, mon enfant, tu ressembles peu à mon amie Helga Ingvadottir. Toute la lignée de la terre de Gunnar n'a pas changé le moins du monde depuis des générations et des générations, sans jamais une âme qui ressemble à la famille de la mère.

— Il me semble bien connaître votre visage aussi, Marta Thordardottir, bien que je ne vous aie pas vue depuis bien des années.

Isleif n'était pas disgracieux, les cheveux clairs et les dents droites, mais Margret vit qu'il avait des yeux faibles, car il avait l'habitude de les plisser pour regarder quelque chose. Il dit :

— Et je te connais moi aussi, Margret, par les récits chaleureux que fait Pall Hallvardsson de tes nombreuses vertus.

Quand ils eurent fini leur lait et que Marta se fut essuyé la bouche avec le bord de sa manche et se fut installée sur le coteau, elle demanda à Margret quand elle prévoyait sa délivrance. Margret répondit qu'elle avait calculé que cela se passerait aux alentours de la Sainte-Marie-Magdeleine, mais qu'elle avait perdu depuis le compte du temps et ne savait pas exactement quand ce serait. Isleif dit qu'on venait de fêter les saints Pierre et Paul, Margret viendrait donc à terme dans une vingtaine de jours. Ni Marta ni Isleif ne lui parlaient avec mépris, mais Margret gardait les yeux baissés, envahie par une honte qu'elle n'éprouvait aucunement lorsqu'elle était seule. Marta invita alors Margret à se rendre à Brattahlid, où elle vivait, pour s'y installer à son gré, et l'enfant serait adopté par Osmund ou, si elle préférait, par Ragnleif, voire par Isleif, au nom de l'Eglise.

— Sinon, dit-elle, tous les gens du pays de Brattahlid et surtout les amis d'Asgeir Gunnarsson et de son père se sentiront couverts de honte en sachant que Margret Asgeirsdottir vit aussi pauvrement, à la merci de la famine, d'un accident ou même des Skraelings, et dans une ferme aussi petite et aussi proche.

Alors Margret leva la tête et regarda Marta dans les yeux pour voir si c'était un ordre, mais Marta et Isleif lui souriaient et elle vit qu'elle pourrait refuser mais qu'alors la proposition ne serait pas renouvelée. Finalement, elle dit :

— L'affaire se présente ainsi : j'ai fait suffisamment honte à mon frère et à mon mari, ainsi qu'à moi-même et à mon enfant. De mon propre gré, j'ai quitté Vatna Hverfi pour venir dans cette pauvre ferme, bien qu'il soit vrai que mon frère et mon mari ne souhaitaient rien d'autre, il me semble que, si j'allais vivre à Brattahlid, j'exposerais les miens au blâme de tous les Groenlandais, et les gens diraient qu'ils m'ont laissé vagabonder de-ci de-là pour demander la charité. Et ils diraient aussi que j'ai marchandé mon péché pour obtenir une demeure plus noble que je ne le méritais.

Voyant dans quelle direction s'orientait la réponse de Margret, Marta dit :

— Mais aucune femme ne peut enfanter dans la solitude, sans sages-femmes ou sans prêtre. C'est jouer avec la mort, ou pire, et les tiens sont fort à blâmer de t'avoir placée dans un tel péril.

Margret sourit.

— Le péril que je cours n'est pas notre principal souci et, à dire vrai, les choses qui ne sont pas encore arrivées semblent toujours les plus lointaines.

— Tu as le sentiment que tout se passera bien maintenant.

— Ou que ce qui arrivera sera bien assez bon.

Mais elle voyait bien que ces paroles leur déplaisaient à tous deux. Elle baissa de nouveau les yeux. Au bout de quelques instants, elle dit :

— Je ne souhaite nullement accoucher dans la solitude, bien que de cela, comme de bien d'autres choses, je ne me sois pas préoccupée. Mais je ne souhaite nullement non plus quitter la ferme de Steinstraum, mes cinq moutons et ma petite maison, car il reste beaucoup à faire avant l'hiver et chaque jour je fais quelque petite chose.

Alors Marta Thordardottir resta longuement silencieuse à contempler l'ombre des nuages qui assombrissaient Brattahlid, de l'autre côté du fjord. Elle finit par dire, avec un soupir :

— Traverser le fjord n'est pas un tel voyage que l'un des serviteurs de Brattahlid ne puisse le faire tous les matins jusqu'à la naissance de l'enfant, et après nous pourrons reparler de la manière dont tu entends arranger ta vie. Mais je trouve tout de même que c'est la solution la moins satisfaisante.

Margret fut enchantée de cette offre. Elle prit la main de Marta Thordardottir, lui baisa les doigts et la remercia de grand cœur. Puis Sira Isleif s'entretint avec Margret, la confessa et pria avec elle. Alors les deux visiteurs remontèrent dans leur bateau et regagnèrent Brattahlid à la rame, tandis que Margret les suivait du regard jusqu'au bout. Mais après cela elle éprouva une grande honte et le regret de Skuli Gudmundsson la tourmenta plus douloureusement que jamais. On dit qu'Osmund Thordarson ne fut pas peu mécontent qu'un de ses serviteurs prît le temps d'une telle course chaque matin, mais dans cette affaire comme dans les autres sa sœur devait avoir le dernier mot.

Margret Asgeirsdottir donna le jour à un garçon, et tout alla bien pour lui. Il fut baptisé par Sira Isleif et reçut le nom de Jonas Skulason. Une fille vint habiter avec Margret, qui s'appelait Asta Thorbergsdottir, et cette fille était si forte qu'elle aimait se mesurer avec les garçons et les hommes tant à la nage que dans d'autres épreuves de force, et cela bien qu'elle ait passé l'âge de se marier. Beaucoup se moquaient d'elle et Osmund dit qu'il était bien content d'être débarrassé d'elle, et pourtant c'était la petite-fille de son cousin. En outre, un charpentier et un autre des serviteurs d'Osmund vinrent un jour réparer le lit clos de Margret et le toit de la pièce où Asta et elle dormaient. Margret fut très reconnaissante à Marta Thordardottir de toutes ces bontés et elle l'aima comme une fille sa mère jusqu'à sa mort.

Un jour, Olaf Finnbogason prit le petit bateau de la terre de Gunnar et rama jusqu'à Gardar. Comme il ne s'y était pas rendu depuis quatre étés, il fut très surpris des changements qu'il y trouva, bien que, comme auparavant, les gens le saluassent familièrement, à croire qu'il ne s'était absenté que quelques jours. Naturellement, l'herbe de l'immense pré clos était aussi verte et épaisse que jamais, si épaisse qu'un homme avait peine à trouver la terre sous l'herbe avec ses doigts. Mais rares étaient les serviteurs, les garçons et les prêtres qui couraient de-ci de-là. Le troupeau de bovins avait quelque peu diminué : une trentaine de vaches et une quinzaine de veaux broutaient le coteau au-dessus du pré clos. C'étaient malgré tout de belles et grosses bêtes, à la croupe rousse et luisante, avec des taches blanches qui s'étalaient comme de la neige sur l'encolure et les épaules. Le taureau de Gardar pâturait dans un enclos séparé, gros comme une barque et vigilant, capable à la fois de paître et de surveiller les allées et venues des vaches. Il regarda Olaf. Olaf trouva l'animal admirable. Le taureau de la terre de Gunnar était vieux et paisible, et Olaf l'aimait bien, mais il lui sembla que ce serait une belle chose de s'occuper de cette bête, un affrontement quotidien où il serait dangereux de perdre. Après avoir longuement contemplé le taureau, Olaf s'approcha du palais épiscopal.

Une seule silhouette était penchée sur des manuscrits et on n'entendait personne chanter. Sira Pall Hallvardsson demeurait maintenant dans le Hvalseyfjord et Olaf ne connaissait pas cet homme, qui était habillé comme un prêtre. Une servante appelée Anna Jonsdottir vint l'accueillir en s'essuyant les mains sur sa robe. Elle le salua par son nom et lui demanda ce qu'il voulait. Olaf s'enquit de l'évêque. Anna répondit que l'évêque dormait mais que Sira Jon avait coutume de recevoir tous les visiteurs, et elle partit avec lui à la recherche du prêtre.

Lorsque Sira Jon s'avança, Olaf ôta son chapeau et, non sans gaucherie, tomba à genoux pour baiser l'anneau du prêtre. Jon considéra longuement Olaf, puis il déclara :

— Olaf Finnbogason, tu as tellement changé que je ne te reconnaissais pas, et pourtant je me souviens bien de ta visite précédente.

— Beaucoup disent cela de moi et me demandent si je suis malade, mais non, dit Olaf.

Alors Sira Jon demanda des nouvelles de la terre de Gunnar et envoya Anna Jonsdottir chercher un bol de lait et d'autres rafraîchissements, puis il invita Olaf dans ses appartements. L'homme portait des habits si souillés et si humbles que Jon ne put s'empêcher de le passer en revue, car les gens de la terre de Gunnar avaient la réputation de bien s'habiller, avec ce vadmal épais et rougeâtre que tout le monde leur enviait en Terre Verte. Même ceux qui se gaussaient de voir Gunnar tisser comme une femme s'empressaient d'en acquérir dès que l'occasion se présentait. Les deux hommes restèrent sans parler jusqu'à ce qu'Olaf ait fini son repas. Olaf mangea précautionneusement, les yeux baissés, car, bien que ceux qui l'avaient connu enfant à Gardar fussent morts depuis longtemps, il n'avait pas oublié combien on se moquait alors de sa façon de bâfrer telle une bête, en reniflant et soufflant dans sa nourriture, comme s'il n'avait jamais vu une cuiller de sa vie.

Le repas terminé, Olaf repoussa son bol et se tourna vers Sira Jon.

— Je vous supplie d'obtenir de l'évêque, dit-il, qu'on fasse maintenant un prêtre de moi, car je n'ai que trente hivers, et c'est l'âge où Petur, le prêtre de la peste, a commencé ses études.

Jon s'enfonça dans son siège et le dévisagea.

Les yeux toujours baissés, Olaf poursuivit :

— Autrefois, j'avais tout en mémoire, chaque livre qu'on m'avait lu, mot pour mot, en sorte que, même si mes yeux sont peut-être malhabiles à lire maintenant, je sais ce qu'il faudrait dire et quand le dire. Les choses que j'ai oubliées, je pourrais les réapprendre, car bien que ma mémoire ne soit plus ce qu'elle était, elle reste plus vaste que chez beaucoup et une épreuve le montrerait.

Il leva les yeux.

— Souvenez-vous qu'après tout ma mère me destinait à la prêtrise, comme l'évêque lui-même le sait fort bien.

Sira Jon se racla la gorge.

— Il est vrai, dit-il, que des sept églises des Etablissements de l'Est, quatre seulement, y compris Gardar, ont un prêtre à demeure, et Sira Nikolaus, à Undir Hofdi, se serait certainement déjà retiré s'il en allait de ces choses ici comme en Norvège. Mais pourquoi as-tu changé d'avis ? Pourquoi souhaites-tu si soudainement servir Dieu, quand tu n'avais pas ce désir auparavant ?

— En vérité, Sira, je ne crois pas que je connaissais mes propres désirs auparavant, parce que j'étais jeune, et c'est en aveugle que je me suis dérobé au signe de Dieu. J'ai eu lieu depuis de regretter ma faute et je cherche de tout mon cœur à la corriger.

En parlant, il prit une goutte de lait caillé avec sa cuiller et la porta à sa langue. Sira Jon détourna les yeux et appela Anna pour qu'elle remportât les plats.

Quand elle fut repartie, Jon s'adressa à Olaf en ces termes :

— Il est bien connu que l'évêque a été malade, tant cet été que pendant une bonne partie de l'hiver dernier. Les affaires comme celles que je règle de jour en jour excèdent ses forces, bien qu'il ait l'esprit clair et se penche souvent sur des questions plus importantes, et nous avons le ferme espoir qu'il recouvrera la santé. En attendant ce moment, nuls étudiants ne peuvent débuter car seul l'évêque peut discerner la nature véritable de leur vocation et lui seul peut diriger leur instruction religieuse. Et leur préparation terminée, il est le seul à pouvoir les ordonner et guider leurs pas. La Terre Verte est pleine de garçons prêts à rembourser leurs études par des années de service.

Sa voix mourut, mais la signification de ces dernières paroles n'échappa pas à Olaf. Le silence s'installa de nouveau.

Au bout d'un moment, Olaf dit :

— Je pourrais aussi rester à Gardar comme serviteur. J'ai la réputation d'être un bon vacher dans le district de Vatna Hverfi, et l'on me réclame souvent lorsqu'un vêlage se passe mal ou qu'un taureau se montre rétif. En fait, sourit Olaf, j'ai remarqué le taureau de Gardar en venant au palais. Je n'ai jamais vu une bête pareille, et je ne parle pas seulement de sa taille et de sa force, mais de son ardeur, la manière dont ses yeux voient tout, dont sa peau frémit sur sa chair dans le soleil.

Sira Jon fronça les sourcils et dit :

— Tu parles avec plus de chaleur du taureau que tu ne parlais tout à l'heure du Seigneur.

Olaf se tut derechef, tandis que Jon se levait et se mettait à arpenter la pièce. Pour finir, il dit à Olaf qu'il lui enverrait un message lorsqu'il aurait prié et pris sa décision. Olaf se leva et mit son bonnet. Quand Jon se tourna vers lui, Olaf dit :

— Par ces paroles, je sais qu'il n'y pas place pour moi à Gardar.

Et il dit cela de sa voix habituelle, basse et rude, de sorte qu'il semblait en colère. Puis il s'en alla.

Alors Sira Jon, qui n'avait pas été mécontent de recevoir Olaf et d'accueillir ses supplications, fut pris d'une telle fureur qu'il eut envie de courir après celui-ci pour le massacrer. Il avait tout oublié des paroles ou de l'attitude d'Olaf pour ne se rappeler que sa tenue irrespectueuse et sa manière maussade de parler. Ce n'était pas la première fois qu'une crise de ce genre s'emparait du prêtre. Aussi doucement que possible, il ferma la porte de sa chambre et se jeta de tout son long devant le crucifix d'ivoire ornant le mur de l'est, bien que Satan lui-même empêchât ses yeux de se lever vers la belle face sombre du Christ, tout comme il empêchait l'âme de Jon de s'arracher au feu et à la honte de sa colère. Cette colère lui apparaissait comme un lac au fond d'un abîme et chaque journée de sa vie en Terre Verte se passait à tâcher de contourner ce petit lac de flammes en longeant une corniche étroite et semée de rochers. Souventes fois, Satan l'y précipitait par des provocations légères et inattendues, et ces jours ne se faisaient pas moins fréquents ni le feu n'ardait moins férocement. Pis encore, ces fureurs échappaient à la confession et à l'absolution, car Jon ne pouvait se résoudre à les décrire dans toute leur intensité à l'évêque, pour certaines raisons, pas plus qu'à Pall Hallvardsson, pour d'autres raisons.

Cette fois, il resta longuement prostré sur le sol, dans une supplication immobile, sans jamais lever les yeux vers le crucifix mais sans jamais oublier sa présence, tout comme il entendit Anna Jonsdottir frapper à sa porte pour qu'il allât rendre visite à l'évêque. Il avait renoncé à combattre Satan depuis quelques jours et n'espérait plus maintenant que le contenir dans sa chambre et dans son corps.

L'évêque était assis près de son lit clos dans un fauteuil que son frère avait sculpté pour lui en Norvège lorsqu'ils étaient jeunes tous deux et qui l'avait accompagné partout, jusqu'en Terre Verte. Et l'évêque s'appuyait lourdement contre le dossier au lieu de se tenir droit, dédaignant tout soutien, comme il l'avait toujours fait. La tête sculptée d'un cochon, symbole de saint Antoine, ornait l'extrémité d'un des bras, celle du lion de saint Jérôme décorait l'autre. L'évêque avait les yeux à demi ouverts et Anna Jonsdottir lui parlait en enfonçant dans sa bouche des morceaux de poisson à l'étuvée.

— Ce sont de bons morceaux, en vérité, disait-elle, comme Votre Excellence les aime, avec un peu de thym et de beurre.

Ses mâchoires remuaient par intermittence, mais sans rien laisser tomber, et, lorsqu'il avait la bouche pleine, il avalait.

— Pas la moindre arête, disait-elle.

Et c'était vrai, car elle faisait tout particulièrement attention à enlever jusqu'aux plus petites arêtes. Quand cet épluchage ralentissait son gavage, il grognait, comme si l'attente était insupportable. Parfois, elle portait un bol de lait à ses lèvres et il buvait à petits coups. Il finit par lancer un bras en l'air pour signifier qu'il avait terminé. Anna se hâta d'enlever le tranchoir pour éviter qu'il ne le projetât d'un coup à travers la pièce, comme cela était déjà arrivé, et elle aida l'évêque à se redresser, car il s'était fortement affaissé. Il ouvrit les yeux plus grands.

— Voilà, dit-elle, ce morceau de poisson vous a donné des forces.

Bien qu'à part elle elle crût davantage aux vertus de la graisse de phoque et de la viande de renne. Le devant de sa robe était protégé par une serviette blanche qu'elle ôta. C'était l'heure de la visite de Sira Jon et elle tendit l'oreille pour guetter le pas du prêtre. L'évêque Alf semblait écouter lui aussi, bien que toutes les servantes du palais sussent parfaitement qu'il ne pouvait pratiquement plus rien entendre. Une fois, Anna avait fait tomber quelques ustensiles et un lourd pot de fer en trébuchant sur un pavé du sol, et l'évêque, assis dans son fauteuil, n'avait nullement sourcillé. Puis Anna tourna le dos à l'évêque et se mit à arranger les fourrures et les couvertures de son alcôve. L'odeur lui faisait froncer le nez.

Sira Jon entra, le visage livide mais l'air plein d'allant, et Anna, après une révérence, se recula vers le mur. Jon commença immédiatement à parler : comme Sa Grâce avait bonne mine aujourd'hui, il espérait que Monseigneur avait fait un repas agréable, il parlait toujours ainsi à l'évêque, sans attendre une réponse aux questions qu'il posait et sans regarder le visage du vieil homme. Et pourtant il donnait à Anna l'impression de croire que l'évêque l'entendait et que tous deux suivaient les pensées de l'autre. Nul doute, en vérité, que même avant sa maladie l'évêque parlait peu et comptait sur Jon pour deviner ses intentions. Les servantes cancanaient souvent sur ces étranges Norvégiens, et certaines attribuaient leur comportement au simple fait qu'ils étaient norvégiens tandis que d'autres y voyaient la conséquence de leur éducation cléricale. Bientôt, Sira Jon fit signe à Anna qu'elle pouvait partir, car il avait d'importantes affaires à discuter en privé avec son aîné.

C'était toujours ainsi que Jon venait voir son oncle, et toujours ainsi qu'il s'asseyait sur un tabouret bas aux pieds du vieil homme. Lorsque l'évêque restait enfermé dans son lit clos, Jon s'asseyait sur le même tabouret à trois pieds près de la tête de son oncle et se penchait pour saisir toutes les paroles qu'il lui arriverait de prononcer. Quand l'évêque allait bien et siégeait sur son trône, Jon s'asseyait sur ce même tabouret, les yeux baissés, et faisait les mêmes rapports. Lorsque l'évêque, encore un simple prêtre, était allé voir sa sœur dans le district de Stavanger, le petit Jon s'était assis à ses pieds de la sorte pour lui faire part de ses progrès dans ses études et sur la voie de la sainteté.

Cette fois, il commença par le bétail.

— Mon oncle, dit-il sans lever les yeux, je tiens du fils du pâtre que deux agneaux ont été enlevés par des renards, et c'est un de moins que l'année dernière. Toutes les vaches sont en bonne santé, et la maladie qui a frappé le troupeau au printemps a pris fin, par la grâce de Dieu. Hélas, quinze veaux seulement ont survécu, mais tous sont des animaux de belle taille, comme si la maladie n'atteignait que les plus faibles. Nul doute que cela aussi n'atteste la sollicitude du Seigneur pour Ses serviteurs. Stein compte que tous les veaux et toutes les vaches franchiront l'hiver. Quant aux chevaux, j'ai ceci à dire : Lofti boite un peu de la jambe arrière gauche et l'œil de Nonni coule toujours, bien qu'on n'y puisse rien trouver, ni la moindre égratignure. Assez pour les bêtes, pour elles tout va aussi bien qu'on peut l'espérer.

Et, de la sorte, Sira Jon continua de parler, d'abord des servantes, puis des serviteurs, puis des garçons (il n'en restait que deux, mais de très bons garçons, de familles prospères de Brattahlid, qui avaient apporté force richesses avec eux), puis du prêtre auxiliaire, Audun, le Groenlandais qui avait été chargé, pour commencer, de faire une copie du calendrier liturgique (bien que sa main ait peu de grâce ou de beauté, elle était claire et lisible, qualité peut-être plus nécessaire chez les Groenlandais que d'autres).

Au-dessus de sa tête, son oncle grognait et soufflait, mais il n'était pas dans les habitudes de Jon de lever les yeux. Puis il parla d'Olaf, sans pourtant le mentionner par son nom, et dit :

— Il se trouve qu'un homme d'un certain âge s'est présenté comme postulant, en demandant à être préparé à la prêtrise, mais en vérité il montre peu de respect pour le Seigneur ou pour Ses serviteurs, vêtu qu'il est d'habits loqueteux et souillés, et plus avide de nourriture que de connaître les voies du Seigneur.

Jon fit alors une pause, mais l'évêque ne dit rien.

— L'homme, reprit Jon, semble inhabile à tous les travaux, sinon les plus vils, et n'a aucun bien qu'il pourrait apporter pour enrichir le siège. Somme toute, au vu de certaines circonstances embarrassantes, une place qui pourrait être offerte à un autre ne devrait pas être confiée à cet homme.

Jon se tut de nouveau, car l'évêque le châtiait de temps en temps pour sa dureté et son intransigeance, et parce qu'il se laissait éblouir par la surface des choses. Mais cette fois l'évêque ne dit rien, et les vieux livres rapportent ce dicton : qui ne dit mot consent.

Alors Jon s'étendit sur un projet qu'il caressait depuis quelque temps.

— Mon oncle, voici venir la fête de saint Bartholomée, et je souhaite dire la messe dans la cathédrale ce jour-là. Il faut donc dans cette perspective nettoyer la cathédrale et réparer et cirer tous les ornements de l'autel, et non seulement cela mais aussi sortir quelques tentures et vêtements sacerdotaux dont on a rarement l'usage.

L'évêque resta muet, et il vint à l'esprit de Jon que qui ne dit mot peut aussi ne pas consentir. Il ajouta alors :

— Ce serait l'occasion d'annoncer la venue du Seigneur aux Groenlandais avec une force nouvelle, d'autant qu'approche le moment de payer les loyers et les dîmes. Cette messe et cette célébration, je les nourris dans mon cœur depuis longtemps, dans l'espoir d'amener les Groenlandais à songer à Dieu, car c'est l'époque la plus éloignée de Noël et de Pâques, et les pensées des Groenlandais sont entièrement tournées vers la moisson, la chasse au phoque et l'abattage du bétail. En vérité, il me semble qu'ils montrent la furie des païens dans cet abattage.

Là, en songeant à ces choses, Jon s'attendit que le Diable le jetterait dans le lac de la colère, mais il ne se passa rien de tel, le moment s'écoula tranquillement.

Alors Jon resta assis quelques instants en silence aux pieds de l'évêque, puis il se mit à genoux et pria, et, comme toujours en la compagnie de son oncle, son cœur s'éleva, les paroles de ses prières s'envolèrent de sa bouche comme autant d'oiseaux et son âme s'enfonça aisément dans la contemplation du Seigneur. Car telle était la grande sainteté de l'évêque, que sa présence illuminait ceux qui l'entouraient comme des rayons de soleil, et l'âme voguait sur ces rayons comme un navire cinglant vers les cieux. C'était cela plus que toute autre chose qui empêchait Jon de révéler son péché à l'évêque, bien que celui-ci fût son confesseur — en la présence de l'évêque ce n'était pas une mince épreuve que de se rappeler la substance de son péché. Comme sa mère l'avait toujours affirmé, la sainteté de Sira Alf dissipait tout le reste, de même que le soleil dissipe les ténèbres, aussi était-il bien préférable de confesser les pires péchés, les plus lourds et les plus sombres, à une autre sorte de prêtre, à un homme d'une plus grande mélancolie comme l'était, pendant l'enfance de Jon, le curé de sa paroisse. Aussi, après avoir prié, Jon baisa-t-il l'anneau de l'évêque et s'en fut.

Anna Jonsdottir trouva l'évêque fort affaissé dans son fauteuil et, selon toute apparence, endormi. Elle l'aida à remonter dans son alcôve et tira les manteaux et les fourrures jusqu'à son menton, car il commençait à frissonner. Et la vie de l'évêque se poursuivit largement ainsi, certains jours il se portait mieux, d'autres moins bien, et les Groenlandais disaient qu'il se remettrait certainement et qu'il recommencerait à dire la messe au début des nuits d'hiver, ou vers Noël, qui sait ?

Cet automne-là, les Skraelings revinrent à l'Eriksfjord et à l'Isafjord, ils y dressèrent leurs camps et se livrèrent à la pêche et au troc avec les Groenlandais comme si le meurtre de Vestein n'avait jamais eu lieu, ils avaient beaucoup à troquer en fait de fourrures et surtout de défenses, et la plupart des fermiers étaient fort contents de les voir et vantaient leurs talents de chasseurs et de pêcheurs. Mais vers Noël, un Skraeling tout armé pour la chasse s'approcha de la côte, non loin de la Colline du Soleil, dans son canot de peau. Ce jour-là, un homme appelé Solmund Skeggjason, qui était le mari de Gudny, la fille de Ragnvald Einarsson, ramassait des coquillages et du bois d'épave le long de la grève. Il était plus de midi et le soleil scintillant sur l'eau du fjord l'éblouissait, de sorte qu'il n'aperçut point le Skraeling. Alors qu'il se redressait avec son panier, le Skraeling lança son harpon, et celui-ci se logea dans les entrailles de Solmund, qui s'effondra. Le Skraeling se hâta de fuir à grands coups de pagaie tandis que Solmund se redressait sur son séant et essayait d'arracher le trait de son ventre, mais la pointe était barbelée, pour la chasse au morse, et elle se fixa dans la chair. Alors Solmund commença à ramper vers la maison, qui était bâtie au sommet d'une pente escarpée, et lorsqu'il y parvint enfin, il gratta à la porte. Quand Ragnvald ouvrit la porte, son gendre roula à l'intérieur en disant :

— Mon père, j'ai ramassé un harpon pendant mes travaux, mais je ne le retrouve pas maintenant.

A ces mots, l'homme mourut, et on le transporta dans la maison.

Alors il se passa des choses très inhabituelles dans la ferme de Ragnvald. Chaque fois qu'un des fils, un des serviteurs ou un des voisins arrivait à la maison, la porte s'ouvrait pour le laisser entrer, mais personne n'en ressortait. Et ce qui était très inhabituel aussi, c'est que les Skraelings, loin de s'en aller, restèrent dans leurs campements et continuèrent de vaquer à leurs occupations comme si de rien n'était, et aucun de ceux qui se livraient au troc avec les Skraelings n'entendit parler de ce meurtre, aussi dit-on par la suite que le Skraeling avait gardé cette nouvelle pour lui et n'en avait pas parlé à son chef. Il se trouvait également que les Skraelings avaient pris leurs quartiers d'hiver dans des cabanes de pierre solidement construites qu'il n'était pas aussi facile de démonter ou d'abandonner, en cette période de l'année, que des abris de peau.

Quelque temps après le meurtre, alors que le fjord était envahi par les glaces d'un bord à l'autre, une troupe de vingt-deux Groenlandais surprit les Skraelings dans leur campement et en tua un groupe, y compris le meurtrier, dans une cabane. Il y avait sept hommes et garçons et quatre femmes. Un des hommes sortit en courant et fut tué à coups de hache, ensuite les Groenlandais débusquèrent tous les Skraelings en allumant des broussailles devant les fenêtres et les portes du baraquement, en sorte que les démons, accablés par la fumée, furent massacrés à mesure qu'ils essayaient de s'échapper. Néanmoins, deux des Skraelings s'enfuirent sous le couvert de la fumée et des ténèbres et se précipitèrent sur le fjord gelé. Ils coururent jusqu'à la rive opposée, bien que l'un ne cessât de tomber. En face de la Colline du Soleil se trouvaient deux grèves, l'une était une péninsule plate et caillouteuse qui formait une petite anse, et l'autre un éboulis abrupt au pied d'une montagne. Les Groenlandais rabattirent les deux Skraelings vers la plage la plus escarpée où ils rattrapèrent et tuèrent celui qui n'avait cessé de tomber. L'autre parvint à se hisser de quelque douze à quinze coudées sur l'éboulis glissant. Alors Ragnvald s'avança vers le mort, empoigna son bras gauche et le trancha d'un seul coup de sa hache, puis il le brandit en l'air en criant :

— Skraeling ! Tant que tu vivras, tu n'oublieras certainement pas ton frère !

La nuit devenant plus sombre, les Groenlandais rentrèrent chez eux, en laissant les cadavres des démons sur la glace et dans la neige. Lorsqu'ils se réveillèrent le lendemain, les Skraelings avaient quitté l'Eriksfjord, et le jour suivant ils abandonnaient aussi l'Isafjord. Jamais on ne les revit cet hiver-là.

Kollbein Sigurdsson fut grandement irrité par la conduite de Ragnvald et dit qu'elle mettait en danger la colonie tout entière, car il ne doutait pas que les Skraelings reviendraient bientôt du nord, et si nombreux que les Groenlandais ne sauraient les repousser. D'autres, en particulier ceux qui avaient profité des récents échanges, désapprouvèrent aussi les entreprises des gens de la Colline du Soleil, mais davantage estimèrent que Ragnvald avait provoqué le deuxième meurtre en ne vengeant pas la mort de Vestein, de sorte que les démons se croyaient désormais libres d'agir à leur guise. On se souvint de la brebis qu'ils avaient tuée jadis à Erlend Ketilsson, ainsi que d'autres vols et menus conflits, et, disait-on, ces forfaits apparaissaient de plus en plus audacieux.

Les Groenlandais désignèrent les cabanes des Skraelings, vides sans doute mais solidement bâties et réputées pour leur chaleur et leur sécheresse — elles étaient si chaudes, en fait, qu'un Nordique ne pouvait les supporter, car nul n'ignore que les Skraelings, tant les hommes que les femmes, y vivent sauvagement nus —, et ils déclarèrent que la manière dont ces cabanes avaient été construites puis abandonnées dénotait un plan, d'abord de s'établir sur les fermes et les pâturages des Groenlandais, et ensuite d'aller chercher des renforts pour revenir. Ainsi Kollbein et les Groenlandais se trouvèrent ils d'accord sur la tournure probable des événements, mais sans parvenir à s'entendre sur la manière dont Ragnvald et ses hommes auraient dû s'acquitter de leur devoir. La discussion fit rage pendant tout l'hiver et l'on attendait chaque jour des hordes de Skraelings dans une multitude de canots de peau, mais rien de tout cela n'arriva et le calme continua de régner en Terre Verte.

Ce fut un hiver de grande famine, surtout pour les animaux, car la récolte de fourrage avait été maigre et le foin médiocre. Puis la neige tomba tôt et épaisse, autour de l'Eriksfjord en particulier, de sorte qu'il était difficile, et bientôt impossible, pour les moutons de trouver leur nourriture en grattant le sol. Trois fois avant Noël, Margret Asgeirsdottir traversa l'Eriksfjord à skis avec Asta Thorbergsdottir, l'enfant attaché sur son dos dans un manteau, comme elle portait Gunnar quand elle était petite. Chaque fois, elle traîna autant de foin que Marta pouvait lui en donner, mais à son dernier voyage elle comprit qu'elle ne saurait en demander davantage sans mettre le bétail de Brattahlid en danger. Outre le foin, Marta lui offrit une grande quantité de viande de renne séchée, mais Margret vit bien que cela non plus n'était pas inépuisable, car large était la maisonnée de Brattahlid. Après cela, Margret déclara à Asta qu'elles ne retraverseraient plus le fjord mais économiseraient ce qu'elles avaient en s'en remettant à la munificence divine. Alors moururent les brebis de la terre de Gunnar, et sous l'épaisse toison Margret sentait les côtes et les vertèbres, comme s'il n'y avait plus la moindre chair sur les animaux. Peu avant le début du Carême, un serviteur de Brattahlid vint leur porter quelques provisions — un peu de beurre, de fromage et de viande de phoque séchée. Margret vit qu'il était émacié et épuisé par cette course que, les autres années, les gens faisaient par plaisir pendant les belles journées d'hiver.

L'enfant Jonas avait maintenant presque une demi-année, et sa tête ronde n'était encore couverte que du duvet le plus fin, promesse d'une épaisse chevelure blonde, affirmait Asta. Asta avait beaucoup d'affection pour l'enfant, et en rebattait les oreilles de Margret du matin jusqu'au soir. A force de la voir examiner les traits et les membres de Jonas, Margret revoyait si nettement les traits et les membres de son père que Skuli semblait habiter leur étroit logis comme ces gens dans les vieilles histoires qui refusaient de rester dans leur tombe pour chevaucher le faîte des toits et garder les portes, tourmentant les vivants qui hantaient leurs demeures. Asta était intarissable sur les mains de l'enfant, qui étaient grandes et, à l'en croire, d'une dextérité inhabituelle. Nul doute qu'il aimait par-dessus tout à prendre des bouts d'étoffe dans ses mains pour les contempler longuement. Mais cela ressemblait trop à Skuli et à son éternelle passion de sculpter, et Margret trouvait dans son évident plaisir une douleur brûlante, écho de la souffrance de ses rêves, qui continuaient sans répit à ressusciter le Norvégien chaque nuit et ne le tuaient chaque matin que pour céder la place à la bouche furieuse de son fils, pendu à son sein.

Après la visite du serviteur de Marta, les deux femmes ne firent plus qu'un repas par jour, et celui-ci se composait de deux bouchées de viande de renne séchée pour Margret et une pour Asta, d'un peu de fromage chacune, de quelques bribes de graisse de phoque pour Margret, et d'un petit bol de lait caillé mêlé à de la poudre d'algues séchées. Malgré la graisse de phoque, qui, disaient les gens, garantissait toujours un allaitement abondant, Jonas se mit à téter plus souvent, au point qu'il était presque toujours au sein. Il ne cessait pourtant de maigrir et était plus petit qu'au début de l'hiver. Alors Asta parla moins du garçon et constamment de la nourriture à la table de Marta Thordardottir, où, disait-elle, chaque repas était un festin et les serviteurs mangeaient tout leur soûl.

Un jour, Margret prit Jonas sur son dos et déclara qu'elle allait piéger des ptarmigans, car il faisait beau, sans neige ni vents violents, pour la première fois depuis bien des jours. Comme il ne cessait maintenant de le faire, l'enfant réclama le sein à grands cris, mais il ne tarda pas à s'endormir, bercé par le va-et-vient des skis sur la neige. Les traces des ptarmigans se voyaient facilement, et elle en eut l'eau à la bouche dès qu'elle les aperçut, si bien qu'elle dut s'asseoir hors d'haleine à la pensée de la nourriture. Et pourtant le ptarmigan d'hiver a souvent un goût amer. Les ptarmigans, elle le savait bien, étaient toujours gras comme des démons, même les hivers les plus neigeux. Ses doigts tremblaient en nouant les pièges et elle était inexplicablement maladroite, emmêlant ses rets et piétinant lourdement la neige. Après avoir seulement tendu cinq pièges, elle se sentit si épuisée qu'elle ne rêva plus qu'à dormir, et elle allait s'étendre dans la neige pour sommeiller un peu lorsque Jonas s'éveilla en criant pour téter, et cela l'arracha à sa torpeur. L'été, elle parcourait la distance qui la séparait de la ferme sans même y songer, mais maintenant cela représentait la limite de ses forces, et même de sa détermination. Elle prit Jonas dans ses bras et lui donna le sein, mais au bout d'un instant à peine, il rejeta la tête en arrière et se mit à hurler, et elle vit qu'il n'y avait pas de lait sur ses lèvres. Son sein, de même, n'était plus aussi dur et plein que naguère. Lentement, car elle était très fatiguée, elle installa l'enfant pour qu'il pût téter l'autre sein, mais celui-ci aussi était vide. Alors elle frotta un peu de neige entre ses mains jusqu'à ce qu'elle commençât à fondre, et en oignit ses lèvres. Il la suça avidement, aussi lui en donna-t-elle davantage, et il s'en satisfit un moment. Quand il cessa de hurler, elle ferma les yeux, car elle ne pouvait les garder ouverts plus longtemps.

Or il advint qu'Asta rêva si fort de ptarmigans rôtissant sur la broche qu'elle croyait presque entendre la graisse siffler sur les braises et sentir le parfum de la viande en train de cuire. Vite elle s'impatienta et se leva de son alcôve pour aller à la porte, mais Margret ne revenait pas, aussi elle regagna son lit et se recoucha. Mais il lui sembla alors entendre des cris joyeux, comme ceux d'hommes attablés devant leur tranchoir, et elle retourna voir à la porte. Tout n'était que désert blanc, et elle mangea un peu de cette neige. Elle retourna s'allonger, mais à peine s'était-elle enfouie dans ses fourrures que le bruit et l'odeur des volailles en train de rôtir la poussèrent de nouveau vers la porte, et il lui vint à l'esprit que Margret avait capturé quelques oiseaux et les faisait griller sur la colline afin de tous les garder pour elle. Alors Asta enfila son manteau et ses chaussures et sortit de la ferme. Elle s'engagea sur les traces de Margret, mais la neige épaisse et poudreuse la faisait trébucher, car elle avait oublié de mettre ses skis. Et lorsqu'elle atteignit l'endroit où Margret et Jonas dormaient affalés, sans le moindre ptarmigan en train de rôtir à la broche, crépitant et doré, elle éclata en sanglots et se mit à secouer Margret par les épaules.

En ce temps-là, Jonas tétait tout le temps, nuit et jour,

mais le seul moment, semblait-il, où il parvenait à arracher quelques gouttes, c'était juste après le réveil de sa mère. A d'autres heures de la journée, quand il avait faim, elles lui donnaient de la neige, et elles aussi mangeaient de la neige en abondance. Asta disait parfois que la sienne avait goût de lait caillé parfumé aux airelles, mais Margret disait que la sienne n'avait jamais ce goût-là, bien qu'une telle idée fût certainement agréable. Jonas ne se livrait plus à ses jeux habituels ; il lui arrivait seulement parfois de prendre quelque chose dans la main pour le regarder, tout en s'acharnant sur le sein, mais il le lâchait bien vite, car sa main n'avait plus de force. Ce fut bientôt la fin de la graisse de phoque, et peu après vint le tour du beurre et du fromage. Leurs provisions se réduisaient maintenant à quelques bribes de viande de renne séchée, à un peu de lait caillé et à une poignée de tiges d'angélique, et elles avalaient un lambeau de viande chaque jour et une gorgée de lait caillé. Le reste du temps, ils gisaient sous les fourrures dans le lit clos, tous ensemble, car la moindre morsure du froid les précipitait dans de tels tremblements qu'elles ne pouvaient pas tenir une cuiller. Les seins de Margret étaient si plats qu'elle semblait n'en avoir jamais eu, sinon que la constante tétée de l'enfant avait mis leurs mamelons à vif. Et l'un de ces jours-là, lorsque Margret s'éveilla le matin après un long sommeil, Jonas dormait toujours au creux de son bras, la main glissée dans l'ouverture de sa robe et grande ouverte sur sa peau, et son bras était aussi maigre que les os des oiseaux, bien qu'il eût le ventre rond et gros. Et elle vit qu'en vérité il ne dormait pas, mais que la vie l'avait quitté durant la nuit. Alors elle posa la main sur la petite main appuyée contre sa peau, enveloppa l'enfant encore plus étroitement dans son manteau et attendit en silence le réveil d'Asta.

Le lendemain, le serviteur vint apporter des nouvelles de Brattahlid, et il trouva Margret et Asta en train de sommeiller dans l'alcôve, comme à leur habitude, et elles étaient si épuisées qu'il leur fut impossible de se dresser sur leur séant. Margret lui demanda si c'était encore le Carême et il répondit en riant que Pâques n'allait plus tarder. L'autre nouvelle qu'il apportait était qu'une baleine s'était échouée sur la glace près de l'embouchure de l'Eriksfjord, quelque deux jours auparavant, et que tous les hommes de la colonie s'affairaient à découper le grand léviathan. Il leur remit aussi quelques provisions, envoyées par Marta Thordardottir, en attendant l'arrivée à la ferme de la viande de la baleine.

A Pâques, cette année-là, les Groenlandais fêtèrent joyeusement la résurrection, et pas seulement la résurrection du Seigneur, disaient-ils, il y avait eu quinze morts à l'Eriksfjord et à l'Isafjord, où les chutes de neige avaient été les plus abondantes, tandis qu'à Vatna Hverfi et dans le Sud, où le temps avait été plus doux, seul le bétail avait été anéanti par le manque de fourrage. Jonas Skulason fut béni et enterré le long du mur oriental de l'église de Thjodhilds, à Brattahlid. Ainsi en avait décidé Marta Thordardottir, contre l'avis, cependant, de son frère Osmund.

Ce même printemps, il advint que peu avant Pâques un autre enfant naquit à Birgitta Lavransdottir, et cette petite fille fut bénie et baptisée Helga, en mémoire de Helga Ingvadottir. Helga Gunnarsdottir n'avait pas l'enjouement de sa sœur Gunnhild. Au contraire, elle criait et se plaignait tous les jours et toute la journée jusqu'à ce que, comme par miracle, elle fût guérie de ses souffrances vers le milieu de l'été grâce à un mélange d'urine de mouton et de feuilles dont on lui frictionna le ventre avant de l'emmailloter étroitement avec une bande de vadmal. Et ainsi chaque jour appliqua-t-on ce traitement à la petite Helga, de crainte que les douleurs ne reviennent, et Birgitta continua cela longtemps, jusqu'à ce que l'enfant ait quatre hivers. Après le rétablissement de sa fille, Birgitta commença à s'acquérir une réputation d'habile guérisseuse et à se rendre dans les autres fermes du district en suggérant des remèdes pour divers maux, ceux des enfants en particulier. Comme elle apportait toujours avec elle de grands morceaux du bon fromage de la terre de Gunnar et des coupons d'épais vadmal de la terre de Gunnar (car elle préconisait de bander étroitement les parties malades avec des tissus), elle finit par n'être pas peu recherchée pour ses talents. Les gens disaient que ses soins pour le ventre ne le cédaient à aucun autre, et en tout cas ses remèdes semblaient généralement tout à fait sans danger.

Unn, l'« épouse » de Nikolaus le Prêtre, était désormais si vieille et si aveugle qu'elle pouvait à peine sortir de la maison du prêtre. Elle aurait d'ailleurs été incapable de faire la différence entre une fistule et une fièvre. Malgré tout, certaines femmes allaient la voir lorsqu'elles étaient malades, car elle prenait grand plaisir à donner des conseils. On disait que Nikolaus et son « épouse » avaient quatre-vingt-dix ans, presque cent, en fait, et se rappelaient aisément le temps du roi Erik, mais si c'était vrai, c'étaient des choses dont ils ne parlaient jamais. On disait aussi que Nikolaus et Unn étaient âgés d'un peu plus de soixante hivers, c'est-à-dire que leurs souvenirs ne remontaient qu'au roi Magnus, ce qui n'avait vraiment rien d'exceptionnel, mais pourtant on assurait que ces deux-là étaient les plus vieilles gens des Etablissements de l'Est.

Cet été-là, Kollbein Sigurdsson, tant ses marins s'ennuyaient en Terre Verte, consentit à donner une belle récompense au vainqueur d'un concours de nage. Ce prix devait être soit une tenture murale richement colorée ou un autel d'ivoire sculpté avec deux vantaux sur charnières et assez petit pour être glissé dans la poche, au choix du vainqueur, et en outre, il devait y avoir trois jours de festin avec un concours de nage chaque jour, de sorte que le vainqueur ne serait désigné que le dernier jour. Le site choisi fut les sources chaudes du Hrafnsfjord. Les Groenlandais n'avaient guère l'habitude de nager, hormis ceux qui vivaient aux abords des sources chaudes, car l'eau est plus froide en Terre Verte qu'en Islande ou d'autres contrées, et même l'été on risque d'y mourir gelé. Mais les marins norvégiens brûlaient d'exhiber leurs talents.

Il se trouve que d'autres épreuves furent ajoutées aux concours de nage, et à celles-là, tel l'aviron, les Groenlandais excellaient, mais Kollbein déclara que le prix n'irait qu'aux nageurs. De cela, comme de toutes les autres actions de l'ombudsman, on comprit que le Norvégien était lésineur et insensé. Néanmoins, lorsque arriva le temps des concours, la plupart des gens de la plupart des fermes ne furent pas peu contents de se rassembler au Hrafnsfjord pour s'ébaudir des sources chaudes et du festoiement.

Le premier jour, il y eut deux concours d'endurance. L'un consistait à nager en long et en large dans les eaux glacées du Hrafnsfjord jusqu'à ce que les bras et les jambes fussent si froids qu'on ne pût les remuer et qu'il fallût hisser les hommes hors de l'eau et les ranimer dans les sources chaudes. Le vainqueur de cette épreuve fut un marin appelé Egil Halldorsson. Pour le second concours, il s'agissait de retenir son souffle le plus longtemps possible sous l'eau. Les participants étaient maintenus sous l'eau par deux autres hommes tandis que deux juges comptaient le temps, et lorsque l'homme commençait à se débattre, on le lâchait pour qu'il respire. Chacun reçut trois chances, et le vainqueur fut le jeune fils de Thord et Kristin du Siglufjord qui s'appelait Ingvi Thordarson. Après ces jeux, des bancs furent dressés à l'extérieur des baraquements et tout le monde mangea de grand appétit. Lorsqu'on eut retiré les bancs, les marins commencèrent à entonner certaines de leurs chansons et à danser en cercle. Ces chansons étaient fort grivoises mais mélodieuses et agréables à l'oreille. Ensuite, un homme appelé Steinthor, qui pour venir à la fête avait fait tout le chemin depuis l'Isafjord, sortit une flûte qu'il avait taillée dans une dent de narval et en joua pendant un moment. D'autres Groenlandais chantèrent leurs chants de Terre Verte et Gunnar Asgeirsson et Axel Njalsson racontèrent chacun une histoire. Kollbein Sigurdsson proclama que c'étaient d'agréables réjouissances pour un endroit où manquaient si cruellement la bière et les autres breuvages qui engendrent la joie.

Le deuxième jour, les participants aux concours devaient plonger, d'abord pour ramener une lourde pierre marquée, puis pour retrouver et remonter un petit poids de stéatite. Beaucoup participèrent à ces épreuves et ils furent si nombreux à repêcher la grosse pierre qu'il fallut répéter le jeu trois fois, chaque fois avec un roc plus encombrant et plus incommode. Ce concours fut aussi gagné par Egil Halldorsson, car c'était le plus accompli des marins dans cette sorte d'exercice. Un autre matelot, appelé Olaf Bogulfsson, remporta la compétition consistant à trouver le petit poids de métier à tisser. Ensuite, six bateaux à rames firent la course entre l'embarcadère d'un fermier et l'autre rive du fjord, aller et retour. Cette course fut remportée par un bateau groenlandais. Après ces jeux, on festoya derechef, et la conversation se porta sur les fêtes passées, en particulier le grand banquet de la terre de Gunnar où tout le monde, même les femmes, s'était fort enivré avec l'hydromel d'Asgeir, et il en était résulté le viol de Sigrun Ketilsdottir et tout ce qui s'ensuivit. Les Norvégiens évoquèrent avec nostalgie les fêtes dans leurs régions natales, et c'est par de telles conversations que la soirée s'acheva.

Le troisième jour, il n'y avait qu'une épreuve, mais elle prit la journée entière. Tous les participants devaient plonger ensemble dans la source en essayant de se maintenir mutuellement sous l'eau jusqu'à ce qu'il ne reste plus que l'homme le plus retors avec les plus vigoureux poumons. S'il s'avérait que c'était Egil Halldorsson, alors il emporterait le prix, mais si un autre homme se révélait le plus fort, alors Egil et lui engageraient sur-le-champ, sans se reposer, une course à pied entre deux points convenus, et cela désignerait le vainqueur. Il advint que Kollbein Sigurdsson insista pour participer à ce jeu, malgré l'avis, tout à fait contraire, de son comptable anglais, Martin de Chester, et de ses autres amis, tant groenlandais que norvégiens.

La source choisie était large et profonde, mais pas aussi chaude que les autres. Par endroits, elle était si profonde que nul n'en avait jamais touché le fond, et partout sa profondeur empêchait un homme d'y enfoncer ou d'y maintenir un autre contre le fond. Au signal d'un des gens de Kollbein, tous les hommes sautèrent dans l'eau qui se mit immédiatement à bouillonner des sauts, plongeons et gesticulations des participants. Pendant quelque temps, tout le monde lutta avec une grande détermination et personne ne leva la main pour indiquer qu'il était prêt à sortir, car telle était la règle, que chacun était le meilleur juge de sa force et de son souffle. Quelques hommes plus âgés, d'une grande vigueur, qui ne participaient pas à l'épreuve, se tenaient au bord du bassin pour repêcher ceux qui pourraient perdre connaissance pendant le concours. Les gens trouvent toujours un tel jeu amusant, et il y eut force cris et clameurs parmi les spectateurs. Au bout d'un certain temps, des mains commencèrent à se lever, les uns après les autres les hommes furent hissés hors du bassin, hoquetant et crachant l'eau. Bientôt, il n'y eut plus que quatre champions, là où il y en avait eu une trentaine, et c'étaient Egil Halldorsson, deux autres matelots et un grand gaillard du Siglufjord, nommé Starkad le Fort.

Un des marins portait une épaisse barbe noire, et, sans attendre, Starkad se précipita sur lui, par-derrière, l'empoigna par la barbe, lui tira la tête en arrière et le plongea sous l'eau. Alors ce marin ramena ses jambes sur sa poitrine et s'efforça de frapper Starkad à coups de talons, mais il ne parvint pas à libérer sa barbe des doigts du Groenlandais et il agita bientôt les bras en tous sens. Il ne tarda pas à lever la main et Starkad lâcha sa prise. L'homme avait avalé beaucoup d'eau et il sortit en toussant, pour se jeter sur l'herbe tout pantelant. Entre-temps, Egil nageait vers l'autre matelot et nouait solidement ses jambes autour de la taille de son camarade, crochant ses pieds ensemble pour affermir sa prise. Puis il saisit l'autre par les oreilles et lui plongea la tête sous l'eau tout en l'attirant vers le fond avec les jambes. Ce marin, qui était l'ami d'Egil et connaissait bien ce tour, frappa violemment Egil dans les côtes du tranchant de la main, l'obligeant à le lâcher, mais voilà qu'Egil attrapa l'homme par la mâchoire et les dents, lui empoignant la langue, pour l'empêcher de mordre, et il enfonça le marin sous l'eau. Or il enserrait toujours la taille de celui-ci entre ses jambes. Très vite, la main du matelot surgit de l'eau et il fut hissé hors du bassin. Ne restaient plus alors qu'Egil et Starkad, et Starkad était le plus fort des deux, un des hommes les plus vigoureux de la Terre Verte, et l'on estimait généralement que les Groenlandais, dans l'ensemble, étaient plus robustes que les Norvégiens. Starkad était aussi un bon coureur, et les gens de dire que ce serait merveille qu'un Groenlandais entrât en possession d'un prix tel que celui offert par Kollbein.

Dès qu'Egil lâcha son adversaire, Starkad fut sur lui, et il lui prit les cheveux d'une main et le nez de l'autre, plongeant le visage du Norvégien sous l'eau, mais Egil put porter à Starkad un violent coup de pied dans l'aine, de sorte que le Groenlandais dut lâcher le nez du matelot, qui prit une goulée d'air. Alors Egil pesa de ses bras sur les épaules de Starkad, le poussant un peu sous l'eau, puis, en un clin d'œil, il lança ses jambes autour de la tête du Groenlandais. Il noua ses pieds, et il semblait y avoir peu d'espoir pour son adversaire, car le corps du matelot était hors de sa portée. Starkad se laissa couler. Il y eut ensuite un long moment pendant lequel le Groenlandais s'efforça de rompre la prise de l'autre, et il y parvint mais ne remonta pas à la surface, et Egil se retrouva seul à nager au milieu du bassin. Soudain, Starkad surgit à son tour, prit sa respiration et replongea. Lorsqu'il reparut, il portait un lourd objet qui se révéla être le corps inanimé de Kollbein Sigurdsson.

Cela jeta la foule assemblée dans une grande agitation. Starkad et Egil sortirent l'ombudsman de l'eau et l'étendirent sur l'herbe. Les gens se rappelaient quand ils l'avaient vu pour la dernière fois et les participants évoquaient leur lutte avec lui, mais tous affirmèrent qu'ils l'avaient à peine touché, par crainte de sa position, et s'étaient contentés de le maintenir un instant sous l'eau, pour jouer le jeu, avant de le laisser remonter. Plusieurs hommes témoignèrent qu'ils avaient vu certains agir de cette manière courtoise. Starkad le Fort raconta comment, au moment où Egil l'enfonçait sous l'eau, il avait talonné vers le bas et senti de son pied le corps de l'ombudsman qui gisait au fond du bassin. On releva Kollbein pour lui faire rendre l'eau avalée, mais cela ne le ramena pas à la vie.

En ce temps-là, il y avait cette loi en Terre Verte qu'un noyé, s'il n'était pas gelé quand on le sortait des eaux, devait être déposé devant l'autel de saint Nikolaus, dans la cathédrale, pendant six jours, car saint Nikolaus était le patron des marins et des noyés, et plus d'un de ces infortunés avaient été ramenés à la vie par l'intercession du saint. Mais certains des Norvégiens et certains des Groenlandais entrèrent en conflit sur la manière la plus rapide et la meilleure de ramener l'ombudsman à Gardar, les Norvégiens désirant descendre le Hrafnsfjord en bateau pour doubler la péninsule et remonter l'Einarsfjord, tandis que les Groenlandais préconisaient de traverser Vatna Hverfi en canot, en empruntant les lacs et les cours d'eau. Et s'il faudrait porter le cadavre à dos d'homme pendant une partie du trajet, le voyage ne durerait ainsi qu'une journée au lieu de deux. La querelle tourna vite à l'aigre et les Norvégiens proclamèrent que les Groenlandais voulaient manquer de respect à l'ombudsman, tandis que les Groenlandais se gaussaient de l'ignorance des Norvégiens, qui ignoraient tout des traîtrises de la haute mer à cette période de l'année, surtout dans un bateau aussi petit que ceux dont on disposait alors dans le Hrafnsfjord. Puis les Norvégiens commencèrent à accuser ces Groenlandais d'aveuglement et de stupidité, puisque, après tout, c'étaient eux qui étaient chargés de repêcher les participants en difficulté. Certains se mirent alors à se battre, et il n'y avait personne avec assez d'autorité pour faire cesser la bagarre, car Osmund Thordarson, le récitateur de la loi, était resté chez lui dans l'Eriksfjord, et l'évêque, naturellement, se trouvait à Gardar. La bataille s'étendit bientôt à toute l'assistance, et plusieurs femmes furent renversées et le cadavre lui-même fut piétiné, si bien que les combattants eurent honte et s'arrêtèrent.

Le corps fut placé dans un petit bateau à quatre rameurs, deux Groenlandais et deux Norvégiens, qui remonta le Hrafnsfjord jusqu'à la cascade dans le sud de Vatna Hverfi. Puis, à travers plusieurs lacs et cours d'eau, la dépouille gagna l'Einarsfjord et Gardar, où elle fut déposée devant l'autel. Mais l'ombudsman ne revint pas à la vie, aussi l'enterra-t-on près du mur sud de la cathédrale, et il y eut force discussions pour savoir qui deviendrait le représentant du roi de Norvège. Martin de Chester et les Norvégiens soutenaient que cette charge devrait échoir à un autre Norvégien, mais, entre eux, les Groenlandais disaient qu'avec la mort de Kollbein Sigurdsson et de Skuli Gundmundsson, il n'y avait pas grand-chose à espérer du roi Hakon et de la reine Margarethe en Terre Verte.

La fin de l'été ne tarda pas à arriver et les Norvégiens de se morfondre devant le désert neigeux. Aussi, au printemps, cinglèrent-ils vers Bergen. Trouvant leur bateau pauvrement avitaillé et mal réparé, aucun Groenlandais ne choisit de les accompagner. Par la suite, certains prétendirent que le bateau s'était échoué sur les glaces au cap Farvel et que des débris de l'épave avaient dérivé jusqu'à Herjolfsnes. D'autres assuraient que le navire était parvenu en Norvège vers la fin de l'année, sans perdre un seul homme. Mais ce n'étaient que des histoires que se racontaient les Groenlandais et l'on ne connut jamais la vérité.

Or il advint qu'un an, jour pour jour, après la mort de Kollbein Sigurdsson, c'est-à-dire deux jours avant la messe de la Saint-Barthélemy, la servante Anna Jonsdottir trouva l'évêque Alf mort dans son lit quand elle alla le voir le matin, et ses yeux étaient grands ouverts et ses mains serraient si fortement le couvre-lit qu'elle ne put le leur ôter. Anna resta longtemps silencieuse auprès de l'alcôve, car bien qu'elle fût une vieille femme et eût vu bien des morts, comme tous les Groenlandais, elle n'avait jamais connu personne comme Sira Jon, prêtre ou lai, et elle redoutait moult de lui porter la nouvelle. Entre eux, les serviteurs disaient qu'il ne savait même pas à quel point l'évêque était malade, tant il semblait peu se soucier du vieillard, sinon pour lui énumérer chaque jour toutes les affaires de l'évêché. Pas davantage n'avait-il préparé son oncle à rencontrer le Seigneur, comme les servantes estimaient qu'il en avait le devoir, en récitant des prières avec lui ou en confessant ses péchés, au lieu de quoi, il ne cessait de jacasser à propos des messes, du bétail, du temps ou des comptes, comme si Alf n'avait pas abandonné tout cela depuis des mois, voire des années. Anna regardait le visage de l'évêque et ses mains serrées. On disait chez les Groenlandais que chaque homme voyait quelque chose au moment de sa mort, et Anna imaginait toujours qu'elle verrait son frère Bjartur, qui s'était noyé enfant, trônant au milieu des saints.

Anna sortit de la pièce et trouva le prêtre Audun à qui elle annonça la nouvelle. Mais avant qu'elle ait pu lui suggérer d'en aviser Sira Jon, il dit :

— Il faut que Sira Jon le sache. Il se trouve dans le grand bâtiment.

Et il se glissa dans sa chambre en refermant la porte derrière lui.

Anna se rendit aux cuisines, de l'autre côté de la cour, où les femmes confectionnaient du savon. Alors ces cinq femmes regardèrent Anna au visage et au bout d'un moment elle hocha la tête, et les femmes interrompirent leur tâche en branlant le chef. Elles étaient très abattues, et l'une d'elles, une fille avec un bec-de-lièvre, s'écria :

— Le Seigneur nous abandonne !

Mais une des plus âgées déclara que c'étaient des paroles insensées, car le Seigneur n'abandonnait jamais ceux qui L'aimaient. Alors Anna se dirigea vers le grand bâtiment.

Sira Jon était assis à une table sous la fenêtre, penché sur ses livres de compte. Un instant, il posa le visage sur sa main, puis il reprit son travail. Comme toujours, il était habillé avec soin : il portait des robes propres et bien ajustées, beaucoup plus colorées que les vêtements des Groenlandais. Elle s'avança devant lui, et il lui sourit. Il lui était parfois arrivé de le prier d'aller chez l'évêque. Alors elle dit :

— Sira, je me suis rendue auprès de l'évêque ce matin, et je l'ai trouvé au lit. J'ai vu qu'il avait été rappelé auprès des saints.

Sira Jon la regarda d'un œil vide, le sourire encore fixé sur son visage, et il resta assis si longuement de la sorte qu'Anna prit peur, mais il finit par dire :

— Merci, Anna Jonsdottir, je vais aller le voir. Vous pouvez rejoindre les autres femmes et commencer à préparer la toilette du corps.

Anna fit une révérence, et elle se retirait lorsque soudain le prêtre ferma les yeux et dit en gémissant :

— Seigneur, Tu nous abandonnes en vérité.

Et Anna fut si stupéfaite qu'elle recula en trébuchant. Alors Sira Jon se leva et se dirigea en titubant vers les appartements de l'évêque, et il semblait avoir perdu l'esprit. Anna se précipita vers la chambre de Sira Audun et frappa à la porte à coups redoublés en criant le nom du jeune prêtre, mais il n'y eut aucune réponse, jusqu'à ce qu'elle déclarât à haute voix qu'elle savait bien qu'il était là. Le Groenlandais ouvrit la porte d'un air penaud.

Ils trouvèrent Sira Jon dans la chambre de l'évêque, la porte ouverte. Il avait fermé les yeux du mort et priait maintenant d'une voix forte, et Sira Audun entra dans la pièce et se mit à prier avec l'autre prêtre. Mais, au son de sa voix, Sira Jon tourna la tête et lui jeta un regard empreint d'une telle amertume qu'Audun se releva avec autant de dignité que possible et sortit de la chambre en disant à Anna qu'il y avait beaucoup de choses à faire. Anna se rendit dans le bâtiment des cuisines et les femmes abandonnèrent leur fabrication de savon pour d'autres tâches. Quelques-uns des serviteurs partirent à cheval ou en bateau pour Brattahlid, Vatna Hverfi, le Hvalseyfjord et les autres districts, afin d'y porter la nouvelle. Les Groenlandais, qui n'avaient pas seulement entrevu l'évêque depuis deux étés, furent peu surpris. Sira Pall Hallvardsson revint à Gardar avec le messager dépêché dans le Hvalseyfjord. Il arriva tard le soir. Sira Jon, lui dit-on, était encore auprès du corps de l'évêque et avait déclaré qu'il entendait le porter dans la cathédrale pour le placer devant l'autel du saint et prier dans l'espoir qu'un miracle le ramènerait à la vie.

Sira Jon ne parvenait pas à s'éloigner de la pièce où les femmes faisaient la toilette du corps, et il marchait autour d'elles, de long en large, s'arrachant les cheveux et se tordant les mains, en parlant non de l'évêque, mais du pouvoir des reliques. Il parlait d'une voix normale, mais des larmes coulaient le long de ses joues.

— Pourquoi les Groenlandais n'ont-ils pas un peu de sang de saint Nikolaus ? disait-il. C'est un grand scandale que la seule relique appartenant au siège ne soit que la dernière phalange du petit doigt de la main gauche de saint Olaf.

Les femmes ne firent aucune réponse et Sira Jon ne semblait d'ailleurs pas en attendre.

— Les reliques d'un puissant saint comme saint Nikolaus dégagent un pouvoir qui est comme un parfum, en ce qu'il se répand dans l'espace autour des reliques et fait brûler les lampes à huile d'un éclat plus vif, et les gemmes deviennent plus pures et plus colorées.

Sa voix devint plus forte et plus passionnée :

— Les objets placés auprès d'elles s'alourdissent. On a mesuré ces choses. Nous avons besoin de ce genre de pouvoir ici en Terre Verte, où toute entreprise court plus de risques qu'ailleurs.

Il se tut et considéra la dépouille.

— Que peut accomplir l'extrémité d'un doigt ?

Il laissa échapper un grand cri et se remit à arpenter la pièce. Les femmes ne savaient que penser de ses paroles.

Sira Pall Hallvardsson se réveilla dans son ancienne chambre. Il avait dormi sur une pile de peaux de rennes qu'on était allé chercher dans les magasins. Sur le mur est de la pièce était accrochée une petite croix de métal. Il s'agenouilla devant et récita ses prières du matin, concluant par une longue action de grâces pour que le Seigneur ait pitié de l'évêque Alf, qui aspirait, comme tous les hommes, à entrer dans la maison du Seigneur après s'être traîné péniblement des années durant dans les régions désolées de ce monde sublunaire. Pall Hallvardsson n'était pas revenu à Gardar depuis qu'il avait secondé Jon l'été dernier pour la messe de la Saint-Barthołomée, car il n'y avait pas eu de grandes célébrations pour Noël et Pall Hallvardsson avait fêté Pâques dans l'église de Hvalsey. Ses prières dites, il arrangea ses vêtements et sortit se laver dans la cour.

Cet été-là, l'herbe du pré clos était aussi épaisse que

jamais, et le bétail nombreux et luisant dans l'enclos. Cinq bateaux, de un à huit rameurs, étaient amarrés dans l'Einarsfjord. Pendant qu'il regardait, dix hommes et garçons coururent vers l'enclos avec des seaux joliment fabriqués et des tabourets à un pied, et s'attelèrent à la traite. Après la maigre prospérité du Hvalseyfjord, de tels spectacles faisaient tourner la tête. Bientôt, les trayeurs se hâtèrent de porter les seaux à la laiterie, à l'aide de palanches, puis, à peine le lait versé dans de grandes cuves, ils retournèrent en courant vers l'enclos, choisissant sans la moindre hésitation une vache pas encore traite, et ils n'en oublièrent pas une seule. Tout cela ne sembla durer qu'un instant, puis les trayeurs lavèrent leurs seaux et rentrèrent dans les cuisines prendre leur repas du matin. De tous les hommes et femmes qu'il voyait, Pall Hallvardsson n'en trouva qu'une demi-douzaine qu'il connaissait par leur nom.

Après s'être lavé les mains et le visage dans l'eau froide du bac réservé à cet usage, il sortit un simple peigne en bois de sa poche et le passa dans ses cheveux. Il n'avait l'air ni prospère ni soigné. La grande église de Sainte-Birgitta, la plus neuve de la colonie et, hormis la cathédrale, la plus belle, était à peu près tout ce que les gens du Hvalseyfjord pouvaient entretenir. Les terres autour de l'église étaient assez petites et les montagnes derrière hautes et rudes. Les récentes réparations du toit du sanctuaire s'étaient traduites, en fin de compte, par une diminution de ce que recevait Pall Hallvardsson, ses paroissiens n'ajoutant guère à ce qu'il parvenait à produire lui-même en fait de vadmal ou de biens meubles, quoiqu'il y eût assez de nourriture pour lui-même, ses bestiaux et les deux serviteurs qu'il avait avec lui. Un de ces domestiques, qui s'appelait Magnus le Courbe en raison de son dos bossu, était un excellent pêcheur et chasseur de gibier. Voilà ce que Sira Pall avait obtenu en partage. Sira Jon, en revanche, le recevrait bientôt dans ses habits de soie rouge, juché sur le haut siège de l'évêque, avec maints objets de prix étalés autour de lui, et il n'aurait guère de respect pour la robe à capuchon, brune et reprisée, que portait Pall Hallvardsson. En fait, il regarderait au-dessus de sa tête et ne daignerait abaisser ses yeux sur l'humble forme de Pall qu'avec répugnance. Ayant ainsi considéré tout cela, Pall Hallvardsson demanda pardon du péché de colère et partit à la recherche de l'autre prêtre.

Tomber sur lui à l'improviste, il n'en eut pas l'occasion, car Audun et deux serviteurs le retardèrent et l'escortèrent dans la grand-salle, de sorte qu'effectivement Sira Jon trônait sur le haut siège, et il avait revêtu des habits magnifiques et était environné de lampes à huile de baleine qui scintillaient aux yeux mais empêchaient d'abord de bien voir la pièce. Pall Hallvardsson s'approcha du haut siège. Il dit :

— Notre douleur est allégée par la certitude de l'amour avec lequel Notre-Seigneur l'a accueilli dans les cieux.

Sira Jon hocha la tête.

— Pour nous, bien que la saison soit avancée, il se peut qu'un navire arrive pour répondre à nos prières et porter cette nouvelle à Nidaros.

Il sourit.

— N'est-il pas vrai qu'en Terre Verte les bateaux nous sont toujours envoyés par le Seigneur, pour nous amener Sa grâce et parfois Ses épreuves pour notre esprit ? Si un lieu est l'image parfaite du monde, ce doit être la Terre Verte.

Sira Jon prit la parole d'une voix basse :

— Il est vrai, du moins, qu'aucun voile de beauté ne dissimule les maux à notre vue.

— Et pourtant, les Groenlandais assurent que c'est un endroit aimable et joli, ainsi que tous les hommes voient la terre qui les entoure et s'y déclarent chez eux.

— Et tous sont abusés.

Jon dit cela avec une telle amertume que Pall Hallvardsson fit un pas en avant. Jon se redressa et parut s'appuyer sur le dossier du siège.

Pall Hallvardsson se recula et poursuivit d'une voix égale :

— Il faut dire que Gardar prospère sous votre administration. Les Groenlandais disent qu'ils ont le jardin d'Eden au cœur de leur pays.

— Le nouvel évêque, quel qu'il soit, doit apporter des reliques, le siège est bien trop pauvre en ces choses et les gens en pâtissent.

— Peut-être...

— A Nidaros, quand j'étais enfant, un vieil homme fut porté sur son cercueil dans la cathédrale et déposé un moment près des os de saint Olaf, le temps de creuser sa tombe, et à cet instant saint Olaf, dans sa miséricorde, lui rendit la vie, et après cela il vécut dans la salle du chapitre comme frère lai pendant onze ans, de sorte qu'il avait quatre-vingt-quatre ans quand il mourut, et ce fut un miracle dûment attesté.

— Tout le monde, naturellement, a entendu semblables merveilles, mais tout le monde ne peut espérer échapper à la mort.

— Nul homme bien-pensant n'espère échapper à sa réunion avec Notre-Seigneur, mais hélas, ceux qui sur terre ont de grands besoins souhaitent ardemment que la mort...

Il s'interrompit, puis reprit :

— Puisse le Seigneur abaisser ses yeux avec miséricorde sur Son fragile troupeau.

Il regarda enfin Pall Hallvardsson, et pendant un long moment, puis il ajouta ;

— Sira Pall Hallvardsson, asseyez-vous donc. Le chagrin me rend négligent.

Pall Hallvardsson prit un tabouret sous la table près de lui et s'y installa. Sur cette table s'entassaient les livres dans lesquels Pall Hallvardsson savait que Jon inscrivait ses comptes depuis toujours. Il y en avait trois, et si grands que les affaires d'une année ne prenaient habituellement que l'espace de deux pages, de la minuscule écriture de Jon. Les livres étaient en eux-mêmes fort précieux — en Terre Verte la plupart des écritures se faisaient sur des rouleaux de parchemin, et tous les livres appartenaient à l'évêché ou aux gens qui avaient traversé l'océan. L'évêque aurait aimé que certains des garçons groenlandais apprennent l'art de la reliure, mais, avec le mal des vomissements et tant d'autres épreuves, cela n'avait pu se faire. Bien qu'il y eût abondance de peaux de veaux et de chèvres en Terre Verte, les manuscrits enluminés de Gardar ou du monastère n'avaient que des couvertures misérables et frustes, et s'abîmaient facilement.

Pall Hallvardsson dit :

— Je me rappelle fort bien le jour, il y a neuf étés de cela, où nous embarquâmes avec l'évêque pour la Terre Verte, et tous les trésors qu'il emportait avec lui. Lui seul devinait en quel triste état nous trouverions les choses. L'église Saint-Nikolaus était un grand bâtiment froid, aux tentures en lambeaux et noires de moisissure. Des champignons poussaient sur les pierres, les ornements de l'autel étaient ternis et gâtés, les serviteurs et les autres gens négligeaient leur travail et se souciaient peu du déshonneur qu'ils causaient à la demeure du Seigneur. Il a apporté de tels changements en Terre Verte qu'il ne faut pas que sa perte détruise son œuvre ou nous ramène à des temps révolus. Peut-être aspirons-nous à une magnificence qui atteste la gloire du Seigneur, en sorte que ce que nous avons nous paraît misérable, mais le Seigneur voit nos moyens et nos entreprises, ainsi que l'ouvrage de nos mains.

Sira Jon abaissa les yeux sur l'autre prêtre et dit :

— Chaque jour, été comme hiver, je me suis rendu dans les appartements de l'évêque Alf pour m'asseoir à ses pieds et lui communiquer les nouvelles de la journée.

Il s'arrêta, puis poursuivit :

— Et pendant bien des jours il n'a pas jugé bon de me parler ou de me faire un signe de la main, et telle était ma seule prière et mon unique espérance : qu'une fois avant de mourir il entende ma voix et sache ma présence. S'il avait posé le regard sur moi, j'aurais été comblé. Si sa main avait bougé sous la mienne, ma satisfaction eût été complète, mais rien ne vint. Sa chair était froide et se rétractait à mon contact. Aucune prière, aucune abondance de prières n'amena le moindre clignement de ses paupières.

— Parfois les gens sont si vieux et malades...

— Mon oncle n'avait que soixante-deux hivers. C'était un homme solide et vigoureux quand il arriva en ces lieux. Une fois, vous l'ignorez peut-être, et il n'était plus un jeune homme, il se rendit à skis de Stavanger à Nidaros, accompagné seulement d'un chien, et cela ne lui prit que dix-sept jours en plein cœur de l'hiver. Lorsqu'il vivait parmi les Flamands, aller à pied de Gand à Bruges n'était rien pour lui, indigne de mention. Ma mère aussi était réputée pour la vigueur de sa nature sanguine. On dit que son cousin refusa de mourir pendant la Grande Peste, et guérit alors même qu'on le transportait en charrette à la fosse commune.

Pall Hallvardsson resta silencieux.

— C'est peut-être vrai, ou peut-être non. On colportait tant d'histoires pendant la Grande Peste.

Pall Hallvardsson acquiesça de la tête et dit :

— N'est-il pas vrai que tous ceux qui ont survécu à cette épreuve, même vous et moi qui n'étions que de petits enfants, ont reçu la grâce de Dieu et un signe que notre travail sur terre était salutaire ?

— Peut-être, mais l'importance des signes que nous a accordés le Seigneur pendant la Grande Peste est l'objet de bien des controverses. Que peut-on dire des signes et des prodiges, après tout ? Le destin des hommes est d'aspirer à une réponse du Seigneur.

A ces mots, Sira Jon poussa un profond soupir.

Alors Sira Pall Hallvardsson s'agita sur son tabouret, car il n'avait jamais entendu pareils discours de l'autre prêtre. Au bout de quelques instants, il dit :

— Je me rappelle aussi les trois prêtres que l'évêque jugea bon d'emmener avec lui. Il me vient souvent à l'esprit que le premier disparu et le moins considéré de nous tous était en fait le plus droit et le plus solide. Depuis la mort de Sira Petur, je suis encore moins ardent à la tâche.

Jon fit entendre un reniflement.

— Le Seigneur ne ménage la tâche à aucun de Ses prêtres, mais je dis humblement que ce travail dans l'océan occidental en ferait reculer plus d'un. Et plus d'un a reculé, en vérité, lorsque l'évêque Alf cherchait des prêtres pour l'accompagner. Les gens qui nous entourent sont différents même de ceux dont ils partagent la langue, les Norvégiens, ils sont à demi sauvages, comme des chevaux laissés à eux-mêmes dans les montagnes. Et quiconque a la charge de les guider doit parfois confesser que les chemins qu'ils prennent sont aussi bons ou meilleurs que ceux qu'il voudrait leur faire suivre. Ce ne sont peut-être pas des gens de notre monde, comme les hommes de France, de Flandre ou d'Allemagne, bien qu'ils tâchent d'obéir aux voies du monde et se considèrent comme semblables à nous. Mais ce sont des hommes neufs et des Vikings en même temps. Petur ne se posait pas la question, il n'avait pas besoin qu'on le lui dit. Pour moi, chaque fois que je me trouve parmi eux, je dois considérer tout très soigneusement, comme si j'apprenais une langue nouvelle, sinon que cela ne devient pas moins difficile chaque jour. Pour vous, pardonnez-moi de grâce si je vous dis que vous attendez d'eux qu'ils règlent leur conduite sur la vôtre. Mais ils sont comme les chevaux qui viennent quand on les appelle parce que ces bruits étranges éveillent leur curiosité, bien que le paysan s'enorgueillisse du succès de son dressage.

Sira Jon était immobile comme un piquet.

— Et maintenant je dois vous parler durement, car c'est à vous et non à moi qu'il revient de guider ces gens. Avant l'arrivée de l'évêque Alf, vingt-six années s'étaient écoulées depuis la mort de l'évêque Arni. Lorsque l'évêque Alf évoquait le Seigneur, il parlait toujours de Lui comme du roi des Cieux, dont l'évêque était l'intendant sur terre, de sorte que la puissance de la loi divine se déversait à travers lui sur les établissements des Groenlandais. Et les Groenlandais, pour la plupart, voyaient que cela était juste et vrai, et soumettaient leurs querelles et leurs crimes à sa sagesse. Mais vous ne mentionnez jamais la loi de Dieu. Vous ne parlez que de Son amour et de Son déplaisir, et des signes de Lui, comme s'Il n'était que votre Père des Cieux et non votre Roi divin.

Alors il s'arrêta et attendit une réponse.

Sira Jon dit :

— Vous n'avez guère l'expérience de nombreux serviteurs ou d'un vaste établissement. Vous avez été élevé parmi les moines. Vous ne sauriez que faire des moyens dont dispose Gardar, ni comment gouverner les hommes.

Pall Hallvardsson se leva.

— C'est assurément vrai, dit-il, et à ce propos je ne vous contredirai jamais ni ne disputerai votre autorité à Gardar ou parmi les Groenlandais. Je suis heureux de confier entre vos mains ma foi et mon amitié, et je demande seulement de servir le siège comme vous le jugerez bon.

Alors Sira Jon prit une profonde inspiration et regarda Pall Hallvardsson avec une petite lueur de plaisir.

— Un jour comme celui-ci, il n'est pas si commode de comprendre tout ce que les gens souhaitent nous dire. Mais ce discours est clair et facile à saisir, et nous vous en remercions. Ce sera le bâton qui affermira nos pas.

Alors Sira Pall Hallvardsson quitta la grand-salle pour se rendre dans la pièce où était exposé l'évêque, et il se mit à genoux au pied du cadavre et récita force prières. Quelques jours plus tard, il regagna le Hvalseyfjord pour la chasse aux phoques. La mort de l'évêque était le sujet de grandes conversations parmi les Groenlandais, surtout parce qu'il était tellement plus jeune que Sira Nikolaus et son « épouse ». Certains plaisantaient et disaient que Sira Nikolaus finirait par devenir l'évêque après tout, s'il se cramponnait assez longtemps. On trouvait rassurant que les activités se poursuivissent à Gardar comme auparavant, sans changement ni ralentissement, car tous redoutaient grandement ne fût-ce que la moindre diminution, disant que cela ne ferait que présager une chute plus brutale dans l'impiété de jadis. Les familles s'empressèrent d'envoyer leurs fils étudier à Gardar, et certains furent acceptés et apprirent quelques lettres. Il y avait peut-être moins de fêtes et de messes, mais les gens disaient que c'était moins important que d'autres choses, tels la richesse de la récolte de foin de Gardar, le bon état des bâtiments et la prospérité du bétail. Bien qu'il ne fût pas l'évêque, Sira Jon commença à arborer certains ornements de l'évêque Alf et, comme celui-ci, à parler aux gens avec davantage de distance et de cérémonie, et les Groenlandais l'approuvèrent, rappelant avec quelle humilité Ivar Bardarson se conduisait, de sorte que les autres, à leur tour, le tenaient pour humble, et son office avec lui.

C'était un fait qu'Erlend Ketilsson était un des deux ou trois fermiers les plus prospères au sud de Gardar. Il cultivait non seulement la terre de Ketil, mais aussi deux autres fermes à Vatna Hverfi. Sigmund Sigmundsson de Petursvik, le mari de la nièce de Thorunn, était mort pendant le mal des vomissements, léguant aussi ses terres à Erlend, car, disait-on, le procès qu'Erlend avait gagné pour lui contre Asgeir Gunnarsson lui faisait prendre sa viande de phoque pourrie pour de l'agneau rôti et son lait caillé pour du vin, et jamais depuis il ne s'était considéré comme un pauvre. Pourtant, la ferme tomba à l'abandon, car Petursvik était loin et les habitants de l'endroit connaissaient de telles difficultés qu'Erlend ne put trouver personne pour l'exploiter pour lui.

Lorsque certains mouraient ou que des fermes étaient abandonnées, comme cela se produisait de plus en plus depuis le mal des vomissements et la famine, les gens allaient d'abord voir Erlend et Vigdis, pour leur demander de travailler chez eux et d'amener leur bétail et leurs biens, et Erlend et Vigdis accueillaient la plupart d'entre eux. Erlend était toujours aussi peu loquace et Vigdis aussi dure ; en outre, ils faisaient travailler leur monde de longues heures, mais, disait-on, il faut toujours travailler de longues heures et du moins sur la terre de Ketil ces heures s'achevaient-elles devant un tranchoir bien rempli. Enfin, partout où les gens se rassemblent, on devise, on plaisante et on raconte des histoires, que le maître y trouve ou non sa satisfaction. Erlend avait beaucoup d'amis.

Il advint que cette année-là la chasse aux phoques fut particulièrement heureuse : on tua force phoques et aucun homme n'y perdit la vie ni ne fut même blessé, aussi les Groenlandais s'apprêtèrent-ils à passer l'hiver avec plus de sérénité que les autres années. Sur la terre de Gunnar, un troisième enfant fut conçu, et Birgitta Lavransdottir avait maintenant une telle expérience de ces choses qu'elle vaquait à ses occupations sans fatigue et même avec joie, car un rêve lui vint que l'enfant était un garçon. Svava Vigmundsdottir faisait maintenant partie de la famille entièrement, et deux coffres de ses trésors avaient été apportés du Siglufjord à la terre de Gunnar. On lui avait donné l'alcôve de Margret Asgeirsdottir tandis qu'Olaf s'installait dans celle qu'Ingrid occupait naguère.

A Vatna Hverfi, les gens ne parlaient plus de la simplesse de Gunnar Asgeirsson mais affirmaient que, si d'autres avaient parfois douté de son avenir, ils n'avaient jamais eu d'inquiétude à ce propos et avaient toujours su que la sagacité d'Asgeir Gunnarsson et de son frère Hauk finirait tôt ou tard par resurgir chez le garçon. Gunnar n'était pas aussi puissant ou prospère que les hommes les plus riches du pays, mais ses magasins étaient presque aussi pleins que du temps d'Asgeir et bien mieux disposés, car Birgitta Lavransdottir, disait-on, était le genre d'épouse qui veut toujours savoir ce qu'elle a. Pour le meurtre de Skuli Gudmundsson, on faisait généralement remarquer que c'était un Norvégien après tout, et enclin à porter de singuliers habits éclatants comme tous les hommes de l'ombudsman, outre que son seigneur lui donnait trop peu à faire. Les Norvégiens qui venaient en Terre Verte ne se révélaient-ils pas toujours tels : paresseux et faiseurs d'histoires ? Qu'il fût allé à sa mort sans couardise, cependant, était digne d'éloges.

Et naturellement Skuli avait rendu à Thorkel Gellison un grand service, car, après le meurtre, son cheval gris était devenu le seul étalon auquel les gens convoitassent d'accoupler leurs juments. Il faut dire, néanmoins, que la plupart des fermiers venaient le voir biaisement, comme pour une tout autre affaire. Thorkel gardait le grand cheval gris dans un enclos rond juste devant la porte de sa demeure et menait toujours ses affaires sur le seuil, et il arrivait toujours qu'après avoir parlé d'autres choses le visiteur faisait remarquer combien l'étalon avait belle allure. Pour lui, Thorkel déclarait que l'animal portait malheur, car il avait causé la mort d'un homme. Et l'autre protestait que malgré tout c'était un beau cheval en vérité. Puis ils allaient s'accouder aux parois de l'enclos. Thorkel devint très riche.

Gunnar était un homme très beau, aussi beau qu'Olaf Finnbogason était laid, et plus grand d'une tête au moins que son frère adoptif. Il s'occupait toujours à filer et à tisser et à coudre et à raconter des histoires pendant les longs mois obscurs d'hiver, et son habit était plutôt singulier, qu'il concevait lui-même. Tantôt son capuchon avait une visière avec des fentes pour les yeux. Tantôt sa robe s'ornait de poches plaquées de différentes tailles cousues sur le devant, et dans ces poches il mettait ses outils. Tantôt sa robe était très courte, à la manière des Norvégiens, et ses chausses très épaisses, ou ses chaussures avaient des attaches et des rabats singuliers. Il essayait de tisser des fils curieusement colorés dans le vadmal de la terre de Gunnar et parfois les gens de la maison arboraient d'étranges rayures. De tout cela Birgitta Lavransdottir ne disait rien et semblait ne pas se soucier. Lorsque Gunnar portait des rayures d'un bras à l'autre, voire du col au genou, Birgitta faisait de même, et en habillait les petites Gunnhild et Helga. Elle mettait même des robes que Gunnar imaginait pour elle, bien qu'elle n'accoutrât point Katla ou les autres servantes de la sorte.

Birgitta avait six servantes auprès d'elle, y compris Svava. Outre Hrafn et ses fils, Gunnar et Olaf avaient engagé un autre homme, qui goûtait fort la chasse et la pêche, et semblait avoir du sang skraeling, bien qu'il s'appelât Finn Thormodsson et parlât et s'habillât comme un Scandinave. Il était assez vieux, et était arrivé des Etablissements de l'Ouest à l'âge de douze ans. Il n'avait jamais possédé de terres dans les Etablissements de l'Est mais travaillait de ferme en ferme, prenant le gibier et tannant les peaux. Depuis la famine, ce genre d'homme était très recherché, car certains disaient que le bétail ne suffisait plus à faire vivre un Groenlandais pendant l'hiver comme autrefois. Gunnar s'estimait chanceux d'avoir Finn et il le traitait bien.

Tout ce monde demeurait sur la terre de Gunnar durant l'hiver et aidait Gunnar à réunir les biens nécessaires au rachat du second champ d'Asgeir. Birgitta et les servantes s'étaient employées deux hivers à tisser sur leurs métiers une nappe d'autel vert et blanc à la large bordure, qui représentait l'ange annonçant à la Vierge Marie la venue du Seigneur. Olaf avait rassemblé une grande pile de peaux de mouton, une moitié blanche et l'autre noire, tandis que la laiterie fournissait deux douzaines de gros fromages ronds. Il y avait des peaux de renne de la grande chasse et des sacs de graisse de phoque. En outre, l'homme qui s'appelait Finn avait accompli une chose rare depuis la fin du Nortsetur, en se procurant une dent de narval et un faucon blanc, qu'il dressait. C'étaient là des biens très désirables et précieux, et Gunnar comptait que Sira Jon en serait satisfait, bien qu'il ne fût pas l'ami des gens de la terre de Gunnar.

Les jours s'écoulèrent paisiblement sur la terre de Gunnar et l'hiver ne fut pas plus froid que les précédents, ni le Carême plus long ni Pâques plus chaudes. Les brebis commençaient juste à agneler lorsque arriva le moment pour Gunnar de porter ses marchandises à Gardar afin de recouvrer le second champ d'Asgeir. La coutume en ce domaine voulait que, neuf ans jour pour jour après le verdict, le coupable — ou ses héritiers — se présentât avec des objets d'une valeur déjà fixée et les remît, pour ainsi recouvrer ses droits, mais s'il ne se présentait pas ce jour-là, alors il perdait définitivement ses droits, et l'évêque, ou dans ce cas son représentant, avait la charge de disposer à son gré des biens confisqués. Tout le monde dans le district savait quel jour ce serait : deux jours avant la fête de saint Hallvard d'Oslo, et Pall Hallvardsson se rendit en personne à Gardar pour s'assurer de Sira Jon.

Or il advint que, le soir précédant le jour du voyage, les marchandises furent placées dans des coffres et tous les préparatifs achevés, Gunnar et Olaf ayant l'intention de rester deux ou trois jours à Gardar. Puis tout le monde alla se coucher dans son lit clos.

La nuit tombée, des hommes descendirent de la colline au sud, et c'étaient des serviteurs d'Erlend Ketilsson, conduits par Ketil le Malchanceux, qui était maintenant un jeune homme de mauvaise réputation dans le pays, ils étaient six dans cette bande. La première chose qu'ils firent fut de traîner les deux petits bateaux de la terre de Gunnar par-dessus la colline jusqu'au fjord, où ils les lancèrent à la dérive. Ensuite, ils retournèrent à la terre de Gunnar et entreprirent de capturer les quatre chevaux, afin de les emmener dans la montagne et les mettre à l'entrave en des endroits où on les retrouverait difficilement. Mais il advint que la jument Mikla ne se laissa pas attraper tout de suite, et quand elle fut empoignée, grâce aux efforts de quatre hommes, elle se mit à hennir et à se débattre, de sorte que Ketil sortit son couteau et lui trancha la gorge, l'abandonnant dans l'enclos aux chevaux. Ils emmenèrent les autres montures jusqu'à l'endroit où Skuli Gudmundsson avait trouvé la mort. Les gens de la terre de Gunnar dormaient, comme ensorcelés.

Le matin allait bientôt se lever. Le dernier acte de Ketil fut alors d'ouvrir la barrière de l'enclos des moutons et de conduire le troupeau dans le pré clos, où l'herbe était jeune et la terre détrempée par la fonte des neiges. Lorsque, un moment après, Olaf se leva afin de se préparer pour le voyage, il trouva les animaux éparpillés partout.

Sur la terre de Ketil, Erlend et Vigdis rassemblèrent leurs marchandises et les firent transporter dans leur bateau, qui mouillait près de l'église de l'Einarsfjord. Et dans la matinée, eux aussi, avec Ketil et leur intendant, cinglèrent vers Gardar, où ils arrivèrent juste après midi. Tout le monde à Gardar attendait sans bouger l'apparition de Gunnar et d'Olaf, mais la journée s'écoula et l'obscurité tomba, et ils ne vinrent pas ni n'envoyèrent de message. Pall Hallvardsson ne lâcha pas Sira Jon d'une semelle pour empêcher Erlend de l'approcher, et les deux prêtres veillèrent toute la nuit jusqu'à la lumière du matin, mais le jour ne brilla point sur les gens de la terre de Gunnar, et Sira Jon se rendit dans la grand-salle, salua Erlend et Vigdis et reçut leurs marchandises. Mais il leur demanda de rester une journée de plus pour le cas où Gunnar se présenterait, car Pall Hallvardsson avait résolu que Gunnar ne serait pas lésé ou dupé.

Mais ce jour-là, la veille de la fête de saint Hallvard, une grande tempête souffla de la banquise empêchant tout voyage, au point que l'on avait de la peine à se rendre de la maison à l'étable, et les brebis de Gardar choisirent ce moment-là pour mettre bas leurs petits, causant un grand remue-ménage. Cette tempête dura tout le jour et tout le lendemain, puis Erlend et Vigdis se préparèrent à regagner la terre de Ketil, et comme il n'y avait toujours pas eu de message de Gunnar, ils reçurent le grand champ en apanage. Il se trouve que pendant leur voyage de retour ils aperçurent les bateaux de la terre de Gunnar, mis en pièces par la tempête.

Lorsqu'ils arrivèrent à la terre de Ketil, le berger d'Erlend vint à la rencontre de son maître, le prit à part et lui dit qu'une certaine jument grise avec une raie sombre sur le dos avait été retrouvée la gorge tranchée dans l'enclos aux chevaux de la terre de Gunnar. A ces mots, Erlend entraîna Ketil dans la laiterie et se mit à le battre. Erlend était un homme lourd et fort avec de grandes mains et Ketil un garçon svelte, plus connu pour son esprit acerbe que pour sa vigueur. Et Erlend dit :

— C'est une vérité certaine que tu es un gars fort malchanceux et tu n'as apporté que des malheurs à ta lignée depuis le jour de ta naissance. Lorsque Vigdis et toi vous vous abouchez, tout le monde peut être sûr que méchef s'ensuivra.

Et Ketil resta bien des semaines au lit avant d'être remis de cette correction. Vigdis se contenta de faire remarquer à Erlend :

— La plupart des hommes sont satisfaits d'obtenir ce qu'ils veulent, surtout si cela signifie abattre un ennemi du même coup.

A cela, Erlend répondit :

— La malchance ne peut que poursuivre un garçon

aussi malchanceux que Ketil Ragnarsson, et tu comprendras cela mieux que personne un de ces jours.

De ses mésaventures Gunnar parlait peu. Un jour, il porta la dent de narval à Axel Njalsson, un homme puissant, et l'échangea contre un petit bateau fait avec les débris d'un vieux navire, et en très bon état. Un autre jour, il apporta la nappe d'autel que les femmes avaient faite et décorée à Thorkel Gellison, dans le sud du district, et revint quelques jours plus tard avec une jolie jument pleine, qui avait été couverte par le fameux étalon gris. Le faucon blanc fut relâché. Les autres objets dans leurs coffres furent remisés et l'on n'en parla plus. Le pré clos sécha, mais il fallut bien des efforts pour briser les mottes dures barattées par les moutons, et la fenaison fut retardée d'une semaine environ. On voyait souvent Gunnar et Finn Thormodsson conférer, mais même Birgitta, même Olaf ignoraient le sujet de leurs entretiens. Olaf enterra Mikla sur le coteau au-dessus de l'écurie et éleva un petit tertre sur la tombe. Désormais, il travailla tout le temps qu'il ne dormait pas, et jamais plus il ne prit ses repas avec les autres gens de la ferme. On disait dans le pays que la mort de la jument l'éprouvait plus que le départ de sa femme, mais si c'était vrai, il n'en parlait à personne.

Alors Gunnar entreprit de préparer son action devant le Thing. Il choisit des témoins pour attester qu'il réclamait contre Erlend Ketilsson de la terre de Ketil le bannissement pour destruction de biens, en l'espèce la récolte de foin de son pré clos, et la proscription pour destruction de biens, à savoir deux bateaux en bon état et une jument excellente pour la reproduction et la monte. Puis Gunnar et Olaf parcoururent le district à la recherche d'appuis dans leur affaire. Au début, le procès s'annonça bien puisque Axel Njalsson accepta de soutenir les gens de la terre de Gunnar, et c'était un homme riche et puissant. En outre, Thorkel Gellison et un de ses voisins dirent qu'ils aideraient Gunnar, car ils étaient d'une partie du district où Erlend ne possédait pas de terres. Mais les autres hommes du pays, en particulier ceux qui vivaient sur les fermes autour des grands lacs, le lac des Andouillers et le lac Large, n'avaient guère envie d'offenser Erlend, chez qui ils allaient chercher du foin l'hiver quand leurs propres réserves étaient épuisées. D'aucuns, d'ailleurs, rappelaient la mutilation de certaine vache de la terre de Ketil, il se trouva donc que Gunnar se rendit de ferme en ferme, portant ses meilleurs habits et les plus gracieux, et il fut reçu cordialement en tous lieux, mais en fin de compte il se retrouva à son point de départ, avec le soutien de trois hommes et la certitude que tous les autres fermiers du district ne manqueraient pas d'appuyer Erlend et d'anéantir sa cause.

Alors Gunnar prit son nouveau bateau et se rendit au Hvalseyfjord passer quelques jours chez Lavrans. Le premier jour, ils ne parlèrent que des gens de la terre de Gunnar et en particulier de Birgitta, car Lavrans ne se lassait jamais d'évoquer Birgitta, sa santé, ses manières aimables et ses nombreux talents. Elle s'attendait à accoucher aux alentours de la Saint-Barthélemy, indiqua Gunnar.

Le deuxième jour, ils parlèrent de ce qui s'était passé sur la terre de Gunnar : la jument massacrée, les bateaux détruits et le champ piétiné, et Lavrans déclara que, de tous ces forfaits, le dernier était le plus grave.

— Comment as-tu présenté ton assignation ? demanda-t-il à Gunnar.

— J'ai demandé la proscription pour la destruction des bateaux et le massacre de la jument, qui était excellente tant pour la reproduction que pour la monte, et le bannissement pour le piétinement du pré clos.

Lavrans secoua la tête et dit :

— Mon fils, tu as demandé la peine la moins forte pour le crime le plus important, et il se peut qu'Erlend invoque ce vice de procédure, car il a la réputation de bien connaître la loi. Nous verrons ce qui sortira de tout cela.

Puis Lavrans se retira dans son lit clos pour la nuit.

Il y avait six fermes dans le Hvalseyfjord près de la terre de Lavrans, et, le lendemain, Lavrans partit de chez lui et obtint l'assistance de ces six fermiers, tout pauvres fussent-ils, mais il fallut ensuite que Gunnar leur offrît des présents. « Ces deux rouleaux de vadmal, pour votre femme qui est enceinte », ou « ce couteau au manche d'ivoire incrusté d'argent, en remerciement des services rendus au père de ma femme lors de sa maladie ». Or il se trouvait qu'en ce temps-là c'était un outrage à la cour que de guerdonner ses partisans, mais Lavrans avait donné cet avis : les cadeaux n'avaient rien à voir avec l'affaire puisque tous ces hommes s'étaient déjà déclarés en sa faveur. Le quatrième jour, Gunnar retourna à la terre de Gunnar pour y attendre le Thing.

Quoique plusieurs meurtres à Brattahlid dussent être soumis au tribunal du Thing en plus de l'affaire de Gunnar, les hommes concernés n'étaient ni puissants ni riches et les Groenlandais se passionnèrent bien davantage pour le procès intenté à Erlend, d'autant qu'Erlend se rendit au Thing en grand appareil et dressa quatre tentes pour ses nombreux partisans. Erlend passait désormais pour bel homme, car il avait les cheveux presque blancs et avait perdu l'air sombre et menaçant de sa jeunesse. Il parla à tous les gens présents au Thing, même à Gunnar, d'une voix forte et joyeuse, et il se mit partout en évidence. Il eut une longue conférence avec Sira Jon, l'escortant en grande cérémonie depuis le palais jusqu'à son baraquement, où il l'installa sur le haut siège, et tous les passants purent le voir, car il avait pris soin de laisser ouvert le rabat de son abri. Le résultat de tout cela fut que, lorsque Gunnar présenta sa requête, les treize juges n'hésitèrent pas un instant à se prononcer contre lui, en invoquant le vice de procédure, et nul ne pouvait le nier, car telle était la loi de la Terre Verte. Ensuite, l'assemblée se sépara et tout le monde rentra chez soi.

Un soir, peu après le milieu de l'été, Gunnar et Birgitta se trouvaient devant la maison avec Gunnhild et Helga. C'était la fin d'une belle journée. Les deux petites filles s'efforçaient d'attirer près d'elles un des chiens de berger d'Olaf, une très vieille chienne appelée Nalli. Nalli était assise et regardait l'étable derrière elles où Olaf avait disparu. Lorsqu'elles s'approchèrent d'elle, Nalli se leva et s'éloigna, puis elle se rassit. Birgitta marchait de long en large. Quand elle allait dans un sens, son fuseau descendait en tourbillonnant vers le sol, tordant en un fil la laine qu'elle portait. Et quand elle faisait demi-tour, elle enroulait le nouveau fil sur la tige du fuseau. Depuis qu'elle était aussi grosse de cet enfant, elle filait une grande quantité de laine, car elle ne se sentait bien qu'en marchant. Gunnar était assis près d'elle avec un grand tas de tontes, qu'il cardait pour en ôter les brins d'herbe et les brindilles. Alors il leva les yeux et lui dit que, si elle avait ses ciseaux à portée de la main, il aimerait qu'elle lui coupât les cheveux. Gunnar avait des cheveux épais et très clairs, car il ne portait pas de chapeau au soleil, seulement un étroit bandeau sur le front.

Birgitta posa son fuseau et alla chercher la boîte où elle rangeait ses ciseaux, ainsi qu'un morceau de tissu pour protéger ses épaules et un tabouret. Elle possédait un beau peigne d'ivoire, fait à Bergen et joliment sculpté, qu'elle serrait également dans une boîte. Ce peigne lui venait de sa mère et il ne lui manquait que deux dents. Gunnar s'assit sur le tabouret et Birgitta se mit à démêler sa toison sur ses épaules. Nalli se leva et dévala le coteau au trot, et Gunnhild se lança à sa poursuite, suivie de la petite Helga. Sans cesse, la cadette tombait et roulait et chaque fois sa sœur revenait en arrière pour la relever. La chienne atteignit bientôt la rive du lac et se dirigea vers l'étable, et les deux petites filles se retrouvèrent si distancées qu'elles s'assirent sur le coteau parmi les fleurs sauvages. Alors Gunnar dit :

— Certains diraient que nous connaissons de mauvais jours.

— Nul doute que certains le disent, répondit Birgitta.

— Certains disent qu'il n'y a maintenant guère d'espoir que la terre de Gunnar retrouve son rang d'antan parmi les fermes de Vatna Hverfi. Il est vrai que Hafgrim lui-même, qui vint en Terre Verte avec Erik, donna ce domaine à Gunnar Asgeirsson, et il y eut toujours un pré clos pour nourrir la maisonnée et un autre grand champ pour assurer sa prospérité.

Birgitta prit les ciseaux et commença à tailler le bout des cheveux de Gunnar. Elle dit :

— D'aucuns diraient qu'en ce temps-là un champ vous nourrissait l'été et l'autre l'hiver. Les fermes les plus riches mangent certains de leurs animaux reproducteurs avant la fin de l'hiver, pas seulement les fermes moyennes comme la nôtre.

Birgitta allait reposer ses ciseaux, mais Gunnar l'arrêta et lui demanda de couper ses cheveux plus court. Puis il dit :

— Et pourtant, les jours les plus mauvais ne sont point encore là quand on voit ses enfants faire des culbutes en riant, quand on a une femme comme toi et qu'on peut s'asseoir sur son propre tabouret pour le plaisir de se faire tailler les cheveux.

Birgitta sourit.

— Gunnhild te ressemble beaucoup. Elle regarde autour d'elle et voit ce que ses yeux rencontrent. Elle ne rit guère mais sourit souvent, et elle prend grand soin de sa mise et de sa chevelure. Lorsque je suis avec elle, il me semble que c'est mon enfant préférée.

Le peigne de Birgitta se prit dans les cheveux de Gunnar, et elle le tira en arrière, puis coupa la mèche accrochée dans les dents.

— Puis Helga vient vers moi, grimpe sur mes genoux et me raconte des bêtises exactement comme si c'étaient des propos sérieux, et attend une réponse en me fixant dans les yeux, et il me semble que c'est mon enfant préférée, bien qu'elle soit aussi différente que possible de Gunnhild.

La chevelure de Gunnar était maintenant bien égalisée sur la nuque, et Birgitta s'apprêta de nouveau à ranger ses ciseaux, mais il l'arrêta et lui demanda de tailler plus court. Puis il continua :

— Bientôt, dit-il, un autre enfant me naîtra, un garçon, assurent tes rêves, et cet enfant sera aussi différent que possible des autres, et aussi attachant. Et pourtant, je m'aperçois depuis peu que je n'attends pas cela avec plaisir, mais seulement avec crainte, car les plus mauvais jours sont encore à venir, et ce temps n'est pas éloigné.

Birgitta avait alors coupé ses cheveux très court, en sorte qu'il ressemblait à un prêtre, et elle mit les ciseaux de côté. Gunnar passa ses mains dans le chaume de sa chevelure. Elle dit :

— Il se peut que ces choses adviennent comme tu le dis, car tu es le seul à connaître tes intentions.

— Sira Pall Hallvardsson a raison de dire qu'il y a un tel plaisir dans l'inimitié qu'au bout d'un certain temps on ne peut y renoncer même si on le souhaitait. Ceci aussi est vrai : quand une querelle est neuve, les amis vous soutiennent et donnent des conseils rassis, mais lorsqu'elle est ancienne, les gens se soucient peu d'y mettre fin et aiguillonnent les rivaux.

— Si par cela tu veux dire qu'on parle de l'affaire dans tout le pays, et que chacun se croit obligé de renchérir et de ne rien laisser tomber dans l'oubli, nul doute que c'est la vérité.

Gunnar se tourna vers elle, mais Birgitta ne cessa jamais de surveiller du coin de l'œil les deux petites filles qui maintenant gravissaient lentement la colline.

— Peut-être Lavrans finira-t-il par regretter de t'avoir donnée à moi, comme les gens le disaient en ce temps-là.

— Peut-être, mais alors il devrait venir me voir pour me demander ce que je pense, comme il le fit en ce temps-là. Voilà ma pensée : à chaque âme quelque chose doit advenir, et de chaque chose qui advient effectivement, chaque âme peut imaginer bien des choses qui auraient pu se passer, toutes moins mauvaises que ce qui est arrivé. Les gens ont besoin de choses auxquelles penser, sinon ils seraient incapables d'aspirer au Ciel ou de se rappeler le Paradis.

Et à cela Gunnar ne répondit rien, et il remporta le tabouret et le tissu dans la maison. Peu après, Birgitta, Gunnhild et Helga gagnèrent l'alcôve et se préparèrent à dormir. Birgitta ne demanda pas, comme elle le faisait toujours, quand Gunnar viendrait se coucher. Quelque temps plus tard, comme le crépuscule tombait, il sortit.

Près de l'étable, Gunnar retrouva sept hommes, et

outre Olaf et Finn Thormodsson il y avait Axel Njalsson et ses deux fils Bessi et Arni, ainsi que Thorkel Gellison et son fils Skeggi. Aucun de ces hommes ne portait d'armes, mais chacun tenait une pelle et Finn un paquet enveloppé dans une peau de renne. Alors ils se rendirent dans le second champ d'Asgeir, comme on l'appelait encore sur la terre de Gunnar, et se mirent à creuser une tranchée longue et profonde en travers de la bordure du champ, comme une fosse à rennes mais plus large. C'étaient des hommes vigoureux et le travail avança rapidement. Lorsque le fossé fut assez profond, Finn le parcourut d'un bout à l'autre en disposant au fond le contenu de son paquet, et c'étaient des andouillers de renne et des côtes aussi, taillés en pointe acérée à une extrémité. Quand il eut fini, les hommes disposèrent une fine couche de branchage sur la fosse, qu'ils recouvrirent ensuite de tapis d'herbe tissés par Finn pour imiter le gazon.

Le soleil allait bientôt se lever et les hommes se dirigèrent vers la terre de Ketil, où ils mirent toutes les vaches en liberté, et Gunnar en tua une, lui fendant le ventre pour y placer une figurine de stéatite ayant la forme d'un homme. Alors la troupe s'éloigna à quelque distance tandis que Gunnar et Olaf allaient aux portes de la ferme, car c'était une grande demeure à deux portes, et ils cognèrent dessus en criant :

— Debout, dormeurs, debout ! Les vaches ont pénétré dans le pré clos !

Le premier dehors fut Kollbein Erlendsson, dans sa robe de nuit, et Gunnar lui chanta la strophe suivante :

Dans la cour de la ferme gît une bête pleine,
Son ventre est gros du fils d'une putain.
La marmite est-elle bien noire ?
La bouilloire fuit-elle bien fort ?

Alors Hallvard Erlendsson surgit à son tour, suivi de deux serviteurs, et Gunnar et Olaf se reculèrent, car ils virent que ceux-ci étaient armés de haches. Bientôt Ketil Ragnarsson sortit aussi, et lui aussi portait une hache, et il fut le premier à voir l'effigie de lui-même dans le ventre de la vache. Tout le monde était maintenant debout et essayait de faire sortir les vaches du pré clos, mais c'était un grand troupeau que celui de la terre de Ketil et riche en animaux turbulents et indépendants. La petite troupe de la terre de Gunnar était presque hors de vue lorsque les fils d'Erlend, Ketil et leurs hommes en armes se lancèrent à leur poursuite.

Les hommes de Gunnar se repliaient lentement, restant bien en vue et apostrophant les autres de temps en temps, de sorte que Ketil fut bientôt fou de rage. Gunnar regarda autour de lui et fit remarquer à Olaf que c'était encore un beau champ, et Olaf acquiesça. Puis Gunnar se mit à courir, et les gens de Ketil redoublèrent de vitesse et commencèrent à gagner du terrain. Les gens de la terre de Gunnar franchirent les fossés en courant, sur les étroits passages qu'ils avaient laissés, mais dans la lumière bleue de l'aurore ceux-ci n'étaient guère visibles pour leurs poursuivants, qui, tout à fait comme des rennes, passèrent à travers les branchages et tombèrent dans les fosses. D'abord Ketil, Kollbein et Hallvard car ils étaient en tête, puis un de leurs serviteurs, qui talonnait Ketil et s'étala sur lui. Les autres, ayant quelques pas de retard, parvinrent à s'arrêter.

Et il advint que les trois frères s'empalèrent sur les pointes au fond du piège. Alors Gunnar et ses hommes firent volte-face pour empêcher les serviteurs de la terre de Ketil de secourir les mourants. Il y eut force gémissements jusqu'à ce qu'ils expirent. Lorsque tout se fut tu, Gunnar et ses hommes se rendirent dans une ferme proche, où les gens se levaient à peine, et annoncèrent le meurtre de Ketil Ragnarsson, Kollbein Erlendsson et Hallvard Erlendsson.

Sur la terre de Gunnar, les serviteurs sortaient de leur lit et Birgitta vit qu'Olaf et Finn n'étaient pas parmi eux. Alors elle demanda aux femmes de ranger tous les biens de la maison dans des coffres, ainsi que les vêtements et les jouets des enfants. Et quand elles en eurent terminé, elle se tourna vers Svava Vigmundsdottir et lui pria de retourner auprès de Kristin dans le Siglufjord. Ensuite, elle prit à part chacune des autres bonnes et les envoya dans d'autres fermes. Puis elle invita les hommes à commencer de transporter les coffres dans le nouveau bateau de la terre de Gunnar, qui mouillait dans l'Austfjord. Et lorsque Gunnar revint d'annoncer les meurtres, la ferme avait été vidée de ses meubles.

Gunnar donna ses quatre chevaux aux hommes qui l'avaient aidé : deux à Axel et ses fils, deux à Thorkel et Skeggi. Olaf appela ses cinq chiens de berger et tua les trois plus vieux, y compris Nalli. Après cela, Gunnar, Olaf, Birgitta, Finn, Gunnhild et Helga se rendirent au bateau et s'embarquèrent, et ils gagnèrent le Hvalseyfjord à la rame et y annoncèrent les meurtres. Et désormais, ils vécurent sur la terre de Lavrans dans le Hvalseyfjord. L'année suivante, la terre de Gunnar fut confisquée par le Thing et octroyée à Erlend. Et Erlend la remit à Vigdis pour lui rappeler, dit-il, les conséquences de ses machinations. Erlend avait requis la proscription et la mort pour Gunnar, mais certains hommes puissants, sous la conduite de Thorkel Gellison, soulignèrent que Gunnar avait été gravement provoqué par les dommages qui lui avaient été causés par les actions de Ketil Ragnarsson, en sorte qu'il ne fut condamné qu'au bannissement, qui impliquait le versement d'une compensation puisqu'il n'était pas question d'exil à l'étranger.

La terre de Lavrans dans le Hvalseyfjord était plus petite et plus pauvre que la terre de Gunnar, mais tout le meilleur cheptel de Birgitta y avait été amené, cinquante à soixante bestiaux qui, avec le troupeau de Lavrans, représentaient un patrimoine de belle taille. Et Finn Thormodsson les avait suivis. C'est là que le garçon qu'elle attendait naquit à Birgitta, et à la dernière minute avant le baptême elle se souvint d'Asgeir Gunnarsson, l'enfant qui était mort, et ce nom lui sembla de mauvais augure. Aussi dit-elle au prêtre de lui donner le nom du père de Lavrans, qui était Kollgrim. Et Kollgrim Gunnarsson fut un nourrisson potelé et agréable, et tout alla bien pour lui.

LE DIABLE

Il advint qu'à l'automne de cette année 1378 Ragnvald Einarsson, qui demeurait avec ses gens de la Colline du Soleil dans l'Eriksfjord, devint très soupçonneux et inquiet, de sorte qu'il voyait souvent des apparitions au milieu des icebergs du fjord, et il n'était jamais aussi heureux de tout l'été que lorsque le fjord était libre de glaces et jamais aussi tourmenté qu'après la chasse aux phoques, quand les icebergs, petits et grands, commençaient à se former et à s'amonceler entre sa maison et les deux plages où il avait tué un Skraeling et laissé l'autre s'échapper. Les rumeurs que Ragnvald Einarsson était possédé des esprits furent accueillies avec grand intérêt dans toute la région de l'Eriksfjord et de Gardar, car Ragnvald était un homme prospère et puissant.

Un jour, vers la fin de la demi-année d'été, quelques jours après la messe de la Saint-Michel, les gens de la Colline du Soleil faisaient leurs préparatifs pour l'hiver et s'affairaient à tuer des moutons. Ce jour-là, l'humeur de Ragnvald parut se rasséréner et, cessant d'épier le fjord, il admira ses moutons gras et ses beaux enfants, en particulier son jeune petit-fils, Olaf Vebjarnarson, né l'automne précédent. Vers la fin de la matinée, un des domestiques de Ragnvald vint lui dire qu'il avait vu un étrange bateau sur l'eau, un bateau qui apparaissait et disparaissait, mais ni un canot de peau à la mode skraeling ni un bateau de bois à la mode norvégienne. Ragnvald dit que c'était une vision étrange, en vérité, et il rit de bon cœur à cette idée. Pourtant, ses enfants et ses serviteurs furent gagnés par l'inquiétude et se mirent à jeter des regards anxieux vers le fjord.

Peu de temps après, lorsque la plupart des moutons eurent été abattus, les gens de Ragnvald firent un feu et entreprirent d'en flamber les têtes pour en ôter le poil. Ragnvald surveillait personnellement l'opération en compagnie de son épouse, une femme vigoureuse et grisonnante appelée Svanhild Erlingsdottir, qui avait donné à Ragnvald cinq fils et trois filles. Lorsque ce travail fut terminé et qu'on eut transporté les têtes de moutons dans le magasin, tout le monde rentra pour le repas du soir tandis qu'un serviteur, Gaut, restait à entretenir le feu et à faire bouillir une grande cuve d'eau pour laver le vadmal. Soudain, Gaut se précipita à la porte de la demeure en criant que les Skraelings arrivaient, et tous les gens de Ragnvald sortirent en hâte mais ne virent rien. Ragnvald lui-même les rassura, en disant :

— C'est seulement la glace, qui est si épaisse dans le fjord.

Ils retournèrent à leur repas et Gaut à son travail.

Alors que Gaut alimentait le feu en bois d'épave, un étrange iceberg s'échoua sur la grève et des silhouettes s'en laissèrent glisser silencieusement et se ruèrent en silence vers la maison. Une de ces silhouettes, car c'étaient des Skraelings en fin de compte, frappa Gaut à la tête avec une pierre. Le sang et la cervelle se répandirent sur le pré. Puis les Skraelings empoignèrent les brandons embrasés et avec des broussailles qu'ils avaient apportées incendièrent les murs de tourbe de la ferme de Ragnvald. Et la tourbe s'enflamma très vite, car c'était la fin de l'été : il n'était guère tombé de pluie et pas encore de neige.

Les Skraelings eurent cette idée diabolique : ils bouchèrent l'entrée avec des broussailles et des fagots imbibés d'huile de baleine, de sorte que ceux qui tentèrent de s'enfuir par la porte périrent brûlés. Ainsi mourut Svanhild. Il arriva, cependant, que Ragnvald s'échappa par une issue ménagée à l'arrière avec son petit-fils Olaf dans les bras, et il prit d'abord la fuite vers les collines du côté de l'Isafjord, mais les Skraelings lui coupèrent la route.

Aussi fit-il demi-tour pour courir le long du fjord en direction de Brattahlid, l'enfant hurlant dans ses bras. De nombreux Skraelings se lancèrent à sa poursuite, tant à pied qu'en kayak, et le désespoir l'envahit car il vit qu'ils avaient force traits dans leurs carquois. La mort lui parut inévitable, pour lui comme pour son petit-fils, et il n'était bruit en Terre Verte que de ce que les Skraelings avaient coutume de faire aux enfants des hommes, notamment de les rôtir comme de la viande de phoque et boire leur sang, aussi, redoutant un tel sort pour son petit-fils bien-aimé, Ragnvald s'approcha du fjord et jeta l'enfant dans les eaux, tout en récitant les dernières prières, ainsi qu'il est stipulé dans les lois. L'enfant se noya, mais il était assuré du paradis, et Ragnvald reprit sa course. Or il se trouva que les Skraelings ne parvinrent pas à le rattraper et qu'il atteignit les fermes du district de Brattahlid. Quinze Groenlandais avaient été tués dans l'affaire, en comptant Olaf Vebjarnarson. Une grande troupe de Skraelings s'installa à la ferme de Ragnvald et fit prisonnier deux des jeunes bergers de Ragnvald.

Les Groenlandais, qui avaient coutume de faire du troc avec les Skraelings, eurent bientôt vent de cette échauffourée par les démons avec qui ils commerçaient, et ils apprirent qu'un guerrier appelé Kissabi avait résolu de tuer Ragnvald lui-même, car Ragnvald avait tué son frère, coupé le bras de celui-ci et couvert ainsi Kissabi de honte. Outre cela, on sut que deux des Skraelings avaient trouvé la mort dans l'affrontement. Cet hiver-là, Ragnvald alla s'installer sur une ferme abandonnée à l'enfourchure sud du Hrafnsfjord. Tous ceux de ses enfants et de ses gens qui avaient survécu à l'attaque de la Colline du Soleil vinrent y vivre avec lui ; et c'étaient deux de ses filles, un de ses fils, le mari d'une de ses filles et neuf domestiques. Une de ses filles s'appelait Gudny et son mari était ce Solmund qui avait été tué par la flèche du second Skraeling quand il ramassait innocemment des coquillages. Elle était maintenant mariée à un homme appelé Halldor Grimsson, et tous deux habitaient avec leur fils nouveau-né Grim au Hrafnsfjord avec Ragnvald.

On parla de cette attaque dans tous les districts jusqu'à Noël, pendant tout le Carême et même après Pâques, car c'était le plus grand événement qui fût survenu en Terre Verte depuis bien des années, et les gens considéraient maintenant les Skraelings avec une crainte et un mépris renouvelés. Certains hommes, notamment Erlend Ketilsson, en tirèrent une grande considération, car Erlend avait toujours refusé de commercer avec les Skraelings et d'apprendre le moindre mot de leur idiome, parce que, disait-il, ceux qui parlent la langue du Diable ne tarderont point à accomplir ses œuvres. Vigdis, elle aussi, parlait de cette affaire et disait qu'elle verrait de son vivant le grand conflit entre le Bien et le Mal, lorsque les Skraelings afflueraient du Nord par myriades pour ravager les fermes des hommes. Et ils cesseraient d'avoir figure humaine, comme maintenant, mais se révéleraient des géants et des trolls. En ce temps-là, on commença à réciter une prière pendant le service divin, et voici ce que cette prière disait :

Seigneur, nous Te voyons dans Ta puissance,
Plus haut que les blanches falaises,
Plus grand que les tempêtes océanes,
Toi qui as fait l'ours et la baleine.
Nous T'implorons, Toi le Père et le Fils,
Daigne abaisser Tes regards sur Tes humbles [enfants,
Clairsemés dans ces collines,
Assiégés par les démons et les diables.

Cette prière était l'œuvre du prêtre groenlandais Sira Audun, et tous les Groenlandais, sans la moindre exception, en faisaient grand cas.

Certains ne partageaient pas les idées d'Erlend : ceux qui s'étaient enrichis à trafiquer avec les Skraelings, ou qui avaient épousé des femmes skraelings et accueillaient sur leur ferme la mère de leur épouse. Ces hommes faisaient remarquer que l'attaque des Skraelings concordait exactement avec l'attaque de Ragnvald contre les Skraelings après le meurtre de Solmund ; mais le meurtre de Solmund était, quant à lui, affaire bien délicate, puisqu'il n'y avait pas eu provocation.

Une autre histoire souvent répétée était celle de la noyade d'Olaf Vebjarnarson, et on louait vivement Ragnvald d'avoir agi ainsi, bien qu'on le plaignît grandement de s'être trouvé dans un désespoir aussi extrême. On commença à murmurer qu'on pourrait peut-être proclamer saint le petit Olaf, mais Sira Jon déclara que cela devrait être attesté par des miracles. Et certains d'assurer qu'une lueur sainte émanait des eaux où Olaf s'était noyé.

Il se trouvait que les Groenlandais ne pouvaient rien faire contre la présence des Skraelings à la Colline du Soleil, car ils n'avaient pas assez d'armes pour livrer bataille, ni assez de bateaux pour attaquer par la mer, ni assez de skis pour franchir les collines depuis l'Isafjord. Aussi jugea-t-on préférable de laisser les démons y passer l'hiver. Au printemps, le sang échauffé s'était refroidi et les hommes songèrent plus calmement aux effusions de sang et aux morts qui résulteraient d'une telle entreprise. Ragnvald, après tout, vivait loin dans le Sud, dans le Hrafnsfjord, et n'était pas là pour exciter la fureur des autres fermiers.

Ragnvald se montra très abattu tout l'hiver, et si possédé par les esprits qu'il ne pouvait ni dormir ni prêter attention à ses tâches, mais se réveillait en criant chaque nuit et s'entretenait fréquemment avec les fantômes de ses fils et de sa femme, qui l'avaient suivi dans le Sud.

Les gens du Havlseyfjord étaient très inquiets de ces événements, car il y avait là moins de fermes et la région était plus exposée que d'autres aux allées et venues des bandes de Skraelings. Depuis de nombreuses années, une de leurs troupes avait coutume de chasser les baleines à l'embouchure de l'Einarsfjord, où il y a maintes îles. L'usage de ces démons était de se cacher au milieu d'un groupe de petites îles dans leurs canots de peau, et un signe de leur nature diabolique était qu'ils pouvaient attendre tranquillement de longues périodes dans ces canots, même par mer agitée, s'ils savaient qu'une famille de léviathans approchait. Des Groenlandais les avaient accompagnés une ou deux fois, mais il était impossible à des hommes de rester assis aussi tranquillement que ces Skraelings. A l'approche des grands animaux marins, les chasseurs fixaient leurs harpons, puis, rapide comme l'éclair, la lance barbelée se fichait dans la chair de toute baleine qui faisait surface. Alors les autres canots s'abattaient sur les lieux comme un vol de culs-blancs, et les démons massacraient le monstre avec leurs harpons et arrimaient leurs bateaux ensemble pour haler leur prise jusqu'à la côte où les attendaient d'autres chasseurs. Certains Groenlandais enviaient fort cette sorte de chasse, car une baleine pouvait nourrir bien des gens pendant des jours et des jours, mais cette sorte de chasse n'est pas dans la nature des hommes, et les baleines n'étaient dévolues aux chrétiens que par la grâce de Dieu.

Ce dernier point avait donné lieu à force discussions parmi les habitants du Hvalseyfjord [1], car certains se demandaient si la viande de baleine troquée avec les Skraelings était une nourriture saine si elle n'avait pas été bénite, et même si elle avait été bénite. Sira Pall Hallvardsson n'avait rien appris à ce propos lors de ses études chez les Flamands, et les Groenlandais furent très surpris qu'une question aussi importante fût dédaignée des clercs. Mais il est certain que les fermiers du Hvalseyfjord conservaient toujours un peu de viande de baleine achetée aux Skraelings, et cette chair faisait toute la différence entre la vie et la mort à la fin de l'hiver.

Sous bien d'autres aspects, la vie dans le Hvalseyfjord se distinguait des habitudes de Vatna Hverfi. On y utilisait les bateaux beaucoup plus que les chevaux, et en vérité il n'y avait qu'un seul cheval dans ce district, alors que chaque ferme avait deux barques ou davantage. On discutait sans fin des meilleures manières de maintenir ces bateaux étanches et en bon état, et les hommes se vantaient de leurs embarcations tout comme les fermiers de Vatna Hverfi se targuaient de leurs montures.

1. *Hvalseyfjord :* le fjord de la Baleine *(N.d.T.)*

Les gens du Hvalseyfjord avaient également l'habitude d'être tributaires du fjord pour une grande quantité de poisson, au point qu'il leur arrivait parfois de ne manger que du poisson pendant des jours et des jours, tant pour la viande du matin que pour celle du soir. Quant à elle, Gunnhild Gunnarsdottir n'appréciait guère cette coutume et se montrait souvent mécontente. Pour leur part, les natifs du Hvalseyfjord étaient très étonnés par la quantité de lait de brebis que Birgitta faisait boire à ses enfants et prédisaient que des enfants nourris de la sorte souffriraient bientôt d'un excès de sang.

Il n'y avait pas autant de bonnes simples à l'entour des fermes, car les pentes au-dessus des champs étaient abruptes et caillouteuses, et étroite la bande de terre au bord de l'eau. Les sommets baignaient souvent le matin dans la brume et les vents qui dissipaient ces brumes, s'ils venaient de l'ouest, de l'océan, étaient vifs et glacés. Les constructions, de même, étaient plus petites, avec des pièces plus étroites ; en effet il fallait aller chercher la tourbe en bateau et en empiler de grandes épaisseurs contre les murs de pierre, car le vent, surtout à la fin de l'hiver, quand les gens ont faim, se glissait par les moindres interstices, glaçant la maisonnée jusqu'aux os.

Les habitants du Hvalseyfjord étaient de vaillants bâtisseurs, constata Gunnar, et lorsqu'ils ne rapetassaient pas leurs bateaux, ils grimpaient sur leurs maisons et bâtiments, réparant ceci ou reconstruisant cela. C'était pour cette raison que le Hvalseyfjord avait une si grande église, la plus neuve et la plus belle de la Terre Verte. Les bâtisseurs avaient accompli une chose inhabituelle : ils avaient broyé des coquillages de moules et appliqué cette poudre mélangée d'eau sur les fissures entre les pierres des murs, en sorte que ces murs, à l'intérieur, étaient très lisses et n'avaient pas besoin d'être recouverts de tentures. Ils avaient aussi construit une fenêtre cintrée dans le mur oriental de l'église, dont il n'existait pas la pareille même dans la cathédrale de Gardar, et de la fête de saint Eskil à la fête de saint Thomas, le soleil du matin se levait dans cette fenêtre et illuminait le sanctuaire d'une lumière éblouissante. Birgitta goûtait fort cette église, ainsi que la compagnie de Sira Pall Hallvardsson, qui y résidait depuis bien des années maintenant, et comme la terre de Lavrans était située sur l'autre rive du fjord, juste en face de l'église, on l'y voyait souvent, et elle veilla bientôt à l'entretien des meubles du sanctuaire ainsi qu'à l'administration de la maison de Sira Pall Hallvardson.

La ferme de Lavrans se composait de quatorze pièces, si l'on comptait les deux bergeries en partie ouvertes et les trois remises. Toutes ces pièces communiquaient, de sorte qu'on pouvait y accéder sans sortir de la demeure. Qui plus est, tous les serviteurs y logeaient, dans des lits clos, promiscuité inhabituelle pour les gens de Vatna Hverfi, même pour Birgitta, qui était maintenant habituée à un logis plus spacieux. D'autant que s'y ajoutaient l'incessant bêlement des moutons lorsqu'on les rentrait l'hiver et les odeurs des provisions entreposées, des lieux d'aisances, qui se trouvaient aussi à l'intérieur, et des moutons eux-mêmes. La ferme de Lavrans ne disposait pas d'étuves, les gens de tout le district ayant coutume d'utiliser les bains de l'église.

Un jour que la tempête faisait rage dehors, Olaf rentra de son travail. Il était de méchante humeur et il dit :

— Ces fermiers du Hvalseyfjord sont de pauvres hères, car, s'ils ont de bonnes terres et force bétail, ils sortent par tous les temps et il leur est bien égal de dormir dedans ou dehors. A l'instant, je viens de voir Orm Guttormsson au milieu du fjord dans son grand bateau et je parierais qu'il va se tuer.

— J'aime beaucoup Orm, dit Birgitta, et c'est un grand plaisir pour moi de l'avoir de nouveau comme voisin.

Et elle posa sa main sur la main de Lavrans, qui était appuyée sur les planches de la table.

— Il n'en reste pas moins, reprit Olaf, que dans ces fermes du Hvalseyfjord les gens sont toujours à se marcher sur les pieds et on a à peine la place de lever sa cuiller.

— Pour moi, répondit Birgitta, je trouve que tu ne cesses jamais de te plaindre.

Et ses yeux lui jetèrent des éclairs, en sorte que Lavrans vit qu'ils allaient bientôt se quereller, et il s'installa sur son tabouret pour leur raconter une histoire.

« Il y avait un homme, commença Lavrans, qui s'appelait Thorbjorn, et il vivait avec ses gens dans la plus vieille maison du pays, qui avait été construite par un de ses parents bien des années auparavant, lorsque les premiers colons s'installèrent dans le Hvalseyfjord. C'était une maison longue, comme ils en édifient en Norvège et en Islande, avec force solides bâtiments à l'entour. L'ancêtre de Thorbjorn avait rapporté maintes poutres des côtes du Markland, car les hommes en ces temps-là étaient de grands marins qui n'hésitaient pas à se rendre dans le Markland pour une cargaison ou deux de bois. Ces poutres servaient de colombages et de linteaux, et y étaient sculptées des figures fabuleuses que les gens venaient admirer de toute la Terre Verte. Le sculpteur, en fait, était un Norvégien appelé Bjarni l'Oriental, qui rentra dans son pays natal après son voyage en Terre Verte et s'y fit un nom comme sculpteur. De tout cela il résultait que cette ferme du Hvalseyfjord avait fini par ressembler exactement à celles des grands seigneurs de Norvège, avec une cour extérieure et une cour intérieure et des bâtiments séparés pour chaque activité, sinon que les bâtiments étaient construits en pierre de la Terre Verte et ornés de colombages à l'extérieur seulement. Cet ancêtre ne voulait pas entendre parler de tourbe.

« Or il se trouvait que les gens de ce domaine s'efforçaient de vivre en tous points comme on vit en Norvège, avec des tentures sur les murs et des quantités de sièges, en laissant le bétail en liberté dans la campagne, et ils vécurent ainsi pendant deux générations, dans une magnificence bien plus grande que n'importe qui d'autre dans le Hvalseyfjord. Chaque génération abondait en marins, et ces hommes rapportaient une profusion de marchandises à la fin de chacun de leurs voyages. Ils combattirent dans nombre de guerres, en particulier celles qui opposaient les rois et les *jarls* de Norvège, et ils reçurent de riches récompenses. Leurs femmes balançaient les enfants dans des berceaux incrustés d'or et d'argent et les emmaillotaient dans des soies aux couleurs éclatantes. Ils se rendaient souvent dans le Markland, de sorte qu'ils avaient à troquer force fourrures de martres et peaux d'ours bruns et, naturellement, de grandes poutres de bois étaient toujours empilées dans la cour extérieure de la ferme, tant de bois que ces gens ne s'embarrassaient pas de le brûler l'hiver dans l'âtre pour chasser le froid.

« D'autres maisons se construisaient dans le Hvalseyfjord, car les autres districts devenaient surpeuplés, en particulier celui de Vatna Hverfi. Ces nouveaux arrivants, cependant, n'étaient pas aussi riches que le lignage de Thorbjorn, et ils bâtissaient plus humblement, avec de la pierre entourée de tourbe, et tous les bâtiments communiquaient, car les moutons au nord et les vaches au sud sont comme la faible lueur d'une lampe à huile de baleine : c'est seulement en leur absence qu'on remarque que la maison est plus sombre que les ténèbres et plus froide que le froid.

« Il se fit que ces gens de la parentèle de Thorbjorn se gonflèrent d'orgueil, car ils passaient pour hommes considérables jusqu'en Norvège, et étaient les premiers Groenlandais à se voir ainsi honorer. Un de ces rois (là, Lavrans secoua la tête, car il ne pouvait se rappeler le nom de ce roi) fit de l'un d'eux un seigneur de la cour de Norvège. Le comte Skeggi, devait-il s'appeler, mais il advint que ce roi fut tué au combat et Skeggi demeura Skeggi le Groenlandais. Cette année-là, où Skeggi faillit devenir comte, Thorbjorn avait quelque quinze hivers, et de toute sa race c'était le plus fier, bien qu'il fût un garçon chétif et qu'il laissât la vie de guerrier à ses oncles et à ses frères. Thorbjorn resta diriger la ferme en Terre Verte, et il passait pour habile à cette tâche.

« Un automne, deux navires contenant tous les frères et tous les oncles appareillèrent de Norvège, espérant arriver en Terre Verte au début de l'hiver, et, pour parler bref, les deux bateaux se perdirent, l'un au cap Farvel et l'autre Dieu seul sait où, car il disparut corps et biens. Ainsi, de tous les hommes de sa famille, au total huit solides gaillards et Thorbjorn, ne restait plus que Thorbjorn.

« Ce fut grande affliction dans la demeure, mais Thorbjorn vit qu'il avait pris soin du bétail et que les femmes s'occupaient d'administrer la maison, aussi se tinrent-ils pour fort heureux, et la ferme était si riche, avec une telle abondance de biens, qu'il semblait à tous que la vie resterait immuable sur ce domaine. Mais bien sûr elle ne se poursuivit de la sorte que pendant deux hivers, et, à la fin du second hiver, les serviteurs commencèrent à arracher les poutres sculptées pour les jeter dans le feu, car les gens détestent avoir froid quand ils ont faim, et presque tous les moutons et les vaches avaient été abattus, hormis ceux que Thorbjorn gardait pour la reproduction. C'étaient des gens qui n'avaient jamais eu faim auparavant, et ils se dirent que, puisqu'ils avaient de la nourriture, ils feraient mieux de la manger et d'avoir l'estomac plein, comme si un estomac plein n'exigeait pas bientôt d'être rempli de plus belle, et ainsi, bien qu'ils fussent rondelets et roses de joues, les gens de Thorbjorn étaient toujours à se plaindre qu'ils souffraient de la disette et à le supplier de tuer un mouton ou une vache, car quelque chose ne manquerait pas de se produire pour remplacer la vache ou la brebis. Thorbjorn lui-même en était convaincu, et attendait encore le bateau disparu qui avait mené ses frères et ses oncles à leur perte. Il parlait souvent de ce qu'il y aurait sur ce bateau, qui serait le salut de la maisonnée. Mais, l'été qui suivit ce deuxième hiver, il n'arriva toujours point et, à l'automne, il fallut renvoyer tous les serviteurs. Thorbjorn entreprit de soigner les bêtes lui-même.

« Au début de ce troisième hiver, tous les colombages sculptés des bâtiments extérieurs avaient été brûlés, aussi Thorbjorn commença-t-il à arracher les poutres autour de la demeure, et celles-ci durèrent quelques semaines, bien que le feu se réduisît de jour en jour. Après cela, il ôta les ornements intérieurs de la maison pour les brûler, et ceux-ci durèrent environ une semaine. Puis ce fut le tour des sièges sculptés, aux bras en forme de têtes de lion et de têtes de chien et aux pieds griffus.

A raison d'un par jour, ces fauteuils durèrent vingt jours. A Noël, Thorbjorn se mit à briser les lits clos et à jeter ce bois dans le feu, et il y en avait tant que Thorbjorn était sûr qu'ils dureraient jusqu'au printemps et au retour du second bateau. Les berceaux incrustés d'or allèrent au feu, et les bancs et les barils — la famille de Thorbjorn le harcelait comme saisie de frénésie, car elle n'avait jamais chaud et parlait toujours de la douce chaleur qui régnait quelques années plus tôt. Les tentures allèrent au feu, et les tranchoirs et, enfin, les derniers lits clos, et le printemps n'arrivait toujours pas, et il n'y avait nulle tiédeur dans l'air, et les brises glacées du Hvalseyfjord se coulaient dans chaque fissure et interstice, et les gens étaient presque fous de froid.

« Il se trouvait que Thorbjorn avait encore deux vaches et un taureau, et il sortit un jour les nourrir dans l'étable. Il y avait environ vingt pas de la maison à l'étable, et, tandis que Thornbjorn parcourait cette distance, une grande tempête éclata soudain, comme surviennent les tempêtes dans le Hvalseyfjord, et, au milieu de cette tourmente, Thornbjorn vit qu'un homme se tenait auprès de l'étable, enveloppé dans un magnifique manteau de martre du Markland. L'homme s'avança vers lui et lui parla, et ses paroles s'entendaient distinctement même au cœur de la tempête :

— Thorbjorn, dit l'homme, il te faut une petite maison revêtue de tourbe. J'en ai une, puis-je te la donner ?

Et Thorbjorn répondit :

— Nenni, une grande demeure est chose belle à regarder.

Et l'homme dit :

— Thorbjorn, j'ai quelques pieds de mouton là dans mon sac. Tu pourrais les faire bouillir pour les manger.

Et Thorbjorn répondit :

— Tout affamé que je sois, je n'ai jamais aimé le pied de mouton. C'est piètre chair pour un homme.

Et l'homme dit :

— Là, dans mon sac, j'ai aussi cette petite lampe. Tu pourrais y mettre un peu d'huile de phoque, et avoir ainsi lumière et chaleur.

— Non, dit Thorbjorn, l'odeur de l'huile de phoque offusque mes narines.

Alors l'homme s'esclaffa et dit :

— Thorbjorn, tes voisins souhaitent vivement te venir en aide dans tes difficultés.

Et Thorbjorn répliqua :

— Ce sont des gens vils que ces voisins et aucun d'eux n'a été fait comte par le roi de Norvège. C'est à nous de les aider, non à eux de nous aider.

Aussi cet homme, qui était le Diable en personne, ouvrit-il son grand manteau noir et dit :

— Thorbjorn, mon ami, la lumière de ton orgueil est pour moi comme un phare dans les ténèbres, et je suis venu te chercher car tu m'appartiens en propre. Tu peux venir avec moi maintenant. Les tiens, je te l'assure, te suivront bientôt, l'un après l'autre.

Et ce fut la fin de Thorbjorn. »

Alors tous les gens rassemblés pour entendre l'histoire de Lavrans éclatèrent de rire, et Lavrans rit aussi, et Birgitta dit :

— En vérité, mon père, il n'y a jamais eu dans le Hvalseyfjord famille noble comme celle-ci.

Lavrans sourit et prit la petite Helga sur ses genoux. Mais cette histoire ne parvint pas à dérider Olaf, qui resta renfrogné tout l'hiver.

Les nuits de lune, l'hiver, Gunnar prit l'habitude de traverser le fjord à skis ou en patins pour passer la soirée en conversations avec Sira Pall Hallvardsson. Et il advint qu'une de ces nuits il demanda au prêtre ce qu'il se rappelait des coutumes des Européens, car maintenant qu'il ne vivait plus sur la terre de Gunnar, dit-il, il brûlait de nouveau de partir en bateau, comme son père l'avait fait lorsqu'il s'était rendu en Norvège, aux îles des Orcades et en Islande, pour en ramener Helga Ingvadottir, la mère de Gunnar.

Alors Sira Pall Hallvardsson rit de bon cœur, et quand Gunnar lui demanda pourquoi il riait, il dit qu'au cours de ses nombreux hivers en Terre Verte il n'avait jamais été amené à se souvenir de sa jeunesse ou de ses études, car aucun Groenlandais ne le lui avait demandé.

— Il est vrai, dit Gunnar, que nous autres Groenlandais, comme la plupart des hommes, nous croyons que l'important, c'est ce qui se passe chez nous. Et les gens du Hvalseyfjord sont pareils. Pour eux, les querelles de Vatna Hverfi sont broutilles, à peine dignes de remarque, même si Vatna Hverfi est un district plus grand avec de plus vastes fermes et des gens plus riches.

Sira Pall Hallvardsson dit :

— Et les hommes de Vatna Hverfi considèrent que l'Eriksfjord a perdu beaucoup de son importance ces dernières années.

Alors Gunnar et le prêtre éclatèrent tous deux de rire. Gunnar dit :

— Lorsque nous sommes allés dans le Sud, pour le concours de nage de Kollbein Sigurdsson aux sources chaudes, les fermiers du Sud étaient un peu perplexes devant nous et nos préoccupations, et voyaient en Kollbein un homme étrange et insignifiant, tout ombudsman du roi qu'il fût. Il me semble que les gens ont l'esprit plus étroit que jadis, du temps de mon grand-père Gunnar Asgeirsson. Mon père, aussi, était très avide de nouvelles des pays lointains.

Alors Pall Hallvardsson reprit son sérieux et acquiesça. Tout périclitait, dit-il, et les clercs de l'Eglise avaient prouvé que les hommes ne cessaient de s'éloigner de l'état de grâce. Gunnar reprit :

— Ma femme et son père disent que même le temps empire, et empire chaque année, bien que Finn assure qu'il n'a jamais vu telle abondance de phoques, oiseaux et autre gibier. Pour moi, je sais ceci : autrefois, un homme qui souhaitait s'embarquer et cingler en quête de richesses et d'aventures n'avait qu'à attendre un an ou deux, et aujourd'hui combien d'enfants naîtront avant qu'il voie un seul bateau ?

Quelque temps après, Sira Pall Hallvardsson commença à parler de son école, car il ne pouvait se souvenir de rien avant cette école, sinon que, disait-on, sa mère était la fille d'un teinturier flamand et son père un Islandais qui possédait une part dans un petit bateau et était allé en Terre Verte dans sa jeunesse, avant la mort de l'évêque Arni. Mais ces gens, le père et la mère de Pall Hallvardsson, ainsi que les parents et le frère de sa mère, avaient tous péri pendant la Grande Peste, comme tant des habitants de Tournai, où ils demeuraient. Pall Hallvardsson avait été confié aux augustiniens de Tronchiennes et le monastère tout entier avait été épargné par un miracle de prière et de jeûne, si bien qu'aucun moine, serviteur ou écolier n'était mort de toute cette première irruption de la Grande Peste.

— Les Flandres, déclara Pall Hallvardsson, sont un endroit tel que les Groenlandais auraient peine à l'imaginer, ou même les gens comme moi, dont l'œil s'est accoutumé aux étendues désolées de l'océan occidental. En Flandres, un homme n'attendait pas que les gens viennent lui rendre visite, il n'avait pas à les guetter à sa porte, plissant les yeux dans le vent et faisant de la moindre ombre l'hôte tant attendu. Au contraire, il était tellement harcelé par les gens qu'il pouvait préférer se retrouver seul pour méditer en paix. Et tous ces gens étaient saisis d'ambitions et de désirs chaque jour à maintes reprises, car le commerce même qu'ils entretenaient les uns avec les autres les précipitait dans un tourbillon de pensées discordantes. Tout le monde s'agitait çà et là avec la plus grande hâte, et parlait vite de surcroît. Eh bien, ces choses me paraissent bien étranges maintenant, mais quand j'étais enfant, elles me semblaient ordinaires. Je passais mon temps à maudire l'ennui de Tronchiennes. Combien je brûlais d'accompagner le cellérier du couvent quand il se rendait pour ses affaires à Gand, non loin de là !

Gunnar dit :

— Ce Gand-là était donc un autre monastère, plus grand ?

Pall Hallvardsson écarquilla les yeux et se frotta la tête.

— Non, finit-il par répondre. Gand est un tel enchevêtrement d'humanité et de bâtiments, d'animaux, de machines, de bruits et d'odeurs, de spectacles et de couleurs qu'on dirait tantôt l'Enfer et tantôt le Paradis.

Il réfléchit un instant et reprit :

— Ou l'Enfer pour l'un et le Paradis pour l'autre. Car des gens gisent dans les rues, qui n'ont ni jambes ni bras mais seulement une voix pour quémander l'aumône aux passants, et des enfants lèvent le visage vers toi quand tu passes et ce sont des lépreux, sans nez et la chair rongée par de grandes plaies, et nombre de ces gens n'ont pas de foyer et s'accotent simplement contre un même pan de mur, jour et nuit, été comme hiver, jusqu'à ce qu'ils disparaissent, meurent et soient jetés dans des fosses communes, car ces villes engendrent aussi des villes des morts.

— Mais il y a aussi le Paradis ? demanda Gunnar.

— En un sens. Il y a des maisons où des riches rassemblent des possessions d'une telle grâce et d'une telle beauté de forme que l'œil les dévore plus qu'il ne les regarde. Des statues en grand nombre ornent des jardins où les arbres fleuris et des tapis de fleurs embaument l'air, et des fontaines lancent des vapeurs dans le ciel, et, au milieu de tout cela, une demeure se dresse à trente coudées de hauteur, avec des tours, des escaliers tournants et des bannières au vent, et les rayons du soleil embrasent une multitude de fenêtres. On pourrait se croire au ciel ou au paradis, bien que les hommes qui y demeurent soient déchus, comme tous les hommes, en raison du péché d'Adam.

Alors Gunnar réfléchit un moment et demanda :

— Quand, enfant, tu ouvrais les yeux le matin, que voyais-tu ?

Sira Pall Hallvardsson ferma les yeux.

— Ni montagnes ni océans, ni moutons ni séchoirs à poisson, mais toujours ceci : un petit coin vert entre le dortoir et l'église, planches de simples et de légumes plantées en forme de croix à quatre branches égales à l'intérieur d'un cercle, lui-même inscrit dans un carré, et derrière ces plates-bandes une rangée d'antiques abricotiers s'appuyait contre le mur de l'église. Un chemin pavé courait le long de ce jardin, et sur ce chemin, si tôt que je me levasse, je voyais des moines en robe et des serviteurs aller et venir du dortoir au bâtiment des cuisines, de l'église à la bibliothèque, et si les pierres de ce chemin n'étaient pas unies, lisses et propres, on disait que de même le chemin du ciel était encombré de pièges et envahi par le péché, à moins que tous n'exercent la plus grande vigilance, et ainsi les petits garçons allaient-ils arracher l'herbe et la mousse poussant entre les pierres et balayaient soigneusement les pavés avec des faisceaux de brindilles. C'est quelque chose dont je me souviens clairement.

— Où les moutons paissaient-ils alors ? N'étaient-ils jamais admis dans ce pré clos ?

Pall Hallvardsson sourit.

— J'étais devenu un homme et je me trouvais bien loin de cet endroit lorsque j'ai vu un mouton pour la première fois, mais les moines élevaient deux vaches, et quelques poules et oies pour les œufs. De l'autre côté de cette église, il y avait un petit hôpital pour les vieux, qui donnait sur une rangée de maisons. Devant l'église passait une route pavée bordée d'une autre rangée de maisons, aussi, vois-tu, les moutons auraient dû chercher longtemps pour trouver le plus petit brin d'herbe. Et quand je levais les yeux, je voyais des tours, mais jamais de montagnes, car la terre était aussi plate que la surface du fjord au milieu de l'été et elle s'étendait ainsi, à perte de vue, dans toutes les directions.

Parfois Gunnar relatait ces merveilles à Olaf pendant qu'ils réparaient les clôtures de pierre ou à Birgitta lorsqu'ils reposaient dans le lit clos avec le petit Kollgrim entre eux. Mais en apprenant que Pall Hallvardsson n'avait pas vu de moutons avant l'âge adulte, Olaf se contenta de pousser un grognement et de dire :

— Il est vrai qu'il marche au milieu de ses moutons avec autant de réticence qu'un homme qui se trempe dans un étang glacé par un matin de printemps.

Birgitta écoutait avec plus d'intérêt, mais ensuite elle posait à Gunnar des questions auxquelles il ne pouvait pas répondre : qui étaient les mères de ces enfants dont le nez avait disparu, ou que faisaient les gens dans ces rangées de maisons, ou comment, dans un tel entassement, les enfants trouvaient-ils l'air et le soleil nécessaires pour grandir ? Chaque famille avait-elle une vache en l'absence de tout pâturage et que mangeaient les gens dans ce pays ? Des raves, du pain, de l'avoine cuite à l'eau, des verdures, du vin et de la bière, répondit Gunnar après son dernier entretien avec Sira Pall Hallvardsson. Birgitta répliqua qu'elle n'avait jamais entendu choses semblables et plaignait les gens si elles étaient vraies, car si la famine et les privations étaient l'hiver le lot des Groenlandais, à la fin de la disette, lorsqu'un ptarmigan rôtissait à la broche ou qu'un ragoût de renne mijotait sur le feu, les odeurs qui s'en dégageaient vous remplissaient déjà presque le ventre. Comment un peu d'avoine bouillie dans de l'eau aurait-il pu en faire autant ? Et désormais, lorsque Helga se plaignait de sa viande de baleine ou de son brouet de poisson au lait, Birgitta lui demandait si elle préférait manger de l'avoine bouillie dans de l'eau, comme les vaches et les gens de l'Est, ou de l'herbe verte, puisque, à en croire Sira Pall Hallvardsson, de telles verdures composaient aussi leur pitance journalière. Et de la sorte Helga mangeait sans rechigner.

Un jour, avant Noël, un émissaire de Gardar apporta les salutations de Sira Jon et une aiguière en stéatite, joliment sculptée par un des serviteurs de l'évêché. Il donna aussi d'autres nouvelles du Sud. Le Skraeling Kissabi était parvenu à tuer Ragnvald Einarsson dans sa nouvelle résidence du Hrafnsfjord, après lui avoir jeté un sort démoniaque qui l'avait précipité tout tremblant par terre. Puis le Skraeling lui avait lancé une flèche d'une courte distance, et cette flèche s'était logée dans la gorge de Ragnvald, et les gens de Ragnvald avaient été plongés dans une telle terreur par cet enchantement qu'ils ne s'étaient pas défendus et avaient laissé Kissabi entrer dans la maison pour tuer sa fille, Gudny, et le fils de celle-ci qui était encore au sein. Et lorsque ce diable avait coupé le bras de Ragnvald et l'avait brandi au-dessus de sa tête en criant une grande malédiction dans l'idiome des Skraelings, ils n'avaient su quoi faire et ne l'avaient pas empêché de s'enfuir. Les gens qui trafiquaient avec les Skraelings dirent qu'il avait déjà décampé dans les landes de l'Est, où il avait disparu au milieu des hordes de ses semblables, pour ne jamais revenir selon toute vraisemblance. En apprenant cela, Gunnar dit seulement qu'il était surpris qu'un homme aussi respecté que Ragnvald ait pu tomber si bas et se montrer si couard. Lavrans continua de commercer avec le Skraeling qu'il connaissait depuis toujours et Finn ne fraya pas moins avec les démons, mais on ne fêta pas Noël dans la liesse, pas plus à la ferme qu'à l'église Sainte-Birgitta ou n'importe où ailleurs dans le Hvalseyfjord.

Et il y eut aussi cette nouvelle : Isleif Isleifsson était venu voir Sira Jon de Brattahlid pour lui dire en secret que Margret Asgeirsdottir était devenue folle dans sa petite ferme. Mais Gunnar ne voulut pas en entendre davantage ; il interdit à Pall Hallvardsson de lui raconter la chose et sortit de chez lui. Kollgrim venait juste de finir de téter. Birgitta le prit sur ses genoux et, levant les yeux au plafond, elle dit :

— Où est mon Kollgrim ? Où est Kollgrim, mon petit garçon ?

Puis elle regarda derrière elle et dit de nouveau :

— Où est mon petit Kollgrim ?

Gunnhild et Olga tendirent la tête hors du lit clos où elles se tenaient au chaud et lancèrent à leur tour, d'une voix forte :

— Où est ce petit garçon ? Oh, Kollgrim, où es-tu ?

A ces mots, l'enfant se dressa sur les genoux de sa mère et lui prit le menton pour qu'elle le regardât.

— Ah ! Mon Kollgrim ! Te voilà ! Pourquoi te sauves-tu comme ça ? Ta maman te cherchait partout !

Gunnhild et Helga sautaient et riaient, et Lavrans et le prêtre riaient aussi. Alors Sira Pall Hallvardsson se pencha vers Kollgrim et le dévisagea, de sorte que l'enfant écarquilla les yeux, rendit son regard au prêtre et lui pinça le nez.

Mais lorsque Sira Pall Hallvardsson se leva pour partir avant la tombée de la nuit, Birgitta posa Kollgrim dans l'alcôve avec ses sœurs et suivit le prêtre dehors, dans la neige. Elle espérait, déclara-t-elle, que Margret Asgeirsdottir n'était pas affligée de frénésie ni abandonnée seule à ses souffrances, car on disait que les diables recherchaient les gens seuls pour pénétrer en eux et posséder leur âme, et c'était ce que les hommes vivant à l'écart de leurs semblables devaient redouter par-dessus tout.

Sira Pall Hallvardsson noua les lanières de ses skis sans un mot. Puis il se redressa et la regarda de sa haute taille, un bâton dans chaque main. « Quelles nouvelles les gens de la terre de Gunnar avaient-ils de Margret depuis son départ ? » demanda-t-il. Et Birgitta répondit qu'aucune n'était venue à ses oreilles. Birgitta savait-elle, par hasard, que le petit Jonas Skulason était mort de faim ? Non, pas plus qu'elle ne savait comment l'enfant avait été baptisé, ni même si c'était une fille ou un garçon. Sira Pall Hallvardsson lança un coup d'œil vers l'église, de l'autre côté de la glace, puis regarda de nouveau Birgitta et dit :

— Ce que j'ai dit à Gunnar était tombé dans l'oreille d'une servante et raconté à deux ou trois personnes avant que je ne l'apprenne de mon serviteur de Gardar, aussi la coupe est-elle bien fendue et une bonne partie de la vérité s'est répandue avant que ne vienne notre tour de boire. Isleif Isleifsson vit à Brattahlid avec sa mère, Marta, la sœur d'Osmund, le récitateur de la loi. Ce sont des gens prospères. On dit que Margret Asgeirsdottir passe l'hiver chez ces gens-là.

Sur ces mots, il partit et Birgitta rentra dans la maison. Gunnar revint après que la viande du soir eut été ôtée de la table et que tout le monde fut allé se coucher.

Birgitta reposait les yeux fermés, emmitouflée avec Kollgrim dans son manteau. Dans le lit clos voisin, Thora, la servante, dormait avec les petites filles car le gel s'était fait particulièrement mordant depuis quelques nuits. Gunnar entassa des mottes de tourbe contre le bas de la porte pour empêcher l'air d'entrer et remplit d'huile de phoque la lampe qui brûlait toujours la nuit, puis il se glissa sous sa peau d'ours blanc. Au bout d'un moment, il dit :

— Où est-elle ?

— Chez Marta, la sœur d'Osmund Thordarson, répondit Birgitta.

Et ce fut tout ce qu'ils se dirent à ce propos.

Ce Noël-là, Margret Asgeirsdottir et Asta Thorbergsdottir rassemblèrent leurs affaires et se transportèrent à Brattahlid pour travailler au service de Marta Thordardottir. Margret devait lui tisser une grande pièce de vadmal, quatre lés cousus deux à deux, et la décorer d'une de ces larges bandes ouvragées qu'elle avait appris à ourdir chez Kristin du Siglufjord. Il était convenu qu'après la messe de la Saint-Hallvard Margret retournerait à Steinstraum avec Asta et vingt moutons de Brattahlid qu'elle ferait paître au-dessus de la petite ferme. A l'automne, elle ramènerait les brebis et les agneaux à Brattahlid, où elle passerait un autre hiver, à tisser et à filer. Marta était très satisfaite de cet arrangement car, disait-elle, quelqu'un qui avait fait son apprentissage avec Kristin du Siglufjord connaissait certainement les motifs que la mère de Kristin avait appris, enfant, dans le Jaemtland, et elle parla de cette femme, Ashild, qui était si jalouse de ses talents pour la passementerie et le tissage qu'elle n'avait jamais autorisé ses servantes à voir comment elle lançait sa navette ou disposait sa chaîne. Et Marta parla tant de cette Ashild-là que Margret se laissa convaincre et passa ses journées sur le grand métier de Brattahlid.

Mais elle parlait peu et n'avait guère de chair sur les os. Même après avoir séjourné chez les gens de Brattahlid depuis la messe de la Saint-André jusqu'à la fête de saint Etienne, elle était toujours aussi squelettique, si bien qu'Isleif, sans consulter Marta Thordardottir, était allé voir Sira Jon juste avant Noël pour lui dire que cette femme était folle de mélancolie, mais qu'il n'était pas dans les habitudes de Marta de remarquer ce genre de chose ni, disait-on dans le district, de prendre très au sérieux les opinions de son fils Isleif. Comme Osmund n'écoutait toujours que sa sœur, lui non plus n'avait aucune inquiétude pour la jeune femme et ne se souciait guère de ce qu'elle faisait tant qu'elle restait à l'écart. Et Isleif demanda à Sira Jon ce qu'il pourrait entreprendre pour encourager sa pénitente à chercher l'aide de Dieu.

Sira Jon n'avait nulle envie de quitter Gardar pendant

l'hiver, car Gardar était protégé, humide et tiède alors que tout le reste de la Terre Verte était exposé, sec et glacé. Aussi Sira Jon dit-il à Isleif qu'il ne lui semblait pas que cette femme fût d'aucune gêne pour les gens de Brattahlid, tant elle se montrait calme et réservée. Isleif en convint, et Sira Jon déclara que le mieux serait de la surveiller pour voir si la grâce du Seigneur lui serait accordée au cours du printemps. A cela Isleif répondit qu'elle pourrait fort bien se laisser mourir de faim avant la fin du printemps, mais Sira Jon assura qu'il n'en irait pas ainsi, les traités de l'Eglise montrant que la chair est attachée à la chair et ne saurait devenir esprit par un acte de la volonté, ainsi le corps ne pouvait-il se priver de vie et la femme finirait-elle par manger. Et si elle était possédée du démon ? objecta Isleif. Sira Jon s'enquit de sa conduite, mais elle ne parlait pas à voix haute en des langues étranges, ni ne détournait les yeux de la Croix, ni ne récitait ses prières à l'envers : elle ne pouvait donc être possédée à proprement parler, bien que Jon reconnût que l'indifférence dont elle faisait montre était une porte ouverte aux démons, nul doute là-dessus. Et à chaque question que posait Isleif, Sira Jon invoqua les autorités idoines, aussi Sira Isleif retourna-t-il à Brattahlid l'esprit quelque peu embrouillé mais rassuré.

Or il advint que Sira Jon devint la proie d'une grande agitation pendant le Carême et se plaignit amèrement de la froidure, alors que les Groenlandais se réjouissaient que cet hiver fût moins rigoureux que d'autres, avec un redoux en janvier qui permit aux moutons de trouver quelque pâture, puis de fortes chutes de neige à nouveau, mais sans aucune de ces tempêtes de glace qui s'abattaient chaque hiver sur tous les districts et pas une seule fois, mais trois et davantage. Toutes les nouvelles mécontentaient le prêtre, qu'elles fussent bonnes, comme la certitude qu'il y aurait suffisance de foin pour l'hiver et même de quoi en distribuer aux plus nécessiteux, ou mauvaises, comme la perte de deux vaches, englouties par le grand étang de Gardar dont la glace avait cédé sous leur poids. Il était toujours à l'affût des gens de Brattahlid et, lorsqu'il en arrivait, il les interrogeait sur la folle qui vivait chez Marta Thordardottir, et tantôt ils avaient de ses nouvelles et tantôt non. Pour le Carême, Sira Jon s'imposa un régime sévère de jeûne et de prière, de sorte qu'il devint très maigre et qu'on ne voyait plus que ses yeux dans son visage, et Sira Audun dut s'occuper des affaires quotidiennes de la maison bien que les gens dissent qu'après tant d'années la servante Anna Jonsdottir veillait parfaitement au nécessaire. Sira Audun, assurait-on, s'employait à composer un nouvel hymne ou peut-être quelque autre sorte de poème.

A Pâques, Sira Jon rompit son jeûne et célébra la Résurrection du Seigneur à Gardar en compagnie de Sira Pall Hallvardsson. Après le repas, Sira Pall chuchota à Sira Audun que tous les invités devaient quitter la table et le laisser avec Sira Jon. Lorsque, au bout d'un moment, ils se retrouvèrent seuls, Sira Pall Hallvardsson alla s'asseoir auprès de l'autre prêtre et lui dit :

— Mon frère, vous rappelez-vous le temps où nous allions ensemble à l'église d'Undir Hofdi dans le grand bateau de Gardar ? Je m'asseyais à la proue et je m'émerveillais de la puissance de votre coup d'aviron.

— Les jeunes gens s'enorgueillissent de leur force comme les pucelles de leur beauté, mais toutes les formes d'orgueil sont un péché. Les vieux comme nous devraient avoir à cœur de se repentir de leur vanité passée.

— Il me semble que vous vous repentez aux dépens de votre propre chair.

Alors Sira Jon se tourna vers Sira Pall et le regarda pour la première fois, et Sira Pall vit que son visage exprimait un mélange de peur et d'amertume.

— Notre propre chair n'est-elle pas la première chose dont nous devions nous repentir ? demanda Sira Jon.

— Sans doute, mais on ne peut pas vivre en Terre Verte sans une bonne réserve de chair. Dans Sa miséricorde, le Seigneur accorde à Ses bêtes ici une bonne couche de graisse et une forme ronde et agréable. De même est-Il miséricordieux envers les hommes de ce pays, puisqu'ils sont plus grands que les autres et plus vigoureux.

Sira Jon garda un silence têtu.

Alors Sira Pall reprit, d'une voix basse et apaisante :

— Mon frère, vous êtes plus savant que moi, il me semble pourtant que le Seigneur demande deux choses aux hommes, et l'une est la pénitence, la dévotion et le sacrifice, mais l'autre consiste à se montrer sagement ménager des biens de ce monde, en prenant soin de Ses serviteurs et de leurs charges. Et le Seigneur n'exige pas les deux des mêmes hommes, car Il accueille dans Son Eglise aussi bien saint François que saint Augustin, et au pied de Son trône l'un ne se tient pas plus près que l'autre.

Sira Jon dévisagea Sira Pall, puis détourna les yeux. Au bout d'un long silence, il dit :

— Lorsque la viande se coince dans la gorge, il faut la recracher, et lorsque les prières brûlent à l'intérieur leur fumée doit s'échapper vers le ciel.

Sira Pall intervint :

— Ne me direz-vous pas ce qui vous trouble ?

Et Sira Jon resta muet, incapable de parler.

Peu après Pâques, l'Eriksfjord débâcla en une journée environ, comme toujours, et un vent tiède descendu du glacier chassa les glaces vers l'embouchure du fjord et jusque dans l'océan. Et peu après, Sira Jon et trois domestiques de Gardar se rendirent à Brattahlid dans la grande barque de l'évêché pour rendre visite à Osmund Thordarson.

Sira Jon pénétra dans la demeure avec ses hommes et on dressa la table pour eux. Plusieurs femmes leur apportèrent à manger, mais Margret Asgeirsdottir n'était pas du nombre. Isleif, leur dit-on, était allé voir son frère Ragnleif et célébrait des messes dans les environs. Pas un mot de la folle. Le repas terminé, Marta Thordardottir conduisit le prêtre vers le haut siège et l'y installa, puis, à sa manière autoritaire, elle entreprit de l'interroger sur Gardar et les autres districts. Mais il avait un tel désir d'obtenir des nouvelles de Margret Asgeirsdottir qu'il fut incapable d'aborder le sujet. Inexplicablement, il ressentait tellement cette curiosité comme un péché que, même lorsque Marta mentionna son nom et montra à Sira Jon la belle nappe que Margret avait tissée et décorée pendant l'hiver, il ne put demander si la femme était morte ou repartie ou simplement absente de la pièce. Et Marta ne lui en dit rien. Les quatre hommes regagnèrent Gardar à la rame après la viande du soir. La nuit était tombée quand ils parvinrent au débarcadère de l'Eriksfjord et, sur le chemin de la résidence, Sira Jon imaginait comment il aurait dû s'enquérir de la femme, quelles auraient pu être ses manières et ses paroles, et il songeait à ce qu'il dirait lors de sa prochaine visite à Brattahlid, comment il inclinerait la tête pour demander :

— Cette femme que vous aviez chez vous l'hiver dernier, comment s'appelle-t-elle ? Je crois que Sira Isleif m'avait parlé d'elle.

Or Margret Asgeirsdottir avait effectivement servi Sira Jon pendant son repas, mais, en cherchant la grande jeune fille blonde dont Olaf Finnbogason avait demandé la main dix ans auparavant, il n'avait pas remarqué certaine vieille, ou du moins qui lui parut telle, bien qu'elle eût le même âge que lui. S'il n'était pas reparti aussi vite et qu'il fût resté pour la nuit chez Osmund, il l'aurait reconnue à ses rêves, car chaque nuit elle se réveillait en pleurant ou en hurlant, et l'on disait que Skuli Gudmundsson l'empêchait de dormir par méchanceté, car nul n'ignore que les fantômes, même de personnes jadis aimables et délicates, deviennent féroces et haineux après la mort. Pourtant, malgré tous les bavardages à son propos, Skuli n'apparaissait ni ne faisait de mal à personne d'autre que Margret Asgeirsdottir, aussi nul ne se souciait-il d'intervenir d'une manière ou d'une autre, parce que, disait-on, on peut attirer sur soi la fureur des esprits en se mêlant de leurs affaires. D'ailleurs, Margret ne parlait jamais de ses rêves ni ne nommait son tourmenteur, en sorte que personne ne se sentait obligé d'aborder le sujet, pas même Sira Isleif.

Or il advint que quelques jours après la visite de Sira Jon, aux alentours de la messe de la Saint-Hallvard,

Margret et Asta retournèrent à la ferme de Steinstraum avec un troupeau d'une vingtaine de moutons et de brebis et entreprirent de s'y installer pour l'été. Si Margret semblait avoir dépéri, Asta Thorbergsdottir s'était encore élargie et on eût dit qu'elle avait maintenant la force de deux hommes. Couper des blocs de tourbe et les empiler n'était qu'un jeu pour elle, et elle poussait à peine un grognement en levant les pierres les plus lourdes. Elle avait des bras si longs et vigoureux qu'elle n'avait aucun mal à porter deux moutons qui se débattaient, et ses hanches étaient aussi larges que le bau d'un bateau. Elle avait pris l'habitude de toujours demander conseils et instructions à Margret Asgeirsdottir, et elle quêtait toujours son approbation si quelqu'un d'autre, fût-ce Marta Thordardottir, lui réclamait un travail. En arrivant à Steinstraum, elles trouvèrent sur la grève, abandonné depuis quelque temps, un de ces foyers de pierre que construisent les Skraelings pour cuire leurs aliments, et Asta s'avança vers ces pierres et les dispersa du pied. Puis elle alla chercher un gros rocher qu'elle posa parmi les pierres. Mais les deux femmes ne firent pas le moindre commentaire et se mirent à nettoyer la maison et à ranger leurs affaires comme si de rien n'était.

Quelques jours plus tard, elles découvrirent en se levant trois canots de peau hissés sur la plage et deux autres qui dansaient sur le fjord. Il y avait quelque douze ou quinze Skraelings, hommes et garçons, sur la grève et dans les kayaks, mais ils ne tardèrent pas à remettre leurs embarcations à l'eau et à s'éloigner à grands coups de pagaie. Margret s'inquiéta vivement de ces signes, car outre le massacre de Ragnvald Einarsson, les histoires de son enfance lui avaient enseigné en détail les indignités que les Skraelings étaient prêts à infliger aux enfants des hommes, surtout aux filles, et elle n'hésita pas à en informer Asta.

Il était avéré, dit-elle, qu'ils prenaient un plaisir particulier à empêcher leurs captifs d'adorer le Seigneur et souvent ils lançaient des sorts à ces infortunés pour qu'ils en oublient toutes leurs prières. Certains disaient aussi, notamment sa vieille nourrice Ingrid, que les pieds de ces démons étaient couverts de fourrure, comme leur peau sous leurs vêtements, et voilà pourquoi ils résistaient si bien au froid. Seuls leurs mains et leur visage étaient dépourvus de poils, mais ils ne gelaient pas non plus, pour quelque étrange raison, et même par le froid le plus mordant les démons ne portaient ni capuchons ni mitaines. Asta regardait fixement les points que formaient maintenant les canots de peau dans le lointain. Elle ne répondit rien, mais descendit vers la plage pour donner de grands coups de pied dans les pierres du foyer détruit. Après cela, elles ne virent plus le moindre signe des Skraelings pendant longtemps.

Il se trouve qu'un jour, aux alentours de la Saint-Jon, Margret et Asta entreprirent de tondre les vingt brebis qu'elles avaient amenées à la ferme de Steinstraum. Asta était habile à ce travail, mais Margret s'y montrait maladroite car Hrafn et Olaf se chargeaient de la tonte sur la terre de Gunnar. Aussi revint-il à Margret d'étendre les toisons au flanc de la colline, pour qu'elles s'aèrent et se détassent avant le cardage. Les toisons restaient ainsi étalées pendant une journée, puis elles étaient roulées en balles et rangées au crépuscule. Les bêlements des brebis et les cris des agneaux faisaient un tel vacarme que ni Asta ni Margret, qui se trouvait en contrebas, ne virent approcher deux canots de peau. Lorsqu'elles les aperçurent, ils avaient été hissés sur la grève et les Skraelings avaient déjà commencé à faire un feu et à préparer leur repas. Ce groupe de démons comprenait trois hommes, une jeune femme, une vieille femme et deux enfants, et ces enfants gravirent le coteau et surprirent Margret dans son travail, de sorte qu'elle poussa un cri. Alors la jeune Skraeling apparut derrière eux, les prit par la main et recula de quelques pas. Contrairement aux enfants des hommes, ces enfants regardaient Margret au visage, comme des chats, sans jamais ciller ni détourner les yeux. La démone hochait la tête en souriant.

Asta descendait la colline avec les tontes lorsque deux démons arrivèrent de la plage, et l'un portait un arc et des flèches. Cet homme paraissait plus jeune encore que la jeune femme et devait avoir dix-huit ou dix-neuf hivers. Il s'immobilisa, stupéfait, à la vue d'Asta Thorbergsdottir et la parcourut longuement du regard. Voyant cela, Asta brandit les toisons au-dessus de sa tête et les Skraelings et leurs petits firent demi-tour pour regagner leur campement. Mais le jeune homme se retourna deux fois vers Asta, bien qu'elle le toisât d'un air très menaçant. C'est alors qu'un mouton dévala la colline, et Margret et Asta s'aperçurent que les trois brebis non encore tondues s'étaient échappées de l'enclos pour se mêler aux brebis tondues et que les toisons risquaient d'être piétinées et abîmées, aussi se lancèrent-elles à la poursuite des moutons pour les ramener dans le parc. Elles ne songèrent plus aux Skraelings jusqu'au lendemain matin, lorsque Asta découvrit sur le seuil une belle peau de phoque qui ne pouvait venir que des démons. Elle alla la jeter dans le fjord, puis elle se dirigea vers le foyer et en dispersa les pierres une fois de plus.

Or Margret avait l'habitude, les jours d'été, d'emmener les bestiaux derrière la ferme, dans les collines dominant le torrent rocheux appelé Steinstraum, qui étaient bien arrosées par le glacier et verdoyaient tout l'été. Elle y conduisait son troupeau tous les matins et le ramenait chaque soir, et pendant la journée elle remplissait son sac d'angélique et d'autres simples. Il faut dire que, si Margret avait perdu son allure de jeune femme, elle n'était guère encore affligée de maux de hanches ni d'autres douleurs de l'âge mur et elle parcourait les collines avec toute son agilité et sa grâce d'antan. Il faut dire aussi que ces courses étaient pour elle un plaisir par tous les temps, car le soleil, le vent et la pluie dissipaient les réminiscences du passé. Confectionner cette étoffe pour Marta Thordardottir avait été une grande épreuve pour elle, car elle était si tissue de souvenirs et de regrets que lorsque Marta la sortait pour l'admirer son odeur suffisait à raviver le chagrin de Margret. Et elle pressentait qu'il en serait encore ainsi l'hiver prochain et tous les suivants, que ses souvenirs, toujours semblables et éternellement répétés, s'amasseraient autour d'elle quand elle serait assise en silence devant le métier, pour l'écraser et l'étouffer. Mais Marta se faisait vieille et sa vue diminuait, et si elle souhaitait que Margret lui tînt compagnie, celle-ci entendait bien ne pas se dérober.

Garder les moutons, cependant, ressemblait tant à ses vagabondages d'enfant dans les montagnes au-dessus de la terre de Gunnar qu'elle croyait revivre ce temps-là, et il lui semblait que la silhouette fantomatique qu'elle surprenait parfois tout près d'elle ou à demi cachée dans les halliers n'était autre que le frère de son père, Hauk Gunnarsson, occupé à tendre des pièges pour les oiseaux. Et cette forme était si silencieuse et fugitive, comme l'était Hauk lui-même, que son apparition la surprenait à peine. Le frère de son père, disait-elle parfois à Asta, avait exploré tous les recoins des Etablissements de l'Est et connaissait certainement la ferme de Steinstraum et le torrent rocheux aussi bien que le reste du pays. A la fin de chacune de ces journées, Margret revenait à la maison pour recevoir ses rêves, et, avec la nuit, redoublait sa mélancolie, de sorte qu'elle appréhendait de parler avec Asta et qu'Asta ne le lui proposait point.

Peut-être en raison de ces habitudes, Margret ne se rendait pas compte qu'Asta était accablée par les attentions du jeune Skraeling. Il venait tous les jours seul dans un joli canot de peau, et au début il se contenta de déployer ses talents devant Asta, pour gagner son admiration, se disait-elle. Il était fort habile avec son kayak et capable d'une grande vitesse et de manœuvres presque magiques. Sans doute n'osa-t-elle pas le regarder au début, et s'en tint-elle à ses travaux : fabrication du fromage, filage, réparation des murs de tourbe et de pierre de la petite maison, mais elle finit par trouver difficile de toujours détourner les yeux, car il réussissait des exploits tels qu'elle n'en avait jamais vu accomplir à aucun homme. Et, de même que le diable amène peu à peu les gens à sortir du chemin du Seigneur, ces prouesses amenèrent Asta Thorbergsdottir d'abord à jeter des coups d'œil, puis à regarder, puis enfin à descendre sur la grève pour contempler le démon et son canot qui folâtraient comme des poissons joueurs, sautant sur l'eau, disparaissant et resurgissant entre les vagues, filant d'un endroit à l'autre. C'était du moins ainsi que le voyait Asta Thorbergsdottir, mais elle ne l'aurait jamais avoué à personne de crainte qu'on ne la crût possédée. Pourtant, lorsque le Skraeling s'approchait de la côte, Asta avait le bon sens de remonter en courant vers la maison et, d'ailleurs, de jeter au loin tous les cadeaux que le diable lui apportait, quelque désirable que telle breloque lui parût, car il est de fait que la beauté de ces choses cache leur nature corrompue — si, par exemple, on coupe un morceau de baleine, offert en présent par un démon, on verra qu'il grouille de vers, et qui plus est, même des cadeaux guère sujets naturellement à de telles transformations, une aiguille d'os ou un fragment de défense de morse, sont transformés par les Skraelings en objets grouillants et avariés.

Au bout de quelques jours, elle était prête à admettre que cette corruption n'était pas voulue délibérément par les Skraelings, mais résultait de leur nature de démons. Pourtant, elle jetait résolument tout et brandissait ce qu'elle pouvait avoir sous la main de la manière la plus menaçante possible quand le Skraeling apparaissait. De même, certains jours, elle espérait que Sira Isleif viendrait apaiser ses craintes ou du moins fortifier sa résistance contre ce Skraeling, car, il faut bien le dire, elle en était arrivée à attendre impatiemment ses présents et ses cabrioles sur le fjord. La vie à la ferme de Steinstraum, surtout après l'hiver à Brattahlid, était une entreprise bien solitaire. D'autres jours, elle redoutait que Sira Isleif ne survînt d'un moment à l'autre pour la punir d'avoir prêté la moindre attention à ce diable, et elle tournait dans sa tête les paroles qu'elle pourrait dire pour sa défense, mais le fait est qu'il n'y a pas d'excuse pour qui déserte les voies de Dieu, même en pensée. Aussi, ces jours-là, espérait-elle échapper à la visite de Sira Isleif.

Margret et Asta avaient coutume de se lever avec le soleil pour traire les brebis, puis elles mangeaient ensemble un peu de viande de phoque séchée avant que Margret conduisît les animaux à leur pâturage, et un de ces matins Asta se dit qu'elle devrait parler de son embarras à sa compagne, car ils étaient loin les jours où elle dispersait le foyer des Skraelings à coups de pied et, bien qu'elle n'eût vu la jeune femme et les deux enfants que cette seule fois, elle se souvenait nettement de leurs visages, mais sans la peur et la haine qu'elle se rappelait éprouver alors. Lors de la viande du matin, elle tenait dans sa main une petite breloque, un homme sculpté à la mode skraeling dans un morceau d'ivoire, avec quelques lignes gravées pour figurer sa parka et ses bottes de fourrure et la fente de ses yeux. Elle n'avait pas pu s'obliger à jeter cette babiole et pourtant elle pesait lourdement sur son âme. En outre, elle savait que le Skraeling se cachait en attendant le départ de Margret, comme tous ces derniers jours, et qu'il apparaîtrait en souriant dès que le petit troupeau aurait disparu derrière la croupe de la colline. Si elle posait le charme sur la petite table qu'elle avait faite pour elles, Margret, elle le savait, lèverait les yeux vers le visage d'Asta et celle-ci serait protégée, et pourtant elle le serrait chaudement dans la paume de sa main.

Pour sa part, Margret Asgeirsdottir était encore en proie à ses rêves, comme tous les matins, et elle regarda le visage d'Asta avec la même distance que toujours. Elle brûlait de se mettre en route.

Or il advint que, peu après le départ de Margret, Asta sortit de la maison pour se rendre aux cabinets, et le Skraeling surgit de derrière le coin de la maison et prit Asta par le bras. Puis il saisit son poignet et le serra, de sorte que sa main s'ouvrit, révélant la figurine d'ivoire. Aussitôt le Skraeling poussa un grand cri et commença à rire d'une manière diabolique, et alors, à la vive surprise d'Asta, il lui empoigna les cheveux sur la nuque et se mit à la secouer autour de lui en essayant de la précipiter sur le sol. De l'autre main, il lui claqua le derrière, sans brutalité, comme Thorkel Gellison tapotait les flancs de sa jument préférée. Asta vit tout de suite qu'elle était sensiblement plus grande que le démon et probablement plus lourde aussi, bien que, comme tous les Skraelings, il fût couvert de fourrures été comme hiver. Alors elle se tourna vers lui, lui enserra le torse de ses bras à la manière des lutteurs et l'étreignit de toutes ses forces. La tête tirée en arrière, car il n'avait pas lâché ses cheveux, elle guetta le craquement de ses côtes, mais rien de tel ne se produisit. Elle parvint, en revanche, à le suffoquer et à le maîtriser, de sorte qu'il tomba à genoux, le visage écarlate et gonflé. Pour elle, Asta se sentait presque accablée par l'odeur rance de la graisse de phoque dont il s'enduisait les mains et le visage, alors elle le repoussa violemment et escalada la colline en courant. Quelques instants plus tard, elle constata que son canot de peau avait disparu, et ce fut en vérité un bon exemple de ce qu'il en coûte d'emprunter les voies du diable, car une plaque de ses cheveux avait été arrachée et sa nuque l'élançait douloureusement. Le soir, elle raconta cette mésaventure à Margret et pleura à chaudes larmes, tant elle se repentait de sa faiblesse. Mais lorsqu'elles s'éveillèrent le lendemain, ce fut pour découvrir non seulement le Skraeling habituel, mais tout un groupe de ces démons autour de la maison, et il n'y avait que des hommes.

Margret se tint un peu en retrait dans l'embrasure de la porte et Asta, derrière elle, dissimulait une lourde lampe de stéatite dans chacune de ses mains. Un des Skraelings, qui avait les cheveux grisonnants et une petite barbe au menton, s'avança et adressa ces paroles à Margret :

— Vieille femme, où sont vos hommes ?

Sa langue norraine était presque inintelligible et Margret fit deux pas en avant pour mieux comprendre. Les démons reculèrent.

— Nous n'avons pas d'hommes ici, dit-elle.

Alors Asta se dressa devant elle et brandit les lampes de pierre au-dessus de sa tête, comme pour les lancer. Les Skraelings se mirent à conférer et le chef prit à nouveau la parole. Il dit :

— C'est une honte pour des hommes de devoir traiter avec des femmes.

Margret haussa les épaules et fit mine de rentrer.

— Pourtant, poursuivit-il, certain jeune homme a le cœur pris par cette jeune femme, car c'est une belle fille grasse, et il ne peut en détacher ses yeux. Il veut donc la prendre pour sa première épouse.

— Je crois, dit Margret, que je ne comprends pas vos paroles.

Et, en vérité, une bonne partie de ce qu'il avait dit lui avait échappé, mais elle avait compris qu'il demandait qu'Asta Thorbergsdottir épousât le jeune Skraeling qui lui avait arraché les cheveux.

Le démon parla plus lentement, montrant du geste le jeune Skraeling, qui s'avança.

— Ce garçon, Quimiak, désire épouser votre fille.

Margret et Asta se regardèrent.

— C'est un bon chasseur et un homme prospère. Bientôt, il prendra une autre épouse pour aider votre fille, et elle aura une vie facile, bien qu'en vérité il soit bien jeune pour se marier.

Margret se tourna vers Asta et lui dit :

— Je crois qu'il va épouser quelqu'un d'autre aussi.

— Voilà bien des jours que Quimiak a commencé sa cour et il est très pressé d'en finir.

Alors Margret dit au vieux Skraeling d'une voix forte :

— Mon amie et moi devons nous entretenir de cela.

Elle leur fit signe de redescendre sur la plage et le chef dit quelques mots. Les Skraelings furent bientôt hors de vue de la maison, bien que les deux Groenlandaises entendissent le bruit de leur conversation, porté par le vent. Margret et Asta s'assirent sur une pierre posée contre le mur sud de la ferme et quelques instants s'écoulèrent avant qu'elles commencent à parler. Margret dit enfin :

— Je crois qu'il s'est passé des choses dont je n'ai rien su.

Alors Asta sourit et dit :

— Et je crois qu'il s'est passé des choses dont je n'ai rien su non plus.

Et elles se turent de nouveau un bref moment.

— C'est une ferme minuscule, dit Margret, et elle ne

nous nourrira jamais toutes les deux pendant l'hiver. De plus, Marta Thordardottir se fait vieille et je doute qu'Isleif ou Ragnleif nous accueillent à l'automne avec autant de plaisir que Marta.

— Et bien qu'elle ne puisse nous nourrir toutes deux, je doute qu'on puisse vivre seule dans un endroit aussi isolé.

— C'est possible, mais qui sait ?

— Personne ne sait comment vivent les Skraelings. Et celui-ci puait comme une vieille peau de phoque mal tannée, et pourtant...

Elle se tut.

— Et pourtant ?

— Et pourtant, qu'il me plaise ou non, il y a peu de chances que d'autres me fassent de telles propositions.

— Mais les Skraelings ne sont pas des hommes. Ce sont des démons et ils accomplissent l'œuvre de Satan.

— Bien des hommes épousent des femmes skraelings et en ont des enfants. Les mères de leurs épouses viennent vivre avec eux sur leurs fermes.

— Et toutes sont baptisées et vivent à la mode scandinave. Elles changent de nom et prient à l'église comme tout le monde.

— J'aimais tendrement Jonas Skulason, voyez-vous.

— Quand il était jeune, le frère de mon père, Hauk Gunnarsson, avait l'habitude de se rendre dans le Northsetur, et il avait souvent affaire aux Skraelings, et il disait que ces gens, car il les considérait comme des gens et non comme des démons, parcouraient de longues distances au plus sombre de l'hiver, et en fait, là où ils vont, jamais le soleil ne brille après les nuits d'hiver.

— Pourquoi font-ils donc ces voyages ?

— Ils n'ont pas de moutons et passent tout leur temps à chasser le morse et la baleine, le phoque et l'ours.

— Peut-être ne connaissent-ils jamais la faim ?

— Peut-être n'ont-ils jamais faim.

Alors Margret regarda longuement Asta et dit :

— Sira Pall Hallvardsson dirait ceci : Que sert-il à un homme de gagner le monde s'il en vient à perdre son âme ? Et peut-être que les enfants de Dieu doivent souffrir de la faim en ce monde. Notre lot n'est pas d'aller avec des démons pour avoir le ventre plein.

— Il est vrai que, si peu de prêtres que nous ayons ici parmi nous, il s'en trouve encore moins dans la lande. Et nous ne savons rien de ces gens. Et pourtant, je pense souvent au petit Jonas. Plus souvent qu'avant, maintenant.

Margret regarda Asta, puis tourna les yeux vers le fjord. Finalement, elle dit :

— La souffrance de telles pensées se transforme toujours en plaisir, et le plaisir d'y penser finit toujours par se transformer en souffrance, voilà ce que je crois.

Alors elles se levèrent et descendirent la colline. Les Skraelings se retournèrent au bruit de leurs pas et Margret déclara à l'ancien qu'Asta donnerait sa réponse elle-même. Et celle-ci déclara :

— Il est vrai qu'une fille quitte sa famille pour suivre les coutumes de son mari, comme les femmes skraelings qui sont venues vivre parmi les Groenlandais. Mais une fille de Dieu ne doit pas se détourner de Lui pour adopter des mœurs impies.

Le vieux Skraeling parla à Quimiak, puis il dit à Margret :

— Pourquoi cette fille refuse-t-elle maintenant, puisqu'elle a reçu le cadeau de Quimiak et l'a gardé dans sa main ? Quand une fille fait cela, elle veut dire qu'elle accepte l'homme pour mari et est prête à le suivre. Cette femme exige-t-elle davantage de présents ?

La plupart de ces paroles échappèrent à Margret et elle répondit en ces termes :

— Il est vrai que vos coutumes ne nous sont pas familières, et la fille a pu faire une chose en voulant dire autre chose. Pardonnez-nous notre ignorance. Mais elle n'avait aucunement l'intention d'encourager cet homme, Quimiak, et elle n'a pas le désir de l'épouser.

Elle regarda Asta et les deux femmes avaient un peu peur, car les Skraelings étaient au moins une demi-douzaine et tous portaient des armes skraelings, comme arcs, flèches et harpons.

Le démon barbu prit Quimiak à part et commença à

parlementer avec lui, et Quimiak regardait souvent Asta avec admiration. Il n'était pas grand mais il avait les membres droits et était vêtu de belles fourrures, plus belles que celles de certains des autres hommes, bien qu'ils fussent plus âgés que lui. Margret vit qu'Asta le regardait et elle rentra dans la maison en prenant Asta par la main. Asta déclara qu'il pourrait bien arriver cette fois ce qui était arrivé à d'autres : que les démons essaieraient de l'enlever de force et Margret ne sut que lui répondre. Mais les Skraelings ne tentèrent pas de l'enlever, au contraire, l'ancien acheva sa conversation avec Quimiak et vint remercier Margret d'avoir écouté leur requête. Puis tous les Skraelings descendirent silencieusement la pente et, en un clin d'œil, ils furent au milieu du fjord dans leurs canots de peau. Ce jour-là, Margret laissa les moutons dans l'enclos et ne les mena point à leur pâturage, tandis qu'Asta vaquait tristement à ses occupations.

Il advint que, quelques jours plus tard, Margret et Asta guettaient Sira Isleif, qui devait venir à la Sainte-Magdeleine pour les confesser et leur donner la communion. En raison de sa mauvaise vue, les deux femmes allaient toujours à sa rencontre pour lui éviter de se frayer un chemin depuis la plage, car la pente était tapissée de broussailles épaisses et perfides où peu de sentiers étaient tracés. Aussi, un matin qu'elles l'attendaient, elles aperçurent une barque sur le fjord avec deux rameurs, et lorsqu'elle toucha terre, elles découvrirent que ce n'était pas Sira Isleif qui leur rendait visite, mais Sira Jon de Gardar. Cette surprise contraria fort Margret, car Asta et elle ramassaient des crottes de mouton sèches dans l'enclos pour fumer un bout de terrain plat près de la maison dont Margret voulait faire son pré clos. Par-dessus le marché, aucun rafraîchissement n'avait été prévu pour le prêtre. Sira Isleif aimait s'asseoir dans la ferme et bavarder avec les femmes pendant qu'elles lui préparaient une collation, mais un homme comme Sira Jon, Margret le savait bien, s'attendait à être mené au haut siège et à pouvoir hésiter entre plusieurs viandes.

Le prêtre et son serviteur commencèrent à gravir la pente, et Margret s'essuya les mains sur sa jupe et s'avança pour les bienveigner et leur indiquer le meilleur chemin. Mais lorsqu'elle aborda le prêtre en inclinant courtoisement la tête, il s'immobilisa et la dévisagea de telle sorte qu'elle perdit contenance et en oublia les salutations de rigueur. Le domestique déclara d'une voix forte que Sira Jon était venu rendre visite à la malheureuse Margret Asgeirsdottir et à sa servante, Asta Thorbergsdottir. Puis ils reprirent leur montée et ne tardèrent pas à atteindre l'étroite demeure. Là, Sira Jon regarda derechef autour de lui, examinant d'abord Margret, puis sa maison, puis enfin son troupeau éparpillé sur le coteau, qui paissait parmi la lande. Alors Margret offrit ce qu'elle avait sous la main : un peu de viande de phoque séchée et de viande de renne séchée, avec du beurre frais et le lait du jour de ses brebis, humble chère en vérité. Mais les deux hommes mangèrent avidement. Pour clore cette collation, elle plaça devant eux des airelles sèches, et ils les avalèrent aussi, en suivant Margret du regard tandis qu'elle allait et venait dans la petite pièce.

Le repas terminé, Margret dit au prêtre :

— Sira Jon, nous avons l'espoir que vous êtes venu nous confesser et nous donner la communion, car nous sommes ici en état de péché, comme les hommes le sont partout, et nous attendions Sira Isleif avec impatience.

Alors Sira Jon sourit en hochant la tête, et il entraîna Margret à quelque distance de la ferme et la pria de s'agenouiller et de se confesser. Quand elle eut terminé, il lui demanda :

— As-tu quelque chose de plus à me dire, d'autres péchés à confesser, ou même des nouvelles à me donner, des questions à me poser, un souhait à me confier ?

Il la harcela tant et si bien que Margret chercha du regard le secours d'Asta et du serviteur de Sira Jon, mais, perdus dans leur conversation, ils ne lui offrirent aucune aide. Finalement, Sira Jon déclara :

— On dit, mon enfant, que tu es affligée de rêves et de mélancolie.

Margret resta muette.

— Peut-être souhaites-tu me parler de ces rêves.

Mais Margret ne répondit pas davantage.

Alors une certaine agitation s'empara de Sira Jon et il dit :

— Tu viens d'une lignée orgueilleuse et rebelle. Ton frère a tué des hommes et a été chassé de son patrimoine, en échappant de peu à la proscription. Tu choisis de vivre à l'écart des gens et de dédaigner leur aide. Le Seigneur juge une telle conduite avec peu de bienveillance, et Son châtiment est prompt et certain. On a raison de dire que l'orgueil est le plus grand péché.

Alors Margret répondit d'une voix douce :

— Mes rêves sont comme ceux des autres, et ma mélancolie s'en vient et s'en va, ce qui ne me paraît pas inhabituel. Les pièges de l'orgueil sont nombreux et s'enchevêtrent. Vous avez raison de dire que j'ai peine à les éviter.

Alors Sira Jon se fit plus aimable et se pencha sur Margret.

— Mon enfant, la solitude ne t'accable-t-elle pas en cet endroit, au point qu'il te semble que des voix parlent ou des visages apparaissent là où tu sais qu'il n'y a rien de tel ?

— Il se peut...

— Ou peut-être entends-tu une sorte de hurlement par-dessus le vent, comme poussé par des âmes torturées, à croire que, peut-être, la bouche de l'Enfer s'est ouverte pour que les hommes entendent les lamentations des damnés ?

— Ce n'est pas...

La voix de Sira Jon se réduisit à un chuchotement :

— Ou serait-ce que le Diable lui-même te parle à l'oreille quand tu penses à d'autres choses, pour t'induire en tentation, sans que tu saches exactement ce qu'il veut, car ses paroles sont à peine perceptibles, et pourtant elles te pénètrent d'une attente insupportable ? N'est-ce pas une chose qui t'arrive ?

— Non. Le frère de mon père se promène parfois parmi les bouleaux dans les montagnes derrière où je mène les moutons, mais il aimait si follement ces lieux sauvages qu'il ne peut les abandonner, même mort.

Sira Jon leva les yeux vers la colline comme s'il cherchait des traces de Hauk Gunnarsson, puis il dévisagea Margret si brutalement qu'elle fut contrainte à baisser les yeux. Elle ajouta à voix basse :

— Ingrid, notre nourrice, racontait toutes sortes d'histoires de gens qui hantaient leurs propres domaines, tant ils leur portaient un amour démesuré, et le frère de mon père aimait ces lieux sauvages comme d'autres hommes leur ferme...

— A quoi ressemble-t-il ? Que vois-tu ?

— Je ne sais que dire. Des ombres parmi les bouleaux, une tache de couleur au loin, blanche ou rougeâtre comme le vadmal de la terre de Gunnar. Ce ne sont pas des choses auxquelles je réfléchis beaucoup.

Sira Jon se pencha tant vers Margret que son visage toucha presque le sien, et il lui dit dans un murmure :

— On raconte que ceux qui ne peuvent dormir dans leur tombe sont d'un aspect horrible, couverts de sang, peut-être, ou mutilés.

— Comment pourrais-je le savoir...

— On dit que tu es folle. Je t'aiderais si tu le voulais bien.

De grosses gouttes de sueur jaillirent sur le front du prêtre et une tache d'un rouge vif apparut sur chacune de ses joues.

— Peut-être les gens racontent-ils cela. Il est vrai que je suis passée par de dures épreuves autrefois, mais...

Margret se tut, car Sira Jon s'était effondré, évanoui.

Alors Margret courut chercher le serviteur et l'amena près de Sira Jon, espérant qu'il lui donnerait quelque explication, mais celui-ci observa sans rien dire le prêtre étendu sur le sol. Au bout de quelques instants, Sira Jon revint à lui, se mit sur son séant et regarda autour de lui, et il sembla à Margret qu'il était très surpris de se trouver là. Mais en vérité c'était un homme étrange, car il la remercia de son hospitalité, lui donna son anneau à baiser et s'en fut sans dire un mot de son évanouissement. Margret resta très perplexe, et pendant l'hiver elle s'interrogea quelquefois sur la signification de cette visite, mais elle n'en parla à personne à Brattahlid.

Et il advint que pendant l'été de 1381 arriva un bateau de marchands norvégiens, que les vents avaient écarté de l'Islande, sa destination, et les occupants de ce bateau demeurèrent à Herjolfnes dans le Sud. Un autre navire encore apparut l'été suivant, très endommagé celui-là, alors que les gens du premier bateau étaient encore à Herjolfnes, et l'équipage de ce second bateau passa l'hiver à Brattahlid. Les capitaines des deux navires acceptèrent de porter la nouvelle de la mort de l'évêque au chapitre de Nidaros, et en échange de ce service, Sira Jon offrit à chaque capitaine un présent de valeur. Au patron du premier bateau, qui s'appelait *Olafssuden*, il bailla une paire de défenses de morse, et au chef du navire endommagé, qui s'appelait *Thorlakssuden*, un couple de faucons blancs, et c'étaient parmi les biens les plus précieux de Gardar, car la richesse de l'évêché n'était plus ce qu'elle avait été ; pourtant, ces capitaines ne semblèrent guère impressionnés par ces largesses, et les Groenlandais trouvèrent que ces Norvégiens avaient bien haute opinion d'eux-mêmes.

Lorsque vint le moment pour l'*Olafssuden* de regagner la Norvège (le *Thorlakssuden* ne pouvait être réparé avec les matériaux disponibles en Terre Verte), les deux commandants se mirent en quête de provisions pour leur voyage. Chaque fois qu'on leur offrit d'autres marchandises à échanger, ils les refusèrent en dénigrant leur valeur et en soutenant qu'ils voulaient garder leurs propres denrées afin de les troquer en Islande. Pour les provisions dont ils avaient besoin, ils proposèrent très peu de semences, de poix, de bois ou d'ustensiles en fer, bien moins que les Groenlandais ne prisaient leurs fromages, leur viande de renne et de phoque séchée, et ces deux hommes se gagnèrent une réputation d'entêtement et de dureté. On évoqua d'autres capitaines avec chaleur, singulièrement Thorleif, ainsi que le navire de Thorleif, qui était long et large et profond et transportait une telle abondance de biens et de trésors que chaque Groenlandais avait trouvé satisfaction.

Les jours qui précédèrent le départ des Norvégiens, pendant l'été de 1383, le patron du *Thorlakssuden*, un homme du nom de Markus Arason, fit le tour du pays pour se faire payer les poutres et les planches de son navire brisé, et ceux qui refusaient s'entendirent expliquer qu'ils n'auraient rien de l'épave. C'était contraire à la loi de la Terre Verte, qui disait alors que le bois échoué était la propriété de l'homme sur la grève duquel il avait touché terre, mais le capitaine de l'*Olafssuden* déclara qu'il se moquait de la loi groenlandaise et qu'il brûlerait le bateau jusqu'à la quille si on ne le lui payait point. Et, en vérité, la veille du départ de l'*Olafssuden*, le *Thorlakssuden* fut débité à la hache et les gens qui avaient payé le Norvégien reçurent leurs poutres et leurs planches, tandis que le reste du bois était brûlé en un grand feu, et ses matelots se tinrent auprès du brasier avec leur hache pour empêcher qu'on ne l'éteignît. Et les Groenlandais jugèrent que c'était un grand crime, mais ils ne purent empêcher l'*Olafssuden* d'appareiller, et l'on parla de cet événement pendant plusieurs années en Terre Verte.

Un autre sujet de conversation agitait les Groenlandais : après le meurtre des fils d'Erlend par Gunnar Asgeirsson, il se produisit sept nouveaux meurtres en l'espace de cinq hivers, et ce nombre apparut inquiétant, d'autant qu'il y eut aussi des vols et quelques viols, et la profanation du cimetière de l'église de Herjolfsnes. Tous ces meurtres ne furent pas annoncés selon les règles et dans quatre cas les meurtriers ne furent pas découverts ou, du moins, restèrent impunis, car nul n'ignore que les gens en savent plus qu'ils ne le disent. On croyait aussi que c'étaient des matelots du *Thorlakssuden* qui avaient profané le cimetière, et après le départ des Norvégiens, les Groenlandais se firent un plaisir de leur reprocher toutes sortes de méfaits.

Et ceci aussi apparaissait clairement, les Groenlandais ressentaient l'absence de l'évêque et, si peu que ce fût, de l'ombudsman du roi, Kollbein Sigurdsson, car les querelles se réglaient trop souvent sur place entre les gens, sans le conseil des fermiers prospères du district.

Depuis l'arrivée de l'évêque Alf, les hommes étaient de moins en moins nombreux à entreprendre les longs voyages d'autrefois, tant à Gardar, pour célébrer Noël et Pâques dans la cathédrale, qu'à Brattahlid, l'été, juste après la messe de saint Jean-Baptiste. Et Osmund Thordarson, le récitateur de la loi en personne, disait qu'il ne pouvait pas faire grand-chose pour convaincre les hommes de quitter leurs fermes au milieu de l'été, quand il y avait tant de travail. D'autres disaient, peut-être à juste titre, qu'Osmund, en fait, n'essayait pas de faire grand-chose. Il n'en restait pas moins que certaines années Osmund n'avait à réciter les lois que pour deux douzaines d'hommes tout au plus ; seules quelques affaires étaient soumises au Thing et d'ailleurs à peine la moitié des treize juges de district étaient présents.

Parfois les gens déclaraient que c'était grand scandale, et tantôt ils disaient qu'après tout aucun meurtre n'avait eu lieu dans leur district, ou près de leur ferme, ou un seulement, du reste on connaissait le meurtrier et il ne commettrait plus de crime, car il est vrai également que, si mauvais que deviennent les temps, ils ne sont pas aussi mauvais qu'ils pourraient l'être. Même Erlend et Vigdis vivaient au jour le jour et vaquaient à leurs occupations comme autrefois, et, si eux le pouvaient, combien plus aisé ce devait être pour les autres, qui n'avaient pas autant souffert qu'eux ? Pourtant, certains n'étaient pas satisfaits d'Osmund Thordarson. Il était trop clément, ou trop insouciant, ou trop vieux — chaque plainte était différente, mais tout le monde avait la sienne.

Il advint qu'environ deux étés après le départ de l'*Olafssuden* un autre bateau fit son apparition dans l'Einarsfjord, un grand navire, richement peint, avec une belle voile rouge et or. Son capitaine, un Islandais prospère appelé Bjorn Einarsson, était surnommé Jorsalfari ou « le voyageur de Jérusalem », car il avait conduit un bateau à Jérusalem et dans bien d'autres endroits aussi, y compris Rome et l'Espagne outre les contrées plus habituelles. Ce qui captiva surtout les Groenlandais, ce fut que son épouse l'accompagnait, femme très richement et bellement vêtue. Un clerc voyageait aussi avec lui, son fils adoptif Einar, qui notait toutes les aventures de Bjorn et toutes ses découvertes.

Trois autres bateaux escortaient le beau navire de Bjorn Einarsson, et c'étaient tous trois des vaisseaux commodes et marins, et les Groenlandais ne furent pas peu éblouis par le grand air de cette flottille. Il apparut bientôt que Bjorn était un homme favorisé par la chance. Il avait le visage vermeil, une taille majestueuse et l'humeur enjouée, et il disait lui-même qu'il était fort satisfait d'être venu en Terre Verte. Sans doute, expliqua-t-il à Sira Jon, sa destination était l'Islande, mais la Terre Verte était une contrée où bien peu se rendaient, une contrée oubliée des hommes, surtout depuis les apparitions successives de la Grande Peste. Et il ne tarissait pas dans cette veine. Sira Jon accueillit très chaleureusement Bjorn, sa femme et son fils adoptif, tandis que les matelots se rendaient avec des présents chez les Groenlandais. Et ils avaient beaucoup à raconter, surtout à propos de Bjorn Einarsson, car c'était un homme qui suscitait force bavardages partout où il passait.

La première chose que fit Bjorn fut de demander qui avait les meilleurs chevaux de la Terre Verte, et on lui indiqua Thorkel Gellison de la ferme de Hestur, Magnus Arnason de Nes et Ragnleif Isleifsson de Brattahlid, qui possédaient les plus beaux chevaux dans le nord de la colonie. Il emmena quatre rameurs, sa femme et son fils adoptif dans le grand bateau de Gardar et se rendit d'abord à Brattahlid, puis dans le district de Vatna Hverfi, et à chaque endroit, il obtint qu'une belle couple de chevaux, pour sa femme et lui-même, serait à sa disposition chaque fois qu'il souhaiterait venir chevaucher dans les environs. A Brattahlid, il offrit une belle paire de chandeliers d'argent et deux moyeux de fer pour l'entretien des chevaux. A Thorkel Gellison, il donna un crucifix d'ivoire sculpté, ainsi qu'un sac de graines de seigle pour payer l'entretien des montures. Et les Groenlandais furent très étonnés que Thorkel Gellison ait accepté de se défaire de sa jument grise préférée et d'un étalon rouan, meilleur encore, disaient certains, que le fameux gris. Mais Thorkel expliqua à son intendant que cet Islandais ne resterait pas en Terre Verte ni n'emmènerait ses chevaux à bord de son navire, et que cela ferait le plus grand bien à ces bêtes d'être montées par un homme aussi chanceux.

La femme de Bjorn, qui s'appelait Solveig Ogmundsdottir, n'était pas très jolie. Néanmoins, elle portait des vêtements et des coiffures comme nulle femme n'en avait vu de pareils en Terre Verte, brodés d'or et d'argent, avec des fils d'or tissés dans la soie. Ses chaussures étaient particulièrement merveilleuses, aussi colorées que les robes, et souples et délicates. Elle avait une paire de souliers spéciaux pour se promener par temps boueux, et ceux-ci étaient faits de cuir violet et de bois, et s'ornaient de fleurs et d'oiseaux peints. Elle aimait montrer ces choses aux gens qui le demandaient, et bien qu'elle s'exprimât d'une manière étrange, et peut-être affectée, on ne parlait guère d'elle que pour louer sa richesse, son appareil et sa courtoisie. L'hiver de leur arrivée, Solveig donna le jour à un garçon, et deux enfants s'occupaient de lui, qui étaient des jeunes Skraelings. Ceux-ci avaient été recueillis sur un îlot à l'embouchure de l'Eriksfjord, et ils étaient très attachés à Solveig et à Bjorn. Ils les accompagnaient partout et vivaient avec eux à Gardar, mais de cet étrange arrangement, Sira Jon ne soufflait mot.

Quant aux nouvelles, la plus grande était celle-ci, qu'il y avait maintenant deux papes, l'un à Rome, que d'aucuns disaient fou, et l'autre en Avignon, chez les Français, que certains disaient la créature du roi de France, et loin de la vue de Dieu. Ce schisme durait depuis environ sept ans. Sira Jon demanda si le pape Urbain n'était plus pape, alors, car l'équipage du *Thorlakssuden* avait parlé de son élection et du retour à Rome de Grégoire, quelques années auparavant, et Bjorn répondit qu'en vérité Urbain résidait toujours à Rome et était le pape des Norvégiens, des Anglais et de l'empereur d'Allemagne, mais il y avait aussi un pape Clément en Avignon, qui avait le soutien des Français, des Ecossais et du roi de Castille, et ce Clément-là avait tous les vieux cardinaux avec lui, tandis que les cardinaux d'Urbain étaient tous nouveaux, créés par lui-même. Le pire était que chaque pape s'employait à excommunier tous les féaux de son rival : des villes et des régions entières, et dans les campagnes nul ne savait si les rites étaient aucunement valides. Bjorn lui-même ne pensait pas grand bien de cette affaire, car il était allé à Rome et avait vu ce que l'endroit était devenu : des décombres surpeuplés et misérables, où les gens risquaient d'être assaillis, battus, et même assassinés sans raison, pour quelques piécettes ou une babiole. Et il se trouvait aussi que chaque cardinal s'entourait d'hommes d'armes et plus d'un se servait de divers prétextes pour ordonner le massacre de gens innocents ; en vérité, l'autre pape, Clément, avait fait massacrer les habitants d'une certaine ville, que les Italiens appellent Cesena. Voici l'affaire : le cardinal avait libéré les citoyens qu'il détenait en otages, pour marquer sa bienveillance, puis il avait mandé ses mercenaires anglais qui barrèrent les portes de la ville et, pendant trois jours et trois nuits, ces soudards, ivres de sang, ne cessèrent de tuer et de dévaster, car nul n'ignore, au fond, que les Anglais sont gens fort impies. On dit que dix mille de ces gens, ou peut-être davantage, furent passés au fil de l'épée, autant ou plus qu'il n'en périt pendant la Grande Peste, Bjorn ne savait pas exactement combien. Et davantage s'enfuirent. Et force beaux objets furent brisés, brûlés et pillés.

Ces nouvelles accablèrent durement Sira Jon, et il dit à Bjorn que, de toutes les espérances humaines, le petit espoir des Groenlandais de recevoir un nouvel évêque en serait certes ruiné. Après cela, pour le réconforter un peu, Bjorn lui narra son voyage à Jérusalem. Là, dit-il, le soleil était si brillant et si chaud que les gens devaient s'enfermer dans leur maison pendant la journée pour ne pas être brûlés ou s'évanouir à la tâche. D'ailleurs, la campagne autour de la ville était toute desséchée par la chaleur excessive. Pourtant, l'endroit rayonnait de beauté et de sainteté, et un homme pouvait y errer parmi les lieux saints pendant maintes années sans jamais en être rassasié, car à chaque pas qu'il faisait ou presque il foulait les traces d'Abraham, de David ou de Josué, qui avait causé la destruction de Jéricho, si bien que cette grande cité de jadis n'était plus qu'un petit village, comme Bjorn l'avait vu de ses propres yeux. Ou encore de Jean-Baptiste, de Notre Dame, de Jésus-Christ, de Pierre et des autres disciples. Parfois, lorsque Bjorn ne parvenait pas à se ramentevoir ceci ou cela, son fils adoptif Einar répondait à sa place, car Einar l'avait accompagné dans tous ces voyages en inscrivant toutes choses, et Bjorn l'avait adopté dans cette idée.

Einar raconta aux Groenlandais l'histoire des Sarrasins, qu'on appelle aussi mahométans et qui possèdent Jérusalem à cause des péchés et des manquements des chrétiens, car nul n'ignore que Dieu ôta Jérusalem aux chrétiens parce qu'ils ne suivent pas ses lois, si bien que toutes ces richesses que le roi Baudouin montra au roi Sigurd quand il vint à Jérusalem, du temps que son frère Eystein était roi de Norvège, n'appartiennent plus aux chrétiens mais au sultan des Sarrasins. Tout le monde connaît l'histoire de Baudouin qui avait fait joncher la route de Jérusalem de riches étoffes, pour éprouver l'orgueil de Sigurd, et Sigurd fit marcher son cheval dessus comme si c'était de la poussière et dit à tous ses hommes d'en faire autant, en sorte que Baudouin fut étonné. Mais ces mahométans ont maintenant toutes ces richesses en partage, car ainsi l'a voulu la justice de Dieu.

Ces mahométans, dit Einar, brûlent d'aller au Paradis et disent qu'au Paradis chaque homme aura quatre-vingts épouses, toutes vierges, et partagera sa couche avec elles tous les jours pour les retrouver toujours vierges le lendemain. Outre cela, toutes leurs lois sont inscrites dans un livre appelé *Alkoran,* et une de ces lois leur enjoint de jeûner et de se tenir à l'écart de leurs femmes pendant un mois entier chaque année, et une autre dit que Jésus ne fut jamais crucifié mais que le Seigneur lui substitua Judas, qui fut crucifié à sa place, et que Jésus monta au ciel sans mourir, car c'eût été pour Dieu une injustice que de mener Jésus à la crucifixion sans qu'il fût coupable. Une autre de ces lois dit que Jésus n'était pas le Fils de Dieu, mais un grand prophète, comme Moïse et Abraham, et qu'était venu un autre prophète, qui était le messager de Dieu. Puisqu'ils savent tant de choses sur la Vierge, sur Jésus et les Evangiles, ils sont aisément convertis à la vraie foi, lorsqu'on leur découvre toute sa bonté. Et ce n'est pas seulement au Paradis qu'ils ont force épouses, mais sur terre aussi, car Mahomet a dit que c'était juste. Mais ces hommes en prennent beaucoup plus qu'il ne sied, et des concubines en sus. Ces coutumes firent beaucoup parler les Groenlandais, tant elles sont étranges. Et Einar raconta cette histoire : lorsque les hommes de ce pays virent les richesses de Bjorn Einarsson Jorsalfari, ils lui offrirent de belles femmes comme épouses et concubines, mais Bjorn leur répondait toujours que Solveig était déjà six femmes pour lui. Et ces mahométans étaient fort surpris par Solveig, car elle allait le visage à découvert tandis que les femmes de ces contrées se voilaient de la tête aux pieds.

Pour lui, Sira Jon brûlait d'entendre le récit des voyages de Bjorn à Bethléem, et, de fait, Bjorn avait maints souvenirs de cette petite ville qui, dit-il, était longue et étroite, et ceinte d'une forte muraille. Et Bethléem se trouvait dans un agréable pays de plaines et de forêts, et une jolie église avait été construite à l'endroit où Jésus vint au monde. A l'intérieur de cette église, à l'endroit exact, se trouvait une riche chapelle, peinte en argent, or, azur, pourpre, de toutes les couleurs qu'un homme peut imaginer. A trois pas de celle-ci se trouve la crèche et l'endroit où l'étoile tomba des cieux qui conduisit les trois rois venus adorer le nouveau-né. A ce moment-là, Einar l'interrompit pour dire que, si ces rois sont connus des chrétiens sous les noms de Balthazar, Melchior et Gaspard, d'autres peuples leur donnent des noms différents : ainsi les Grecs les appellent Galgalathe, Malgalathe et Saraphie, et les juifs Appelius, Amerrius et Damasus, en hébreu. Ces rois, reprit Bjorn, avaient fait un voyage miraculeux, car dans les lieux saints tout le monde vous dira qu'ils se sont rencontrés dans une ville appelée Cassak, qui se trouve à cinquante-trois jours de route à l'est de Jérusalem, et pourtant ils arrivèrent à Bethléem douze jours plus tard.

Mais il y a d'autres choses à Bethléem encore : ainsi l'ossuaire des Innocents, où sont conservés les ossements de tous les enfançons massacrés par Hérode, et, tout près, la tombe de saint Jérôme, avec le siège où il s'asseyait pour traduire la Bible et le psautier d'hébreu en latin. Et non loin de cette église se trouve l'église Saint-Nicolas, où la Vierge se reposa après les couches, et sur ces pierres de marbre rouge on voit les traces blanches de son lait, car lorsqu'elle arriva en ce lieu, ses seins étaient pleins et douloureux, et elle les pressa, de sorte que son lait tomba sur les dalles rouges. Bjorn avait vu cela de ses propres yeux. Bjorn avait beaucoup admiré Bethléem, ainsi que les vignes à l'entour, car Bethléem n'est habitée que par des chrétiens, qui font du bon vin. Là, Einar intervint de nouveau, pour expliquer que les mahométans ne boivent pas de vin parce que leur prophète, Mahomet, tua, dit-on, un saint homme en état d'ivresse. Ils ne mangent pas non plus de porc, ajouta Einar, parce qu'ils considèrent les porcs comme les frères des hommes, et les Groenlandais eurent beau le moquer à ce sujet, Einar n'en démordit point. Telles étaient certaines des merveilles que relatèrent Bjorn Einarsson Jorsalfari et son fils adoptif lorsqu'ils vinrent en Terre Verte. Et jamais les Groenlandais ne se lassaient de les entendre.

Un jour, Bjorn, Einar et quelques serviteurs firent un voyage à skis à Vatna Hverfi et au Hvalseyfjord, où ils visitèrent l'église Sainte-Birgitta, car ils en avaient entendu vanter les belles proportions et l'excellente maçonnerie. Bjorn voulait aussi faire la connaissance de Sira Pall Hallvardsson. Quand Pall Hallvardsson les conduisit à l'église, Birgitta Lavransdottir s'y trouvait avec sa fille Gunnhild, alors âgée de quelque onze hivers. Outre Gunnhild, Helga et Kollgrim, Birgitta avait maintenant deux autres filles, Astrid et Maria, et elle attendait bientôt un sixième enfant. Bien qu'elle ait déjà entendu parler des voyageurs, c'était la première fois que Birgitta voyait Bjorn, aussi Gunnhild et elle s'inclinèrent-elles courtoisement. Gunnhild dévora sa vêture des yeux, car elle flamboyait de couleurs, et son chapeau toucha le haut de la porte quand il pénétra dans l'église. Et Bjorn à son tour dévora Gunnhild des yeux, car c'était devenu une belle enfant, grande et blonde comme la lignée de Gunnar, mais avec la douceur et la rondeur de Birgitta. A sa vue, Bjorn dit en riant :

— Je croyais qu'il n'y avait pas d'arbres en Terre Verte.

Birgitta sourit et répondit :

— Les quelques arbres qui s'y trouvent poussent dans des cluses et des vallons à l'écart des hommes.

Et c'est ainsi que Pall Hallvardsson, Bjorn et Einar furent invités à se rendre sur la terre de Lavrans pour voir toutes les Gunnarsdottirs, qui ressemblaient toutes beaucoup à Gunnhild, bien que Birgitta trouvât son aînée la plus belle, et aussi Kollgrim, qui était leur réplique en garçon et donc plus turbulent et charmant.

La ferme de Lavrans était désormais plus grande que naguère et comptait deux pièces supplémentaires, une petite qui servait de magasin et une grande où dormaient tous les enfants. Lavrans était vieux maintenant et tout courbé par le mal des jointures. L'hiver, il souffrait cruellement du froid, qui rend toujours le mal des jointures plus douloureux. Gunnhild et Helga avaient pour tâche de rester près de lui afin de lui apporter ce qu'il demandait et d'empêcher Kollgrim de le houspiller, car Kollgrim était un garçon très taquin qui ne pouvait laisser personne tranquille. Olaf disait qu'il était possédé d'un lutin qu'on voyait de temps en temps jaillir de ses yeux comme une étincelle, mais Birgitta disait qu'Olaf était devenu amer depuis qu'ils avaient quitté la terre de Gunnar. Gunnar, lui, ne disait rien. Bjorn et Einar ne tarirent pas d'éloges sur les enfants, leur taille et leurs joues rondes, et Birgitta expliqua que, grâce aux efforts de Finn Thormodsson, la famille de Gunnar n'avait pas connu la disette pendant une seule saison du Carême, bien que d'autres familles du district n'aient pas eu cette chance, et elle dit cela d'une telle manière que Gunnar se moqua d'elle et déclara que c'était l'orgueil qui l'emplissait et non un autre enfant.

Il advint au début du printemps, vers la fête de la Vierge, qu'un groupe d'hommes venus de chaque district, tous fermiers prospères, se rendit à Gardar pour proposer à Bjorn Einarsson d'assurer les fonctions de juge de district et de percepteur des impôts pour le roi de Norvège. Et ces hommes offrirent à Bjorn la compensation suivante : le droit de cultiver les fermes de Foss et de Thjodhlids, outre cent cinquante gigots de mouton et d'autres objets de prix. Certains dirent que les Groenlandais s'étaient laissé éblouir par la richesse et l'énergie de l'Islandais et qu'ils pourraient se sortir eux-mêmes des difficultés où ils se trouvaient sans gaspiller leurs moutons et autres biens. Mais d'aucuns firent remarquer que Kollbein Sigurdsson avait laissé les deux fermes en piteux état et que Bjorn était un homme énergique avec force serviteurs et matelots qu'il pourrait aisément mettre au travail. Ces gens n'oubliaient pas non plus les navires de Bjorn, ses marchandises et son caractère. C'était un homme précieux à avoir dans le pays, disaient-ils, mais il ne resterait certainement pas sans quelque compensation, que ce fût la collecte des impôts ou autre chose. Ainsi Bjorn Einarsson Jorsalfari, homme fameux et singulier, fut-il persuadé de demeurer en Terre Verte malgré son intention de partir. Cette année-là, il fit force troc avec les Groenlandais, car ses bateaux regorgeaient de marchandises désirables et il voulait acquérir des étoffes groenlandaises pour son usage ou pour les revendre à Bergen. Et il faut dire aussi que les Groenlandais avaient adopté cette loi au Thing après le départ de l'*Olafssuden* que les bateaux de passage devaient remporter des produits marchands et pas seulement des provisions. Il advint également que les Groenlandais qui trafiquaient discrètement avec les Skraelings depuis la mort de Ragnvald commencèrent à en parler davantage et à montrer leurs acquisitions, et certaines de celles-ci — ivoires, fourrures de prix — plurent immensément à Bjorn.

Vers le milieu du printemps, après que Bjorn et ses gens se furent installés sur leur ferme, Einar, le fils adoptif de Bjorn, se rendit au Hvalseyfjord pour rendre visite à Pall Hallvardsson et lui montrer certains des récits qu'il avait écrits pendant ses voyages avec Bjorn, car il était fort savant et avait une belle main. Pall Hallvardsson conservait six manuscrits à l'église Sainte-Birgitta, dont quatre qu'il avait copiés lui-même, le petit livre dans lequel il avait appris à lire à Gunnar, un autre qu'il avait reçu en présent pour son ordination, et un autre encore, très petit celui-là, qu'il avait acheté à Gand dans sa jeunesse, et c'était celui qu'il préférait parce qu'il contenait douze petites images, une pour chaque mois de l'année, montrant ce que les gens faisaient au fil des saisons.

Ensuite Einar fit voir ses écrits à Pall Hallvardsson, et ils étaient très copieux, couvrant force rouleaux de parchemin, et Einar dit qu'il craignait beaucoup de se séparer de ces rouleaux pour les faire recopier, bien qu'il n'eût pas le temps de s'en charger lui-même. Le prêtre lut à haute voix ce qu'Einar avait écrit sur l'Espagne, la France et l'Angleterre, et Einar l'interrompit pour ajouter des détails qui lui revenaient à l'esprit. Par exemple, l'homme appelé Wat le Couvreur, qui avait machiné l'incendie et la mise à sac d'un grand palais de Londres, réclamait le partage des terres de l'Eglise entre les pauvres, tandis que les prêtres, les évêques et même les archevêques partiraient mendier sur les chemins. Ces paroles n'étonnaient pas les Anglais et étaient même souvent sur les lèvres de gens plus respectables. Einar, Bjorn et Solveig avaient dû se mettre à l'abri pendant ces désordres, car ces vilains furieux avaient coutume de pourchasser les étrangers pour les massacrer à coups de gourdin. Pall Hallvardsson répondit qu'en Terre Verte il y avait aussi davantage de meurtres ces dernières années, signe certain de l'impiété des hommes et du malheur des temps, mais Einar déclara que les meurtres comme ceux qui avaient eu lieu en Angleterre n'avaient rien à voir avec les crimes entre hommes ayant une querelle ; cela ressemblait davantage à une peste ou à une malédiction de Dieu, car les meurtriers arrivaient en groupe, et saisis d'une fureur digne d'un Berserkr. L'attitude de leurs victimes, soumission ou défi, ne faisait que les exaspérer davantage et la seule chose qui les apaisât était la peur de mourir, lorsque les chevaliers en armure les chargeaient à cheval, épée ou lance au poing. Alors, ils détalaient, se piétinant les uns les autres et se faisant fouler à leur tour par les chevaux au galop, et pendant tout ce temps les chevaliers riaient et acclamaient, car eux aussi étaient ivres de haine, comme possédés. Pall Hallvardsson et Einar restèrent silencieux quelques instants, songeant aux Anglais, qui dans tous les récits se font gloire des massacres, comme l'a dit le poète Thorkel Skallason :

Il est vrai qu'en Angleterre
Les meurtres ne cesseront de sitôt.

Et ainsi Einar Bjarnarfostri fut-il quelques jours l'hôte de Sira Pall Hallvardsson au Hvalseyfjord, et chaque jour il rencontrait Gunnhild Gunnarsdottir et admirait fort sa mine et sa conduite, tant et si bien que la veille de son départ il alla voir Gunnar Asgeirsson et lui demanda sa fille en mariage, bien qu'elle n'eût que douze hivers.

— Tout le monde peut voir, déclara Einar, que mon père adoptif Bjorn est un homme riche et favorisé par la chance. J'ai des terres en propre en Islande, voisines de la ferme de Bjorn à Reykholar, et j'ai des serviteurs qui la cultivent et des servantes pour alléger la tâche de mon épouse. Outre cela, ma femme deviendra l'amie et la parente bien-aimée de Solveig Ogmundsdottir, qui se montrera certainement une mère pour elle.

Et il sourit, car il était clair pour lui que jamais fille de la Terre Verte, fût-elle aussi belle que Gunnhild, ne recevrait de nouveau une offre semblable.

Tout ce temps-là, Gunnar réparait un filet de pêche assis sur un rocher ; quand il eut terminé le travail commencé, il le posa à terre, puis il leva les yeux sur Einar et dit :

— Ce n'est pas parce que nous sommes groenlandais que nous ne connaissons pas les formes. Nul homme ne se présente sans amis à la maison de la femme qu'il désire, sauf s'il croit que la maison est de peu d'importance.

Et il se leva pour porter son filet dans le hangar aux bateaux, de l'autre côté de la cour, et Einar vit qu'il était très offensé. Le lendemain, Einar regagna Gardar et il ne fut plus question de cette affaire.

Un jour, vers la fin du printemps, quand les collines commençaient à reverdir et que seuls de petits icebergs flottaient encore sur le fjord, Birgitta allait et venait en filant devant la ferme. Son terme approchait et elle était très grosse ; elle ne pouvait supporter de rester à l'intérieur. Et comme elle arpentait la cour, elle leva les yeux vers la grève, où les cinq enfants ramassaient des algues, même Maria, la plus jeune, qui n'avait que deux hivers. En les regardant, elle pensa à l'enfant en elle et ils parurent disparaître de sorte que leurs cris s'éteignirent, la plage devint vide et la mer derrière froide et grise. Alors Birgitta laissa choir son fuseau et se prit le visage dans les mains, et lorsqu'elle releva la tête, l'eau du fjord était bleue et les enfants couraient de nouveau çà et là en jetant des algues dans le panier jaune. Quelque temps après, Gunnar et Olaf revinrent de l'enclos à moutons. Birgitta prit Gunnar par le coude et le retint jusqu'à ce qu'Olaf, ayant fini de se laver, fût rentré dans la maison. Alors elle dit à Gunnar :

— Einar Bjarnarfostri a un peu plus de trente hivers et a déjà eu une femme, mais il est très accompli et le parent d'un homme de poids. Peut-être Bjorn ne quittera-t-il jamais la Terre Verte. Peut-être les fermes d'ici sont-elles meilleures que celles qu'il a en Islande.

Gunnar regardait les enfants qui remontaient de la plage en hissant le panier. Il dit :

— Un homme qui a quatre bateaux repartira.

Ils se turent quelques instants, puis Birgitta dit :

— Je crois que le destin de Gunnhild est lié au sien, car je viens de la voir disparaître sous mes yeux.

Et ils en restèrent là.

Puis ce fut l'été et Birgitta donna le jour à une autre fille encore. On la baptisa Johanna et c'était le plus gros de tous ses enfants, née avec une chevelure abondante et une dent à la mâchoire inférieure, et cela suscita bien des commentaires car, dit-on, de tels rejetons viennent au monde avec des idées bien arrêtées. Birgitta se découvrit une aversion inexplicable pour elle et la confia la plupart du temps à Gunnhild et Helga. Quand naquit Johanna, Olaf, Gunnar et Finn s'étaient absentés pour la chasse aux phoques, et lorsque Gunnar revint, il regarda longuement sa fille, qui reposait sans pleurer. Elle lui retourna son regard et Gunnar se déclara content d'elle, et désormais Johanna ne quitta plus son père, de même que Kollgrim suivait toujours sa mère quand il était petit.

De Kollgrim il faut dire ceci : c'était un grand voyageur et on le connaissait dans toutes les fermes alentour, ainsi qu'au presbytère de Pall Hallvardsson, de l'autre côté du fjord. Il advint en ce temps-là, tandis que Gunnar était parti à la chasse aux phoques et que sa mère s'occupait de Johanna, que Kollgrim passa près d'une ferme voisine et deux garçons, Hrolf et Hakon, sortirent de l'étable avec leur chien, un limier pas encore adulte. En voyant Kollgrim, ce chien échappa aux enfants, se rua sur Kollgrim en montrant les crocs et le renversa. Kollgrim sentit une pierre près de sa main, la saisit et en assena un violent coup sur la tête du chien, qui mourut le crâne brisé. Les garçons s'approchèrent et Kollgrim bondit sur ses pieds en protestant que ce n'était pas d'un bon voisin que de lâcher une pareille bête sur un passant innocent, et il se précipita sur Hrolf, l'aîné, pour le rosser, mais cette fois sans la pierre. Ce garçon n'avait pas tout à fait l'âge de Kollgrim et certes pas sa taille. Hakon partit en courant chercher un domestique, car le fermier, Harald, était lui aussi à la chasse aux phoques. Le serviteur arriva en brandissant un bâton, dont il frappa Kollgrim à la tête. Les deux champions cessèrent immédiatement le combat.

Lorsque Gunnar et Harald revinrent de la chasse aux phoques, Gunnar donna deux peaux de phoque à Harald en compensation pour la mort du chien et la correction infligée à Hrolf. Mais Birgitta fut furieuse de ne rien obtenir pour l'attaque du limier et le coup sur la tête de Kollgrim, et elle eut des mots à ce sujet avec Gunnar. En outre, Kollgrim se vit interdire la terre de Harald, mais il s'y rendait quand même, et souvent, car on eût dit que maintenant il ne pouvait ou ne voulait s'empêcher de houspiller le jeune Hrolf, comme il harcelait son grand-père, ses sœurs, Olaf et tout le monde.

Un jour, peu après cet incident, Birgitta s'assit à côté de Lavrans, qui restait maintenant près du feu, car il avait quelque soixante-cinq hivers ou davantage. C'était la première fois que Birgitta se levait depuis ses couches et elle avait apporté Johanna pour la montrer à son père. Lavrans prit l'enfançon dans ses bras en admirant sa taille et sa layette, car Birgitta avait tissé pour lui un châle blanc qu'elle avait orné de jolies bandes de laine. Alors Birgitta se pencha sur son épaule, mit le doigt dans la bouche de l'enfant et tâta doucement jusqu'à ce qu'elle trouve la petite dent, et elle dit :

— Ne raconte-t-on pas qu'une telle dent porte malheur à toute la famille ?

— Je n'ai jamais rien entendu de semblable, mais c'est possible, répondit Lavrans.

— J'ai peur pour les autres.

Alors Lavrans la regarda quelques instants et dit :

— Dieu sait que j'étais fier de toi et que je te cédais tout, les gens s'en étonnaient et s'en moquaient assez ! Mais avec tes enfants, tu es dix fois plus complaisante, surtout avec le garçon. Les prêtres disent que c'est un péché d'aimer un enfant plus que le Seigneur Lui-même. La vérité, c'est que Dieu est jaloux, et puissant, et qu'Il se plaît à rappeler à Lui nos idoles adorées.

— Qu'y puis-je si leur beauté et leurs manières charmantes me réjouissent le cœur ?

Alors Lavrans resta longtemps silencieux, puis il dit à voix basse :

— L'un du moins t'aveugle. L'un du moins a déjà commencé de te porter malheur, plus que ce nouveau-né. L'un du moins te fera beaucoup de mal avant de bien agir, parce que le diable l'entraîne.

— Il est turbulent, sans doute, mais il n'a pas l'intention de mal faire.

— Il a l'intention de faire ce qui lui plaît jusqu'à ce que

tout le monde autour de lui soit fâché. Alors il est content.

A ces mots, Birgitta se leva, et elle était très offensée ; et elle enleva l'enfant à Lavrans pour le recoucher dans le lit clos. Et désormais Birgitta parla rarement à son père, et toujours d'un ton froid et formel.

Au milieu de l'été, aux environs de la fête de saint Benedikt, un bateau peint de couleurs éclatantes et arborant une voile rouge et blanc s'engagea dans le Hvalseyfjord pour mettre en panne devant le minuscule embarcadère de Lavrans. Gunnar, qui gardait les moutons près de l'eau, lui fit signe d'approcher. C'était, bien sûr, un des bateaux de Bjorn Einarsson, et Bjorn, Einar et douze autres hommes, dont Thorkel Gellison, en débarquèrent. Gunnar leur souhaita la bienvenue et demanda des nouvelles de Vatna Hverfi et de Gardar, et Thorkel lui fit le récit suivant :

« Aux dernières fêtes de Noël, Vigdis, la femme d'Erlend Ketilsson, annonça qu'elle divorçait d'avec Erlend, bien qu'ils n'eussent jamais été mariés par un prêtre, et elle quitta la terre de Ketil pour s'installer sur la terre de Gunnar avec un intendant, six domestiques et Jon Andres Erlendsson. Et lorsque des gens, mendiants ou voyageurs, venaient lui demander l'hospitalité et des nouvelles, elle s'empressait de les renvoyer sans rien leur accorder de tout cela. Erlend, en revanche, semblait décidé à fêter tous les habitants du district, et il envoya des messagers convier les fermiers non seulement à un mais à deux banquets. Mais lorsque les invités arrivèrent pour le premier de ces banquets, Erlend n'avait pas fait le moindre préparatif et se conduisit comme s'il n'avait convié personne. Et quand les gens se présentèrent au second banquet, plus pour voir ce qu'il adviendrait que dans l'attente de grandes agapes, il servit des mets en abondance, mais tous étaient presque pourris ou mal préparés, et il passa tout son temps à faire grand cas d'une de ses servantes, une grosse fille brèche-dent qui s'accoutrait de toutes les plus belles robes de Vigdis, toutes ensemble, les unes sur les autres.

« Après ces banquets, Vigdis cessa de se montrer aussi

revêche et invita même les voyageurs sur la terre de Gunnar pour les faire parler d'Erlend, de la terre de Ketil et de cette servante jusqu'à ce qu'ils s'en enrouent, tant elle ne pouvait se lasser de leurs récits. Qui plus est, elle fit abattre par ses serviteurs le mur de pierre autour du grand champ qu'Erlend avait gagné à Asgeir et Gunnar et le fit reconstruire en sorte que ce champ fît de nouveau partie de la terre de Gunnar, et tout domestique d'Erlend surpris à essayer de fumer le champ fut chassé par les serviteurs de Vigdis. »

Et après que Thorkel eut raconté cette histoire, que les gens de la terre de Lavrans trouvèrent fort intéressante, Bjorn prit Gunnar à part et lui demanda la main de Gunnhild Gunnarsdottir pour Einar, son fils adoptif, et il énuméra tous les biens d'Einar en Islande et dit aussi qu'il lui donnait le bateau même avec lequel ils étaient arrivés au Hvalseyfjord, navire de haute mer, rapide et fin. Et Gunnar répondit, comme le font tous les hommes, qu'il laisserait la décision à sa fille, bien qu'il n'eût aucun doute sur son accord, mais il posa une condition, en raison de la jeunesse de Gunnhild : elle resterait avec ses parents, après ses fiançailles, jusqu'à ce qu'elle ait atteint l'âge où Birgitta s'était mariée. Si Bjorn choisissait de quitter la Terre Verte avant ce délai, elle partirait sous la protection de Solveig Ogmundsdottir, et vivrait avec elle comme sa fille jusqu'à l'âge convenu. Bjorn et Einar acceptèrent cette condition, et pendant deux jours les hommes du navire festoyèrent et célébrèrent les fiançailles.

Lorsque arriva le moment de leur départ, Gunnar eut un grand désir de les accompagner, bien qu'ils n'allassent que jusqu'à Gardar, et il fut décidé que Sira Pall Hallvardsson et lui voyageraient à bord du navire islandais et reviendraient dans le grand bateau de Gunnar qui suivrait à la remorque. Gunnar convint de rentrer cinq jours après, la veille de l'office dominical de Sira Pall Hallvardsson. A la dernière minute, Kollgrim obtint de les accompagner.

Lorsqu'ils montèrent à bord, Gunnar fut ébloui, car le navire était plus profond et plus large qu'il ne le paraissait de l'extérieur et pouvait recevoir une grande quantité de marchandises. En outre, il était construit en six bois différents, dont un grand tronc droit de sapin norvégien pour le mât. Les différentes parties de la quille étaient parfaitement jointes et les virures fixées à la coque par des chevilles en bois. Ce bateau, déclara Bjorn, n'avait jamais subi d'avaries, car il n'avait que six ans. En vérité, les poissons bondissants s'entrelaçant avec des rennes au galop le long des plats-bords et de la proue semblaient sculptés d'hier. Tous les cordages, barils, bordages et autres équipements étaient de la meilleure sorte.

Il ne fallut qu'une demi-journée pour descendre le Hvalseyfjord et remonter l'Einarsfjord jusqu'à l'embarcadère de Gardar, car Bjorn trouva une bonne brise. En règle générale, les gens du Hvalseyfjord comptaient deux jours pour gagner Gardar à la rame, en s'arrêtant pour la nuit à Sudarstrand, où les habitants de Vatna Hverfi disposaient d'un débarcadère et de quelques pâturages.

En arrivant à Gardar, ils virent que Sira Jon guettait leur venue, car il se précipita en personne au débarcadère pour accueillir Bjorn Einarsson et l'accabler de questions. Le bateau n'avait pas encore été halé sur la grève qu'il entraînait tout le monde à l'évêché pour y prendre une collation et des rafraîchissements. Il ne tarda pas à demander à Bjorn combien de temps il resterait et s'il était pressé de regagner les fermes qu'on lui avait données, et Gunnar vit clairement que Sira Jon n'entendait pas laisser partir son hôte de sitôt.

Sira Jon avait beaucoup vieilli. Sa maigre couronne de cheveux grisonnait et ses joues étaient si creuses que ses yeux saillaient comme ceux jadis de l'évêque Alf. Mais il ne se tenait pas fièrement comme son oncle et semblait même baisser la tête devant Bjorn comme un chien devant son maître. Il n'était que sourires juvéniles et regards quêteurs et Gunnar nota que Pall Hallvardsson l'observait de loin. Après le repas, il prit Bjorn à part pour lui montrer les comptes et lui donner les nouvelles de Gardar, bien que Bjorn n'eût été absent qu'une dizaine de jours. Il parla aussi à voix forte d'un rêve qui lui était venu la nuit précédente, et tous les gens autour purent entendre son récit. Dans ce rêve, Sira Jon avait été transporté dans la cathédrale de Nidaros, mais une cathédrale encore plus magnifique que dans la réalité et qui ressemblait aux grandes cathédrales qu'avait vues l'évêque Alf dans sa jeunesse et qu'il lui avait si souvent décrites. Dans cette cathédrale, des centaines de gens étaient assis en prière, et la lumière colorée des vitraux jouait sur leurs somptueux atours. Alors, au fond du chœur, un grand prêtre se leva, et c'était l'archevêque de Nidaros, bien que son nom ne fût jamais mentionné, et à peine se fut-il dressé qu'il déclara qu'il consacrait son plus grand évêque pour l'envoyer en Terre Verte dans un navire géant. Et ce navire emporterait en Terre Verte toutes sortes de richesses, des plus terrestres, comme les semences et la poix, jusqu'aux plus admirables tapisseries et aux plus splendides vaisseaux d'or, et il brandit un de ceux-ci, qui s'embrasa de toutes les couleurs des vitraux. Puis, comme par miracle, Sira Jon s'était vu courir à l'embarcadère pour accueillir son évêque et lui souhaiter la bienvenue, et en se réveillant de ce rêve il avait adressé une grande prière au Seigneur pour Le remercier de lui avoir communiqué Ses desseins, car ce rêve portait toutes les marques d'une prophétie, à savoir qu'il l'avait rêvé le matin et qu'avant de se coucher il n'avait mangé que les mets les plus fades et les plus légers.

Alors Sira Jon et les autres exprimèrent l'espoir que ces choses étaient vraies et qu'un nouvel évêque arriverait bientôt. Et certains dirent que ce rêve était une prophétie et d'autres une illusion, mais Bjorn se contenta d'écouter et d'acquiescer, sans se joindre à ces propos. Après quoi, Bjorn et Einar annoncèrent à Sira Jon les fiançailles d'Einar et de Gunnhild Gunnarsdottir, et Gunnar s'avança pour saluer Sira Jon qui lui retourna poliment son salut, sinon qu'à la fin de chaque phrase Sira Jon jetait un regard vers Bjorn comme naguère vers l'évêque Alf.

Puis Gunnar présenta Kollgrim, car celui-ci n'était

jamais encore venu à Gardar, et Kollgrim s'approcha hardiment, baisa l'anneau de Sira Jon, puis, au lieu de se retirer, resta planté devant le prêtre à le dévisager les yeux grands ouverts et pleins de défi, car, en vérité, Kollgrim n'avait jamais appris à voiler courtoisement son regard. Gunnar se tenait à ses côtés, légèrement en arrière, et sans intervenir observa le prêtre et l'enfant avec un amusement non dissimulé. Lorsque Sira Jon se détourna enfin, l'air fort agité, Gunnar ne fit que sourire et dit à Sira Pall Hallvardsson :

— Décidément, ce n'est pas cette branche de la lignée d'Asgeir qui nous réconciliera.

Sira Pall Hallvardsson secoua la tête avec désapprobation.

L'heure vint bientôt de se retirer, car les trois prêtres, en comptant Pall Hallvardsson, devaient être levés dès les heures canoniales. Aussi montra-t-on à Gunnar et à Kollgrim une petite chambre éclairée et chauffée par une lampe à huile de phoque. Une pile de peaux de rennes était posée sur le sol, en guise de matelas et de couvertures. Kollgrim observa cet aménagement avec le plus grand mépris et déclara que le sol puait, bien que personne n'ait habité la pièce depuis nombre d'hivers et que Gunnar ne la trouvât pas d'une saleté inhabituelle. A la lueur faible et vacillante de la lampe, Gunnar prépara une couche moelleuse pour son fils, l'enveloppa soigneusement dans quelques peaux, puis il s'étendit et s'apprêta à dormir. Mais Kollgrim ne semblait pas avoir sommeil, il sautait, remuait, repoussait ses couvertures, et finit par s'installer en travers, les pieds sur le ventre de son père. Gunnar se mit sur son séant et vit que l'enfant était presque endormi, bien qu'il eût les yeux ouverts. Gunnar se recoucha. Mais le garçon continua de s'agiter en sorte que, chaque fois que le sommeil venait, Kollgrim le chassait aussitôt. Gunnar se leva. Kollgrim rêvait toujours les yeux ouverts et Gunnar trouva cela étrangement agaçant, bien qu'il ne cédât pas facilement à la colère. Il est vrai que, lorsqu'il se courrouçait, c'était la plupart du temps à cause de son fils. Le garçon grogna dans son sommeil, comme si quelque chose le contrariait, et Gunnar le secoua jusqu'à ce qu'il semblât se réveiller, mais lorsque Gunnar l'appela par son nom, d'une voix sèche, le garçon ne répondit pas. Gunnar le secoua derechef. Les yeux de Kollgrim se fermèrent. Finalement, Gunnar le souffleta et il s'éveilla.

S'il fallait une preuve que l'enfant était possédé d'un lutin, peu ou prou, voilà qu'après avoir cabriolé de la sorte et fait tant de difficultés, Kollgrim ouvrit les yeux en battant des cils et regarda son père d'un air interrogateur, innocent et enjoué comme Johanna lorsqu'elle s'éveillait le matin entre Birgitta et Gunnar. Alors Gunnar dit :

— Il est vrai, mon garçon, que je décevais beaucoup mon père Asgeir et qu'il se demandait s'il pourrait changer mon nom de Gunnar, qui était le nom de son père, en Ingvi, qui était un nom étrange et le nom d'un étranger, celui du père de ma mère en Islande. Mais je crois qu'un enfant comme toi l'aurait enchanté, car tu te démènes, même dans ton sommeil, comme Asgeir se démenait du matin au soir, même les journées les plus longues.

— Lavrans reste assis tout le jour dans son siège auprès du feu.

— Lavrans a bientôt soixante-dix ans, et souffre beaucoup des jointures. Mais mon père avait quarante-cinq ou quarante-huit hivers lorsqu'il est mort. C'était encore un homme jeune aux cheveux d'un blond doré, bien qu'il me semblât alors aussi vieux, ancré dans ses habitudes et amer que Lavrans te paraît.

— Te saluait-il avec colère, comme Lavrans me salue ?

— Chaque fois qu'il me voyait, il se renfrognait, car tout le monde me prenait pour un fainéant, et il est vrai que pendant longtemps on eût dit qu'on m'avait jeté un sort tant je dormais, surtout après que le frère de mon père fut tué sur la banquise, loin au nord.

— Allait-il chez les Skraelings ?

— Hauk Gunnarsson allait souvent chez les Skraelings et n'était pas hostile à leurs coutumes. Il portait des peaux d'oiseau comme sous-vêtements, au grand scandale de ma vieille nourrice. Mais les gens ne parlaient pas des Skraelings comme maintenant, car ils ne montraient pas leur véritable nature diabolique ni ne tuaient de chrétiens comme ils le font aujourd'hui. Et on ne les voyait pas non plus en aussi grand nombre. Hauk Gunnarsson mangeait parfois sa viande crue, à la fin de l'hiver, ainsi que les Skraelings, les renards et les ours, et il disait que ce n'était pas un péché mais une nécessité dans le Grand Nord, où le monde est blanc d'un bout à l'autre de l'année.

— Lavrans est un fainéant, et pourtant tout le monde le sert, jour et nuit.

— A la fin d'une longue journée, les gens se reposent la nuit. Après un long été, les gens s'amusent à des jeux et restent l'hiver à la maison. Au bout d'une longue vie, les gens s'asseyent auprès du feu pour se réchauffer, car le froid de la mort est sur eux, et même la peau d'ours la plus épaisse ne les empêche pas de trembler.

— Mais les gens disent que Lavrans n'a jamais été prospère ni travailleur et c'est pourquoi la terre de Lavrans est aussi misérable. Et Gunnhild parle parfois de la terre de Gunnar le soir au lit, et elle dit que là-bas les champs et les lacs étaient comme les prairies du Paradis.

— Il est vrai que la terre de Gunnar est un beau domaine, et qui ne rêverait d'un tel endroit ? Mais lorsque je vois Lavrans auprès du feu, mon cœur se dilate, car un jour, après la mort d'Asgeir Gunnarsson, je me rendis au Thing, à Gardar, et je n'avais pas le moindre ami, et mon abri était petit et fait d'un morceau de vadmal, non de peaux de renne blanches comme celui que je dresse aujourd'hui. Bien que mon père fût Asgeir Gunnarsson et que j'habitasse la grande terre de Gunnar, les hommes passaient devant moi sans me voir, ou ils me toisaient de haut en bas et riaient dans leur barbe en se rappelant ce qu'on disait de moi. Et il advint ainsi que je m'éloignai du champ du Thing et que je vis une très jeune fille au flanc de la colline, tout près d'ici, là où coule le torrent de Gardar avant de se diviser et d'arroser le pré clos.

— Cette jeune fille, c'était ma mère ?

— C'était elle en effet et elle venait de fêter son quatorzième anniversaire. Et il se trouve que, comme je la regardais, elle tourna la tête et me regarda, et malgré la distance je vis qu'elle avait les yeux bleus. Et je gravis la colline à sa rencontre, sans un instant quitter ses yeux du regard. Elle ne ressemblait à aucune fille que je connaissais, car ma sœur était grande et très renfermée, et sa chevelure était toujours tressée à la perfection, comme si sa tête était sculptée dans la pierre, mais Birgitta était frêle et passablement ébouriffée. Pourtant, elle regardait toute chose comme si son âme s'élançait pour l'embrasser. Aussi allai-je m'asseoir auprès d'elle sur le coteau, et nous bavardâmes comme des amis, et je me dis que cette jeune fille, et elle seulement, aurait la force de me sauver et de faire de moi un homme.

« Le lendemain était le dernier jour du Thing, et toute la matinée les hommes abattirent leurs tentes, chargèrent leurs bateaux et s'en furent, et je savais que je devrais aller voir Lavrans, mais je n'avais pas d'ami pour m'accompagner, et j'avais peur. Je savais aussi que Lavrans habitait loin, à l'embouchure du Hvalseyfjord, et que les gens de ce district étaient habituellement parmi les premiers à partir. Mais j'errais inquiet sans oser l'approcher, et bientôt tout le monde fut parti et le moment était venu pour moi aussi de partir, car j'étais venu en bateau avec un homme de Vatna Hverfi qui était impatient de rentrer. Finalement, je vis que la baraque de Lavrans était encore dressée, mais que ses serviteurs commençaient à la démonter, aussi, pris de panique, me précipitai-je à l'endroit où il rassemblait ses affaires et je lui dis que Birgitta Lavransdottir était ma seule amie au monde et que je souhaitais la prendre pour femme. Un autre homme, comme Asgeir ou moi-même tel que je suis aujourd'hui, père de cinq belles filles, m'aurait peut-être assommé pour un tel discours, mais Lavrans n'a jamais agi comme les autres. Il se borna à me sourire et à me regarder, à la manière de sa fille et en même temps différemment, et peut-être moins profondément puisque Birgitta a le don de double vue et non Lavrans. Et il me dit que ce n'était pas ce qu'il avait espéré à la naissance de l'enfant, car alors le roi Hakon était sans épouse et libre, mais maintenant, hélas, le roi Hakon avait pris la reine Margarethe pour femme, aussi Birgitta Lavransdottir devait-elle chercher ailleurs, et en bref il me la donna et elle répondit à mes vœux, bien qu'elle ne fût qu'une enfant et moi à peine davantage, malgré mes cinq hivers de plus.

Alors Kollgrim bâilla et déclara que c'était une belle histoire mais pas aussi belle que celle de l'ours blanc de Sandnes, qui parlait aux gens d'une grande ferme des Etablissements de l'Ouest quand ils s'endormaient ou se réveillaient, pour leur rapporter ce que les animaux disaient d'eux. Kollgrim se rendormit et Gunnar le glissa entre les peaux de renne. Puis il plaça deux ou trois peaux à l'écart du garçon et s'étendit. Les pièces de Gardar étaient si bien tapissées de tourbe que la petite lampe et leur respiration suffirent à leur tenir chaud toute la nuit.

Gardar débordait d'activité, entre les affaires d'animaux, de fermes, d'église et le reste. Le rêve de Sira Jon semblait habiter tout le monde d'une hâte nouvelle et les gens couraient çà et là, pour ranger, nettoyer, astiquer et mettre en ordre, comme si le bateau du nouvel évêque avait déjà été aperçu dans le fjord. Pourtant, la terre de Lavrans manquait fort à Gunnar, de sorte que toute conversation lui semblait ennuyeuse, et toutes les nouvelles qu'il recueillait banales et douteuses. Kollgrim se montrait particulièrement insupportable, parce qu'il refusait de rester avec les autres enfants et passait son temps à jouer avec le bétail ou à se tremper dans l'eau en dessous du débarcadère. Le jour traînait en longueur et Gunnar s'attarda longtemps au bord de l'eau à admirer le bateau d'Einar. Même au milieu des navires plus grands de Bjorn, celui-ci attirait l'œil par ses lignes élancées.

Pour Sira Pall Hallvardsson, la journée sembla s'écouler avec une rapidité désagréable, car il avait beaucoup d'affaires à régler, non seulement avec Sira Jon, mais aussi avec Sira Audun et les autres garçons, ainsi qu'avec les gens d'autres districts en visite pour diverses raisons.

En fait, et pour la première fois, Sira Pall Hallvardsson ne pouvait s'empêcher d'éprouver une sorte d'horreur à l'idée de retrouver le Hvalseyfjord et sa solitude. A son arrivée en Terre Verte, il allait de district en district, remplaçant les prêtres absents et visitant nombre de fermes, mais c'étaient maintenant Sira Audun et un coadjuteur qui s'en chargeaient, et ils s'en plaignaient amèrement. Il était dur de trouver des bateaux, dur de convaincre les gens de prêter des rameurs, et encore plus dur de fréquenter les églises, car la plupart tombaient en ruine, surtout dans le sud de la colonie, de sorte que Sira Audun avait écrit la strophe suivante :

Hommes qui viennent découper la tourbe avec le
[prêtre
Hommes qui viennent porter les pierres avec le
[prêtre
Femmes qui viennent balayer le sable de l'église
Femmes qui remplacent par des neuves les lampes
[brisées
Tous ceux-là sont aussi bénis que les dévôts ;
Notre-Seigneur entend leurs prières muettes fort et
[haut.

Mais Sira Pall Hallvardsson croyait que le jeune prêtre désirait surtout retrouver l'aménité de Gardar, et de fait, étant lui-même groenlandais, Sira Audun n'était certainement pas accueilli avec la curiosité qui lui ouvrait naguère les portes. Le père de Sira Audun était bien connu dans le Sud pour sa parcimonie, et peut-être Sira Audun était-il un peu comme son père, ou passait pour tel, ce qui revenait au même. Il écrivait pourtant des hymnes et des strophes agréables.

Alors, la nuit précédente, Sira Audun s'était assis sur le haut tabouret de sa chambre, où il avait reçu Sira Pall Hallvardsson pendant quelques minutes, et avait dit :

— En vérité, mon frère, je n'aime guère m'éloigner d'ici, et je pars toujours avec appréhension pour revenir tout expectant. Je commence à chercher les bâtiments des yeux dès qu'on peut les deviner, ou d'éventuels messagers envoyés à ma rencontre.

— Que crains-tu donc ? demanda Sira Pall.

— Non qu'il veuille faire du tort aux autres.

Sira Pall n'eut pas besoin de demander qui ne voulait pas faire du tort aux autres. Il répondit :

— Il est très occupé et tient toutes les affaires de l'évêché entre ses mains.

— Pourtant...

— Alors que crains-tu ?

Mais Sira Audun ne répondit pas. Sira Pall sortit calmement de sa chambre, comme s'il écartait ce genre de souci de son esprit, mais lorsqu'il fut reçu par Sira Jon, il ne put s'empêcher de l'examiner attentivement.

De l'état de l'église et de la ferme du Hvalseyfjord, de la condition des pauvres gens sous la protection de l'Eglise, et des contributions qu'il avait reçues cette année de ses paroissiens, il parla longuement. Il eut soin d'évaluer les réparations de l'enclos à moutons de Sainte-Birgitta, ainsi que les services du jeune bélier de la terre de Lavrans, un animal du propre élevage de Birgitta Lavransdottir qui produisait d'admirables agneaux même si la brebis n'était pas très grosse ou très laineuse. Sira Jon ne tarda pas à s'exaspérer de ces détails et déclara :

— Est-ce avec de pareilles bagatelles que vous croyez que l'Eglise va obtenir son dû ?

Mais Sira Pall ne se laissa pas démonter et répondit simplement « oui » d'un ton doux et apaisant. Outre tout ce qu'il avait déjà énuméré, poursuivit Sira Pall Hallvardsson, l'église Sainte-Birgitta disposait encore de grandes quantités de viande et d'huile de baleine qui restaient de l'hiver dernier, et il serait facile de transporter ces denrées à Gardar.

— Cette huile brûle avec une puanteur qui nous répugne, pire encore que l'huile de phoque. Et la viande n'est bonne que pour les chiens au bout d'un jour ou deux, même si on la fait sécher.

Son rapport terminé, Sira Pall Hallvardsson s'agenouilla devant l'autre prêtre, en songeant que celui-ci ne s'habituerait jamais à vivre avec les Groenlandais, puis il se confessa, et parmi les péchés qu'il confessa il mentionna la jalousie qu'il éprouvait pour Einar, le fils adoptif de Bjorn Jorsalfari, car, même au cours d'un voyage tel que celui-ci, Einar passait ses journées au milieu d'écrits, de livres et de manuscrits comme Pall Hallvardsson n'en avait pas vu depuis son enfance à Gand, et il parlait d'auteurs, et il récitait des fragments de poèmes en langue latine, norraine et allemande qui remplissaient de nostalgie le cœur de Pall Hallvardsson. Par surcroît, Einar était maintenant fiancé à Gunnhild Gunnarsdottir, une enfant que Pall Hallvardsson connaissait depuis toujours et aimait tendrement, car elle était belle, amène et semblable à sa mère par le calme de son tempérament. Et de penser ainsi aux livres et à la jeune fille, sans parler des voyages, lui tourmentait l'esprit, bien qu'il aimât beaucoup Einar.

Cette confession sembla interloquer Sira Jon un instant, car il resta muet, et son silence incita Sira Pall Hallvardsson à poursuivre, à expliquer de plus en plus complètement ce qu'il enviait chez l'Islandais. Alors Sira Jon l'interrompit d'une brève formule d'absolution et s'enfuit soudain en courant. Puis, quelques instants plus tard, Pall Hallvardsson l'entendit parler à une des servantes. Il présida le repas du soir avec son aplomb habituel, non sans, comme toujours, lancer de fréquents coups d'œil à Bjorn, qui mangeait à côté de lui. Lorsque Pall Hallvardsson sortit de la grand-salle, Einar se trouvait dans la cour, et le prêtre se dirigea vers lui, car, en vérité, il ne pouvait pas le quitter. Quand l'envie, dit-on, n'engendre pas la haine, elle engendre l'amour, et c'est ce qui était arrivé à Sira Pall Hallvardsson.

Il y avait des gens qui n'aimaient guère Einar, car il était toujours prêt à contester ce qu'on disait et à prendre une plus grande part à la conversation que d'aucuns ne le jugeaient convenable. En outre, il ne pouvait s'empêcher de corriger les gens. Si un homme déclarait qu'un été frais mais humide était meilleur pour le foin qu'un été ensoleillé mais sec, Einar ne manquait pas d'affirmer le contraire. Alors certains rappelaient la famine, huit ans auparavant, quand pas une goutte de pluie ne tomba jusqu'à ce que la récolte de foin fût entièrement brûlée, mais Einar répliquait par des histoires d'herbe pourrissant dans les champs et d'animaux dont les sabots se ramollissaient et se délitaient, et ses histoires avaient tant de poids que les conversations cessaient autour de lui.

Ou alors une discussion s'engageait sur l'efficacité de certaines reliques. L'os du doigt de saint Olaf à Gardar avait guéri un fou, rappelait-on, et Einar de riposter que les reliques de saint Olaf étaient bien connues pour guérir les écrouelles et autres maladies de peau, mais non la folie. Et si quelqu'un affirmait que son père ou son grand-père avait assisté à la guérison, ou était de la famille du miraculé, Einar répondait que dans ce cas ce n'était certainement pas le doigt de saint Olaf mais de quelque autre saint, peut-être saint Hallvard, voire un saint d'Allemagne ou de France, comme sainte Clotilde ou saint Otto, et les gens ne savaient comment lui répondre, car ils n'avaient jamais entendu parler de ces saints et hésitaient à le reconnaître. Il est vrai que les histoires d'Einar avaient cet effet sur les gens que, lorsqu'il avait fini de parler, ils avaient peine à admettre qu'ils en savaient bien peu auprès de lui. Il lui arrivait souvent aussi de corriger son père adoptif lorsque Bjorn racontait des histoires ou conversait, mais Bjorn ne s'en formalisait point et même remerciait son cadet de se souvenir de choses qu'il avait lui même oubliées.

Cependant, comme Bjorn, Einar était un homme généreux et attentif, aussi prodigue d'histoires et de breloques des pays lointains que de conseils. Surtout, il était de ce tempérament sanguin qui n'accepte pas de reconnaître les offenses, aussi n'éprouvait-il aucune animosité pour les autres et personne ne lui en témoignait. Lorsque les gens apprirent ses fiançailles avec Gunnhild Gunnarsdottir, ils hochèrent gravement la tête et déclarèrent entre eux que la lignée de la terre de Gunnar apporterait certainement un peu de la beauté qui manquait si cruellement aux Islandais. Mais c'était d'abord une alliance heureuse pour Gunnar, qui, après tout, n'était pas un homme très favorisé par la chance.

Alors Einar commença à parler à Sira Pall Hallvardsson du bétail qui se trouvait sous leurs yeux dans l'enclos de Gardar. Il y avait là une quarantaine de bêtes, y compris les veaux du printemps, qu'on sevrait à peine, et Einar ne se montra guère admiratif ; il avait vu mieux au Danemark, en Allemagne et même en Islande. Et de raconter une histoire sur l'Islande : un homme qu'il connaissait avait profané une petite chapelle en s'en servant de bergerie pour l'agnelage au début du printemps. Et cet homme vivait près d'un volcan. Or, un jour, des vapeurs s'élevèrent du volcan, formant un nuage gris qui retomba sur les pâturages du fermier, et par la suite son bétail et ses moutons grandirent très vite mais d'une manière difforme et monstrueuse : les dents leur sortaient de la bouche en sorte qu'ils ne pouvaient manger, leurs sabots s'allongeaient et se retournaient sur le pied et une ou deux pattes poussaient plus vite que les autres, de sorte que les animaux ne pouvaient se tenir debout ou marcher et souffraient beaucoup. Aussi le fermier dut-il abattre ceux qui n'étaient pas déjà morts et il se retrouva réduit à la mendicité et contraint de se louer comme domestique sur les fermes des autres.

Sira Pall Hallvardsson ne connaissait pas d'histoire aussi étonnante et se contenta de dire que, lorsqu'il était arrivé en Terre Verte, il y avait presque une centaine de bovins dans le pré, tous gras et luisants, avec ces mêmes jolies taches blanches. Et les moutons de Gardar se comptaient par centaines, et de toutes les couleurs possibles, outre des chèvres en abondance, dix chevaux, une demi-douzaine de porcs, et force chiens, tant limiers pour courre le renne qu'une race plus petite, noir et blanc, dont les pâtres se servaient parfois pour les aider dans leurs tâches, mais on n'en trouvait plus guère à Gardar ou à Brattahlid, bien qu'ils fussent plus nombreux dans le sud de Vatna Hverfi.

Einar déclara que ces limiers pour chasser le renne étaient de belles bêtes mais pas aussi belles que ceux qu'on voyait chez les Irlandais, chiens dont l'échine arrivait à la ceinture d'un homme et qu'on lançait contre des loups aussi grands qu'eux. Et il se mit à parler de l'Irlande, où tout est plus outré que partout ailleurs :

l'herbe plus verte, les loups, les chiens et les chevaux plus grands, les ermites plus austères, les gens plus violents, les femmes plus belles, les riches plus riches et les pauvres plus pauvres. Et il continua de la sorte, tant et si bien que Pall Hallvardsson avait l'impression de baigner dans une mer de mots. Puis la grande cloche de Gardar sonna les vêpres et Einar et Pall Hallvardsson se dirigèrent lentement vers la cathédrale, en devisant toujours des Irlandais.

Le matin, alors qu'ils ramaient sur l'Einarsfjord, si calme et bleu que les icebergs se dressaient dans l'eau comme des rochers, Pall Hallvardsson dit à Gunnar qu'avec Margret et sa servante Asta on voyait maintenant un petit garçon de trois ou quatre hivers, et les gens racontaient qu'il avait les cheveux noirs et les joues plates, comme s'il était de sang skraeling, et Gunnar ne répondit rien à cela, car il avait résolu de ne jamais parler de Margret et de faire toujours comme s'il n'en avait rien entendu dire. Lorsque, le lendemain soir, ils atteignirent l'embarcadère de la terre de Lavrans, il fut très heureux de retrouver sa femme et ses filles, bien que pas autant qu'il l'espérait. Et ce soir-là, en racontant les nouvelles, la terre de Lavrans lui sembla bien calme et petite, et il ne put s'empêcher de regretter l'animation et la richesse de Gardar.

Un enfant vivait en effet à la ferme de Steinstraum avec Margret et Asta, et il s'appelait Sigurd. C'était le fils d'Asta Thorbergsdottir. Le père de l'enfant était le jeune Skraeling qui l'avait naguère demandée en mariage. Il avait deux femmes de sa race et passait le plus clair de son temps dans l'Est ou dans le Nord, loin de Steinstraum en tout cas, mais il rendait visite à Asta deux fois l'an, une fois à l'époque de Noël, à Brattahlid, et il lui apportait de riches présents sous forme de viande de phoque, de fourrures et de défenses de morse, et une autre fois l'été, pour apporter des vêtements d'enfant confectionnés par ses deux épouses, ainsi que d'autres provisions, fruits de sa chasse de l'été. Il ne parlait pas norrain et venait toujours seul. Asta ignorait tout de la langue skraeling. Mais elle se parait soigneusement pour ces visites, préparait de riches mets et guettait impatiemment son canot de peau. Bien qu'il s'appelât Quimiak, elle l'appelait Koll.

Tant Margret qu'Asta affectionnaient grandement Sigurd. Il n'avait pas de tâche régulière et les deux femmes l'emmenaient partout avec elles, il ne mangeait que ce qu'il voulait et avait le droit de parler même si quelqu'un parlait déjà, et les deux femmes se taisaient pour entendre ce qu'il avait à dire, bien qu'il fût généralement laconique à la manière des enfants skraelings. Il n'était pas beau, mais grand et fort comme Asta, et il ressemblait beaucoup à sa mère, hormis ses cheveux noirs et raides. Il avait grande opinion de lui-même, disaient les gens de Brattahlid.

Quant aux autres nouvelles de la terre de Steinstraum, il faut savoir qu'Asta et Margret en avaient fait une ferme simple mais confortable, et en vivant avec une grande austérité, elles parvenaient à y demeurer chaque année de la débâcle de l'Eriksfjord presque jusqu'à Noël. Margret avait acquis dix brebis en propre et avec leur lait elle faisait une excellente quantité de fromage, car les pâturages au-dessus de leur petite ferme étaient riches et peu fréquentés. Tous les domaines de ce côté-là de l'Eriksfjord étaient abandonnés et elle pouvait les paître sur une grande distance le long du fjord et dans les montagnes jusqu'au pied du glacier. A Noël, Margret les emmenait avec elle à Brattahlid pour les accoupler au bélier d'Osmund. L'été, elle filait force laine dont elle tissait du vadmal l'hiver, tant pour les gens de Brattahlid que pour en habiller Asta, Sigurd et elle-même. Elle était vive sur le métier et montrait volontiers aux servantes de Brattahlid ce qu'elle se rappelait des motifs que Kristin, la femme de Thord du Siglufjord, lui avait enseignés autrefois. Ses cheveux étaient entièrement blancs et son corps aussi maigre et dur qu'un os de baleine. Elle avait une quarantaine d'hivers et ne souffrait pourtant pas encore du mal des jointures. Elle ne se plaignait plus de ses rêves. Elle n'avait plus recours à Sira Isleif et cela faisait trois étés qu'elle ne s'était confessée ni n'avait reçu la communion. Sira Isleif redoutait de la tancer à ce propos, car c'était un homme timide, surtout depuis la mort de Marta Thordardottir, deux hivers auparavant.

Plusieurs choses avaient changé à la ferme de Steinstraum, et l'un de ces changements survint ainsi : un jour que Sigurd prenait son repas, il renversa sa coupe de lait de brebis qui se répandit sur la mousse tapissant le sol de la maison. Il se mit immédiatement à pleurer, parce qu'il aimait beaucoup ce breuvage et était furieux d'en être privé. Or il se trouva qu'Asta, sans parler ni réfléchir, prit l'autre coupe de lait de brebis sur la table et la plaça devant Sigurd, qui l'avala d'un trait. C'était la coupe de Margret, et Asta s'en rendit compte aussitôt et fut prise de honte, et pendant quelques instants Margret et Asta se regardèrent sans un mot. Puis Margret sourit, car cela l'avait amusée, et dit :

— Bien que tu sois ma servante, Asta, il me semble que tu as tellement grandi que tu remplis le moindre recoin de cet endroit, et tout ceci afflue vers Sigurd. Nous passons nos journées à pourvoir à ses plaisirs comme les domestiques d'un maître irritable. Tu grandis et t'épanouis aussi somptueusement qu'une touffe d'angélique au bord d'un clair torrent, et il me semble que je ne cesse de me racornir, tant et si bien qu'à ma mort je me réduirai à un petit galet, et cette pensée ne m'effraie pas mais me plaît.

Et Asta, parce qu'elle avait son enfant auprès d'elle et sentait la chaleur de son corps contre le sien, fut quelque peu offensée de cette remarque et ne répondit point. Lorsque Sigurd se leva d'un bond pour sortir de la maison, elle se leva à son tour et alla remplir pour Margret une autre coupe de lait de brebis tiré du matin. Margret la but, et tout le reste de la soirée, Asta ne quitta pas Margret d'un pas et l'aida dans toutes les tâches qu'elle avait coutume d'accomplir seule, faisant taire Sigurd et l'écartant du chemin lorsqu'il semblait gêner Margret. Mais le lendemain matin au réveil, l'incident avait été oublié et Asta se reprit à donner à Sigurd la priorité en toutes choses. Margret emporta un peu de fromage et suivit les moutons pendant toute la journée, en mangeant des airelles dans les collines, et c'était pour elle un grand bonheur.

A la ferme, Asta commençait à attendre la visite de Koll, car c'était à ce moment-là de l'été et par ce temps-là, vif et radieux, qu'il venait souvent la voir. Cette attente ne lui était guère agréable, car son impatience se mêlait de crainte, en sorte qu'alternativement elle redoutait et espérait impatiemment leurs soudaines retrouvailles. D'un côté, elle s'était habituée au visage de Koll et l'aimait presque, de sorte qu'il lui semblait aussi ordinaire que les traits de n'importe quel Scandinave de sa connaissance. D'un autre côté, elle ne s'était pas accoutumée à l'odeur qui montait de ses vêtements, de ses mains et de ses cheveux, et qui l'envahissait comme un miasme, aussi putride à chaque fois. Par bonheur, cependant, cette odeur semblait se dissiper après qu'il était resté quelque temps auprès d'elle. Koll paraissait aussi partager son amour pour Sigurd, qu'il appelait d'un nom skraeling. Il apportait toujours au garçon des présents exquis, plus beaux même que ceux qu'il avait offerts à Asta pour la conquérir. Le garçon dormait entre deux peaux d'ours, blanches comme neige, et lorsqu'il était petit, il était emmailloté dans une couverture faite de fourrures de renards bleu et blanc. Il y avait aussi des ivoires sculptés et deux lampes à la mode skraeling, ainsi que des armes et des outils divers qu'Asta ne prisait guère mais gardait pour son fils.

Ce qui tempérait son attente, c'était qu'Asta redoutait fort les autres attentions de Koll lorsqu'il la voyait, car il venait pour le déduit, la chose était claire, et cette occupation paraissait étrange et fort malséante en vérité. Elle savait depuis sa première réapparition, un an environ après la proposition de mariage, que courir ou crier ne faisait que l'enflammer davantage et redoublait sa vigueur. Et la pénétration elle-même, lorsqu'il lui clouait les bras et se frottait contre elle, la faisait hoqueter et étouffer. C'était une chose qu'il aimait faire à maintes reprises pendant chaque visite, et chaque fois qu'il s'y livrait, Asta songeait à Sira Isleif et regrettait son péché, car c'était un péché en vérité, mais chaque fois que c'était fini, cela lui semblait bien peu de chose en regard de tant de bienfaits : Sigurd et les présents et même la tendresse de Koll, qui lui donnait de grandes claques sur les flancs et riait de sa chair et en jasait dans la langue skraeling comme si c'était pour lui quelque chose d'une grande beauté et qui comblât sa fierté.

Alors elle installa Sigurd devant la maison avec une cuvette d'eau et d'autres vaisseaux, tant intacts qu'ébréchés, et le garçon se mit à verser l'eau d'un vase à l'autre. Puis Asta sortit toutes les peaux des deux lits et les étendit sur le coteau au soleil. Elle ramassa ensuite quelques branches de bouleau qu'elle lia avec une lanière de saule, et entreprit de battre les peaux pour en chasser les puces et les poux, ainsi que la saleté et la poussière. Après quoi, à l'aide d'un peigne, elle ôta ce qui restait de vermine dans les peaux d'ours de Sigurd, et c'était une chose qu'elle faisait quatre ou cinq fois par été, plus souvent que la plupart des gens, car elle était très pointilleuse sur ce chapitre.

Tandis qu'elle effectuait cette tâche, Sigurd interrompit son jeu pour venir se vautrer sur les fourrures en riant joyeusement, car elles étaient douces et propres et agréables au toucher, et bien qu'il gâchât son travail, Asta se mit à rire, à lui ébouriffer les cheveux et à le contempler affectueusement, tant elle était incapable de se mettre en colère contre son fils. Ainsi encouragé par son admiration, le garçon de sauter et courir en tous sens sur le replat devant la maison, de toute la vitesse dont il était capable. Puis il ramassa des cailloux qu'il jeta vers le fjord, en bas de la pente, car il s'était fixé pour but d'atteindre l'eau depuis la terrasse, bien qu'elle se trouvât à une cinquantaine de pas de distance. Il lançait ces pierres avec une grande application, l'une après l'autre. Asta acheva de peigner les peaux et les rentra dans la maison.

A l'ombre du mur se trouvait un cuveau de lait de brebis, trait du matin, et un seau de la veille au soir. Asta s'en approcha, regarda le lait, puis elle ramassa quelques bouts de bois flotté et un petit tas de crottes de mouton pour faire un feu. Elle y posa un pot de stéatite, qu'elle remplit du lait de la veille, et lorsqu'il lui fut presque impossible d'y plonger le doigt, elle le versa sur le lait du matin. Ensuite, elle alla chercher à l'intérieur une jarre de babeurre, qui restait du barattage de la veille, et le versa dans le lait. Puis elle emmena Sigurd pour qu'il ne risquât pas de heurter le cuveau de lait ou de gêner l'opération d'aucune manière. Elle s'assit avec lui en contrebas de la maison, les yeux tournés vers Brattahlid, et ils jouèrent au jeu des quatre mains : elle posa une de ses mains sur sa jambe, qu'il recouvrit d'une des siennes, et elle plaça dessus sa seconde main et lui la sienne à son tour. Puis elle retira sa main de dessous pour la mettre par-dessus, et il fit de même, et ainsi de suite, l'un après l'autre, de plus en plus vite. C'était le seul jeu auquel elle se rappelait avoir joué enfant, et Sigurd y prenait grand plaisir et s'y montrait fort vif sans s'empêtrer. Ensuite Asta se leva pour surveiller le lait et elle plongea le doigt dans le mélange, faisant un trou qui se remplit de petit-lait : le moment était venu de découper le caillé. Elle se munit d'une longue lame tranchante, taillée dans une omoplate de renne, et coupa le caillé en quatre, sans hésiter à donner à Sigurd les morceaux qu'il demandait, car il était particulièrement friand de caillé frais. Et ainsi poursuivit-elle la fabrication du fromage jusqu'à la fin de la journée. Elle mit alors le fromage à égoutter au-dessus du cuveau, enveloppé dans un lé de vadmal propre et suspendu à une poutre du toit par un crochet fait d'un andouiller de renne. Et ce jour-là, Koll ne se montra point.

Quand Margret ramena les moutons et les enferma dans l'enclos, Sigurd courut joyeusement à sa rencontre pour lui donner quelques cailloux aux formes singulières. En échange, elle lui tendit une vieille corne de bélier qu'elle avait trouvée près de la ferme abandonnée en amont du fjord. En entrant dans la maison, elle vit que Koll n'était pas encore arrivé, et elle ne laissa pas de s'en réjouir, car, se disait-elle, son devoir de maîtresse était de mettre fin à ces visites, et pourtant elle ne parvenait pas à s'y résoudre et trouvait toutes sortes d'excuses, si bien qu'il revenait ainsi chaque année, enfonçant maîtresse et servante toujours plus profondément dans le péché.

Après que Sigurd se fut retiré dans le lit clos, les deux femmes s'assirent sur le seuil pour filer à la lumière du soleil couchant, et bien qu'elles fissent cela presque tous les soirs de l'année, même à Brattahlid, ces derniers temps, il y avait quelque chose de changé dans leur routine, et c'était l'attente. Et ce travail si familier en paraissait étrangement pénible et difficile. Adonc Margret comprit que, lorsque les gens désirent quelque chose qu'ils savent interdit, il leur faut l'attendre, et ainsi, quand leur désir est enfin sur le point de s'accomplir, tout ténébreux, plein de péché et répugnant soit-il, ils sont heureux de s'y abandonner.

Il se trouve que Bjorn Einarsson Jorsalfari s'attarda d'année en année parmi les Groenlandais, et il accomplissait sa tâche de percepteur royal des impôts exactement selon leurs vœux, car non content de leur réclamer peu de chose, il leur donnait en échange des marchandises qu'ils désiraient. Il trafiquait de temps à autre avec les Skraelings, et profitablement. Outre cela, il veilla au châtiment de deux hommes qui en avaient tué un troisième, dans le sud de Vatna Hverfi, et punit également un homme qui avait tué sa femme dans un moment de colère. Celui-ci habitait derrière Brattahlid, là où la rivière se jette dans l'Isafjord. Des garçons qui avaient démoli le bateau d'un voisin durent le remettre en état sur les ordres de Bjorn, et il régla aussi dans le Sud, à Herjolfsnes, une querelle à propos d'une baleine échouée (car Herjolfsnes se trouve aux confins du Herjolfsfjord et les gens de cet endroit ont souvent de semblables disputes). A Arosvik, il mit fin à un conflit entre les fermiers et l'Eglise, à propos des offices à célébrer dans le sanctuaire de l'endroit, parce que l'église était en très mauvais état et que Sira Audun refusait d'y dire la messe, exigeant même que les gens d'Arosvik, qui étaient une quarantaine, fissent le voyage de Petursvik. Bjorn Einarsson réprimanda les gens d'Arosvik aussi bien que Sira Audun et fit la paix entre eux, et il résolut d'autres affaires encore de manière aussi judicieuse qu'on pouvait l'espérer. Lorsqu'il ne cingla pas à la fin du deuxième été, les gens cessèrent de se demander quand il quitterait la Terre Verte. Il était fort aimé de tous.

Il advint que le troisième hiver de Bjorn en Terre Verte, pendant le Carême, il y eut une famine comme douze hivers auparavant, sinon qu'elle frappa différemment : cette fois, les gens de Vatna Hverfi et du Sud en souffrirent durement alors que les gens de Brattahlid, de Gardar et du Hvalseyfjord, où l'été avait été plus sec et ensoleillé, n'étaient pas autant touchés. Et la première personne à mourir de cette famine fut Erlend Ketilsson. Voici comment cela arriva : Erlend et Vigdis vivaient toujours séparés, l'un sur la terre de Ketil et l'autre sur la terre de Gunnar, et certains des serviteurs habitaient avec l'un et certains avec l'autre. Il est vrai que les domestiques d'Erlend avaient l'habitude de l'abandonner pour rejoindre la terre de Gunnar, car les choses y étaient mieux ordonnées et Vigdis, malgré toute sa lésine, traitait tout le monde avec justice. Les serviteurs des deux domaines se rencontraient souvent, et lorsque ceux qui étaient restés avec Erlend bavardaient avec ceux qui avaient suivi Vigdis, ils se laissaient souvent convaincre de changer d'emploi, à la grande satisfaction de Vigdis qui offrait aux transfuges force nourriture et des tâches agréables en récompense. Entre-temps, elle dénigrait de son mieux la servante Ulfhild, qui venait d'avoir une fille d'Erlend.

Or cette Ulfhild-là n'avait que quelque dix-huit hivers et était elle-même la fille d'une servante. On voyait aisément qu'elle était entièrement débordée par tous les divers travaux de la terre de Ketil. Elle ne comprenait pas comment les magasins, jadis pleins, étaient maintenant vides et pourquoi les domestiques qui s'asseyaient nombreux sur les bancs avec leur tranchoir avaient disparu. Quant à Erlend, les gens disaient qu'il assaillait la fille sans trêve ni repos, même pendant la période coupable où elle était grosse de son enfant. Ses gambades faisaient rire tout le pays et les gens de rappeler avec quelle promptitude Vigdis avait engendré une fille et quatre fils, bien que seul l'un d'eux fût encore vivant.

Sur la terre de Gunnar, quoique l'été fût frais et humide, les domestiques de Vigdis s'affairaient dès l'aube, fumant les champs et partant ramasser des algues dans le fjord ou de l'angélique et des airelles dans les collines. Sur la terre de Ketil, rien de tel, et les serviteurs qui restaient se mettaient tard à l'ouvrage et sans grand enthousiasme, car ils voyaient la paresse du maître et l'imitaient.

En bref, les moutons de la terre de Ketil s'égarèrent, les fromages ne se firent pas, les vaches moururent pendant le vêlage parce qu'il n'y avait personne pour les aider. Nul ne piégea les oiseaux dans la montagne, nul ne ramassa les simples et les airelles, et Ulfhild distribua les provisions des greniers au milieu de l'été. Pourtant, tout le monde fut très surpris dans le district lorsque Erlend n'envoya pas de messagers porter les invitations pour le banquet traditionnel de la terre de Ketil, et la surprise redoubla devant le peu de gens de la terre de Ketil qui se présentèrent à l'église d'Undir Hofdi pour les offices de Noël de Sira Audun. Il était vrai aussi qu'Erlend chassait parfois maintenant les gens de passage sur son domaine, aussi personne n'avait-il envie de s'y risquer. On disait que nulle abondance de jeunes femmes ne pourrait adoucir l'humeur d'Erlend, amère jadis, amère aujourd'hui et pour toujours. Les jours s'écoulèrent de la sorte et Noël passa, jusqu'à ce que Vigdis finît par céder et envoyer un de ses serviteurs à la terre de Ketil avec un message, et cet homme partit à skis et trouva la porte de la ferme bloquée par la neige ; et lorsqu'il parvint à l'ouvrir, seuls les chiens étaient encore vivants et cela parce qu'ils avaient rongé les os des gens de la maisonnée, qui n'étaient plus que cinq : Erlend, Ulfhild, deux vieux domestiques et le nourrisson. Et l'on raconta avidement cette histoire pendant quelques semaines à Vatna Hverfi, jusqu'à ce qu'il devînt clair pendant le Carême que ce pourrait bien n'être pas la dernière malaventure de ce genre cet hiver-là.

Cette disgrâce fut suivie d'une autre, celle-là dans le Hrafnsfjord et le Siglufjord, où se trouvaient le cloître des religieuses et le monastère. Il arriva en effet que le redoux de janvier fut suivi de pluies diluviennes qui s'abattirent sur les moutons sortis paître, les aveuglant et les étouffant, de telle sorte qu'ils s'affolèrent et furent nombreux à tomber des falaises dans les fjords ou à se briser le cou dans les failles. Lorsque la tempête cessa et que les gens retrouvèrent leurs bêtes perdues, les carcasses avaient pourri à cause du temps chaud. Aussi Thord Magnusson du Siglufjord et quatre autres fermiers et leurs hommes partirent-ils à cheval vers Vatna Hverfi, au nord, malgré la boue épaisse, et ils demandèrent de la nourriture aux gens de Vatna Hverfi, qui n'en avaient guère de trop. Après quoi Thord, ses amis et deux hommes de Vatna Hverfi se rendirent à Gardar en patins, bien que beaucoup craignissent que la glace de l'Einarsfjord ne fût mince et dangereuse après le redoux. Mais Thord ne voulut rien savoir et il arriva de fait sain et sauf à Gardar. A l'évêché, tout était largement comme à l'ordinaire et les gens se levaient de table repus avant même qu'on ait desservi les plats. Alors Sira Jon dépêcha un messager à Bjorn Einarsson, sur la terre de Thjodhilds, et trois jours plus tard apparurent douze fermiers de l'Eriksfjord accompagnés de vingt serviteurs qui tiraient des traîneaux sur la glace, et ces traîneaux étaient chargés de viande séchée, de fromage et de beurre aigre. Sira Jon y ajouta ce qu'il put, et ce n'était pas peu de chose, et ainsi les Groenlandais du Sud furent-ils sauvés, et seuls périrent dans cette famine les gens de la terre de Ketil et trois autres personnes qui vivaient dans des maisons isolées, dont un proscrit.

Vint le printemps, et la glace se rompit dans les fjords et fut chassée vers le large par les vents des montagnes. Les fermes du Sud avaient perdu force moutons, chèvres et surtout bovins, et il advint que certaines furent abandonnées dans l'Alptafjord et au fond du Ketilsfjord, et les habitants de ces fermes transportèrent leurs biens à Herjolfsnes, à l'embouchure du fjord, où résidait une famille riche et puissante, de l'ancienne lignée de Herjolf et de Bjarni Herjolfsson, qui fut le premier homme à découvrir le Markland. Ces gens de Herjolfsnes, parce que leur demeure avait été construite près de l'océan, connaissaient de mauvaises années plus tempétueuses et de bonnes années plus prospères que la plupart des Groenlandais, et en outre c'était une famille de marins. Herjolfsnes était toujours le premier endroit que touchaient les navires arrivant en Terre Verte et le dernier que quittaient les bateaux sur le départ. Les gens de Herjolfsnes portaient les vêtements les plus extravagants et se vantaient de s'intéresser à ce qui se passait ailleurs dans le monde des hommes. Le chef de cette famille s'appelait Snaebjorn et il avait trois fils appelés Ari, Sigtrygg et Flosi. Tous étaient grands chasseurs de phoques et de baleines et les gens de Herjolfsnes étaient encore plus friands de viande de phoque et de baleine que ceux du Hvalseyfjord. Ils connaissaient un peu aussi l'usage des canots de peau des Skraelings, sans en avoir, naturellement, l'habileté, car ces embarcations sont l'apanage des démons et inaccessibles à l'intelligence des hommes. Néanmoins, entre les phoques et les baleines, les falaises aux oiseaux et les navires lointains, les gens de Herjolfsnes menaient une vie quelque peu singulière et l'on disait dans le reste du pays que la famine avait dû être sévère dans l'Alptafjord pour que ses habitants se réfugient à Herjolfsnes.

C'est après cette famine aussi que Bjorn Einarsson annonça son intention de demeurer toute l'année sur la terre de Thjodhilds, qui se trouvait au Kambsteadfjord, derrière le Hvalseyfjord, au lieu de résider tantôt sur un domaine tantôt sur l'autre, car il n'avait pas assez d'hommes pour tirer le meilleur parti des deux et préférait l'emplacement de la terre de Thjodhilds qui offrait à ses bateaux un accès facile à la mer, ainsi qu'à Gardar et à Brattahlid. Ainsi Gunnhild Gunnarsdottir serait-elle à une journée de marche de chez elle lorsqu'elle irait passer l'été chez Solveig. Elle avait maintenant quatorze hivers et il lui fallait en effet apprendre les usages de sa nouvelle famille, qui après tout n'était pas de la Terre Verte et pour cette raison agissait autrement que les Groenlandais.

Gunnhild dépassait maintenant sa mère d'une demi-tête et était entièrement femme, de sorte qu'elle semblait avoir trois ou quatre hivers de plus. Sa fierté et sa réserve la faisaient également paraître moins enfant, et elle savait à merveille filer, tisser et coudre, faire du beurre et du fromage et s'occuper des petits enfants, aussi, un jour qu'elle lui tendait Johanna après l'avoir allaitée, Birgitta lui sourit et lui dit qu'elle tenait le nourrisson avec autant de naturel que si c'était le sien.

— Peut-être pourrais-je alors rester à la maison un été de plus, dit Gunnhild, parce que Johanna est plus heureuse avec moi qu'avec Helga, et elle m'appelle en pleurant lorsque je la laisse.

Birgitta répondit avec un sourire :

— Johanna commence à marcher, et tout le monde sait que la première chose que fait un enfant en apprenant à marcher, c'est de s'éloigner de ceux qui s'occupent de lui. Aussi est-ce un bon moment pour que tu t'en ailles.

— Lavrans dit que tu n'as pas quitté la maison avant d'être mariée.

— Sans doute, mais j'étais déjà mariée à ton âge. D'ailleurs, les filles de la terre de Gunnar quittent toujours la maison avant le mariage, il leur est donc moins pénible d'abandonner leur famille lorsqu'elles s'en vont pour de bon. Pour toi, tu rechignes toujours à commencer quelque chose mais après tu y prends goût. Je me fais moins de souci pour toi que pour Helga, qui se lance sans réfléchir pour être ensuite envahie de regrets.

— Helga est incapable de convaincre Kollgrim ou Astrid de faire leur travail.

— Quand tu seras partie, elle apprendra.

Alors Johanna, qui était assise sur la hanche de Gunnhild, se pencha et cria pour descendre. Gunnhild la posa sur ses pieds et elle fit quelques pas vers le lit clos, puis commença à tourner autour en s'y cramponnant et en quêtant du regard les compliments de Birgitta et de sa sœur. Ainsi distraite de ses pensées, Gunnhild se mit à rire et Birgitta en profita pour s'esquiver, car en vérité leurs projets pour Gunnhild la mettaient mal à l'aise et elle ne savait trop comment s'expliquer avec elle. Depuis les fiançailles et l'installation de Bjorn sur la terre de

Thjodhilds, les deux familles avaient échangé quelques visites, avec banquets, veillées et autres distractions habituelles. Sans doute Birgitta et les siens faisaient de leur mieux pour se montrer heureux et accueillants en recevant les gens de la terre de Thjodhilds, et Bjorn et Solveig de même, et pourtant, lorsque Birgitta et Gunnar se rendaient chez les Islandais, ils étaient exaspérés par leur attitude guindée et par l'affectation de Solveig, et quand Bjorn et Solveig venaient en visite, Birgitta voyait bien qu'ils, et surtout Solveig, s'efforçaient d'ignorer ceci ou cela, par pure générosité. A chaque fois, les yeux de Solveig parcouraient la pièce avec une consternation voilée, puis tombaient sur Gunnhild, et Birgitta voyait bien que l'autre femme se disait qu'au moins la fille était jolie à regarder. Ce n'était pas le cas de Solveig, et Birgitta en était de plus en plus troublée, car, chaque fois qu'elle voyait l'Islandaise, elle ne remarquait que son menton tremblotant ou la manière singulière dont elle reniflait et cillait en parlant. Alors et après, elle priait de toutes ses forces de parvenir à oublier l'enveloppe charnelle de Solveig pour ne voir que son âme, car cette femme était aussi bonne que possible, mais la fois suivante Birgitta échouait derechef.

Einar aussi avait un défaut que, Birgitta le voyait bien, les autres ne remarquaient pas comme elle : il louchait à force de lire et d'écrire. Même Gunnhild ne s'en rendait pas vraiment compte, mais une jeune fille ne voit pas avec le discernement d'une épouse, Birgitta ne l'ignorait point. Lorsqu'elle-même s'était fiancée à Gunnar et l'avait épousé, elle avait été surtout sensible à ses vêtements, à ses présents et à ceux de Lavrans, à ses propres atours et au poids du mouton contre elle dans le bateau tandis qu'ils ramaient en direction de Vatna Hverfi. Sans parler de cette curieuse sensation de dormir dans un autre lit clos que le sien, et auprès de Margret au lieu de la laitière de la terre de Lavrans, avec qui elle avait dormi plusieurs années avant de s'installer sur la terre de Gunnar.

Et pendant quelque temps, elle avait été remplie de haine contre tous ces gens et leurs usages et n'espérait plus que les visites de son père, mais lorsque Lavrans était venu la voir pour la première fois, il lui avait signifié, avec dureté lui sembla-t-il, qu'il était nécessaire et convenable pour une femme de dormir avec son mari, et il s'était montré très honteux des dispositions adoptées à la terre de Gunnar. Et Birgitta avait appris que cette chose qu'ils avaient faite après le mariage, maladroite et douloureuse, ne se faisait pas qu'une seule fois mais souvent, sinon qu'elle devenait moins douloureuse et quelque peu moins maladroite. Au début, elle avait été soulagée du répit que lui donnait sa grossesse, puis indifférente, puis entre Maria et Johanna elle avait trouvé la chose agréable, bien que rare, Astrid et Maria dormant dans l'alcôve entre Gunnar et elle.

Mais nul n'ignorait qu'il fallait bien des années pour entrer dans une nouvelle famille et apprendre à tolérer le mari, ses usages et son autorité en toutes choses, et nul n'ignorait non plus qu'une jeune fille devait commencer tôt cet apprentissage, avant d'avoir formé ses propres habitudes. Ce n'était pas un secret pour Birgitta qu'on commérait beaucoup sur Margret Asgeirsdottir à Vatna Hverfi, et les gens disaient souvent que, lorsqu'elle s'était mariée sur le tard, elle était très habituée à son indépendance, aussi, lorsque Skuli Gudmundsson s'était présenté, en avait-elle agi à sa guise, et depuis la mort du Norvégien elle n'en faisait toujours qu'à sa tête, en dépit de sa faute. Si Birgitta ne participait pas à ces commérages, elle y acquiesçait largement et déplorait la manière dont Margret s'était conduite. Il était clair, en outre, qu'Olaf serait maintenant un autre homme, moins bourru avec tout le monde, si Margret ne s'était pas enfoncée dans des habitudes aussi déréglées. Ce n'étaient cependant pas choses dont elle pouvait parler à Gunnhild, car elles dépassaient l'entendement d'une enfant.

Quant à Gunnhild, lorsque Birgitta quitta la maison, elle continua à surveiller Johanna et, avec force sourires et encouragements, essaya de lui faire lâcher le lit pour traverser la pièce, qui n'était pas très grande. Il se trouva que quelques instants après Kollgrim entra, et Johanna, qui avait soigneusement ignoré les exhortations de Gunnhild, se tourna vers son frère dès qu'elle le vit et fit quatre pas chancelants à sa rencontre. Il prit l'enfant dans ses bras, et lorsqu'il le tendit à Gunnhild pour ressortir, Johanna se mit à hurler, et les larmes en montèrent aux yeux de Gunnhild.

Quelques jours plus tard, Gunnar accompagna Gunnhild à la terre de Thjodhilds. Ils traversèrent le Hvalseyfjord à la rame et débarquèrent devant la ferme d'Orm Guttormsson, qui vivait dans une vallée sur une langue de terre entre le Hvalseyfjord et le Kambsteadfjord. Après s'être restaurés et avoir échangé des nouvelles avec Orm, ils se mirent en marche, gagnant le Kambsteadfjord qu'ils longèrent quelque temps avant de franchir la vallée menant à la terre de Thjodhilds, où Einar, Bjorn, Solveig, le nouveau-né et quelques hommes et serviteurs les attendaient. Ce fut un voyage d'une demi-journée environ. Solveig leur offrit à son tour une collation et notamment de l'excellent fromage de chèvre, comme celui qu'affectionnait Asgeir, et du lait caillé avec du miel et des baies. Après cela, Gunnar, d'excellente humeur, commença à parler avec Einar de ses manuscrits. Solveig emmena Gunnhild pour lui montrer son alvôve et son coffre, et la présenter aux autres gens de la ferme. Les champs, en pente, étaient orientés vers le nord et l'on voyait beaucoup de glace sur le fjord.

Einar et Gunnar s'assirent sur un banc dans une des pièces de la demeure et Einar sortit quelques-uns des écrits qu'il venait de terminer. Ils traitaient des districts de la Terre Verte, et Gunnar lut à haute voix ce qui suit :

« De ces nombreux districts de la Terre Verte, un des plus grands et plus populeux est Vatna Hverfi, qui contient une vingtaine de fermes dans la partie nord et une quinzaine dans la partie sud, et ces fermes sont plus proches les unes des autres qu'en l'Islande, mais la terre de ce district est si riche et les lacs si nombreux que toutes les fermes vivent convenablement. Ce district n'a qu'une église, appelée Undir Hofdi, et c'est une des plus vastes du Groenland, car elle fut bâtie il y a bien des années et n'a pas été reconstruite ou agrandie comme d'autres. Les gens de Vatna Hverfi élèvent force vaches et chevaux, ainsi que des moutons. Parmi les plus riches fermiers de ce district figurent Thorkel Gellison, Erlend Ketilsson et Magnus Arnason. »

Gunnar s'arrêta de lire pour demander à Einar s'il avait écrit ainsi à propos de tous les districts, et Einar répondit que oui.

— Mais, dit Gunnar, Erlend est mort l'hiver dernier et tu n'en dis rien.

Einar sourit et répondit qu'il ne s'intéressait guère à ce genre de détail, concernant des hommes que personne ne connaissait. A son retour en Islande, ce que les gens voudront savoir, c'est la taille des fermes et la vie qu'y mènent les Groenlandais. Alors Gunnar réfléchit quelques instants en silence, puis il dit :

— Naguère, du vivant de l'évêque, les garçons de Gardar fabriquaient du parchemin et apprenaient à écrire dessus, mais je crains que maintenant seul Sira Audun ne sache encore le faire.

— C'est possible. Gardar ne me semble guère prospérer sous la conduite du prêtre Jon. Mais peut-être que le nouvel évêque apparaîtra bientôt.

— Peut-être, en effet.

Gunnar tâta un morceau de parchemin.

— J'ai entendu dire que la fabrication du parchemin était chose difficile, exigeant de grands talents.

— La plupart des gens ont les talents nécessaires. Ce sont des talents de paysan.

Einar prit un rouleau et le reposa.

— Former les lettres, c'est le talent du prêtre. Former les idées est chose plus rare.

— Pour l'instant, certains se contenteraient de fabriquer du parchemin.

— C'est facile à apprendre.

Et ainsi Gunnar fut-il privé de sa viande au soir, car il resta si longtemps à la terre de Thjodhilds à regarder Einar tendre une peau de mouton à l'aide de lanières sur un cadre qu'il avait apporté d'Islande, puis la raser avec un joli couteau arrondi, qu'il ne regagna la terre de Lavrans qu'après que tout le monde fut allé se coucher. Désormais, il prit l'habitude de se rendre à la terre de Thjodhilds chaque fois qu'il pouvait distraire un peu de temps de ses tâches de l'été. Gunnhild s'employait utilement, lui semblait-il. Chaque fois qu'il la voyait, elle courait de la laiterie à la ferme ou du grenier à la laiterie, ou elle était assise avec le nourrisson et les deux enfants skraelings qui s'occupaient de lui, ou elle filait et bavardait de ceci ou cela avec Solveig. Elle se gardait bien de faire grand cas de ses visites ou de lui demander de la ramener à la terre de Lavrans, ne fût-ce que quelques nuits. Et ainsi l'été s'écoula paisiblement. Il n'y eut ni meurtres ni autres troubles dans le district, et Bjorn Einarsson resta chez lui pour l'essentiel après la fin du Thing.

Et l'hiver aussi s'écoula paisiblement, sinon que Gunnar s'affairait à tendre ses propres peaux de mouton sur un cadre qu'il avait fabriqué avec des os de baleine, et à les raser avec un couteau recourbé taillé dans une omoplate de renne. Et Gunnhild, qui était revenue à la fin des nuits d'été, l'aidait dans ce travail. Ses outils fonctionnaient étonnamment bien, en sorte que ses parchemins étaient doux et pâles et n'exigeaient que le plus petit coup de plume. Aussi, après Noël, commença-t-il à écrire dessus d'une grande écriture maladroite avec de l'encre de myrtille, et voici la première chose qu'il écrivit :

« Un homme appelé Erlend Ketilsson habitait la terre de Ketil dans le district de Vatna Hverfi, en grand conflit avec ses voisins. Tous le considéraient comme un gaillard coléreux et querelleur. C'était un fermier très prospère, avec une grande demeure et nombre de bâtiments annexes. Toute sa vie, il forniqua avec une servante appelée Vigdis, et lorsqu'elle eut vieilli, il en choisit une autre pour forniquer. En conséquence de son péché, lui et sa servante, et l'enfant de sa servante et deux autres moururent de faim certain hiver et furent en partie dévorés par leurs chiens. »

Gunnar fut très mécontent de cet écrit et gratta le parchemin pour l'effacer. Quant à Gunnhild, elle était fort mécontente de tout ce qui se passait sur la terre de Lavrans, et elle se plaignait sans cesse de l'exiguïté des pièces et de la modestie de tous les aménagements de la maison. Elle ne parlait que de Solveig, du nourrisson et de Bjorn, tant et si bien que Helga et Kollgrim se mirent à se moquer de la manière dont Solveig cillait et parlait, et ils n'arrêtaient pas de s'interrompre l'un l'autre avec des corrections et d'autres remarques, comme Einar en avait l'habitude. Même Johanna parut désagréable à Gunnhild, car après cette longue absence elle accueillit sa sœur aînée en étrangère, et elle ne quittait plus Astrid, qui se montrait une nourrice très enjouée, aimant les jeux et les enfantillages.

Il advint que quelques jours avant Noël il y eut une grande bataille entre les trois aînés, qui s'acheva par des pleurs, et il apparut clairement à Birgitta que, si Helga et surtout Kollgrim harcelaient exagérément Gunnhild, celle-ci s'était attiré leurs sarcasmes en ne cessant depuis deux jours de blâmer leurs manières, leurs vêtements et tout ce qui les concernait, et en s'efforçant de son mieux de les rabaisser à leurs propres yeux. Birgitta les envoya chacun dans un lit clos. Alors, pris d'une grande colère, Gunnar se plaignit à Birgitta de ce vacarme, et en particulier de Gunnhild. Avec un profond soupir, Birgitta parcourut la pièce du regard, son père assoupi au coin du feu, et la lueur fumeuse des lampes sur la tourbe des murs, et les vêtements et les tapisseries pour lutter contre les courants d'air. Quelques tabourets étaient empilés dans un coin et le sol n'était qu'un tapis de mousse et de bien d'autres choses qu'elle préférait ne pas nommer. Et elle vit tout cela, lui sembla-t-il, avec les yeux de Solveig et de Gunnhild, et elle poussa un soupir. Puis elle se tourna vers Gunnar et dit qu'on ne pouvait demander à une enfant de quinze ans d'accepter deux choses aussi différentes que les usages de la terre de Thjodhilds et ceux de la terre de Lavrans. Et comme les uns devaient céder la place aux autres, il lui fallait oublier les anciens pour adopter les nouveaux. Et c'est ainsi qu'à la Saint-Etienne Gunnhild et Gunnar se rendirent à skis à la terre de Thjodhilds, et Gunnhild y demeura pour ne plus jamais revenir chez elle. Et il se trouva aussi que, dans le désordre du départ, elle ne regarda pas une seule fois en arrière ni ne vit sa mère, ses sœurs et son frère lui faire de grands signes d'adieu ; elle allait droit devant elle ne pensant qu'à son nouveau foyer. Et Birgitta eut beau prier, se dire que telle était la rançon d'avoir des filles et qu'il fallait bien s'y résigner, elle en conçut un terrible chagrin. Au solstice d'été, Bjorn Einarsson déclara qu'il ne pouvait plus tenir en place et qu'il avait décidé de retourner en Islande et en Norvège. Et sa décision fut si soudaine que le temps manqua pour le banquet de mariage de Gunnhild, mais Solveig promit d'organiser une fête brillante en Islande.

Or le fermier Orm Guttormsson était convenu de reprendre quelques brebis et agneaux de Bjorn Einarsson en échange du même nombre de peaux de mouton, mais il arriva que ses filets à phoques s'emmêlèrent et qu'il ne put se rendre à la terre de Thjodhilds que le lendemain du jour où Bjorn, Einar, Solveig, l'enfançon, Gunnhild et les autres s'en étaient allés à bord de leurs quatre beaux bateaux. Il trouva effectivement les moutons dans l'enclos, mais avant de les remmener chez lui il décida de regarder si rien d'utile n'avait été laissé dans la ferme, car Bjorn et sa famille avaient abondance de possessions. Et, de fait, il trouva quelque chose, une lampe joliment sculptée, de petite taille, bonne pour l'éclairage mais guère pour le chauffage. Et il découvrit aussi autre chose : les cadavres des deux enfants skraelings qui s'occupaient du nourrisson de Solveig. Il sembla à Orm qu'ils s'étaient jetés dans le fjord du haut d'un promontoire dominant l'anse de Thjodhilds. Le corps du garçon flottait sur les hauts-fonds et dérivait vers la grève, et celui de la fille était accroché par les cheveux à des rochers. Orm ne savait trop que faire de ces dépouilles, aussi les repêcha-t-il et les déposa-t-il dans l'étable, puis, le lendemain, il alla faire part de sa découverte à Sira Pall Hallvardsson. Comme ces enfants avaient été baptisés et avaient reçu les noms de Joseph et de Marie, Sira Pall Hallvardsson se rendit à la terre de Thjodhilds avec Orm, Gunnar et un autre homme. On se demanda si ces deux enfants devraient être enterrés à l'église ou non, car la loi des Groenlandais l'interdisait s'ils s'étaient donné la mort. Donc les hommes passèrent la plus grande partie de la journée à arpenter les lieux, à examiner les endroits où Orm les avait trouvés et à écouter Orm raconter son histoire à maintes et maintes reprises.

— Peut-être que ces enfants, dit Gunnar, se sont simplement précipités dans l'eau et ont été saisis par le froid.

Car le Kambsteadfjord dégelait à peine l'été. Mais non, il était clair que leurs corps s'étaient rompus en tombant, comme le disait Orm.

— Peut-être, dit Hakon, le quatrième homme, ont-ils simplement escaladé les rochers pour voir plus longtemps les navires qui s'éloignaient.

Et il semblait possible, en effet, qu'ils fussent tombés en se raccrochant l'un à l'autre, mais lorsque Sira Pall Hallvardsson escalada le promontoire, il vit que la montée était si aisée et si pleine de prises et de saillies qu'il était impossible de tomber accidentellement dans l'eau.

Alors Orm dit :

— Il n'y a que moi qui les aie vus et nous seuls en avons parlé. Quand on nous interrogera, nous pouvons dire qu'ils sont tombés du rocher.

Mais Sira Pall Hallvardsson hocha tristement la tête, car en vérité Dieu voit tout, même les actes inspirés par une fausse pitié. Aussi ces enfants skraelings, Marie et Joseph, furent-ils ensevelis en vue du fjord, à une portée de flèche du mur du pré clos de la terre de Thjodhilds, sous des rochers à l'écart du torrent qui arrosait la ferme. Sira Pall Hallvardsson dit quelques prières sur leur tombe, et tous les hommes se sentirent étrangement abattus.

En revenant vers la ferme d'Orm Guttormsson, Sira Pall Hallvardsson et Gunnar se mirent à parler de Gunnhild.

— Je doute qu'il y eût jamais en Terre Verte, dit Pall

Hallvardsson, beaucoup de jeunes filles comme Gunnhild, belles à couper le souffle d'un homme, et pourtant aussi modestes qu'une fleur des montagnes et aussi habiles à leurs tâches que des femmes deux fois plus âgées.

Gunnar eut un léger sourire en songeant aux querelles de Gunnhild avec Helga et Kollgrim, et se contenta de dire :

— Birgitta Lavransdottir a pris son départ très à cœur, car en vérité nous avons rangé ses affaires et donné à ses sœurs ce dont elle n'avait pas besoin, comme si on la menait au cimetière. Nous ne devons pas nous dissimuler que nous risquons fort de ne jamais la revoir.

— Peut-être Bjorn reviendra-t-il, ou Einar.

— C'est ce que disent les gens.

— Bjorn l'a dit aussi. Peut-être ira-t-il en Norvège et gagnera-t-il les faveurs du roi et de la reine. Ils le laisseront certainement revenir car rares sont les collecteurs de l'impôt et les ombudsmans qui souhaitent venir ici.

Et les deux hommes sourirent au souvenir de Kollbein Sigurdsson.

— Peut-être, dit Gunnar, mais Bjorn m'a dit lui-même que les gens de mer ont remarqué que l'océan devenait plus dangereux d'année en année. Naguère encore, vingt navires quittaient chaque été Bergen pour l'Islande, mais Bergen a beaucoup perdu de son importance et les gens qui arment les bateaux ne s'intéressent pas à l'Islande ou à la Terre Verte, car ce sont des Allemands et non des Scandinaves.

— Il est vrai que les Allemands n'aiment guère la mer, bien qu'ils aiment beaucoup le commerce.

— Peut-être qu'en voyant ce que Bjorn ramène de la Terre Verte les gens brûleront d'acquérir des marchandises semblables à leur tour. C'est déjà arrivé dans le passé.

— Peut-être, dit Sira Pall Hallvardsson, que Bjorn brûlera d'en ramener davantage.

Alors Gunnar jeta un regard vers lui.

— N'as-tu pas vu combien Bjorn, la dernière année de son séjour, avait l'air d'un homme qui a eu son content ?

qui s'écarte de la table à demi dégoûté par les plats qui restent ? Birgitta Lavransdottir dit que Bjorn est un homme très gourmand de choses nouvelles et repu de ce qu'il connaît déjà.

Il soupira.

— Non, il vaut mieux pour les gens comme nous, qui essaient d'obtenir pour leurs enfants ce qu'ils auraient souhaité pour eux-mêmes, se résoudre à y renoncer.

Puis il ajouta d'une voix plus basse :

— Et même si Bjorn ou Einar revenait, ce sont les femmes mariées qui risquent le plus de trébucher.

— Alors, dit Sira Pall Hallvardsson, nous devons nous satisfaire de la certitude que nous nous retrouverons au ciel.

— Nous le devons, en effet. Mais je trouve que c'est une chose difficile pour un père, et pour cette raison que ce qui m'attache surtout à eux, c'est la manière dont les effleurent les jours qui passent, en sorte qu'ils restent eux-mêmes et changent imperceptiblement. Quand nous dépouillerons notre enveloppe charnelle pour apparaître revêtus de notre âme éternelle, peut-être regretterons-nous cette réalité terrestre.

— Il est promis que nous ne regretterons rien.

Et Sira Pall Hallvardsson parla avec tant de regret que Gunnar lui lança un regard aigu, et lorsqu'il rentra chez lui, il déclara à Birgitta que Sira Pall Hallvardsson était amoureux de Gunnhild. Mais Birgitta était plus curieuse d'entendre l'histoire des enfants skraelings et elle réfléchit longuement à ce que Gunnar lui raconta d'eux. Puis, alors qu'ils se glissaient sous la vieille peau d'ours de leur lit clos, elle dit :

— Il me semble que même un chagrin comme le leur n'est pas à la mesure de l'événement et j'ai peur.

Mais Gunnar ne sut que répondre à cette remarque et se tut.

Après le départ de Bjorn Einarsson Jorsalfari, il revint à Osmund Thordarson d'assumer de nouveau les fonctions de récitateur de la loi, et c'est ce qu'il fit avec l'aide de son neveu Isleif. Si les gens ne goûtèrent guère cette procédure inhabituelle, il était aisé de voir, en revanche, qu'Osmund atteignait la fin de sa vie et que nul autre fermier du district de Brattahlid n'était disposé à jouer ce rôle. Fridjon, le fils de Gizur, l'ancien récitateur de la loi, n'avait jamais appris les lois et était trop vieux pour commencer, bien qu'il fût un homme prospère, et Ragnleif, le frère d'Isleif, estimait avoir déjà trop de travail sur sa ferme, bien que, disaient les gens, il n'en eût pas plus qu'un autre. Il semblait évident que la position reviendrait à Isleif, et bientôt, car Osmund était vieux et Isleif connaissait les lois. Mais Isleif était prêtre, et presque aveugle, et sans amis puissants dans les autres districts. Osmund convoqua un Thing extraordinaire à l'automne qui suivit le départ de Bjorn, et pendant trois jours, avec l'aide d'Isleif, il récita les lois d'une voix faible et nasillarde. Vingt fermiers, leurs serviteurs et leurs hommes étaient venus l'entendre, tous des districts de Brattahlid, de Vatna Hverfi et de Dyrnes. Sira Jon était présent, ainsi que Sira Pall Hallvardsson et Gunnar Asgeirsson, qui arrivèrent le deuxième jour. Et juste après la fin du Thing, il y eut une tempête sur l'Eriksfjord, et le bateau transportant les trois fermiers du district de Dyrnes et leurs serviteurs se renversa et se brisa : tous les hommes se noyèrent et tout le bois du bateau fut balayé hors du fjord par les vents et perdu.

En apprenant ces nouvelles de Sira Pall Hallvardsson, qui les tenait d'Orm Guttormsson, qui avait des parents dans le district de Dyrnes, Birgitta Lavransdottir fut si consternée qu'elle ne voulut pas sortir de son lit clos de toute la journée, bien qu'elle ne connût même pas ces hommes. Elle abandonna aux autres ses tâches automnales, et le troisième jour, Gunnar lui demanda de se lever, mais elle ne se leva point, et lorsque vint l'heure de la viande du soir, elle ne se leva ni pour la préparer ni pour manger ce qu'avaient préparé Helga et la servante. Et pendant la veillée, Gunnar ne dit rien de tout cela ni ne marqua de colère à Birgitta ; il était pourtant très troublé. Lavrans sommeillait au coin du feu. Olaf était assis devant l'échiquier avec Kollgrim. Helga et les servantes filaient, et Astrid et Maria jouaient avec Johanna : elles la faisaient tourner comme une toupie et se la renvoyaient de l'une à l'autre, et les trois enfants riaient aux éclats. Finalement, quand il apparut que Kollgrim avait presque entièrement épuisé la patience d'Olaf, Gunnar commença l'histoire suivante :

Au temps d'Erik le Rouge vivait en Terre Verte une jeune femme appelée Skadi, qui était arrivée sur un des bateaux d'Erik avec son père, Thorir. Et cet homme, Thorir, choisit pour sa ferme une grande parcelle de terrain dans les Etablissements de l'Ouest, et, en vérité, Skadi et lui furent les premiers à s'installer là. Ils choisirent en outre une parcelle de terrain dans le nord de cette colonie, loin de l'église et près du glacier, car Thorir était un grand chasseur, et sa fille et lui préféraient de beaucoup la neige et la glace de la lande. Ce Thorir-là était un grand et vigoureux gaillard et, de même, sa fille était aussi forte qu'un homme, avec d'énormes bras et d'énormes jambes, mais aussi d'énormes seins et une longue chevelure flottante, et elle n'était point laide, au goût de certains. Thorir était un homme simple, et un jour qu'il rendait visite à Erik à Brattahlid, un homme appelé Larus l'induisit à voler trois pommes d'argent dans un des coffres d'Erik pour les lui donner, à lui, Larus.

Nul n'ignore qu'Erik le Rouge était un homme coléreux et impatient, et lorsqu'une de ses servantes lui apprit que Thorir avait volé ces pommes, qui étaient fort précieuses, et hautement prisées de leur possesseur, il alla trouver Thorir et lui porta un violent coup de son épée, car en ce temps-là tous les Scandinaves portaient l'épée, et beaucoup savaient tremper et affiler une lame, et Thorir fut grièvement navré par ce coup et mourut bientôt, bien qu'Erik se fût repenti de sa colère et eût soigné l'homme lui-même. Alors Erik dit à sa femme Thjodhilds qu'il fallait faire quelque chose pour la fille de Thorir, Skadi, car elle brûlerait de se venger en apprenant la mort de son père, et bien sûr une telle nouvelle se répandrait en un clin d'œil, même aussi loin que la terre de Thorir. Et, de fait, quelques jours après, Skadi se présenta dans sa barque à six rames, et elle était seule à la conduire tant elle était forte.

Skadi remonta l'Eriksfjord, et tout du long les gens des fermes avoisinantes entendirent le grand mugissement qu'elle faisait en soupirant et en pleurant la mort de Thorir, son père. Puis elle atteignit la jetée de Brattahlid et invita Erik à sortir de sa demeure. Lorsqu'il parut devant elle, avant même qu'elle ait prononcé un mot, il dit :

— Alors, Skadi, quel est le prix de la mort de ton père ? J'ai beaucoup d'or et je t'accorde le droit d'en juger seule.

Mais Skadi répondit :

— Mon père était un grand chasseur et un homme riche. Et je suis sa seule héritière. Ton or est pour moi sans valeur.

Et pendant tout ce temps-là, elle tournait les yeux vers Leif le Chanceux, homme très beau à regarder au dire de tous. Et Erik dit :

— Que veux-tu alors, car j'ai grand regret de ma colère ?

— Je me satisferai d'un mari et de rire tout mon saoul, dit Skadi.

Et elle regarda Leif derechef, avec un grand désir. Mais Erik avait d'autres projets pour Leif, et Leif lui-même n'avait guère d'inclination pour cette femme, qui, en vérité, le dépassait d'une demi-tête. Alors Erik dit :

— Tu peux choisir l'homme que tu veux, simplement il faut que tu le choisisses d'après ses pieds et tu ne verras l'homme que tu as épousé qu'après la cérémonie.

Skadi y consentit et tous les hommes du domaine se rangèrent derrière une tapisserie, et Skadi choisit la paire de pieds la mieux tournée, puis on la maria. Mais il se trouva que son mari n'était pas Leif le Chanceux mais un autre homme, le meilleur pilote d'Erik, qui s'appelait Njord. C'était un bel homme, mais tanné par les intempéries et assez vieux, car il avait passé toute sa vie en mer. Skadi protesta qu'elle avait été trompée, et elle était très en colère. Njord, en revanche, était content de sa femme et il lui sourit avec chaleur et tendresse. Alors elle fit un pas en arrière et ouvrit la bouche, et il dit :

— Prends garde, femme. Souviens-toi que ce sont les premières paroles de ton mariage.

Et ainsi Skadi se tut, et Erik lui dit :

— Tu as trouvé un bon mari, et un homme qui ne se laisserait pas abuser par Larus. En vérité, tu aurais pu choisir Larus, si tu avais eu moins de chance.

— Mais, dit Skadi, je n'ai pas eu mon saoul de rire, et je n'y compte guère maintenant.

— Faites venir Larus, dit Erik.

On alla le chercher.

— Maintenant, dit Erik, il faut que tu fasses rire cette femme, puisque tu es le responsable de son chagrin.

— Elle n'a pas l'air du genre rieur, Seigneur, répondit Larus.

— Alors cela va te coûter encore plus cher, dit Erik.

— Laissez-moi d'abord vous dire ce qui m'est arrivé, dit Larus à Erik.

Et il sortit une fine lanière en peau de morse de sa poche.

— Vous rappelez-vous que vous m'aviez demandé d'emmener ce bouc là-bas et de l'attacher dans le pré du haut ?

Alors Larus se tourna vers Skadi.

— Vous savez comme sont les boucs, ma chère, capricieux et indépendants.

Il alla chercher le bouc dans le champ et attacha une extrémité de la lanière à la barbe du bouc.

— Mais naturellement j'avais d'autres choses à porter, comme il se doit, et je n'ai trouvé qu'une manière de conduire le bouc.

Il attacha l'autre extrémité de la lanière à ses testicules.

Et il se trouvait aussi que c'était le petit matin et que mouches et puces piquaient à qui mieux mieux.

Et juste à ce moment-là, le bouc s'éloigna d'un bond et la lanière se tendit. Larus poussa un grand glapissement et le ramena en arrière. Le bouc le prit fort mal, en bon bouc, et commença à reculer. Larus, lui aussi, se mit à reculer, et bientôt la lanière fut assez tendue pour chanter lorsqu'on la pinçait. Alors le bouc secoua la tête et

Larus recula davantage, et il s'empourpra et glapit de nouveau. Alors il dit :

— Vraiment, maître, c'est une manière bien malsaine de conduire un bouc.

Et soudain, le bouc perdit l'équilibre, se reprit et se précipita sur Larus qu'il jeta d'un coup de corne dans les bras de Skadi. La jeune femme éclata de rire, et voilà comment elle lui pardonna d'avoir causé la mort de son père.

Gunnar se tut, car il avait entendu un bruit dans le lit clos où Birgitta était étendue dans l'obscurité, mais il n'entendit plus rien. L'histoire était finie et tout le monde se retira dans son alcôve. Rien n'indiquait que Birgitta avait entendu l'histoire, sinon que le lendemain matin elle se leva et vaqua à ses occupations, bien que tous pussent voir qu'elle était encore abattue.

Vinrent les nuits d'hiver, et Gunnar recommença à fabriquer du parchemin, et ce faisant, lui aussi éprouva une nostalgie de Gunnhild, qui, il y avait seulement un an, l'aidait dans cette tâche. Puis il remarqua autre chose, et c'était que ses pensées le menaient de Gunnhild à Margret Asgeirsdottir, à qui Gunnhild ressemblait un peu par la stature et la contenance, et tandis qu'il travaillait en silence, toutes deux se mêlèrent dans son souvenir : Gunnhild telle qu'elle était l'année précédente et la Margret de jadis, lorsqu'elle avait treize ans et Gunnar six hivers, comme Astrid maintenant, et que Hauk Gunnarsson allait et venait, et qu'Ingrid et son père le dominaient de toute leur taille.

Asta avait donné le jour à un autre enfant du Skraeling, et cette petite fille, Bryndis, avait maintenant un peu plus d'un hiver. Depuis un an qu'elle était née, Margret passait beaucoup de temps avec Sigurd, qui avait maintenant sept hivers et davantage. Il se trouvait, en effet, que Bryndis était si petite à la naissance qu'elle tenait dans la paume d'Asta, et les deux femmes étaient convaincues qu'elle mourrait bientôt. Sira Isleif, qui était arrivé avec ses serviteurs en voyant le feu qu'elles avaient allumé comme signal, lui donna en même temps le baptême et les derniers sacrements. Koll, qui attendait non loin de là, espérant la naissance d'un autre fils, ne fut guère satisfait en voyant sa fille, et Asta avait craint un moment qu'il ne volât l'enfant pour l'exposer, comme les Skraelings le font, dit-on, pour les filles. Mais, en vérité, Bryndis tétait de bon cœur et dormait à poings fermés dans la robe de renard, et finalement elle ne mourut point mais grandit, se dressa sur son séant, rampa et marcha comme tous les autres enfants. Elle ressemblait à Sigurd, et était exquise dans sa petitesse, comme une miniature d'ivoire. Asta l'aimait beaucoup et l'emmenait partout sur son dos, à la mode skraeling, car, lorsque Koll vit que l'enfant vivrait, il confectionna pour elle un de ces harnais qu'utilisaient ses autres épouses. Puis il s'en alla, comme chaque fois.

Sigurd restait auprès de Margret et ne se montrait guère gênant. L'hiver, à Brattahlid, elle lui apprit à filer, et, assis près de son métier à tisser, il filait ensemble des brins de laine de couleurs différentes. L'été, elle l'emmenait dans la montagne et lui montrait les taches d'airelles, dont ils se gorgeaient. De temps à autre, elle ramassait d'autres verdures dont elle lui expliquait les usages, et il écoutait attentivement. Il n'était pas comme les autres enfants qu'elle avait connus, toujours dans ses jupes à babiller quand ils ne disparaissaient pas pour faire des bêtises. Il était d'une nature aussi silencieuse qu'elle, mais très observateur et attentif. Quand il se montrait joyeux, c'était avec une sorte d'amusement intérieur qu'elle ou quelque événement inhabituel avait suscité. Alors il riait et riait tout seul jusqu'à ce que Margret se prît à rire aussi, bien qu'elle sût rarement de quoi elle était en train de rire. On ne l'aimait guère à Brattahlid, et l'automne qui suivit le départ de Bjorn Einarsson, Margret retarda de jour en jour son hivernage dans le domaine de l'autre côté du fjord.

Maintenant que Marta Thordardottir était morte, Margret n'avait guère envie de retourner dans la famille d'Osmund. La jeune épouse d'Osmund, Gudrunn, était de ces gens modestes et effacés qui affichent avec d'autant plus de vigueur leurs sympathies et leurs antipathies, et, comme il arrive souvent, on découvrit, à la mort de la sœur de son mari, qu'elle détestait tout ce que Marta aimait. Osmund lui-même était vieux et paralysé, surtout depuis le Thing extraordinaire d'automne, car cette récitation des lois avait excédé ses forces, et il passa le plus clair des mois suivants dans son lit clos. Sira Isleif vivait toujours chez son oncle maternel, et avait la charge des offices et des enterrements à l'église de Thjodhilds, mais il n'était plus aussi respecté que naguère. Gudrunn lui reprochait sa mauvaise vue et le trouvait maladroit et encombrant, sans compter qu'elle lui en voulait de son amour-propre. Il lui faudrait bientôt aller habiter chez Ragnleif, mais comme cela l'éloignerait de l'église de Thjodhilds et compliquerait son ministère, il ne cessait de différer son départ. Entre-temps, il ne se montrait pas particulièrement accueillant envers Margret, car depuis la mort de Marta elle avait cessé d'accepter son sacerdoce et ses conseils.

A force de retarder son voyage de jour en jour, Margret se dit qu'elles pourraient hiverner à Steinstraum, si elles s'y préparaient tout l'été précédent, que ce fût un hiver bref et neigeux, qu'elles pussent obtenir quelques gros bouts de bois d'épave, qu'elles entourassent la petite maison d'une épaisseur de tourbe supplémentaire et que, pour être juste, Koll vînt les voir après Noël avec des provisions en sus. Sinon qu'il les chercherait à Brattahlid. Et c'était pour Gudrunn une provocation de plus que cette visite annuelle de Koll, qu'elle appelait « le démon de cette servante ». Et dans ce jugement et celui-là seul, elle avait l'assentiment de Sira Isleif.

Et ainsi arrivèrent les premières nuits d'hiver, mais jamais Margret n'était allée si tôt à Brattahlid. Puis, selon le calendrier-bâton qu'elle avait confectionné elle-même, ce fut la messe de saint Colomban et peu après la fête de saint André. A cette époque-là, les années précédentes, elles avaient toujours déjà traversé le fjord. Les premières années, en fait, Marta leur avait envoyé des serviteurs pour les aider à franchir les glaces, car le fjord était entièrement gelé et offrait une surface unie, propice au patin ou au ski. Mais l'hiver ne s'était pas encore installé dans toute sa rigueur et tous quatre se trouvaient à leur aise. Quelques jours s'écoulèrent encore et ce fut la fête de saint Nikolaus : l'Avent commençait. En prenant leur viande du matin, Margret vit qu'il ne restait que trois fromages et un peu de phoque séché ; d'ailleurs, les moutons ne parvenaient plus à trouver leur pitance en grattant la neige, car la neige était trop épaisse. Margret dit :

— Nous allons porter demain deux de ces fromages à Gudrunn Jonsdottir.

Asta acquiesça.

Mais le lendemain, quand elles s'éveillèrent, une tempête de neige bouchait entièrement la vue, et cette tempête se prolongea une journée encore, et le matin du troisième jour, il ne restait plus qu'un seul fromage à emporter à Brattahlid, encore était-il déjà bien entamé. Margret se demanda, et jamais cela ne lui était arrivé du temps de Marta Thordardottir, comment se faire bien accueillir ou du moins échapper au mépris en attendant d'avoir fini quelques travaux de tissage. Elle fouilla dans ses affaires pour trouver quelque petit présent et sa main tomba sur de la passementerie, un galon gris-bleu et blanc pour un châle, qu'elle plia et rangea dans son baluchon.

Les deux femmes avaient décidé qu'Asta porterait Bryndis et divers objets sur son dos et traînerait en outre un sac en peau de phoque contenant leurs bagages. Margret et Sigurd conduiraient les cinq moutons, et le voyage prendrait une matinée ou un peu davantage. Lorsqu'elles sortirent de la maison, cependant, elles virent que la neige était beaucoup plus épaisse que lorsqu'elles avaient conçu leur projet et que Sigurd devrait voyager sur le dos de quelqu'un, et donc de Margret, bien qu'il fût presque trop grand pour qu'elle le portât. Et c'est ainsi qu'elles fixèrent leurs skis courts et se mirent en route, les moutons devant elles. Sigurd était assis dans un bout de vadmal attaché autour du cou et du dos de Margret, comme Gunnar jadis. Les moutons étaient affaiblis par la faim, ce qui avait l'avantage qu'ils ne songeaient pas à folâtrer ou à s'enfuir, mais aussi l'inconvénient que, même dans le meilleur des cas, ils n'arriveraient pas tous à destination. L'été, les bâtiments rouges de Brattahlid se voyaient clairement sur l'autre rive du fjord, et les ombres jouant sur le coteau et, parfois, des gens qui allaient et venaient, mais par une semblable journée d'hiver, où toutes les surfaces disparaissaient dans une ouate blanche, nulle vue de leur but ne les tirait en avant ni ne distrayait leur regard, écourtant leur voyage.

Margret ne se hasarda qu'une fois à regarder derrière elle, et le coteau de Steinstraum surgit indistinctement au-dessus d'elle. Un instant, il lui sembla que la glace reculait sous ses pieds, et que, plus elle avançait, plus la banquise la ramenait en arrière. Elle repoussa cette impression pour regarder Bryndis, si bien emmitouflée dans les peaux de renard qu'on ne voyait que le frisson de la fourrure quand elle respirait. Elle dormait bercée par la marche d'Asta, bien au chaud dans les fourrures. Margret se perdit dans la vue de la petite fille dormant chaudement dans les fourrures et s'y absorba tellement que, quand il lui fallut ramener un mouton qui s'était écarté, elle eut toutes les peines à s'arracher à la vue de Bryndis endormie comme si c'était son lit clos bien douillet ou un siège auprès du feu. Sur son dos, Sigurd se tenait calme et tranquille, comme jamais Gunnar ne l'avait fait. Asta poussait de l'avant en tête du troupeau, traçant un chemin dans la neige entassée par le vent. Margret comprit que seule la chance leur permettrait de traverser le fjord, et elle ne put s'empêcher de méditer sur sa chance, qui lui sembla bien faible tout bien considéré. Puis elle se rappela Skuli Gudmundsson, et cette réflexion que faisait souvent son père : que la chance d'un homme se présente différemment à lui-même et à ses voisins. Et au milieu de ses pensées, elle vit qu'elles avaient parcouru plus de la moitié du fjord.

Peu après, une des brebis trébucha et s'abattit, et ne put se relever. Margret appela Asta qui se retourna et vit l'animal, couché sur le flanc les yeux fermés. Et Asta revint vers le mouton, le prit au creux de son bras et commença à le traîner. Mais un autre mouton s'effondra, et il n'était pas question de les traîner ainsi tous les deux. Margret s'approcha du deuxième animal pour s'efforcer de le remettre sur pied, et il se releva un instant tandis qu'elle l'encourageait de la voix et du geste, car les moutons sont des animaux craintifs qui n'aiment pas qu'on les touche. Mais après avoir trébuché un pas ou deux, il s'affaissa de nouveau dans la neige et Margret comprit qu'il faudrait le laisser mourir de froid sur place.

Et de la sorte elles se frayèrent leur chemin, pour arriver quelque temps après à la jetée de Brattahlid, et Margret chercha des yeux un serviteur ou quelqu'un d'autre qui les aidât car, en vérité, elle se sentait près de s'effondrer sous le poids de Sigurd Kolsson, mais il n'y avait personne en vue, et elles entreprirent de gravir la pente escarpée menant à la demeure d'Osmund, en s'arrêtant à l'étable pour y mettre les moutons avec ceux qui s'y trouvaient déjà, et leur donner quelques poignées du foin entassé devant. Et à la vue de la ferme, Margret fut envahie non du désir de s'en approcher, mais de la certitude que, si elle s'abattait sur place, on viendrait aussitôt la secourir. Et elle comprit alors qu'elle avait failli mourir pendant cette traversée du fjord. Asta, elle aussi, se hissa péniblement en haut de la colline et elles ne voyaient toujours personne.

Elles parvinrent à la porte de la demeure, et elles n'avaient encore aperçu personne dans les étables, personne dans les greniers, personne dans la laiterie ni personne qui ramassât de la neige pour en faire de l'eau. Asta appuya son épaule à la porte, qui s'ouvrit d'un coup, et elle entra dans la maison suivie de Margret. La pièce était chaude et humide mais sombre : il n'y avait pas de lampe allumée. Immobiles, Margret et Asta fouillèrent l'endroit du regard. Dans le lit clos du maître, une silhouette s'agita dans les fourrures et dit d'une petite voix aiguë :

— Qui est-ce ? Qui est là ?

Et Margret dit à Asta, à voix basse :

— J'ai déjà senti cette puanteur il y a bien des années. C'est la puanteur du mal des vomissements et certainement aussi la puanteur de la mort.

Puis elle ajouta à voix haute.

— C'est Margret Asgeirsdottir et Asta Thorbergsdottir. Nous sommes terrifiées par ce que nous découvrons ici.

— Vous auriez mieux fait de rester où vous étiez, dit la petite voix de Gudrunn Jonsdottir, même en mourant de faim.

Et elle retomba dans le lit clos. Alors Asta posa Bryndis sur le banc, toujours emmaillotée dans ses peaux de renard, et Sigurd se pelotonna contre sa sœur, tandis qu'Asta entassait sur eux toutes les fourrures qu'elle pouvait trouver, afin de les réchauffer. Puis Margret et elle firent le tour des alcôves : Osmund, sa fille, deux servantes et un serviteur étaient morts ; Gudrunn semblait aller assez bien, tandis que son fils, Ozur, paraissait dormir. Une servante et trois serviteurs, bien qu'affaiblis, se remettaient, car le mal des vomissements se déroule toujours ainsi : si un homme en atteint le fond sans trouver la mort, il se rétablira avec le temps.

Ce ne fut pas sans effroi que Margret et Asta commencèrent à s'occuper des vivants et des morts. Asta transporta Osmund et les autres morts dehors et les enterra pour le moment dans la neige. Margret alla chercher dans les magasins du renne séché et du lait caillé. Elle en fit une soupe dans laquelle elle ajouta quelques morceaux de mouton, et elle trouva même un peu de sel pour l'assaisonner, car Brattahlid était une riche ferme, et l'été, lorsqu'on faisait un feu pour abattre des animaux ou laver des vêtements, il arrivait parfois que les servantes fissent un peu de sel avec l'eau du fjord. Outre ces viandes, elle trouva force algues et angéliques séchées, qu'elle ajouta également au brouet, de sorte qu'il était épais et riche, moelleux et nourrissant, et grâce à cette riche chère, d'abord la soupe, puis les morceaux de viande puis enfin le lait caillé, les gens de la ferme commencèrent à revivre. Sira Isleif, dirent-ils, était parti avec un domestique à la ferme de Ragnleif, en apprenant que celui-ci était malade. Il y avait de cela six ou sept jours.

Après avoir nourri tout le monde, Margret et Asta

entreprirent de les laver à l'eau chaude, car ils étaient tous couverts de vomissures et d'autres saletés. Puis elles lavèrent le sol et les bancs, battirent les fourrures de tous les lits clos et apportèrent de la neige dans la maison pour avoir de l'eau claire et propre. Et toutes ces tâches les occupèrent le reste de la journée et une partie de la nuit, en sorte que les deux femmes étaient épuisées lorsqu'elles se retirèrent enfin dans le lit clos qu'elles avaient coutume de partager. Elles couchèrent Sigurd au fond, près d'Asta, et Bryndis entre elles deux, dans ses peaux de renard. Alors Margret dit à Asta :

— Connais-tu l'histoire de Sigurd Njalsson, qui découvrit le bateau d'Arnbjorn le Norvégien dans le Northsetur, du temps de l'évêque Arnald ?

Mais Asta n'avait jamais entendu cette histoire. Margret dit :

— Voilà ce que Sigurd déclarait : « L'air corrompu d'une pièce fermée où des hommes sont morts de maladie est pernicieux au plus haut point, rien n'est plus certain. »

Et Asta répondit :

— S'il dit vrai, nous le saurons bien assez tôt.

Et les deux femmes s'endormirent.

Les jours suivants s'écoulèrent de la sorte : beaucoup de cuisine et un peu de ménage, sans oublier les soins aux bêtes, car Brattahlid avait une grande étable pleine de vaches. Six chevaux s'ébattaient dans un enclos et les moutons dans un bercail abrité, car Brattahlid regorgeait de fourrage, comme Gardar. Et chaque jour, un visiteur ou davantage venait d'une des fermes avoisinantes apporter des nouvelles et demander des provisions, et dans chaque ferme il y avait un mort ou deux, mais point autant qu'à Brattahlid. A chacun de ces messagers, Margret demandait des nouvelles de Sira Isleif et de son domestique, mais personne ne savait rien de la terre de Ragnleif. Et à tous ces gens elle bailla viande et graisse de phoque d'une main généreuse jusqu'à ce que Gudrunn pût se lever et distribuer ces vivres elle-même. Gudrunn était très abattue par la mort de sa fille, très belle et très gracieuse enfant, mais moins par celle d'Osmund, qu'elle avait attendue, disait-elle, tout l'automne. Elle ne quittait plus Ozur, qui ne la quittait plus, et Margret voyait qu'ils auraient grand-peine à réagir pour prendre le domaine en main.

Alors, selon le calendrier de Brattahlid, que Sira Isleif lui-même avait fait, arriva le moment de Noël, bien que selon le calendrier de Margret il restât encore quelque huit jours à attendre, et Gudrunn demanda à Margret et à Asta de tuer et rôtir deux moutons pour la fête, ainsi que le voulait la coutume à Brattahlid, comme d'ailleurs dans la plupart des fermes les plus riches. Et elles préparaient le banquet et construisaient le feu lorsque Asta commença à vomir, et ainsi fut-elle atteinte par le mal des vomissements, et peu après vint le tour de la petite Bryndis, et en trois jours elles étaient mortes. A ce moment-là, un des serviteurs s'était entièrement rétabli et il porta Asta hors de la maison et l'enterra dans la neige auprès des autres avec Bryndis dans ses bras. Margret échappa entièrement à la maladie tandis que Sigurd n'en souffrit que légèrement et parvint à garder sa nourriture, et, dit Margret à Gudrunn, c'était ainsi que les gens se remettaient, en gardant la nourriture qui les fortifiait. Comme il n'y avait toujours pas de nouvelles de la terre de Ragnleif, un serviteur dont la fille y vivait partit voir comment les choses se passaient là-bas.

Un jour que Gudrunn était assise dans son lit à siroter un peu de bouillon, elle dit à Margret :

— Comment se fait-il que tu puisses vaquer à tes activités avec une telle vaillance alors que tu viens de voir mourir Asta Thorbergsdottir ? Mais les gens disent que ce n'est pas la première mort à laquelle tu assistes.

Margret ne répondit point.

— Les gens disent que tu as vu périr ton amant avec indifférence bien que son sang ait éclaboussé ta robe.

Mais elle dit ces mots d'une voix neutre, comme mue par la seule curiosité.

Margret dit :

— Chacun a bien des occasions d'être confronté à la mort. Rares sont les Groenlandais qui peuvent y échapper.

— C'est la pratique alors qui te rend froide ?

Margret retroussa la manche de sa robe et montra son bras. La chair était maigre et dure, la peau blanche et sèche. Elle leva le bras vers Gudrunn.

— Bien des morts m'ont usée et bientôt je serai aussi osseuse et dure que la Mort elle-même. Alors je serai vraiment froide.

Elle ôta le bol de soupe vide et s'éloigna.

Le même jour, le serviteur revint de la ferme de Ragnleif, avec ces nouvelles que Ragnleif n'avait pas été malade après tout, seulement légèrement blessé lors d'une chute sur la glace, mais cinq ou six jours après l'arrivée de Sira Isleif, presque tout le monde était tombé malade au domaine, en même temps, avec seulement Sira Isleif, qui avait été épargné, et un vieux domestique pour s'occuper d'eux. En bref étaient morts la femme de Ragnleif, Finna, et son dernier-né, Steinthor, ainsi qu'une servante et son enfant et deux jeunes domestiques qui étaient frères. Tous les autres allaient mieux. Et il était aussi arrivé ceci : au milieu de la maladie, des inconnus avaient pénétré dans le magasin de Ragnleif et emporté toute la viande de mouton et de renne séchée, ainsi que la moitié du lait caillé, en sorte qu'il ne restait plus guère de provisions à la ferme. En apprenant cela, Gudrunn se mit en colère contre Margret et lui reprocha d'avoir distribué des vivres à la terre entière avec une telle prodigalité, car maintenant ils auraient la honte de voir des étrangers gras et repus tandis que leur parentèle souffrait de la faim.

Le lendemain, un homme arriva de Gardar avec un message de Sira Jon pour Osmund Thordarson, mais il ne fut pas très surpris par le sort d'Osmund, car, dit-il, on s'attendait un peu à cette issue à Gardar. On disait aussi qu'un fermier de Dyrnes allait reprendre deux fermes abandonnées non loin de la Colline du Soleil et devenir récitateur de la loi. Et les autres nouvelles étaient que le mal des vomissements avait ravagé le Hvalseyfjord, faisant une vingtaine de morts, le sud de Vatna Hverfi et les abords de Herjolfnes. Il y avait eu six morts à Gardar et trente survivants. Et Gudrunn additionna les morts dont ils avaient entendu parler à Brattahlid et dans l'Isafjord et en dénombra environ vingt-cinq. Gudrunn dit alors :

— Il y en aura d'autres dans les fermes isolées qu'on ne connaîtra qu'après Pâques.

Mais en fait ce ne fut guère le cas, car la mort frappa surtout les grandes fermes, dans les régions les plus peuplées. Après que le messager eut parlé à Gudrunn, Margret le prit à part pour lui demander des nouvelles de Gunnar et de Birgitta, qui habitaient la terre de Lavrans dans le Hvalseyfjord, mais le garçon ne les avait pas entendu mentionner parmi les morts.

— Qu'en est-il alors, dit-elle, d'Olaf Finnbogason ?

Et le garçon répondit que ce n'était pas le nom d'un des morts. Il s'étendit ensuite sur Vatna Hverfi. Sira Nikolaus, de l'église d'Undir Hofdi, avait été emporté, dit-il, de même que son « épouse ». Et les gens estimaient qu'il avait cent ans. Ceci du moins était vrai, que lorsqu'on le sortit de chez lui il était aussi ratatiné qu'un enfant.

Ce ne fut pas la moindre malédiction de cette maladie générale qu'elle ait eu lieu au début de l'hiver, et les gens et les bêtes durent encore endurer maintes semaines de neige et de tempête avant la venue du printemps. Beaucoup périrent parmi les gens affaiblis, et sur bien des fermes les bestiaux souffrirent trop longtemps de la faim et trop tôt dans l'année pour survivre, aussi fut-ce un mauvais hiver, avec des morts et des poussées de famine jusqu'après Pâques. Dans le Hvalseyfjord, Orm Guttormsson figurait parmi les morts, de même qu'Astrid Gunnarsdottir et Maria Gunnarsdottir, emportées l'une le matin de la messe de saint Etienne et l'autre le soir, et après que leurs corps eurent été enveloppés et placés dans la neige, Birgitta raconta à Gunnar la vision qu'elle avait eue bien des mois auparavant : tous ses enfants disparaissant devant ses yeux tandis qu'ils ramassaient des algues au bord de l'eau. Et elle dit :

— Peut-être suis-je punie de mon orgueil, car j'étais très attachée à la beauté de Gunnhild, à l'enjouement d'Astrid et à l'amour de Maria pour moi, en sorte que j'appréhende maintenant de contempler les autres, et je cherche à mortifier mon orgueil pour eux afin d'éviter ce châtiment.

Gunnar lui demanda si elle avait parlé à quiconque de cette vision, en particulier à Sira Pall Hallvardsson, et Birgitta répondit que non, qu'elle avait craint de le faire. Et Gunnar dit :

— Certainement que le prêtre peut te donner une pénitence ou quelques prières à réciter.

— Mais, répondit Birgitta, lorsque j'ai vu cette disparition, j'étais grosse de Johanna et elle s'est mise à sauter de joie que je voie cela, voilà pourquoi je crois qu'elle apporte le malheur et le répand comme une contagion, bien qu'elle n'en soit pas touchée elle-même.

— Et cela te donne peu d'amour pour elle, on le voit clairement.

— J'ai le sentiment qu'elle vivra et qu'ils mourront, de même que, d'eux tous, elle seule n'a pas été touchée par la maladie, et elle va d'un lit clos à l'autre en regardant ses frères et sœurs d'un œil curieux et inlassable.

Mais Gunnar ne voulut pas admettre que cette maladie fût en rien différente des précédentes attaques du mal des vomissements, où beaucoup survivent et quelques-uns meurent sans que personne pût dire à l'avance quel sera son sort. Néanmoins, Birgitta ne renonça pas à l'idée que Johanna était une enfant étrange, et elle l'évitait de son mieux.

Vint le printemps, et Sira Jon dépêcha des messagers dans tous les districts pour annoncer qu'il dirait une messe de Pâques et donnerait un banquet à Gardar pour célébrer la Résurrection du Seigneur et celle de toutes les âmes des morts à la vie céleste, car, déclara l'estafette, Sira Jon disait souvent aux gens de Gardar que Dieu réservait force bienfaits à ceux qui souffraient dans les contrées désolées de la terre et y œuvraient à sa gloire.

Il y avait à Gardar une femme appelée Olof ; c'était la fille d'Anna Jonsdottir, qui veillait à l'administration de la maison, et Olof, bien qu'elle n'eût qu'une vingtaine d'années lorsque Anna mourut, l'année même de l'arrivée de Bjorn Einarsson, avait repris la position de sa mère et s'occupait maintenant de Sira Jon et de Sira Audun ainsi que du ménage de la chambre de l'évêque, qu'elle faisait à fond tous les trois jours sur les ordres de Sira Jon, en prévision de la venue imminente du nouvel évêque. Pour lui, Sira Jon avait emménagé dans une chambre minuscule et sombre, très différente de ses anciens appartements, et le mobilier de cette pièce se composait en tout et pour tout de quelques fourrures et lés de vadmal et d'une petite lampe. Il avait juste la place de se coucher, et il semblait à Olof qu'il aimait beaucoup cet endroit, tant il y passait de temps.

Sira Jon se mettait souvent maintenant dans un curieux état, et les gens de Gardar disaient alors qu'il « extravaguait », et lorsqu'il se trouvait dans cet état il était particulièrement sensible au moindre bruit et à chaque jeu de lumière, et il observait ses domestiques comme s'il voyait à travers eux. A ces moments-là, seule Olof pouvait l'approcher ; il avait également l'habitude alors de se retirer dans sa petite chambre, dont il ressortait quelque peu soulagé. Il se montrait particulièrement impatient avec son intendant, un homme à peu près de son âge qui s'appelait Petur, et tonnait contre lui quoi qu'il lui annonçât : que deux vaches aient vêlé parfaitement ou que dix-sept agneaux et cabris soient morts, Jon accueillait la nouvelle avec la même fureur. Aussi les serviteurs de Gardar surveillaient-ils leur maître avec encore plus de vigilance qu'il n'est habituel chez les serviteurs, et le grand sujet de conversation, matin et soir, était l'humeur de Sira Jon. Souvent, Sira Audun partait brusquement en visite dans les autres districts, et c'était le signe, estimait-on généralement, que Sira Jon extravaguait. Les gens considéraient que les deux prêtres n'étaient pas amis, bien que pas encore ennemis.

La plupart des gens de Gardar furent atteints par le mal des vomissements, mais certains y échappèrent. Sira Jon fut épargné mais non Sira Audun, bien qu'il se rétablît ; Petur l'intendant en sortit indemne mais non Olof, et lorsque celle-ci tomba malade, Sira Jon se rendit un jour dans l'enclos des moutons où se trouvait Petur et le prit violemment à partie.

— En vérité, lui dit-il, tu es la proie des démons et abandonné du Seigneur, et c'est donc toi, Petur, qui devrais mourir pour rejoindre les tiens en Enfer.

Puis il déclara :

— Il m'est venu en rêve que les animaux des champs et du fjord vont se soulever et nous vaincre, et tu seras piétiné par les chevaux, encorné par les vaches, foulé par des dizaines de moutons et broyé par l'étreinte d'un morse, puis entraîné dans les profondeurs de la mer par une baleine, mais même après tout cela, il restera encore un bloc de mal en toi, aussi seras-tu emporté dans les déserts glacés pour y être abandonné à jamais.

Et Petur, aussi solide fût-il, fut quelque peu effrayé par ce discours et s'éloigna de son maître, ce qui exaspéra Sira Jon encore davantage, de manière que sa voix, basse jusqu'alors et audible du seul Petur, s'enfla et tous les gens alentour l'entendirent. Un autre homme, un vieux serviteur, dut l'emmener, et quelqu'un partit à la recherche de Sira Audun, mais, bien que la porte de sa chambre fût fermée, il ne répondit pas et resta introuvable. Lorsque Olof releva de maladie, l'humeur de Sira Jon s'améliora aussi et il donna quelques peaux de mouton à Petur. Ce fut ce miracle, la guérison d'Olof, qui incita Sira Jon à offrir un banquet pour Pâques.

Sira Jon se réjouissait vivement de la fête prochaine et semblait à peine extravaguer. Il se plaisait particulièrement à fouiller dans les coffres du magasin pour en sortir de belles soies et tapisseries dont il ornait l'autel et les murs de la cathédrale. Il sortit pour lui-même deux chasubles différentes, l'une blanche et enrichie de fils d'or pour la première messe, l'autre d'or et bordée d'écarlate pour la seconde. Ces ornements avaient été conservés avec soin et se trouvaient donc en bonne condition, hormis un ou deux petits trous là où le tissu était usé. Après les atours, il passa en revue tous les vases sacrés présents en Terre Verte et trouva les plus belles pièces entières et sans bosselures, et il les nettoya lui-même avec du sable fin apporté spécialement dans cette intention quelques années auparavant. Ensuite, il se rendit dans le bâtiment des cuisines et dans les magasins pour examiner tous les vivres entreposés et les antiques vaisseaux de vin, et il en sortit des jarres de miel et un nectar de l'époque de l'évêque Arni.

Le temps passant, il voulut même inspecter les chambres où demeureraient les invités et veiller à ce que les servantes battent les peaux de renne et balaient le sol. Mais plus le Vendredi saint approchait, plus il semblait à Olof que Sira Jon extravaguait de plus belle, en sorte que les serviteurs redoutaient de le voir venir et Petur l'intendant refusait de se présenter devant lui. Alors Olof se mit en quête de Sira Audun et tambourina contre sa porte pour qu'il ne pût l'ignorer. Après qu'elle eut ainsi frappé et appelé quelque temps, il ouvrit la porte et la laissa entrer. Et Olof expliqua à Sira Audun ce qu'elle comptait faire pour que les messes et le banquet se déroulent au mieux, mais, dit-elle, elle ne pouvait entreprendre cela de son propre chef, car Sira Jon était son maître et elle n'était en outre qu'une servante et une femme. Sira Audun était très réticent et Olof resta avec lui pendant presque toute la matinée, refusant de quitter sa chambre malgré ses injonctions. C'était le matin du Vendredi saint. En fin de compte, en raison des obligations qu'il devait accomplir, Sira Audun consentit à ce qu'Olof demandait, et celle-ci se retira.

Ce soir-là, Olof porta dans la chambre de Sira Jon un dîner particulièrement riche, avec force variété de mets et en plus grande quantité qu'il ne pouvait manger, puis elle sortit en fermant la porte, comme d'habitude. Puis Sira Audun barricada la porte pour empêcher l'autre prêtre de sortir, et Sira Jon resta enfermé dans sa chambre, tantôt criant, tantôt silencieux, jusqu'à l'aube du jour de Pâques. Quand ils le laissèrent sortir, il n'extravaguait plus du tout. Et c'est ainsi que les gens venus à Gardar pour la fête furent très contents de Sira Jon et remarquèrent combien il semblait calme, et même Sira Pall Hallvardsson fut satisfait de la conduite de l'autre prêtre.

Il advint que nombre de Groenlandais apportèrent les plus beaux présents qu'ils pussent offrir et les disposèrent sur l'autel devant l'os du doigt de saint Olaf pour le remercier d'avoir franchi l'hiver. Thorkel Gellison donna un tabouret, taillé dans du bois d'olivier de Jérusalem, que son grand-père avait ramené d'Irlande, et ce tabouret, qui venait des croisades, était tout orné d'animaux fantastiques sculptés à la mode orientale. Thorkel se réjouissait d'avoir survécu à l'hiver avec sa femme.

Snaebjorn Bjarnarson de Herjolfnes et ses deux fils qui n'étaient pas morts présentèrent un autel pliant français en ivoire que les hommes de leur famille emportaient toujours dans leurs voyages en mer et qui leur valait grand-chance. Ces hommes étaient reconnaissants de la survie de leurs enfants, onze en tout, bien que Siggtryg et deux des épouses eussent péri.

Magnus Arnason ne put faire entrer son cadeau dans l'église, car c'était un grand et bel étalon rouan, de quelque cinq hivers et bien dressé tant pour le trait que pour la monte. C'était le meilleur des beaux chevaux de Magnus et un des meilleurs produits du vieil étalon gris de Thorkel Gellison. Magnus rendait grâce de la vie de sa concubine et de ses autres serviteurs, car son épouse skraeling était morte depuis bien des années. Bjorn Bollason, le nouveau récitateur de la loi, offrit un siège pour que le prêtre s'y assît pendant la messe, et étaient sculptés sur le dossier de ce siège, qui était fait de bois d'épave recueilli au fil de maintes saisons, un aigle et un ours, pour saint Jon et saint Kolumban. C'était le plus magnifique des présents, comme il se devait, et les gens se pressèrent pour le regarder.

Vigdis de la terre de Gunnar et de la terre de Ketil apporta un bol de stéatite, orné de douze personnages sculptés qui se tenaient par la main, et c'étaient les douze apôtres. Il y avait naguère un visage au fond du bol, la face de Jésus, mais Vigdis l'avait fait effacer car, disait-elle, c'était péché que de couvrir une telle face de lait caillé ou de brouet. Ce bol figurait parmi les meubles de la terre de Ketil depuis toujours, et l'on ne savait plus d'où il venait ni qui l'avait fait.

Ragnleif et la femme de son oncle, Gudrunn Jonsdottir, firent une offrande commune, et c'était une paire de défenses de morse qu'Osmund Thordason possédait depuis longtemps, depuis la dernière fois qu'un parti de chasseurs s'était rendu dans le Northsetur. Et ces deux-là annoncèrent aussi leur ferme intention de se marier le Noël suivant, et tandis que certains désapprouvaient leur hâte, d'autres disaient que c'en était fini pour les Groenlandais du temps du cérémonial courtois et qu'une femme et un grand domaine ne pouvaient se passer d'un vigoureux fermier pour les travaux de l'été.

Gunnar Asgeirsson et Birgitta Lavransdottir offrirent une chape de prêtre en soie rouge, et les gens remarquèrent que nombre de savantes coutures dissimulaient les endroits où la soie avait été raccommodée.

Il y eut abondance d'autres présents, vadmal et autres tissus, fourrures et peaux de phoque, et beaucoup de ceux-ci furent donnés par des gens inconnus, dans l'obscurité de la nuit, et notamment une jolie coupe d'olivier sculpté, enveloppée dans un galon de tissu bleu et blanc. Et après que Margret Asgeirsdottir l'eut déposée avec les autres offrandes, il ne lui resta plus rien qui eût appartenu à Skuli Gudmundsson.

Après la remise des présents, Sira Jon concélébra la première messe avec Sira Audun, et Sira Audun récita la prière suivante :

Seigneur, nous gisons dans nos maisons de tourbe
Comme en des tombes recouvertes de neige,
Et nos prières montent vers Toi aussi fort
Que les voix des morts.

Seigneur, Tu brises pour nous les glaces
Et fais pousser l'herbe verte,
Et nous sortons de nos maisons
Pour chanter Tes louanges.

Mais les gens ne trouvèrent pas cette prière aussi bonne que les autres compositions de Sira Audun, et rares furent ceux qui en firent l'éloge.

Lors du banquet, le grand sujet de conversation en dehors de la maladie et du dur hiver fut Bjorn Einarsson, et les Groenlandais d'évoquer comment il en usait et les biens qu'il avait apportés, et les atours qu'arborait Solveig, qui variaient selon le temps. Ceux qui s'intéressaient aux navires et aux bateaux, comme les gens du Hvalseyfjord, rappelèrent les lignes élancées et les fines sculptures de ses quatre vaisseaux. Les habitants de Vatna Hverfi soulignèrent la manière experte dont il s'était choisi les tout meilleurs chevaux du district. Thord du Siglufjord parla des vivres qu'il avait envoyés pendant la famine de 1388 : uniquement des produits sains, délicats et savoureux, rien qui vînt du fond du magasin. Les gens de Gardar évoquèrent ses récits de Rome et de Jérusalem, de France et d'Islande, et la manière dont Einar restait près de lui pour corriger et compléter ces histoires. Sira Audun mentionna quelques plaisanteries que Bjorn avait faites en réglant sa querelle avec les gens de l'Alptafjord à propos de l'endroit où ils devaient prier, et d'autres en vinrent à parler de Kollbein Sigurdsson et de sa manière stupide d'agir, de sorte que tout le monde se sentait lésé quand il en avait terminé tandis que tout le monde se sentait favorisé lorsque Bjorn s'était entremis. Ceux qui n'avaient pas connu Bjorn ou ne l'avaient vu que de loin racontèrent à leurs voisins ce qu'ils avaient entendu dire de lui. D'aucuns disputèrent si Bjorn avait apporté dans ses quatre bateaux autant de marchandises en Terre Verte que Thorleif dans son unique navire, et il y eut grand désaccord à ce propos. Le résultat de tout cela fut qu'à la fin de la soirée certains se dirent que des visites comme celle de Bjorn étaient trop belles pour être vraies, et quelques-uns doutèrent au fond d'eux-mêmes que lui, ses navires et ces récits fussent vraiment venus jusqu'à eux ou déclarèrent qu'il ne pouvait être un homme mais devait être un fantôme, un ange ou un démon envoyé pour éprouver ou récompenser les Groenlandais, et en regagnant leurs baraquements et leurs chambres, les gens évoquèrent d'autres histoires étranges qu'on leur avait rapportées ou dont ils avaient été témoins.

Après un bref repos, les visiteurs se levèrent dans la nuit pour assister à une autre messe. Sira Jon portait cette fois la chasuble d'or et Sira Audun répéta sa prière du matin, de sorte que la plupart des gens se confirmèrent dans leur mauvaise opinion d'elle tandis que certains la louèrent plus encore que la première fois, peut-être pour s'amuser aux dépens de leurs voisins.

Cette seconde messe terminée, d'autres rafraîchissements furent disposés sur les tables de la grand-salle et les gens prirent leur tranchoir et s'assirent sur les bancs alignés le long des murs ou sur le sol, et entreprirent, comme il se devait, d'échanger des nouvelles, de dresser des plans et de raconter des histoires. Et Sira Jon s'installa sur son haut siège avec un bol de lait caillé et une cuillère sculptée, en parcourant l'assemblée du regard, en sorte que certains des fermiers les plus prospères vinrent s'asseoir auprès de lui, ainsi qu'il convenait. Mais il ne commença pas à manger et ses voisins ne purent festoyer non plus et restèrent poliment à attendre. Bientôt, Sira Jon se mit à dévisager les fermiers l'un après l'autre, et chacun hésitait à lui rendre son regard et à paraître inamical, aussi certains d'entre eux cherchèrent-ils des yeux Sira Pall Hallvardsson ou Sira Audun ou Olof pour qu'ils vinssent à leur secours, mais Olof surveillait le dressoir, Sira Pall Hallvardsson parlait à un groupe de fermiers de Vatna Hverfi et Sira Audun avait disparu. Finalement, Thorkel Gellison prit la parole et dit :

— Sire prêtre, votre bol recèle des victuailles de belle apparence et nul doute que vous soyez affamé après ces grands efforts.

Et les gens remarquèrent que Thorkel s'était adressé à lui dans les formes et firent l'éloge de son habileté. Pourtant, Sira Jon se contenta de regarder son bol sans manger. Mais, au moment même où Thorkel ouvrait la bouche pour parler derechef, Sira Jon dit :

— J'ai une histoire à raconter.

Et telle fut l'histoire de Sira Jon :

« Il y avait un jeune homme appelé Alf, du Stavangersfjord en Norvège. Lorsqu'il avait vingt-sept hivers, il fit un voyage au Danemark, puis à Aix-la-Chapelle, en Allemagne, et là, il se rendit au palais de l'évêque et demanda à voir le prélat, mais les gardes à la porte le battirent et le renvoyèrent. Et le lendemain à la même heure, il revint et demanda à voir l'évêque, et de nouveau les gardes le rossèrent, mais cette fois à coups de bâton, et le renvoyèrent. Et pourtant il revint le troisième jour, et dès qu'ils le virent les gardes tombèrent sur lui, et ils allaient l'étriller de plus belle quand l'évêque sortit du palais avec un groupe de chasseurs. En voyant ce qui se passait, il envoya son intendant faire cesser les gardes. Alors cet évêque allemand se dirigea vers Alf sur son palefroi, le regarda et vit une telle sainteté dans ses yeux qu'il descendit de sa monture et fit transporter le jeune homme dans son palais, et là, tandis qu'Alf se remettait de ses corrections, les deux hommes s'entretinrent d'affaires sacrées. L'évêque fut si ébloui par son intelligence de tout ce qui concernait l'Eglise que, lorsqu'il fut rétabli, il lui donna les ordres majeurs et l'installa dans un bénéfice qu'il avait alors en partage. Et Sira Alf vécut ainsi pendant six années, jusqu'à ce qu'il atteignît trente-trois ans, qui était l'âge de Notre-Seigneur Jésus-Christ lorsqu'Il fut crucifié pour nos péchés à Jérusalem. Et tout cela est bien connu et recensé dans les annales de l'évêché d'Aix-la-Chapelle. Outre cela, les gens d'Aix-la-Chapelle virent que leur évêque avait été transformé par l'arrivée de Sira Alf en un personnage saint et vertueux, alors qu'il était un jeune homme enfoncé dans le péché, et ils prirent cela pour un miracle, car l'année précédente cet évêque avait engendré quatre bâtards qu'il avait dotés de bénéfices, tout nouveau-nés qu'ils fussent. Et Sira Alf déclara ceci, que le nom d'Aix-la-Chapelle lui était venu en rêve, comme il marchait sur les chemins, car jamais il n'avait entendu prononcer ce nom une seule fois auparavant. »

Ceux qui écoutaient commencèrent à regarder autour d'eux et à s'agiter sur leurs sièges, car ils ne croyaient guère à de telles choses de la part de l'évêque Alf, qui avait été un bon évêque, sans doute, mais certes pas un saint, et n'avait accompli nul miracle en Terre Verte. Certains commencèrent aussi à manger, car il n'est pas jugé inconvenant de manger quand on raconte une histoire.

Sira Jon poursuivit :

« Alors vint le moment pour Sira Alf de quitter Aix-la-Chapelle, bien que l'évêque et force autres gens répugnassent à le voir partir, et ils lui donnèrent maints riches présents qu'il offrit à la cathédrale d'Aix-la-Chapelle, ne gardant que quelques menus objets pour lui-même. Il se trouva qu'il se dirigea vers Brême dans l'intention de poursuivre sa route plus au nord, vers Bergen, et de là jusqu'à Nidaros.

« Et ainsi, par une journée de printemps, il partit pour Brême dans sa robe de prêtre, tenant par la bride un baudet, et ce baudet était chargé de nombreux cadeaux pour les évêques qu'il rencontrerait en chemin. Pourtant Alf refusa toute escorte, disant que le Seigneur le garderait. Le premier jour se passa sans incidents jusqu'à ce qu'il parvînt à un certain sanctuaire où il entendait faire ses dévotions. Là, il advint qu'au crépuscule une belle femme s'approcha de lui, revêtue des atours les plus riches et les plus colorés, et elle commença à lui parler avec modestie et honnêteté, mais il perça immédiatement à jour ses manières trompeuses et sut qu'elle était une putain, et il se mit à lui parler avec amour, tant et si bien qu'il obtint d'elle qu'elle ôtât sa riche parure pour revêtir une simple robe de vadmal, et elle se voua sur-le-champ au Seigneur. Et le lendemain matin Sira Alf poursuivit son chemin.

« Il arriva ainsi que vers le crépuscule du deuxième jour il apparut clairement que Sira Alf et son âne devraient passer la nuit sur les routes, car ils étaient loin de toute ville. Aussi Sira Alf trouva-t-il un endroit abrité, entrava le baudet et se mit à genoux pour réciter ses prières du soir. Et, comme il priait, des voleurs arrivèrent qui entreprirent de décharger l'âne et d'enlever tous les trésors que Sira Alf transportait avec lui, mais Sira Alf était si saint et si plongé dans ses prières qu'il ne remarqua point ce qui se passait. Or, quand le grison se trouva déchargé et dépouillé même de son plus précieux fardeau, qui était un reliquaire contenant la mâchoire de Joseph d'Arimathie, il se mit à braire très fort, comme s'il hurlait, à faire dresser les cheveux sur la tête, mais au lieu de se relever, Sira Alf lui cria : "Oh, animal de peu de foi, tu cries en vain, car tu ne changeras jamais ainsi les cœurs de nos persécuteurs et personne ne viendra non plus à notre secours. Tu ferais mieux de prier le Seigneur qui t'a créé pour qu'Il réforme les sentiments de ces voleurs !" Et ainsi Sira Alf poursuivit-il son oraison tandis que l'âne se taisait. Mais lorsque le prêtre se réveilla le lendemain matin, les deux ballots se trouvaient, bien attachés ensemble, au bord du chemin, et rien n'en avait été distrait. Il les chargea sur le dos du baudet et se remit en route.

« Voilà que le troisième jour, ils arrivèrent devant la ville de Cologne, où est une grande et belle cathédrale. Et à la brune, ils franchirent les portes de la ville qui étaient en train de fermer et se dirigèrent vers le sanctuaire. Mais à peine Sira Alf avait-il pénétré dans les murs qu'il fut assailli par des meurtriers armés de dagues, et ces hommes proclamèrent leur intention de tuer le prêtre et de voler ses biens, et à cette fin ils le jetèrent sur les pierres de la rue et levèrent leurs armes. Mais Sira Alf les regarda fermement, sans crier de peur, et dit simplement à l'âne : "Nous nous rapprochons de la promesse céleste." Et il se trouva juste alors qu'un orage éclata au-dessus de leurs têtes et un éclair tomba et frappa le chef de cette bande de meurtriers, en sorte qu'il fut jeté sur le sol et aveuglé. Et les autres malandrins furent saisis d'une grande peur et se reculèrent, laissant Sira Alf se relever. Et le Norvégien tomba sur eux à bras raccourcis, assommant nombre de ces brigands, puis il s'avança jusqu'aux abords de la cathédrale, où l'attendait l'évêque en personne. L'évêque dit qu'il avait fait trois rêves de Sira Alf, le rêve d'une putain, un rêve de voleurs et un rêve de meurtriers, et chaque fois Sira Alf avait agi en saint homme, car un saint homme est celui qui se détourne du péché, s'en remet au Seigneur et combat les ennemis du Seigneur avec tous les moyens à sa disposition. Et Sira Alf fut reçu dans la cathédrale et y vécut un an, discourant avec l'évêque et prenant part aux messes dans ce beau sanctuaire. »

Alors Sira Jon se tut et commença à manger le lait

caillé de son bol, et les gens assemblés trouvèrent que c'était une histoire agréable et bien racontée, que cet Alf fût ou non celui qu'ils connaissaient. Puis les Groenlandais se rappelèrent que Sira Jon était parmi eux depuis quelque vingt-trois hivers, plus longtemps qu'ils ne l'auraient cru, et ils firent l'éloge de son banquet et de son administration de Gardar, qu'il maintenait en meilleur état qu'Ivar Bardason lorsqu'il en était l'intendant. Et avec force paroles en ce sens, les gens allèrent se coucher.

Après ce banquet vint le printemps, et ce fut un printemps chaud qui fit jaillir l'herbe soudainement ; mais s'il ne plut guère, il avait tant neigé l'hiver précédent que les prés étaient riches et épais. C'était le moment pour Margret Asgeirsdottir de regagner la terre de Steinstraum avec Sigurd, et elle prépara ses affaires. Le jour de son départ, comme elle indiquait à un des serviteurs comment elle souhaitait charger le bateau et ce qu'elle devait emporter, Gudrunn Jonsdottir s'approcha et lui dit :

— Les choses ont changé ici, car Osmund est mort et sa ferme est plus pauvre que du temps de Marta Thordardottir. De plus, la plupart des gens vont se retirer sur la ferme de Ragnleif, où tu es inconnue et comptes peu d'amis. Voilà pourquoi il te faut trouver un autre endroit pour hiverner ou retourner auprès de ton frère dans le Hvalseyfjord, ce qui me paraît la meilleure décision. Mais, pour que les gens ne me croient pas dénuée de générosité, je te remets en propre sept brebis, et pas seulement cinq, et toutes ces brebis ont des agneaux à la mamelle.

Et elle attendit que Margret la remerciât. Et Margret lui répondit :

— Cette nouvelle n'est pas inattendue, car tu m'as traitée avec peu de respect durant mon séjour, bien que j'aie soigné jusqu'à leur guérison tous les gens de cette ferme que j'avais trouvés mourants. Deux brebis de plus que je n'ai coutume de recevoir est un bien petit paiement pour la mort d'Asta Thorgsdottir, ce me semble.

Alors on fit descendre les brebis de la colline pour les charger dans le bateau et Margret s'en alla.

Mais il se trouva que le Seigneur n'en avait pas terminé avec les Groenlandais, car après le banquet, certaines gens qui étaient venus à Gardar tombèrent malades du mal des entrailles, et ceux qui en sont atteints vomissent, ne cessent d'aller à la selle, transpirent et souffrent de violents maux de ventre. Les premiers touchés venaient des districts de Vatna Hverfi et de Dyrnes, et peu après le banquet d'autres gens de ces districts attrapèrent aussi la maladie, et quelques vieillards et quelques enfants en périrent. Puis le mal atteignit Brattahlid et le Hvalseyfjord et ensuite le Sud et Herjolfnes, et bien que peu mourussent, il en résulta que les gens passaient leur temps à la selle quand ils auraient dû fumer leurs champs, et après cela beaucoup furent incapables de participer à la chasse aux phoques de l'été, en sorte que l'on captura moins de phoques. Pourtant l'herbe paraissait si épaisse et si grasse dans les prés que les prêtres parlaient à l'église de la manière dont le Seigneur nous enlève les choses pour nous les rendre sous une autre forme. Sur la terre de Lavrans, tout le monde l'eut mais seul Lavrans fut si ravagé par le mal qu'il mourut au bout de trois jours, et les gens s'émerveillèrent qu'il se fût autant racorni en si peu de temps, car sa peau pendait ridée et flasque sur ses os et il n'avait pratiquement plus de chair, alors qu'il avait toujours été un robuste gaillard. Des autres maisons du Hvalseyfjord, celle de Sira Pall Hallvardsson en souffrit le plus tandis que les gens qui n'allaient guère à l'église en pâtissaient le moins, et beaucoup s'étonnèrent de cette circonstance.

Sur la terre de Lavrans, Finn, Gunnar et Olaf avaient coutume de participer à la chasse aux phoques, mais cette année-là Gunnar et Olaf étaient épuisés par le mal des entrailles, aussi Finn dut-il y aller seul car il en avait moins souffert et s'était déjà rétabli. Kollgrim n'avait pas encore tout à fait douze hivers, mais il était grand et large, bâti comme Hauk Gunnarsson, et il supplia Birgitta de le laisser partir avec Finn à la chasse aux phoques. Birgitta déclara qu'il n'irait point, mais il la harcela pendant les trois jours suivants avec tant d'acharnement qu'elle finit par céder, mais elle n'en dit rien à Gunnar, qui n'avait guère confiance en la bonne conduite de Kollgrim et encore moins en la capacité de Finn à tenir le garçon en lisières, car Finn s'amusait souvent des agaceries de Kollgrim et ne voyait nulle raison de le réprimander.

Cependant, Kollgrim vint voir sa mère de son propre chef avant le départ et lui promit d'obéir à Finn et de s'efforcer de ne pas faire honte à la famille de la terre de Lavrans, car, comme le disait souvent Birgitta, Kollgrim n'avait pas de mauvaises intentions mais seulement tendance à se laisser emporter, et après ses méfaits il éprouvait plus de remords que quiconque. Telles étaient les excuses de sa mère. Malgré tout, elle doutait fort qu'il participât à la chasse sans provoquer des ennuis et elle regrettait de s'être rendue à ses caprices.

Le soir après le départ, Gunnar se sentit mieux et demanda à Helga de lui apporter un peu de nourriture dans son lit clos, car le mal des entrailles donne une telle faim que certains l'appellent le mal de la faim, et pourtant, tout affamé que l'on devienne, on redoute de manger, car nul ne peut dire à l'avance si la nourriture se révélera ou non une brûlure et un tourment. Cette fois-ci, Gunnar découvrit avec plaisir qu'il pouvait sans inconvénient avaler son brouet, qui était très chaud et savoureux : fait d'un guillemot piégé par Finn, cuit avec une nageoire de phoque pour la graisse et assaisonné d'herbes. Comme il mangeait, Helga s'assit près de lui et se mit à raconter que Johanna s'était empêtrée dans la laine cardée et l'avait éparpillée dans toute la grand-salle de la maison pendant que Birgitta était aux cabinets, puis, effrayée de ce qu'elle avait fait, elle avait sorti le fuseau de sa mère pour essayer de la filer, tant et si bien qu'elle avait tout crotté et emmêlé, la laine filée et la laine brute. Helga trouvait cela très amusant et Gunnar éclata de rire à son tour. Quand il eut fini de manger, Gunnar demanda à Helga de lui envoyer Kollgrim, car il avait quelques instructions à lui donner, et Helga baissa les yeux, de sorte que Gunnar voulut savoir quelles sottises Kollgrim avait encore faites, et Helga répondit :

— Aucune, mais Birgitta est très inquiète, car elle lui a permis de partir avec Finn à la chasse aux phoques.

Alors Gunnar bondit hors du lit clos, malgré ses douleurs d'entrailles, et appela Birgitta à grands cris, qui arriva de la laiterie où elle découpait du caillé. Et Birgitta baissa elle aussi les yeux, car elle connaissait la source de la colère de Gunnar. Et après cela, pendant les six jours suivants, Gunnar refusa de parler à Birgitta et tous deux attendirent dans la crainte des nouvelles de la chasse aux phoques. Et nulle lumière d'aucune sorte ne vint à Birgitta, en rêve ou éveillée, et cela lui donna quelque espoir d'une heureuse issue.

Les Groenlandais avaient coutume de se cacher dans leurs bateaux parmi les îles à l'embouchure de l'Alptafjord jusqu'à ce que les phoques apparussent du sud en grand nombre. Alors les bateaux s'avançaient en ligne au milieu des animaux et essayaient d'en pousser des groupes vers de petites criques où les chasseurs pouvaient les tuer à coups d'épieu ou de bâton et les hisser rapidement hors de l'eau avant qu'ils ne coulent. Finn n'entendait pas se laisser divertir de ce travail ni autoriser la moindre transgression de la part de Kollgrim Gunnarsson, aussi attacha-t-il le garçon par les mains au plat-bord de la barque et lui enjoignit de simplement regarder. Et Kollgrim fut attaché de la sorte pendant trois jours et libéré seulement le soir, lorsque les bateaux étaient halés sur la grève et que les gens s'affairaient à découper les phoques et à faire fondre la graisse. Et quand il relâchait Kollgrim, Finn lui disait uniquement d'être prêt à monter dans le bateau au moment du départ, car Finn ne pouvait l'attendre et laisser les phoques s'échapper au loin. Ainsi Kollgrim était-il livré à lui-même pendant la nuit.

Une de ces nuits que Kollgrim déambulait parmi les campements, des hommes le hélèrent et lui demandèrent son nom. Il les dévisagea hardiment et répondit que seuls les ignorants ne savaient pas qu'il était Kollgrim Gunnarsson de la terre de Lavrans dans le Hvalseyfjord et qu'il accompagnait le chasseur Finn Thormodsson, dont ils avaient certainement entendu parler, pour l'aider pendant la chasse aux phoques. Alors les hommes rirent et l'un d'eux dit :

— Ton père est-il donc Gunnar, un homme fameux, bien qu'il n'habite qu'une petite ferme qui lui vient de sa femme ?

— Tout homme peut être dépouillé de son patrimoine par duperie, et c'est vérité. Certaines gens, qui ont le don de double vue, voient qu'il nous reviendra.

— Je crois que Gunnar Argeirsson n'est qu'un meurtrier et un fol, et le district de Vatna Hverfi n'est que plus agréable depuis son départ.

Les hommes continuèrent de rire, et celui qui venait de parler plus fort que les autres.

Alors Kollgrim se baissa pour ramasser une grosse pierre et leva le bras pour la lancer, mais un autre homme, qui se tenait non loin de là, détourna son bras et le projectile frappa un rocher proche avec un bruit mat.

Alors l'homme qui avait parlé dit :

— Le chiot est comme le chien, alors. Tiens, voilà quelqu'un que tu devrais rencontrer.

Et il s'écarta pour montrer un autre homme qui mangeait sa viande assis derrière lui sur un rocher. Cet homme leva les yeux. C'était un grand gaillard brun, mais il avait aussi tellement belle contenance que Kollgrim le considéra quelques instants avec plaisir. Le braillard lui cria :

— Voilà à qui tu devrais lancer ta pierre, mon garçon, c'est le gars qui habite la terre de Gunnar, Jon Andres Erlendsson, et un farouche gaillard, tu peux me croire. C'est pas une pierre qui l'arrêtera s'il décide d'obtenir ce qu'il convoite.

— Pour l'instant, Ofeig Thorkelsson, tout ce que je veux, c'est ma viande, et je trouve que tu fais bien du bruit, dit Jon Andres.

Puis il regarda Kollgrim. Or, si Kollgrim était grand pour son âge, c'était encore un jeune garçon, tandis que Jon Andres Erlendsson atteignait l'âge d'homme, avec la stature et la largeur d'un homme fait. Il envisagea durement Kollgrim quelques instants en avalant son repas, puis il reposa son bol et dit :

— Sais-tu, mon garçon, que ton père a blessé mes trois frères, de sorte qu'ils souffrirent mille tourments avant d'avoir la chance de mourir, et que ce gars Finn Thormodsson est le démon qui trama le plan de leur destruction ?

— Je sais que ton père et ta mère ont donné trois fils pour avoir notre grande terre. Ce n'était pas cher payé, du moins les gens le dirent à l'époque.

Mais en vérité Kollgrim ne pouvait détacher ses yeux de Jon Andres.

— Voici une autre histoire : ton père et sa deuxième putain ont été rongés par des chiens. Quel voisin accuses-tu de cela ?

Alors cet homme Ofeig se mit à rire derechef et dit :

— Je crois vraiment que ce garçon est à moitié renard. Il préfère mordre à vivre.

Alors Kollgrim le regarda.

— Aurais-tu l'intention de me tuer, Ofeig Thorkelsson ? Le feras-tu en m'enfonçant la tête dans ta bedaine pour m'étouffer ?

Et de fait Ofeig était assez gras. Alors Kollgrim se baissa de nouveau et saisit une autre pierre.

A ce moment-là, Jon Andres prit la parole et dit :

— Je n'ai nulle envie de me battre avec un jouvenceau. Tu es passé près de nous par hasard et nous voulions seulement savoir qui tu étais, sans nous douter que cela aurait quelque chose à voir avec nous. Tu ferais mieux de retrouver Finn Thormodsson et d'oublier notre rencontre.

Kollgrim regarda autour de lui, et dans l'obscurité qui tombait, car cela se passait peu avant la fête de saint Kolumkilli et les jours étaient très longs, il vit des oiseaux sur la grève qui picoraient les restes des Groenlandais. Il cria et leva le bras et les oiseaux s'envolèrent de quelques pas, alors il jeta la pierre et abattit l'un d'eux comme Finn le lui avait enseigné. Puis il se tourna vers Jon Andres et dit :

— Voilà le genre de jouvenceau que je suis.

Et il s'en alla, mais comme à regret en regardant derrière lui à deux ou trois reprises. Un des compagnons d'Ofeig, qui s'appelait Mar, se dirigea vers l'eau, ramassa l'oiseau et le rapporta. Tous virent alors qu'il avait la tête broyée.

Le lendemain matin, Finn Thormodsson lia de nouveau les mains de Kollgrim au plat-bord du bateau et ils partirent. Ce jour-là, le troisième, il était prévu de pousser les phoques dans le Hvalseyfjord et le Kambsteadfjord, mais la coutume voulait que tous les chasseurs suivent les phoques jusqu'à la fin de la traque afin que les fermes du Nord aient autant de viande que celles du Sud. Cependant, Finn projetait de s'arrêter à la terre de Lavrans pour changer de vêtements, ceux qu'il portait étant trempés et souillés de sang et de graisse fondue.

Le soleil se levait à peine qu'ils étaient déjà aux abords de la terre de Lavrans, et Finn regarda Kollgrim et dit :

— Peut-être que Gunnar est sur pied après ces quelques jours, et peut-être va-t-il t'attraper et t'empêcher d'assister à la fin de la chasse.

— Crois-tu qu'il le fera ? demanda Kollgrim.

Alors Finn sourit de toutes ses dents et dit :

— Tu ne me gênes en rien, quoi qu'il puisse en sembler aux gens des autres districts.

— Peut-être que les gens des autres districts ne m'insulteront ni ne me menaceront de nouveau.

— A moins que malice ne les pousse à faire ce que bon leur semble. Les gens des autres districts agissent souvent de manière imprévisible.

— Pourtant, cette vie de chasseur m'est agréable. Je m'étonne que mon père et Olaf ne l'aiment pas.

Aussi Finn déposa-t-il Kollgrim à quelque distance du débarcadère de la terre de Lavrans et lui dit qu'il ne tarderait pas à revenir, et ainsi fit-il, dans des vêtements propres et avec des habits de rechange pour Kollgrim aussi. Et lorsque Kollgrim remonta dans le bateau, Finn lui lia les mains au plat-bord et ils ramèrent en silence pour ressortir du fjord, et ce détour ne leur avait pris que peu de temps et Finn rattrapa rapidement la ligne de barques qui poussait les phoques vers les îles à l'embouchure de l'Eriksfjord, et il ne dit mot de ce qu'il avait trouvé à la terre de Lavrans, bien que Kollgrim le regardât avec curiosité et impatience.

Ils menèrent un troupeau de phoques vers une très bonne baie, large à l'ouverture et qui se rétrécissait brusquement pour se refermer sur une plage sablonneuse et basse. Il ne fallait que quelques bateaux pour bouter moult phoques hors de l'eau et sur la grève, où ils attendaient paisiblement les coups d'épieu des Groenlandais. Pourtant, la large entrée de la baie était d'une profondeur trompeuse et les hommes qui y avaient déjà chassé ne transperçaient jamais les phoques à cet endroit, car ceux-ci étaient assurés de couler immédiatement en entraînant les lances. Or il se trouva que, dans une barque auprès de celle de Finn, un homme succomba à la tentation des phoques qui bouillonnaient autour de lui, car on pouvait toucher leurs corps luisants en tendant la main, et il plongea son arme dans le dos du phoque le plus proche, une jeune bête succulente. Mais le phoque se retourna, arrachant l'épieu de la main du chasseur, et, sans réfléchir, celui-ci tenta de le rattraper et fut projeté à l'eau par une embardée, au milieu du grouillement des animaux. Cette perturbation sembla alarmer certains phoques et plus de la moitié du troupeau fit demi-tour, franchit la ligne de bateaux et regagna la haute mer, en sorte que la prise fut considérablement réduite, outre que l'homme et son arme furent perdus et que sa barque fut drossée contre un rocher par les remous des animaux et endommagée.

Dans ce remue-ménage, Finn se pencha pour délier les mains de Kollgrim pour qu'il gardât plus aisément l'équilibre dans le bateau, et lorsqu'ils eurent poussé les phoques sur la grève, Finn tendit au garçon un court épieu. Ainsi Kollgrim s'enfonça-t-il parmi les bêtes couchées en les frappant à la gorge, et le sang jaillissait sur son arme et sur ses mains, en sorte qu'elle devint glissante et difficile à tenir. Alors Kollgrim empoigna une grosse pierre et se mit à l'abattre sur la tête des phoques, petits et grands, blancs et bruns. Quand il eut fini, Finn et un autre chasseur vinrent le féliciter chaudement, car il avait tué quelque vingt-cinq animaux, assez pour faire vivre la ferme pendant l'automne, au moins jusqu'à Noël. Alors Finn dit :

— Ce que j'ai dit à Gunnar Asgeirsson ce matin est finalement devenu vrai : tu es plus une aide qu'un embarras dans cette expédition.

Le lendemain, ils suivirent les phoques jusqu'aux établissements les plus au nord, où les hommes vivaient fort pauvrement, dépendaient presque entièrement pour leur subsistance des phoques et des baleines échouées et n'avaient que quelques chiens et pas une seule église. Et le jour suivant, ils retournèrent dans le Hvalseyfjord avec une quinzaine de bêtes, dans le bateau et en remorque. C'était moins que les gens ne l'avaient espéré mais, en vérité, il semblait à Kollgrim qu'il nageait dans la graisse de phoque et était perdu dans une montagne de viande. Finn dit à Gunnar que Kollgrim n'avait causé ni attiré aucun ennui, et Gunnar considéra son fils avec un plaisir inaccoutumé pendant des jours et des jours.

Ce fut bientôt la messe de saint Barthélemy, et le soleil resta chaud et haut, mais l'herbe du Hvalseyfjord paraissait sucer l'eau des profondeurs de la terre, car elle était toujours aussi verte et épaisse, et il en allait de même dans les autres districts. Cet été-là, Gunnar autorisa de plus en plus Kollgrim à accompagner Finn quand il partait piéger des oiseaux ou capturer lièvres et renards, et il se trouva que Kollgrim aimait particulièrement chasser dans l'Einarsfjord, bien que ce ne fût point là qu'on fît les meilleures prises, et lors de ces courses Kollgrim eut l'occasion d'entrevoir l'église d'Undir Hofdi et la terre de Gunnar et la terre de Ketil, ainsi que les gens qui vivaient à l'entour de ces fermes, et Finn remarqua cette curiosité mais n'en dit finalement rien à Gunnar. L'été se passa sans incidents et à l'automne les moutons étaient très gras et vigoureux, et vers le début des nuits d'hiver le mal des entrailles quitta entièrement les Groenlandais : nul ne l'avait ni ne connaissait personne qui en souffrît ; et au début de cet hiver-là il y eut plus de banquets que de coutume.

Margret Asgeirsdottir ne resta avec Sigurd sur la terre de Steinstraum que jusqu'à la fin des nuits d'été, puis elle conduisit ses moutons le long de la côte nord de l'Eriksfjord pour traverser la rivière au fond du fjord qu'on appelle la Rivière Ramifiée. Alors elle longea la rive sud du fjord, ses affaires sur le dos et tenant Sigurd par la main, et elle s'arrêtait à chaque ferme pour proposer ses services de tisseuse et cinq de ses douze brebis et agneaux pour payer son hébergement durant l'hiver, et avant de se rendre à Brattahlid, elle s'adressa aux fermes dans les terres entre l'Eriksfjord et l'Isafjord, et il advint qu'elle trouva une place chez un vieux couple qui avait un fils imbécile et quelques serviteurs mais nulle servante. Et c'est là que Margret et Sigurd passèrent l'hiver. Il se trouva, cependant, qu'elle était trop taciturne pour la vieille femme, qui cherchait toujours quelqu'un pour bavarder et échanger des nouvelles, aussi convinrent-elles au printemps que cet arrangement ne serait pas habituel mais que Margret pourrait revenir si elle ne trouvait pas d'autre emploi à l'automne.

Cet hiver-là aussi, Gunnar reprit sa fabrication de parchemin et ses écritures, comme les deux hivers précédents, et il fut un peu plus satisfait de sa main et de ses mots. Il écrivit cet hiver ce qu'il se rappelait de Hauk Gunnarsson, ses voyages dans le Northsetur et le Markland, et son périple dans le Grand Nord avec le moine anglais Nicholas. Mais en vérité c'était un travail fort minutieux, bien moins agréable que le filage et le tissage, ses vieilles occupations hivernales, et guère apprécié de Birgitta Lavransdottir, qui se plaignait du désordre, ni d'Olaf Finnbogason, qui y voyait entreprise de peu de prix.

Ce même été, Sigurd Kolsson eut neuf hivers et davantage, et il était fort et large, comme Asta. Il était d'une aide précieuse sur la ferme de Steinstraum et Margret avait pour lui grande affection. Il avait aussi une manière inhabituelle de paraître se détacher de chaque objet ou événement pour s'en pénétrer un instant avant d'agir. Il semblait à Margret que cette façon de réfléchir devait être un héritage de Quimiak, qu'Asta appelait

Koll. Pour Quimiak, elle ne l'avait pas vu depuis environ deux ans, depuis la mort d'Asta Thorbergsdottir, et elle ne s'attendait pas vraiment à le revoir, car les Skraelings ressemblent en cela aux animaux sauvages qu'ils apparaissent plusieurs saisons de suite puis, inexplicablement, disparaissent, tantôt pour réapparaître, tantôt non. Il arrive parfois, disent les gens, que les rennes s'évanouissent entièrement, voire les renards et les lièvres, alors qu'on en voyait partout seulement l'année d'avant. Quoi qu'il en soit, Margret ne se souciait point de Quimiak et ne se le rappelait que de temps à autre en regardant Sigurd.

La ferme de Steinstraum tombait en ruine. Maint dur hiver avait rongé la tourbe autour des murs de la maison, en sorte qu'elle tombait en poussière sous la main, et le vent et la pluie l'emportaient. Quant à tailler des blocs de tourbe, même aussi maladroitement qu'Asta lors de ses quelques réparations, Margret n'avait ni les moyens ni le savoir nécessaires. Les autres choses qu'on leur avait données à leur arrivée ou que Margret avait apportées, tels vases, couvertures et cuillères, étaient en aussi mauvais état, et les gens chez qui Margret avait passé l'hiver précédent n'avaient rien eu à lui donner : en vérité, le vieil homme avait soupiré en voyant partir les cinq brebis de Margret, bien qu'elle lui eût laissé trois moutons de l'année, un bélier et deux brebis. La femme avait pris tous les tissus convenus pour les serrer dans ses coffres, et n'en offrit aucun à Margret lors de son départ, comme même Gudrunn le faisait à Brattahlid, mais il était vrai que les vêtements de cette famille étaient pauvres et élimés, et à cause du mal des jointures la vieille femme était incapable de tisser, ou même de filer, depuis maintes années. Quoi qu'il en fût, tous les biens de Margret et de Sigurd, depuis leurs habits (car Margret n'avait pas de métier à tisser à Steinstraum) jusqu'à leur maison, étaient peu à peu tombés en ruine, et chez la femme et le garçon il n'y avait guère ni le savoir ni l'énergie pour y remédier. Les brebis mirent bas quatre beaux agneaux et donnèrent du lait en abondance, cependant, et ainsi Margret fit-elle force fromages.

Et au milieu de l'été, un bateau arriva de Brattahlid, dépêché par Sira Isleif : le prêtre était maintenant entièrement aveugle et confiné à l'intérieur, car la lumière lui donnait des maux de tête lancinants, mais il envoyait ses salutations à Margret, ainsi qu'un chargement de viande de phoque séchée, car la chasse avait été particulièrement bonne cette année. Il disait aussi qu'il manderait un autre chargement à l'automne, de viande de renne cette fois. Le serviteur avait beaucoup à raconter sur Ragnleif et Gudrunn, qui, dit-il, étaient mal assortis mais forts contents de la taille de leur ferme, et c'était cela qui les réunissait. Sira Isleif comptait si peu pour Gudrunn, tout frère fût-il de Ragnleif, qu'il lui arrivait parfois de ne pas même recevoir sa viande du soir, comme par mégarde, et lorsque quelqu'un le lui faisait remarquer, Gudrunn répondait : « Eh bien, il pourra manger davantage demain matin », sans laisser aucun des domestiques lui porter son dîner. Sans doute Sira Isleif était-il devenu une charge, maussade et plaintive de surcroît, qui ne participait guère au travail de la ferme, mais en vérité il y avait trop à faire avec tous ces champs, pas le moindre répit entre le fumier à ramasser, épandre et enfouir, les clôtures à réparer, les moutons à paître, le fromage à faire. Trop peu de serviteurs et trop de terres.

Alors Margret se demanda à haute voix si Gudrunn aurait besoin d'aide à l'automne, mais le serviteur la regarda d'un air de doute et dit qu'elle ferait mieux d'aller ailleurs, car les anciens favoris de Marta Thordardottir avaient la vie dure et étaient accusés de tout ce qui n'allait pas, et Ragnleif n'y pouvait rien, au point que la seule fille qu'il lui restât de sa première femme était traitée comme une servante, bien qu'elle eût seulement dix ans. Ils restèrent silencieux quelques instants, puis Margret dit à haute voix :

— Comment se fait-il alors que Sira Isleif ait pu envoyer une telle quantité de viande de phoque ?

L'homme haussa les épaules et sourit. Au bout d'un moment, il répondit :

— Sira Isleif a un ou deux amis parmi les serviteurs,

pourrait-on dire, qui prennent leurs propres dispositions dans telle ou telle affaire.

— Mais Gudrunn Jonsdottir va être furieuse contre toi.

— Peut-être, mais il y a tant de travail à la ferme, et l'expérience est sans prix. Elle sera furieuse mais ne fera rien.

Puis ils parlèrent d'autre chose. Parmi les visites récentes, le nouveau récitateur de la loi avait été accueilli avec de grands honneurs à Brattahlid. C'était un homme très jeune, pas plus de vingt-cinq ans environ, que ce Bjorn Bollason. Il avait déjà une fille et deux fils de sa femme, qui était plus âgée que lui de quelque cinq hivers. C'était un homme fier, bien habillé et hautain, mais malgré tout cela fort intéressé par Sira Isleif avec qui il avait passé le plus clair de son temps, et il s'avéra que Sira Isleif lui avait enseigné quelques-unes des lois, car il ne savait pas la moitié de ce qu'il lui fallait connaître. On disait que Gudrunn songeait à lui envoyer le prêtre pour l'hiver, puisqu'il l'aimait tant, et celui-ci ne répugnait nullement à partir. Mais rien de tout cela n'était évoqué à voix haute, ce n'étaient encore que des murmures entre domestiques.

— Si bas que les gens soient tombés, dit le serviteur aux cheveux blancs en se frottant les mains à son habitude, car il souffrait du mal des jointures, confier aux soins d'étrangers un prêtre qui leur est frère, et aveugle par-dessus le marché, est encore une chose qu'ils hésitent à faire.

Quand le serviteur fut reparti, en promettant de se renseigner sur les fermes ayant besoin d'une servante pendant l'hiver, Margret dit à Sigurd qu'elle se sentait étrangement abattue, car tel est l'effet d'une compagnie inattendue : elle vous laisse plus silencieux que vous n'étiez et plus éloigné des autres. Et Margret ne se souvenait pas d'avoir jamais parlé de cela à quiconque, pas même à Skuli Gudmundsson, car elle avait toujours été d'un caractère taciturne, au point que tous les gens qu'elle avait connus s'en plaignaient. Mais en vérité, au rebours de tous les gens qu'elle avait jamais connus,

Sigurd était presque aussi réservé qu'elle, et quand une conversation devenait nécessaire, c'était à elle de faire le premier pas.

Contrairement aussi à tous les gens qu'elle avait jamais connus, Sigurd la mettait parfois en colère, et la plupart du temps de la sorte : il prenait fantaisie au garçon de faire quelque chose et il n'en démordait point, quelle que fût la tâche à entreprendre ou à terminer sur la ferme. Une fois, Margret avait fini de traire les brebis et avait posé le lait à l'ombre de la maison. Elle était prête à conduire les bêtes à leur pâture lorsqu'une des jeunes brebis prit peur, parce que Margret avait fait du bruit derrière elle, et s'enfuit. Margret demanda à Sigurd de ramener l'animal, mais le garçon s'amusait à jeter des pierres dans l'eau, et elle eut beau crier, il ne manifesta pas la moindre intention d'interrompre son jeu ni même de remarquer ses appels et continua à lancer ses pierres, comme fasciné. Un autre exemple se présenta à quelque temps de là : un matin, le garçon ne sortit pas du lit mais resta couché les yeux ouverts, en l'ignorant, et cette fois-là, elle succomba à la tentation de le frapper, non, il est vrai, lorsqu'il refusa de l'aider mais lorsqu'il dédaigna sa viande du matin. Mais en vérité, il n'en fit tout de même qu'à sa tête, comme tous les gens, adultes ou non, et Margret décida de renoncer aux coups.

Peu après cet incident, Quimiak reparut. C'était maintenant un tout autre gaillard, sans plus rien d'enfantin, et sur la lèvre supérieure il arborait en guise de moustache quelques longs poils à la mode skraeling. Ses fourrures étaient très riches. Il grimpa la colline en courant tandis que Margret enfermait les moutons dans l'enclos pour la nuit, et sans lui parler, car les Skraelings n'aiment pas regarder les femmes ou leur parler s'ils n'ont pas à le faire, il fureta partout autour de la ferme et ouvrit la porte de la petite maison. Margret comprit qu'il cherchait Asta et Bryndis et lui fit signe qu'elles étaient mortes de maladie. Alors il resta un long moment à l'envisager et il sembla à Margret qu'il était très troublé par cette nouvelle. Juste alors, Sigurd surgit de derrière la maison.

Quimiak eut un large sourire, comme surpris, et Margret vit qu'il avait compris que le garçon était mort lui aussi. Sigurd, qu'il fût peu habitué aux visites ou ne reconnût point le Skraeling, se précipita vers Margret et se pressa contre sa robe. Voyant cela, Quimiak s'approcha, prit le garçon par les épaules, l'écarta d'elle et le tourna en tous sens.

— En vérité, mon enfant, dit Margret, tu dois te tenir droit, car c'est ton père, que tu as vu bien des fois déjà et dont tu devrais te souvenir.

Quimiak était enchanté par le garçon ; il lui pinça la chair entre le pouce et l'index, puis fit courir sa main le long de son flanc et posa sa dextre sur la tête du garçon pour juger de sa taille. Alors il se mit à parler dans l'idiome skraeling en souriant. Après quoi, il sortit quelque chose de sous sa chemise de fourrure et c'était une petite chemise du même genre que la sienne, faite de peaux de lapins blancs et de renards bleus cousues ensemble pour former des chevrons. Il la tendit à Sigurd, qui regarda Margret en la prenant. Margret dit :

— C'est un beau cadeau, Sigurd, et ton père te l'a apporté du Northsetur ou des contrées orientales. Les autres enfants n'ont pas de telles choses.

Sigurd remercia Quimiak en langue norraine et Quimiak parut comprendre le sens de sa réponse.

Alors Quimiak tendit la main et, avec un regard vers Margret, Sigurd y plaça la sienne. Croyant que c'était quelque coutume skraeling, Margret acquiesça en souriant, mais à sa vive surprise Quimiak se mit à descendre le coteau vers son canot de peau, mi-guidant mi-traînant Sigurd. Quand Sigurd résista, Quimiak le souleva d'un geste et le porta. Alors Sigurd appela Margret à grands cris, mais elle était incapable de répondre ou de bouger, comme clouée par un sortilège, et elle se rappela soudain avoir éprouvé la même sensation lors du meurtre de Skuli Gudmundsson, aussi vivement que si sa mort datait d'hier et non de quelque seize étés. Ce fut seulement lorsqu'ils arrivèrent près du kayak qu'il lui vint à l'esprit qu'elle pourrait leur courir après, et elle se rua à travers les broussailles qui se prenaient dans ses pieds et la faisaient trébucher, et elle aussi criait de toutes ses forces, mais Quimiak n'en avait cure et installa simplement le garçon hurlant dans le canot de peau. Margret tomba et se releva, mais quand elle atteignit la grève, le canot de peau était au milieu du fjord et la voix effrayée de Sigurd, amplifiée par l'eau, la suppliait de venir à son secours, de le sauver, et ces cris lui parvinrent presque jusqu'au moment où le canot disparut à ses yeux.

Ce même été, une couple de messagers vint de Gardar à l'église Sainte-Birgitta, et c'étaient l'intendant Petur et la servante Olof, et ils parlèrent à Sira Pall Hallvardsson une après-midi, une soirée et une matinée, et il s'ensuivit que Sira Pall Hallvardsson monta dans le bateau de Gardar et retourna avec eux à la résidence de l'évêque. On ne saurait dire que les gens du Hvalseyfjord furent très surpris de ces événements, mais ils s'en irritèrent néanmoins, car ils s'étaient accoutumés à une grande animation autour de l'église, et point rares étaient les fermiers qui rendaient visite à Sira Pall Hallvardsson de temps à autre.

Lorsque Sira Pall Hallvardsson arriva à Gardar, il trouva Sira Jon enfermé à clef dans sa chambre, comme l'en avait instruit Olof, et quand celle-ci déverrouilla la porte et qu'il pénétra dans la cellule, Sira Pall Hallvardsson fronça le nez devant l'odeur de la petite pièce. Sira Jon n'avait rien sur lui et sa chair était couverte d'écorchures qu'il s'était faites avec ses propres ongles avant qu'Olof ait eu le bon sens de les tailler. Lorsque Sira Pall Hallvardsson entra, Sira Jon, qui était assis contre le mur, se leva et s'approcha de lui avec toute sa hauteur habituelle. Sira Pall Hallvardsson le salua. Jamais il n'avait vu un homme aller nu en Terre Verte, sinon pour se baigner dans les sources chaudes du Sud, telle était la fraîcheur du pays. Alors Sira Jon lui donna le baiser épiscopal sur la joue et lui tendit sa main à baiser. S'agenouiller pour baiser l'anneau de Sira Jon, ou en l'occurrence son doigt, car il ne portait point d'anneau, jamais Pall Hallvardsson ne s'était trouvé dans ce cas. Il s'y plia avec difficulté, car ses genoux étaient fort atteints par le mal des jointures. Le prêtre fol se tenait sans vergogne et ne sentait apparemment pas le froid, car il laissait pendre mollement ses bras bien que sa peau fût bleuâtre. Sira Pall Hallvardsson se releva et sa tête effleura une poutre du plafond.

Alors Sira Jon prit la parole :

— Bienvenue donc, Pall Hallvardsson. Tu es venu demander de l'argent, j'imagine, car tu veux toujours embellir ton église aux dépens de tout le reste de l'évêché.

— Non, en vérité, l'église est en bon état, et même le presbytère est...

— C'était un spectacle, en effet.

— Comment cela ?

— Quand ils l'en ont sorti, quelle pourriture ! Des souris vivaient dans le lit clos et, en vérité, se servaient de ses cheveux pour leurs nids et de ses habits pour leurs déjections. Les gens disent qu'il avait cent cinquante ans, et qu'elle n'en était pas loin. Ils disent que seule une affection comme le mal des vomissements pouvait le tuer, à cause des reliques de l'église.

— Les reliques de l'église ?

— Celles qui ont été volées à Gardar à la mort de l'évêque Arni. Voilà pourquoi ils ont vécu si vieux. Ils gardaient les reliques dans leur lit clos. Le lit clos irradiait le saint rayonnement. Maintes gens l'ont vu. Mais des souris emportèrent les reliques dans leur nid, hors de la maison, et le mal des vomissements est apparu et ils étaient aussi mortels que n'importe qui, les démons.

Il éclata de rire.

— Ces histoires me semblent des rumeurs enflées par les ans. Il est vrai que Sira Nikolaus et son épouse vécurent pauvrement et jusqu'à un grand âge, mais tout ce que les gens racontent sur eux n'est pas la vérité.

— Vraiment ?

Sira Jon sourit.

— Eh bien, c'est décidément ton habitude de me dire ce qui est vrai et ce qui est faux, et de me corriger à chaque occasion, et de démentir tout ce que je dis, avec ce ton respectueux, et de me réprouver. La fausse humilité et la suffisance sont des péchés, de même.

— De même que quoi ?

— Nul doute que tu aimerais le savoir, car tu passes généralement pour un fureteur.

— Cela vous apaiserait-il de vous confesser, ou de prier avec moi ?

— Jusqu'aux planches qui étaient pourries et grignotées par les souris. Et écoute bien ça. Les chiens leur avaient rongé les os.

— Sira Nikolaus n'avait pas de chiens chez lui.

Et la conversation se poursuivit dans cette veine, tantôt à propos de Sira Nikolaus et tantôt sur la manière dont Pall Hallvardsson avait trahi Sira Jon à chaque occasion pendant les vingt-cinq dernières années. Ce qui semblait le plus singulier à Pall Hallvardsson, ce n'était pas le comportement de Sira Jon, ni même, en fin de compte, sa nudité, mais la persuasion avec laquelle il plaidait contre lui, car en effet il voyait maintenant que son péché secret pendant toutes ces années était le plaisir qu'il prenait à corriger l'autre prêtre, à miner sa confiance en lui et sa position parmi les Groenlandais. Et même peut-être à le voir errer dans ses rapports avec eux, pour l'abandonner ensuite à son sort avec amusement. Finalement, Sira Jon demanda à Pall Hallvardsson ce qu'il attendait, et celui-ci s'en fut trouver Sira Audun.

Il avait frappé deux fois à la porte de Sira Audun sans réponse et partait le chercher ailleurs lorsque Olof parut et lui dit à voix basse :

— Il est ici, en vérité, mais il dira qu'il dormait, ou qu'il ne vous a pas entendu frapper, qu'il était absorbé dans son travail ou qu'il priait. Il faut cogner sur la porte jusqu'à ce que, pour finir, il ne puisse plus le supporter et sache qu'il n'aura pas raison de votre patience.

Et elle s'approcha de la porte et la martela sans relâche, et après quelque deux douzaines de coups, la porte s'entrouvrit et Sira Audun glissa un coup d'œil dehors. Lorsqu'il vit Olof, il ouvrit la bouche pour parler, mais il aperçut Sira Pall Hallvardsson et s'effaça pour le laisser entrer. Olof semblant aussi vouloir le suivre, il lui claqua la porte au nez.

Pall Hallvardsson n'était jamais venu dans la cellule de Sira Audun ; elle était très proprement arrangée, avec une petite lampe pour la lumière, une grande lampe pour la chaleur, une vieille porte en guise de bureau, flanquée d'un tabouret à trois pieds joliment sculpté. Le sol de terre battue était recouvert de deux épaisseurs de peaux de rennes, et d'autres fourrures empilées dans un coin servaient de lit. L'autre robe de Sira Audun et divers vêtements pendaient à des crochets taillés dans des andouillers. Dans un renfoncement du mur de pierre s'alignaient des figurines sculptées dans des dents de morse. Elles étaient au nombre de treize et Pall Hallvardsson vit que c'étaient le Christ et Ses apôtres, portant chacun son emblème particulier, deux clefs en croix, un lion ailé, mais ils étaient vêtus comme des Groenlandais. Pall Hallvardsson s'approcha pour les admirer. Il fut bientôt évident que chacun attendait que l'autre commençât à parler. Finalement, Sira Audun dit :

— Je dormais, car je reviens des églises du Sud. En fait, je dois partir pour Dyrnes demain ou après-demain.

— Tu es parti dans le Sud quand c'est arrivé ?

— Il se trouve en fait que je suis parti un jour ou deux avant le pire. Olof et moi croyions qu'il allait mieux.

— Mais c'était la nuit même, m'a-t-on dit, où il s'est déchaîné dans la cathédrale en arrachant les tapisseries et qu'il a divagué pour la première fois tout dévêtu à travers l'évêché, et Petur ne pouvait l'approcher, ni aucun des autres domestiques, mais seulement Olof, une jeune fille...

— On ne saurait dire que j'aie jamais eu sur lui le moindre effet apaisant. Lorsque les autres ne peuvent l'approcher, comment le pourrais-je ?

— Mais, de ce fait, tu as remis son sort entre les mains de domestiques et de jeunes garçons, de manière que la honte de sa folie fut connue de tous.

Il sembla que Sira Audun allait continuer ses protestations, car il se renfrogna et enfonça les mains dans les poches de sa robe, mais il dit simplement :

— Je suis coupable, en vérité, et je te remercie de stigmatiser mes fautes de la sorte.

Sur ces mots, cependant, il alla s'asseoir sur son tabouret et se pencha sur son ouvrage comme si Pall Hallvardsson avait quitté la pièce, et Pall Hallvardsson comprit qu'il ne retournerait pas de sitôt au Hvalseyfjord et que vain était son souhait de laisser le ménage de l'évêché aux mains de Sira Audun. Aussi s'en fut-il sans un mot, pour trouver Olof qui l'attendait.

Alors il entreprit, non sans quelque réticence, de se pencher sur les affaires de l'endroit, de parler en maître à Petur, Olof et aux autres domestiques, et de les interroger sur leur travail. Dans le Hvalseyfjord il n'agissait pas de la sorte, car jusqu'à ces derniers temps ses seuls serviteurs étaient Magnus le Voûté et sa servante Gunna, aidée de sa nièce, qui habitait non loin de là, à la ferme de Sainte-Birgitta, et tous les habitants de la maisonnée savaient ce qu'il avait à faire. Et Pall Hallvardsson tenait ses comptes de la manière suivante : ce qui revenait à Gardar, la dîme et le denier de saint Pierre, il le rangeait dans un placard, et ce qui revenait à lui-même et à sa maison, il le rangeait dans une autre armoire, et pour chaque chose qu'il mettait dans un placard, il serrait la même chose dans l'autre, et lorsque l'armoire de l'Eglise était pleine, il en portait le contenu à Sira Jon à Gardar, et si Sira Jon était déçu et se plaignait de la médiocre qualité des offrandes, il lui remettait une partie de l'autre réserve la fois suivante. Il se disait de temps à autre qu'il devrait dresser la liste de ce qui se trouvait dans chaque armoire, mais après quelques jours de ce travail, d'autres tâches lui semblaient plus importantes et il renonçait à cet inventaire.

Alors il étudia les livres de comptes de Sira Jon et vit qu'ils étaient méticuleusement tenus, avec même des écritures le jour où il arracha les tapisseries de la cathédrale. La santé de tous les chevaux, vaches, moutons, chèvres et serviteurs était dûment notée. Etaient marqués la viande et le lait caillé pris dans le magasin pour le repas du matin. Un lé de vadmal donné à un des domestiques y figurait, et ainsi de suite pour chaque jour depuis le jour où Jon, Alf, Petur et Pall Hallvardsson étaient arrivés de Bergen à bord du bateau. Chaque année tenait sur une seule page couverte d'une fine écriture, et à la fin de chaque trimestre, les marchandises employées et mises de côté pour l'archevêque de Nidaros étaient additionnées. Sira Jon écrivait si petit que Pall Hallvardsson arrivait à peine à lire, et il eut beau examiner longuement les livres à la lumière de la fenêtre, la méthode de Sira Jon pour parvenir aux chiffres qu'il inscrivait échappa entièrement à Pall Hallvardsson, bien qu'à première vue tout semblât simple. En vérité, Pall Hallvardsson réfléchit qu'il avait maintenant quelque quarante-cinq hivers : sa vue baissait et lorsqu'il disait la messe, c'était de mémoire.

Après s'être attardé quelque temps sur cette tâche, il commença à regarder autour de lui la grand-salle de Gardar, dans un coin de laquelle il était assis. C'était un endroit qu'il connaissait parfaitement, mais il le vit soudain avec des yeux neufs. Le sol de pierre était jonché de mousse fraîche, qu'il fallait apporter toutes les deux ou trois semaines — ou plus souvent, car Pall Hallvardsson ne savait pas à quel intervalle la mousse était ôtée et renouvelée, mais il y en avait une prodigieuse quantité. Au-dessus de sa tête se déployaient les poutres de bois du plafond, antiques madriers de sapin amenés de Norvège, sculptés comme des mâts de navire et noircis par la fumée de presque trois cents ans. Rompraient-elles ? Brûleraient-elles ? Se révéleraient-elles pourries pendant son intendance ? Les gens du Hvalseyfjord veillaient toujours à ceci et à cela dans l'église Sainte-Birgitta — prévenant la pourriture avant qu'elle ne s'installât ou réparant les blocs de tourbe avant qu'ils aient perdu leur forme —, mais Sainte-Birgitta était une église neuve, à peine vieille de quatre-vingts ou quatre-vingt-dix ans, et l'objet d'une grande fierté. Les gens déambulaient à Gardar, l'admirant et l'acceptant comme si elle était éternelle. Pas la moindre réparation de la cathédrale ne figurait en vingt-cinq ans dans les livres de Sira Jon. Peut-être, en effet, était-elle bâtie pour des siècles, mais si ces siècles étaient sur le point de s'achever ? En vérité, la mousse du sol, sèche et épaisse, risquait de signer la fin des poutres du toit, sèches elles aussi, si un incendie venait à éclater.

Et les tapisseries et les tentures des murs. Elles étaient passablement dépenaillées. Çà et là, les déchirures étaient proprement ravaudées, mais pas partout. Même d'où il était assis, il pouvait voir que pour réparer certaines tentures il faudrait repriser des reprises, et les plus habiles couseuses ne parviendraient peut-être pas à rendre beaux ces raccommodages. Certaines déchiquetures faisaient peine à voir. Ainsi, le Christ chargeant Sa croix et qui buvait une gorgée d'eau : la coupe était arrachée aux lèvres du Seigneur et celui qui lui tendait la coupe se dissimulait dans un pli tourné contre le mur. Sira Pall Hallvardsson se leva pour toucher la tapisserie, mais il constata en s'approchant que la laine ne supporterait pas le contact. Sur une autre tenture, sainte Lucie se tenait les bras tendus, mais son plat d'yeux avait disparu. Et que faire de telles choses s'il ordonnait de les enlever ? Il y avait certainement des règles, mais s'il les avait jamais apprises, il ne s'en souvenait plus. Il n'avait jamais été formé à l'administration.

La pierre des murs semblait impérissable, sans doute, mais il avait bien vu à Sainte-Birgitta qu'un été humide suivi d'un hiver froid provoquait, comme par magie, des lacis de fissures dans la pierre. Cette même tourbe, qui gardait la chaleur l'hiver, conservait l'humidité contre l'extérieur de la pierre pendant une bonne partie de l'été. Jusqu'à la pierre qui ne résistait point dans ces climats comme en Europe, mais se brisait et s'effritait. Et pourtant, un bâtiment sans tourbe était en Terre Verte aussi froid que l'hiver lui-même, et personne ne pouvait y résister.

Puis il y avait les bancs où les serviteurs se rangeaient pour prendre leurs repas et passer la veillée le soir. Gardar regorgeait de monde. Il pourrait regarder dans le livre de Sira Jon pour en connaître le nombre, puisque cela était dûment marqué, comme le reste, mais il savait qu'il en serait accablé. Ces gens, dont il ne connaissait même pas le nom, ne tarderaient pas à venir lui demander ses instructions pour leur travail. Etait-ce le plus à redouter puisqu'il n'avait pas la moindre idée de leur tâche ? Et même avant cela, ils viendraient prendre leur place pour le repas du soir, et serait-ce le pire, puisqu'il était responsable de leur habillement et de leur nourriture et du salut de leur âme ?

Alors, le voyant regarder autour de lui, Olof, qui attendait à la porte, entra et se dirigea vers le prêtre. Elle se tenait respectueusement, les yeux baissés, et elle dit :

— Gudleif et Bjarni se sont battus, Sira, et Bjarni s'est blessé à l'épaule, en sorte qu'il ne peut plus soulever les grandes cuves pour Ingibjorg. L'intendant Petur souhaite qu'ils soient rossés en punition, mais Sira Jon voulait toujours que je vienne le voir avant que des gens soient châtiés de la sorte.

— Qui sont Gudleif, Bjarni et Ingibjorg ?

— Ingibjorg est la cuisinière et Bjarni son aide. Gudleif est le frère aîné de Bjarni et il est quelque peu simple d'esprit. C'est pour ça que Petur voudrait qu'il soit corrigé, mais il n'ose pas battre l'un sans battre l'autre, sinon Gudleif sera furieux et se colletera avec Bjarni dès qu'ils seront seuls.

— Que fait-on habituellement avec eux ?

— Parfois ils sont battus et parfois non, selon l'humeur de Sira Jon.

— Bjarni a-t-il une chambre à lui ?

— Il dort dans la cuisine, Sira, et s'occupe du feu pendant la nuit. Gudleif dort dans l'étable avec les autres vachers.

— Donne à Bjarni un endroit où se reposer et envoie-moi Gudleif.

— Ici, dans la grand-salle ? Sira Jon n'aimait pas que les serviteurs qui travaillent dehors entrent dans la grand-salle.

— Où leur parlait-il alors ?

— Il ne parlait qu'à Petur.

— Qu'il vienne me voir à la porte.

Et il se rendit à la porte. Mais il comprit vite que c'était une erreur, car de nombreux domestiques étaient rassemblés dans la cour, peut-être à cause de l'échauffourée, et son entretien avec Gudleif allait avoir force témoins.

Alors un homme s'approcha de la porte et ceux qui se tenaient à l'entour s'écartèrent pour le laisser passer. Il était de taille médiocre, avec de fortes épaules et une épaisse barbe jaune, et lorsqu'il ôta son bonnet, Pall Hallvardsson vit qu'il lui restait peu de cheveux sur la tête. Il jeta à Pall Hallvardsson un regard rapide et rusé, puis baissa les yeux. Pall Hallvardsson dit, d'une voix un peu trop forte :

— Alors, Gudleif, il paraît que tu t'es battu avec ton frère.

— Ça oui, Sira, et j'en ai peu de regrets, sauf que j'y ai pas défoncé le crâne. J'ai assez peu de choses à moi pour qu'il vienne pas fouiller dans mes bas et mes mitaines et s'en servir comme si c'était à lui, et puis tout laisser traîner dehors sous la pluie.

— Ce n'est quand même pas grand-chose, pas de quoi tuer son frère, s'il est vrai que tu voulais lui écraser la tête.

— Alors, comme ça, c'est pas grand-chose pour vous ?

Gudleif regarda Pall Hallvardsson droit dans les yeux.

— Vous auriez peut-être préféré qu'il fricote avec ma femme ? Parce que ça il le fait aussi, même s'ils veulent pas le reconnaître, ni l'un ni l'autre, mais ils mentent et dissimulent, et disent rien quand ils devraient parler net, et parlent net quand ils devraient rien dire. Mais vous allez sûrement me dire que c'est pas grand-chose non plus.

— Non, je ne dirai pas que ce n'est pas grand-chose, mais la cuisinière est furieuse contre toi, car elle n'a personne maintenant pour lui porter ses baquets.

— Pour sûr, Sira, c'est exactement ce que ma femme me dit, toujours à me renvoyer la cuisinière à la figure, parce que la cuisinière, elle est coiffée de c'te vipère de Bjarni, et elle y donne des bouts de ci et des bouts de ça, et il régale ma femme et me vole son amour. Parce qu'un vacher, il donne rien et ramène rien, sauf de la merde sur ses chaussures, et il peut même pas venir dans la grand-salle manger avec les autres, mais il faut qu'il reste à la porte avec son tranchoir à la main.

— Gudleif, tu devrais savoir que ce n'est pas ici que nous obtiendrons notre récompense, mais...

— Oui, Sira, c'est pas ici. Pour être vrai, ça c'est vrai.

Et il se tourna pour partir. Et il sembla à Pall Hallvardsson qu'ils savaient tous deux qu'il n'aurait jamais parlé ainsi à Sira Jon. Aussi Pall Hallvardsson se redressa-t-il de toute sa taille, non sans mal, et leva la voix, et cela aussi lui fut pénible. Il rappela Gudleif et lui dit :

— Gudleif, je ne t'ai pas permis de te retirer. L'intendant Petur veut que tu sois battu pour cette bagarre, car il estime que sinon tu n'apprendras pas à laisser Bjarni tranquille.

— Non, Sira, j'apprendrai point. J'apprendrai point tant que Bjarni, il aura pas appris ce qu'est à lui et ce qu'est à moi. Alors faites-moi battre tant que vous voudrez, parce que moi, ça ne me dérange pas.

Et l'homme s'éloigna à grands pas, mais personne ne le suivit des yeux. Tout le monde regardait Sira Pall Hallvardsson, et il lui sembla qu'ils le jaugeaient avec intérêt et plaisir, car les Groenlandais ont ceci de particulier qu'ils prennent le plus vif plaisir aux événements curieux, qui offrent l'occasion de soutenir et d'échanger toutes sortes d'opinions différentes. Sira Pall Hallvardsson tourna les talons et rentra dans la grand-salle. Olof s'approcha de lui et il dit :

— Est-il vrai que Bjarni ait des relations illicites avec la femme de Gudleif ?

— On raconte quelque chose de ce genre.

— Alors, qu'ils soient tous deux battus.

Olof s'en alla, et Sira Pall Hallvardsson parcourut de nouveau la pièce du regard, et il ne s'étonna plus que Sira Jon s'y fût toujours senti loin du ciel. Mais l'évêque Alf ? L'image de l'évêque prononçant un sermon traversa l'esprit de Pall Hallvardsson : les yeux du vieil homme dardant leur regard flamboyant, le bon ordre de sa toilette et le soin qu'il prenait de ses manches et de son col. Il était le confesseur de Pall Hallvardsson, mais jamais il ne lui avait dit un mot ; il se contentait d'écouter dans un silence glacé ce que Pall Hallvardsson avait à dire et donnait la pénitence et l'absolution prescrites d'un ton froid et tranchant. C'était un homme d'une si menaçante froideur qu'on osait à peine parler de lui, et encore moins, jusqu'à présent, méditer à son propos. Mais, en vérité, où s'imaginait-il donc être quand il contemplait la grand-salle de Gardar et entendait les Groenlandais dans la cour ?

Le lendemain, Sira Pall Hallvardsson rendit de nouveau visite à Sira Jon dans sa cellule. Il eut un entretien avec lui et ce devint leur habitude. Sira Jon attendait soigneusement l'autre prêtre debout pour l'accueillir à son arrivée et lui tendait la main pour qu'il la baisât, puis il se retirait dans son coin et commençait à parler ; tantôt Sira Pall Hallvardsson comprenait les références de cette conversation et tantôt non, et alors Sira Jon se gaussait de son ignorance. A propos des comptes, de ses méthodes ou de toute information concernant l'administration de l'évêché, le prêtre fol restait entièrement et obstinément coi et déclarait que semblables secrets n'étaient point pour les oreilles d'un Pall Hallvardsson. Pourtant Pall Hallvardsson continuait ses visites sans pouvoir se résoudre à y mettre un terme. Sira Jon ne couvrit jamais sa nudité de tout l'été et sa peau s'ulcéra de croûtes à dormir sur le sol humide. A aucun moment, néanmoins, il n'avoua à Sira Pall Hallvardsson qu'il remarquait ses misères ou s'en souciait, bien que Sira Pall Hallvardsson le trouvât parfois en train de pleurer et se dît que c'étaient peut-être des larmes de douleur. Quant aux autres affaires, que lui soumettait Petur ou Olof, Pall Hallvardsson prit l'habitude de dire : « Faites ce que vous jugez nécessaire. » L'hiver, se promit-il, puisqu'il y a toujours force loisir en Terre Verte, il étudierait la marche de l'évêché, comment contrôler ce qui était utilisé et épargné, ce qui était fait et négligé. Et l'été s'écoula de la sorte et nombre d'histoires circulèrent parmi les Groenlandais sur les aventures du prêtre fol, car certains disaient qu'il avait des visions de ce qui allait advenir et déversait des malédictions comme grêle sur la tête de ses ennemis, d'autres racontaient qu'il était devenu comme un enfant et ne pouvait plus parler, marcher ou se nourrir seul, d'autres encore assuraient qu'il rejoignait les servantes la nuit dans leur lit et couchait avec elles, qu'elles fussent consentantes ou non. Chaque district avait ses histoires, qui durèrent tout l'hiver, car l'hiver ne fut ni doux ni rigoureux et il n'y avait pas grand-chose d'autre à raconter.

Après la chasse aux rennes, l'ami de Margret vint la voir de la part d'Isleif avec quelques colis de viande et les peaux qu'il avait pu obtenir pour elle, ni belles ni joliment mouchetées mais pas moins chaudes pour autant. Margret, qui le guettait et avait vu son bateau s'approcher, l'attendait au petit embarcadère de la terre de Steinstraum avec ses moutons, ses fromages et un ballot de vêtements, et lorsqu'il toucha la grève, elle l'empêcha de débarquer ses marchandises et lui demanda de la faire passer de l'autre côté du fjord, parce qu'elle était près de quitter la terre de Steinstraum pour l'hiver, et, en vérité, pour toujours, car la ferme exigeait plus de soins qu'elle n'en avait la ressource. Et comme ils traversaient l'Eriksfjord, le serviteur lui parla de quelques autres fermes abandonnées cette année : trois ou quatre dans la vallée menant à l'Isafjord, deux autres dans l'Isafjord même et deux sur la route de la Colline du Soleil, bien qu'il fût avéré également que les Skraelings avaient abandonné la Colline du Soleil et que la ferme de Ragnvald était revendiquée par Bjorn Bollason, le récitateur de la loi. Il y avait d'autres nouvelles encore, de quoi les occuper pendant la traversée, et le domestique se frottait les doigts et ramait de plus en plus lentement, apparemment à cause du mal des jointures mais en fait, soupçonnait Margret, parce qu'il avait décidé de prendre sa journée pour une bonne conversation avec elle et que son départ avait bouleversé ses plans. Elle ouvrit un de ses sacs, y prit un fromage et ils s'attardèrent au milieu du fjord à bavarder en mangeant des morceaux de fromage.

Il lui parla de Sira Jon.

— Les yeux lui sortent de la tête et ses bras pivotent

dans leur cavité, ce qui prouve à qui veut bien l'entendre que le gars est possédé du diable, et pas moyen d'avoir deux opinions là-dessus. Et en vérité, quel remède trouver lorsque le premier prêtre lui-même est béant devant le mal comme un tranchoir sur un banc ? Enfin, maintenant c'est Sira Pall Hallvardsson qui dirige tout, et peut-être que tu pourrais aller là-bas. N'étais-tu pas amie avec Sira Pall Hallvardsson autrefois ?

— Et que disent les gens de Sira Pall Hallvardsson ? demanda Margret.

L'homme sourit.

— Les domestiques disent que sa timidité leur convient et qu'il leur laisse faire ce qu'ils veulent. Je crois que tout le monde attend le nouvel évêque depuis très longtemps et sera content de le voir arriver. Mais les gens attendent de nouveaux évêques depuis que je suis d'âge à m'en souvenir et un seul est jamais venu.

Margret contemplait l'eau autour d'elle. Les icebergs commençaient à se rassembler dans le fjord, bleus dessous, blancs dessus.

— Ou tu pourrais suivre Sira Isleif chez Bjorn Bollason, le récitateur de la loi, car Bjorn Bollason est avide d'aide.

— Alors elle a fini par le chasser ?

— Pas encore tout à fait. Les gens disent qu'un prêtre dans la maison vaut mieux en somme que pas de prêtre du tout, surtout l'hiver, quand les gens meurent et ont besoin de sacrements. C'est plus commode, pour sûr, de ne pas être obligé de sortir et d'avoir seulement à aller d'un lit clos à l'autre les pieds bien au chaud dans ses bas. Mais Bjorn Bollason la presse et promet de lui envoyer en échange deux ou trois de ses gens, plus d'autres cadeaux. A mon avis, sa seule hésitation concerne la différence entre ce qu'elle estime suffisant et ce que Bjorn Bollason juge excessif. Elle surveille sa maisonnée pour tâcher de deviner qui va mourir cet hiver !

Il éclata de rire.

— Son fils a l'air en bonne santé et il n'est pas sûr du tout qu'elle enverrait quérir un prêtre pour Ragnleif !

Il rit de nouveau, et Margret sourit.

— Mais vraiment les gens qui y vont en commissions disent que le domaine de Bjorn Bollason est plein de gaieté et que les maîtres font ce qu'ils peuvent pour s'attirer les bonnes grâces des domestiques, comme si les domestiques risquaient de partir ailleurs, même que par les temps qui courent ça n'a rien d'impossible. Ce serait une bonne place pour toi.

— Non, Sira Isleif aurait trop grand souci de ses brebis perdues. Aucune de ces fermes bondées ne m'intéresse. Je ne suis jamais allée dans l'Isafjord.

— L'Isafjord est un endroit bien rude, et tu ferais mieux de n'y jamais aller.

— Ce n'est pas si loin de l'Eriksfjord, juste un peu plus haut dans les collines.

— Oui, mais ce petit peu est plus qu'assez. Tout le pays est orienté au nord et le fjord est plein de glace été comme hiver. Les gens qui sont nés là-bas, avec des terres en quantité, n'ont qu'une envie, c'est d'en partir. On dit à juste titre qu'une petite ferme à Vatna Hverfi vaut un grand domaine dans l'Isafjord.

— Quand même, je suis curieuse d'aller voir.

Alors le serviteur empoigna les rames et regarda Margret bien en face. Puis il dit :

— Nul doute que nous sommes vieux, toi et moi, car tes cheveux sont aussi blancs que possible et mes doigts tordus, et mes hanches me font mal tout le temps maintenant, jour et nuit, été comme hiver. Malgré tout, il y a maintes fermes abandonnées ces temps-ci, et certaines sont agréablement situées, et il me plairait de t'épouser et de m'installer sur une de ces terres.

— Sais-tu que je suis déjà mariée à Olaf Finnbogason du Hvalseyfjord ? As-tu entendu dire qu'il était mort ?

— On n'a guère de nouvelles des gens du Hvalseyfjord, mais je n'ai pas entendu dire que quelqu'un de ce nom était mort.

Après cela, ils ramèrent en silence jusqu'à l'embarcadère de Brattahlid et Margret sortit du bateau avec ses affaires, les attacha sur son dos, et pendant quelques jours elle mena ses moutons, qui étaient au nombre de neuf cette année-là, vers l'Isafjord. Là, elle se trouva une place pour l'hiver dans une grande ferme quelque peu délabrée, appartenant à un homme appelé Eyvind, qui avait quatre filles. Comme le font tous les gens qui se placent comme serviteurs, Margret donna ses moutons, ses fromages, ses peaux de renne et sa viande à Eyvind en garantie de ses services, et il promit de lui rendre la valeur de ces biens si elle partait ailleurs dans l'avenir. Et tout ce temps-là, elle guetta Quimiak et Sigurd, car on racontait à l'envi que, de tous les districts de la Terre Verte, les Skraelings préféraient l'Isafjord et y séjournaient longuement, été comme hiver.

Il était vrai que les gens de l'Isafjord étaient différents de tous les Groenlandais que Margret avait connus. Eyvind et ses filles étaient petits et bruns et l'aînée, qui n'avait pourtant que dix-huit hivers, était déjà toute courbée par le mal des jointures. Eyvind lui-même se vantait d'être très atteint par le mal des jointures dans l'épaule, en sorte que son bras s'était gelé quelque temps dans sa cavité, puis le printemps était venu et il s'était attelé aux travaux de printemps avec une vigueur particulière et son bras s'était libéré. Lorsque Margret fit remarquer que son épaule avait l'air curieuse, comme si le bras était sorti de l'articulation, Eyvind répondit en riant que tel était bien le cas et que c'était la raison de sa vigueur. Il leva alors son bras au-dessus de sa tête et le rabaissa.

— Maintenant, vieille femme, dit-il, il se peut qu'un homme souffre ou meure, et certainement que dans l'Isafjord un homme avec un seul bras risque la mort. Mais les prêtres nous disent que nous ne devons pas choisir la mort, si nous avons le moindre espoir d'aller aux cieux, aussi ai-je choisi que mon épaule nagerait librement dans ma chair en échange de la vie, et c'est ce qui se passe, et c'est ainsi que je vis, et quand elle nage trop loin, on la ramène à son point de départ !

Alors Eyvind éclata de rire et ses filles avec lui, et en vérité ils riaient de tout et de rien, pour hâves, petits et gris qu'ils fussent. La nourriture était rare à la maison et l'avait toujours été, bien qu'Eyvind eût autant de terres qu'Asgeir dans sa plus grande prospérité.

Les filles s'appelaient Finna, Anna, Brenna et Freydis. Leur mère et leur frère étaient morts lors du récent mal des entrailles. Après qu'un messager était venu de Brattahlid dans toutes les fermes de l'Isafjord pour voir comment allaient les gens, certains des bien-portants étaient tombés malades, et ces deux-là et trois des serviteurs étaient morts. Les quatre filles aimaient à parler chaque jour des merveilles du Paradis et à imaginer la vie que menaient les âmes de leur mère et de leur frère. Tous les jours, devant leur maigre repas, elles rêvaient :

— Que croyez-vous que notre mère soit en train de manger ? demandait Anna.

— Du lait et du miel, selon le prêtre, répondait Anna.

— Mais sûrement d'autres choses aussi, ajoutait Finna.

— Oh oui ! disait Brenna, du pain, des raisins et de la viande de veau, je dirais.

— Et que va-t-elle tisser aujourd'hui ? demandait Finna.

— Ce sera surtout du fil d'or, je crois, disait Anna. Mais avec quelques brins d'argent.

— Les anges aimeraient sûrement une belle serge à double fil.

Tout le monde de rire joyeusement.

— Croyez-vous que la navette aille et vienne toute seule ? demanda Brenna.

— Peut-être, proposa Freydis, qu'elle a fini dès qu'elle commence ou dès qu'elle a imaginé le modèle.

— Peut-être qu'il y a d'autres fils, des fils couleur de l'arc-en-ciel, dit Anna.

Certains jours, elles discutaient toute la matinée sur la chaleur exacte qu'il faisait au ciel. Il ne pouvait pas faire si chaud que les âmes se promenassent toutes nues, et peut-être que si d'ailleurs. Si les âmes se promenaient nues, pourquoi tout ce tissage, et s'il n'y avait pas de tissage, comment les âmes s'occupaient-elles ? En outre, on disait que l'Enfer était chaud et froid, il fallait donc que le Paradis fût tiède et frais, et elles se demandaient alors s'il était aussi tiède qu'un coteau sous le soleil ou aussi frais qu'une fraîche journée ensoleillée d'été, avec une brise qui soufflait ou sans brise, avec plein de glace dans le fjord ou sans beaucoup de glace dans le fjord. Et ainsi bavardaient-elles, avec toute la gaieté du monde, et Margret avait parfois l'impression de voir Hjordis, leur mère, dans les champs du ciel ou dans les rues du Paradis. Certains disaient que le ciel était une ville sainte, comme Jérusalem, aussi les filles imaginaient-elles ce qu'était une ville, ce qu'était Jérusalem, et quelle ville paradisiaque devait être Jérusalem. Les gens de la ferme d'Eyvind bavardaient tout le temps et Margret se souvint de quelque chose qu'Ingrid disait souvent lorsqu'elle était enfant : « Les pauvres, ils ont des mots en guise de viande, et guère plus. »

Eyvind était passé maître dans l'art de passer l'hiver, et il avait coutume de tuer des moutons jusqu'après Noël et de jeûner tout au long du Carême, en sorte qu'il lui restait au printemps trois vaches et douze brebis avec leurs agneaux. Pendant le Carême, la maisonnée tout entière faisait comme Margret et Asta durant leur hiver à Steinstraum : ils restaient au lit sous les couvertures et les fourrures, à demi endormis et très affamés, en gardant ce qu'ils pouvaient pour festoyer à Pâques. Au moment de la chasse au phoque, Eyvind pouvait à peine se traîner hors de la maison, mais il y parvenait néanmoins, de la même manière qu'il forçait son épaule à marcher, et il revenait avec de grandes quantités de viande et de graisse et tout le monde se levait pour en manger un peu, puis davantage le lendemain, car, comme ils faisaient cela tous les ans, ils n'ignoraient rien du péché de gloutonnerie et du prix qu'il en coûtait. Et ainsi vivait-on sur la terre d'Eyvind dans l'Isafjord, et lorsqu'il arrivait à Margret d'évoquer d'autres manières de faire, les filles et même Eyvind s'émerveillaient des singularités des gens d'autres climats. Bien que Margret vît un certain nombre de Skraelings durant l'hiver et l'été suivant, elle n'aperçut ni Quimiak, ni aucune de ses femmes, ni, en vérité, le très cher Sigurd Kolsson. Elle résolut néanmoins de rester avec Eyvind et ses filles, car elle les aimait beaucoup et se trouvait bien dans leur ferme.

Vint le temps du Thing, et un matin Eyvind dit :

— Eh bien, je vais m'y rendre cette année, bien que j'y aie failli depuis tant d'étés que j'en ai perdu le compte. En effet, cette année j'ai trois ou quatre filles à marier en dehors de l'Isafjord, et ce sera aussi un plaisir que de voir le nouveau récitateur de la loi. Je les ai tous vus de mon temps : Gizur Gizurarson, et l'évêque Alf, et Ivar Bardarson lui-même, et Osmund Thordarson.

Aussi les filles sortirent-elles leurs plus beaux atours, s'en parèrent et se mirent en marche vers Brattahlid, car Eyvind n'avait point de cheval, puisqu'il n'y a pas de chevaux dans l'Isafjord. Le pays ne peut plus les nourrir, bien qu'on dise qu'il y avait force chevaux autrefois dans ce voisinage. Les filles demandèrent à Margret de les accompagner, et elle le fit bien volontiers en décidant de s'envelopper dans son manteau et de se garder d'attirer l'attention.

Lorsqu'ils parvinrent à Brattahlid et rencontrèrent d'autres voyageurs en route vers le Thing, Eyvind leur obtint des places à bord d'un des bateaux de Brattahlid qui se rendaient à Gardar, et Margret parla poliment à ses anciens compagnons lorsqu'ils lui adressèrent la parole, mais elle s'appliqua à apaiser l'impatience de Brenna et de Freydis qui ne s'étaient jamais autant éloignées de l'Isafjord, et à consoler Finna et Anna, qui n'étaient plus aussi contentes de leurs habits depuis qu'elles avaient vu les parures des riches habitants de Brattahlid. Mais, dit Margret, certaines de ces parures étaient taillées dans du vadmal qu'elle avait teint et tissé elle-même lorsqu'elle vivait chez Marta, Osmund et Gudrunn, et elle serait ravie de faire le même travail pour les sœurs Eyvindsdottir. Et ainsi passèrent-elles le voyage en bateau à bavarder de tissus, de couleurs et des plantes colorantes qu'on trouvait aux abords de la ferme d'Eyvind. Finna et Anna, en femmes qu'elles étaient, se consolaient en disant que, si elles ne trouvaient pas de prétendants à ce Thing-ci, elles viendraient bien mieux habillées au suivant.

En arrivant à l'embarcadère de l'Eriksfjord qui appartenait à l'évêché, chacun hissa son bateau sur la grève ou l'amarra aux rochers qui sortaient de l'eau du côté nord de la jetée. Puis ces gens du Nord de gravir la colline de Gardar, de rencontrer les autres Groenlandais, de guetter ceux qui n'étaient pas encore arrivés ; et il y avait force bavardages et conversations, et les gens, surtout les femmes, retrouvaient parents et amis qu'ils n'avaient pas vus depuis bien des étés. Il semblait à Margret que tout le monde avait eu la même pensée qu'Eyvind et décidé qu'après tant d'années sans venir au Thing c'était le moment de le faire, ne fût-ce que pour se faire une idée de Bjorn Bollason et de sa famille, de son éloquence et de sa connaissance des lois. Comme ils marchaient, un vieil homme que Margret ne reconnut point raconta une histoire d'Osmund Thordarson que Margret n'avait jamais entendue, et voilà ce qu'il dit :

Il y avait un Groenlandais appelé Oskar Ospaksson qui était venu enfant d'Islande en Terre Verte, car son père était un homme pauvre en Islande, et en outre il avait été condamné au bannissement pour avoir assailli un homme riche. Ospak vit qu'il n'avait pas grand-chose à espérer en Islande, aussi se rendit-il en Terre Verte en pensant s'adonner à la chasse dans le Northsetur et devenir ainsi un homme prospère, et c'est ce qu'il fit, emmenant son fils Oskar mais laissant sa femme en arrière. Et Ospak et Oskar vécurent en Terre Verte pendant une quinzaine d'étés, principalement dans les Etablissements de l'Ouest, qui étaient plus proches du Northsetur. Or Ospak n'était point mauvais chasseur, pas plus qu'Oskar, bien que pas aussi bon, tant s'en faut, qu'il le croyait lui-même, mais il en va ainsi de tous les hommes. Ces deux Islandais avaient eu la présence d'esprit d'apporter quantité d'armes de fer — épées, lances et arbalètes avec des traits à pointe de fer ; en vérité, Ospak avait liquidé son patrimoine pour acquérir ces armes, et il leur devait toute sa réussite.

Or il advint, lorsque Oskar avait quelque vingt-cinq hivers, qu'Ospak tomba malade et mourut subitement un hiver, et Oskar se retrouva seul et fort démuni, comme les gens dont le seul compagnon disparaît. Aussi Oskar se rendit-il au Thing des Etablissements de l'Ouest en quête d'une épouse, mais aucune des jeunes filles n'était au goût d'Oskar, alors il prit son bateau, qui était une barque non pontée qu'il avait lui-même construite avec du bois flotté trouvé dans le Northsetur, et il gagna à la rame les Etablissements de l'Est pour découvrir que le Thing s'était déjà dispersé. Mais c'était un homme de ressources, qui avait apporté de belles marchandises du Northsetur, et il se servit de ces marchandises pour obtenir l'hospitalité de toutes les meilleures maisons de Brattahlid et de Vatna Hverfi, et de Herjolfnes pareillement, et il vit force belles jeunes femmes. L'hiver fini, il regarda au fond de son cœur et éprouva que son inclination allait à une jeune femme appelée Oddny, qui était la fille de l'homme le plus riche de Herjolfnes, et naturellement celle-ci n'avait guère de considération pour lui, car les gens de Herjolfnes sont très fiers, raffinés et extravagants, et préfèrent se tourner vers la Norvège et la France que vers les Etablissements de l'Ouest pour y trouver ce qu'ils désirent.

Or cet Oskar-là était fort importun, si bien qu'Oddny perdit patience et demanda à son père de faire quelque chose pour la débarrasser de ce fâcheux. Le père d'Oddny, qui s'appelait Kalf, redoutait d'offenser un gaillard tant imprévisible, aussi lui fit-il cette promesse : s'il faisait quelque chose qu'il n'avait jamais fait jusqu'alors pour prouver qu'il était véritablement le meilleur chasseur de la Terre Verte, il lui donnerait la main d'Oddny. Oskar demanda de quel exploit il pourrait bien s'agir, et Kalf répondit qu'il lui faudrait aller dans le Markland afin d'en rapporter des richesses pour le cadeau nuptial d'Oddny, car toutes prisées que fussent alors en Norvège les productions de la Terre Verte, celles du Markland l'étaient encore bien davantage. Mais Kalf savait qu'il n'y avait point de navire en Terre Verte, aucun ne s'étant présenté depuis environ trois ans, et il comptait donc que ce serait une tâche impossible. Oddny et lui se croyaient maintenant débarrassés de l'homme du Nord.

C'était la fin de l'hiver, durant le Carême, et après avoir entendu ces paroles, Oskar s'en fut et on n'entendit plus parler de lui pendant quelque temps, et les gens de Herjolfnes ne laissaient point de s'en réjouir. Puis vint l'été et le moment de la chasse aux phoques. Mais peu après la fin de la chasse aux phoques, Kalf apprit qu'Oskar avait persuadé dix-sept hommes de l'accompagner dans le Markland à bord de sa barque non pontée. Et Kalf s'en gaussa et déclara qu'Oskar avait choisi la mort, non la main de sa fille.

Un de ces hommes qui avaient élu de partir pour le Markland était Osmund Thordarson, qui avait alors environ vingt-deux hivers, et c'était un robuste gaillard bien qu'assez piètre chasseur. Comme il était bon rameur, Oskar consentit à sa venue, et il était le plus jeune à bord. Jamais exploit semblable n'avait été accompli, conduire un bateau non ponté jusqu'au Markland, et bien des gens jugèrent Oskar exceptionnellement téméraire, mais il faut dire qu'il avait eu peu de mal à trouver des hommes pour l'accompagner, surtout des hommes de l'Ouest, qui jamais ne vécurent aussi commodément que les colons de l'Est.

Il sembla d'abord que Kalf et Oddny manquaient de chance, car les navigateurs eurent un temps exceptionnellement bon et atteignirent les forêts du Markland en très peu de temps, une vingtaine de jours environ, neuf hommes ramant la moitié du temps et les neuf autres l'autre moitié du temps. Et là-bas, ils firent bonne chasse, sans rencontrer de Skraelings, et amassèrent tant de fourrures qu'Oskar enleva les bancs de nage de son bateau pour y empiler les fourrures à la place, et les hommes s'y assirent pendant le voyage de retour. Or il advint qu'une nuit Osmund alla trouver Oskar et lui dit :

— Je crois que notre chance est sur le point de tourner. Si nous ne faisons pas les préparatifs nécessaires, nous perdrons toutes ces richesses que nous comptons déjà pour nôtres et avec lesquelles nous avons déjà acheté tant de choses en esprit.

Mais comme Osmund était le plus jeune du voyage, Oskar se borna à lui sourire sans attacher grande importance à ses dires. Peut-être, comme le disait Osmund, Oddny lui semblait-elle déjà sienne et dans ses rêves

Oskar jouissait-il déjà d'elle. Quoi qu'il en fût, rien ne semblait confirmer la prédiction d'Osmund, car le beau temps et la chance se maintenaient et ils quittèrent le Markland vers l'époque de la fête de Marie-Magdeleine, d'après leurs estimations, car Oskar disposait d'un calendrier-bâton qu'il avait confectionné l'hiver précédent. Et ils eurent beau temps et ramèrent vigoureusement, et Oskar en était à dénombrer ses fils et ses filles.

Au bout de quelques jours, ils aperçurent des vols d'oiseaux dans le lointain et Oskar s'imagina qu'il était tout près de la Terre Verte, et comme Herjolfnes est la première terre que l'on touche au Groenland, il commença à décrire en fanfaron comment il embouquerait le mouillage de la ferme de Kalf et jetterait les fourrures sur le sol à la face du vieil homme et réclamerait sa femme, mais, comme il parlait, tous les oiseaux s'évanouirent et en quelques instants une grande tempête éclata, une tempête à submerger un navire, sans parler d'une barque non pontée tout juste bonne à caboter de ferme en ferme parmi les fjords des Etablissements de l'Est. Le petit bateau embarqua une grande quantité d'eau et les hommes craignirent bien des fois pour leur vie, mais il advint qu'Osmund, nullement pris au dépourvu en vérité, pria d'une voix forte tant le Seigneur que la Vierge, et aussi saint Nikolaus, qui jadis sauva tout un équipage de matelots et depuis intercède souvent pour eux. Et ainsi Osmund rama et pria, pria et rama, et au bout de quelque temps, la tempête s'apaisa, mais nulle terre en vue et personne ne reconnut rien, car en vérité il n'y avait rien à reconnaître, sinon la haute mer et un iceberg à l'occasion. Et de la sorte ils dérivèrent et ramèrent pendant de longs jours, et leur réserve d'eau était presque épuisée. Alors, de ses lèvres maintenant desséchées, Osmund pria de nouveau à haute voix.

Adonc Oskar déplora son sort et se mit à maudire Oddny et à proclamer que sa main ne valait guère une telle épreuve. Quelques jours encore s'écoulèrent et ils avaient grand-peur de mourir lorsqu'un matin ils s'éveillèrent pour découvrir qu'ils avaient dérivé en vue de la terre : hautes falaises noires et vertes vallées. Et cette terre était le Borgarfjord dans l'ouest de l'Islande, et ils ne furent pas peu ravis de la voir et ils reprirent leurs avirons avec des forces redoublées, bien qu'ils fussent fort affaiblis par leur voyage. Et c'est ainsi qu'ils s'engagèrent dans le Borgarfjord.

Il se trouvait que le fermier qui possédait la plupart des terres sur la côte sud du Borgarfjord était un homme appelé Elias Egilsson, et lui et ses gens descendirent sur la grève pour accueillir les arrivants. A la vue de la barque non pontée, Elias Egilsson l'Islandais fut stupéfait du voyage que les Groenlandais avaient entrepris et il douta de leurs paroles, mais lorsque Oskar, à sa présomptueuse manière, se mit à brandir avec ostentation les fourrures qu'il ramenait du Markland, Elias Egilsson fut pris de convoitise, car il vit en effet que les dix-huit Groenlandais étaient fort affaiblis par la faim, et d'après leur récit il savait qu'on les croirait perdus en mer. Il s'emparerait des fourrures, qui étaient liées en ballots, et déclarerait que la mer les avait jetées sur sa grève et qu'elles lui revenaient par conséquent. Alors il enjoignit à ses serviteurs de ne rien dire de l'arrivée de ces visiteurs et à ceux-ci il ne montra que la plus généreuse hospitalité, et tous les Groenlandais y furent pris et se félicitèrent de leur chance. Tous sauf Osmund Thordarson, qui vit immédiatement qu'Elias projetait de les gorger de nourriture jusqu'à ce qu'ils en fussent malades pour les tuer ensuite tous dans leur lit. Aussi Osmund ne mangea-t-il qu'un peu en feignant de boire et manger davantage, mais en fait il glissait sa viande entre ses jambes aux chiens dessous la table. Et les autres Groenlandais furent grandement déconfits par les boissons enivrantes, auxquelles on n'est point habitué en Terre Verte.

Alors tous les hommes gagnèrent leurs bancs pour dormir, quand ils y parvinrent, tant ils étaient ivres, et Osmund fit de même et feignit de dormir, mais quand tout fut silencieux, il se glissa hors de ses couvertures, non sans leur donner la forme d'un dormeur, pour se cacher dans un coin près des piles de fourrures. Quelque temps plus tard, la porte de la maison des hôtes s'ouvrit doucement et des hommes entrèrent, Elias à leur tête. Et comme Elias se dirigeait vers Oskar sur la pointe des pieds, en brandissant sa hache, Osmund se rencoigna dans l'obscurité, porta à sa bouche une coupe au fond fendu et poussa un grand hululement, modulant le son grâce à la fente de sorte qu'on eût dit la lamentation d'un esprit. Elias hésita, car il redoutait quelque peu les esprits. Le gémissement se tut. Les Groenlandais, ivres morts, remuèrent sans s'éveiller. Elias leva de nouveau sa hache et Osmund se reprit à hululer, plus fort cette fois, comme un appel apporté par le vent de l'autre côté du fjord, si fort et si inhumainement long qu'Elias fut convaincu qu'il y avait un esprit dans la pièce, et il laissa retomber sa hache et s'en fut.

Le matin, quand Oskar s'éveilla, Osmund raconta ce qui était arrivé et Oskar s'irrita profondément. Ce soir-là, tout le monde comprit qu'Elias entendait réitérer sa tentative, car il prodigua nourriture et boisson aux Groenlandais avec une inlassable générosité. Mais cette fois-ci tous les Groenlandais firent comme Osmund la veille et affectèrent de s'effondrer hébétés le moment venu. Ils gagnèrent les bancs qui leur servaient de couches et, quand tout fut tranquille, ils se levèrent pour s'embusquer dans les coins d'ombre, le long des murs de la salle. Lorsque Elias et ses serviteurs entrèrent, ils tombèrent sur eux et les rossèrent, puis Oskar, pour les punir, passa une lanière autour du cou d'Elias et le pendit quelque temps à la poutre du toit, sans le tuer mais en le blessant très gravement. Et après cela, les Groenlandais restèrent en possession de la ferme d'Elias jusqu'à la fin de l'hiver. Au printemps, Oskar partit à la recherche de ses parents dans les fjords de l'ouest de l'Islande, car il était un homme riche et vantard, et il s'accointa avec une riche veuve qui était une cousine issue de germains, et celle-ci le détermina à demeurer avec elle en Islande. Ainsi fit-il. Les autres, dont Osmund, s'embarquèrent pour la Norvège, où ils vendirent leur part des fourrures et trouvèrent un bateau pour les ramener en Terre Verte. Et après ces exploits, Osmund Thordarson fut un homme riche, avec une grande réputation d'ingéniosité, et il est vrai qu'il connaissait très bien les lois, et cela presque jusqu'à la fin de sa vie.

Quand cette histoire fut terminée, la compagnie arrivait à Gardar, où l'on eût dit que les tentes de toute la colonie avaient été dressées autour du champ du Thing. La pile d'armes, car les hommes déposaient leurs armes au Thing pour éviter les affrontements, était haute et impressionnante.

Une des filles d'Eyvind, Anna, était jolie et affable, bien que frêle, et Eyvind lui trouva un mari le premier jour. C'était un homme de Dyrnes, pas riche sans doute mais pas pauvre non plus.

— Plus important, dit Eyvind, ce n'est pas un homme de l'Isafjord.

Et Anna était plutôt heureuse, car ce garçon, qui s'appelait Ulf, était de surcroît un homme jeune.

Depuis bien des années maintenant, les juges du Thing n'avaient pas grand-chose à faire car l'évêque ou Sira Jon, ou Bjorn Einarsson ou encore les Groenlandais eux-mêmes dans leurs propres districts tranchaient les litiges et distribuaient les châtiments. Mais il semblait désormais à certains hommes puissants des plus grands districts que divers avantages des assemblées du Thing que l'on n'avait pas remarqués jusqu'alors, telle l'occasion de rencontrer de possibles épouses, d'échanger des denrées ou de préparer les chasses aux phoques et la chasse aux rennes, faisaient à l'évidence cruellement défaut. Bjorn Bollason, le nouveau récitateur de la loi, était de ce nombre, et il avait rassemblé autour de lui quelques autres puissantes gens qui partageaient son avis et avaient dépêché des messagers dans tout le pays pour inviter les Groenlandais au Thing. Devant les tentes de ces hommes, des tables de victuailles avaient été dressées et tous ceux qui le souhaitaient étaient conviés à se servir, et généralement, pendant qu'un homme mangeait, un de ces notables, voire parfois Bjorn Bollason en personne, se mettait à parler de choses et d'autres pour toujours finir par se demander comment les Groenlandais pourraient régler leurs litiges avant l'arrivée du nouvel évêque. Et ces hommes étaient fortement partisans de ramener le Thing à Brattahlid comme dans le temps jadis et d'ôter le pouvoir à l'évêché, du moins tant qu'un autre évêque ne se serait pas présenté. On parlait beaucoup alors d'Erik le Rouge et de Leif le Chanceux, des autres Groenlandais des jours anciens et de leurs prouesses, et l'on disait beaucoup aussi combien lourdement la dîme et le denier de saint Pierre pesaient maintenant sur les fermiers, depuis l'abandon du Northsetur. Il suffisait de regarder autour de soi pour voir que Gardar était déjà le plus riche domaine de la colonie, avec l'herbe la plus épaisse, les canalisations d'eau les plus achevées, le bétail le plus luisant et le plus grand nombre de moutons et de chèvres. Et, disait Bjorn Bollason, on demandait encore aux pauvres gens de ramer péniblement dans les tempêtes du fjord, au risque de leurs petits bateaux sinon de leur vie, simplement pour apporter un surcroît de richesses à l'endroit même où l'on conservait déjà les plus grandes richesses de la Terre Verte !

Et poursuivait Bjorn Bollason ou l'un de ses amis, tout le monde n'était-il point plus ou moins misérable de nos jours ? L'été arrivait plus tard chaque année, de plus en plus de vaches étaient transportées presque mortes hors de l'étable, l'herbe s'amenuisait, la récolte de foin diminuait, l'été raccourcissait d'une année sur l'autre, et ensuite, à l'automne, les hommes repartaient derechef, dans leurs petits bateaux délabrés, pour capturer les rennes, et encore leur fallait-il les payer, non seulement en versant la dîme mais d'autres redevances en sus. Et à ce moment-là, Bjorn Bollason se taisait, comme s'il réfléchissait, et se mettait à parler d'autre chose. Le résultat, c'est qu'on ne cessa de discuter à ce Thing de la dureté des temps, de la splendeur de Gardar et de l'interminable attente — quinze étés désormais — depuis la mort de l'évêque Alf.

Certains de ces discours revinrent à Sira Pall Hallvardsson et les Groenlandais épièrent la manière dont il le prenait, s'attendant à ce qu'il éclatât et anathémisât les parleurs, car en vérité il faut que quelqu'un parle pour le Seigneur, qui est jaloux de Ses légitimes possessions. Mais Sira Pall Hallvardsson se contenta de sourire, comme à son habitude, et de parler poliment à tout le monde. Et les Groenlandais en furent quelque peu perplexes.

Le tribunal du Thing se prononça sur six affaires, et sur les treize juges qui auraient dû siéger, dix étaient présents, car deux étaient morts l'année précédente et un troisième était tombé malade. Alors, pour compléter la cour, Bjorn Bollason nomma juges deux de ses amis de Brattahlid et lui-même, et de la sorte il rompit avec les lois traditionnelles, qui stipulent que le récitateur de la loi ne doit pas disposer d'une voix au tribunal mais seulement le conseiller sur la nature de la loi ; or Bjorn Bollason se proclama président de la cour et nomma conseiller Isleif Isleifsson, qui connaissait les lois, et ainsi la loi fut-elle changée. Mais il n'y eut guère de murmures, car les hommes n'étaient point mécontents de voir le Thing fonctionner derechef après tant d'années. Bjorn Bollason était un homme de belle apparence et il avait une voix profonde et sonore et des manières avenantes, car il appelait chacun par son nom après l'avoir rencontré une fois et demandait des nouvelles de l'épouse, des enfants et des serviteurs comme si c'était une vieille connaissance.

Sur six affaires, deux concernaient des meurtres, une les droits sur du bois flotté échoué sur le rivage, une une annulation de mariage et deux des litiges sur des fermes abandonnées, et toutes furent tranchées avec équité, aux yeux de la plupart des Groenlandais, mais on remarqua aussi que Bjorn Bollason s'en remettait largement à Isleif Isleifsson pour des détails de la loi. D'aucuns dirent que oui, en effet, c'était vrai et regrettable, mais après tout Isleif ne résidait à la ferme de Bjorn Bollason que depuis Pâques, et d'ici un an il aurait versé davantage de son savoir dans le vaisseau joliment fait, mais apparemment vide, de la tête de Bjorn Bollason. Dans l'ensemble, les gens furent très satisfaits des verdicts et de ce qu'eux-mêmes avaient à en dire.

Il arriva le deuxième jour que Margret se tenait devant

la tente d'Eyvind avec Freydis après la viande du matin, et un homme grand accompagné de son fils tout aussi grand passa auprès d'elle, si près qu'elle dut ramasser sa robe pour qu'ils ne marchent pas dessus. L'homme s'excusa, et quand elle leva les yeux, il lui sembla voir à la fois Gunnar Asgeirsson homme et enfant. Alors Gunnar dit :

— Pardonnez-nous d'avoir marché sur vous, vieille femme, mais le passage est étroit cette année entre les tentes.

Margret acquiesça et répondit :

— Les gens sont venus d'aussi loin que l'Isafjord et l'Alptafjord. Je ne savais pas, en fait, qu'il y avait encore des gens dans l'Alptafjord.

Gunnar hocha la tête et poussa son fils devant lui, et Margret vit qu'il ne l'avait pas reconnue, mais le garçon se retourna pour lui lancer un coup d'œil moqueur, avec le regard de Birgitta dans les orbites de Gunnar. Freydis surprit cet échange, et lorsque Gunnar et Kollgrim se furent éloignés, elle dit :

— J'ai l'impression que certaine servante connaît beaucoup de monde.

— Une servante va souvent de ferme en ferme, répondit Margret. Nul ne l'ignore.

Freydis ouvrit la bouche pour poser une autre question, mais elle poussa un soupir et garda le silence. Margret jeta sur elle un regard pénétrant. A la fin, Freydis leva les yeux et dit d'une voix douce :

— Il me semble que tel sera mon sort : d'être une servante et d'aller de ferme en ferme, et de suivre les enfants des autres le long de la grève en leur criant de faire attention à ne pas tomber dans l'eau.

— Pourtant ta sœur s'est trouvé un gaillard en bonne santé et une jolie ferme où s'installer. Peut-être que ce sera ton lot aussi.

— Mais c'est le joyau de la famille. Finna est déjà bossue et déformée par le mal des jointures, Brenna a le mal de la toux comme notre mère, et moi je suis d'humeur mélancolique, et tout le monde sait que les maris ne veulent pas d'une épouse mélancolique.

— Tu n'as que quatorze ans.

— Notre mère avait l'habitude de nous dire la bonne aventure, sinon qu'elle n'était jamais bonne. Eyvind s'en gaussait, mais il est certain qu'elle avait prédit sa propre mort.

— Je peux prédire ma propre mort aussi, et toi de même.

Mais devant cette réponse, Freydis se tint coite et Margret eut beau l'encourager, elle ne voulut plus parler de ces choses. Comme elle le disait, elle était d'un tempérament maussade, bien qu'agile comme un oiseau et qu'elle eût, trompeusement, le rire facile. Eyvind arriva alors pour demander sa viande du matin, et ainsi prit fin leur conversation. Mais malgré toutes ses insuffisances, Margret en était contente, car elle l'avait distraite de la douleur de savoir que Gunnar ne l'avait même pas reconnue.

Ce même jour, alors que Margret s'occupait avec Finna d'arranger les peaux de renne de l'abri d'Eyvind afin d'en réduire les interstices, deux hommes amenèrent Isleif Isleifsson et l'installèrent sur une pile de peaux de mouton près de l'entrée, et Margret lui tint compagnie quelque temps. Ils échangèrent des nouvelles, d'eux-mêmes et de connaissances communes, et, parlant de son séjour chez Gudrun et Ragnleif, Isleif dit avec un sourire madré :

— « Les derniers seront les premiers » et « celui qui se haussera sera abaissé ».

Et bien qu'il rît, Margret comprit qu'il goûtait son nouvel état, car il lui demanda si elle aimait l'étoffe de son manteau et Margret vit qu'elle était très épaisse et chaude et finement tissée, bien que d'une teinte sobre. Après quoi, il leva les pieds, l'un après l'autre, et tâta ses chaussures du bout des doigts pour se réjouir une nouvelle fois de la douceur du cuir, puis ses doigts s'attardèrent sur ses bas, et Margret remarqua qu'un motif s'y dessinait, fort joliment tissé. Elle sourit mais se contenta de répondre :

— C'est ce qui nous est promis.

— Il est vrai, cependant, dit Sira Isleif, que Gudrun

m'a offert de beaux présents et de belles choses à porter lorsque le moment est venu pour moi de partir. Ceux qui font le mal n'en ont pas toujours l'intention.

— Et ceux qui font le bien le font toujours pour les yeux des autres.

Et ainsi bavardèrent-ils, et Freydis les regardait avec un intérêt non dissimulé, car nul n'ignorait qui était Sira Isleif et l'on voyait bien qu'il parlait à Margret comme à une vieille amie.

Sira Isleif avait beaucoup à dire de la maison de Bjorn Bollason. La femme de Bjorn Bollason, Signy, était une très belle femme, qui avait été mariée auparavant à un homme appelé Hrolf, le fils cadet de Hoskuld, le plus important notable de Dyrnes. Hrolf s'était perdu en cherchant des moutons égarés lors d'une grande tempête, un hiver seulement après son mariage avec Signy, et Signy avait alors épousé, sur les conseils du père de Hrolf, le fils adoptif de celui-ci, Bjorn Bollason, et Hoskuld avait offert en dot la ferme de Hrolf. Mais cette ferme devait revenir au fils de Hrolf, Hrolf, qui était né peu de temps après la mort de son père et était allé vivre avec Hoskuld. Alors Hoskuld conseilla à Bjorn Bollason de prendre un bateau pour se mettre en quête d'un domaine, de fjord en fjord, parmi les bonnes fermes abandonnées depuis peu. Ce fut lors du premier de ces voyages que Bjorn Bollason vit que la ferme de Ragnvald à la Colline du Soleil avait été désertée, et, en effet, il n'y avait plus le moindre Skraeling aux alentours. Aussi Hoskuld revendiqua-t-il cette immense ferme vacante et Bjorn prit possession de l'endroit. Tous les gens de Dyrnes trouvèrent la Colline du Soleil beaucoup plus agréable que Dyrnes et résolurent de revendiquer d'autres domaines dans la région s'il s'en trouvait d'abandonnés. Et ainsi Hoskuld, qui était un homme ambitieux, avait-il vu ses ambitions se réaliser en Bjorn, et non en ses propres fils, et voilà pourquoi il préférait Bjorn Bollason à ses propres enfants, et il y avait entre eux une certaine amertume.

A tous égards, Signy était aussi libérale et majestueuse que jamais ne le fut la fameuse Marta Thordardottir, et aussi bien parée et plus courtoise encore, et à la rencontrer, nul n'aurait cru qu'elle venait de Dyrnes tant on eût dit qu'elle avait grandi à Brattahlid ou à Vatna Hverfi. Entre elle et Bjorn Bollason, assura Isleif, régnait une affection des plus profondes et en quatre ans de mariage ils avaient engendré quatre enfants : une fille, Sigrid, qui était très vive et séduisante, et trois garçons, petits gars fort virils qui s'esbaudissaient aux jeux les plus bruyants et les plus violents, avec les encouragements de leur mère et de leur père. En fait, Signy et Bjorn Bollason avaient cette habitude : dès qu'un enfant parlait, on lui posait des questions pendant son repas sur ce qu'il ferait dans tel ou tel cas, s'il chassait le phoque ou le renne, s'il cinglait vers le Markland ou combattait les Sarrasins en Terre sainte, et Bjorn Bollason jugeait leurs réponses et ceux qui parlaient à l'étourdie se voyaient moqués par les autres. En devisant de la sorte, Sira Isleif passa la matinée dans la barque d'Eyvind, et Margret vit qu'il était fort enamouré de tout ce qui touchait à la maison du nouveau récitateur de la loi.

Le quatrième jour du Thing, Eyvind revint l'après-midi sous sa tente et déclara d'une voix forte qu'il avait encore trouvé un mari, pour Brenna cette fois, et qui plus est homme de Vatna Hverfi, mais lorsque l'homme arriva avec ses parents pour voir la promise et parler des arrangements, ils repartirent en hâte sans longtemps discuter. Tout boiteux qu'il fût, le jeune homme était fier et il détailla Brenna méprisamment. Margret comprit que c'était un neveu de Magnus Arnason de Nes qui l'accompagnait et resta à l'extérieur de l'abri tandis que les négociations, ou ce qui en tint lieu, se déroulaient. Le Thing tirait à sa fin et Eyvind passa toute la dernière soirée à aller d'un baraquement à l'autre en devisant de ceci et de cela, mais il n'en sortit rien et, au bout du compte, Brenna et Finna ne trouvèrent point de mari. En revanche, le mariage d'Anna devant avoir lieu dans l'Isafjord quelques jours avant la chasse aux rennes, il y avait maints préparatifs à accomplir. Comme ils abattaient leur tente et s'apprêtaient à partir, Eyvind déclara qu'il avait beaucoup travaillé et avec profit, et il était fort jovial bien que ses filles le fussent moins. Voyant cela, il se mit à les taquiner jusqu'à ce qu'elles passent du renfrognement au rire et du rire aux larmes, alors il leur parla sérieusement à toutes et dit :

— Il n'est pas vrai que les filles s'envolent par magie de la ferme de leur père pour se retrouver dans la maison de leur mari, mais il faut pour cela que tout le monde fasse de grands efforts, car un mari est un oiseau qu'il sied de piper par riches appâts, artifice ou dur labeur, et les riches appâts sont ce qui manque le plus dans les fermes de l'Isafjord.

Aussi Eyvind s'était-il attelé à cette tâche comme à toutes celles qu'il entreprenait, en sachant ce qu'il en était, et en payant le prix d'entrée le prix fort plutôt que de tout perdre en fin de compte.

Comme elle gravissait la colline au-dessus de Gardar, Margret vit Birgitta Lavransdottir, et elle vit que celle-ci l'avait vue. Puis Freydis la prit par la main et elles continuèrent leur ascension jusqu'au sommet. Lorsque Margret se retourna, Birgitta se trouvait déjà auprès de l'embarcadère de l'Einarsfjord et chargeait le vieux bateau d'Asgeir. Margret distinguait clairement la couleur pourpre du vadmal de la terre de Gunnar.

Alors Birgitta, Gunnar, Kollgrim, Finn et deux autres serviteurs que Gunnar avait emmenés avec lui montèrent dans la barque et ramèrent à vive allure vers l'embouchure de l'Einarsfjord. Birgitta s'était assise dans le bateau pour pouvoir regarder ramer Kollgrim, car c'était un joli bachelier et elle n'avait rien perdu de son affection pour lui, bien qu'il fût vrai, comme tout le monde le disait, qu'il avait beaucoup de défauts. La seule personne de la maison qu'il ne houspillât point sans cesse était Finn Thormodsson, et de temps à autre les corrections que lui valaient les tours joués à Gunnar le persuadaient d'éviter un temps son père, mais il ne pouvait tenir plus de huit à dix jours, ensuite Gunnar retrouvait de nouveau ses chevaux entravés ensemble ou ses parchemins couverts de lignes qui imitaient l'écriture, mais ne signifiaient rien, ou ses voisins furieux parce que leurs vaches avaient été poussées sur les hauts-fonds du fjord. Ces méfaits ne s'interrompaient que lorsque Finn emmenait Kollgrim avec lui, ce qu'il faisait la plupart du temps. Jusqu'alors aucun malheur n'était résulté de ces voyages, malgré les prédictions de Gunnar et les craintes muettes de Birgitta. Jamais ils ne demandaient à Finn où il était allé, mais se contentaient d'accueillir les deux chasseurs à leur retour et d'admirer le gibier qu'ils rapportaient.

Un fossé s'était creusé entre Gunnar et Birgitta à propos des deux enfants, Kollgrim et Johanna, car chaque parent exaltait les vertus de l'un et dénonçait les défauts de l'autre. Birgitta n'avait à la bouche que les noms de Gunnhild, Astrid et Maria : Gunnhild était la plus belle, Astrid la plus enjouée et Maria la plus affectueuse des filles tandis que Johanna était sérieuse et réservée, toujours à vous regarder effrontément, pas laide, ni belle d'ailleurs, et rayonnant de cet éclat inquiétant que Birgitta percevait depuis le début. Vers Noël, lorsque Johanna avait cinq ans, il advint que la fameuse première dent remua et tomba. Johanna alla la montrer à Helga et ressortit de la pièce. Birgitta, qui se trouvait là, réclama la dent à Helga, mais elle ne vit rien dedans : ce n'était apparemment qu'une dent. Elle tapa dessus et un fragment s'en détacha, mais il n'y avait rien sous la surface sinon de la dent, pas de sombre tortillement de démons ou de vers. Néanmoins, Birgitta alla enterrer la dent loin de la maison et des champs. Elle s'attendait aussi à trouver un changement chez Johanna, une sorte de soulagement, comme si un fardeau lui avait été ôté, mais rien de tel n'advint et Birgitta se reprit à s'éloigner de l'enfant plus que jamais. Quand il arrivait à Birgitta de voir la fillette en compagnie de son père ou de sa sœur, elle voyait bien que celle-ci se conduisait autrement qu'avec elle, mais cela ne lui plaisait pas davantage, car l'enfant semblait trop calme et attentive, et ses yeux cherchaient ceux de son père d'une manière engageante, ou du moins Birgitta le voyait-elle ainsi. Parfois elle doutait d'elle-même et regrettait les sentiments qu'elle avait conçus pour sa dernière fille.

Quant à Gunnar, il ne voyait en Johanna qu'un désir

de plaire à ceux qui voulaient bien se laisser séduire, et avec cela un tempérament naturellement calme que révulsaient les cris et la colère que Birgitta lui manifestait souvent. Là où Birgitta la sentait renfrognée et têtue, il disait qu'elle était intimidée et avait peur de parler ou d'agir. Mari et femme ne pouvaient s'entendre là-dessus et ne parvenaient pas à parler de l'enfant sans colère.

Mais cette colère n'était rien auprès de ce que Kollgrim suscitait en eux. Lui n'était certes jamais renfrogné ou intimidé et semblait même, en vérité, incapable d'apprendre quoi que ce fût, car les raclées et autres punitions comme d'ailleurs les récompenses que lui valaient ses méfaits, qu'il passât à travers la glace du lac et manquât se noyer ou qu'il reçût une ruade d'un des chevaux au point d'avoir le visage et la poitrine marbrés de bleu et de noir, tout cela lui passait au-dessus de la tête et il n'avait de cesse d'agacer les chevaux ou de s'aventurer derechef sur la glace la plus fine. Les chiens le fuyaient tant il leur avait souvent soufflé dans les narines, attaché les pattes arrière, bandé les yeux ou fait manger quelque ordure. Sans doute se montrait-il toujours fort repentant, et il pleurait, cajolait et jurait de ne plus recommencer. Quand Birgitta le regardait, elle voyait son beau visage et ses remords sincères, mais lorsque Gunnar le regardait, il ne voyait qu'apparences trompeuses masquant des abîmes de corruption. Tant et si bien que même lorsque Kollgrim, tranquillement assis devant son tranchoir, relatait avec charme et plaisir ses exploits avec Finn ou les menus événements de la journée, il semblait à Gunnar qu'il cherchait seulement à gagner la complaisance de chacun pour mieux ourdir de nouveaux méfaits. Gunnar comprenait de la sorte qu'il payait avec usure les déboires qu'il avait apportés à Asgeir et l'erreur qu'il avait commise en ne confiant pas le garçon à un père adoptif, car il était certain qu'il aurait mieux appris à se conduire dans une ferme où les gens eussent été insensibles à ses airs et peu émus de le battre aussi souvent que nécessaire. Au lieu de cela, par paresse, Gunnar avait abandonné Kollgrim à Finn Thormodsson, et si l'on ne pouvait encore préjuger du résultat, il ne fallait rien en attendre de bon, car bien que Finn fût un serviteur loyal et avisé, il débordait de tours et de tromperies et inclinait plus à rire du garçon qu'à le retenir.

Mais chaque jour, Birgitta voyait son fils s'amender et commencer à devenir adulte et il se trouva bientôt que Birgitta et Gunnar ne pouvaient parler de la moindre broutille sans évoquer ces deux enfants, même si leur nom n'était point prononcé. De Helga, il n'y a pas grand-chose à dire ; c'était une enfant bonne et vertueuse, attentive à ses devoirs, aimable envers chacun et toute dévouée à son frère.

Ils ramaient rapidement dans l'eau calme et tantôt Birgitta regardait Kollgrim et tantôt Gunnar, et quand ils eurent ainsi vogué quelque temps, elle dit :

— Il me semble que la meilleure conduite à adopter pour Johanna est de l'envoyer au printemps prochain, où elle aura l'âge convenable, chez ton cousin Thorkel Gellison, car c'est un homme riche et Jona Vigmundsdottir est une ménagère avisée.

— L'oisclle n'a point sifflé cette chanson pour ses autres petits, répliqua Gunnar.

— Les gens disent qu'il vaut mieux pour une fille ne pas trop s'attacher à la maison de ses parents, comme c'est le cas pour Helga. Il en sera d'elle comme de Margret Asgeirsdottir.

Alors Gunnar lâcha son aviron et souffleta sa femme qui tomba contre le plat-bord de la barque. A cette vue, Kollgrim se rua sur son père avec un cri et seule l'intervention des deux serviteurs l'empêcha de rendre le coup à son père. Tout ce remue-ménage fit tanguer le bateau qui embarqua beaucoup d'eau, et les paquets rangés au fond en furent trempés, de sorte que les passagers se calmèrent aussitôt. Le serviteur et Kollgrim changèrent de place et l'affaire en resta là, mais lorsque les voyageurs arrivèrent à la terre de Lavrans, Birgitta transporta ses affaires dans le lit clos de son père, et pendant de longues années Gunnar et Birgitta vécurent largement en étrangers.

L'hiver qui suivit cette grande assemblée de Thing fut remarquable par son mauvais temps : tempêtes de glace que suivirent des pluies diluviennes et des gelées brutales ; il en résulta une nouvelle disette pendant le Carême, et cette fois dans toute la Terre Verte et pas seulement dans des endroits isolés, comme lors de la disette précédente. Et les gens évoquèrent alors avec incrédulité la bonne chance de Bjorn Einarsson, si grande qu'elle rayonnait de lui, et du Kambsteadfjord au Hvalseyfjord, de Dyrnes à Brattahlid, en sorte que plus les gens se trouvaient près de lui, meilleure était leur récolte de foin, plus vigoureux leurs moutons et leur bétail, plus abondantes leurs réserves d'algues et de myrtilles. De même les chasses aux phoques et aux rennes avaient-elles été particulièrement fastes ces années-là, et les Groenlandais d'évoquer comment les phoques grouillaient dans le Kambsteadfjord et cela jusque sur les sables, comment les rennes descendaient du Nord en troupeaux innombrables pour se rassembler près du Kambsteadfjord, si bien que les gens de ces districts n'avaient point à les traîner loin pour les ramener chez eux. Telles étaient les conversations que l'on remâchait pendant cette famine, et l'on parlait aussi du Northsetur, du temps qu'il faisait autrefois, et de la taille des moutons à l'époque d'Erik le Rouge, de la quantité de semences que Thorleif avait apportées dans son navire, et du bon foin que ces graines avaient produit. Une autre chose que les gens faisaient observer, c'était qu'aujourd'hui il fallait une chance exceptionnelle pour obtenir juste de quoi passer l'hiver, tandis que la bonne fortune habituelle empêchait seulement de jeûner trop longtemps à la fin du printemps. Il arrivait parfois à leurs pères, se rappelaient les gens, de finir l'hiver avec une petite meule de foin de reste, un petit tas devant l'étable pour les vaches. A la fin de ces derniers hivers, il était de fait que les fermes qui avaient naguère dix vaches et cinq chevaux ne comptaient maintenant que trois vaches et un ou deux chevaux. Et celles qui avaient cinq vaches n'en avaient plus. Simplement, les gens élevaient de plus en plus de chèvres, et cela avait toujours passé pour annoncer des temps difficiles en Terre Verte.

Il n'y eut pas tant de morts, et l'on disait que ceux qui étaient morts étaient morts de peur, car lorsqu'ils avaient vu leurs réserves fondre et leurs moutons dépérir, ils s'étaient empressés de manger tout ce qu'ils avaient, comme possédés, quitte à s'en rendre malades, puis quand ils s'étaient traînés jusque chez leurs voisins, qui s'étaient montrés plus ménagers de leurs provisions, il ne restait plus rien ou presque à partager, et il fallait les chasser, et certains moururent et d'autres non. Quoi qu'il en fût, ces affaires nourrirent force rancunes dans tous les districts. Outre qu'elles provoquèrent l'abandon de davantage de fermes, car, en effet, c'était la dernière chose que les gens avaient à offrir à leurs voisins en échange de quelque nourriture et de la vie, et bien que Sira Pall Hallvardsson, Sira Audun et Sira Isleif dénonçassent cette pratique, ceux qui avaient le moindre surplus de viande ne tardèrent point à accepter ce genre de marché. Ainsi Vigdis de la terre de Gunnar entra-t-elle en possession de deux autres grandes fermes et, avec la terre de Ketil et la terre de Gunnar, elle était désormais le plus puissant propriétaire de Vatna Hverfi, et Jon Andres, son fils, ne manquait pas d'amis.

Après cette famine, trois années s'écoulèrent qui ne furent ni bonnes ni mauvaises, et dans l'entre-temps, le petit-fils de Ragnvald Einarsson, Olaf Vebjarnason, qui avait été jeté dans le fjord quand Ragnvald fuyait les Skraelings, fut proclamé saint sur la foi de trois guérisons et d'une vision attestée par Bjorn Bollason et sa femme, qui demeuraient à la Colline du Soleil depuis maintenant cinq ans, et aussi en raison de son martyre. Une petite chapelle fut bâtie sur la grève près de l'endroit où l'enfant avait été précipité dans l'eau, et les gens prirent l'habitude de s'y rendre pour des guérisons et autres intercessions, surtout parce qu'elle n'était loin d'aucun district et que Bjorn Bollason et sa maison passaient pour fort accueillants. On appela l'enfant saint Olaf le Groenlandais et l'eau où il s'était noyé irradiait souvent une lueur sainte. Nombre de gens la virent. On découvrit qu'il était particulièrement souverain pour les naissances difficiles et, si on le priait suffisamment, il arrivait qu'un enfançon qui se présentait par le siège se retournait pour présenter la tête, ou que de forts saignements tarissaient. D'aucuns, qui vivaient dans le voisinage de la Colline du Soleil du temps de Ragnvald, se souvinrent que le nouveau-né cessait de pleurer à la vue d'un crucifix pour se mettre à sourire et à gazouiller de plaisir.

Sira Pall Hallvardsson ignorait les règles qui avaient trait aux saints et il ne savait trop que dire des guérisons et du fait que les gens commençaient à appeler l'enfant saint Olaf le Groenlandais. A son arrivée, faisait remarquer Sira Pall, le nouvel évêque examinerait les miracles et prendrait une décision. Entre-temps, les gens se disaient que, si le récitateur de la loi lui-même le tenait pour saint, tout le monde pouvait y souscrire.

Il se trouvait, nonobstant, que saint Olaf le Groenlandais n'avait aucun pouvoir sur le temps, qui était froid, humide et dépourvu de soleil chaque année, en sorte que la récolte de foin était toujours maigre. Le bétail diminuait sans cesse. Jusqu'à Gardar où il ne restait plus l'hiver que trente vaches dans les étables bâties pour quatre-vingts. Et celles qui survivaient ne semblaient pas tant vaillantes que naguère. Les gens commencèrent à prêter davantage attention à leurs moutons et à leurs chèvres et à en faire aussi grand cas qu'autrefois de leurs bovins. La nouvelle se répandit bientôt que les béliers de la terre de Lavrans, dans le Hvalseyfjord, étaient particulièrement grands et puissants, si bien qu'une brebis accouplée à l'un de ces béliers mettait presque toujours bas des bessons, qui tous deux survivaient presque toujours. Aussi, pendant un an ou deux, les gens prirent-ils l'habitude de mener leurs brebis au Hvalseyfjord juste après Noël, moment où Birgitta préférait faire couvrir ses brebis pour que les agneaux naissent aux beaux jours, et la terre de Lavrans prospéra. Lorsque Johanna Gunnarsdottir eut dix ans, elle s'en fut vivre avec Thorkel Gellison et Jona Vigmundsdottir, sur la terre de Hestur à Vatna Hverfi. Elle emporta ses plus belles possessions dans ses coffres, et quand Jona Vigmundsdottir passa ses affaires en revue, elle vit que le cousin de son mari, Gunnar, n'était pas un homme aussi malchanceux qu'on le laissait entendre.

Jona Vigmundsdottir était devenue une femme rougeaude et criarde, et d'un naturel hospitalier bien qu'elle s'emportât aisément. Les gens disaient qu'elle était bien assortie à Thorkel Gellison, plus froid et calculateur la plupart du temps, mais guère différent de sa femme quand il s'agissait d'accueillir des hôtes dans sa ferme et de s'esbaudir au tumulte des conversations. S'il n'y avait point de visiteurs, Jona et Thorkel bavardaient avec les serviteurs. Si les domestiques travaillaient, tous deux allaient et venaient devant leur demeure, guettant les voyageurs ou les journaliers itinérants qui se rendaient de ferme en ferme. L'élevage des chevaux, de grands prés fertiles et un accès aisé tant au district de Vatna Hverfi qu'à l'Einarsfjord avaient fait de Thorkel un homme riche. Thorkel prospéra pendant ces années difficiles car en vérité, de tous temps, certains prospèrent, même quand la plupart périclitent. Ces gens avaient quatre fils qui demeuraient à la ferme avec leurs épouses, et une de ces épouses avait deux jeunes enfants, l'un d'un hiver et l'autre nouveau-né. Johanna Gunnarsdottir avait pour tâche de s'occuper de ces enfançons : de surveiller l'un et de porter l'autre, de mâcher la viande de l'aîné, qui n'avait point encore ses dents, et de veiller à leur bien-être de toutes les manières.

Il se trouvait que Johanna ne devait pas revenir au Hvalseyfjord, même pour Noël. De telles visites, dit Birgitta, avaient naguère troublé Gunnhild. Mais il n'y avait pas loin entre la terre de Lavrans et la terre de Hestur : une marche aisée, hiver comme été, le long de la vallée qui reliait le Hvalseyfjord à l'Einarsfjord, puis la traversée de l'Einarsfjord à son point le plus étroit, et il advint donc que Gunnar se trouva toutes sortes de prétextes d'aller voir Thorkel Gellison. Un jour que Gunnar avait passé la nuit chez ce dernier et s'apprêtait dès le lever à regagner le Hvalseyfjord, il sortit se laver dans le baquet réservé à cet usage, et il vit un groupe d'hommes à cheval qui passait non loin de la ferme ; en fait, ils venaient de s'arrêter pour jeter un coup d'œil aux chevaux de Thorkel dans leur enclos circulaire et reprenaient leur chemin. Gunnar ne reconnut aucun d'eux. Mais, comme il se dirigeait vers le baquet, il avisa un autre cavalier un peu à l'écart. Et il vit que ce cavalier était son propre fils Kollgrim.

Kollgrim n'était pas un écuyer accompli et il se tenait maladroitement sur sa monture. Il s'approcha de Gunnar sans hésitation et le salua.

— Qui sont ces hommes ? demanda Gunnar.

— Il y a Ofeig Thorkelsson, répondit Kollgrim, et un autre qui s'appelle Mar, je crois. Les autres me sont inconnus.

Il dit cela comme s'il n'avait guère songé à ces hommes avant de parler d'eux à Gunnar. Gunnar était fort perplexe.

— Où est Finn, alors ? interrogea Gunnar.

Kollgrim haussa les épaules et sourit :

— A la poursuite de rennes, je suppose. C'était son intention.

— A qui appartient donc ce cheval ?

— A un homme, là-bas dans le Nord. Mais, en vérité, c'est un mauvais cheval, pas du tout comme ceux de Thorkel Gellison.

Et avant que Gunnar ait pu lui demander comment l'animal était arrivé en sa possession, Kollgrim lui donna un grand coup de talon et partit au galop. Gunnar entra dans l'enclos afin de choisir un cheval à emprunter, mais il n'y avait là que des juments avec leurs poulains non sevrés et il dut aller voir dans le pré. Lorsqu'il trouva enfin une monture, tous les cavaliers, y compris Kollgrim, avaient disparu. Gunnar chevaucha quelque temps vers le nord puis vers le sud, car le fjord était derrière lui et un grand lac devant. Puis il retourna à la terre de Hestur, où Thorkel et Jona prenaient leur viande du matin devant la maison. Gunnar vint s'asseoir à côté d'eux. Il dit :

— Quelles nouvelles avez-vous de votre fils Ofeig ?

— Peu, répondit Thorkel, et c'est encore de trop.

— Où habite-t-il alors ?

— Il est le fils adoptif de Magnus Arnason, mais je crois qu'il n'est pas souvent chez lui. Il y a un groupe de garçons de Vatna Hverfi qui traînent de-ci de-là avec je ne sais trop qui. Ils font quelques mauvais coups, surtout avec les servantes. Autrefois, ils auraient embarqué pour la Norvège et jeté leur gourme à l'étranger.

Thorkel haussa les épaules.

— Et aujourd'hui, avec qui jettent-ils leur gourme ?

Jona intervint :

— Avec Jon Andres Erlendsson, c'est le chef de la bande. Lorsque l'un d'eux sera tué ou proscrit à cause de leurs frasques, ils s'arrêteront, mais pas avant. Skeggi, Ingolf et Ogmund n'étaient pas comme ça.

C'étaient ses autres fils. Gunnar se leva avant qu'elle ait pu se lancer dans une description de l'enfance de ces trois garçons et ne tarda pas à prendre le chemin du retour. A chaque personne qu'il rencontra en route, il demanda si elle avait des nouvelles de Finn et de Kollgrim, mais ni l'un ni l'autre n'avaient été vus depuis longtemps. Gunnar croyait savoir que Finn chassait de préférence dans le Nord, au-delà de Dyrnes, aux abords de cette partie maintenant abandonnée de la colonie qu'on appelait autrefois les Etablissements du Milieu. On ne trouvait guère de gibier, en effet, dans l'Einarsfjord ni même dans les landes immédiatement au nord de Vatna Hverfi.

Quelques jours s'écoulèrent avant le retour de Finn Thormodsson et de Kollgrim Gunnarsson. Ils rapportaient force gibier et Kollgrim décrivit leur équipée sans hésiter ni se faire prier, parlant notamment de cette journée où Finn était resté à se reposer dans la ferme d'un ami tandis que Kollgrim empruntait un des chevaux du domaine pour parcourir le district de Vatna Hverfi et en admirer les riches pâturages. Gunnar interrogea Finn du regard, qui acquiesça en souriant et raconta qu'il s'était épuisé à poursuivre une baleine qui, espérait-il, allait s'échouer parmi les îlots au fond de l'Einarsfjord, puis il avait aperçu des rennes et, de la sorte, n'avait pas dormi pendant trois jours, et ainsi de suite. Gunnar sentit qu'il mentait mais, ne pouvant prouver la fausseté de ses discours, il préféra se taire. Pas plus qu'il ne mentionna à quiconque ce qu'il avait vu sur la terre de Hestur.

Lors d'une autre visite, il demanda à Jona et à Thorkel si Ofeig leur avait jamais parlé de Kollgrim Gunnarsson. « Non », répondirent-ils, et de raconter longuement à Gunnar combien les enfants aimaient Johanna, car, en effet, l'aîné préférait la fillette à sa propre mère et l'appelait à grands cris chaque fois qu'il la perdait de vue.

Il faut dire aussi que, ces années après la petite famine, Gunnar passa beaucoup de temps à ses écritures, été comme hiver, et y devint plus habile, et l'une des choses qu'il écrivit fut l'histoire de Sira Jon, le prêtre fol qui hantait Gardar. Il compila les récits des Groenlandais, mais il était difficile d'établir la vérité, car Sira Pall Hallvardsson avait pris ses distances avec ses vieux amis et accointances pour ne plus parler à tous que de la manière la plus solennelle et la plus anodine, et Gunnar ne tira rien de lui sur l'autre prêtre.

Puis arriva ce qu'on a appelé la grande faim, et elle ne surgit point à l'improviste, car la plupart des gens comprenaient que la vie devenait plus dangereuse en Terre Verte à mesure que le temps empirait et que les paysans se faisaient moins nombreux dans les fermes, mais il s'était toujours trouvé que le mauvais temps pour les vaches était bon pour les phoques et les rennes. Il advint, néanmoins, que huit étés environ après le départ de Bjorn Einarsson, lorsque les Groenlandais partirent au printemps rabattre les phoques sur les plages, pour la viande et l'huile de l'été et de l'hiver, nul phoque n'était au rendez-vous, ou seulement un ou deux au lieu de dizaines ou de centaines auparavant.

Semblable malheur ne fut point sans exemple au temps jadis. Alors, la plupart des hommes de la colonie s'étaient rendus dans le Nord la plus grande partie de l'été et de l'automne pour en rapporter des morses en abondance, et au printemps, des Groenlandais étaient partis en bateau en Islande et en avaient ramené des moutons et des vaches pour renouveler les troupeaux mangés durant l'hiver. Telles étaient les mesures que l'on avait adoptées. Mais le Northsetur était désormais aux mains des Skraelings, même si les Groenlandais avaient eu des bateaux pour y aller ou un endroit où faire escale dans les Etablissements de l'Ouest. Et pas un navire n'était parvenu en Terre Verte depuis le départ de Bjorn Einarsson. D'aucuns disaient que ce serait un bon moment pour le retour de Bjorn ou l'arrivée de l'évêque. D'autres préparaient la chasse aux phoques de l'automne et une chasse aux rennes à Hreiney, telle qu'il n'y en avait pas eu depuis bien des années. Mais il n'y eut pas grand-chose à manger l'été, et Birgitta disait, en servant le lait caillé :

— « Voici votre fromage pour la messe de la Saint-Joseph », ou « notre jeûne de Carême va nous conduire droit au ciel cette année ».

A l'époque du Thing, cette année-là, qui était l'an de grâce 1397, selon les calculs de Sira Audun à Gardar, Gunnar dit à Helga qu'il était temps pour elle de l'accompagner aux nouveaux champs de l'assemblée, à Brattahlid, et Helga comprit qu'il s'agissait de lui trouver un mari parmi les hommes des autres districts, aussi arbora-t-elle ses plus belles parures et tressa-t-elle savamment sa chevelure, en sorte qu'une partie retombait épaisse et dorée dans le dos, le reste lui couvrant le sommet de la tête comme un bonnet. Et le jour du départ, Birgitta dit à Helga :

— Il me semble que tu fais tes préparatifs bien placidement et que ce voyage te laisse froide.

— Il est vrai que j'ai peu de désirs dans un sens ou dans l'autre. Il y a maintes années que l'on ne m'a emmenée au Thing.

— Ne songes-tu pas avec plaisir à la vie qui s'ouvre à toi, aux tâches de maîtresse de maison qui t'attendent, parmi tes propres possessions ? A tes enfants ?

— Non, je n'y pense pas du tout.

— Alors ces pensées te prendront au dépourvu et te mettront en péril, d'autant que tu es d'une nature impulsive.

Mais Helga ne voulut pas entendre davantage de ces

remontrances et rejoignit le bateau, où son père l'attendait. Gunnar vit seulement qu'elle était très jolie et vigoureuse et attirerait les prétendants en foule. Où aimerait-il que Helga s'installât ? Et dans quel genre de famille ? Telles furent les pensées qui l'occupèrent pendant le voyage. A Brattahlid, il dressa sa tente dans un endroit bien en vue, afin que les gens voient et revoient Helga vaquer à ses activités pendant la journée. Mais rien n'en sortit et Helga s'en revint sans fiancé, car chaque fois qu'un homme venait faire une offre à Gunnar, Helga répondait seulement :

— Qu'il en soit selon tes désirs, père.

Et cela d'un ton doux, les yeux baissés. Et ainsi, il n'en alla point du tout selon les désirs de Gunnar.

A ce Thing, on parla beaucoup de l'échec de la chasse aux phoques et davantage encore du succès de celle de l'automne et du nombre de rennes qu'il devait maintenant y avoir à Hreiney après tant d'années — cinq ou six ans avaient passé, en effet, depuis que les fermiers de la colonie avaient reçu pour la dernière fois la permission de chasser dans l'île. Le dernier jour du Thing, les rares Groenlandais qui s'étaient attardés assistèrent à un événement très curieux. Un des fermiers qui avaient des terres à Brattahlid menait ses moutons sur le coteau au-dessus du champ du Thing lorsqu'un renne et son faon se précipitèrent au milieu du troupeau qu'ils dispersèrent. La chose était singulière, car l'on ne voit pas souvent de rennes sur les fermes des Groenlandais, ces animaux ayant coutume de rester dans les régions sauvages. Or il se trouvait que ce fermier n'était pas trop loin de chez lui et il envoya son fils chercher son arc et des flèches et, avant que le renne fût hors de portée, il lui décocha une de ses flèches à oiseau. Le trait perça le flanc de la bête, qui, terrorisée, dévala le coteau jusqu'au champ du Thing où les gens abattaient leurs baraquements. Et quand elle fondit sur le campement, d'autres se saisirent de leurs armes et tâchèrent de la tuer, en sorte qu'elle fut bientôt criblée de trois ou quatre flèches ; et l'une d'elles s'était enfoncée profondément dans la poitrine et le sang jaillissait d'une blessure au cœur.

Mais le renne continua de courir, comme si son sang se renouvelait par enchantement, et il galopa à travers le champ pour gravir à nouveau le coteau, disparaissant soudain, en même temps que le faon. Nul n'avait jamais vu renne faire preuve d'une telle vigueur. Alors les fermiers du coin coururent quérir leurs chiens pour dépister l'animal, mais jamais on ne le retrouva et la traînée de sang s'arrêtait dans un fourré de saules. Plus tard, les gens se souvinrent de ce renne et comprirent que c'était un signe annonciateur, bien que sur le moment on n'y vît qu'un incident singulier qu'on évoquait au détour d'une phrase.

Quelque temps après le Thing, aux alentours de la fête de saint Christophe, il y eut un autre présage, et celui-ci se présenta sous la forme d'un rêve qui advint à Petur, l'intendant de Gardar. Petur venait de prendre sa viande du matin avec les autres et traversait le champ de Gardar pour se rendre à l'étable lorsqu'il fut envahi par le sommeil et voulut s'étendre sur place, malgré qu'on lui remontrât l'étrangeté de sa conduite. Il dit :

— Non, il faut que je dorme.

Et il se coucha et s'endormit incontinent. Et voilà le rêve qu'il fit :

Un homme marchait dans un pré verdoyant, et l'herbe de ce pré était épaisse et verte et il y enfonçait jusqu'à la taille. Il s'en émerveillait avec délice lorsqu'un grand vent se leva, un vent chaud comme il en souffle de la banquise au printemps, et l'herbe haute ploya sous le vent pour se coucher tant la brise forcissait, et l'homme s'étendit sur l'herbe en y enfouissant son visage. Au bout de quelque temps, le vent cessa et l'homme se releva, et la première chose qu'il vit, ce fut que ses vêtements avaient été déchirés en lambeaux par la tempête, et il vit ensuite que le champ d'herbe était recouvert de sable gris et de petits cailloux tranchants, en sorte qu'on ne le voyait plus, et la seule herbe qui subsistât dans le champ tout entier se trouvait à l'endroit que l'homme avait recouvert de son corps. L'homme pleura et Petur l'intendant se réveilla en pleurant et raconta immédiatement son rêve. Les domestiques reprirent ensuite leur travail, mais à la Saint-Njot le récit de ce songe s'était répandu de ferme en ferme dans toute la colonie et il y avait force discussions pour savoir ce qu'il signifiait, si tant est qu'il eût le moindre sens, car d'un côté il n'y avait aucune raison qu'un rêve prophétique fût venu à Petur, qui n'était pas connu pour avoir le don de double vue ; en revanche, la manière dont le sommeil s'était soudain emparé de lui plaidait fort en faveur d'un présage. Et bientôt arriva le temps de la chasse aux phoques de l'automne.

Alors les hommes de toutes les fermes se retrouvèrent à Herjolfsnes, munis de tous les épieux et de tous les bateaux de l'entière colonie, et, comme toujours, les phoques apparurent au sud et l'océan grouillait d'une foule innombrable de ces animaux, en sorte que les bateaux eurent grand-peine à s'enfoncer dans leur masse. Tous les équipages se dépensèrent de leur mieux et de nombreux phoques furent poussés sur la grève et tués à coups de gourdin et d'épieu, et cette tuerie se poursuivit pendant six jours, si bien que les phoques furent chassés plus au nord que jamais auparavant, bien au-delà des Etablissements du Milieu, et les hommes furent contents de leur chasse. Mais quand on eut compté et distribué les carcasses entre les chasseurs, ceux-ci les trouvèrent bien peu nombreuses en regard de leurs efforts. Alors on échangea des accusations de vol et quelques coups, mais des hommes puissants de Herjolfsnes et de Brattahlid, tel Bjorn Bollason, y mirent bon ordre en instituant des châtiments. Ces hommes estimèrent en effet que malgré tous les efforts déployés il y avait eu moins de bateaux et de chasseurs que jamais auparavant, aussi moins de phoques avaient-ils été capturés. Et ils semblèrent moins nombreux encore quand on les eut rapportés dans les fermes, séchés et rangés dans les magasins aux murs et aux sols vides, tant la chasse du printemps avait été infructueuse. Aussi les Groenlandais se préparèrent-ils à traquer le renne à Hreiney, et ils débordaient d'espoir, et toutes les églises et les maisons bourdonnaient de prières.

Un des bateaux qui se rendirent à Hreiney avait pour

équipage Jon Andres Erlendsson, Ofeig Thorkelsson et leur groupe de féaux, et il se trouva qu'en abordant dans l'île, ils trouvèrent Kollgrim Gunnarsson sur la grève. Or Kollgrim suivait et harcelait ces hommes par moments depuis plusieurs années. Ni menaces ni cajoleries ne l'écartaient d'eux bien longtemps. Une fois, ils lui avaient joué un petit tour, lui volant ses vêtements et le lançant à la dérive sur l'Einarsfjord dans une minuscule barque à deux rameurs, mais cela ne l'avait apparemment rendu que plus impatient de se colleter avec eux. Parfois, Jon Andres l'accueillait amicalement, lui offrant à manger ou lui parlant avec jovialité, dans l'espoir d'engager Kollgrim à les laisser en paix de bonne grâce, mais sans plus de succès. Deux fois, Vigdis avait fait chasser un inconnu de la ferme par ses domestiques et ses chiens, et Jon Andres savait que cet intrus était Kollgrim. Alors les cinq hommes débarquèrent sur la plage de Hreiney pour y trouver Kollgrim, seul et sans armes, et ils résolurent de lui jouer un nouveau tour, auquel ils songeaient à l'occasion depuis l'été précédent. Ils affectèrent de ne pas le voir et lui feignit de ne pas les remarquer et d'être là pour attendre des amis. Et pourtant Kollgrim Gunnarsson n'avait guère d'amis en dehors de Finn Thormodsson.

D'autres bateaux arrivèrent bientôt, qu'on hissa sur la grève, et la petite baie se remplit d'hommes en armes. Finn Thormodsson revint alors et Kollgrim alla le retrouver. Il resta avec lui tout le reste de la matinée. Puis les Groenlandais se divisèrent en plusieurs troupes qui partirent en reconnaissance, l'une s'en fut examiner les vieilles fosses à rennes et les autres se dispersèrent dans toutes les directions pour dépister les plus grands troupeaux de rennes. Ils comptaient n'avoir pas loin à aller, mais ils déchantèrent tantôt car près de la côte les rennes étaient bien rares. Ils se rappelèrent alors qu'à Hreiney les cerfs avaient coutume de se rassembler çà ou là, partout sauf à l'endroit où ils se tenaient. Il faut dire que l'herbe était rare sur l'île, aussi rare que sur aucune des fermes les plus pauvres des Etablissements de l'Est. Puis on s'aperçut que les fosses étaient pleines de sable soufflé par les vents, plus pleines que jamais, et inutilisables ; et il y eut quelques murmures contre Sira Jon et Sira Pall Hallvardsson qui avaient négligé leur devoir d'entretenir les pièges. Mais, en vérité, répliquèrent les gens de Gardar, comment leur demander de faire cela et tout le reste aussi, car à l'évêché comme ailleurs il y avait trop de terre et pas assez de bras ? Les grands espoirs des Groenlandais commencèrent à s'effondrer alors et certains s'assirent découragés en maniant leurs sacs de vivres.

Mais il advint que deux groupes, qui s'étaient éloignés le plus loin possible, jusqu'aux falaises dominant le vaste océan de l'Ouest, trouvèrent des rennes. Pas d'essaims grouillants mais assez, si les chasseurs étaient avisés et habiles, pour nourrir les Groenlandais pendant l'hiver. Alors les hommes, qui s'étaient résignés à ne rien abattre, bondirent en poussant une clameur générale et gagnèrent l'endroit où pâturaient les animaux. Les chefs de la chasse délibérèrent de la meilleure méthode pour tuer de grandes quantités d'animaux. Les rennes, se dirent-ils, avaient été chassés assez récemment et se méfieraient donc des hommes ; les fosses n'étaient plus utilisables d'aucune manière ; les animaux se trouvaient du côté de l'île opposé à l'endroit où, dans le passé, on les avait poussés dans l'eau ; les falaises étaient hautes et la mer au pied bouillonnait de récifs, en sorte que même si les bateaux parvenaient à les atteindre, si on les précipitait de la falaise, les rennes seraient probablement fort rompus et abîmés par leur chute sur les rochers. Une troupe de chasseurs, où figuraient Finn et Kollgrim, longea les falaises en quête d'un lieu pas trop éloigné du gibier qui offrît au moins quelques avantages.

Il se trouvait que Finn connaissait assez bien cette île de Hreiney, bien que les chasseurs en fussent exclus sans permission de l'évêché, et il se trouvait aussi que le goût de la viande de Hreiney était tout à fait familier aux gens de la terre de Lavrans, bien qu'ils ne le sussent peut-être pas, car Gunnar ne s'enquérait jamais trop avant de l'origine des captures de Finn. Grâce à son expérience, Finn voyait deux choses, qu'il exposa à voix basse à Kollgrim. D'abord, le meilleur endroit pour pousser les rennes dans la mer sur la côte nord de l'île était trop éloigné du troupeau principal pour que les Groenlandais pussent réussir dans leur entreprise, car les rennes ne sont pas des moutons et se dispersent rapidement, malgré les chiens, surtout si la harde est petite. En revanche, les animaux se rendraient d'eux-mêmes vers l'endroit durant la nuit, peut-être, ou le lendemain, car l'herbe y était meilleure qu'ailleurs. Mais Finn était un serviteur et Kollgrim un jouvenceau, aussi se turent-ils. Quelque temps plus tard, après force discussions, les autres parvinrent à la même conclusion et tous rejoignirent le gros de la troupe. Puis les chasseurs et les chiens se retirèrent pour que le gibier ne les évente point et pour éviter que les limiers ne donnent de la voix en flairant les rennes. On s'installa pour attendre. Juste après le crépuscule, il se mit à pleuvoir et c'était une pluie marine, froide et pénétrante, qui perçait le vadmal le plus serré et détrempait les peaux de mouton. Vers le matin, les rennes se mirent en marche comme Finn l'avait prédit, mais sous la pluie ils avançaient lentement. Une nouvelle nuit et un autre jour passèrent ; tous les hommes avaient épuisé leurs provisions et les chiens geignaient de faim.

Le troisième matin, quand le soleil se leva, les rennes étaient presque arrivés à l'endroit prévu, mais pas tout à fait, aussi les hommes qui possédaient des bateaux partirent avec quelques rameurs pour cerner le gibier du côté de la mer. Ceux qui avaient des chiens s'assirent et résolurent d'attendre, mais on apprit qu'au lieu de se diriger vers le piège, les rennes s'en éloignaient et revenaient vers le sud et l'intérieur de l'île, en direction des chasseurs. Et voilà que le vent tourna, ramenant l'odeur des bêtes, et les limiers, qui étaient nombreux et affamés, de pousser des hurlements assourdissants. La harde se dispersa en courant, et la chasse commença, bien que le guetteur chargé d'annoncer l'arrivée des bateaux contournant l'île n'eût pas donné le signal. Hommes et chiens se déployèrent en un vaste demi-cercle qui se resserra en approchant de la côte, chassant les rennes devant eux. Par chance, seuls quelques rennes effrayés s'échappèrent au galop en contournant la nasse.

Bientôt, trop tôt, les deux extrémités du rideau atteignirent la grève et les chasseurs durent refermer le piège pour pousser le gibier dans l'eau. Mais les bateaux n'étaient pas en vue et quelques hommes armés d'épieux, craignant de perdre tout le fruit de leurs efforts, se précipitèrent au milieu des rennes, en tuant une poignée mais effrayant les autres, de sorte que certains rompirent le cercle d'hommes et de chiens et s'enfuirent. Alors de grandes clameurs éclatèrent parmi les Groenlandais qui se tournèrent les uns contre les autres en brandissant leurs armes, mais voilà que la vigie donna le signal : les premiers bateaux apparaissaient sur la mer houleuse. La nasse s'aplatit en hâte et les rennes se ruèrent dans les flots, talonnés par les chiens.

Les rameurs précipitèrent leurs bateaux au milieu du troupeau et se mirent à distribuer des coups d'épieu. Tout l'art était de plonger la lance dans la poitrine d'un renne, pour le tuer sur le coup, puis d'attirer la bête vers la barque, à l'aide de l'épieu, et de la saisir par les andouillers afin de l'arrimer au plat-bord, mais la mer était si dure que nombre de rennes furent perdus, outre de nombreux épieux, deux bateaux et deux hommes qui se noyèrent, tant et si bien qu'à la fin de la journée on vit que chaque ferme représentée ne recevrait que trois animaux, et c'étaient en vérité de bien pauvres animaux, qui avaient dû se contenter d'une maigre provende tout au long de l'été.

Le quatrième jour, quelques chasseurs sous la conduite de Finn Thormodsson s'éloignèrent du gros de la troupe et trouvèrent une petite harde de rennes, pas plus d'une quarantaine, qui pâturait dans un vallon encaissé, et ils les cernèrent dans un ravin bordé de falaises sur trois côtés et les abattirent tous, jusqu'aux faons efflanqués. Et tel fut le résultat de la chasse aux rennes à Hreiney, de grands efforts pour une piètre récompense, que les gens commencèrent à évoquer le renne qui avait traversé le champ de Brattahlid le dernier jour du Thing. Sans compter qu'un certain nombre de chasseurs tombèrent malades à cause de la pluie et restèrent alités pendant une partie des travaux d'automne.

Et voilà le tour que Jon Andres Erlendsson et Ofeig Thorkelsson jouèrent à Kollgrim Gunnarsson le dernier jour de la chasse, alors que Finn était parti avec sa troupe. Ils l'assaillirent à l'endroit où il attendait avec les chiens de la terre de Lavrans et le transportèrent à l'écart auprès de l'eau, et là, ils retournèrent son capuchon sur son visage et en lièrent les attaches pour l'aveugler, puis ils déchirèrent une bande de tissu dans le bas de sa robe pour lui garrotter les mains dans le dos ; ils lacérèrent encore sa robe, mettant à nu ses sous-vêtements, afin de lui lier les pieds avec les lambeaux, avant de les attacher aussi à ses poignets. Alors, ils l'emportèrent dans un bateau qu'ils trouvèrent là, car la barque de Jon Andres était hissée sur la grève avec les autres, et le jetèrent dans l'eau, en disant que ce traitement le persuaderait peut-être de les laisser en paix. Leur coup fait, les jeunes gens regagnèrent la rive où se trouvaient les autres chasseurs et déclarèrent qu'un homme du Hvalseyfjord était tombé à la mer et avait besoin d'aide. Quelques bons rameurs se précipitèrent dans les bateaux les plus rapides au secours de Kollgrim, car nul n'ignore que personne ne peut survivre bien longtemps dans les eaux glacées de la Terre Verte. Kollgrim fut repêché inconscient et ramené chez lui en cet état, et il demeura inanimé de nombreux jours pour ne revenir graduellement à lui qu'au cours de l'automne. Et de la sorte, Gunnar vit que sa vieille inimitié avec les gens de la terre de Ketil avait retrouvé vie, et il se sentit violemment déchiré entre la fureur contre Jon Andres et Ofeig et la colère contre Kollgrim qui les avait provoqués. Puis il réfléchit tranquillement à la manière dont il pourrait présenter l'affaire devant le Thing.

Cette année-là, il y eut peu de festivités à l'époque de Noël car les gens étaient soucieux de ménager leurs provisions. Les Groenlandais ont ce dicton : Qui mange de la viande jusqu'au deuxième dimanche de Carême aura du fromage à Pâques, mais qui mange du fromage le deuxième dimanche de Carême à Pâques jeûnera ;

aussi coupait-on les morceaux de viande de plus en plus minces pour les faire durer. A mesure que l'hiver se prolongeait, Finn Thormodsson et Gunnar, ainsi que Kollgrim, passaient de longues heures à poser des lacs pour les ptarmigans, mais c'était le recours de toutes les fermes et peut-être les ptarmigans n'étaient-ils pas aussi abondants que du temps où Gunnar trouvait le matin en se levant une douzaine d'oiseaux pendus aux poutres de la maison. Les gens parlaient maintenant du rêve de Petur l'intendant et disaient qu'après un tel signe rien ne suffirait, rien ne pourrait suffire tant que Dieu ne manifesterait pas par un autre signe que Sa malédiction était abolie.

Lorsque les fjords furent pris par les glaces et que la neige recouvrit le pays, certaines personnes prirent l'habitude de faire des pèlerinages à la chapelle de saint Olaf le Groenlandais à la Colline du Soleil, en plus grand nombre qu'auparavant, et dans le sanctuaire ils déposaient de minuscules objets de stéatite sculptés en forme de baleines, car tout le monde espérait ardemment qu'une ou deux baleines s'échoueraient pour les aider à passer l'hiver. D'autres se rendaient parfois en pèlerinage à Gardar pour prier la phalange de saint Olaf, qu'on appelait désormais le Norvégien. Sira Pall Hallvardsson ordonna qu'une marmite de brouet, enrichi de viande et de graisse, fût toujours au chaud dans la cuisine et que chacun de ces pèlerins reçût un bol de cette soupe, et il disait aussi la messe quand ils étaient venus assez nombreux. A la Colline du Soleil, les gens recevaient des bribes de viande séchée avec leur bouillon, mais il n'y avait pas de messe, car Sira Isleif était reparti sur la ferme de son frère l'été précédent. Outre ces pèlerinages, Sira Pall Hallvardsson disait une messe supplémentaire tous les jours à Gardar, dans le seul but d'accumuler les prières pour soulager les épreuves des Groenlandais, mais chaque jour s'écoulait comme les précédents et nul soulagement ne s'annonçait.

Sira Pall Hallvardsson avait pris l'habitude de se rendre chaque jour dans la cellule où Sira Jon passait son temps pour converser avec l'autre prêtre. Et il faisait cela tous les jours, quoi qu'il y eût d'autre à faire, car ce n'était pas un devoir pour lui mais une sorte de plaisir inquiétant. Souvent, il trouvait Sira Jon assis ou accroupi, les yeux fermés, et ils restaient ainsi, en silence, pendant toute la visite. Parfois, il trouvait le prêtre en train de prier d'une voix forte et sauvage, avec plus de vigueur que Sira Pall Hallvardsson n'en avait jamais mis dans ses prières, et avec de grands renfrognements, quand les larmes ne lui ruisselaient pas sur les joues. Tantôt encore, Sira Jon était d'humeur à bavarder, et il lui racontait les histoires qui lui passaient par la tête et lui demandait des nouvelles de l'extérieur, car il faut dire que le prêtre fol ne quittait jamais sa cellule, par crainte. Il disait que le plafond bas et les murs étroits le contenaient et qu'à l'air libre il éclaterait certainement. Une fois par an, vers la fin de l'été, Sira Jon était baigné de force et cousu dans de nouveaux vêtements, avec les coutures dans le dos, hors de sa portée, et solidement taillés dans un vadmal des plus résistants pour qu'il ne pût les arracher. Il fallait parfois alors l'assommer pour l'habiller car il brûlait d'être nu avec l'ardeur d'un fou et méditait toujours de dépouiller son costume. De la nourriture qu'on lui portait, il mangeait peu, et cet automne-là, Sira Pall Hallvardsson commença à surveiller son tranchoir, et chaque jour qu'il n'avait rien mangé, Sira Pall Hallvardsson était content de voir qu'un homme pouvait vivre de fort peu. Et ainsi s'écoula l'automne à Gardar, puis vint Noël qui passa à son tour, et le flot de pèlerins s'enfla un peu, tant à la Colline du Soleil qu'à Gardar, tandis que le brouet s'éclaircissait et que la viande séchée de la Colline du Soleil devenait à peine une lichette de fromage. Alors Signy alla trouver son mari et lui dit que bientôt les pèlerins arracheraient la nourriture de la bouche des serviteurs et de la famille, tant les provisions avaient fondu, et à cette nouvelle Bjorn Bollason fit lui aussi le pèlerinage de Gardar et s'enferma toute une soirée avec Pall Hallvardsson. Et Bjorn Bollason dit au prêtre :

— Il me semble que les réserves qui se sont accumulées dans cet évêché nous conduiraient jusqu'au bout de l'hiver et jusqu'au moment de la chasse aux phoques, car ce n'est point un secret que les magasins de Gardar sont pleins ou presque.

— Les gens croient qu'il y a plus qu'il n'y a ou qu'il ne pourrait y avoir. En outre, ces dîmes appartiennent à l'archevêque de Nidaros.

— Certainement que l'archevêque souhaiterait que les gens reçoivent des aumônes aux moments difficiles.

— A moins qu'il ne préfère que ces aumônes ne soient réservées pour plus tard, lorsque les conditions seront encore pires que maintenant. Quoi qu'il en soit, l'archevêque n'a qu'une politique à ma connaissance et c'est que ses possessions lui soient envoyées dès que possible, et conservées pour lui jusque-là.

— Il me semble cruel de thésauriser toutes ces provisions pendant que des gens meurent.

— En vérité, je n'ai pas entendu dire que les gens mouraient actuellement. Il me semble vain de parler de situation désespérée avant qu'il en soit ainsi. Il se peut qu'une baleine s'échoue dans le Sud ou que des rennes traversent la colonie. Le Seigneur a les moyens de nous aider de bien des manières, s'Il le juge bon, avant que nous soyons réduits à voler Ses possessions. C'est maintenant le moment de prier, non de piller Ses greniers.

— La volonté du Seigneur est un mystère même pour vous.

— Mais non la volonté de l'archevêque.

Ainsi Bjorn Bollason essuya-t-il une rebuffade et dut s'en retourner les mains vides à la Colline du Soleil.

Il advint juste avant le Carême que Sira Audun entreprit une de ses tournées dans le Sud. Il avait l'intention de se rendre par étapes jusqu'à Herjolfsnes pour revenir ensuite célébrer la messe de Pâques à l'église d'Undir Hofdi. Il entendait également ramener son neveu, Eindridi, qui avait perdu sa femme et souhaitait devenir prêtre. Sira Audun avait convaincu Pall Hallvardsson que ses connaissances de la lecture et de l'écriture compensaient largement son âge (quelque vingt-six hivers) et sa familiarité avec le mariage. Outre qu'Eindridi avait promis de consacrer à la prêtrise son fils de huit hivers, appelé Andres. Sira Audun partit à skis avec le serviteur Ingvald, et ils se hâtèrent d'arriver à l'église d'Undir Hofdi où ils s'installèrent pour recevoir sans plus attendre les gens qui voulaient prier et se confesser. Les fidèles affluèrent jusque tard dans la nuit et certains déclarèrent au prêtre qu'ils ne comptaient guère passer l'hiver. Sira Audun apprit en outre que plusieurs personnes étaient mortes dans deux des fermes les plus pauvres : un homme, sa femme et leur fils nouveau-né dans l'une, et deux jeunes hommes et leur mère dans l'autre ; c'étaient les premières victimes de cette famine dans le district de Vatna Hverfi.

Puis Sira Audun et les domestiques se préparèrent des lits dans la maison du prêtre et s'endormirent, et il advint que cette nuit-là des voleurs pénétrèrent dans le presbytère et volèrent l'essentiel de la nourriture que Sira Audun avait apportée de Gardar, de sorte qu'au matin il ne restait plus que deux fromages au prêtre et au serviteur.

C'était un dimanche matin et Sira Audun se prépara à dire la messe, avec Ingvald comme servant. Les gens vinrent nombreux à cette messe parce que, depuis la mort de Sira Nikolaus, les offices de Sira Audun étaient les seuls du district. Et quand les fidèles furent assemblés et assis sur les bancs qu'on avait apportés, Sira Audun se présenta sans un mot et s'assit lui aussi, à côté de son servant, en se contentant de regarder droit devant lui pendant un long moment. Bientôt, les assistants s'agitèrent et commencèrent à parler entre eux à voix haute. Finalement, un homme appelé Axel, qui avait la réputation d'un bouffon, lança :

— Ce prêtre doit être muet ! Ho, prêtre ! Parle plus fort ! On ne t'entend pas !

Alors Sira Audun se leva et se tourna vers l'assemblée.

— En ce temps-là, dit-il d'une voix grondante, le Seigneur Jésus se rendit parmi eux et ils Lui volèrent sa pitance, et ils Lui dérobèrent Ses chaussures et Le dépouillèrent de Son manteau. Puis ils s'en prirent à Lui et exigèrent : « Pourquoi ne nous bénis-Tu point ? » Et le Seigneur leur répondit : « Pourquoi M'avez-vous enlevé

Mes possessions ? » Et ils dirent : « Tu es Dieu, Tu n'as pas besoin de la nourriture et des vêtements des hommes, car Tu peux faire surgir ces choses à Ton gré. » Mais Jésus dit : « Non, vous n'êtes sauvés en Moi qu'autant que Je suis homme, et quand vous volez Mes chaussures, Je Me coupe les pieds sur les cailloux du chemin, et quand vous prenez Mon manteau, Je tremble de froid, et quand vous mangez Ma nourriture, J'ai faim. Alors Mon Père M'est apparu en rêve et M'a demandé : « Où sont ces choses qu'il Te faut pour vivre ? » et J'ai dit que des hommes Me les ont enlevées par convoitise et se les sont disputées, en sorte que le manteau est déchiré, les chaussures perdues et la nourriture répandue dans la poussière, et Mon Père est rempli de colère et dit : « Qui sont ces hommes qui choisissent le mal ? Pourquoi faudrait-il ne point les détruire ? »

La voix de Sira Audun s'enfla encore :

— Pourquoi faudrait-il ne point les détruire ?

Puis il reprit plus doucement :

— Vous êtes sauvés quand Je suis un frère pour vous et détruits quand vous Me traitez en ennemi.

Et il s'assit et attendit. Les assistants, déconcertés par ce discours, restaient silencieux, bien que beaucoup se doutassent que c'était une parabole que Sira Audun avait inventée lui-même. Sira Audun eut beau parcourir les fidèles du regard, aucun ne se leva pour reconnaître le vol. Au bout d'un certain temps, Sira Audun se leva, ôta ses ornements sacerdotaux et quitta l'église, et à Magnus Arnason de Nes, qui se tenait près de la porte, il déclara qu'il ne célébrerait l'office que lorsqu'on lui aurait restitué les provisions pour son voyage, puis le serviteur et lui entrèrent dans le presbytère et fermèrent la porte.

Alors les gens du district cherchèrent entre eux les coupables de ce crime et ils en accusèrent un homme appelé Vilhjalm, un homme pauvre du sud du district, et celui-ci avoua avoir pris les victuailles la veille au soir après sa confession, mais tout avait été partagé entre les membres de sa famille et entièrement mangé. Après quoi, quelques serviteurs de Magnus Arnason entraînèrent Vilhjalm à l'écart et le rossèrent. Et les gens de Vatna Hverfi de se demander comment ils allaient remplacer la nourriture volée, car ils voyaient bien tous que Sira Audun commençait à peine un long voyage et ne pourrait toucher à son terme avec deux fromages en tout et pour tout. Mais ni Magnus Arnason, ni Thorkel Gellison, ni aucun des autres gros fermiers à l'entour n'avaient de vivres en trop, car, s'ils avaient davantage de provisions, ils avaient aussi davantage de bouches à nourrir. Alors Vigdis, la mère de Jon Andres, arriva en grand arroi de la terre de Gunnar, et derrière elle venaient deux domestiques qui portaient chacun un gros paquet. Vigdis passa sans un mot devant les fermiers assemblés et alla directement frapper à la porte du presbytère, qui s'ouvrit devant elle, et quelques instants après, Sira Audun apparut, se rendit dans l'église, revêtit ses ornements et célébra la messe. Et Vigdis, qui n'était pas présente à l'office du matin, trônait à la place d'honneur juste en face du prêtre. Ainsi Vigdis fut-elle fort louangée par ses voisins d'avoir permis à la messe de reprendre et aux maintes prières et confessions d'être dites et entendues. Deux jours après, Sira Audun et son serviteur partirent pour le Sud et parvinrent à un couvent sans rencontrer nulle traverse.

Nonobstant, la nourriture était encore plus rare dans le Sud et Sira Audun fit présent des victuailles d'un de ses paquets à toutes les nonnes du couvent, qui étaient au nombre de sept. Mais, lorsque les gens du voisinage apprirent que les sœurs avaient de la nourriture, ils vinrent en mendier quelques bribes, et les religieuses distribuèrent tout. Sira Audun y dit trois messes le dimanche et deux autres le lendemain, et à chaque messe tous prièrent avec ferveur pour le soulagement de leurs souffrances. Le jour suivant, Sira Audun gagna l'église de Vagar, non loin de là, où il retrouva son neveu Eindridi et le petit Andres.

C'était le soir précédant le deuxième dimanche de Carême et Sira Audun se prépara à recevoir la confession des fidèles de l'église de Vagar, mais les rares qui se présentèrent semblaient se traîner dans la neige et ils parlaient dans un murmure, tant hommes que femmes. Alors Sira Audun demanda à Eindridi si la situation était vraiment aussi mauvaise, que les hommes ne pussent se rendre à l'église sans risquer la mort, et Eindridi répondit que la situation était pire encore, puisque beaucoup ne pouvaient même pas sortir de leur lit clos pour se pencher dans l'alcôve de leurs enfants ou de leurs parents, tant ils étaient faibles. Aussi Sira Audun célébra-t-il une messe le matin en hâte, et fit le tour des fermes du district, visitant les gens, disant des prières et distribuant des bouts de nourriture qu'il puisait dans le second sac de Vigdis. Il y aurait des provisions en abondance à Herjolfsnes, Sira Audun en était persuadé, et il donnait d'une main généreuse. Pourtant, quelques habitants du district étaient déjà morts et davantage avaient tant dépéri que des morceaux de fromage ou de viande séchée ne leur étaient plus d'aucune aide sinon pour leur dulcifier la bouche. De la sorte, Sira Audun resta plus longtemps qu'il ne l'avait prévu dans le district de Vagar, et le dernier jour il voyagea sans aucune nourriture, ayant donné ses dernières provisions à Ingvald. Ils partirent enfin pour Herjolfsnes et en chemin Ingvald et lui parlèrent longuement et sans cesse des repas qu'ils avaient faits, et Sira Audun composa la strophe suivante :

Un ragoût de phoque et de lièvre, une coupe de lait,
Un morceau de fromage, du beurre et du phoque
[séché,
Mon cœur se rappelle chaque bouchée depuis que
[ma mère
Pour la première fois mâcha ma viande pour moi.

Et ainsi arrivèrent-ils à Herjolfsnes. Or il se trouva que les conditions n'étaient guère meilleures là qu'ailleurs, mais la maîtresse de maison avait prévu un festin de bienvenue pour le prêtre, et Sira Audun et son serviteur le savourèrent avec reconnaissance.

A Gardar, juste après le départ de Sira Audun, Sira Pall Hallvardsson se leva un matin et sortit se laver, comme chaque jour, et là, dans l'obscurité, surgit devant lui une troupe d'hommes, et il vit incontinent qu'ils étaient armés. Bjorn Bollason, qui portait une arbalète, s'avança vers lui et dit d'une voix douce :

— Nous sommes venus vous aider à assurer dans l'ordre la distribution des provisions de l'évêque, car en vérité les Groenlandais ont désespérément besoin de nourriture et ni Dieu ni l'évêque ne peuvent continuer à détourner les yeux d'eux.

Le jour commençait à poindre et Pall Hallvardsson vit qu'une quarantaine d'hommes formaient un demi-cercle dans la cour, et tous étaient des amis de Bjorn Bollason, et des fermiers puissants, tant de Brattahlid que de Dynrnes. Pall Hallvardsson dit :

— Les districts du Sud ne sont pas représentés et l'évêque doit traiter chacun avec équité.

Bjorn Bollason sourit devant l'aisance avec laquelle son plan réussissait, puis il parla à quelques-uns de ses féaux qui coururent vers les bateaux de Gardar amarrés à l'embarcadère de l'Einarsfjord. Le lendemain, des notables de tous les districts, même de Herjolfsnes, arrivèrent en bateau, et ce jour-là, Pall Hallvardsson fit enlever les pierres qui scellaient les greniers, et il convient de dire que les hommes piétinèrent les rouleaux de vadmal et les peaux de mouton pour se ruer sur les provisions de viande de renne et de phoque, de graisse fondue, de mouton et de bœuf séché, et sur les nombreux fromages de chèvre, de brebis et de vache. Après qu'eut été vidé le premier magasin, on abattit les murs du second sur deux côtés, et celui-ci fut vidé pareillement. Malgré les promesses de Bjorn Bollason, le pillage des magasins se déroula dans le plus grand désordre et, en vérité, Bjorn Bollason lui-même fut le premier à pirater les provisions. C'est ainsi du moins qu'apparut cette distribution à Sira Pall Hallvardsson, bien qu'il ne tentât jamais de s'interposer et qu'il se tînt à l'écart pendant que disparaissaient sous ses yeux dix années de munitions de bouche.

Bjorn Bollason et ses hommes furent fort impressionnés par l'abondance des vivres de Gardar, et lorsque tout eut été distribué et emporté, Bjorn Bollason s'approcha de Sira Pall Hallvardsson et dit :

— Je m'attendais à trouver une bouchée pour chacun et voilà que j'ai découvert de quoi festoyer pendant une semaine. Tout votre surcroît de prières n'a été d'aucun profit aux Groenlandais auprès de notre entreprise. Les hommes s'en vont pleins de reconnaissance pour la générosité de l'évêque, et l'évêque devrait en être satisfait.

Pall Hallvardsson se contenta de répondre :

— Le temps dira à qui doit revenir la gratitude.

Puis il tourna le dos à Bjorn Bollason et regagna sa chambre. Il se trouvait que lui aussi avait été très surpris de l'importance des réserves, mais en vérité, depuis toutes ces années, que Sira Jon était fol, il n'avait toujours point résolu le mystère des livres de comptes, et chaque hiver il passait de moins en moins de temps penché sur ces pages, à tâcher de déchiffrer l'écriture de Sira Jon ou à inscrire ses propres calculs incomplets et confus. Il en savait encore moins sur ces affaires qu'au Hvalseyfjord où, du moins, il ouvrait quotidiennement les deux armoires, d'autant que Sira Jon examinait ses offrandes deux fois par an. A Gardar, il ne pouvait même pas s'effrayer de l'arrivée du nouvel évêque ou d'un navire qui emporterait toutes les victuailles dues à Nidaros, car en vérité, après tant d'années qui saurait ce que devait la Terre Verte, qui connaîtrait la somme des dîmes ? Aussi l'hiver dernier avait-il passé encore moins de temps sur les livres qu'auparavant. Peut-être ne les avait-il même pas regardés, pour se contenter de dire à Olof, à Petur et à tous ceux qui venaient lui demander des instructions de faire au mieux et d'utiliser ce qu'il fallait, et peut-être avait-il reçu toutes les dîmes de toutes les fermes sans les regarder de très près, sans demander des nouvelles des moutons et de la chasse aux phoques, ces questions inquisitrices auxquelles Sira Jon était si habile et qui lui faisaient honnir les Groenlandais, ces Groenlandais qui paraissaient toujours réserver quelque chose, jusqu'à la plus petite part de leur dû. Qui sait s'ils le faisaient en effet ou s'ils semblaient seulement le faire, comme il l'avait toujours dit lui-même à l'autre prêtre. Mais quel homme, sans l'œil de Dieu, pouvait voir combien il y avait et combien était véritablement dû ? A l'abbaye où il avait grandi, des dizaines de moines passaient leurs journées à parcourir les terres de l'abbaye en épiant les activités de chaque paysan, de chaque vache et du moindre cochon, de sorte que lorsqu'un manant apportait son loyer ou sa dîme, l'abbé pouvait dire :

— Il n'y a rien ici de ce champ d'orge que tu as planté à la lisière de la forêt.

Ou, moins souvent :

— La maladie de ta femme t'a mis à rude épreuve durant la moisson, et tu as trop payé ici.

Il n'en allait point de même en Terre Verte, où le prêtre ne savait rien de la réussite d'un fermier en dehors de ce que celui-ci lui en disait. Mais en vérité, toute cette incurie importait peu, tant il y avait abondance de tout. Peut-être, songeait Sira Pall Hallvardsson, n'était-ce pas seulement non compté, mais impossible à compter.

Assis dans le haut siège de la grand-salle, Sira Pall Hallvardsson contemplait la pièce faiblement éclairée, et il vit que les Groenlandais se rappelleraient les prières et les messes qu'il avait dites, le brouet et les repas qu'il avait distribués aux serviteurs et aux pèlerins de passage et y verraient des tromperies, destinées à cacher une montagne de provisions, et un désir avide de les accumuler. Et il souhaita, un bref instant, qu'il n'y en ait pas eu en telle abondance, ou qu'elles aient été engrangées autrement ou que les yeux des hommes ne se soient pas écarquillés, incrédules, à leur vue.

Il se leva pour aller rendre visite à Sira Jon. L'oreille contre la porte, il entendit à l'intérieur un bruit de frottement et de chuintement qu'il ne reconnaissait point, mais quand il ouvrit la porte, il trouva le prêtre insensé qui l'attendait assis tranquillement, comme à son habitude. Sira Jon, bien que du même âge que Sira Pall Hallvardsson, semblait à tous plus vieux, car sa barbe et sa chevelure étaient presque entièrement grises et ses sourcils formaient de grandes touffes grises, comme ceux des vieillards. Il était accroupi près du mur, les mains dans les manches, mais il tendit son doigt à baiser et Sira Pall Hallvardsson le baisa. Sira Jon le dévisagea, puis il dit :

— Je vois qu'il va falloir t'attacher aujourd'hui, car ton humeur est maussade et renfermée. Ce sont là tes pires jours.

— Et ton humeur ?

— Nulle humeur ne lui est venue aujourd'hui. Il n'a rien mangé depuis trois jours. Il est particulièrement bon.

Sira Jon parlait toujours de son enveloppe charnelle comme si c'était un autre homme, insoumis et capricieux. Sira Pall Hallvardsson l'avait entendu dénoncer ce corps avec la plus grande sévérité, décrivant crûment les feux de l'enfer auxquels il était voué.

— Il a tout de même bu un peu d'eau ?

— A peine une gorgée. Et il l'a pissée sur-le-champ.

— Puis-je lui palper le bras ?

— Son bras est bien maigre en vérité, mais point trop.

Sira Jon écarquilla les yeux et commença à respirer bruyamment.

— Tu ne peux pas le palper, il est trop maigre. Je le surveille étroitement.

Ils se turent. Sira Jon retrouva son sang-froid et, après quelques instants, dit :

— Je vois que tu t'es laissé duper par ces Groenlandais. Ce sont gens diaboliques, en vérité.

Sira Pall Hallvardsson répondit en souriant :

— En quoi m'ont-ils dupé, alors ?

— Comment le saurais-je ? Impossible de le dire. Tu es un garçon simplet. Ils jouent de ta sensibilité, bien qu'ils n'en aient aucune eux-mêmes.

— Ils meurent de faim.

C'était la première fois que Pall Hallvardsson parlait de la famine à l'autre prêtre.

— Si c'était vrai, ça leur ferait du bien. Mais s'ils te le disent, ce n'est certainement pas vrai.

— Ils se traînent dans l'église, les bras et les mains comme des brindilles attachées ensemble, et leurs visages sont décharnés.

— Ces Groenlandais font ce qu'ils veulent avec leur chair. Il n'y a pas si longtemps que les ai vus moi-même se transformer en diables et en spectres. Ils viennent à toi tout miel et pleins de prières, mais dès qu'ils arrivent au coin de la cathédrale, ceux qui se traînaient se redressent vigoureusement et ceux qui creusaient leurs joues les laissent à nouveau se gonfler. J'en ai assez vu. Je n'ai pas besoin d'être là pour savoir comment ça se passe. Cela me rappelle une chose qu'avait vue l'évêque Alf dans le district de Stavanger quand il était enfant.

Pall Hallvardsson se mit à son aise pour écouter l'histoire, car les aventures fabuleuses de l'évêque Alf revenaient souvent dans la conversation de Sira Jon, bien que Pall Hallvardsson n'ignorât nullement que feu l'évêque avait mené une existence de scribe, aussi peu mouvementée que possible, avant de venir en Terre Verte. Mais le prêtre fol garda le silence, méditant peut-être son récit, sans toutefois le raconter. Comme il continuait de se taire, Sira Pall Hallvardsson finit par s'en aller.

Les provisions de l'évêque se répandirent comme un baume dans tous les Etablissements de l'Est, de l'Isafjord à Herjolfsnes. D'aucuns vantèrent les largesses de l'évêché mais la plupart racontaient comment Bjorn Bollason avait surveillé les hommes qui sortaient les provisions et comme il s'était assuré que les représentants de chaque district recevaient une part égale au nombre de gens qu'ils estimaient encore en vie dans leur région. Et lorsque des hommes de son propre district de Dyrnes avaient essayé d'en voler davantage pour eux-mêmes, Bjorn Bollason les en avait dépouillés pour les remettre aux envoyés du Hvalseyfjord. Pour finir, quand les vivres eurent été chargés sur les traîneaux et que les skieurs furent prêts à partir, Bjorn Bollason était allé d'un traîneau l'autre en saluant chacun par son nom, car il avait une prodigieuse mémoire des noms, et il avait rappelé à tout le monde qu'il fallait remercier Dieu et l'évêché, car ces provisions étaient l'apanage de Dieu Lui-même, et par conséquent particulièrement roboratives, et l'on jugea en général qu'il exprimait là des sentiments élevés.

Tandis qu'Eyvind et les hommes de l'Isafjord étaient partis à Gardar, Brenna Eyvindsdottir mourut dans son lit du mal de la toux et Freydis et Margret sortirent son corps de la maison pour l'ensevelir dans la neige. Freydis fut très abattue par ce décès, car il lui semblait que, si Eyvind s'était absenté plus tôt ou était rentré plus vite, Brenna aurait été sauvée, et c'est en vain que Margret lui disait que Brenna avait péri de maladie et non de faim. Voilà pourquoi Freydis éprouvait une grande amertume envers Eyvind quand il revint comme envers les provisions qu'il rapportait, en sorte que lorsqu'elles furent disposées sur la table et que la famille s'apprêta à les manger, elle les balaya de son bras, les jetant par terre, et se mit à crier.

Or Eyvind n'avait pas déchaussé ses skis depuis trois jours qu'il avait quitté Gardar, voyage qui prenait habituellement peu de temps l'hiver. Les groupes du Nord, affaiblis par la faim, avaient rencontré de la neige et du mauvais temps, de sorte qu'ils s'étaient perdus entre Brattahlid et l'Isafjord. Alors, quand Freydis se mit à hurler, Eyvind l'empoigna par les épaules et la secoua, et, lorsqu'elle tomba à terre, il la traîna dans l'étable, où les moutons se blottissaient dans la tiédeur des excréments, et l'y abandonna, car il était très en colère contre elle. Ensuite, il revint s'asseoir à sa place et commença à manger. Il invita les autres — Margret, Finna et les deux serviteurs — à manger aussi, et comme ils avaient très faim, ils ne se firent pas prier. Il dit :

— Freydis va bientôt se ressaisir et venir gratter à la porte.

Le repas s'acheva. Tout le monde avait regagné son lit clos que Freydis n'était pas venue gratter à la porte. Aussi Finna alla-t-elle trouver son père et lui demanda de ramener sa sœur, mais il ne voulut rien entendre, tant il abominait l'orgueil et l'entêtement de la jeune fille. Alors tout le monde, même Margret qui redoutait vivement l'issue de cette querelle, s'assoupit, comme le font les gens qui viennent de manger à satiété pour la première fois depuis de longs jours. Le matin, Freydis n'était toujours pas rentrée, bien que la porte de la maison ne fût aucunement barricadée.

Margret se leva et vit qu'Eyvind endossait sa peau de mouton, et il lui dit en souriant :

— Ce ne serait pas une Eyvindsdottir si elle me cédait en orgueil.

Et il sortit en emportant un peu de baleine séchée et quelques morceaux de fromage. Un long moment s'écoula et il ne revenait point. Margret vaquait à ses occupations et les autres commençaient à s'agiter, et Eyvind ne revenait toujours pas, alors Margret revêtit son manteau et sortit dans la cour. Pas d'Eyvind ni de Freydis bien qu'on entendît force bêlements dans l'étable. Margret s'approcha lentement. La porte était entrebâillée. Elle l'ouvrit un peu plus : il est des visions auxquelles il est impossible de se préparer et celle-ci en était une, se dit-elle. Eyvind était à genoux dans le fumier chaud des moutons. Au-dessus de lui, dans la pénombre de l'étable tiède, calfeutrée de tourbe, Freydis pendait par le cou à une poutre, et elle était morte. Alors Eyvind se mit à crier et à pleurer avec une violence qu'elle n'avait jamais vue. Il lacéra ses vêtements et se frappa la tête contre les pierres de l'étable, et les moutons de se ruer en tous sens autour de ses jambes, en grand effroi. Il hurlait qu'elle était sa préférée, son bruant des neiges, son aimée, son enfançon, et Margret vit qu'il redoutait de toucher le cadavre de la pucelle. Et à cette vue, des larmes jaillirent dans les yeux de Margret pour la première fois, peut-être, de sa vie. Adonc les serviteurs sortirent de la maison pour se mettre au travail et Finna les suivit, mais aucun ne put s'approcher d'Eyvind ou de Freydis, tant la mort de sa fille l'avait plongé dans un désespoir sauvage.

Les gens de l'Isafjord ne furent pas enclins à reprocher ce malheur à Eyvind, mais l'attribuèrent à Freydis elle-même, en raison de sa mélancolie et de son emportement, que nul n'ignorait alentour. Certains l'imputèrent à la faim, qui exaspérait les gens ou les rendait fous. Il y avait un vieux serviteur dans une autre ferme de l'Isafjord qui était sorti quelques jours auparavant et s'était égaré entre l'étable et la maison, distantes d'une vingtaine de pas. Il avait tourné en rond longuement pour finir par s'abattre dans la neige, privé de sens. Et un autre homme de l'Isafjord s'était précipité sur sa femme, ainsi que sur ses deux enfants, pour les battre, en sorte qu'ils en étaient presque morts. Les gens de l'Isafjord inclinaient à dire que la vie était plus dure et impitoyable dans l'Isafjord qu'ailleurs, et cela semblait vrai à Margret. Pourtant, Eyvind s'accusait violemment et eut maints accès de folle douleur après la mort de ses filles. Margret et Finna filaient et tissaient dans leur coin, et chacune savait que l'autre redoutait le pire. Les provisions de Gardar durèrent jusqu'après Pâques, puis l'herbe reverdit, les agneaux naquirent et il y eut du lait de brebis à boire.

La mort avait lourdement frappé tous les districts. Enfants mort-nés, mères trépassant, l'enfançon à la mamelle, grands-pères qui se couchaient pour ne plus se réveiller, hommes s'égarant en quête de nourriture sans que leurs proches, trop faibles, pussent partir à leur recherche. Des domestiques épuisés trébuchaient et tombaient pour ne plus se relever. Des feux s'éteignaient, et l'effort de les reconstruire ou d'aller chercher des combustibles chez les voisins excédait les forces des gens, en sorte qu'ils mouraient de froid avec des vivres sur la table ou, plus souvent, qu'ils se gorgeaient de leurs victuailles pendant que le froid les engourdissait. Aux alentours de Pâques, Sira Audun se rendit d'église en église avec Eindridi et le petit Andres, et il récitait des prières d'action de grâces, mais cette année-là, personne ne se réjouissait comme après la dernière famine ou après le mal des vomissements. Nul signe n'était venu abolir le présage du renne ou celui du rêve de Petur, Petur l'Intendant, le Pourvoyeur de Dieu. Tout le monde disait que l'hiver suivant serait pire, pas meilleur.

Nonobstant, il y en avait d'aucuns qui, sorcellerie peut-être, semblaient n'avoir point souffert pour au contraire engraisser pendant l'hiver, comme s'ils se repaissaient de la chair des autres. Parmi ceux-ci, la plus notable était Vigdis de la terre de Gunnar, dont la chair rebondie n'avait pas diminué d'un cheveu tandis que ses voisins périssaient tous autour d'elle. Au rebours, elle prospéra, les joues vermeilles et les cheveux luisants. N'était-il pas singulier aussi que sa chevelure couronnât sa tête de soixante-dix ans aussi noire que jamais ? Outre qu'elle était devenue dure et fantasque. Tantôt elle caressait et plaisantait Jon Andres avec gouaille et tendresse, tant et si bien qu'il ne pouvait y tenir et devait décamper avec ses amis pour lui échapper. Tantôt elle commençait par arracher les couvertures du garçon pour ensuite le battre et le souffleter, puis elle lui présentait de vieux restes pour toute viande du matin, et ces jours-là, elle le poursuivait d'accusations et d'imprécations, lui reprochant de lui cacher ses affaires, ou de les voler, de tuer le bétail ou d'empoisonner les chiens de chasse, de forcer la porte de ses greniers pour en distribuer les provisions. Quand elle arrachait les couvertures de son lit clos, elle criait toujours après les servantes, exigeant de savoir où il les cachait. Elle ne se rappelait plus les choses aussi bien, mais appelait ses domestiques par d'autres noms et parfois même Jon Andres « Erlend », bien qu'il ne ressemblât aucunement à Erlend, même dans sa jeunesse.

Ainsi les hommes surent-ils que le mal s'était emparé de Vigdis. Plus d'un voisin se rappelait quelle commère elle était naguère, orgueilleuse et vaine de sa beauté et de ses atours. Elle convoitait la terre de Gunnar et avait engagé Erlend à évincer Gunnar de sa ferme par fourberie. Elle n'avait guère pleuré ses fils, et de l'enfant qu'elle avait nourri de son lait, Ketil le Malchanceux, elle avait même dit, en regardant son cadavre :

— Voilà des ennuis dont nous sommes maintenant débarrassés.

Il est vrai que semblables péchés attirent les démons, comme la charogne les chiens. Telles étaient les histoires qui circulaient dans le voisinage à propos de Vigdis Markusdottir. Jon Andres se transporta sur la terre de Ketil avec quelques-uns des plus jeunes serviteurs, et Ofeig, Mar et le reste de la bande de jeunes gens qui avaient jeté Kollgrim Gunnarsson dans la mer s'y trouvaient toujours avec lui.

Vint le temps de la chasse aux phoques du printemps, et cette année-là, Gunnar Asgeirsson s'y rendit, mais non Kollgrim Gunnarsson, car le garçon avait toujours des accès d'inconscience et d'égarement à la suite de son plongeon dans les eaux glacées. Lorsque tous les Groenlandais furent rassemblés à Herjolfsnes pour attendre l'apparition des phoques, Gunnar nomma des témoins et engagea un procès contre Jon Andres Erlendsson, Ofeig Thorkelsson et Mar Marsson selon la procédure idoine, et comme les trois jeunes gens se trouvaient là et que tous les témoins venaient tant du Hvalseyfjord que du district de Vatna Hverfi, Jon Andres dut reconnaître qu'il avait dûment été assigné. Il s'avéra que l'un des alliés de Gunnar contre les trois accusés était Thorkel Gellison, le propre père d'Ofeig, et il y eut beaucoup de commentaires à cet égard.

Après l'assignation, les gens attendirent les phoques trois jours à Herjolfsnes, et bon nombre se découragèrent en se rappelant comme les phoques avaient fait défaut l'année précédente. Mais le troisième jour, les phoques arrivèrent ainsi que de coutume, peut-être pas aussi nombreux mais en nombre suffisant tout de même. Les hommes embarquèrent dans leurs bateaux pour se précipiter à la rencontre du gibier, mais en vérité, ces phoques-là semblaient enchantés, tant ils étaient insaisissables. On eût dit qu'ils considéraient les chasseurs avec des yeux d'hommes, comme si ces phoques, venus tard, n'étaient pas les phoques habituels du printemps mais les âmes d'hommes noyés, résolus à exercer leur vengeance sur les vivants. Quoi qu'il en fût, les animaux ne se laissèrent point pousser sur la grève, hormis quelques-uns qui se rejetèrent précipitamment à l'eau en évitant les armes de toutes sortes. Les épieux plongés dans leur gorge se détournaient et glissaient sans dommage sur leur peau. Les flèches passaient au-dessus ou se fichaient devant eux dans la glace. Les chasseurs les plus habiles, tel Finn Thormodsson, ne se montraient pas plus heureux que les moins exercés. Et les phoques nageaient vite, plus vite que les hommes en bateau ne parvenaient à ramer, en sorte que les chasseurs étaient épuisés et affaiblis à la fin de chaque journée et que le gros des phoques s'éloignait d'eux toujours davantage. La traque prit fin au Kambsteadfjord : les hommes n'avaient plus la force de continuer. Outre trois bateaux qui s'étaient fracassés et perdus, ainsi que d'innombrables flèches et épieux, deux hommes s'étaient noyés en tentant de harponner un phoque depuis leur barque.

Il advint aussi qu'Ofeig Thorkelsson resta toujours auprès de la barque de Gunnar et de Finn : il les regardait d'un air furieux et les menaçait de ses armes d'une manière singulière, les visant avec ses flèches ou pointant son épieu sur leur bateau lorsqu'il parvenait à s'en approcher suffisamment. Il les accablait aussi de sarcasmes et de malédictions, sans en rien rabattre quand d'autres se trouvaient à l'entour, même Thorkel, bien qu'il ne s'en prît toujours qu'à Gunnar. Le premier soir, comme Ofeig ne voulait pas s'éloigner, Gunnar lui lança qu'il aggravait son affaire en essayant de provoquer de nouveaux conflits, mais Ofeig ne se tut point pour autant, aussi Gunnar s'efforça-t-il de l'ignorer. Le lendemain, Gunnar demanda à Magnus Arnason, le père adoptif d'Ofeig, de parler à Jon Andres Erlendsson, mais si Jon Andres tenta pour sa part de modérer son ami, rien n'en résulta. Les sarcasmes d'Ofeig continuèrent de plus belle. Alors Thorkel lui-même alla trouver son fils et il était tellement exaspéré par la conduite d'Ofeig que tous deux en vinrent aux coups. Thorkel était un homme vigoureux pour son âge, mais en vérité il était plus de deux fois plus vieux qu'Ofeig, et si Thorkel était sec et point très grand, Ofeig était à la fois grand et gras, mais dur et trapu avec de gros poings et une force effrayante. Or Thorkel s'avança vers lui la main levée, comme un père qui vient châtier son enfant, mais Ofeig sembla ignorer qui se trouvait devant lui et assaillit son père comme s'il agressait son plus mortel ennemi, le précipitant au sol pour le piétiner. Et lorsque Thorkel se releva, Ofeig se rua sur lui tête baissée, de sorte que les gens autour comprirent qu'il n'hésiterait pas à tuer son père. Adonc quatre à cinq hommes empoignèrent Ofeig pour le retenir, et celui-ci était si grand et si fort que ce ne fut point tâche aisée. Thorkel était pâmé quand on l'emporta, mais il s'avéra qu'il n'avait pas subi de véritables blessures, hormis une fracture du nez Ofeig semblait ignorer ce qu'il avait fait et contre qui il s'était battu, et il continua de railler Gunnar Asgeirsson et de contrarier sa chasse. Alors quelques fermiers se dirent que ce charme sous lequel Ofeig paraissait se trouver venait des phoques enchantés, bien que rien ne laissât penser qu'il eût mangé une plus grande quantité de leur chair que les autres. D'autres Groenlandais déclarèrent que ce maléfice avait des causes bien différentes, que c'était l'inimitié entre Gunnar et Jon Andres qui avait éloigné les phoques habituels pour attirer ces bêtes ensorcelées. Lorsque la chasse parvint aux îles de l'embouchure de l'Einarsfjord, Ofeig et ses amis s'en furent, mais l'affaire était gâchée de toute manière. Tristement, les chasseurs se partagèrent leurs maigres prises et rentrèrent chez eux attendre le Thing.

Or cette année-là, les provisions étaient si faibles et les bras si peu nombreux pour tous les travaux des champs que certains regrettèrent que le Thing ait été ramené à Brattahlid, car Gardar était d'un abord plus central et plus facile d'accès pour les gens du Sud. Voilà pourquoi les Groenlandais furent très rares à se rendre à l'assemblée et n'y restèrent que trois jours au lieu de quatre. En outre, plus de la moitié des juges des districts du Sud étaient morts durant l'hiver ou incapables de se déranger, et l'on ne cessa de se demander si les affaires jugées seraient légales ou non. On commença par examiner le cas d'un homme de l'Isafjord qui avait battu sa femme et ses enfants, et celui-ci fut tranché par des hommes de Dyrnes, de l'Isafjord et de Brattahlid. Après le verdict, ils furent nombreux à grommeler qu'ils auraient aussi bien fait de rester chez eux et de régler l'affaire entre eux. Mais au milieu de tous ces murmures, Bjorn Bollason, le récitateur de la loi, parcourut les baraquements et salua tout le monde, demandant comment ils allaient et ce qui se passait dans leur district. Il eut nombre de petites conversations et les gens commencèrent à rappeler comme il avait fait ouvrir les magasins de Gardar et sauvé les Groenlandais de la famine, et de dire qu'après tout Bjorn Bollason avait eu de bonnes raisons de ramener le Thing à Brattahlid, dans les anciennes terres d'Erik le Rouge. Et à la fin de cette journée, qui était la deuxième, Bjorn Bollason institua un nouveau genre de juge, appelé juge extraordinaire, qui serait nommé par le récitateur de la loi pour remplacer les absents ; ces nouveaux juges seraient choisis parmi les plus riches propriétaires présents au Thing n'ayant pas de procès en cours, et ceux-ci resteraient juges extraordinaires jusqu'à ce qu'ils aient un litige devant le Thing, ce qui les exclurait de cette charge pendant cette année-là et les deux suivantes. Et bien que la plupart des gens n'aient jamais entendu parler de semblable procédure, Sira Isleif assura que la mesure était légitime au vu des traverses que rencontraient alors les Groenlandais. Et ainsi Bjorn Bollason nomma-t-il six autres juges, et c'étaient tous des hommes de Brattahlid, car les fermiers de Brattahlid étaient les plus prospères en l'absence des gens du Sud.

Le troisième jour, Gunnar soumit son cas à ces nouveaux juges. Il fit venir ses témoins et décrivit comment son fils Kollgrim, âgé maintenant d'une vingtaine d'hivers, et chasseur habile, perdait périodiquement la tête à cause d'un tour cruel que lui avaient joué ces trois hommes, à savoir Jon Andres Erlendsson de la terre de Gunnar dans le district de Vatna Hverfi, Ofeig Thorkelsson de la terre de Hestur dans le district de Vatna Hverfi et Mar Marsson de la terre de Vatna, dans le même district. Et il relata comment ces hommes étaient venus trouver son fils, qui se tenait là avec ses chiens, et avaient déchiré ses vêtements et l'avaient attaché de manière à l'immobiliser entièrement, puis ils l'avaient porté de force dans un bateau et s'étaient éloignés dans l'océan occidental où ils l'avaient jeté par-dessus bord. Et cela s'était passé à la fin de la chasse aux phoques de l'automne, peu avant que les glaces remontent du sud, et l'eau était donc assez froide pour lui faire perdre conscience en quelques instants, et depuis lors il avait eu maints accès de pâmoison et d'imbécillité, bien qu'ils se produisissent moins souvent maintenant que naguère.

Le garçon pouvait-il se nourrir seul, demandèrent les juges, pouvait-il s'habiller seul, et parler normalement, effectuer les travaux de la ferme et chasser ? Oui, répondit Gunnar, il pouvait faire tout cela la plupart du temps, néanmoins il n'était plus lui-même. Il fallait lui répéter les instructions. Son esprit vagabondait, quoique certains jours plus que d'autres. Où était-il ? demandèrent les juges. Dans le Hvalseyfjord, dit Gunnar. Et les juges conférèrent, se demandant pourquoi Gunnar avait laissé le garçon chez lui puisque ses injures étaient la raison même du procès. Pour finir, ils demandèrent quelle sentence Gunnar souhaitait voir infligée aux trois responsables. Le bannissement, dit Gunnar, car la loi dispose que la proscription n'est pas un châtiment convenant à une telle faute.

Ce fut alors le tour de Jon Andres de se défendre, et les gens de parler à voix basse d'Erlend Ketilsson, son père, qui aimait tant à plaider devant le Thing et qui connaissait maintes lois que même le récitateur de la loi avait presque oubliées. Jon Andres s'avança d'un pas assuré dans le cercle où les hommes avaient coutume de présenter leurs affaires et regarda à l'entour les juges et les autres Groenlandais. Il avait le teint sombre d'Erlend mais la contenance ouverte de Vigdis, voire davantage, pour ceux qui se souvenaient d'elle, de Thordis, la fille de Vigdis. Il était de loin le plus beau fils d'Erlend, signe, se chuchotaient les gens, que le croisement entre le bélier coléreux et la brebis impérieuse n'avait pas été une grande faute. Il était aussi grand que Gunnar, qui était un des plus grands parmi les Groenlandais, mais plus large, et en comparaison moins raide et décharné. Les yeux des juges et des fermiers se posèrent sur lui avec plaisir, car il se trouvait en vérité que c'étaient des gens du Nord, point trop au courant des méfaits que Jon Andres, Ofeig et leurs amis commettaient dans le district de Vatna Hverfi depuis quelques années. Jon Andres sourit, et son sourire était soudain et lumineux, comme celui d'un jeune enfant. Il surgissait et disparaissait, avec cet effet que les gens voulaient revoir ce sourire. Gunnar était un homme bien connu, bien connu du moins pour sa malchance, et non dépourvu d'agrément à sa manière nonchalante, mais il convient de reconnaître que les yeux et les pensées qui s'égaraient quand il parlait étaient maintenant fixés attentivement sur le jeune homme au milieu du cercle. Gunnar s'en rendit compte avant même que Jon Andres ouvrît la bouche. Et les six nouveaux juges, quant à eux, étaient assez novices pour considérer le plaideur, quand des hommes plus rassis auraient détourné leurs regards la plupart du temps pour réserver leur attention aux paroles. Alors Gunnar se tourna vers Bjorn Bollason, et il vit que celui-ci était frappé par le jeune homme, et en vérité ces deux-là n'étaient point sans quelque ressemblance. Gunnar sourit. Il était aisé de voir que le procès ne se déroulerait pas à sa convenance.

Jon Andres commença à parler en ces termes :

— Seigneurs, dit-il aux juges, et sire récitateur de la loi, il ne m'est jamais advenu auparavant de plaider une affaire devant le Thing. Dans le district de Vatna Hverfi, nous parlons entre nous et les conflits se règlent ainsi, et en vérité, nombre de mes voisins doivent estimer que cela suffit, puisqu'ils ne sont pas venus au Thing cette année. Il faut que vous me pardonniez de parler sans apprêt, comme si nous parlions tranquillement entre nous, car c'est ainsi que j'ai coutume de faire et je ne connais point d'autre manière.

Son sourire jaillit derechef.

— C'est une grave imputation de dire que mes compagnons et moi avons prémédité de faire grief à ce garçon, Kollgrim Gunnarsson, et d'autant plus grave en raison d'une autre chose que je confesse volontiers, savoir la longue inimitié entre la famille de Kollgrim et la mienne. En fait, ma mère habite la terre de Gunnar. Pour moi, j'habite, naturellement, la terre de Ketil, d'où déjà ce vice de forme dans l'accusation de Gunnar Asgeirsson qu'il assigne un homme qui n'existe pas, Jon

Andres Erlendsson de la terre de Gunnar. Mais enfin me voilà assigné et je comprends la gravité de l'accusation. Qui plus est, je reconnais de mon plein gré avoir commis cet acte, et, en vérité, je regrette de tout cœur que les choses se soient passées ainsi. On me dit que Kollgrim était un bon chasseur et qu'il avait encore d'autres qualités, mais en tout cas il n'est pas mort, n'est-ce pas ? Il n'est même pas venu ici. Peut-être est-il même en train de chasser en ce moment.

« J'aimerais que l'inimitié entre nos familles n'existât point, mais il est de fait qu'elle existe, et ce n'est pas ma mère qui me l'a révélée mais Kollgrim lui-même, qui depuis les six derniers étés et hivers surgit devant moi comme une apparition, sans rien dire, sans rien proposer, sans commettre grands méfaits, sinon d'attacher ensemble les queues des vaches ou vider la citerne qui recueille la pluie du toit sur la terre de Gunnar. Il lui arrive encore de rôder à l'entour, en me suivant du regard quand je vais travailler, ou de nous emboîter le pas, à moi et à mes amis, quand nous partons à cheval rendre visite à nos voisins. Lorsque tout cela commença, Kollgrim n'était qu'un enfant, mais ses attentions étaient tout de même un peu irritantes et elles le devinrent davantage au fil des années. Alors nous lui avons demandé de s'en aller, et il ne nous écoutait point. Nous l'avons menacé, sans succès. Nous l'avons chassé, mais il revenait. Nous l'avons ignoré, mais il s'approchait davantage encore et nous harcelait de plus belle. On le trouvait partout. En bon chasseur, il ne restait jamais dans le Hvalseyfjord, bien que je me demande encore quel gibier on peut trouver à Vatna Hverfi. Et il advint ainsi qu'un jour que nous le rencontrâmes une envie démoniaque d'être débarrassés de lui, une bonne fois pour toutes, s'empara de nous. Et quand je dis nous, il ne s'agit pas seulement des trois accusés convoqués dans cette affaire, mais de six d'entre nous, autre menu vice de forme dans le procès de Gunnar Asgeirsson puisqu'il n'a assigné que la moitié des coupables. Et nous allons tous en répondre, non seulement Ofeig Thorkelsson et Mar Marsson, mais Einar Marsson, Andres Bjartsson et Halldor Bessason, et nous confessons tous avoir participé à cette entreprise, et je peux dire pour nous tous, mais en particulier au nom d'Ofeig et de moi-même, que nous avons grand regret de cela et d'autres écarts commis dans notre jeunesse.

Alors les cinq jeunes gens, Ofeig en tête, s'avancèrent dans le cercle et regardèrent autour d'eux, mais furtivement, comme s'ils éprouvaient vraiment de la vergogne. Jusqu'à Ofeig qui avait été dompté et qui se tenait aussi humblement que les autres. Thorkel, qui se trouvait non loin de Gunnar, rougit et serra les poings, et Gunnar le vit et vit que Jon Andres l'avait vu lui aussi.

Et Jon Andres poursuivit :

— Je ne dirai pas que le remords nous est venu immédiatement, car certains d'entre nous étaient plus irrités que d'autres, qui sont d'une nature plus coléreuse. Mais, en vérité, je parle pour nous tous et j'offre à Gunnar Asgeirsson de décider entièrement lui-même des réparations qui lui paraissent convenir, et je lui présente mes excuses et celles de tous mes amis.

Cette déclaration fut accueillie avec approbation par tous les fermiers assemblés et aussi par les juges, qui virent avec soulagement qu'ils n'auraient pas à rendre de verdict dans cette délicate affaire. Alors Gunnar regagna rapidement son baraquement en compagnie de Thorkel, car la loi stipule en Terre Verte que les plaideurs qui ont obtenu de trancher eux-mêmes ont jusqu'au prochain repas pour déterminer leurs exigences et que les juges n'ont pas le droit de manger avant que le verdict ait été proposé et accepté. Gunnar fut d'abord enchanté de l'issue et déclara que force compensations, outre le bannissement, pourraient être obtenues des six jeunes gens, à moins qu'on ne les fît chasser pour les gens de la terre de Lavrans ou qu'ils ne donnassent quelques têtes de bétail. Thorkel ne dit rien mais resta assis en silence sous la tente pendant quelques instants. Finalement, il dit à Gunnar :

— Ne vois-tu pas le tour qu'il nous joue et avec quelle éloquence il a circonvenu les juges ? Et de tous ceux qui les connaissent, lui et sa bande, nous sommes les seuls à n'avoir point été dupes de son remords et de son charme.

Gunnar vit immédiatement que tel était le cas. Il dit :

— Oui, mon ami, le fait est que les gens nous reprocheront durement de punir ces hommes comme ils le méritent. Nous aurons l'air de ces pères qui répondent par des coups aux paroles aimantes de leurs enfants. D'ailleurs, à propos d'enfants, qui saurait mieux que moi que Kollgrim n'était pas entièrement innocent dans cette affaire ? Cette fureur d'être débarrassé de lui une bonne fois pour toutes, cette fureur de n'être plus harcelé mais d'avoir la paix, ne m'envahit-elle pas comme elle a envahi ces jeunes gens ? Qui, parmi nos partisans de Vatna Hverfi et du Hvalseyfjord, n'a pas été victime de Kollgrim et de ses tours, qui n'a pas dû délier les queues de ses vaches ou n'a pas retrouvé ses cuveaux à fromage sur le toit de l'étable ? Non, nous ne tirerons de ces garçons qu'un peu de foin ou un mouton ou deux, mais Jon Andres ne sera point cinglé par le châtiment ou le déshonneur. Même ceux qui ont retiré Kollgrim de l'eau et l'ont ramené insensible à la terre de Lavrans sont plus émus par ce qu'ils ont devant les yeux que par leurs souvenirs de l'automne dernier. Mais mes relations avec la terre de Ketil ne s'arrêteront point là et je crains qu'elles n'empirent encore dans l'avenir.

Aussi, juste avant le moment de la viande du soir, Gunnar se présenta-t-il devant les juges et réclama que la moitié du gibier capturé par les six hommes durant l'été, jusqu'à la chasse aux phoques de l'automne, soit livrée à la terre de Lavrans dans le Hvalseyfjord en bon état, pour que la famille en fasse son profit. Alors les juges allèrent prendre leur repas. Le lendemain, il y eut trois autres affaires, puis le Thing se dispersa, et l'histoire qui revint dans tous les districts fut que Gunnar Asgeirsson n'avait pas retiré grand honneur de son procès, mais les gens qui ne s'étaient point rendus au Thing s'en étonnèrent, car ils se souvenaient de la malice de Jon Andres et de ses amis et de la grave blessure faite au garçon.

Pendant l'été, Jon Andres vint lui-même de temps en

temps apporter du gibier à la terre de Lavrans, et l'on ne peut dire qu'il en apporta beaucoup, car ces hommes de Vatna Hverfi n'étaient pas particulièrement habiles à manier l'arc, l'épieu et les pièges, pas plus qu'ils ne connaissaient les bons terrains de chasse. Au milieu de l'été, Jon Andres apporta quelques brebis avec leurs agneaux et celles-ci étaient grandes et grasses auprès des moutons du Hvalseyfjord, pourtant, quand Jon Andres les joignit au troupeau de Birgitta, il ne tarit pas d'éloges sur ses bêtes. Les moutons de la terre de Lavrans, dit-il, étaient de beaux moutons, parfaitement formés, avec une laine épaisse, longue, huileuse, et ainsi de suite. Ses propres animaux étaient si manifestement supérieurs que ses compliments déconcertèrent Gunnar et le mirent en défiance. Après cela, Gunnar dit à Olaf de surveiller les venues de l'homme de Vatna Hverfi, comme s'il ne voulait plus le rencontrer de nouveau.

Cet été-là, nul signe n'annonça la fin de la famine. Les moutons se dispersaient partout dans la montagne, en quête de pâture, mais ils n'en trouvaient guère. L'herbe dans les prés clos verdit tard et poussa lentement, car il y avait peu de soleil. Les gens commencèrent à parler d'attraper des lièvres et des renards et le petit poisson qui grouillait dans les fjords vers la fête de saint Petur et saint Pall. Birgitta fit des fromages avec son lait et donna de l'eau à boire à la maisonnée, mais d'autres ménagères firent le choix contraire, nourrissant leur famille de lait et s'en remettant pour l'hiver à la fortune de Dieu. Les hommes s'ébahissaient que vingt vaches ne pussent survivre là où près d'une centaine prospérait naguère.

Peu après que Jon Andres eut apporté les moutons au Hvalseyfjord, Birgitta était assise devant son métier à tisser et regardait l'eau du fjord par la porte de la maison lorsqu'elle vit ce signe : une barque se dirigea vers l'embarcadère et deux phoques en sautèrent qui se mirent à gravir le coteau, et près de la maison ils se transformèrent en hommes. Gunnar, qui arrivait juste alors de la laiterie, alla les saluer et les entretenir. Ils regagnèrent bientôt leur bateau et ramèrent vers une autre ferme. Gunnar entra avec un sourire. Bien que

Birgitta et Gunnar n'eussent point coutume de beaucoup se parler, brouillés qu'ils étaient depuis nombre d'années, il lui dit qu'une baleine s'était échouée à Herjolfsnes, une énorme baleine, une montagne de chair, et que Kollgrim, Olaf et lui allaient partir le jour même chercher de la viande. Se rappelant le signe qu'elle avait vu, Birgitta baissa les yeux et dit :

— Je crains que ce ne soit pas la bénédiction qu'il nous en semble.

Mais Gunnar se renfrogna en voyant ses nouvelles accueillies avec autant de réticence et ne répondit rien. Les hommes partirent quelques heures plus tard.

Vers le soir, la pluie cessa et les nuages disparurent au-dessus de la mer. Le lendemain fut le premier jour de soleil de l'été et vers midi l'herbe du coteau était déjà si sèche que Birgitta et Helga sortirent les couvertures de la maison et les y étendirent, car elles étaient humides et moisies. Elles entreprirent ensuite de vider les coffres à vêtements et Helga s'affairait joyeusement en babillant, tandis que Birgitta allait et venait lourdement, l'humeur sombre, car cette chaleur ne lui semblait rien présager de bon. Pourtant, toutes les affaires étaient sèches et embaumaient au crépuscule, et les deux femmes refirent les lits. A peine y mettait-elle la dernière main, jetant la peau d'ours blanc sur le lit clos de Gunnar, que Birgitta fut soudain saisie par une crise de larmes si violente qu'elle tomba sur le sol au pied de l'alcôve. Helga, qui entrait dans la maison les bras chargés de vêtements et de coupons de vadmal, posa le tout à la porte et se précipita vers sa mère. Birgitta pleura longuement dans les bras de sa fille et, lorsqu'elle se fut apaisée, elle dit à Helga :

— Quand j'ai enfoncé mes doigts dans la peau d'ours de Gunnar, je me suis revue enfant dans ce même lit clos, et ma mère n'était pas encore morte et je n'y songeais point. Je croyais seulement que mes plaisirs d'enfant dureraient à jamais, et je me suis rappelé celui-ci, auquel je n'avais pas pensé depuis trente-cinq ou quarante ans, le plaisir de tresser ses cheveux, de lever les lourdes mèches pour les natter ensemble, non comme je le fais aujourd'hui, sans y songer, mais comme je le faisais alors, avec application, parce que j'étais impatiente d'apprendre toutes les formes différentes. Et le souvenir d'elle m'envahit, le tissu de sa robe, la couleur brunâtre du vadmal, la courbe de son épaule, la rondeur de son cou, et je crus entendre le son de sa voix, car elle parlait d'une voix pleine et basse, autre que la mienne ou la tienne et qui s'est donc perdue. Et il me sembla que j'étais naïve et innocente comme tous les enfants, et comme je le suis encore à vivre au jour le jour, pleine de projets et d'espérances. J'ai le sentiment que nous arrivons à la fin du monde, car en Terre Verte le monde va finir comme nous le voyons s'effondrer : par la faim, les tempêtes et le froid, même si ailleurs il doit finir autrement.

Alors elle regarda le visage de Helga et y vit de la tendresse mais nulle compréhension.

Le lendemain, le soleil brillait haut et clair, et le jour suivant et le jour d'après, et le cinquième jour, Kollgrim, Olaf et Gunnar revinrent de Herjolfsnes en traînant la viande de baleine dans l'eau froide dans un filet derrière le bateau. Birgitta se hâta de la sécher ou de la faire bouillir, car il est de fait que la viande de baleine tourne plus vite que les autres et ne peut plus être mangée ensuite sans rendre les gens malades. Birgitta se renferma en elle-même ; sa mélancolie ne se dissipait point et Gunnar lui en voulut grandement pendant tout l'été.

Un jour, Finn et Kollgrim revinrent de la chasse avec une paire de beaux gros phoques, bien que le temps de la chasse aux phoques fût passé, et Finn reconnut qu'il les avait obtenus de quelques Skraelings à l'embouchure de l'Isafjord, en échange d'un paquet de flèches d'un modèle plein de finesse conçu par Finn en personne. Gunnar fut enchanté de la viande et des peaux, mais en vérité c'était cher payé, car il fallait presque tout un hiver pour fabriquer un paquet de ces flèches, faites de plusieurs morceaux aboutés afin de se briser dans le corps d'un oiseau et d'en être retirées sans déchirer la chair. Les Skraelings, dit Finn, avaient capturé force phoques, et ils étaient en outre gras et richement vêtus, mais de tout ce qu'avait Finn, ces flèches étaient les seules choses que les démons désiraient, c'était donc à prendre ou à laisser.

Puis vint le moment de la chasse aux phoques de l'automne et après le départ des hommes, Birgitta et Helga se rendirent dans le magasin faire le compte des provisions pour l'hiver, afin que Birgitta pût estimer combien il faudrait abattre de moutons. La viande de baleine leur avait donné juste assez de sursis, de sorte que, avec les deux phoques achetés aux Skraelings et une chasse d'automne raisonnable, les gens de la terre de Lavrans atteindraient Pâques avec du fromage dans la bouche et des moutons dans la bergerie, mais Birgitta savait qu'il n'en irait pas de même pour certains de ses voisins. Alors elle sortit compter les brebis et les jeunes agneaux, bien qu'elle les ait déjà comptés à maintes reprises au fil des mois et sût toujours exactement combien ils étaient et où ils se trouvaient. Nonobstant, elle se rendit au milieu de son troupeau et ses yeux se posèrent d'abord sur les grands moutons de Vatna Hverfi, car ils se remarquaient parmi les autres comme de gros morceaux de viande dans un ragoût. En outre, ces moutons choisissaient toujours les meilleures touffes d'herbe et en chassaient les autres. Alors Birgitta appela le berger et lui dit de mener les grands moutons à la ferme de Hakon Haraldsson, non loin de là, et de les remettre à sa jeune épouse, qui s'appelait Ragnhild, car elle avait deux jeunes enfants et en attendait un troisième avant Noël, et son troupeau ne permettrait certainement pas à sa famille d'atteindre le printemps prochain. Osvif s'en alla, et Birgitta arpenta le champ en regardant les moutons et en filant. Quand Helga vint la retrouver, elle lui dit :

— Nous nous en sommes remis au Ciel et nous devons prier que le Seigneur nous rende ce que nous avons librement donné aux autres. Je me souviens que Sira Pall Hallvardsson et Gunnar disaient autrefois que Jéhovah avait coutume d'éprouver la foi des juifs en leur envoyant divers malheurs. Nous allons maintenant éprouver la miséricorde du Seigneur.

— Sira Pall Hallvardsson dirait que le Seigneur n'aime guère être éprouvé.

— Et je dirais que les Groenlandais n'aiment guère mourir de faim. Qu'avons-nous fait dont nous devions nous repentir, sinon abandonner tous nos biens, puis toutes nos terres, puis tous nos enfants, puis toute compagnie ?

— Pourtant, repartit Helga, Sira Pall Hallvardsson dirait que nous sommes plongés dans le péché et ne saurions assez nous repentir ni abandonner pour blanchir notre âme.

— Non, Helga, sourit Birgitta, Sira Pall Hallvardsson ne dirait rien de tel, ce sont des paroles dignes de Sira Jon. Néanmoins, ma décision est prise et bientôt Ragnhild rendra grâce à la miséricorde de Dieu, qui a touché mon cœur pour que je lui mande ces moutons. Ainsi des louanges s'élèveront-elles vers Lui, qui aime les louanges mais donne si peu en échange.

A ces mots, Helga commença à se sentir mal à l'aise, et le sourire de Birgitta s'élargit. Au bout d'un moment, Birgitta dit :

— Si tu veux échapper à ce genre de propos, je crois que tu devrais prendre un panier et aller ramasser des algues sur le rivage. Je vais rester avec les moutons jusqu'au retour d'Osvif.

Helga s'en fut et Birgitta la regarda s'éloigner, et il lui sembla que le destin de la jeune fille n'était pas de mourir de faim, comme elle le redoutait l'année précédente, mais de mener une existence plus longue et singulière, car à la voir simplement descendre le coteau on eût dit qu'elle se ruait vers quelque chose d'inconnu, et Birgitta eut le sentiment que cela lui serait bientôt révélé.

Quelques jours après, les hommes revinrent de la chasse aux phoques, et Birgitta vit qu'ils n'en avaient guère capturé. Gunnar expliqua qu'il y avait bien peu de bateaux désormais et si peu de chasseurs éprouvés que les phoques leur échappaient aisément. En outre, les hommes qui étaient allés à Hreiney avaient trouvé l'île déserte, sans rennes ni pâturages. Ce soir-là, Finn commença à confectionner une nouvelle série de ses flèches à oiseaux, car il ne doutait point de rencontrer des bandes de Skraelings avant l'hiver. Et ainsi les jours passèrent et se raccourcirent, et à la fin de la demi-année d'été, la plupart des fermiers tuèrent plus de la moitié de leurs moutons et quelques-unes de leurs vaches et de leurs chèvres, et les gens de toutes les fermes se rendirent en pèlerinage à Gardar et à la Colline du Soleil afin de prier pour les âmes des Groenlandais et pour qu'une grosse baleine s'échouât à l'embouchure de chaque fjord.

Ce même automne, Eyvind et sa fille Finna abandonnèrent leur ferme de l'Isafjord, ainsi que deux autres propriétaires des environs. Eyvind se rendit à Dyrnes, sur la terre de sa fille Anna, en compagnie de Finna. Il faut dire que le gendre d'Eyvind fut médiocrement content de le voir, car sa ferme était petite et guère plus riche que celle d'Eyvind. D'autant qu'Eyvind avait encore de violentes crises de mélancolie et pleurait à chaudes larmes sans pouvoir s'arrêter. Pourtant, Eyvind alla vivre à Dyrnes, ainsi que Finna, mais Margret et les deux domestiques durent se trouver une nouvelle place. Or il se trouvait aussi que les choses étaient allées si mal sur la ferme d'Eyvind que tous les moutons avaient été mangés durant l'été, de sorte que Margret n'avait à offrir que quelques lés de tissu à qui voudrait bien la prendre à son service. Pendant ses années dans l'Isafjord, elle n'avait jamais vu Sigurd Kolsson ni son père, Quimiak, bien qu'une fois elle ait cru apercevoir une de ses épouses avec un autre Skraeling. Voilà pourquoi elle ne voyait nul inconvénient à se rendre à Dyrnes, car les Skraelings y étaient assez nombreux aussi. Maintenant qu'elle était une vieille femme, le seul désir qui la saisît était de voir le petit garçon. Il ne la poignait que rarement mais toujours avec un pincement suffocant, comme l'étreinte d'un ours polaire, telle qu'elle l'imaginait enfant quand son oncle Hauk lui racontait des histoires du Northsetur. Elle ne s'était jamais consolée de la perte de Sigurd et c'était pour cette raison qu'elle n'avait guère d'espoir pour Eyvind, auquel elle s'était fort attachée

A Dyrnes, une seule ferme pouvait l'accueillir, et c'était une ferme de taille moyenne dont la patronne avait quatre enfants en bas âge et nulle domestique, et cette femme, qui s'appelait Freya, fit promettre à Margret de donner la moitié de sa part de viande aux enfants si la famine l'exigeait et de partir quand on le lui demanderait, sans viande ni garantie d'un autre emploi, en n'emportant que ses lés de tissu ou des coupons semblables s'ils avaient servi à faire des vêtements dans l'intervalle. Comme l'hiver approchait et que Margret n'avait aucune envie de voyager dans le froid, elle accepta ces conditions, sans en vouloir à Freya, car elle voyait que celle-ci tremblait de peur devant la mort. Les enfants restaient agglutinés autour de leur mère sans cesser de l'épier, car sa peur avait déteint sur eux, et lorsqu'elle fermait les paupières ou levait les yeux ou changeait d'expression le moins du monde, l'aînée s'écriait :

— Qu'est-ce qu'il y a, maman ?

Et la puînée se mettait à trembler, le plus jeune à crier, alors Freya essayait de se tenir encore plus immobile ou d'envoyer les petits se coucher, mais ils refusaient de la quitter. Ils attendaient le retour de leur père avec crainte, non qu'il fût brutal mais parce que lui aussi était d'un tempérament maussade et rentrait à chaque fois du travail ou de la chasse avec des prédictions désastreuses à la bouche.

En fait, constata Margret, ils avaient bien rempli le magasin pendant l'été et avaient plus de provisions qu'Eyvind n'en avait jamais eu, même en ses années les plus fastes. Mais Eyvind était un optimiste tandis que Freya et Gudleif, son mari, priaient avec ferveur chaque soir de vivre jusqu'au lendemain matin et chaque matin d'atteindre le soir sains et saufs. Margret trouvait l'endroit oppressant. Le pâtre de Gudleif, son fils et les autres serviteurs préféraient dormir dans la bergerie avec les moutons. Margret allait de temps en temps retrouver Eyvind et Finna pour bavarder, mais l'hiver s'avançant, ces rencontres s'interrompirent, car Finna souffrait fortement du mal des jointures et ne pouvait marcher dans la neige, tandis qu'Eyvind préférait lui tenir compagnie.

Tous ces jeux et passe-temps dont Margret avait

l'habitude l'hiver et auxquels se livraient, croyait-elle, tous les Groenlandais faisaient cruellement défaut dans cette lugubre maisonnée. Gudleif ne taillait point de toupies ni de jetons de jeu pour les enfants, pas plus qu'il ne racontait d'histoires pour les divertir. Personne ne cancanait sur les voisins ni ne s'interrogeait sur les mœurs des gens du Sud ou de Jérusalem ou sur la vie au Paradis, comme Eyvind et ses filles. Freya soupirait, qu'elle filât, tissât ou cuisinât, et tant elle que Gudleif mesuraient la nourriture des enfants avec une exactitude scrupuleuse, en leur disant d'être reconnaissants de ce qu'ils recevaient, comme si le repas était frugal et mauvais alors même qu'il était copieux et exquis, de sorte que les enfants ne prenaient aucun plaisir à manger, mais se gardaient bien de rien laisser sur leur tranchoir. Des visiteurs venaient parfois, et c'étaient la plupart du temps le père et la mère de Gudleif, qui n'étaient pas très vieux. Ces jours-là, eux aussi fixaient les tranchoirs des enfants en parlant tristement de l'hiver, et Margret voyait bien que ces habitudes de lésine dataient d'avant la disette et avaient toujours été les leurs. A en croire Finnleif, le père de Gudleif, toutes ses prédictions les plus sinistres allaient maintenant s'accomplir. En outre, il savait exactement quelle année c'était, car il tenait depuis toujours un calendrier précis et détaillé. Ce serait l'an 1399 après Noël. Margret s'imaginait-elle que cette famine s'était produite par hasard en 1399 ? Rien n'arrivait par hasard. Ils seraient bien peu à voir le nouveau siècle, disait Finnleif.

L'église de Dyrnes se dressait dans une vallée large et agréable qui s'enfonçait profondément dans les montagnes, et la plupart des fermes se trouvaient sur une île qu'un détroit séparait de l'église. Les meilleures terres étaient autour de l'église et le prêtre de Dyrnes avait toujours été un homme riche dans le passé, mais il n'y avait plus désormais que Sira Audun, qui venait quatre ou cinq fois par an, aussi les fermiers de Dyrnes paissaient-ils leurs moutons sur les terres de l'église dans la vallée, en traversant le détroit, ce qui n'était pas toujours sans danger. Néanmoins, l'endroit n'avait pas l'aspect désolé de l'Isafjord et les gens y vivaient dans une plus grande prospérité. C'étaient tous de bons rameurs et d'habiles constructeurs de bateaux qui ne s'intéressaient guère aux chevaux. Ils parlaient souvent entre eux, nota Margret, de Bjorn Bollason, le récitateur de la loi, et de son père adoptif Hoskuld, qui étaient tous deux originaires du district de Dyrnes, pour s'émerveiller qu'ils fussent devenus si importants malgré les gens de Brattahlid et de Gardar et de Vatna Hverfi ; et ils en concluaient souvent que, si les gens de Dyrnes n'étaient point aussi prospères que ceux de certaines autres régions, les difficultés de leur existence les rendaient plus ingénieux et attentifs. Au sujet de Margret, ils se montraient assez curieux, au rebours des habitants de l'Isafjord, qui donnaient volontiers leur opinion mais ne posaient jamais de questions. La mère de Gudleif, qui s'appelait Bryndis, était particulièrement inquisitrice et voulait savoir pourquoi Margret était allée s'installer chez Eyvind, si elle vivait en épouse avec lui. Et pourquoi ne l'avait-elle suivi sur la terre de sa fille, celle-ci était-elle jalouse ? Cela avec un coup d'œil rapide vers Freya. Et pourquoi avait-elle offert ses services à Freya avec aussi peu de possessions ? Et où habitait-elle avant de venir dans l'Isafjord, et avant cela ? Et pourquoi ne s'était-elle jamais mariée ? Et pourquoi ne parlait-elle pas en servante ? Et quel âge avait-elle, et si elle n'était pas si vieille pourquoi ses cheveux étaient-ils aussi blancs et sa peau si ridée, et surtout, quelle était sa famille et où résidait-elle ? Asgeir était mort depuis bien des années, répondit Margret, en cherchant des moutons égarés en janvier lors d'une tempête de neige ; peu de temps auparavant, il avait perdu une partie de sa ferme à la suite d'un litige avec un voisin. Puis elle se leva et partit retrouver les enfants. Après la première ou la deuxième visite, Margret s'arrangea pour se trouver dans la laiterie ou dans le magasin ou pour être occupée à quelque tâche délicate lorsque Bryndis arrivait.

La mère et le frère de Freya venaient également à la maison, mais ils étaient très timides, et lorsque les deux branches de la famille se retrouvaient ensemble, ce qui arrivait assez souvent, la mère et le frère de Freya avaient l'habitude de servir les rafraîchissements comme s'ils étaient des domestiques et d'accueillir les opinions de Finnleif et de Bryndis par un silence approbateur. La mère de Freya ne parlait jamais à Margret et semblait même ignorer jusqu'à son nom. La plupart du temps, Margret s'estimait assez satisfaite de sa position, bien qu'elle enviât parfois les serviteurs qui dormaient avec les moutons mais bénéficiaient du moins d'un peu de compagnie. Puis ce fut Noël et Margret remarqua que Freya se rendait chaque jour au magasin en poussant un petit gémissement.

Un jour, Margret confectionnait des sacs de couchage en peau de mouton pour les deux plus jeunes enfants, car il faut dire que ces deux-là, qui dormaient avec elle, s'agitaient beaucoup et repoussaient souvent leurs couvertures à coups de pied pendant leur sommeil. Freya tissait du vadmal à son métier, et Margret vit qu'elle lançait la navette de plus en plus lentement. L'aînée avait cessé de filer et la regardait dans un silence apeuré, tandis que les autres, qui étaient sous les couvertures dans le lit clos, n'avaient rien remarqué. Freya lâcha soudain la navette et porta la main à sa tête, et, à ce léger bruit, trois petites têtes surgirent de l'alcôve, et tous se mirent bientôt à pleurer. Margret se leva, et alla chercher un morceau de vadmal qu'elle trempa dans un baquet de graisse de phoque fondue. Puis elle conduisit Freya vers son lit clos et posa le tissu sur son front. Il y eut une grande clameur. Alors Margret ouvrit la porte et chercha Gudleif du regard, mais en vain. Adonc elle reprit sa couture et raconta l'histoire suivante :

Il était une fois une princesse de Norvège qui s'appelait... Margret regarda la cadette et dit : « Thorunn », car l'enfant s'appelait Thorunn et Margret ne se rappelait plus le vrai nom de la princesse, tant cela faisait d'années qu'elle n'avait entendu cette histoire. La petite Thorunn sourit timidement. C'était il y a bien longtemps, avant le règne de Harald à la belle chevelure, et l'on trouvait plusieurs rois dans chaque district. Thorunn était princesse dans le Hordaland et elle s'éprit d'un prince dont le père résidait dans le Hardanger. Ils s'aimaient beaucoup et en vérité il leur seyait bien de se marier, car leurs familles étaient déjà quelque peu apparentées. Mais le père de la princesse, qui était un grand Viking appelé Orm, avait résolu que la princesse Thorunn épouserait un de ses hommes liges, et c'est ce qu'il lui signifia. Mais la princesse Thorunn était une vraie princesse viking, aussi leva-t-elle la tête et refusa de lui obéir. Alors Orm lui dit qu'il l'enfermerait dans une tour obscure, et il voulait seulement lui faire peur car il l'aimait beaucoup, mais elle lui répondit d'un ton glacé :

— Fais-le si cela te semble nécessaire.

Alors il se mit en colère et fit bâtir une tour avec de grands blocs de pierre rouge qu'il recouvrit entièrement de tourbe de sorte que pas le moindre rai de lumière n'y pouvait pénétrer. Il y enferma la princesse Thorunn et sa suivante, et il remit un bâton à la servante en lui disant que, lorsque la princesse Thorunn changerait d'avis, elle n'aurait qu'à frapper trois fois le plancher de la tour avec le bâton pour qu'il les laissât sortir. Sinon elles y resteraient cloîtrées pendant sept ans, tout le temps de Noël, de Pâques et du bel été. Mais la servante ne frappa jamais ces trois coups car, en vérité, ce n'était rien pour la princesse Thorunn que de rester sept ans fidèle à son amour.

Puis la nourriture commença à manquer et la princesse sut ainsi que les sept années touchaient à leur fin, et elle ne laissa point de s'en réjouir en dépit de sa fierté. Pourtant, personne ne vint les délivrer et la princesse Thorunn dit à sa suivante :

— En vérité, nous allons périr de malemort si nous ne tâchons point de nous libérer nous-mêmes.

Alors elle saisit son fuseau et entreprit de gratter le mortier autour des pierres rouges. Elle gratta tout le matin, puis la servante creusa toute l'après-midi, et la princesse derechef toute la soirée, et après maints efforts elles parvinrent à ôter une pierre, puis deux, puis trois. Ensuite la princesse prit son petit couteau, au manche tout incrusté d'argent, pour couper la tourbe, et ce travail leur prit toute la journée du lendemain, tant et si bien que la lumière pénétra dans leur prison. Et tel fut l'effet de cette lumière que malgré leur fatigue et leur accablement elles reprirent courage et redoublèrent d'efforts. L'air frais entra à son tour, puis un coin de ciel bleu où volaient les oiseaux et la vue des montagnes, couronnées d'une neige éblouissante et parcourues de torrents scintillants. Elles travaillèrent de plus belle et elles virent bientôt les vertes pâtures, et elles se réjouirent en leur cœur. Mais lorsque le trou fut assez grand pour laisser sortir les deux jeunes filles, elles ne se réjouirent point autant car elles ne virent ni moutons, ni bétail, ni filles de fermes alentour ; le château était en ruine, les chevaux s'étaient enfuis et tout gisait à l'abandon, car un des ennemis d'Orm était venu lui faire la guerre du district de Stavanger. Ainsi les deux femmes n'avaient-elles plus que les vêtements qu'elles portaient. Elles se mirent alors en quête de quelqu'un qui les recueillerait.

Elles allèrent au nord, puis à l'est, puis au sud, et nulle part elles ne trouvèrent quelqu'un qui voulût les accueillir, car le pays était la proie d'une grande famine. Elles mangèrent toutes sortes de nourritures misérables, telles qu'herbe et feuilles de bouleau au bord de la route, puis elles trouvèrent enfin un château, où la cuisinière les toisa de haut en bas et dit qu'elles feraient l'affaire pour laver la vaisselle, car le roi s'apprêtait à célébrer un mariage et il y aurait force invités et force plats à laver.

Alors Margret ne se souvint plus de la suite de l'histoire. Elle songea à interrompre là son récit, mais les trois enfants étaient pendus à ses lèvres, et elle se leva pour se servir un peu d'eau. En effet, c'était toujours l'histoire de la tour qui l'intéressait enfant et elle se rappela que son attention s'égarait immanquablement pendant la suite. Elle avala quelques gorgées d'eau tandis que les enfants attendaient impatiemment.

— Eh bien..., dit-elle.

Alors, du lit clos, la voix de Freya intervint :

— L'épouse. L'épouse était si vilaine qu'elle ne pouvait souffrir de se regarder dans le miroir...

Alors Margret se rappela l'histoire et reprit son récit.

C'était le château du prince qui aimait jadis la princesse Thorunn. Il la croyait morte et s'était donc laissé fiancer à une autre princesse, d'Allemagne celle-ci, qui était si vilaine qu'elle ne pouvait souffrir de se regarder dans le miroir. Elle était très riche, mais son père n'avait jamais permis à personne de la voir et elle arriva dans la Hardangersfjord recouverte d'épais voiles de soie. Puis arriva le jour des noces et Thorunn, qui n'était qu'une servante, alla porter à la mariée sa viande du matin. En la voyant, la mariée lui dit :

— Thorunn, tu es une jolie pucelle, en vérité. Voilà ce que je redoute, quand nous irons en procession à l'église, les gens vont se moquer de moi et me couvrir d'ordure, car en effet je suis fort laide. J'aimerais que tu revêtes mes habits de mariage et que tu ailles à l'église à ma place.

Mais Thorunn répondit que ce serait un péché et qu'elle ne pouvait le faire. Alors la vilaine princesse entra dans une grande colère et jura qu'elle ferait couper la tête de Thorunn si elle ne lui obéissait pas, aussi Thorunn endossa-t-elle les habits de mariage et descendit prendre place dans la procession.

Lorsque le prince la vit, il fut agréablement surpris et se dit que son mariage ne serait pas si déplaisant après tout, puisque cette princesse allemande ressemblait tellement à sa chère Thorunn. Et la procession commença. Or ce n'était pas une simple procession comme celles de la Terre Verte, car l'église était très vaste et il fallait passer entre deux haies de gens, tous très curieux de voir à quoi ressemblait la future reine. Tout le monde portait des habits éclatants et tout était très beau. Pourtant, la pucelle Thorunn avait le cœur lourd et elle récita quelques strophes. En passant devant un bouleau, elle dit :

— Petit bouleau, petit bouleau, que fais-tu seul ici ? J'ai naguère mangé tes feuilles, ni bouillies ni rôties.

Et le prince la regarda et dit :

— Comment ?

— Rien, répondit-elle, je pensais seulement à la princesse Thorunn.

Et il fut un peu étonné parce que personne autour de lui n'avait parlé de la princesse Thorunn depuis sept ans.

Ils parvinrent ensuite à une passerelle et la jeune fille eut grand-peur et murmura :

— Passerelle, passerelle, ne te romps pas sous mon pas, je suis la fausse mariée et m'en voici fort marrie.

Mais lorsque le prince lui demanda ce qu'elle disait, elle se contenta de répondre :

— Rien, je pensais à la princesse Thorunn.

Ils arrivèrent alors à la porte de l'église et la princesse était au bord de s'évanouir tant sa tromperie la remplissait de crainte, aussi dit-elle :

— Porte de l'église, toiture de l'église, ne rompez point dessus moi. Je suis la fausse mariée et m'en voici fort marrie.

Le prince ne dit rien et ils furent unis par l'archevêque de Nidaros.

Puis vint la nuit et la vraie princesse entra voilée dans la chambre du prince, mais lorsqu'elle ôta ses voiles, il en fut très horrifié et dit :

— Tu n'es pas la femme que j'ai épousée.

— Au vrai, je suis l'épouse qui t'était promise, répondit la princesse.

— Alors qu'as-tu dit au bouleau en passant devant lui ce matin ?

— Je ne suis pas femme à parler à un bouleau, s'indigna la princesse. Pour être laide, je n'en suis pas moins princesse.

— Alors, qu'as-tu dit à la passerelle ?

— Tu dois être fol. Je ne parle point aux passerelles.

— Alors, en vérité, qu'as-tu dit à la porte de l'église et au toit de l'église ? Si tu ne peux me le dire, tu n'es pas ma femme.

Alors la princesse réfléchit et dit :

— Il faut que j'aille entretenir ma suivante car elle garde mes pensées pour moi.

Et elle courut à la cuisine et demanda à Thorunn ce qu'elle avait dit à la porte de l'église, et Thorunn le lui dit. La princesse revint en courant chez le prince et lui dit à voix forte :

— Porte de l'église, toit de l'église, ne rompez point dessus moi. Je suis la fausse mariée et m'en voici fort marrie.

Alors le prince se leva d'un bond et s'écria :

— Pourquoi as-tu dit cela ? En vérité, tu dois tout me conter ou je te ferai décapiter.

Et la princesse lui narra ses craintes et expliqua qu'elle avait envoyé la laveuse de vaisselle à sa place. Alors le prince lui commanda d'aller chercher la laveuse de vaisselle, et la princesse descendit à la cuisine, mais au lieu de mener la servante Thorunn auprès du prince, comme elle en avait reçu l'ordre, elle se mit à l'accuser et à appeler des soldats à grands cris pour qu'ils la décollassent. Thorunn se précipita dans la cour en criant et en hurlant, car elle n'était point femme à se laisser conduire docilement à une telle mort. En entendant ces cris, le prince sortit de ses appartements, et sauva la princesse Thorunn. Et lorsque tout se fut apaisé, il dit :

— Quand nous allions à l'église, tu as parlé de la princesse Thorunn. Aurais-tu de ses nouvelles ?

Et elle répondit :

— En effet, je suis la princesse Thorunn, bien que des malheurs m'aient jetée sans ressources dans le monde.

Et le prince la serra contre son cœur et ils vécurent heureux au château. Quant à elle, la vilaine princesse retourna en Allemagne, où elle épousa un vilain prince qui l'aima beaucoup, et ils eurent sept vilains enfants, qui étaient néanmoins très riches, et ils vécurent le reste de leur vie fort satisfaits d'eux-mêmes.

Les enfants souriaient et Freya se mit sur son séant et dit :

— Ce n'est pas la fin qu'on me racontait.

— C'est la fin de ma nourrice Ingrid, car elle était intarissable sur les coutumes des gens différents de nous.

Les enfants avaient beaucoup aimé cette histoire, mais ils n'en réclamèrent pas d'autre, car ils n'avaient point coutume de réclamer quoi que ce fût. Pourtant, le lendemain, la petite Thorunn, qui était assise non loin de Margret, lui demanda :

— Qu'est-ce qu'un roi, alors ?

Et Margret répondit qu'un roi était un grand personnage, si grand qu'il n'y avait point de rois en Terre Verte. Mais si on se représentait un corps, alors le roi était comme la tête du corps. L'enfant hocha la tête sans rien dire, mais désormais il arrivait de temps à autre que Thorunn ou Oddny, la fille aînée, vînt voir Margret pour lui poser une question : Quelle était la couleur des cheveux de la princesse Thorunn, ou comment s'appelait le prince ou qu'est-ce qu'était l'Allemagne, et Margret prenait soin de répondre à ces questions avec autant de sérieux qu'elles étaient posées. Tantôt elles parlaient de ce que la princesse et sa suivante avaient fait dans les ténèbres pendant sept ans, comme elles fêtaient Noël et comment elles se distrayaient pendant leurs tâches, ce qu'elles faisaient quand le feu s'éteignait et de quoi elles bavardaient. Tantôt elles essayaient de savoir à quel point la vilaine princesse était vilaine, et Margret prenait quelque plaisir à ces conversations, bien qu'elle vît que Freya ne les appréciait guère et en était plutôt jalouse. Gudleif ne savait rien de tout cela. Après Noël, Margret dut donner la moitié de sa viande aux enfants et les conditions devinrent assez difficiles.

Or il se trouva qu'après Noël Bjorn Bollason chaussa ses skis pour se rendre à Gardar et demander à Sira Pall Hallvardsson ce qu'il restait dans les magasins. Sira Pall Hallvardsson lui montra chaque magasin, ainsi que la cuisine de l'évêché, et Bjorn Bollason vit qu'il ne restait rien du tout, car ses hommes et lui avaient tout distribué l'année précédente, tant ils étaient convaincus qu'une famine de ce genre ne se reproduirait jamais. Or cette année-ci, les Groenlandais connurent une telle détresse qu'ils se souvenaient de l'année précédente avec envie.

Peu après Noël, Finn Thormodsson quitta la terre de Lavrans avec ses flèches pour se mettre en quête des Skraelings. Il voyagea environ quatre jours à skis et trouva une forte bande de ces démons, gras, chaudement vêtus et bien nourris, et il leur proposa un jeu de ses flèches. Ils s'en montrèrent très satisfaits et rirent à gorge déployée, comme ils le font souvent. Puis, quelques instants plus tard, ils sortirent leurs propres jeux de la même sorte de flèches, et Finn vit que les Skraelings avec qui il avait troqué ses flèches l'été dernier avaient appris à en faire et montré à tout le monde comment les fabriquer. Aussi, bien que cette bande de Skraelings fut intéressée par ses flèches, ceux-ci n'acceptèrent de lui en donner qu'un petit phoque.

En vérité, ces phoques que les Skraelings attrapent durant l'hiver, qu'eux seuls peuvent capturer et jamais les hommes, sont d'une chasse difficile, même pour les Skraelings. Finn passa deux jours avec eux, car ce sont démons fort hospitaliers, et il regarda deux hommes chasser. Voilà comme ils procèdent : un homme se tient debout en brandissant un épieu au-dessus de sa tête, les yeux fixés sur un trou de phoque dans la glace, et il attend sans bouger ni respirer, parfois toute une journée, voire deux. Les vents les plus violents et les tempêtes les plus aveuglantes ne l'ébranlent pas d'un pouce, car il est enchanté par un charme qui le transforme en pierre. Alors un phoque vient respirer à ce trou et l'épieu s'abat comme par magie pour s'enfoncer dans la bouche et la tête du phoque, et ce même épieu sert à hisser le phoque hors de la glace car il parvient à s'accrocher dans la chair de l'animal. Finn admira grandement ces talents, mais c'est comme admirer l'œuvre du Diable, car dès qu'un homme proclame sa foi en Dieu et se met entre les mains du Seigneur, il perd le pouvoir de chasser à la mode skraeling, car les hommes doivent choisir entre ce monde et le prochain et ne pas faire comme Esaü, le fils d'Isaac, qui troqua son droit d'aînesse contre un bol de brouet.

Il se trouva que, cette année de la famine, les Skraelings parurent partout gras et joyeux, et la plupart des gens se dirent qu'ils étaient ainsi exhibés aux Groenlandais pour éprouver leur foi. Et certains ne résistèrent point à l'épreuve, car il y eut un homme du Kambsteadfjord qui partit avec sa femme et son enfant rejoindre les Skraelings, et on ne le revit pas de sitôt. Il s'appelait Osvif et sa femme Marta et leur fils Jon, mais on apprit par la suite qu'ils avaient adopté des noms skraelings et qu'Osvif avait pris une seconde épouse, une femme skraeling sans presque de cheveux sur la tête.

Vint alors pour Sira Audun le moment de partir pour sa tournée annuelle dans le Sud, et quelques jours avant ce voyage, Sira Pall Hallvardsson lui demanda d'y renoncer car il n'y avait pas assez de provisions pour que deux hommes entreprennent une telle pérégrination, Sira Audun et un serviteur.

— En vérité, dit Sira Pall Hallvardsson, nous n'avons même pas de quoi vous permettre de vous rendre seul dans le sud de Vatna Hverfi. Si vous allez parmi eux avec quelques vivres, cela ne suffira pas à sauver une seule personne et pourtant cela leur semblera beaucoup, et si vous parcourez le pays sans rien, ils se croiront obligés de vous nourrir de leurs propres victuailles.

— Peut-être, répondit Sira Audun, mais en vérité certains de ces gens n'ont pas vu de prêtre, ne se sont pas confessés ni n'ont reçu de sacrements depuis un an : ceux que je n'ai pas vus à l'automne. Ce serait grand péché de le leur refuser.

— Il m'a toujours paru que le Seigneur voit notre condition mieux que les Pères de l'Eglise et qu'Il est miséricordieux pour nos transgressions, telle celle-ci du moins.

— Mais les gens vont me chercher et seront accablés si je ne viens pas.

Alors Sira Pall Hallvardsson sourit et dit :

— Ce sont ces mêmes gens dont vous vous plaignez et qui se plaignent de vous. Ils ne font pas grand-chose pour vous mériter, c'est ce que vous m'avez dit en confidence dans le passé. Une querelle dans chaque paroisse entre ici et Herjolfsnes et deux querelles là, voilà comment Sira Audun effectue sa tournée. C'est ce qu'ils disent de vous.

— Me direz-vous que les gens n'aiment pas une petite dispute pour se distraire d'un long hiver ? Les Groenlandais considèrent le Christ comme un combattant et sont déçus si Ses représentants ne les châtient point ni ne se querellent un petit peu avec eux.

— Néanmoins...

Mais Sira Pall Hallvardsson ne poursuivit point, tant il lui semblait impossible que Sira Audun entreprît son voyage, et il ne voyait aucune utilité à en dire davantage. Pourtant, à quelques jours de là, Sira Audun ne vint pas manger sa viande quotidienne. Il se trouvait, en effet, que les gens de Gardar, comme ceux de toutes les autres fermes de la Terre Verte, ne prenaient plus désormais qu'un repas par jour au lieu de deux. Après avoir mangé, Sira Pall Hallvardsson se rendit dans la chambre de l'autre prêtre et vit que, tout impeccable fût-elle et même plus douillette et mieux disposée que jamais, la pièce était vide. Il ressortit et allait refermer la porte lorsque l'envie le prit d'entrer et de s'asseoir sur le tabouret de Sira Audun. Il n'y avait aucun message sur la table mais c'était tout comme, tant à voir le bureau Sira Pall Hallvardsson était certain que Sira Audun était parti vers le sud.

Au moment même où Sira Pall Hallvardsson s'asseyait dans la cellule de Sira Audun, celui-ci filait sur la surface gelée de l'Einarsfjord, et il avançait fort prestement sur ses skis car il n'était chargé que de ses vêtements, n'ayant rien emporté en fait de provisions. Il faisait un temps clair et radieux, et la glace du fjord était recouverte d'une poudre de neige épaisse et douce en sorte que ses skis s'enfonçaient et glissaient avec de grands crissements qui l'entraînaient de trois ou quatre pas d'un coup. Son visage disparaissait sous un masque fait de deux épaisseurs de vadmal, avec deux fentes minuscules pour les yeux, qui le protégeait contre la cécité des neiges. Il semblait à Sira Audun que les vingt dernières années de sa vie se résumaient à cette sensation unique de partir pour le Sud au milieu de l'hiver, afin d'effectuer l'œuvre du Seigneur. Sinon que jamais auparavant il ne s'en était vraiment remis à la providence du Seigneur en partant seul, sans l'assurance d'une abondance de vivres et d'autres munitions. Jamais encore il n'avait dépouillé son être inférieur de la sorte, et pourtant c'était si simple : que ne l'avait-il fait pendant ces vingt années ? Cette fois, il se sentait si confiant dans ce que lui réservait l'avenir que s'il avait pu skier plus vite, ou abandonner ses skis pour se précipiter vers son destin, ou, peut-être, dépouiller son humanité pour s'envoler vers lui comme un oiseau, il l'aurait fait sans barguigner. Le soir tombait lorsqu'il aperçut les bancs de sable et la vallée de la rivière qui se jette dans le fjord près de l'église d'Undir Hofdi, et bientôt il allumait une petite lampe dans le sanctuaire.

La lumière vacilla et remplit la chapelle pour chatoyer sur le visage de bois du Seigneur qui trônait au-dessus de l'autel, et la face du Seigneur parut changer d'expression à la lueur de la lampe et souhaiter la bienvenue à Sira Audun dans cet oratoire froid et désert, et à ce moment-là, Sira Audun sut qu'il avait bien agi, quelle que fût l'issue de son voyage, car il lui semblait qu'il aurait manqué au Seigneur s'il n'était pas allé à Sa rencontre. Sira Audun s'agenouilla sur le sol glacé et éleva vers Dieu une grande prière d'amour et de bonheur, et avant peu la lumière de l'église attira les gens à l'entour qui espéraient leur prêtre et attendaient de se confesser à lui. Sira Audun se redressa et se dirigea vers le confessionnal, et il lui parut qu'il se serait évanoui de faim en se mettant debout si le Seigneur ne l'avait pas relevé et soutenu jusqu'au réduit. Les gens se succédèrent devant lui, et c'était un cortège bien misérable cette année-là, plus misérable encore que l'année passée, et plutôt que de confesser leurs coulpes ils s'égaraient bientôt à parler de la famine, à énumérer ceux qui étaient morts ou mourraient sans tarder, et à supplier Sira Audun et le Seigneur d'avoir merci des Groenlandais. Sira Audun les laissait dire, leur donnait l'absolution et les assurait de la pitié du Christ avec une telle éloquence qu'ils repartaient persuadés qu'il avait vent de quelque chose qu'ils ignoraient : cache de nourriture ou baleine échouée.

Ces confessions se prolongèrent presque toute la nuit. La dernière à se présenter fut Vigdis de la terre de Gunnar. Quand elle fut repartie, ayant reçu l'absolution, Sira Audun sortit de son réduit pour trouver un grand fromage qui l'attendait, un fromage de chèvre parfaitement salé et savoureux, blanc et fondant, le plus délicieux fromage de chèvre qu'il eût jamais goûté. Il le coupa en petits morceaux qu'il donna pour la communion au lieu des durs biscuits d'algue auxquels les Groenlandais étaient accoutumés. Après la messe, il divisa le fromage en grosses portions qu'il distribua aux familles les plus pauvres, et lorsqu'il retourna dans l'église, il vit que le Seigneur le regardait avec une secrète et fugitive expression de plaisir.

Juste alors, il y eut dehors un remue-ménage qui se rapprocha rapidement de l'église. Sira Audun se retourna pour savoir d'où venaient ces cris et il vit un pauvre homme, Thorstein Steinthorsson, qui avait déjà enseveli deux de ses enfants dans la neige cet hiver-là, reculer en titubant dans l'église, en serrant contre lui son morceau de fromage. Ofeig Thorkelsson le poursuivait en l'abreuvant d'injures et en essayant de lui arracher le fromage. Alors Thorstein atteignit le mur de pierre de l'église, là où se trouvait une sculpture en stéatite de saint Jon le Baptiste, et de sa main libre, Thorstein saisit la statue, la détacha du mur et tenta de l'abattre sur Ofeig, mais il était si affaibli par la faim et la pierre était si lourde qu'elle tomba de sa main. Ofeig se baissa pour la ramasser, mais Sira Audun le devança et quelques amis d'Ofeig se précipitèrent sur lui pour le retenir.

Sira Audun s'avança vers Ofeig, qui avait la même taille que lui, et le souffleta violemment en disant :

— Ofeig Thorkelsson, es-tu pécheur si endurci que tu veuilles voler la nourriture d'autrui et le tuer par surcroit ? Que fais-tu ici ? Tu ne peux être venu prier, puisque tu ne t'es pas confessé de cinq ou six hivers, si bien que ton âme court maintenant un danger mortel.

Ofeig semblait n'avoir rien entendu de ces paroles et ses amis s'apprêtaient à l'entraîner à l'écart lorsque Sira Audun les arrêta, car il lui apparut que, si l'on menait Ofeig devant la triste et émouvante statue de bois au-dessus de l'autel, il en serait apitoyé. Il leur fit signe de lâcher les bras d'Ofeig, et ils s'exécutèrent à contrecœur, car ils avaient plus que le prêtre l'habitude de ses procédés. Adonc Sira Audun conduisit Ofeig vers l'autel et celui-ci le suivit docilement. Devant l'autel, Sira Audun dit à Ofeig de se mettre à genoux, et Ofeig s'agenouilla. Alors Sira Audun commença à prier en ces mots :

— Seigneur, remplissez ce pécheur non de crainte mais de joie, comme Vous m'en avez rempli nouvellement, car je n'étais pas meilleur que lui, sinon par Votre grâce. Seigneur, peut-être son cœur est-il si dur qu'il en ignore jusqu'à l'existence, mais Vous pouvez le trouver et le réchauffer. Seigneur, peut-être que les démons, qui sont aussi nombreux par terre que les moustiques l'été, ont fait leur demeure de cet homme, mais Vous pouvez les chasser et purifier son âme derechef. Nul homme qui respire n'est perdu pour Vous, Seigneur. Il fait le mal, mais si Vous entrez en lui, il se repentira et ne péchera plus.

Alors Ofeig leva les yeux et regarda autour de lui. Les gens au fond de l'église chuchotèrent pleins d'espoir. Sira Audun poursuivit :

— Seigneur, il Vous plaît dans Votre mystère de nous faire contempler la mort de près, et pourtant certains d'entre nous ne savent point ce que nous voyons. Ouvrez nos yeux, nous Vous en prions.

Juste alors, Ofeig leva le poing et un sourire matois flotta sur son visage. Mais soudain Ofeig se retrouva sur le dos avec Sira Audun assis sur sa poitrine. Ofeig hurlait de douleur car Sira Audun lui avait donné un coup de tête dans le ventre. Alors la voix de Sira Audun s'éleva :

— Seigneur, écoutez hurler les démons. Comme ils détestent être chassés !

Et il continua de prier d'une voix forte jusqu'à ce qu'Ofeig se fût tu, alors il se releva et aida Ofeig à se remettre debout. Tandis qu'il s'éloignait en titubant, Sira Audun dit :

— Va et ne pèche plus.

Mais nul ne put dire si Ofeig l'avait entendu ou non.

Quand l'église fut vide, Sira Audun s'agenouilla et remercia le Seigneur de l'avoir empli d'un tel pouvoir contre les démons d'Ofeig, et il pria quelque temps avant de partir visiter les fermes du district.

C'était une tâche affligeante, en vérité, car à chaque ferme il devait prononcer une oraison funèbre à la mémoire d'un ou deux morts et administrer les derniers sacrements à un ou deux autres qui semblaient condamnés. Et il faut dire aussi que dans chaque ferme on lui offrait une collation, ne fût-ce que quelques baies séchées. Au début, il disait qu'il n'avait pas faim, mais il vit que les gens étaient déçus qu'il dédaignât ce qu'ils avaient, aussi commença-t-il à leur dire la vérité, que le Seigneur le remplissait d'une force miraculeuse et lui infusait une nourriture invisible qui le rendait fort et bien portant. Et de la sorte, il engageait les gens à manger eux-mêmes leurs collations.

Finalement, à la fin du deuxième jour, il arriva à la terre de Gunnar, et il était impatient de trouver Vigdis après avoir visité ses voisins car, en vérité, ce qu'il avait vu à Vatna Hverfi était exténuant et terrifiant, même pour quelqu'un dans son état d'exaltation. Mais Vigdis avait changé d'humeur, c'est du moins ce que lui dirent les serviteurs qui l'accueillirent aux abords du domaine. Elle était injurieuse et furieuse envers tout le monde et déversait d'incessantes malédictions sur les absents, tels Erlend Ketilsson, Ketil le Malchanceux et Gunnar Asgeirsson, comme si les torts qui lui avaient été faits dataient de l'instant même. Il valait mieux attendre, dirent les domestiques, car son humeur changerait de nouveau dans une heure ou dans une journée. Mais Sira Audun débordait de la puissance du Seigneur, et il s'avança hardiment vers la maison et poussa la porte.

Les vêtements de Vigdis étaient en désordre et sa chevelure sombre débordait de son bonnet. L'entrée de Sira Audun l'avait surprise en train de couper de la viande séchée sur la table. La pièce, en fait, était pleine de provisions : seaux de lait caillé, de viande et de graisse de phoque marinées dans du petit-lait, meules de fromage, oiseaux suspendus. Et Vigdis était prodigieusement grasse, plus grasse qu'elle ne l'avait jamais été, en sorte que ses seins lui retombaient sur la taille et que ses mentons lui cachaient entièrement le cou. Sira Audun vit immédiatement qu'elle répondait à la famine en se gorgeant et en se gorgeant sans répit. Alors même qu'il la regardait, elle se remplit la bouche de viande et entreprit d'en couper davantage. Mais elle s'interrompit soudain, posa son couteau et se mit à crier après lui, en crachant sa nourriture.

— Ainsi, même le prêtre vient me voler. Hein ! Tu as eu ton fromage, et un fameux fromage en plus, le meilleur qu'on puisse trouver. Mais je vois que tu n'es pas satisfait et que tu meurs d'envie de tout dévorer chez moi jusqu'à la dernière miette ! Mais tu vas décamper d'ici, et en vitesse ! Je vais te faire chasser par mes domestiques avec les chiens. Et Dieu sait qu'ils ont faim, les chiens, tu peux me croire !

Elle brandit son couteau, aiguisé si souvent que la lame avait la forme d'un croissant de lune. Sira Audun s'avança, sentant la puissance du Seigneur lui gonfler la poitrine.

— Le Seigneur ne vole rien mais Il donne la grâce et la vie éternelle. Femme, ton âme est en péril ! Tu creuses ton chemin vers l'Enfer avec ton propre couteau, car en vérité la gloutonnerie est un péché mortel dans les temps d'abondance, mais par les temps qui courent, une telle gloutonnerie est un meurtre ! Tes voisins tombent tout autour de toi faute d'un morceau de viande ou d'un bol de brouet. Aujourd'hui, j'ai récité l'office des morts sur la tombe de sept enfants qui sont morts de faim. Ce qui vient de tomber de ta propre bouche à l'instant suffirait à remplir la bouche d'un nourrisson. Et je pleure de le dire, leurs petits visages étaient si maigres qu'on ne voyait que le front, et leurs mères avaient tant pleuré sur leurs tombes, dans la neige, qu'elles ne pouvaient plus se relever pour retrouver la chaleur de la maison.

Vigdis écouta ces paroles en silence, mais, en vérité, lorsqu'elle ne parlait pas, elle semblait ne prêter attention à rien. Quand Sira Audun se tut, elle dit :

— J'arrive pas à veiller toutes les nuits, j'ai beau faire. Les gens ont besoin de dormir, pour sûr, mais certaines gens ne sont pas des gens et ne dorment jamais un instant, mais ils attendent que tu fermes l'œil pour manger tous les meilleurs morceaux. Ils croient que je ne les vois pas, les diables, mais une bouchée par-ci et une bouchée par-là, les meilleurs morceaux, les uns après les autres, les plus frais, les plus tendres. Ils croient que je ne les vois pas, mais que si ! Parfois, je fais seulement semblant de dormir, pour ça oui, et je les vois courir partout, qui mordent ci, qui mordent ça, même si c'est pendu en l'air !

— Femme ! tonna Sira Audun, comme si Vigdis était dure d'oreille. Ecoute-moi donc ! Satan te guette, la porte de l'Enfer est grande ouverte et tu t'y précipites les yeux fermés ! Tu es vieille et ton temps est compté. Satan en personne commence à sourire de son sourire entendu. Mais le Seigneur peut encore tromper son attente au dernier moment ! Renonce à ces démons !

Il s'agenouilla auprès de la porte.

Vigdis reprit :

— C'est-il pas dégoûtant ? A quoi les gens en sont réduits ces temps-ci ? Mais je sais ce que je fais, et je vois tout, pour sûr, et les chiens vont te chasser tous ces gens, et pour chaque bouchée qu'ils m'auront prise, ils se feront mordre les flancs et pincer les mollets, et ils vont le sentir passer, crois-moi !

— Le Seigneur t'en adjure, dépose ce fardeau de gloutonnerie, donne tes provisions en aumône à tes voisins. Ce qui pourrit en toi les nourrira ! Ce qui se mue en vermine entre tes mains deviendra délectable quand tes voisins en sustenteront leurs enfants. En vérité, peut-être est-ce là la malédiction qui nous vaut la colère de Dieu. Ce que tu distribueras te sera rendu au centuple quand les rennes parcourront tes champs et que les phoques grouilleront dans les eaux du fjord. Tu peux faire cela pour nous tous, si tu te détournes du péché comme le Seigneur te le demande !

Mais Vigdis n'écoutait pas et se mit à grommeler et à déchiqueter la viande sur la table avec ses doigts. Sira Audun haletait et il se sentit tout languissant, comme si la puissance du Seigneur l'abandonnait. Alors il s'écria :

— Seigneur, ne m'abandonne pas, car je suis face au péché, et nous autres pécheurs Te supplions de nous montrer Ta miséricorde !

Mais il n'en fut point revigoré. Au contraire, il commença à vaciller, étourdi par la faim et écœuré par l'odeur de toute cette nourriture autour de lui. Il se releva d'un effort ultime et sortit de la maison pour s'asseoir dans la neige.

Quelques instants après, un des serviteurs vint s'asseoir près de lui. C'était un grison qui s'appelait Gizur, aux mains toutes déformées par le mal des jointures. Il s'assit avec un gémissement et dit :

— Comme ça, prêtre, elle était trop forte pour vous, hein ? Vous êtes pas le premier, vous savez. Pas un homme n'est de force avec elle, vous pouvez me croire. On est cousins issus de germains, figurez-vous, et c'est une femme riche, la maîtresse du domaine, et j'ai dormi toute ma vie dans l'étable. Une réussite pareille, ça vous abîme les gens, et ça l'a abîmée, pour sûr. Elle a ses mauvais jours.

— La maison regorge de nourriture !

— Et comment ! Elle est comme ça. Elle a un pouvoir magique sur la nourriture, comme Jésus avec ses pains et ses poissons, peut-être bien. Jamais une journée sans deux repas sur la terre de Ketil, ou sur la terre de Gunnar depuis qu'elle y est. Ça permet de supporter bien des choses, surtout autrefois, parce que maintenant elle nous bat plus, elle est trop vieille pour ça.

— Tout le monde meurt de faim dans le pays !

— Alors, on en est là ? Eh bien, je m'en serais pas douté, faut dire que les gens savent pas trop non plus ce qui se passe sur la terre de Gunnar, c'est sûr. On reste dans son coin ici, et c'est ce qu'on a toujours fait, et c'est ce que tout le monde a de mieux à faire.

Le vieil homme posa une main crochue sur le bras de Sira Audun.

— C'est ce qu'il y a de mieux à faire. Vous croyez pas ? Mais enfin vous êtes le prêtre. Vous avez l'air un peu faible, je vais aller vous chercher quelque chose dans le magasin à côté.

Gizur revint avec une paire de fromages qu'il glissa dans le sac de Sira Audun, puis, avec un autre serviteur, il l'accompagna jusqu'aux limites du domaine et lui indiqua la direction de l'église d'Undir Hofdi. Sira Audun n'avait parcouru qu'une petite distance, cependant, lorsqu'il s'arrêta pour sortir les fromages de son sac, et ils étaient superbes en vérité, et il ne put résister à la tentation d'en entamer un et d'en manger environ un quart.

Alors Sira Audun passa une nuit bien misérable, car il lui était impossible d'oublier que le Seigneur l'avait abandonné à l'instant critique. Il resta presque toute la nuit en prière, examinant son âme pour découvrir quel péché il avait bien pu commettre pour que le Seigneur l'abandonnât ou S'écartât de lui. Mais en vain. Il se réfugia dans ses prières habituelles et, le matin, se sentit un peu mieux. En fait, il lui semblait être redevenu le Sira Audun de naguère, l'homme qu'il avait été toute sa vie, plein de suffisance, aisément irrité, satisfait de ses propres actes et loin du Seigneur, plus loin qu'il ne l'avait jamais imaginé. Il divisa les fromages en un grand nombre de parts, en mangea une avec un peu d'eau, et entreprit de distribuer les autres dans tout le pays. Et lorsque les gens lui demandaient avec stupéfaction où il avait bien pu les trouver, il leur répondait avec simplicité et humilité qu'il avait supplié le Seigneur de fléchir le cœur de Vigdis, la maîtresse de la terre de Gunnar, mais le Seigneur l'avait abandonné. Le lendemain, il partit pour le Sud, et son voyage fut lent et difficile. Il vit que ses bras étaient manifestement amaigris, et ses genoux tremblaient chaque fois qu'il lançait ses skis en avant.

Les gens de Vatna Hverfi commencèrent alors à parler des trois fromages de Sira Audun, celui qu'il avait partagé à l'église et les deux qu'il avait apportés dans les fermes, et ils s'émerveillaient surtout de la miraculeuse bonté de ces fromages : onctueux, salés, sans la moindre moisissure et manifestement faits de l'été dernier. Sans doute Vigdis avait-elle de vastes troupeaux de moutons et de chèvres, outre quelques vaches, car, si maigre qu'eût été la récolte de foin, Vigdis n'avait-elle pas d'autres fermes, en plus de la terre de Gunnar et de la terre de Ketil, et les hommes pour les travailler ? Après plusieurs jours de ces bavardages, car les gens affamés mâchent et remâchent les nouvelles de nourriture comme si c'étaient viandes des plus délicates, quelques hommes se rendirent une nuit sur la terre de Gunnar, en dépit des chiens, car l'un d'eux connaissait des sortilèges, qui jeta un sort sur les chiens afin qu'ils n'attaquent point ni même n'aboient. Et ces hommes virent que Vigdis avait force foin caché au fond de l'étable, et ils virent aussi que les greniers recelaient des provisions, bien qu'il fût difficile de dire en quelle abondance. Les vaches dans l'étable étaient chaudes et luisantes sous la paume. Et le prêtre avait dit à Magnus Arnason en personne que la maison était bourrée de vivres. Au bout d'un certain temps, les chiens de Vigdis commencèrent à s'agiter et les hommes se retirèrent furtivement.

Il est de fait que les gens qui se sont décidés à contempler leur mort avec résignation, en espérant la miséricorde du ciel pour eux et leurs enfants, se laissent aisément détourner en apprenant qu'il existe des réserves dans le voisinage, et leur sort leur paraît moins supportable lorsqu'ils songent à ces provisions. Ainsi en alla-t-il des voisins de Vigdis. Qu'elle était grasse, disaient-ils, et fière, bien que seulement fille de vacher, et ô combien avaricieuse ! Des garçons de ferme avaient été battus pour avoir pris un peu de miel et des voisins assignés devant le Thing parce qu'elle les soupçonnait d'avoir volé du foin ou des moutons, alors que chacun pouvait voir que son bétail s'était rassasié du fourrage et que les moutons s'étaient perdus dans les collines au-dessus du domaine. Qui plus est, tout le monde dans le district avait été cinglé une fois ou l'autre par la langue vipérine de Vigdis, et plus d'un, du temps de Ketil le Malchanceux, avait été la cible de poèmes et couvert de ridicule. A tant parler des victuailles entassées par Vigdis, les gens se mirent à se rappeler aussi toutes ces choses et, comme il arrive souvent, ces torts leur parurent d'autant plus cuisants qu'ils n'y avaient point songé depuis bien des années.

Ofeig Thorkelsson et Mar Marsson n'étaient point les derniers à remuer ces griefs, même en la présence de Jon Andres Erlendsson. En vérité, ces derniers temps, nul n'avait souffert plus que son fils des injures de Vigdis, car il lui suffisait de le voir pour que resurgissent toutes les avanies qu'elle avait pu subir et souvent elle ne pouvait s'empêcher de se ruer sur lui pour le souffleter. Pourtant, Jon Andres ne se joignait jamais aux médisances de ses amis sur sa mère, et quand Ofeig ouvrait la bouche, Jon Andres se levait pour sortir.

Il se trouvait que la famine n'était pas aussi sévère sur la terre de Ketil que dans les autres fermes. D'abord, les serviteurs de la terre de Gunnar faisaient de temps en temps tenir de la nourriture à leurs parents de la terre de Ketil. Ensuite, le berger de la terre de Ketil était un homme avisé qui avait rassemblé un grand troupeau, en sorte que force moutons avaient été tués à l'automne, la viande séchée, la tête grillée, la cervelle transformée en saucisses et les pieds préparés en brouet. Nonobstant, Jon Andres et ses amis ne surent se montrer ménagers et vers Noël la plupart de cette nourriture avait été mangée, ou gaspillée, et Ofeig, Mar et les autres s'irritaient de devoir faire maigre chère et rogner sur tout comme leurs voisins. Mar, en particulier, ne cessait d'évoquer tout ce qu'il y avait à manger sur la terre de Gunnar et exhortait sans relâche Jon Andres à en obtenir un peu de sa mère. Mais Jon Andres n'en avait cure. Depuis l'incident de l'église, il évitait ses amis, et un soir il dit à Ofeig qu'il était las d'avoir ces garçons autour de lui.

— En vérité, ajouta-t-il, ce ne sont plus des garçons mais des hommes sans besogne et nullement enclins à retourner sur la ferme de leur père, où ils pourraient s'occuper à quelque tâche.

Et il disait vrai. Pendant des années, Jon Andres s'était plu à voir dans sa bande une sorte de parti de Vikings ; on les appelait Harald à la belle chevelure et ses hirdmenn dans le voisinage, et ce surnom ne déplaisait point à Jon Andres, mais depuis la rixe à l'église, il s'était renfrogné et quand il parlait à ses féaux, c'était avec dureté.

Un jour, il vint à eux tandis qu'ils paressaient sur les bancs de la grand-salle et dit qu'il désirait qu'ils s'en fussent retrouver leurs pères, car la vie qu'il menait l'accablait et il souhaitait en changer. Pour présent de départ, il leur donnerait à chacun un costume complet, le cheval que chacun avait coutume de monter et un peu de viande à rapporter à la ferme de son père.

Ofeig Thorkelsson n'était pas le seul de ces hommes qui eût rompu avec les siens. Mar et Einar, qui étaient frères, n'avaient pas vu leur père ni entendu parler de lui depuis l'été, bien qu'il vécût dans le sud du district, et ils redoutaient que lui et une bonne part de sa maisonnée ne fussent morts de faim, car la ferme n'était point prospère. Il leur fallait néanmoins trouver un autre endroit pour vivre, leur dit Jon Andres, car sa décision était prise et il entendait être débarrassé d'eux le soir ou, au plus tard, le lendemain matin. Alors Andres Bjartsson et Halldor Bessason se levèrent et commencèrent à rassembler leurs affaires, et il sembla à Jon Andres que Halldor était en fait soulagé et heureux de partir, et Andres résigné, car il avait eu des nouvelles de son père à Noël et tout allait bien dans la ferme d'icelui à ce moment-là.

Mar et Einar se mirent à grogner. Jon Andres dit :

— Après toutes ces années d'amitié, il me déplairait de vous jeter dehors ou que nous nous quittions en mauvais termes. Mais il se trouve que les temps ont changé et que les bandes comme la nôtre ne contrebalancent pas en amitié ce qu'elles coûtent en provisions gaspillées et en querelles avec les voisins, car je ne vous cèlerai point que les gens de ce district sont furieux contre moi des méfaits que nous avons tous commis, et ils me décrient et m'accusent de vous encourager. Arnkel Thorbergsson est particulièrement courroucé de la séduction de sa fille et menace de m'intenter un procès si elle et lui ne meurent pas de faim avant le Thing. Mais j'ignorais tout de cette séduction avant qu'il m'en parlât.

Et Jon foudroya Einar Marsson, car c'était lui le coupable.

Ofeig s'adossa contre le mur et Jon Andres se tourna vers lui.

— Ne crois pas, Ofeig, que je t'exclus de ces dispositions. Bien que nous soyons compagnons depuis l'enfance, tes frasques ne m'égaient plus. Je crois qu'il serait bon que tu te réformes et que tu demandes son pardon à ton père, car dès demain tu ne recevras rien de plus de la terre de Ketil.

Il se tut un instant, puis reprit :

— En entendant le prêtre prier sur toi il n'y a guère, mes yeux se sont ouverts, mais non les tiens. J'ai l'impression depuis ces derniers jours de regarder la damnation en face et d'être trop ignorant pour la reconnaître, mais si je la reconnaissais, je serais cent fois plus terrifié que je ne le suis maintenant, et je le suis déjà suffisamment.

Jon Andres vit que Halldor acquiesçait dans son coin, comme s'il avait eu des pensées analogues, et il poursuivit :

— Les gens du pays diront que c'est moi qui vous ai égarés et, en vérité, je veux bien en encourir le blâme, si cela peut vous aider à vous raccommoder avec vos pères. Quand je regarde en arrière, je comprends que je ressassais de vieux ressentiments et des désirs que je ne pouvais exprimer, tant ils étaient mêlés. Mais je vois que vous n'écoutez rien de ce que je dis, aussi vais-je briser là, en ajoutant seulement que je compte sur vous pour avoir quitté la terre de Ketil à la première lueur du jour.

Et tout le reste de la journée et toute la soirée, Jon Andres resta sur ses gardes, car il s'attendait à ce qu'Ofeig, et peut-être Mar et Einar essayent de le tuer, mais rien de tel ne se produisit. Ils s'en allèrent tranquillement avec Halldor et Andres, à skis, tandis que les chevaux les suivaient sur une ligne. Après leur départ, Jon Andres s'endormit en laissant la ferme sous la garde de trois serviteurs seulement, et lorsqu'il s'éveilla, il erra sans but sur le domaine, en quête de compagnie, car jamais la société de tel ou tel de ces garçons ne lui avait fait défaut depuis l'âge de douze hivers.

En sortant de la terre de Ketil, Halldor et Andres se séparèrent des deux autres, et emmenèrent leurs chevaux et leurs possessions vers le sud, et ce qu'ils y trouvèrent n'était pas meilleur ni pire que ce qui se passait dans les autres domaines du district, à savoir que certains étaient morts et d'autres non et qu'il y avait peu de nourriture à manger. Pour eux, Einar et Mar décidèrent de s'installer dans la ferme de leur oncle, le frère de leur mère, un homme appelé Ari, et ils se séparèrent d'Ofeig pour gagner la terre d'Yfirfoss, où Ari demeurait, mais ils n'y restèrent que deux jours car Ari n'avait rien à leur donner. Ofeig, pour sa part, résolut de s'attarder aux abords de l'église d'Undir Hofdi en s'établissant dans la maison du prêtre, car il savait que Sira Audun n'y reviendrait point de quelques semaines. Il lui semblait que, s'il allait retrouver Thorkel Gellison, celui-ci préférerait le tuer plutôt que de le reprendre chez lui.

En quittant Yfirfoss, Einar et Mar se rendirent à la ferme d'un autre oncle, celui-ci le mari de la sœur de leur mère, qui s'appelait Bengt, et ils en repartirent au bout de quatre jours. Ils allèrent ensuite chez un cousin appelé Ingvald qui les accueillit deux jours. Dans chacune de ces fermes, ils ne parlaient que des quantités de nourriture que Vigdis avait partout entassées sur son domaine de la terre de Gunnar, et il ne fallut pas longtemps à cette nouvelle pour se répandre dans toutes les fermes du district et pour que les hommes commencent à proclamer que cette vieille femme était bien criminelle d'accaparer tant de vivres pour elle seule. Parfois, au cours de leur errance, Mar et Einar évoquaient le projet qu'ils avaient de s'emparer d'une partie des provisions de Vigdis pour obtenir en échange de s'installer en permanence sur quelque domaine, et chaque fois qu'ils en parlèrent, comme d'une chose à faire ou d'aisément réalisable, l'un ou l'autre des assistants les regarda avec un intérêt redoublé.

A peine avaient-ils quitté la petite ferme d'Ingvald qu'ils tombèrent sur Ofeig. Celui-ci leur proposa de s'établir dans le presbytère de l'église et ils s'y installèrent avec lui. Ofeig n'avait plus rien à manger tandis que Mar et Einar n'avaient plus qu'une bouchée pour chacun, et cette nuit-là ils se mirent à bavarder derechef, comme toujours, de Vigdis. Le lendemain matin, tous trois s'éloignèrent dans des directions différentes et, deux jours plus tard, ils étaient de retour avec une douzaine d'hommes. Ces hommes traînèrent toute la journée aux abords du presbytère et vers le soir la troupe se dirigea vers la terre de Gunnar.

« Tous les morceaux du ragoût ne sont pas du mouton », dit le proverbe groenlandais, et il en allait de même pour les hommes de la troupe d'Ofeig. Certains vont se joindre à n'importe quelle entreprise par simple curiosité, d'autres ont des raisons encore plus vagues : ils suivent le moindre mouvement, ne fût-ce, peut-être, que parce que le mouvement est une distraction au cœur de l'hiver. Quelques hommes, tel Bengt, l'oncle des Marsson, avaient entendu parler des monceaux de provisions de Vigdis et brûlaient de les voir, rien que pour vérifier la vérité de l'histoire. Mar et Einar songeaient à en voler une partie. D'autres aussi peut-être, car plusieurs de ces gens avaient des familles et des domestiques. Un ou deux nourrissaient de récents griefs contre Vigdis ou une inimitié plus ancienne remontant à l'époque d'Erlend et de ses fils.

Quels que fussent leurs sentiments en quittant la maison du prêtre, nul doute que la course rapide dans la neige obscure et glacée aiguisa merveilleusement leur appétit, un appétit qui n'avait pas été comblé de deux hivers, non plus que l'été précédent. Ils arrivèrent dans le domaine comme des hommes arrivent à un banquet ou des ours sur leur première proie du printemps. Les bâtiments de la ferme se dressaient devant eux au clair de la lune, aussi soigneusement recouverts de tourbe que du temps d'Asgeir Gunnarsson ou de son père, car Vigdis aimait que les choses fussent bien entretenues. Le magasin s'élevait près de la maison, et l'étable derrière, et les enclos à moutons ouverts au sud. Un autre groupe de bâtisses, qui comprenait une forge et une étuve, se trouvait au bord du chemin de l'église, à quelque distance devant la demeure, et la troupe s'y arrêta pour guetter l'aboiement des chiens. Mais pas un ne s'entendit, car les chiens se trouvaient dans les chambres auprès de l'étable avec les vachers et le vent soufflait en direction des intrus. Tout était silencieux. Einar et Mar se dirigèrent vers le magasin dont ils forcèrent la porte.

L'odeur de viande et de petit-lait jaillit par la porte

comme une explosion brûlante et enflamma Einar, en sorte qu'il pénétra en titubant dans la réserve et se mit à saisir tout ce qui lui tombait sous la main dans l'obscurité : saucisses et quartiers de viande séchée ou fumée, meules de fromage suspendues par des lanières, mottes de beurre entassées contre le mur. Einar poussait de tels gémissements de plaisir devant cette abondance de provisions que Mar et un autre l'écartèrent dans l'obscurité et le piétinèrent dans leur impatience d'entrer. La porte était basse et étroite, comme celle de tous les magasins, et les hommes s'agglutinèrent autour en s'emplissant les poumons de ces riches odeurs.

Nul n'ignore que, lorsque des gens viennent de loin à un banquet, la maîtresse de maison et ses servantes doivent les servir aussi vite que les bienséances le permettent, car plus ils attendent plus ils deviennent querelleurs, et plus ils se morfondent devant les bols et les tranchoirs présentés à leurs voisins plus ils se sentent lésés devant la taille de leurs propres portions. Or il advint que dans sa chute Einar obstrua la porte du magasin et, dans l'obscurité, les autres ne savaient comment l'écarter du chemin ou le contourner, mais ils entendaient Mar et l'autre homme arracher des provisions des crochets et des étagères et, en vérité, ils entendaient aussi les bruits de mâchoires et de sourds grognements de plaisir, car il en va des hommes comme des chiens : ventre affamé a fine oreille. Les hommes à l'entrée commencèrent à s'invectiver et à se bousculer, et à s'exaspérer que les autres aient plus à manger et à emporter qu'eux. Alors Ofeig s'écria :

— Ça suffit. Il y en a plein la maison !

Et il courut dans la neige jusqu'à la porte de la demeure, qu'il abattit d'un violent coup d'épaule.

A ce bruit, un chien se mit à aboyer et d'autres l'imitèrent bientôt, tandis que les intrus se précipitaient du magasin à la maison. A l'intérieur, Vigdis se dressa dans son lit clos en tendant devant elle sa lampe à huile de phoque, et on l'entendit dire :

— Je vois que Satan et ses créatures viennent enfin à ma rencontre.

Deux vieux serviteurs accoururent d'un autre bâtiment en brandissant un gourdin et Ofeig en reçut un coup qui glissa sur son épaule. Furieux, il se retourna et abattit son énorme poing sur le cou du vieillard, qui s'effondra sur le sol. Peut-être les assaillants n'entendaient-ils molester personne, et se contenter de prendre de la nourriture et de s'en aller, mais après ce coup, les violences s'enchaînèrent naturellement, inéluctablement. D'autres serviteurs arrivèrent en courant de l'étable, tous des vieillards et tous armés de gourdins eux aussi, qui poussaient de grands cris, et les chiens les suivaient, aboyant et hurlant à pleins poumons, en sorte qu'il y eut une grande confusion.

Un homme appelé Thorvald, ami de Bengt, qui avait pris une fois la place de Vigdis à l'église et s'était fait tancer d'humiliante façon, arracha la femme de son lit clos, et elle roula sur le sol en criant et jurant. Elle dormait nue, enveloppée de fourrures, et la vue de sa chair nue stupéfia Thorvald, Bengt et tous les gens présents tant elle luisait de graisse. Plus d'un homme s'exaspéra du contraste de cette chair avec celle de l'épouse qu'il venait de quitter ou avec le cadavre décharné de l'enfant qu'il venait d'enterrer, en sorte qu'ils n'hésitèrent point à donner un coup de pied à la vieille, à souffleter ses joues rebondies ou à pincer ses seins ballants jusqu'à ce que des cercles rouges lui mouchettent la peau comme des brûlures.

– Seigneur ! hurla Vigdis. Ils me mordent, ils me mordent jusqu'aux os. Leur mal me dévore !

Et elle piaulait de douleur même lorsque personne ne la touchait. Pour la faire taire, Ofeig lui lança un violent coup de pied dans la mâchoire, et après cela on ne distingua plus ce qu'elle disait, mais les cris ne cessèrent pas, poussant les hommes à des extrémités auxquelles ils n'avaient jamais songé ; et les quartiers de bœuf et de renne qui pendaient aux murs devinrent des armes entre leurs mains. Mar Marsson renversa un petit plat de miel qui se répandit sur la table, alors il empoigna le plat de stéatite et l'abattit sur la tête d'un des serviteurs de

Vigdis, en sorte que son crâne se rompit, éclaboussant la pièce de sang et de cervelle.

Ofeig et un autre homme tirèrent Vigdis de sous la table où elle avait roulé, et la rouèrent de coups de pied et de poing jusqu'à ce qu'elle se tût. L'autre homme s'arrêta alors, mais Ofeig, avisant sur la table le couteau de Vigdis en forme de croissant de lune, s'en saisit en disant :

— Etripons cette vieille ourse pour voir de quels enfants chrétiens elle se repaissait.

Et il la fendit de la gorge au ventre, lui ouvrant l'estomac comme un chasseur éventre un renne, et les assistants virent que ses yeux luisaient de plaisir et n'étaient plus vides et morts comme d'habitude. On ne sait pas dans toute cette mêlée quand exactement Vigdis rendit le dernier soupir, lorsque Ofeig la roua de coups ou seulement quand il l'étripa, car les gaz en s'échappant du cadavre font des bruits qui sont ceux de la mort et non de la vie.

Maintenant que Vigdis et deux de ses serviteurs étaient morts et les autres maîtrisés, la bande d'Ofeig succomba à une grande frénésie de mangeaille qui se prolongea jusqu'à l'aube. Alors, avec force hoquets, ils s'affalèrent dans la maison pour dormir. Quand ils s'éveillèrent dans la lumière de l'après-midi, ce fut pour découvrir une scène tellement effroyable qu'ils ne la reconnurent ni ne s'en souvinrent, et les événements de la nuit précédente ne leur revinrent que par bribes, tout au plus, comme des lambeaux de rêves ou de contes anciens. Einar Marsson sortit vomir dans la cour, pour trouver Jon Andres Erlendsson et un groupe d'une trentaine d'hommes qui encerclaient la demeure, et ils étaient armés de pied en cap. Alors Ofeig sortit à son tour et à la vue des assiégeants il dit :

— On aurait mieux fait de tuer tous les domestiques, pas de doute là-dessus.

Ofeig rentra dans la maison, mais Einar, étourdi d'avoir essayé de vomir, resta à regarder la troupe de vengeurs jusqu'à ce que Jon Andres levât la main. A ce signe, un homme appelé Axel Josteinsson, qui portait une arbalète, lâcha son carreau qui se logea dans la poitrine d'Einar ; celui-ci s'effondra dans la neige en râlant. Les hommes à l'intérieur de la maison étaient sans armes tandis que l'arroi de Jon Andres arborait tout l'arsenal que les Groenlandais pouvaient rassembler en ce temps-là, pour l'essentiel des haches, des bâtons, des arcs et des flèches, dont trois vieilles arbalètes de l'époque du roi Sverri, mais pas la moindre arme noble telle qu'en portaient jadis les hommes, à savoir des épées. Jon Andres cria aux hommes enfermés dans la maison de faire sortir Ofeig pour qu'il reçût son châtiment, mais pour toute réponse la porte s'ouvrit et le cadavre du serviteur de Vigdis, Karl, fut jeté dehors dans la neige.

L'intérieur de la demeure était un grand désarroi de sang, de graisse et de vomissures, et certains des assiégés croyaient qu'ils mourraient certainement étouffés par la puanteur, et ils voyaient à la lumière de cette claire journée que c'était la pestilence de l'Enfer qui s'ouvrait devant eux. Certains se mirent à prier, d'autres à geindre, et peu importait à Ofeig, mais si l'un s'approchait de la porte, Ofeig lui empoignait les bras et les lui rompait ou le jetait au fond de la pièce comme un quartier de baleine, car Ofeig semblait puiser des forces dans sa débauche, et même une vie nouvelle. Il regardait autour de lui avec une lueur de satisfaction sur le visage. A un moment, il ramassa le cadavre de Vigdis et le fit rouler dans le lit clos, et désormais il menaça ceux qui lui déplaisaient de « l'étreinte de la vieille ourse ». Et il en alla quelque temps de la sorte sinon que les hommes étaient de plus en plus tourmentés par leurs entrailles, en raison des riches viandes dont ils s'étaient gorgés durant la nuit, et ils furent contraints de se soulager dans la maison puisqu'ils ne pouvaient se rendre dans les cabinets à l'extérieur ni même dans les autres pièces de la demeure. Ofeig savait qu'il y avait d'autres issues, plus qu'il ne lui était loisible d'en garder. Mais seul Ofeig était épargné par ces douleurs et, tout en continuant de se rassasier, il se moquait bruyamment des gémissements des autres.

Dehors, le jour tirait en longueur et Jon Andres commençait à s'impatienter. Quelques-uns des assiégeants parlèrent de bouter le feu à la maison, mais la tourbe avait été remplacée l'été dernier et la neige la recouvrait presque entièrement. La demeure elle-même était bâtie en pierre plus qu'en bois, et les pierres étroitement scellées n'offraient aucun interstice aux flèches incendiaires. Sans doute un homme pourrait-il courir jusqu'à la porte pour jeter à l'intérieur une torche trempée dans de l'huile de phoque, mais Ofeig l'éteindrait à temps. Il semblait donc que la seule ressource était d'attendre qu'Ofeig sortît, mais Jon Andres en était si courroucé qu'il avait peine à se contenir et faisait furieusement les cent pas devant ses hommes. Son unique consolation était que le clair de lune sur la neige empêcherait toute fuite si ses hommes se montraient assez vigilants. La nuit tombait ; dix hommes allèrent dormir dans l'étable, où les vaches, les dernières vaches de Vatna Hverfi, mugissaient dans l'obscurité paisible.

Dans la demeure, la nuit tombait aussi et les hommes luttèrent contre le sommeil dans l'espoir de s'enfuir quand Ofeig s'assoupirait, car, en effet, Ofeig avait découvert quelque vieil hydromel au fond d'une armoire profonde et s'en abreuvait à l'envi. Bien qu'il l'avalât à grandes lampées, celui-ci n'avait d'autre effet que de l'égayer davantage, en sorte qu'il se mit à arpenter la pièce en lançant des brocards à ses camarades. Il lui arriva même de soulever un banc massif qui était posé contre le mur et de le briser sur sa cuisse. Un tel sortilège semblait s'être emparé de lui qu'il était plus fort que cinq hommes, voire que dix.

Et voici ce que certains prêtres disent de Satan, qu'il est une grande gueule qui engloutit toutes sortes de bêtes et d'hommes et les entraîne ainsi jusqu'au fond de l'Enfer, où il les chie, et tel fut le grand péché des Groenlandais que, face à l'épreuve de leur foi envoyée par Dieu, certains d'entre eux firent leur seigneur d'un diable comme Ofeig et le suivirent dans cette demeure démoniaque, tandis qu'Ofeig, comme son maître, veillait à la porte pour empêcher ses féaux de s'enfuir. Et telles les âmes en Enfer, ces Groenlandais gémissaient sous les tourments de leurs entrailles, se souillaient et répugnaient à leurs semblables, de sorte que pas même deux d'entre eux ne purent conclure un pacte pour renverser leur chef, tant ils étaient enfoncés dans la peur.

Dehors, la nuit s'éclaira et ceux qui dormaient dans la chaleur sereine de l'étable s'éveillèrent et sortirent dans l'aube. Jon Andres les invita à se servir de provisions dans le magasin, et ils le firent avec modération, car un grand appétit est un piège pour les affamés qui n'y trouvent que géhenne. Après que les hommes se furent restaurés, ils se promenèrent dans la cour de la ferme et ils entendirent des cris assourdis à l'intérieur, car les hommes peuvent quelquefois entendre les hurlements assourdis des démons emprisonnés dans les pierres. Jon Andres dit :

— Ils vont sortir avant peu pour recevoir leur châtiment.

Et il eut un sourire menaçant et furieux, car son ire n'avait aucunement diminué depuis la veille. Le soleil se leva sur les prairies neigeuses et les lacs gelés de Vatna Hverfi.

Vers midi, la porte de la maison s'ouvrit et les hommes commencèrent à sortir, honteux et titubants. D'aucuns churent dans la neige et s'y roulèrent, tandis que d'autres gisaient là, comme privés de sens. Ofeig n'était pas de leur nombre, et lorsque tous furent dehors, Jon Andres et trois de ses partisans se ruèrent à l'intérieur, mais en vérité Ofeig resta introuvable dans toutes les pièces, et la neige avait tellement été foulée par les allées et venues des hommes de Jon Andres que nulles traces n'indiquaient la direction de sa fuite, si tant est, murmurèrent certains, qu'il n'eût point disparu dans les profondeurs de la terre, car il est bien connu que Satan ne peut parfois attendre les âmes qu'il convoite tout particulièrement et les arrache en pleine vie.

L'AMOUR

Un jour, à la fin de l'hiver, Thorkel Gellison et deux de ses serviteurs se rendirent à skis au Hvalseyfjord, et à la brune ils frappèrent à la porte de la ferme de Lavrans, mais sans réponse. Thorkel et un des serviteurs allèrent à la bergerie et virent que les moutons étaient en piteux état, non seulement maigres et faibles et, pour quelques-uns, morts dans un coin, mais ils erraient en liberté autour de la bergerie et de la demeure, au risque, pris de panique ou d'une de ces étranges lubies qui saisissent les moutons, d'aller se noyer dans le fjord ou de s'égarer dans les collines sauvages dominant le Hvalseyfjord. Thorkel se dit que Gunnar et Birgitta avaient dû abandonner le domaine et il s'apprêtait à partir demander des nouvelles à des voisins lorsqu'un des serviteurs s'adossa à la porte, qui s'ouvrit d'un coup. L'intérieur de la maison était d'un froid pénétrant et Thorkel hésita sur le seuil, mais il entendit alors un faible gémissement et il entra.

Tous les gens de la terre de Lavrans, hormis Finn, gisaient dans leur lit clos : Helga, Kollgrim et deux des servantes dans l'alcôve la plus proche de la porte, et c'était Helga qu'il avait entendue geindre. Tous quatre étaient capables d'ouvrir les yeux et de parler. Kollgrim dit à voix basse :

— Finn est revenu.

Dans le fond de la pièce, Gunnar gisait sur le ventre sous sa peau d'ours, endormi ou évanoui. A côté de lui, enfouie dans la paille, se trouvait Birgitta. Thorkel se dit qu'elle était certainement morte. Dans un autre lit clos reposaient le berger et son garçon, et lorsque Thorkel s'approcha d'eux, le garçon se mit sur son séant et demanda à manger. Dans l'alcôve la plus éloignée de la porte, Olaf Finnbogason gisait mort de faim, tout décharné. Thorkel ne dit rien d'Olaf pour le moment et retourna vers le petit berger qui jetait des coups d'œil autour de son lit clos.

— Tu sais, dit Thorkel, j'ai du fromage et de la viande séchée, et Johannes va t'en couper quelques morceaux.

Et à ces mots, le berger se dressa à son tour. L'autre domestique de la terre de Hestur entreprit d'allumer un feu et quelques lampes.

Lorsque le feu commença à flamber dans l'âtre, le serviteur trouva une marmite et confectionna du brouet avec la viande séchée, car le brouet est le meilleur aliment pour les gens qui ont failli mourir de faim, n'étant pas trop riche pour le ventre. L'odeur de la soupe réveilla tout le monde, hormis Gunnar et Birgitta et, naturellement, Olaf. L'histoire que racontèrent Kollgrim et le berger ressemblait à ce qui se passait partout en Terre Verte : la nourriture avait manqué, Finn était parti piéger des perdrix ou trouver autre chose et n'avait pas encore reparu. Il était absent depuis quatre jours, peut-être cinq ou six, mais il n'était pas très fort non plus et avait probablement péri. Il y a deux jours, tout le monde s'était couché, car entretenir le feu excédait leurs forces, et si Thorkel n'était pas venu, la terre de Lavrans n'aurait pas tardé à devenir leur tombe. Thorkel laissa chacun manger et bavarder en paix pendant quelques instants avant de s'approcher derechef du lit clos de Gunnar, car il en avait quelque crainte, et il lui apparut au moment de découvrir la mort de Gunnar que son cousin était pour lui un grand ami et allié depuis maintes années, et Asgeir avant lui, quand Thorkel n'était qu'un jeune homme. Et il lui sembla que chaque ami enterré en temps de famine ou de maladie ouvrait une blessure nouvelle et cuisante.

Mais il se trouva que Gunnar put se réveiller, bien qu'avec difficulté, et Thorkel parvint à lui glisser un peu de chaudeau entre les lèvres. Qui plus est, le cadavre de

Birgitta n'était point cadavre, mais tiède et vivant, à peine vivant néanmoins. Ses yeux clignotèrent et ses lèvres remuèrent quand Thorkel la sortit de sous la paille et elle aussi parvint à avaler quelque brouet. Et voilà comment la plupart des gens de la terre de Lavrans furent sauvés vers la fin de la grande disette grâce à la bonne fortune de Thorkel Gellison, bien que Finn Thormodsson ne revînt jamais et oncques ne fût retrouvé ; et tant lui qu'Olaf furent une grande perte pour la maisonnée. Olaf fut enterré dans le petit cimetière de l'église Sainte-Birgitta.

Le troisième jour, Gunnar put se mettre sur son séant et entendre les nouvelles de Vatna Hverfi, et Thorkel lui fit part des deux grands événements : le meurtre de la terre de Gunnar et la mort de Sira Audun entre Petursvik et Herjolfsnes. Thorkel était extrêmement amer à propos d'Ofeig et se demandait ouvertement comment un tel démon avait bien pu entrer dans sa famille. Il dit que sa femme Jona et lui avaient eu des mots sur l'extraction de cet enfant, de sorte que les relations s'étaient aigries entre eux. Il était allé voir Jon Andres Erlendsson pour lui demander de fixer lui-même la compensation, et Jon Andres n'avait point exigé la terre de Hestur, comme la loi le lui permettait, pour réclamer simplement la promesse d'une paire de bons chevaux de son propre choix, non, dit-il, qu'il tînt la mort de Vigdis pour une petite affaire, mais il entendait extorquer son paiement d'Ofeig lui-même, car il ne partageait point l'opinion commune qu'Ofeig avait été ravi par son maître infernal et était convaincu qu'il reparaîtrait bien assez tôt.

Outre cela, Jon Andres avait résolu de renoncer à la terre de Gunnar et de déclarer le domaine légalement abandonné, car il lui semblait poursuivi par l'adversité. Il dit à Thorkel qu'il doutait que quiconque y vivrait désormais, ou même en cultiverait les champs, par crainte de l'esprit de Vigdis. On racontait, cependant, que Bjorn Bollason, le récitateur de la loi, n'avait pas d'aversion pour les éventuels esprits et qu'avec son garant Hoskuld il s'apprêtait à reprendre le domaine. A cette nouvelle, Gunnar n'objecta rien.

Quant à Sira Audun, il avait vécu d'air pendant quatre semaines, et juste avant de quitter Petursvik sur ses skis, il avait refusé du brouet qu'une des femmes de l'endroit avait préparé pour lui, en disant qu'il avait ses propres vivres. Mais on ne trouva aucune nourriture auprès de son cadavre et ses muscles avaient tellement fondu qu'on ne voyait plus que ses genoux et ses coudes. Pourtant, il était mort en souriant et les yeux si bien ouverts qu'on n'avait pu les refermer.

Comment se faisait-il, demanda alors Gunnar, que Thorkel ait eu des provisions à leur apporter, les conditions étaient-elles tellement meilleures à Vatna Hverfi que les gens de la terre de Lavrans pussent compter revoir Johanna Gunnarsdottir ? Car ils avaient renoncé à cet espoir comme aux autres. Thorkel répondit que la situation n'avait pas été favorable du tout jusqu'à ce qu'on ouvrît les magasins de la terre de Gunnar, pour découvrir que Vigdis thésaurisait des vivres depuis dix étés ou davantage, depuis si longtemps, en vérité, que certaines denrées étaient réduites en poussière. Mais le reste avait été distribué à toutes les fermes avoisinantes, de sorte qu'avec leurs propres provisions les gens de Vatna Hverfi atteindraient Pâques sans encombre.

Et le lendemain, Birgitta s'éveilla et se mit sur son séant ; on lui fit part des nouvelles, qu'elle écouta attentivement, puis elle dit :

— Il y a toujours un tour à jouer aux Groenlandais.

Alors la famine prit fin, car deux baleines s'échouèrent, l'une au Kambsteadfjord et l'autre au Siglufjord, et après cela la neige fondit, l'herbe reverdit et la glace se rompit et fut chassée vers le large par les vents. Et un jour, à la fin du printemps, les gens trouvèrent en se levant d'immenses troupeaux de rennes qui parcouraient leurs terres, des rennes si nombreux que jamais les Groenlandais n'en avaient autant vu, comme dans les histoires qu'on racontait des Etablissements de l'Ouest. Sira Pall Hallvardsson pria à genoux dans la cathédrale Saint-Nikolaus pendant trois jours sans dormir, pour remercier le Seigneur de Sa munificence.

Sira Pall Hallvardsson fut très abattu par la mort de

Sira Audun, plus abattu qu'il ne seyait, lui semblait-il, car le chagrin qu'il éprouvait attestait plus son estime pour lui-même que pour l'âme de Sira Audun. Chaque jour, un grand désir le prenait d'entrer dans la chambre de Sira Audun, une envie qu'il avait éprouvée jadis pour d'autres actions coupables, telle qu'il l'avait éprouvée, en fait, en présence de Gunnhild Gunnarsdottir. On ne pouvait dire, pourtant, que les deux prêtres fussent devenus intimes. Ils n'avaient jamais parlé avec autant de franchise que Pall Hallvardsson et Jon, et Sira Audun avait conservé ses habitudes de brusque impatience. Il lui arrivait ainsi d'entrouvrir imperceptiblement la porte de sa chambre pour risquer un coup d'œil quand quelqu'un y frappait. S'il invitait parfois Pall Hallvardsson à entrer, il le laissait tout aussi souvent dans le couloir. C'était, disait-il, qu'il travaillait à ses écrits. Peut-être était-ce vrai, après tout, mais Pall Hallvardsson ignorait tout de ces occupations. Sans doute admirait-il, pour autant qu'il le pût, les strophes et les prières qui en sortaient. Il y trouvait la même impatience brusque, dissimulée cette fois sous l'« ironia » caractéristique des Groenlandais. Ce que Sira Pall Hallvardsson connaissait et se rappelait de Sira Audun, même après tant d'années, n'expliquait nullement la désolation où l'avait plongé la disparition de l'autre prêtre, et Sira Pall Hallvardsson redoutait la violence de son chagrin. Nul n'ignorait que semblables afflictions pouvaient mener à la folie.

Eindridi Andresson, le neveu de Sira Audun, voulait avoir pour lui la cellule du prêtre mort, et ses arguments n'étaient point dépourvus de persuasion. Nous ne devrions pas nous dérober aux voies du Seigneur, disait-il, et Pall Hallvardsson savait que, lorsque Eindridi le regardait, il comprenait que lui, Pall Hallvardsson, se dérobait, et en avait moins d'estime pour lui. Pour sa part, Pall Hallvardsson trouvait qu'Eindridi était un de ces hommes du Sud, endurcis et concrets, que leur vie difficile a dépouillés de toute douceur. En adoptant leur nouvelle existence à Gardar, par exemple, Eindridi et Andres, son fils, étaient devenus aussi distants qu'eussent pu l'être n'importe quels étudiants venant de se rencontrer, et ils avaient maintenu cette distance depuis leur arrivée, un an auparavant. Il valait mieux, disait Eindridi, que le garçon renonçât à son père terrestre pour mieux accueillir son Père des Cieux dans son cœur et Le rejoindre avec plus d'impatience le moment venu. En Terre Verte, disait Eindridi, ce moment arrive vite, et peut-être plus vite encore. Les premiers jours, quand le garçon venait trouver son père pour se plaindre ou gémir, Eindridi l'accueillait fraîchement et l'envoyait prier, sans poser sur lui une main consolatrice ni lui dire un mot aimable. Maintenant, le garçon de neuf hivers était aussi froid que son père et aussi disposé à inviter les autres à prier.

Dans leurs études, ils se montraient intelligents et appliqués, comme il seyait à des parents de Sira Audun, et Andres était particulièrement vif, mais tous deux préféraient ne jamais poser de questions, quitte à se sentir vergogneux d'être pris à se tromper. Il revint à Pall Hallvardsson de les enseigner de son mieux, mais il y voyait une tâche particulièrement déplaisante, à laquelle il se dérobait aussi, bien qu'Eindridi le remarquât. En bref, il n'y avait nulle satisfaction à espérer de ces deux-là et, comme une sorte de raillerie diabolique, Eindridi ressemblait passablement à Sira Audun par moments, surtout dans ses aspects les plus déplaisants.

Il faut dire que Gardar avait bien perdu de son aménité de naguère, car la faim y avait frappé avec autant de rigueur que dans toute la Terre Verte, et Olaf était mort, et Petur l'Intendant et tous ceux pour qui Sira Pall Hallvardsson éprouvait quelque affinité. En outre, disait-on, il ne savait pas ordonner les choses afin que les gens sussent exécuter leurs tâches au mieux de leurs talents, et il devait convenir que c'était vrai. Face à cette difficulté, il n'avait d'autre recours que la prière, mais jusqu'alors le Seigneur ne lui avait imparti nulle lumière nouvelle, et les efforts de la cuisinière restaient toujours aussi désastreux, en sorte que les serviteurs faisaient d'amères observations devant lui sur les médiocres récompenses de leurs durs travaux.

Sira Pall Hallvardsson ne savait trop si l'autre prêtre

était toujours fou. Il lui semblait parfois que Sira Jon avait troqué ses habitudes revêches contre une humeur affable. Sans doute n'en faisait-il qu'à sa tête depuis huit ans, seul dans la plus petite cellule qu'il eût pu trouver, même s'il lui arrivait d'en réclamer une plus étroite encore. La porte de sa chambre n'était point verrouillée et s'ouvrait à l'occasion, sans que le prêtre y prêtât attention. Il avait renoncé à tout commerce avec les Groenlandais, se déchargeant ainsi de toute rancœur, à moins qu'il ne les eût entièrement oubliés. Il passait ses journées à dialoguer avec le Seigneur, ou avec lui-même, ou, parfois, avec Sira Pall Hallvardsson. Celui-ci avait entendu parler d'ermites qui partaient dans les déserts faire la même chose, et d'anachorètes qu'on murait dans d'étroites cellules guère différentes de celle de Sira Jon. Semblables pratiques n'étaient plus autant en usage qu'auparavant. Sira Pall Hallvardsson savait que certains penseurs s'y opposaient, soutenant qu'œuvrer dans le monde passait pour la meilleure voie, mais toute bride ne sied pas à tout cheval, diraient les Groenlandais.

Sira Jon avait fort bien survécu à la faim, si tant est qu'il l'eût remarquée le moins du monde. La dure vie qu'il menait l'usait fort, pourtant, et il était très courbé par le mal des jointures. Quand il fermait la main, les doigts ne se joignaient pas suffisamment pour saisir une cuillère, et la douleur l'empêchait de rien lever de plus lourd qu'un morceau de fromage. Sira Pall Hallvardsson nourrissait lui-même l'autre prêtre et veillait à ce qu'il reçût sa part de ce qu'il pouvait y avoir à manger, bien qu'il n'y touchât point toujours. La cuisinière venait du district de Brattahlid ; elle n'avait jamais vu Sira Jon ni parlé avec lui, et savait seulement qu'on l'appelait « le fol ». Nonobstant, Sira Jon était la seule personne de l'évêché qui ne se plaignît point de sa cuisine. Lorsque Sira Pall Hallvardsson lui portait son tranchoir, comme maintenant, il savait que celui-ci serait accueilli avec une indifférence immuable.

Sira Jon était pelotonné contre le mur. Au bruit du plateau sur le sol, il tendit son doigt à baiser sans se tourner vers Sira Pall Hallvardsson ni le regarder. Sira

Pall Hallvardsson s'agenouilla à grand-peine et baisa le doigt, puis, assis sur ses talons, il attendit que l'autre parlât. Sira Jon était si tordu et maigre, et si diaphane de peau et de cheveux qu'à sa vue les Groenlandais le prendraient certainement pour un autre homme que celui dont ils avaient gardé le souvenir. Puis ils reconnaîtraient les airs hautains passant sur son visage pour retrouver finalement le neveu de l'évêque avec la même certitude inéluctable que Sira Pall Hallvardsson, orphelin et rejeton de marchands flamands.

Au bout de quelques instants, Sira Jon dit :

— Quels mensonges racontent-ils ?

Sira Pall attendit. Il savait que le prêtre ne comptait pas encore qu'il répondît.

Sira Jon lança un regard furtif sur le tranchoir et dit :

— Tout cela à cause de ce lourdaud. Peut-être est-il mort maintenant, peut-être qu'ils le sont tous. Ils recueillent les bêtes dans leurs maisons et les considèrent avec la tendresse que d'autres gens réservent à leurs enfants, mais c'est parce qu'ils sont eux-mêmes à demi-bêtes.

Sira Pall Hallvardsson continua de se taire. D'abord, il ne savait trop à quoi Sira Jon faisait allusion, si tant est qu'il s'agissait de quelque chose dont ils avaient tous deux connaissance. Il désirait en outre laisser passer les références habituelles aux bêtes et aux animaux que le vieux prêtre débitait à la vue de sa viande. Il avait été exercé à manger un peu, avec calme, par des années de gavage forcé, et à couvrir sa nudité tant on l'avait lavé et vêtu de force, en sorte qu'il se montrait maintenant docile à cet égard, non sans quelque dédain.

— En vérité, cette éternelle chair qu'il nous faut mâchonner et déglutir péniblement, sans pain ni vin, remplit l'homme par la bouche d'une nature bestiale. Et que m'as-tu porté l'autre jour qui avait à la fois goût de pourri et de sel ? Qu'était-ce ?

— Sira Jon, vous savez que c'était de la viande de baleine et que les hommes étaient heureux de l'avoir.

— Du poisson, disent-ils, à cause du jeûne, mais ça ne ressemble à aucun poisson qui jamais nageât, et quelle chair rouge, aussi rouge que la viande d'un vieux taureau ! Ne rêves-tu point d'un chou ? Je crois que, si je pouvais tâter d'un morceau de chou, je serais entièrement rétabli. Un morceau de chou et une miche de pain pour rompre mes trente ans de jeûne. Est-ce bien trente ans ?

— Trente et un, d'après mes calculs. Vous semblez pensif aujourd'hui. Nous ne parlons pas souvent de ces choses.

— Peut-être suis-je sur le point de mourir. Il m'apparaît souvent que lorsque je me retrouve d'une humeur facile, c'est un signe que je vais bientôt mourir. Mais chaque fois je suis déçu. C'est un péché que d'offrir du lait mouillé et des algues pour l'Eucharistie.

— Le Seigneur voit à quoi nous en sommes réduits.

— Il est vrai que tu as toujours été sûr de ce que voit le Seigneur. Sais-tu que c'est en Terre Verte que j'ai connu le jour le plus heureux de ma vie ? Je me doutais que tu serais surpris de l'apprendre, mais je médite souvent là-dessus. Non sur ce qu'ils m'ont dit, car c'était une ruse et un tour qu'ils avaient ourdis pour favoriser leurs propres desseins, mais sur la manière dont j'ai compris ce qu'ils disaient.

— Me raconterez-vous l'histoire de cette journée ?

— Je n'ai pas besoin de te raconter cette histoire, puisque tu te trouvais là toi-même et que tu étais de connivence avec eux.

— Alors dites-moi ce que j'en ignore.

— Peut-être le ferai-je.

Il jeta de nouveau un regard au plateau et l'attira à lui. Il contenait un petit bol de lait caillé et un petit bol de brouet particulièrement infect d'avoir été brûlé par la cuisinière. Il fit signe à Pall Hallvardsson de lui donner une cuillerée de brouet puis de lait caillé, et le brouet n'était pas si infect qu'il ne l'avalât point jusqu'à la dernière goutte. Quelque soin que prît Pall Hallvardsson, un peu de brouet se répandit dans la barbe de l'autre prêtre, mais le lait caillé tenait mieux à la cuillère. Lorsqu'il eut fini le peu qui lui était servi, il se détourna sans en réclamer davantage. Il dit :

— Tu sais que l'évêque était un grand voyageur dans sa jeunesse, toujours sur les routes, insoucieux d'une nuit à la belle étoile, tant il était assuré de la protection du Seigneur. Il se trouve que lorsque je quittai la maison de ma mère dans le district de Stavanger pour venir le retrouver, et je n'avais que quelque quatorze hivers, au bout d'un mois ou deux il m'envoya par la montagne porter un message au fjord voisin. Le chemin traversait d'épaisses forêts et je me perdis un moment, en sorte que je n'arrivai au domaine que je cherchais que bien après le crépuscule, mais il ne m'advint rien de fâcheux. Pourtant, au moment de retourner auprès de mon oncle le lendemain matin, je fus pris d'une telle peur que je ne voulus point partir sans escorte. Mon cheval serait rentré tout seul à l'écurie, mais ce n'était pas de me perdre que j'avais peur, j'avais peur, tout simplement, et la prochaine fois qu'on me donna une commission lointaine, je tombai évanoui. Mon oncle fut fort mécontent de moi, et de sa sœur qui s'était montrée trop faible avec moi. Il me corrigea et me dit que je lui serais de peu d'utilité si je ne pouvais même pas porter un message, et il me fit battre chaque fois que je défaillais devant une nouvelle commission, mais sans me résoudre à le quitter. Je restai ainsi auprès de lui depuis ce jour-là et il ne tarda pas à me laisser en paix, car n'est-il pas vrai que l'enfant finit toujours par avoir gain de cause, s'il est assez entêté ?

« Et il se trouva ainsi qu'à compter de ce temps-là, jusqu'à ce que nous arrivassions en Terre Verte et après, je ne m'éloignai jamais de mon oncle de plus de la distance séparant l'extrémité d'un champ de l'autre. S'il vous chargea, Petur et toi, d'aller d'église en église, c'était en partie parce qu'il savait que je ne pouvais tout simplement pas le faire. Mais alors ce vil manant, Olaf Finnbogason, fut rappelé d'où ils le cachaient dans le district de Vatna Hverfi et raconta son histoire mensongère selon laquelle il était fiancé à cette putain, et, sans sourciller, mon oncle nous envoya en vérifier le bien-fondé. Il vit bien, en vérité, de son regard clairvoyant, que j'étais terrifié, et tandis que tu partais faire préparer le bateau, il m'enjoignit de dominer ma terreur si je ne voulais point être banni à Herjolfsnes, et sa cruauté était la dureté et la sagesse du Seigneur qui sait ce qui est nécessaire. Je me rappelle notre départ et je m'assis derrière toi à la proue du bateau. Nous nagions à une telle cadence que la barque semblait voler sur l'eau de son propre chef, et nous parlâmes de ceci et de cela. Bien que ce fût l'automne, nous étions échauffés par l'exercice, et fort exaltés. Rien ne me faisait peur : ni les icebergs dans le fjord — souviens-toi comme nous les écartions de nos rames —, ni les rafales de vent qui recouvraient l'eau de crêtes écumeuses, ni même d'être séparé de mon oncle. Lorsque nous arrivâmes là-bas, nous sautâmes du bateau pour le haler sur la grève sans la moindre pause dans notre discussion. Ensuite cette vieille femme, qui était la concubine de Sira Nikolaus, nous souhaita la bienvenue et nous demanda ce que nous aimerions pour notre viande du soir. Puis nous traversâmes presque en courant les collines nous séparant de la terre de Gunnar, en devisant tout le long du chemin. Je n'avais jamais imaginé une telle sensation de liberté et de plaisir animal. Nul fil ne me ramenait vers Gardar. Peut-être ai-je pensé deux fois à mon oncle.

« Alors ils nous reçurent avec cette histoire, l'histoire de la Vierge et de l'Enfant qui marchaient sur l'herbe. Je vois maintenant que c'était un conte forgé de toutes pièces, afin de nous distraire de notre mission, mais cela semblait si simple et si merveilleux alors, que l'Enfant fût robuste et enjoué, et vêtu seulement d'une chemise blanche, et que la Mère eût tant de joie de Lui, et qu'ils rissent ensemble parmi les fleurs. Il me parut que tous mes doutes, à propos de quitter mon oncle, à propos des Groenlandais, quels que fussent ces doutes à l'époque, les doutes absurdes d'un jeune homme sur la nature des choses de ce monde, disons ; tous ces doutes reçurent leur réponse, et ce que cette fille disait avoir vu me pénétra l'âme d'une ineffaçable vision de joie, comme si je l'avais vu moi-même. Ensuite, lorsque je fus suffisamment transporté, leur affaire se régla à leur satisfaction et nous repartîmes, toujours presque en courant. Alloutis comme nous l'étions, nous dévorâmes la nourriture de l'église d'Undir Hofdi avec délice, puis nous poussâmes la barque dans l'eau, pour nous y jeter et regagner Gardar, dans l'obscurité ; l'évêque dormait déjà et lorsque je m'endormis à mon tour, presque instantanément, ce fut pour rêver et rêver encore des Deux qui musaient sur l'herbe. La cloche sonna les vêpres et je me rendis à la prière comme à la plus grande des joies, sans une ombre de lassitude, d'orgueil ou de sujétion. J'étais comme transformé en confiture et l'amour de Dieu montait de moi tel un parfum.

Il sourit.

— Voilà les choses auxquelles je pense ces temps-ci, bien que, comme toujours, ces pensées m'abandonneront, et d'autres viendront qui ne sont pas aussi agréables. Mon esprit est comme une chambre dont la porte bat librement au gré du vent, et d'innombrables visiteurs vont et viennent, demeurent et disparaissent à leur fantaisie.

En repartant vers d'autres tâches, Sira Pall Hallvardsson songea que Sira Jon devrait bientôt mourir, en cet état de paix, mais cette issue ne lui semblait en rien certaine. Lui-même n'avait jamais éprouvé plaisir semblable à celui que décrivait l'autre prêtre, mais il n'en ressentait nulle envie. Il voyait bien qu'il était fait pour ce monde. Jamais il ne s'était consolé avec des visions du Paradis ni effrayé avec des images de l'Enfer. Enfant déjà, au monastère, son attention vagabondait pendant ces catalogues et il n'avait jamais prononcé de sermon convaincant sur aucun autre monde que, celui qu'il foulait à l'instant. De telles pensées l'abattaient, car c'est le devoir des prêtres de faire réfléchir les hommes à leur sort éternel. Il trouva dans la grand-salle Bjorn Bollason, le récitateur de la loi, et une bonne part de sa maison qui attendaient là, et il vit qu'avec eux était venue la vieille femme Margret Asgeirsdottir.

Les gens qui vivaient à la Colline du Soleil avaient pris l'habitude de porter des amulettes autour du cou qui ressemblaient à de petits visages et étaient sculptées en os. Au revers était gravé O.G.N.S., qui signifiait « Olaf le Groenlandais préserve-nous ». L'épouse de Bjorn Bollason, Signy, et sa fille Sigrid en arboraient de très grosses, attachées autour du cou par des rubans savamment tressés. Sira Pall Hallvardsson les jugeait ostentatoires autant que contraires aux doctrines de l'Eglise, mais il n'en avait jamais rien dit, et ne dit rien non plus cette fois-ci. Bjorn Bollason vint à lui dès qu'il l'aperçut et s'enquit amicalement de sa santé, puis il fit avancer Signy et Sigrid qui s'agenouillèrent pour baiser son anneau, puis les garçons s'inclinèrent et lui parlèrent respectueusement. Le récitateur de la loi était déjà venu une fois à skis à Gardar avec quelques serviteurs depuis l'échouage des baleines, aussi Sira Pall Hallvardsson connaissait-il les nouvelles de l'endroit : les provisions commençaient à s'épuiser quand on avait découvert les baleines, en sorte que tout le monde, et jusqu'au vieil Hoskuld, jusqu'au moins considéré des domestiques, avait survécu à la famine. Mais personne n'était gras, cela Pall Hallvardsson pouvait le voir. Chacun avait exactement l'aspect qu'il ou elle devait avoir. Pall Hallvardsson étouffa ses soupçons et se dirigea vers le haut siège. Il n'aimait pas à s'asseoir dans le haut siège, sinon lorsqu'il devait, de quelque manière, traiter Bjorn Bollason.

Bjorn le suivit en disant :

— Vous voyez que nous avons avec nous votre vieille amie Margret Asgeirsdottir. Nous la tenons en très haute estime. Sigrid l'affectionne tout particulièrement. C'est une personne fort courtoise, et on a peine à croire qu'elle ait pu vivre en ces endroits où elle a vécu tant d'années. Vous voudrez certainement l'entretenir tantôt.

— J'espérais en avoir un jour l'occasion.

— Maintenant nous avons obtenu qu'elle demeure parmi nous, car c'est ainsi que nous la recevons, en commensale, bien qu'elle soit venue nous proposer ses services et que pas une journée ne se passe sans qu'elle ne mette la main à la cuisine ou au tissage. J'ai grand regret de la mort de Sira Isleif, car eux aussi étaient des amis et auraient pu deviser agréablement près de notre feu.

— Oui, je suis sur...

— Ce qui ne veut pas dire qu'elle bavarde sans cesse. Elle est bien trop courtoise pour cela, et ne parle qu'à bon escient. Sigrid la considère comme un modèle en toutes choses.

— Mais ce ne peut être l'affaire qui vous amène à Gardar avec tout votre arroi ?

— Sans doute, mais c'est en partie un voyage d'agrément, en partie un pèlerinage auprès des reliques que vous avez ici et en partie une visite d'affaires, et à ce propos laissez-moi vous dire d'emblée que, si vous prévoyez de donner ici un banquet d'action de grâces, ce serait pour nous — Hoskuld, Signy et moi-même — un grand bonheur que le banquet ait lieu à la Colline du Soleil plutôt qu'à Gardar, dans le champ au-dessus de notre chapelle de saint Olaf le Groenlandais. Car c'est à lui que nous attribuons le salut des Groenlandais.

Alors Sira Pall Hallvardsson éleva une petite prière pour avoir le courage de contredire Bjorn Bollason et dire la vérité sur « saint Olaf le Groenlandais », qu'on ne pouvait appeler saint avant que son cas ait été jugé à Rome et que maints miracles incontestés se soient produits de son fait. Outre que c'était grand péché de chevaucher la « sainteté » de ce malheureux enfant comme un cheval pouvant vous conduire à votre gré dans le monde. Mais tandis que sa colère montait, une égale pitié pour la chétive bataille de Bjorn Bollason contre les limites du monde où il vivait dilata la poitrine de Pall Hallvardsson et il regarda à l'autre bout de la pièce la fierté parée et hautaine de Signy et de sa fille, minuscule lampe vacillante projetant un rayon unique dans les ténèbres de l'océan occidental. Leurs robes nettes et leurs coiffures, que tant de femmes délaissaient maintenant, le firent se sentir aussi loin de l'Europe que jamais auparavant, plus loin peut-être qu'il n'était possible d'être écarté de l'Europe, à n'en juger que par la longueur du voyage. Et ainsi, une fois de plus, il ne dit mot. Il n'avait pas songé à fêter l'occasion, de toute façon. Le projet de Bjorn Bollason était aussi bon qu'un autre. Il haussa les épaules et acquiesça, et Bjorn Bollason sourit de plaisir. Pall Hallvardsson dit :

— Vous avez sûrement fait un voyage difficile, assez difficile du moins pour mériter quelque collation.

Il manda Andres Eindridason et l'envoya commander des rafraîchissements à la cuisinière, comme du lait caillé, quelque chose qui n'eût pas à aller sur le feu. Puis il confia à Bjorn Bollason que la cuisine était devenue si médiocre que les serviteurs se plaignaient à l'envi.

Après ce léger repas, les gens de la Colline du Soleil allèrent prier à la cathédrale, et s'ils n'entendirent pas une messe en règle, Eindridi Andresson eut le plaisir de leur faire réciter un Te Deum et autres répons d'action de grâces. Eindridi admira Bjorn Bollason et Bjorn Bollason fut enchanté d'Eindridi. Ces prières se poursuivirent longuement, car Signy était grand amateur d'oraisons, aussi ne fût-ce qu'au crépuscule, au moment du départ, que Sira Pall put entretenir Margret Asgeirsdottir. Il lui demanda s'il pouvait l'accompagner jusqu'à l'embarcadère de l'Eriksfjord pour lui parler en chemin, et c'est ce qu'ils firent, afin de ne point retarder Bjorn Bollason ni risquer que lui et tout son équipage ne passent la nuit à Gardar.

— Ainsi tu as trouvé une bonne maison, dit-il quand le groupe se fut étiré et qu'ils se retrouvèrent seuls.

— Il m'a semblé sur le coup que j'avais trouvé la seule maison de tout le Nord où il y eût un peu de nourriture en plus pour une bouche supplémentaire. Je souhaite ne jamais revoir les épreuves que subirent les gens de Dyrnes. Quand je m'embauchai dans ma place précédente, je convins de ne jamais arracher de nourriture de la bouche des enfants, mais à mesure que le Carême se prolongeait, je me mis à rêver que je pourrais les nourrir de ma propre chair. Un sort aussi heureux m'étant interdit, je dus les quitter. Malgré tout, les deux petits sont morts et leur mère, qui est Freya, l'épouse de Gudleif Finnleifsson, est très accablée, presque folle, dit-on. Et tant d'autres ont péri aussi, Finna Eyvindsdottir, et bien d'autres ! Personne à la Colline du Soleil, en revanche, quoique le brouet fût bien clair sur la fin. Il faut dire que Bjorn Bollason et Signy ont fait tout ce qui était de leur devoir, et peut-être tout ce qui était en leur pouvoir. Ils m'ont accueillie avec le sourire, alors que je n'apportais qu'une pièce d'étoffe.

— Il est vrai que ce sont des gens généreux, et ils n'attendent d'autre récompense que celles que les hommes peuvent donner à qui leur fait du bien.

— Une autre chose me semble vraie de Signy — car je connais mal Bjorn Bollason — et c'est que, quelle que soit la récompense qu'elle obtient, elle s'en satisfait pleinement et n'est pas jalouse de celle qu'elle ne reçoit point. Pourtant...

— Pourtant ?

— Ils font grand cas de moi et il est incommode de vivre avec eux. Ils aimeraient qu'on les prisât de même et croient que tel est donc le désir de chacun.

Ils marchèrent quelque temps en silence et Pall Hallvardsson avait peine à la suivre, car elle allait toujours à son allure souple et dansante, le dos droit. Le mal des jointures, voyait-il, l'avait épargnée. Elle dit :

— J'espère qu'on me pardonnera reproches aussi déraisonnables. Au vrai, quand je suis venue gratter à la porte en quête de condition, Signy me reçut elle-même et me supplia de m'asseoir sur le banc, et elle m'offrit des bas secs et ne me posa aucune question que je n'aie pris d'abord du repos.

— J'aurais aimé que tu viennes à Gardar.

— J'ai appris la mort d'Olaf et de Petur aussi. Olaf doit beaucoup te manquer, j'imagine.

— Je me vois comme un homme qui dévale un chemin et entend les pas de voleurs derrière lui. Il craint de se retourner ou de s'arrêter, et c'est seulement grâce au Seigneur qu'ils ne l'ont pas encore rattrapé.

Elle lui jeta un rapide coup d'œil. Son visage était blanc dans l'obscurité qui tombait. Il dit :

— Les gens de la terre de Lavrans se portent bien, quoique Birgitta l'ait échappé de peu, à en croire du moins Thorkel Gellison. Olaf est mort.

Margret acquiesça de la tête. Ils arrivèrent alors au sommet de la colline qui dominait l'Eriksfjord, et Pall Hallvardsson s'arrêta et tendit la main à Margret. En bas de la colline, les jeunes poussaient le bateau dans l'eau et, derrière eux, Sigrid appelait les retardataires et leur criait de se hâter. Margret dit :

— Je pense souvent à Olaf ces temps-ci. Ce fut un grand péché de nous être toujours servis d'Olaf comme d'un outil, en le négligeant quand il nous convenait de le faire. J'aimerais qu'il soit ici pour remplacer Petur et s'occuper des vaches de Gardar.

Elle commença à descendre la pente, puis elle se retourna pour lancer :

— Il y a une jolie vallée derrière la Colline du Soleil où abondent, disent-ils, les simples du Nord comme du Sud. J'en apporterai cet été pour les magasins de Gardar !

Elle fit un signe de la main et descendit la colline au trot. Bjorn Bollason l'aida lui-même à monter dans le bateau, avec ce sourire bien à lui. Pall Hallvardsson vit qu'il n'atteindrait pas le versant au-dessus de Gardar avant la nuit.

Il semblait à Margret que la Colline du Soleil serait sa dernière demeure et que son épreuve ultime était d'être observée et imitée sans répit par Sigrid, voire par Signy elle-même, qui avait pris l'habitude de jeter des coups d'œil à Margret quand elle travaillait, pour tendre la tête ou placer la main comme faisait Margret. Elle ne cessait d'enjoindre à Sigrid, par des coups de coude et des signes de tête en direction de Margret, de se tenir droite et fière. Cette attention la troublait pour toutes sortes de raisons. Margret se disait qu'aucun Groenlandais ne pouvait ignorer son adultère avec Skuli le Norvégien, mais en vérité Signy n'était qu'une enfant de quatorze hivers en ce temps-là et Bjorn Bollason n'en avait lui-même que neuf. Hoskuld aurait pu se trouver au Thing où Gunnar éluda le jugement de Kollbein Sigurdsson, mais pas même Hoskuld ne semblait se souvenir d'elle ou la reconnaître. Peut-être était-ce seulement qu'il était vieux et préférait ruminer ses propres querelles anciennes. Ou peut-être les gens ne se souciaient-ils plus de ces choses-là comme naguère. Bjorn Bollason et Signy, par exemple, avaient plusieurs amis, tant à Brattahlid qu'à Dyrnes, qui avaient quitté leur famille pendant une famine ou une autre pour vivre en concubinage avant le mariage. Et la plupart des gens, disait-on, étaient trop pauvres de toute façon pour se marier maintenant, trop pauvres pour faire venir le prêtre, trop pauvres pour donner un festin, trop pauvres pour apporter des présents au couple nuptial, trop pauvres pour abandonner les travaux de la ferme pour de tels plaisirs. Mais même s'il n'y avait point de mariages, il fallait bien des enfants. De tous les Groenlandais, c'étaient les enfants qui avaient souffert et disparu le plus durant la grande faim. Peut-être, songeait Margret pendant la brève traversée du fjord, peut-être que les gens ne s'en souciaient pas tant non plus autrefois. Peut-être que seuls Gunnar et elle y attachaient tellement d'importance.

Toujours, en gravissant la pente menant au domaine, les gens de la Colline du Soleil s'arrêtaient au sanctuaire de saint Olaf pour prier ou chercher le témoignage de quelque miracle, et Margret avait l'habitude de rester en arrière pour qu'on ne remarquât point son abstention. Cette fois, pourtant, Sigrid la remarqua malgré l'obscurité, et elle vint la prendre par la main en disant :

— N'aimes-tu pas saint Olaf pour son innocence ?

— C'était sûrement un bon petit garçon, très aimé de sa famille, mais je ne sais pas ce qu'il en est de sa sainteté.

— Mais mon père dit qu'il nous a sauvés de la faim et que nous avons eu beaucoup de chance d'habiter si près du sanctuaire.

— Je ne le contredirai pas si Sira Pall Hallvardsson s'en abstient.

Alors Sigrid se tut, mais elle ne lâcha pas la main de Margret jusqu'à ce qu'elles entrent dans la demeure. C'était une belle enfant, dont la chevelure sombre et les yeux bleu clair formaient un contraste surprenant ; on disait, en effet, que quelques Irlandais étaient venus en Terre Verte à bord d'un bateau islandais du temps du roi Sverri et avaient laissé leur marque sur le lignage de certaines familles de Dyrnes. Quoi qu'il en fût, tant Bjorn Bollason que Signy faisaient grand cas de leur fille, plus peut-être qu'aucun de leurs quatre fils, même si Bjorn les faisait volontiers venir ensemble pour leur demander de planter leurs pieds comme ci et redresser leurs épaules et regarder les gens dans les yeux et ainsi de suite. L'attention de ses parents n'avait pas gâté le tempérament de Sigrid, néanmoins, et elle avait cette contenance assurée de qui est content de soi mais sait que l'orgueil est un péché.

La principale tâche de Margret à la Colline du Soleil était de tisser le plus beau vadmal pour la dot de Sigrid, puisque la jeune fille avait maintenant environ seize hivers et pensait se marier d'ici quatre ou cinq hivers. Ce tissage était un plaisir pour Margret, car la ferme de la Colline du Soleil était l'un des meilleurs endroits de la Terre Verte pour l'élevage des moutons, avec des pâturages larges, humides et exposés au sud pour la récolte de foin, et des alpages couverts de lacs pour les paître l'été. La laine des moutons était longue et douce, avec une grande différence entre la soyeuse toison extérieure et le sous-poil laineux. Lorsqu'elle ne filait que la laine extérieure, elle obtenait un tissu fin et liquide aux motifs apparents. Quand elle filait les deux ensemble, son vadmal était épais mais léger et souple au toucher. Signy ne tarissait pas d'éloges sur son travail et en voulait toujours davantage, de sorte qu'elle cessa de la détourner du métier. Lancer la navette et combiner les armures lui ramentevaient Kristin, Marta, Ingrid et les autres qui lui avaient appris à tisser et étaient maintenant toutes mortes, de vieillesse ou de maladie, et celles-ci lui rappelaient à leur tour Asta, Hauk Gunnarsson, Asgeir, Skuli, Jonas, Olaf et Gunnar enfant, et, assise à son métier, elle disparaissait ainsi dans ses pensées jour après jour. Cette longue réflexion lui donnait aussi le sentiment que la Colline du Soleil serait sa dernière demeure et que cette année-là, ou la prochaine ou la suivante, serait sa dernière.

Or il advint que le tournant du siècle si redouté arriva et passa, et trois années ensuite, et bien que la prophétie de Finnleif Thorolfsson sur le petit nombre des Groenlandais qui verraient le nouveau siècle se fût accomplie, les gens se dirent qu'ils n'étaient pas si peu nombreux que ce fût un signe quelconque. La faim et la maladie étaient déjà venues et reparties dans le passé, et maintenant que la grande disette avait pris fin, les hommes voyaient que c'était le cours naturel des choses, car le monde est par nature déchu du paradis et le Seigneur n'a pas promis de le restaurer pour le plaisir des hommes mais demande aux hommes de se servir du monde comme d'un moyen de restaurer leurs âmes.

Il y avait force fermes abandonnées, et la plus grande d'icelles était la terre de Gunnar, outre d'autres bons domaines à Brattahlid et dans le sud de Vatna Hverfi. Dans l'Isafjord, n'importe qui pouvait maintenant avoir sa propre ferme, mais il n'y avait plus personne dans l'Isafjord et l'endroit était abandonné aux Skraelings.

Les gens avaient le sentiment d'avoir appris quelque chose de nouveau. Certains avaient appris l'importance des apparences : ainsi, quelques vêtements joliment faits et soigneusement décorés donnaient plus de plaisir que maintes robes unies, ou une petite quantité de nourriture mangée lentement, en se servant de la cuillère même pour les morceaux qu'on aurait pris avec les doigts auparavant, durait aussi longtemps et remplissait presque autant qu'une grande quantité. D'autres avaient appris combien les apparences importent peu, car la mort emporte tous les hommes, quoi qu'ils portent et où qu'ils dorment, dans la maison ou dans l'étable, et un solide garçon nouveau-né était une merveille, que le prêtre ait béni ses parents ou non. D'autres encore se disaient qu'il était bien facile d'arracher la nourriture de la table des autres, ou l'enfant de la poitrine de sa mère, ou la femme du lit clos de son mari, quelque fort qu'on s'y cramponnât. Et d'autres songeaient que toutes ces choses sont bien douces, malgré leur fugacité, et que le plaisir perdu un instant est perdu à jamais. D'aucuns avaient appris la nature de Dieu, qu'Il était miséricordieux, d'avoir épargné un mari ou du bétail, qu'Il était sévère, ayant infligé de rudes châtiments pour de petits péchés, qu'Il était attentif, ayant envoyé des signes de la famine par avance, qu'Il était juste, ayant d'abord envoyé la famine puis les baleines et les troupeaux de rennes. Certains avaient appris qu'on Le trouvait dans le monde : dans la luxuriance de l'herbe et la beauté nacrée des Cieux, d'autres qu'on ne pouvait Le trouver dans le monde, car le monde est toujours insuffisant et Dieu est complétude. D'aucuns déclaraient que la chance et la force d'un homme sont son seul dieu, comme le croyaient les gens dans les temps anciens. Erik le Rouge était-il si malheureux, ou les hommes avec lui qui n'acceptèrent jamais les enseignements de l'Eglise sur le Christ Blanc ? Les vieilles histoires ne racontaient pas qu'ils vivaient aussi pauvrement que les Groenlandais aujourd'hui, malgré les églises et les sanctuaires édifiés dans le pays, que paient les gens et où ils prient. D'autres disaient, comme Birgitta de la terre de Lavrans, qu'il y avait toujours quelque tour à jouer aux Groenlandais.

La terre de Gunnar resta à l'abandon pendant ces trois années, et chaque année, Thorkel Gellison venait voir Gunnar pour tâcher de le convaincre de reprendre la ferme, mais chaque fois Gunnar haussait les épaules et répondait qu'il n'y songeait point. En fait, il savait que Birgitta s'opposait vivement à ce retour et, bien qu'il le désirât vivement lui-même, il hésitait à l'y contraindre. D'autant que, depuis la famine, elle ne semblait pas recouvrer sa vigueur et son entrain comme les autres. Elle avait peine à supporter la lumière et le vent qui soufflait dehors, aussi restait-elle la plupart du temps dans son lit clos, et ses membres ne retrouvèrent jamais leur rondeur ni leur force passées. Néanmoins, elle recevait maintenant Gunnar dans son alcôve et l'accueillait agréablement chaque nuit par des caresses et des questions sur sa journée. De même qu'elle tenait et contemplait naguère les mains de ses enfançons, leurs pieds ou leurs genoux, elle goûtait la robustesse de Gunnar et la fermeté de sa chair, surtout la chaleur qu'il dégageait, chaleur qui avait écarté la Mort quand elle était venue la prendre à la fin de la famine. Elle avait vu la Mort en personne, lui semblait-il, et ce n'était pas un homme grand au visage livide, vêtu de noir, comme le représentaient les tapisseries de la cathédrale, mais un gaillard pâle, hirsute, une sorte d'ours aux mains comme des pattes et aux ongles comme des griffes recourbées qui arrachaient les vêtements, la peau, la vie. En vérité, comme d'autres, Birgitta avait le sentiment d'avoir appris quelque chose elle aussi, et c'était que la Mort demeurait dans les landes désolées de la Terre Verte et qu'elle venait d'autant plus volontiers trouver les Groenlandais qu'elle habitait plus près d'eux. Elle n'arrivait pas à fuir la vision de ses griffes se tendant auprès de Gunnar, la cherchant à tâtons, et il ne lui semblait pas qu'une telle bête pût l'emmener dans l'agréable séjour de sa vie éternelle, comme disaient les prêtres. D'ailleurs, le nouveau prêtre, Eindridi Andresson, qui venait à Sainte-Birgitta aux moments prescrits et qui passait pour être un neveu de Sira Audun, disait que l'Enfer était sept fois plus grand que le Ciel, parce que, pour chaque âme qu'emmenait Dieu avec Lui, le Diable en emportait sept. Il disait aussi qu'il entendait inculquer la connaissance de Dieu aux Groenlandais à force de rigueurs et non de cajoleries. Dieu n'était point une mère qui tend un morceau de viande mâchée pour que l'enfançon s'écarte du feu, mais comme un père qui châtie l'enfant à grand renfort de coups pour qu'il sache que le feu est cuisant. Eindridi n'était pas un prêtre consolant, mais la plupart des gens disaient qu'on les avait assez longtemps consolés, et peut-être inclinés à pécher, ce qui leur avait valu d'être punis. Tous ne partageaient point cet avis.

C'était Helga qui s'occupait des moutons à la place de sa mère, car elle n'était pas différente de Birgitta dans son comportement bien qu'elle ressemblât beaucoup plus à Gunnar par l'apparence. Johanna était revenue de la terre de Hestur et l'essentiel des travaux de la maison lui était échu. Gunnar avait eu l'espoir que Johanna et Helga s'entendraient comme des amies, mais elles se distinguaient tant par le tempérament et les goûts qu'on eût dit deux étrangères. Elles n'en savaient même pas assez l'une de l'autre pour se quereller, et s'ignoraient entièrement.

En vérité, Gunnar, qui s'était tout à fait habitué aux procédés de Helga, très semblables à ceux de Birgitta, ne savait trop que faire de Johanna, qui le suivait partout, ramassant ses outils pour les ranger, ramassant ses bas pour les plier, mettant toutes choses en ordre avant même qu'elles fussent en désordre. Quand il avait fini de manger, elle escamotait le tranchoir ou le bol avant qu'il l'ait écarté de lui, et il avait souvent le sentiment qu'il y restait encore quelque chose, mais quand il demandait qu'on le lui rapportât, il n'y avait jamais rien. C'était la manière d'agir de Johanna, car Jona avait une grande réputation de ménagère nette et méticuleuse.

Johanna n'avait pas perdu son habitude de tout observer, et Gunnar la surprenait souvent à le regarder. Et loin de détourner les yeux avec gêne quand il croisait son regard, elle souriait et reprenait ses activités comme si elle avait fini de l'étudier. Elle attachait ce regard fixe et curieux indifféremment sur tout et tout le monde : Kollgrim, Helga, Gunnar, les bergers, les moutons, les visiteurs, les voisins, l'eau du fjord, le ciel, l'herbe, les râteliers où séchait la viande de renne et de baleine. Elle contemplait si fixement les écrits de Gunnar qu'il crut qu'elle avait appris à lire, bien que ce ne fût pas le genre de la terre de Hestur. Il lui demanda si elle comprenait ce que disait le manuscrit. Elle sourit, hocha la tête et répondit simplement que les formes tracées par la plume éveillaient son imagination. Gunnar lui lut alors ce qu'il avait écrit :

— Ces années-là, les fermiers de Herjolfsnes se coupèrent de plus en plus du reste des Groenlandais, mais Snaebjorn Bjarnarson et les autres principaux propriétaires du district refusèrent d'abandonner leurs domaines pour reprendre les fermes disponibles plus au nord.

— Tu écris sur les Groenlandais, alors, dit Johanna. Je croyais que tu notais des histoires comme celles que tu nous racontes le soir.

— Cela ne me déplairait point, mais en vérité la plume va si lentement qu'en formant les mots je commence par perdre le fil du récit, puis je perds le plaisir de raconter. Peut-être que ces histoires sont faites pour être dites tandis que ces choses plus ingrates sont faites pour être écrites.

— Ce doit être comme la fabrication du fromage : ce qui prend une journée à faire est mangé en un instant.

Gunnar trouvait ces observations plaisantes et même amusantes, mais il était le seul à savoir les entendre. La plupart du temps, quand Johanna disait quelque chose de ce genre, Helga et Kollgrim, quand il était là, semblaient intrigués et restaient cois. Kollgrim remplaçait Finn comme représentant de la terre de Lavrans aux chasses communes, et il partait souvent seul aussi en quête d'oiseaux, de lièvres ou de renards, non sans succès. Les gens le louaient maintenant et disaient que Kollgrim s'était bien remis de sa baignade et de ses singulières manies d'enfant. Pourtant, Gunnar voyait que la confusion s'emparait encore parfois de lui, à la suite de son bain forcé, et qu'un lutin fulgurait toujours de temps à autre dans ses yeux, comme s'il calculait les possibilités de commettre quelque méfait. Quoi que Kollgrim eût appris, néanmoins, et tout dépendants qu'ils fussent de lui pour le gibier et la viande de baleine, il était évident pour Gunnar qu'il n'était pas encore le chasseur qu'était Hauk Gunnarsson ou Finn Thormodsson. Pas plus d'ailleurs qu'aucun autre Groenlandais, de même que nul Groenlandais n'était plus capable de noter par écrit les histoires que connaissaient les gens, comme ils avaient jadis composé l'histoire d'Atli, en vers, ou le récit d'Einar Sokkason et de l'évêque Arnald. Lorsqu'il faisait allusion à ces choses, Helga et Kollgrim souriaient comme s'il n'était qu'un vieillard ne voyant de vertu que les gens de son temps, mais Birgitta savait qu'il ne s'abusait point et ajoutait même qu'il valait mieux pour les Groenlandais qu'ils ne sussent pas pleinement à quel point les choses avaient décliné chez eux depuis le temps de leurs arrière-grands-parents, lorsque les hommes avaient le temps et la satisfaction de bâtir une église comme Sainte-Birgitta, par exemple, avec sa fenêtre ogivale et son beau verre rapporté de Bergen.

Il était difficile de ne pas aimer Helga et de ne pas se plaire en sa compagnie, car elle était affectueuse et joyeuse, et têtue sur un seul sujet : le mariage. Chaque année, Gunnar l'emmenait au Thing, et chaque année on eût dit qu'elle devenait une autre personne. Elle se tenait les yeux baissés et lui parlait toujours avec autant de laconisme que d'obéissance. Lui se promenait parmi les autres baraquements en quête d'un mari acceptable, et lorsqu'il avisait un homme suffisamment avenant et découvrait qu'il avait une bonne ferme, quelques vaches encore et un bateau, il ramenait le gaillard et sa parentèle à sa tente. Là, il trouvait Helga qui vaquait solennellement à ses occupations, il lui présentait le garçon et Helga levait les yeux et le dévisageait longuement sans ciller, puis elle baissait les yeux et disait pour la dixième ou la centième fois qu'elle ferait ce qu'il voudrait. Alors Gunnar regardait le prétendant derechef et le trouvait comme transformé. Il remarquait qu'il avait les épaules tombantes, l'œil louche ou même, s'il avait l'air ragoûtant, que ses plus proches parents semblaient vils et cruels, ou simples d'esprit. Il les priait alors de pardonner à sa fille et celle-ci repartait sans mari pour un an de plus. Elle avait vingt-sept hivers, sept ou huit hivers de plus que la plupart des jeunes mariées ; à son âge, Margret avait épousé Olaf. Un âge dangereux, osait dire Birgitta. Ces jours-là, Birgitta osait dire bien des choses, mais Gunnar ne s'en souciait guère car il était fort content de l'avoir gardée et il lui semblait que rien ne pourrait jamais le priver de ce plaisir. Ils étaient de vieilles gens maintenant, et prêts à mourir, lui disait-il. Ce ne serait pas trop tôt, lui répondait Birgitta. Mais elle n'en croyait rien et voulait de tout son cœur échapper le plus longtemps possible aux griffes velues de la Mort. En tout cas, alors que, partout à l'entour, les gens de tout âge se pressaient de remplacer leur conjoint ou leurs enfants morts, avec ou sans la bénédiction du prêtre, Helga regardait cette agitation d'un œil froid.

Or il advint qu'un jour Kollgrim décida d'aller piéger des ptarmigans dans les collines au-dessus de Vatna Hverfi, et il proposa à Helga de l'accompagner car il avait quelque chose à lui montrer. Il lui arrivait à l'occasion de se joindre à lui, en effet, car elle avait les doigts délicats et habiles à nouer des lacets, et tous deux, à peu près du même âge, étaient bons amis. Ils partirent tôt le lendemain, traversèrent à pied la vallée qui débouchait sur l'Einarsfjord en face de la terre de Hestur, et embarquèrent dans le bateau que Kollgrim amarrait là. Ils remontèrent le fjord à la rame jusqu'aux bancs de sable autour de l'église d'Undir Hofdi, où ils hissèrent la barque. Helga ne se rappelait rien de Vatna Hverfi et fut enchantée par son aspect agréable, car le pays y est plus vert que le reste de la Terre Verte, et les prés et les champs plus vastes et plus fertiles. Ils s'enfoncèrent dans les montagnes au-dessus de l'église et capturèrent force oiseaux, puis le crépuscule arriva et Kollgrim emmena Helga à la terre de Gunnar, par-delà l'église et la colline.

La demeure était encore en bon état, car Vigdis avait remplacé les blocs de tourbe l'été avant sa mort. Kollgrim poussa la porte, qui s'ouvrit, et ils pénétrèrent dans la salle commune, vaste et confortable. Helga demanda où ils se trouvaient.

— C'est une ferme abandonnée, je t'en parlerai demain matin, quand je ne serai pas aussi fatigué.

Et à ces mots, il grimpa dans un des lits clos. Helga l'y suivit et ils y passèrent toute la nuit. Helga ne fut pas longue à s'endormir et ne se réveilla qu'une fois durant la nuit, sans remarquer, néanmoins, que Kollgrim, tout fatigué qu'il se prétendît, n'avait pas trouvé le sommeil et reposait les yeux ouverts. Le matin, elle fit rôtir deux des ptarmigans sur le feu qu'il avait construit dans l'âtre en s'émerveillant de l'aménité de l'endroit et combien l'âtre fumait peu. Alors Kollgrim dit :

— Cette demeure est notre demeure et seule l'obstination de notre père nous empêche de la réclamer. Sans doute souhaite-t-il laisser Birgitta sur la terre de Lavrans où elle est heureuse avec ses souvenirs de sa mère et de son père, mais nous pourrions vivre ici, en frère et sœur, comme notre père et la sœur de notre père il y a maintes années.

— Lui en as-tu parlé ?

— Je voulais d'abord voir si nous pourrions dormir ici agréablement.

— Il me semble que j'ai dormi la nuit dernière plus agréablement que toi.

— Tu n'as donc rien entendu ? Rien senti ?

— Non, j'ai parfaitement dormi.

— Il se peut alors que Vigdis soit ailleurs, ou que son fantôme ne réclame pas le domaine, car c'est ici qu'elle fut meurtrie par Ofeig.

— Tu m'as joué un vilain tour en exposant mon âme à un tel péril, dit Helga.

— Mais cela s'est révélé sans danger. D'ailleurs, j'ai dormi ici sept fois et je n'ai jamais entendu un bruit ni senti quoi que ce soit. On dit que son fils a fait venir des prêtres ici peu après pour chasser les esprits.

Puis ils passèrent le domaine en revue, les bâtiments, les meubles et l'étable, et ils virent que tout était beaucoup plus beau et plus commodément fait que sur la terre de Lavrans. Kollgrim remarqua aussi que le désir de la vie qu'on pourrait mener dans une aussi belle ferme grandissait en Helga comme il avait grandi en lui. Helga n'était pas pressée de partir bien que la journée s'avançât. Ils bavardaient dans l'étable du nombre de vaches qui y hivernaient jadis lorsqu'une forme apparut dans l'embrasure de la porte, qui les fit sursauter.

Kollgrim leva les yeux, puis détourna le regard, immobile comme un piquet. Helga posa la main sur son épaule et sentit qu'il tremblait, alors il s'ébroua et sembla reprendre ses esprits. Il dit :

— Nous ne faisons que regarder la ferme abandonnée. Nous ne volons rien et ne songeons pas à mal.

La forme fit un pas en arrière et disparut. Helga dit :

— J'ai peur de sortir et de voir cet esprit. On dit que ces choses sont si horribles qu'elles ne s'en vont plus jamais ensuite de nos rêves.

— Ce n'est pas un esprit, mais c'est un ennui tout autant. C'est Jon Andres Erlendsson. Nous ne devons pas agir furtivement mais nous montrer hardiment si nous voulons être ses voisins.

— Peut-être cette inimitié est-elle une bonne raison de ne pas devenir voisins. S'il provoque une telle confusion et une telle crainte en toi...

Alors Kollgrim éclata :

— Ne parle plus jamais de cela : Jon Andres Erlendsson n'est qu'un homme, et ni aussi grand ni aussi large que moi. Sans Ofeig et ses autres complices, il n'est rien.

— Alors qu'est-ce qui nous empêche de sortir ?

— Rien.

Mais il attendit encore un moment avant de la prendre par la main et de l'entraîner vers la porte.

Jon Andres était assis sur la pente en face de l'étable. Il leur tournait le dos et regardait son cheval brouter l'herbe du pré clos à quelque distance. Il se retourna vers eux, et Helga, comme tous ceux qui avaient jamais posé les yeux sur lui, remarqua sa beauté et la grâce de sa contenance.

— Je passais et j'ai vu vos affaires devant la maison. La ferme est abandonnée, en effet, et n'est donc plus de mon ressort, mais je ne veux pas que ses meubles soient détruits ou volés. Vous pouvez la visiter tout à loisir.

— Je suis Helga Gunnarsdottir, répondit la jeune femme, et bien que je sois née ici, cette ferme est nouvelle pour moi et du plus grand intérêt.

— Je sais qui tu es. Je t'ai vue de loin lorsque j'apportais du gibier et des moutons à la ferme de ton père, il y a quelques années.

Kollgrim rougit de colère et serra la main de Helga à lui faire mal, mais ne dit rien. Helga dit :

— Nous avions décidé de regagner la terre de Lavrans ce soir et comme c'est un long voyage nous ferions mieux de nous mettre en route.

— Viendrez-vous prendre une collation sur la terre de Ketil ? Ce n'est pas loin.

Kollgrim lui serrait la main si fort qu'elle avait peine à se retenir de crier.

— Non, répondit-elle, nous n'avons pas le temps, mais c'est aimable à toi de nous inviter.

Jon Andres hocha la tête et appela son cheval qu'il enfourcha. C'est seulement lorsqu'il se fut éloigné que Kollgrim desserra sa prise.

— Tu m'as presque brisé la main, s'écria Helga avec fureur. Et tu as accueilli sa courtoisie par un silence grossier ! Si tu es si grand et si large et si courageux, pourquoi as-tu donc laissé une femme parler à ta place ?

Mais Kollgrim, lui aussi, était furieux.

— Tu t'es bien empressée de lui rendre ses regards, et tes joues se sont empourprées quand tu lui as parlé ! C'est mon pire ennemi et il a versé une compensation injurieusement faible pour le tort qu'il m'a causé !

— C'est toi qui m'as amenée ici ! S'il est ton pire ennemi, il vaudrait mieux que tu ne vives pas côte à côte avec lui. Mais je vois dans tes yeux que ce voisinage ne fait que redoubler l'attrait que ce domaine exerce sur toi ! Jamais tu n'as pu t'empêcher de rechercher les ennuis que tu pouvais éviter. Tu préfères les provoquer. Je ne t'aiderai pas à persuader père de revendiquer cette ferme.

— Parleras-tu contre moi ?

Jamais elle ne lui avait rien refusé depuis le temps où, toute petite, elle le voyait ramper parmi les fourrures du lit clos de leur mère. Ils se dirigèrent vers le bateau, le poussèrent à l'eau et embarquèrent. Il ramait avec une grande vigueur et des gestes aisés, exercés. Elle finit par lui dire :

— Non, je ne vais pas parler contre toi, mais je prierai pour que tu échoues.

Kollgrim sourit.

A ce projet, Gunnar éleva force objections sans réplique. Il n'y avait pas de serviteurs ni de moutons disponibles pour une autre ferme. La terre de Lavrans ne pouvait se passer des services de chasseur de Kollgrim. Qui s'occuperait des moutons et de la laiterie à la place de Helga ? Il était incongru qu'une femme non mariée quittât sa famille avant le mariage pour aller vivre seule ailleurs, car elle se retrouverait seule en effet lorsque Kollgrim partirait à la chasse. Le domaine lui-même avait une lourde réputation de malchance. Ils feraient mieux de s'en tenir à l'écart et de le laisser à Bjorn Bollason, le récitateur de la loi, bien que les rumeurs de son intérêt pour la ferme se fussent éteintes. Ce n'étaient pas les fermes abandonnées qui manquaient dans le Hvalseyfjord si Kollgrim brûlait tant d'élever des moutons. Mais Kollgrim ne brûlait pas d'élever des moutons, il voulait seulement ce domaine-là. Alors Gunnar s'irrita de plus belle et accusa Kollgrim d'avoir toujours été mécontent de la terre de Lavrans et de la vie qu'on y menait. Après ces discussions, le père et le fils restèrent longtemps en froid, car Kollgrim ne tarissait pas de reproches sur l'injustice de Gunnar. Helga renonça à tout espoir de s'installer sur l'autre ferme, bien que difficilement. Tout semblait pauvre et incommode sur la terre de Lavrans.

Il advint qu'un jour Thorkel Gellison apparut avec deux de ses serviteurs : sa femme Jona allait mal, dit-il, et souhaitait que Johanna vînt s'occuper d'elle quelques jours. Mais après que Thorkel et Gunnar eurent parlé un peu, il s'avéra que Jona n'allait pas si mal et pouvait parfaitement vaquer à ses occupations sur la ferme. En fait, elle avait été plus malade au début de l'été, sans songer pour autant à réclamer les services de Johanna. Gunnar voulut connaître le véritable but de la visite de Thorkel et celui-ci reconnut qu'il entendait persuader Gunnar de laisser Kollgrim au moins, sinon Kollgrim et Helga, reprendre le domaine abandonné, car, dit-il, Kollgrim était un garçon beaucoup plus sérieux maintenant et il ne fallait plus que quelques soins supplémentaires pour faire de lui un homme accompli. La même chose s'était passée pour Gunnar en personne, l'année du mal des vomissements, et Kollgrim avait déjà cinq ou six hivers de plus que Gunnar alors. Le garçon, disaient les gens, vivait trop près de sa mère et de son père, qui veillaient sur lui, disaient aussi les gens, comme s'il était encore un enfant. En outre, beaucoup seraient soulagés à Vatna Hverfi que la ferme fût occupée de nouveau, surtout par des natifs du district plutôt que par des étrangers du Nord. Les gens qui connaissaient Bjorn Bollason et Signy avaient certes de la considération pour eux, et Bjorn Bollason semblait un récitateur de la loi entreprenant, qu'il connût bien les lois ou non, mais Signy et lui se montraient diligents et pressants à la manière du Nord, et point de compagnie si agréable bien qu'ils fussent toujours à offrir ceci et cela et à lancer des invitations. Et le fait était qu'ils feraient si grand cas d'eux-mêmes s'ils s'installaient sur la terre de Gunnar qu'ils en deviendraient insupportables. Alors Gunnar rit et dit qu'on ne pensait pas à de telles choses dans un endroit aussi écarté que le Hvalseyfjord, et Thorkel rit à son tour en disant que les gens du Hvalseyfjord avaient toujours été fiers de leur humilité. Rien de plus vrai, et la conversation en resta là.

Or Gunnar était fort courroucé que Kollgrim ait soumis son projet à Thorkel, mais en cela comme pour le reste, se disait-il, Kollgrim avait pris le meilleur sur lui car il avait une telle dette envers Thorkel qu'il lui était tout simplement impossible d'ignorer le moindre vœu de Thorkel, d'autant que celui-ci était bien vieux maintenant, et Gunnar attendait sa mort avec crainte. Néanmoins, il trouvait que Kollgrim faisait preuve de bien peu de sagesse, qu'il éprouvât ou non une grande inimitié envers Jon Andres Erlendsson, mais il était difficile de connaître les véritables sentiments de Kollgrim à ce propos. Sans doute un homme pouvait-il vivre avec des ennemis pour voisins. Beaucoup étaient dans ce cas, et au cours des générations qui avaient vécu en Terre Verte il n'était pas une famille qui n'ait combattu, voire tué, ses voisins à un moment ou à un autre. Outre qu'Ofeig et les autres membres de la bande de fauteurs de troubles avaient disparu depuis longtemps. On ne savait même pas où se cachait exactement Ofeig. D'aucuns disaient qu'il vivait en proscrit dans quelque ferme abandonnée de l'Alptafjord. D'un autre côté, Kollgrim se précipitait vers les ennuis comme les étincelles vers le ciel, et Gunnar ne croyait guère en l'occurrence à l'efficacité de précautions supplémentaires. Il y avait une grande différence entre aller vivre au loin avec une sœur aînée indulgente et ramener une épouse enfantine et dépendante sur une ferme où se trouvaient déjà un fermier comme Olaf et une ménagère aussi avisée que Margret. Nonobstant, Gunnar ne savait comment s'opposer à Thorkel, sinon en disant qu'il ne pouvait diviser son troupeau ou sa domesticité et que la terre de Gunnar était bien trop vaste pour être confiée à ces deux-là. Et Thorkel n'ajouta rien, sinon que, si une solution était trouvée à ces difficultés, il enverrait pour sa part une couple de chevaux au domaine. Ainsi prit fin la discussion sur cette entreprise et Kollgrim sembla se réconcilier avec son père. Puis l'automne arriva, Kollgrim partit pour la chasse aux phoques et en rapporta de la viande en abondance. Tout fut calme cet hiver, bien que Gunnar se doutât qu'il n'avait pas fini d'entendre parler de la terre de Gunnar et qu'il attendît le printemps avec quelque inquiétude.

A Pâques, un des voisins de Gunnar, un vieil homme appelé Thorolf, qui avait trois filles et deux fils, vint trouver Gunnar pour lui dire qu'il comptait quitter sa ferme et s'employer comme serviteur, car son fils aîné souhaitait reprendre le domaine. Mais celui-ci avait bien diminué et ne pouvait faire vivre autant de monde que naguère. Voilà pourquoi il voulait se placer, et avec lui un de ses fils et deux de ses filles. Et Gunnar les prit à son service avec un grand serrement de cœur.

Peu après, vers le moment où le fjord débâclait et que le vent chassait les glaces vers le large, un autre voisin de Gunnar se présenta sur la terre de Lavrans. C'était Hakon Haraldsson, et il poussait devant lui une vingtaine de brebis et d'agneaux, tous de belles bêtes. Il les laissa à la garde de son jeune fils devant la maison et s'approcha de Gunnar.

— Voilà, voisin, dit-il, je suis venu vous rembourser ma dette. Je vous rapporte, à vous et à Birgitta Lavransdottir, des bêtes comme celles que vous aviez menées à ma ferme quand nous étions en grandes difficultés et n'attendions plus qu'un trépas lent et douloureux. Mais les choses ont changé maintenant et nous avons force belles bêtes et pas assez de pâtures pour toutes, il vous faut donc les prendre et non me les refuser comme il y a deux étés.

Et Hakon était très fier de ses moutons et de la largesse qu'il montrait en apportant ce présent. Aussi Gunnar ne put-il les refuser, mais son cœur se serra de nouveau. Et voilà comment Kollgrim et Helga purent mener leur plan à terme et revendiquer comme bien vacant l'ancienne ferme de la terre de Gunnar à Vatna Hverfi.

Or il advint que la nuit avant qu'ils emmènent leurs

moutons et leurs meubles dans le grand bateau qui les conduirait autour de la pointe du Hvalseyfjord jusqu'au fond de l'Einarsfjord, comme Birgitta et Gunnar quelque trente-trois étés auparavant, Helga passa toute la nuit en prière, car elle n'arrivait point à trouver le sommeil. Mais elle ne savait pas si elle priait pour ou contre le départ tant sa confusion était grande. Elle avait soigneusement tenu ses deux promesses à Kollgrim pendant de longs mois : elle n'avait pas dit un mot contre son entreprise, malgré le désir qu'en avait manifestement Gunnar, mais elle avait prié à l'encontre chaque nuit, quand elle ne demandait pas au ciel un signe prouvant que le projet avait sa faveur. Aucun signe n'était apparu, en dehors, peut-être, de toutes ces circonstances propices : l'arrivée du vieux Thorolf à Pâques, de son propre chef, puis de Hakon avec ses moutons, lui aussi de sa propre initiative. Plaidait contre, en revanche, l'attitude de Kollgrim, car à l'évidence il était fort agité et songeait moins au domaine qu'il allait reprendre qu'au voisin auprès duquel il allait habiter.

Au fond de son cœur, Helga songeait aussi beaucoup à Jon Andres Erlendsson, car le voir lui donnait un plaisir extrême et elle ne pouvait accorder cela à ce qu'elle avait entendu dire de sa nature mauvaise. Sans doute, dit-on, le Diable se présente-t-il en souriant, mais un sourire comme celui de Jon Andres ne ressemblait en rien à l'idée qu'elle s'était toujours faite du sourire du Malin. Aussi, la nuit précédant son départ, alla-t-elle dire à Gunnar :

— J'ai très peur de notre voisin.

— Je doute qu'il vous nuise, maintenant qu'il a renoncé à ses turbulents compagnons. Il se peut que vous ne le voyiez pas pendant des saisons entières, si vous restez sur vos terres et vous en tenez à vos occupations. Les deux fermes ne sont pas si proches que vous ayez tout le temps le nez dans l'étable de l'autre, répondit Gunnar.

Derrière lui, Birgitta s'agita dans son lit clos.

— Je ne croyais pas qu'il viendrait nous faire du mal sur la terre de Gunnar, mais je crains son voisinage. Je suis sûre que je m'approcherai en tremblant de cette partie de notre ferme qui longe la sienne.

Alors Gunnar gloussa un instant.

— Voyons, Helga, ce n'est qu'un homme. Rien n'indique qu'il se mêle de sorcellerie. Si tu veux respirer l'air de ce domaine malchanceux, tu peux certainement endurer les exhalaisons qui soufflent de la terre de Ketil. Ma crainte est que Kollgrim ne cesse de rechercher l'inimitié de votre voisin et qu'il ne la trouve bientôt. Voilà le danger que vous courez, et ton amitié avec ton frère te permet de me dire si cette crainte est fondée.

Le souvenir de Kollgrim étreignant sa main surgit dans la mémoire de Helga, et elle était sur le point de relater l'incident lorsque Kollgrim poussa la porte de la maison et entra dans la pièce. Il s'avança avec superbe, les épaules en arrière et le dos droit, et interrogea Gunnar sur le nouveau serviteur, Thorolf Bessason, d'une manière calme et virile, sans rien du ressentiment qui colorait son attitude envers son père d'aussi loin que Helga s'en souvînt. Quand il ressortit, Helga resta silencieuse. On dit souvent qu'un étranger voit mieux un homme que sa famille, et maints Groenlandais allaient jadis dans les pays lointains se tailler une réputation ; alors Helga pensa à Thorkel et au présage des moutons de Hakon et regagna sa chambre sans encourager les doutes de Gunnar.

Quelques instants plus tard, lorsque Gunnar se hissa dans le lit clos, Birgitta dit :

— Leur destin leur appartient, comme il en alla pour Gunnhild, Astrid et Maria. Il me sembla jadis voir pour eux une mort prématurée, mais ils sont grands et forts aujourd'hui et ont survécu à ce qui fut la mort de tant d'autres. Ce que j'ai vu était peut-être promesse aussi fausse que ma vision de la Vierge et de l'Enfant. Quoi qu'il en soit, je n'ai aucune inquiétude pour eux, malgré mes craintes passées.

Et Gunnar fut réconforté par ces paroles. Le matin se leva clair et calme, et Kollgrim, Helga, Thorolf et sa fille Elisabet s'éloignèrent dans le grand bateau de la terre de Lavrans avec douze brebis et leurs agneaux.

Il y avait un homme dans le district de Brattahlid qui prétendait descendre d'Erik le Rouge par Thorstein, le fils d'Erik et une concubine appelée Thorunn. Cet homme n'avait pas de ferme en propre jusqu'après la famine mais était serviteur de Ragnleif Isleifsson, et sa grandiloquence était notoire. Il n'avait pas de femme et s'appelait Larus Thorvaldsson. Après la faim, Larus, qui n'était point mauvais fermier malgré ses manières détestables, revendiqua une petite propriété et se proposa en mariage à une veuve appelée Ashild, qui avait un enfant et un peu de bétail. Ce même été que Kollgrim s'installa sur la terre de Gunnar, Larus Thorvaldsson vint en visite à la ferme de Ragnleif et se mit à évoquer d'abondance les désirs et censures de Dieu Lui-même. Larus déclara, en effet, que Dieu s'était présenté chez lui trois nuits de suite, aux alentours de Pâques, pour lui parler sans ambages de toutes sortes de choses. Par exemple que le vieux prêtre qu'on gardait à Gardar était le Diable en personne et que les serviteurs et les autres prêtres de l'évêché lui rendaient hommage. Les gens se gaussèrent de cette histoire mais écoutèrent davantage d'autres choses, à savoir que dans trois ans un navire arriverait en Terre Verte avec force Islandais à son bord, et aussi que Dieu décriait tant le pape de Rome que le pape français, et n'avait laissé entrer au Paradis personne qui fût mort depuis le début du schisme, car le vrai pape se cachait à Jérusalem et se révélerait bientôt dans un tel surgissement de lumière qu'il serait visible et reconnu jusqu'en Terre Verte. Il poursuivit longuement dans cette veine, et certains se moquèrent de lui et d'autres non. Après avoir passé quelques jours chez Ragnleif, il rentra chez lui. Pourtant, on parla beaucoup de lui à Brattahlid pendant tout l'été.

C'était le devoir et le droit de chaque ferme de dépêcher un homme, au moins, avec des flèches ou d'autres armes, aux chasses aux phoques du printemps et de l'automne, et les domaines disposant de bateaux en état étaient également requis de les envoyer. Ainsi en décidait une nouvelle loi adoptée par le Thing après la faim. Ce qui était naguère coutume était maintenant obligation, car peu nombreux étaient les hommes en Terre Verte et plus rares encore les bateaux, et chacun était nécessaire si l'on voulait avoir assez de viande pour l'hiver. Cet automne-là fut le premier que Larus Thorvaldsson passa sur sa propre ferme, et comme il en était le seul homme, il lui fallut participer à la chasse, bien qu'il ne l'eût jamais fait auparavant. Il advint que Larus profita de cette occasion pour exposer les vues de Dieu sur le déportement des Groenlandais et leurs lendemains. Ce n'était point, dit Larus, que les papes de Rome et d'Avignon ne pussent ou ne voulussent approuver la nomination d'un nouvel évêque pour le siège de Gardar, ou même que l'archevêque de Nidaros fût négligent, mais l'Eglise elle-même était renversée en Europe : au moment même où les Groenlandais en parlaient, prêtres et nonnes, évêques et archevêques se voyaient arrachés à leurs puits de corruption et dépossédés de leurs richesses iniques. Quand le navire en chemin arriverait, il baillerait les nouvelles des temps nouveaux. Nul prêtre ne s'interposerait entre le pape de Jérusalem et les fidèles. Dieu renoncerait au latin pour parler la langue des peuples. Chaque homme donnerait à sa famille et à lui-même la viande de la communion. Ainsi parlait Larus, vaguant parmi les chasseurs de phoques éparpillés çà et là le soir après leur travail, et bien que ce ne fût pas l'habitude des Groenlandais de beaucoup céder à la crainte, certains s'agitèrent et regardèrent autour d'eux, car ils avaient peur.

Larus Thorvaldsson ne voulait pas démordre de son histoire que Dieu était venu sur sa ferme lui parler. Il S'était assis sur le banc avec Larus, Ashild et la petite Tota, et avait partagé leur lait caillé et leur fromage de chèvre frais. Il avait baigné de lumière le lit clos de Larus. Il avait restitué sa fraîcheur à de la viande pourrie, et les gens pouvaient aller chez lui en juger par eux-mêmes. Il avait parlé d'une voix basse, d'une voix d'or. Lorsque Larus Lui avait demandé pourquoi Il était venu à lui, Larus, et non à quelqu'un d'autre, Il avait ri et répondu que Larus était aussi bon que n'importe qui d'autre. Toutes les âmes se ressemblent aux yeux de

Dieu, qui ne voit pas la carapace personnelle que les hommes portent dans le monde. Et certains eurent beau aiguillonner Larus à ce propos, en disant qu'il était connu pour être un grand menteur, il s'en tint fermement à son récit, et même les gens de Brattahlid, qui étaient les plus enclins à se gausser, gardèrent le silence. Vers la fin de l'automne, bien après la chasse aux phoques, trois serviteurs vinrent à la terre de Larus pour convoquer Larus, Ashild et Tota à la Colline du Soleil, car Bjorn Bollason, qui n'avait pas participé à la chasse, y envoyant quelques domestiques, était très intrigué par les histoires que Larus avait à raconter.

Alors Larus fut conduit chez le récitateur de la loi et enfermé dans une petite pièce. Ashild et Tota reçurent quelque nourriture et furent placées dans une autre chambrette avec une petite lampe pour les éclairer et les chauffer. Quelque temps plus tard, Sira Eindridi Andresson, l'homme le plus dur dont disposât Gardar en ce temps-là, vint voir Larus, lui parla et lui fit raconter son histoire, puis il proclama que c'étaient des mensonges hérétiques et décrivit en termes imagés le sort des âmes convaincues d'hérésie : comme elles étaient broyées en petits morceaux, fondues dans les feux de l'enfer, et percées, rouées de coups, tailladées et broyées tout au long de l'éternité, qui était si longue que toutes les générations d'hommes depuis le temps d'Erik le Rouge étaient comme un clin d'œil dans une vie entière. Mais Larus, bien qu'il pleurât et criât, ne revint pas sur son histoire.

Alors Larus fut conduit dans la salle commune de la demeure, et Bjorn Bollason, le récitateur de la loi, trônait dans le haut siège, avec Sira Eindridi à ses côtés, et Bjorn Bollason entreprit lui-même d'interroger Larus et de lui exposer ce qu'exige la loi des hommes qui se parjurent à propos du Seigneur : elle exige leurs biens jusqu'au dernier chiffon sur leur dos, jusqu'à la dernière cuillère brisée dans leurs poches. Elle exige qu'ils soient proscrits dans les glaces et les déserts au-delà de la colonie. Elle exige que leurs maisons soient brûlées afin que personne d'autre ne vive dans ces lieux maudits. Elle exige que de l'eau salée soit amenée du fjord pour être répandue sur leur pré clos. Elle exige que leurs femmes prennent de nouveaux maris, si bien que leurs enfants deviennent des bâtards. Alors Larus supplia que ces châtiments ne lui soient pas infligés, car ce n'était pas son désir ni sa faute si le Seigneur lui apparaissait et lui parlait, « car, dit-il, lorsque les grands vous disent quelque chose, ils vous en blâment ensuite ».

On amena alors Ashild et elle aussi entendit ce que la loi exige des menteurs hérétiques, et elle aussi en fut réduite à supplier qu'on épargnât Larus, mais en vérité elle ne démordit point de son histoire : elle avait servi du lait caillé au Seigneur deux fois par jour pendant trois jours, et elle avait lavé Sa cuillère et l'avait rangée dans Son étui à cuillère, et c'était une cuillère ordinaire, en corne, comme tout un chacun.

Alors on fit venir la petite Tota, qui avait cinq hivers, on l'assit sur le banc et on lui demanda ce que le visiteur avait fait quand Il était parmi eux, et elle dit qu'Il l'avait prise sur Ses genoux et avait rendu bonne la viande qu'elle ne voulait pas manger. Après quoi, tous trois furent ramenés dans leurs cellules, tandis que Bjorn Bollason et Sira Eindridi conféraient.

Il faut dire que Bjorn Bollason regretta la mort de Sira Isleif, car, bien qu'il ait parlé à Larus avec une grande force, il ne savait trop ce qu'était la loi en ces matières ni jusqu'où il devrait mettre à exécution ses menaces à un gaillard si ferme dans ses convictions. Le fait est que Bjorn Bollason hésitait quelque peu à punir Larus et regrettait d'avoir fait venir l'homme à la Colline du Soleil. Pour sa part, Sira Eindridi dit qu'on pouvait torturer l'hérétique pour lui faire confesser qu'il racontait des mensonges, mais naturellement cela revenait à Bjorn Bollason et non à Gardar puisque l'Eglise ne torture point les âmes qui lui sont confiées. Alors Bjorn Bollason réfléchit et tâcha de se ramentevoir les lois de son mieux et au bout de quelque temps il dit qu'il lui semblait que le Thing n'avait jamais ordonné de torturer quiconque, mais que les gens qui devaient être torturés étaient entre les mains du représentant du roi de Norvège. Sigurd Kollbeinsson, disait-on, avait fait torturer un homme. On lui avait appliqué des fers rouges sur la paume des mains, croyait-il, mais il ne pouvait se rappeler la nature de son crime. D'ailleurs, Sira Eindridi et lui n'étaient que des enfants du temps de Sigurd Kollbeinsson. Alors Bjorn Bollason appela un de ses fils et lui demanda de prier Hoskuld, son père adoptif, de leur accorder un entretien.

Hoskuld les vint trouver avec difficulté, car il souffrait fort du mal des jointures. Il n'avait pas grand-chose à dire de Larus, sinon que ce gaillard était une calamité. Il n'avait aucun souvenir de torture à l'époque de Sigurd Kollbeinsson. Puis il commença à se plaindre que s'asseoir lui donnât des douleurs dans les hanches et on le reconduisit à son lit clos. Bjorn Bollason et Eindridi réfléchirent en silence quelques instants, puis Bjorn Bollason suggéra que, s'ils élisaient de torturer l'homme, il leur faudrait aussi tourmenter la femme et l'enfant, puisque tous deux ne démordaient pas davantage de leur histoire. Alors Bjorn Bollason dit que les gaillards indomptables comme ce Larus et aussi Ofeig Thorkelsson de Vatna Hverfi semblaient plus nombreux que jadis, et les deux hommes se turent derechef. Après quoi, Sira Eindridi proposa qu'ils prient quelque temps sur ce problème, et c'est ce qu'ils firent jusqu'au crépuscule, mais bien que fût venue l'heure de la viande du soir, Bjorn Bollason ne laissa entrer personne dans la maison pour manger tant qu'une décision n'aurait pas été prise, comme au Thing.

Enfin, Bjorn Bollason, le récitateur de la loi, et Sira Eindridi firent comparaître Larus devant eux. La femme et l'enfant s'assirent non loin, scrutant le visage de Bjorn Bollason puis celui de Larus, et elles avaient grand-peur. Bjorn Bollason se redressa de toute sa hauteur et dit :

— Larus Thorvaldsson, le fait est que notre colonie a la disgrâce d'avoir perdu le bras du roi, qui aurait eu le devoir d'établir la vérité de tes histoires par la force, car il se peut que tu sois un menteur invétéré dont l'âme a fort besoin d'être lavée. Le Diable ne lâche pas aisément ceux dont il s'est emparé. Il se peut également qu'un ange du Seigneur t'ait effectivement visité, comme l'ange Gabriel apparut à Notre-Dame, et deux fois à Daniel aussi. Les âmes des Groenlandais sont aussi proches du Seigneur que celles des autres peuples, et pourquoi le Seigneur ne marcherait-Il pas parmi nous s'il Lui sied ? Pour cette raison, nous entendons te laisser retourner à ta ferme avec ton épouse et l'enfant de ton épouse.

Bjorn Bollason abaissa les yeux sur Larus et poursuivit :

— Mais nous devons t'ordonner de renoncer à raconter ces histoires pendant trois ans, jusqu'à ce que l'on sache si le navire que tu annonces est arrivé ou non. Si, en effet, il ne vient pas, alors tu seras dépouillé de tes biens, de ta vie et de toute merci que l'Eglise pourrait avoir de ton âme.

Et ainsi Larus fut-il libéré et renvoyé chez lui, et sans nourriture, bien que Signy donnât à son épouse quelques morceaux de fromage pour le voyage. Et Bjorn Bollason dit à Sira Eindridi qu'ils en avaient certainement terminé avec Larus Thorvaldsson, et, tout bien considéré, ils ne s'étaient pas mal conduits avec lui. Le lendemain, Sira Eindridi regagna Gardar et rapporta à Sira Pall Hallvardsson tout ce qui s'était passé. Or Sira Pall Hallvardsson ne fut pas d'avis qu'ils en avaient terminé avec Larus Thorvaldsson, « mais, dit-il, les événements suivront leur cours, comme toujours en Terre Verte ».

L'affaire de Larus Thorvaldsson terminée, Bjorn Bollason retrouva sa belle humeur, et tous les gens de la Colline du Soleil mêmement. Margret avait remarqué que les gens de la Colline du Soleil étaient presque toujours joyeux, car, en effet, presque tout allait à leur gré, en sorte qu'ils s'attendaient à prospérer et que leurs attentes étaient généralement comblées. A ce moment-là, Margret avait tissé force pièces de tissu pour Sigrid Bjornsdottir, mais on ne pouvait trouver aucun homme pour l'épouser tant sa parentèle était prospère et elle-même agréable et belle. Les jeunes gens qui demeuraient sur les meilleures fermes n'étaient pas aussi beaux qu'ils l'auraient pu et souvent mal éduqués, si bien que Sigrid les confondait par la vivacité de son esprit et l'ampleur de son savoir. Deux fois, Bjorn Bollason prit son bateau pour se rendre à Herjolfsnes, car cette famille était prospère et fière, mais le fils aîné avait à peine douze hivers, six de moins que Sigrid. Sigrid elle-même n'était pas si impatiente d'aller vivre à Herjolfsnes, car on n'avait aucune nouvelle de l'endroit pendant des saisons entières et elle aimait tendrement son père, sa mère et ses frères, et la manière dont tous la choyaient.

Or il advint qu'un jour d'automne, après l'interrogatoire de Larus Thorvaldsson mais avant qu'Eriksfjord fût pris par les glaces, les gens de la Colline du Soleil ramassaient des algues sur la grève pour en afféner les bêtes l'hiver, lorsqu'un homme passa non loin dans une petite barque, et dans la barque étaient posées les peaux de plusieurs renards bleus. Sigrid les aperçut de la grève et elle invita le rameur à toucher terre. Avisant sa belle vêture et son sourire amical, l'homme s'approcha et lui lança :

— Avez-vous quelque chose pour moi, alors ?

— Non, rit Sigrid, c'est vous qui avez quelque chose pour moi !

L'homme descendit de son embarcation.

— Et quoi donc ?

— Vos peaux de renard. Ce sont les plus belles que j'aie jamais vues, ni noires, ni bleues, ni blanches, mais toutes ces couleurs à la fois. Je pourrais en faire un chaperon des plus flatteurs.

— Pour qui ?

— Pour moi, voyons !

— Ce sont, en effet, de très belles fourrures, car elles viennent du glacier à l'orient de Brattahlid, et c'est là qu'on trouve les plus beaux renards des Etablissements de l'Est. Je pensais les donner à ma sœur, mais peut-être avez-vous quelque chose à me donner en échange.

— En vérité, je n'ai rien à échanger, dit Sigrid en riant joyeusement. Je me disais que vous pourriez me les offrir.

Alors le chasseur sourit à son tour de l'absurdité de ce propos.

— Pourquoi devrais-je vous les donner sans rien en échange ?

— Pour les raisons suivantes, dit Sigrid. Parce que je les veux et parce qu'il se trouve que les gens aiment souvent à me faire des cadeaux. C'est une chose que j'ai remarquée. Mais si vous ne me les donnez point, cela ne change rien à leur beauté, et je suis heureuse de les avoir vues et de vous avoir parlé aussi, car je n'ai pas souvent l'heur de rencontrer des étrangers.

— Je suis Kollgrim Gunnarsson, et comme c'est ici la Colline du Soleil, je suppose que vous êtes Sigrid, la fille du récitateur de la loi.

— En effet.

— Vous menez grand train ici.

— Vraiment ?

— C'est ce que disent les gens.

— Il me semble que les gens mènent plus grand train encore à Vatna Hverfi, car j'ai entendu dire que les pâturages y sont vastes et fertiles et que les moutons sont deux fois plus grands qu'ailleurs et que les gens là-bas portent des vêtements de couleurs tous les jours.

Elle rit de nouveau et Kollgrim vit qu'elle le daubait. Il dit :

— A mon retour, je ferai bien attention pour voir si tel est le cas.

Alors il lui tourna le dos et se dirigea vers son bateau. Sigrid lui lança joyeusement :

— Vous n'allez donc pas me donner vos fourrures ?

Kollgrim se retourna.

— Non, car je les ai promises à ma sœur, à qui elles iront très bien aussi. Mais si je repasse par ici avec des fourrures semblables, ou même plus belles, plus blanches avec l'approche de l'hiver, et que vous ayez quelque chose à m'offrir en échange, quelque babiole, alors je vous en donnerai autant que vous voudrez.

— Je vais vous guetter dans ce cas ! cria Sigrid.

Puis elle alla rejoindre ses frères et leur raconta sa rencontre, et ses frères dirent que c'était une solide promesse, en vérité, car Kollgrim Gunnarsson était un chasseur de grande réputation, et en outre c'était le neveu de Margret Asgeirsdottir en personne. Et Sigrid se demanda quel brimborion elle pourrait donner à Kollgrim en échange de ses fourrures. Ni Signy ni Bjorn Bollason ne dirent un mot contre cette transaction, car tant Signy que Bjorn Bollason espéraient toujours la meilleure issue de chaque occasion.

Sur la terre de Gunnar, l'hiver arriva tôt mais doux et neigeux, et comme il n'y avait aucun mouton à abattre puisqu'il fallait que tout le petit troupeau survécût jusqu'au printemps avec le peu de foin qu'ils avaient pu récolter dans le pré clos, les lendemains s'annonçaient difficiles mais non calamiteux. La ferme elle-même et les collines au-dessus, entre la terre de Gunnar et le fjord, abondaient en lièvres, que Helga apprêtait en ragoûts et en rôtis, à tour de rôle. Du moins n'était-ce pas de la baleine, l'ordinaire hivernal du Hvalseyfjord, et il semblait à Helga qu'elle se lasserait moins vite de cette viande qui faisait partie de sa nouvelle vie sur ce beau domaine, où les lits clos étaient joliment sculptés de figures d'oiseaux, d'ours, de renards, d'hommes, de femmes et d'enfants ; où les étagères des magasins étaient faites de planches, planches sciées dans les billes ramenées jadis du Markland ; où la bergerie était orientée au sud et l'étable aussi bien calfeutrée que la demeure, et où l'étuve était traversée d'un petit cours d'eau fort commode.

Les forfaits commis dans la demeure lui semblaient avoir disparu avec les hommes et les femmes qui en étaient coupables et n'avoir laissé aucune trace. En revanche, elle croyait percevoir les traces d'autres événements : la vision de sa mère de la Vierge et de l'Enfant vaguant dans le pré clos, sa naissance et celle de sa sœur Gunnhild, qu'elle se rappelait avec affection, voire, peut-être, les amours de Margret Asgeirsdottir et du Norvégien, qu'elle connaissait passablement par les commérages de Jona, la femme de Thorkel Gellison. Jona racontait que ce Norvégien était un homme beau et ragoûtant, très habile de ses mains et fort courageux au moment de sa mort. C'était pitié, disait Jona, que Margret ait été contrainte par feintise d'épouser Olaf, car au vrai Olaf était plus une bête de somme qu'un homme, et depuis toujours. Helga avait grandi auprès d'Olaf, de son odeur et de ses manières frustes, et n'avait guère été émue lorsqu'il avait fini par mourir, après des années de doléances. Que Gunnar eût tué lui-même le Norvégien faisait briller tant Gunnar que le Norvégien dans l'imagination de Helga, de même que les personnages des récits de Gunnar flamboyaient toujours dans ses rêves après une soirée à écouter ces histoires. Elle ne se rappelait pas qu'aucun de ces gens, Margret, grande et belle et aussi blonde que Gunnhild, et Skuli, large d'épaules, beau et suivant de la reine Margarethe, ait jamais été évoqué sur la terre de Lavrans, mais elle ne les considérait pas moins dans son cœur. Les autres n'étaient-ils pas toujours disposés à parler d'eux ?

Pour Kollgrim, elle s'accordait bien avec lui ces temps-ci. Lorsqu'il revenait de ses expéditions de chasse, il bavardait volontiers de ceci et de cela, de ce qu'il avait vu, et quelles fermes semblaient soignées et prospères, lesquelles non, quels stratagèmes il avait employés pour piper ces oiseaux, et comment ces renards avaient failli lui échapper, l'idée qui lui était venue d'un piège qui retiendrait mieux les renards sans autant abîmer leur fourrure. Lorsqu'il raconta qu'il avait eu une conversation avec Sigrid Bjornsdottir, elle n'attacha pas grande importance à la nouvelle puisqu'il devisait de bonne grâce avec les gens qu'il pouvait rencontrer, et même avec les Skraelings, dont il connaissait un peu l'idiome comme la plupart des grands chasseurs. D'ailleurs, elle n'entendit pas grand-chose de ce qu'il en disait tant elle était captivée par les peaux de renards qu'il lui avait rapportées. Le soir même, elle entreprit de les gratter et de les assouplir afin de se faire un chaperon pour Noël, car Thorkel Gellison avait dépêché des messagers annonçant qu'un grand festin de Noël se tiendrait sur la terre de Hestur, et Helga et Kollgrim devaient faire partie des invités d'honneur. La servante Elisabet Thorolfsdottir dit qu'elle n'avait jamais vu de fourrures semblables, d'une couleur aussi inhabituelle, et Helga se dit que tout le monde l'admirerait et qu'elle aurait donc grand plaisir de cette fête.

Quant à Jon Andres Erlendsson, ils ne l'avaient point revu depuis leur arrivée sur la terre de Gunnar, et les craintes de Helga s'estompaient à mesure qu'elle s'habituait à la proximité de la terre de Ketil. Un matin, cependant, peu après la première chute de neige, elle sortit s'occuper des moutons et vit qu'un cheval inconnu, une très belle bête, paissait avec les deux chevaux que Thorkel Gellison leur avait donnés. Il était noir, avec des taches blanches sur la tête, et plus grand que les leurs. Quand elle se fut occupée des moutons, elle rentra à la maison pour trouver Thorolf attablé devant sa viande du matin, et elle dit :

— Thorolf, il y a un cheval inconnu dans le champ avec les deux nôtres. Quand tu auras fini de manger, tu l'attraperas et le conduiras à la terre de Ketil, et tu le remettras personnellement à Jon Andres Erlendsson en lui disant que les gens de la terre de Gunnar renvoient leur cheval égaré aussi vite que possible et les saluent en bons voisins.

Ainsi espérait-elle éviter toute apparence d'inimitié entre les deux domaines tout en se débarrassant du nouveau cheval au plus vite.

Thorolf revint à midi et Helga, qui le guettait, l'aborda immédiatement en disant :

— As-tu remis le cheval au maître du domaine en personne ?

— Oui.

— Et qu'a-t-il répondu ?

— Il a dit : « Merci. Comment t'appelles-tu donc ? » et j'ai dit : « Thorolf Bessason du Hvalseyfjord. »

— Et qu'a-t-il répondu à cela ?

— Il a dit : « Au revoir. »

— C'est tout ?

— Oui.

— Es-tu sûr que c'était au maître que tu parlais ?

— Un des serviteurs m'a dit que c'était lui, après que j'eus refusé de lui remettre le cheval.

— Et c'est tout ce qu'il a dit ?

— Oui.

Alors Helga s'éloigna sans savoir que penser, et de Jon Andres Erlendsson et d'elle-même.

Le festin de Thorkel approchait et Johanna Gunnarsdottir partit à skis de la terre de Lavrans pour porter quelques fromages que Birgitta avait faits et aider Jona avec les préparatifs. Gunnar l'accompagnait. En arrivant sur la terre de Hestur, Gunnar vit que les préparatifs avançaient rapidement, car des gens étaient venus aider des fermes avoisinantes. Jona s'attendait à recevoir près d'une centaine de personnes, en comptant les enfants et les domestiques. Personne n'avait donné un tel festin en Terre Verte depuis le temps de Bjorn Einarsson Jorsalfari, et Jona était dans un grand affairement et fort contente d'elle-même, mais Gunnar vit que Thorkel paraissait quelque peu abattu et il lui dit :

— Certaines gens semblent moins enjoués que d'autres sur la terre de Hestur.

Et Thorkel répondit :

— Certaines gens ont reçu de mauvaises nouvelles.

Ils restèrent silencieux quelques instants, puis Thorkel dit :

— Le frère de ma femme, Hrolf, a récemment parlé avec Ofeig, mais il n'en a rien dit à personne, pas même à son épouse. Ofeig a décidé de s'installer sur la ferme de Hrolf, qu'il soit ou non le bienvenu. Ou alors Hrolf doit lui trouver une ferme abandonnée et lui fournir de la viande et d'autres provisions pour l'hiver.

— Je croyais qu'Ofeig se plaisait dans l'Alptafjord. Il faut tâcher d'obtenir sa proscription.

— Qu'il soit proscrit ou non, il ne veut plus vivre proscrit.

— S'il est condamné à la proscription, il lui faudra vivre en proscrit, car s'il vient dans les régions habitées par les hommes, ceux-ci auront le droit de le tuer en toute impunité.

— Ils en auront le droit mais le pourront-ils ? Quelles armes ont aujourd'hui les Groenlandais contre un ours comme Ofeig ? Déjà il y a vingt ans, quand il était enfant, on ne pouvait pas le corriger et il se moquait des coups, en sorte que les gens étaient tentés de le battre toujours plus fort pour être sûrs qu'il sentait bien les coups. Nous ne prévenions ses méfaits que par les mesures les plus vigoureuses, et seulement tant que nous avons été plus forts que lui.

— Quoi qu'il en soit, il faut intenter une action, et tu dois persuader le maître de la terre de Ketil de l'intenter, et trouver quelqu'un pour prendre la défense d'Ofeig pour que tout se passe selon la loi. On trouvera ensuite le moyen de tenir l'enfant en lisières.

— Peut-être en ira-t-il comme tu dis, et peut-être que Jon Andres Erlendsson convoquera des témoins contre Ofeig, bien qu'il ne l'ait jamais fait jusqu'à présent, et peut-être que les parents d'Einar Marsson n'exigeront point réparation de Jon Andres Erlendsson, mais une demi-année nous sépare de la session du Thing et Ofeig ne va pas attendre tranquillement que nous agissions ni partir gentiment où nous voulons qu'il aille. En vérité, il me semble que nous pouvons compter sur lui pour faire beaucoup de bruit et s'installer où l'on veut le moins de lui.

— Si nous nous avouons vaincus avant qu'il arrive parmi nous, nous ferions aussi bien de tout lui abandonner et de partir nous-mêmes dans la lande en proscrits.

— Le fait est que je suis un vieil homme et je m'avoue vaincu. Il a surgi parmi mes fils comme un ours blanc parmi des moutons. Le berger sait qu'il devrait faire face mais meurt d'envie de se réfugier en courant à la maison.

— Pourtant, nombre de fermiers prospères vont venir te voir pour le banquet de Noël, et plus d'un peut amener Jon Andres Erlendsson à parler de Vigdis et d'Ofeig. Erlend était un homme litigieux et Vigdis connaissait mieux les lois que n'importe quelle autre femme. Si l'on égratigne le fils, il en coulera le sang du père.

— Serait-ce que les gens me condamnent quand il parlent d'Ofeig ? demanda Thorkel Gellison.

Alors Gunnar repartit à skis pour la terre de Lavrans tandis que Thorkel allait trouver Hrolf, et il laissa à celui-ci quelques provisions à remettre à Ofeig, car Hrolf n'était point un homme prospère ni particulièrement vigoureux ou habile au combat.

A la ferme de Lavrans, Gunnar s'efforça de persuader Birgitta d'accompagner Johanna et lui au banquet de Noël. Quand elle dit qu'elle était trop faible, il lui promit de l'emmener sur un traîneau. Quand elle dit qu'elle préférerait l'agrément de sa maison, il lui dit que cet agrément serait sa mort. Quand elle dit que nul ne se souciait de sa présence ou de son absence, il répondit que Jona et tous les gens venus l'aider souhaitaient l'avoir parmi eux. Quand elle protesta que ses robes étaient vieilles et en mauvais état, et guère dignes d'une telle fête, il dit que tous les Groenlandais étaient dans le même cas ces temps-ci, et peut-être lui tisserait-il une pièce de vadmal lui-même. Il n'avait pas oublié ce talent. A ces réponses, Birgitta vit que Gunnar était résolu à l'emmener au banquet et elle se résigna à s'y rendre car il refusait de la laisser seule.

Alors elle se traîna partout dans la maison, fouillant les coffres et sortant des robes qu'elle examinait à la lumière. Unc fois elle lui dit :

— Il est plus facile d'être une vieille femme dans l'obscurité de son lit clos qu'à la lueur de nombreux regards. En me voyant, les gens vont dire que Kollgrim est mon petit-fils et toi mon fils. Comment suis-je devenue si petite et courbée ? Je n'ose pas me regarder dans le baril d'eau de pluie. Quand je me serai tressé les cheveux, il faudra que tu me dises si ma coiffure est bien soignée, car les vieilles gens doivent avoir l'air propre et net s'ils ne veulent pas qu'on dise qu'ils ne se soucient plus d'eux-mêmes.

Lorsqu'elle eut trouvé une robe convenable et qu'elle l'eut ornée d'unc passementerie de couleur, elle commença à demander à Gunnar ce que Jona et les autres préparaient pour le festin, quels ragoûts et quels mets en saumure, par exemple ? Et après qu'il lui eut dit ce qu'il avait vu, ce qui n'était pas grand-chose, elle alla prendre dans le magasin quelques oiseaux que Kollgrim avait capturés pour elle, de la graisse de phoque, du thym, des airelles et autres simples poussant dans le Hvalseyfjord. Puis elle fit bouillir les oiseaux jusqu'à ce que la viande se détachât des os, fit fondre la graisse de phoque qu'elle mêla à la graisse des oiseaux, et plaça la viande, la graisse et les herbes en couches dans une terrine. Elle recouvrit le tout de graisse et décora son plat de fines lamelles de fromage bien blanc qui figuraient un oiseau en vol sur le fond sombre de la graisse. Le plat était fort joli et Birgitta en fut contente, si contente qu'elle passa toute une matinée dans le magasin à compter les provisions d'hiver. Les jours suivants, il y eut des choses à nettoyer et à ranger, de sorte qu'elle quittait chaque jour son lit clos presque toute la journée.

Arriva Noël, et Gunnar et Birgitta se préparèrent à partir pour la terre de Hestur. Birgitta était encore trop faible pour faire le voyage à skis, aussi Gunnar et deux serviteurs devaient-ils la transporter sur un traîneau, et il leur semblait que ce serait tâche légère tant la neige était dure et lisse. Birgitta croyait qu'elle pourrait traverser le fjord en patins, car c'est peu de peine et beaucoup de plaisir. Un traîneau à cheval les attendrait à l'embarcadère pour conduire Birgitta à la terre de Hestur. Ainsi toutes les dispositions avaient-elles été prises, et les vêtements atteints, ainsi que les plats que Birgitta avait préparés, sans oublier son présent pour Jona, un lé de vadmal à rayures blanches et vertes que la fille cadette de Thorolf, Thurid, avait tissé durant l'automne. Mais il advint que, la veille du départ, Birgitta se traîna le matin dans son lit clos et s'y cacha tout le reste de la journée, jusqu'à ce que Gunnar vînt la rejoindre après sa viande du soir. Il vit qu'elle était fort abattue, plus encore même qu'au début de l'automne, et il lui dit :

— Ma mie, nous avons tout bien préparé pour les jours à venir et j'attends le matin avec impatience.

— J'ai compté les jours depuis que je me suis levée pour chercher des habits pour le banquet, et cela en fait dix. Dans moins de la moitié de ce temps, la fête sera finie et nous serons de retour sur la terre de Lavrans sans rien à attendre sinon un nouveau Carême de famine. J'ai le sentiment d'avoir été, ces dix derniers jours, comme quelqu'un qui rampe sur le fjord au début de l'hiver, quand la glace est claire et fine au-dessus de l'eau noire. Seul un fou entreprendrait un tel voyage.

— Ce sont toujours les fous qui entreprennent les voyages, ou n'importe quelle aventure. Mais quelle hardiesse dans leur rire de fous, et quel courage dans leur quête du plaisir ! Ma mie, te rappelles-tu quand je t'ai emmenée de cette maison à la terre de Gunnar, et comme tu t'es mise volontiers en route, et comme tu as pris les choses en main là-bas, bien que tu ne fusses encore qu'une enfant, et comme tu m'as arraché de mon lit où, hiver après hiver, je gisais immobile sous cette peau d'ours ? Je me désole de ne pouvoir faire la même chose pour toi.

— Cette fille est pour moi comme une de mes filles. Lorsque je pense à elle, je la confonds avec Astrid ou Maria. Elle n'était pas aussi petite que je le suis ni aussi effrayée par l'ours. Je me souviens que mon père a eu un ours une fois, avant ma naissance. Il le gardait ici dans l'étable, et les vaches passèrent tout l'hiver dans la bergerie et les moutons erraient à l'entour. On dit qu'il a perdu plus de la moitié de ses vaches à cause de cet ours et les gens le prenaient pour un fol. Je rêve souvent que cet ours se trouve encore dans l'étable et que mon père est un homme jeune qui ne cesse d'aller regarder l'ours et ne peut se rassasier de le contempler. Notre vacher, Iva, s'est fait arracher un grand morceau de chair au bras par cet ours. Je ne veux pas aller à la terre de Hestur.

— Il le faut pourtant.

— Tu ne pourras pas me retirer de l'eau si la glace se rompt.

— La glace sur le fjord est épaisse et blanche et recouverte de neige, et le soleil y scintille.

— Tu ne me comprends pas.

— Je te comprends fort bien. Me considères-tu comme une femme doit considérer son mari, avec respect et confiance ?

— Oui, dit Birgitta, c'est ainsi que je te considère.

— Alors, tu traverseras le fjord dans mes bras et nous serons comme des fous, à rire en quête de plaisir, impatients de voir nos filles et notre fils, et notre cousin Thorkel et nos autres amis, impatients de raconter des histoires et d'apprendre les nouvelles de tous les districts. Il te faut feindre cette joie, quels que soient tes sentiments. Me le promets-tu ?

— Oui, répondit Birgitta.

Et cette nuit-là, un rêve lui vint de Margret Asgeirsdottir. Jeune, grande et belle, elle se penchait vers elle, assise dans son lit clos, pour lui offrir du brouet, et le brouet lui réchauffait la gorge, la poitrine et le ventre, si bien qu'elle ne pouvait se rassasier de ce brouet salé et délicieux, et lorsqu'elle en demanda davantage, Margret sourit, et Birgitta s'éveilla et il lui sembla qu'elle se rappelait pour la première fois depuis de nombreuses années le sourire rare et radieux de Margret Asgeirsdottir. Cela lui parut de bon augure, et lorsque Gunnar s'éveilla, elle lui raconta son rêve. Puis ce fut l'heure de se mettre en chemin.

Au même moment, les gens de Brattahlid et de la Colline du Soleil se réveillaient à Gardar, où ils avaient passé la nuit, et s'apprêtaient à gagner Vatna Hverfi à skis. Sira Pall Hallvardsson laissait ses dernières instructions au nouvel intendant, Haflidi, et à la cuisinière que Bjorn Bollason lui avait envoyée. Sira Eindridi et son fils Andres rassemblaient les paquets de vêtements, de provisions et de présents qu'ils allaient sortir eux-mêmes dans la cour éclairée par la lune, et ils s'assuraient que rien n'avait été oublié.

Sur la terre de Ketil, Jon Andres Erlendsson pliait quelques peaux de mouton, son présent pour Jona. Un de ses jeunes serviteurs accourut et lui dit :

— Ils viennent de partir, et il n'y a que le maître et sa sœur. Les domestiques restent à la maison.

Il avait mission d'épier la terre de Gunnar, et ni Kollgrim ni Helga ne l'avaient vu.

Helga portait un épais manteau blanc, au liseré pourpre d'un tissage admirable et un étonnant chaperon de renard bleu qui lui nimbait le visage et retombait sur son manteau presque jusqu'à la taille. Dans son sac, Kollgrim emportait une douzaine d'autres fourrures de renards, presque blanches celles-là avec juste une nuance de bleu de la couleur du crépuscule. Sigrid Bjornsdottir serait de la fête.

Helga avait pris ses patins, car le chemin le plus direct entre la terre de Gunnar et la terre de Hestur passait par deux lacs de Vatna Hverfi. Lorsque le soleil se leva, Helga s'assit près de la glace du lac de l'Andouiller. Non loin d'elle, Kollgrim en scrutait la surface, en quête de taches sombres dans la neige indiquant que la glace fondait ou était faible. Il lui cria que la glace semblait solide et Helga commença à attacher ses patins avec quelque soulagement, car l'autre chemin vers la terre de Hestur franchissait des collines et était beaucoup plus malaisé en hiver, sans chevaux, que l'été. Et juste à ce moment-là, elle aperçut une forme du coin de l'œil, là où apparaît le Diable, et elle eut d'abord peur de regarder, car elle craignait que la forme ne disparût, preuve que c'était bien le Diable qu'elle avait vu, mais alors Kollgrim jura bruyamment et, levant les yeux, Helga vit que la forme n'était pas le Diable en personne mais Jon Andres Erlendsson. Kollgrim s'écria :

— Il n'est pas possible que lui aussi aille au banquet de Thorkel !

— Je vois mal comment Thorkel pourrait donner une fête sans inviter le plus grand propriétaire du district. D'autant que les gens diraient qu'un tel oubli est une marque d'inimitié.

— Mais...

— En vérité, mon frère, tourne-lui le dos et fais comme si tu ne l'avais pas vu. Je suis prête, traversons le lac maintenant.

Il l'aida à se relever et ils se lancèrent sur le lac sans ajouter un mot, mais Helga avait l'impression que l'autre se rapprochait de plus en plus d'eux, qu'elle sentait l'air se réchauffer à mesure, et même que la glace trembla sous ses pieds quand il s'y engagea avec son serviteur. Elle se demanda comment elle devait l'accueillir, en feignant la surprise, ou peut-être plus fraîchement puisqu'elle savait qu'il savait qu'elle l'avait vu. Il lui paraissait impossible de se montrer cordiale avec lui et pourtant, lorsqu'elle trébucha et que Kollgrim lui saisit le coude pour la rattraper, elle sentit à son étreinte dure et tremblante que son frère était très en colère et elle se dit alors qu'il était impossible de ne pas l'accueillir cordialement. Elle s'arracha à l'emprise de Kollgrim et ils repartirent, en s'écartant cette fois davantage l'un de l'autre. Helga remarqua que Kollgrim la suivait du regard, aussi n'osa-t-elle point jeter un coup d'œil en arrière pour voir où se trouvait Jon Andres Erlendsson. Elle se promit de le regarder au banquet.

Et elle ne put manquer de le voir, car Thorkel fit grand cas de lui et le mit partout en évidence. Tout le monde comprenait sans doute que les égards de Thorkel visaient largement à le séparer d'Ofeig, il n'en restait pas moins que Jon Andres Erlendsson était un compagnon agréable, charmant jusqu'aux gens plus avertis qui avaient pâti de ses méfaits ou des manœuvres légales retorses d'Erlend et de Vigdis.

— Comme le Diable sait artificieusement séduire les gens, dit Kollgrim.

Ce n'était pas un talent dont Kollgrim pouvait se prévaloir, Helga le savait bien.

— Il vaudrait mieux dissimuler ton courroux devant notre père, répondit-elle, car il cherche une raison de nous ramener dans le Hvalseyfjord, et je le vois maintenant s'approcher de nous.

Mais en vérité dissimuler n'était pas non plus un des talents de Kollgrim et l'agitation de son esprit apparaissait aussi clairement à Gunnar et à Birgitta qu'à Helga.

Birgitta accueillit ses enfants joyeusement et leur pinça les bras, comme font les mères en hiver, pour voir s'il leur restait de la chair sur les os, et les dévisagea longuement. Elle scruta d'abord Kollgrim puis Helga comme si elle ne pouvait se rassasier de les voir.

— En vérité, dit-elle, je ne voudrais pas que les gens m'entendent dire cela, mais j'avais oublié comme ils sont éblouissants ces enfants de la lignée d'Asgeir. Il me faut rebuter mon orgueil comme, à coups de bâton, on rebute les chiens affamés.

Arrivèrent alors les invités de Gardar et de la Colline

du Soleil. Aussitôt, Bjorn Bollason se mêla à la foule et commença à saluer tout le monde, et il n'était pas un nom qu'il ne connût, pas un visage qu'il ne se remît. Signy le suivait, et Sigrid, et toutes deux étaient très richement vêtues de vadmal aux tons verts, orné à profusion de passementerie blanc et bleu. La chevelure sombre de Sigrid ruisselait en boucles luxuriantes presque jusqu'à la taille et son visage rayonnait d'une ardeur joyeuse. Helga vit que Jon Andres Erlendsson se taisait pour la regarder et, en vérité, ils faisaient la paire, deux têtes brunes au milieu de toute cette pâle assemblée, et nul ne pouvait s'empêcher de les dévorer des yeux. Jona s'avança et conduisit les deux femmes de la Colline du Soleil vers le haut banc de la salle commune. Elle leur servit quelques rafraîchissements, puis elle mena Pall Hallvardsson au haut siège et lui offrit aussi des rafraîchissements.

C'était une vaste demeure que la maison de la terre de Hestur, avec quatorze grandes pièces et nombre de plus petites, dont cinq ou six avaient été construites par Thorkel lui-même, à mesure que prospérait son élevage de chevaux. Le soir venu, il y avait quantité de gens dans chaque pièce, plus que Helga n'en avait jamais vus réunis en un seul lieu, plus qu'on ne pouvait en asseoir sur les bancs de la grand-salle, aussi avait-on dressé des bancs et des tables dans quatre pièces, et Helga devait prendre place sur le haut siège d'une des pièces, Kollgrim dans une autre, Bjorn Bollason dans une troisième tandis que Thorkel présiderait la quatrième. Ce n'était pas chose habituelle pour une femme de trôner sur le haut siège et Helga en fut quelque peu intimidée, mais Thorkel ne voulut point en démordre et dit :

— Les Groenlandais ne se soucient plus guère des coutumes aujourd'hui.

Helga hésitait encore, alors Thorkel ajouta :

— C'est mon souhait, mais tu peux faire asseoir Gunnar à côté de toi, si tu le préfères.

Ils s'installèrent donc ainsi, ce qui leur donna l'occasion de s'entretenir à l'écart de Birgitta et de Kollgrim.

Après qu'ils eurent commencé à manger et échangé

des nouvelles des serviteurs, du bétail et des voisins, Gunnar dit :

— Quels malheurs avez-vous rencontrés sur cette ferme ?

— En vérité, mon père, répondit Helga en posant sa cuillère, il n'y a pas le moindre signe de Vigdis ni de ses serviteurs assassinés, pas plus que dans les collines il n'y a le moindre signe des autres qui y ont été tués. Tout est aussi calme que s'il ne s'était rien passé. L'air est pur, tiède et agréable.

— C'est parce que tu as vécu dans le Hvalseyfjord, où le vent souffle du large.

— Nul doute que tu as raison, père, pourtant, notre établissement sur la terre de Gunnar m'apporte grand plaisir, et mon seul regret est l'absence de ma mère et de mon père, et le souci de ce qu'ils deviennent de jour en jour.

— Et ton frère ? Que lui a apporté votre établissement ?

— Il rapporte beaucoup de gibier à la maison et il s'emploie sur la ferme avec industrie.

— Et est-il, lui aussi, un de ces esprits calmes qui hantent les lieux ?

— On peut dire que oui, en général. Il est retombé une ou deux fois dans son ancien état d'inquiétude, de confusion et de larmes, mais il est large et généreux avec nous et nous traite avec bonté.

Helga baissa les yeux et dit à voix basse, mais bravement :

— Il me semble que ces crises sont plus rares parce que nous n'épions pas son visage et ses actions en craignant d'y trouver une faute.

Gunnar sourit.

— Peut-être as-tu raison de réprouver ma vigilance. Birgitta me le reproche assez souvent. Traîne-t-il alors autour de la terre de Ketil ?

— Non, père, il évite l'endroit, et il évite l'homme.

— Est-ce meilleur signe ? Je n'en suis pas si sûr. Cela montre qu'il y pense.

— Cela montre aussi qu'il pense à lui-même et surveille sa conduite.

— Ma fille, crois-tu que je puisse encore gouverner l'homme ou le domaine ? La flèche est tirée. Si elle doit mal tomber, il vaut mieux savoir ce qu'il en est.

— Elle ne tombe pas mal, père. Nous sommes bien, et nourris et fort satisfaits sur la terre de Gunnar.

Helga sourit à Gunnar, qui lui rendit son sourire.

— Je te dis la vérité. Et tu dois me dire la vérité aussi sur ma mère.

— Peut-être que Kollgrim et toi lui manquez. Il me semble qu'elle a très peur, mais pas plus que depuis la fin de la famine. Au moins est-elle venue à ce banquet, et les gens lui marquent beaucoup de considération.

On leur apporta alors d'autres plats et chacun, par courtoisie, se tourna pour parler à ses voisins.

Le repas terminé, quelque temps après, les gens commencèrent à enlever les bancs et les tables et à se rendre de pièce en pièce, en faisant l'éloge de la nourriture. Kollgrim ne bougea point de son haut siège ; il se contenta de tendre son tranchoir à une des servantes et resta auprès de Birgitta à regarder les convives qui avaient mangé dans leur pièce. Il posa la main sur celle de sa mère. Birgitta dit :

— Tu as une grande réputation de chasseur. L'écho de tes talents nous est revenu de trois côtés différents, cet automne.

— C'est à cela que l'on voit que les talents des Groenlandais se sont bien amoindris ces dernières années. Je sais que je n'ai appris qu'une partie de ce que Finn avait à enseigner. Le gibier est abondant et mes talents apparaissent plus grands qu'ils ne sont. J'espionne les Skraelings comme le faisait Finn. Ils connaissent bien des tours.

— Des tours diaboliques, disent les gens.

— C'est ce que je pense quand je ne parviens pas à les imiter.

— Tu as trouvé de bien belles peaux de renard pour Helga. Son chaperon attire tous les regards.

— J'en ai d'autres que j'aimerais te donner, ma mère.

Elles sont du blanc le plus pur, avec à peine une nuance de bleu.

— Non, les renards blancs sont trop clairs pour une vieille femme. Les gens se moqueraient de moi.

— Laisse-moi te les montrer. Je les ai apportées.

— Kollgrim, il est douloureux de désirer ce qu'on ne peut avoir. Promets-moi plutôt des peaux de phoques, qui me siéraient davantage, ou même des renards sombres, l'été prochain.

Kollgrim lui étreignit la main. Birgitta poursuivit :

— Les gens se promènent d'une pièce à l'autre et ils doivent se demander pourquoi nous restons assis ici, à bavarder entre nous en évitant nos voisins.

— Crois-tu ? Il me semble que les gens s'occupent peu de ce que font les autres, quoi qu'ils fassent, d'ailleurs.

— Et pourtant, tout le monde a toujours eu son opinion sur toi, Kollgrim, et ne prends pas mon conseil pour un reproche. J'aime entendre tes louanges.

— Après des années d'opprobre ? dit Kollgrim en riant. Peut-être que j'aimerais seulement que les gens ne s'occupent pas des autres, peu ou prou. Voilà mon père et Johanna, ils te cherchent.

Kollgrim leur fit signe et Gunnar traversa la pièce vers eux.

C'était un des défauts de la terre de Hestur que la médiocre circulation de l'air entre les pièces, si bien qu'avec tant d'invités, de viandes et de lampes à huile de phoque la demeure devint étouffante et enfumée, et les gens commencèrent à sortir pour respirer l'air pur. Le ciel était clair et étoilé, la neige cristalline réfléchissait la clarté des étoiles et l'on y voyait à son aise bien que la lune ne fût qu'un étroit croissant. Qu'il serait agréable d'aller patiner sur le fjord, se disaient les gens, ou de trouver des peaux de phoques pour se laisser glisser en bas des collines abruptes dominant la maison, et Sigrid Bjornsdottir n'était pas la dernière à réclamer ces réjouissances. Thorkel, qui voyait que sa fête se passait bien, approuva immédiatement ces projets ; il alla chercher huit ou dix peaux de phoques dans ses magasins et quelques vieux patins pour ceux qui n'avaient pas apporté les leurs. Ce furent bientôt des courses et d'autres jeux, et force rires et cris, si bien que les invités restés à l'intérieur enfilèrent leur manteau et sortirent s'asseoir sur le coteau à la lueur des étoiles, en bavardant et en regardant ceux qui s'ébaudissaient à l'entour. L'air était immobile et pas particulièrement froid.

Alors Johanna supplia Helga de lui prêter ses patins, car elle avait passé toute la journée dans la maison à préparer le banquet. L'envie de bouger lui tourmentait les os, dit-elle, aussi Helga les lui donna-t-elle, mais non sans une pointe de regret, car elle vit que Jon Andres Erlendsson et Kollgrim et toute la jeunesse s'amusaient sur la glace ; seuls les aînés étaient assis çà et là. Nonobstant, elle s'assit entre Gunnar et Birgitta et glissa ses bras sous les leurs. Gunnar et ses voisins parlaient de choses et d'autres et elle s'assoupit sans doute, car, lorsqu'elle s'éveilla, elle vit que tout le monde était allé se coucher. Elle était seule, adossée contre la tourbe de la demeure, enveloppée dans une chaude robe en peau de renne qu'elle ne reconnut pas.

La lune avait décliné et projetait maintenant l'ombre de la maison devant elle ; la glace du fjord luisait d'une clarté pâle. Là où les patineurs l'avaient nettoyée, la lumière s'accrochait dans les rayures de leurs patins. Helga étendit les jambes et commença de les masser pour en chasser l'engourdissement lorsque deux formes apparurent au coin de la maison. Au clair de la lune, elle reconnut Kollgrim et Sigrid Bjornsdottir.

— Mon frère ! dit Helga. De grâce...

Mais ils ne l'entendirent pas, du moins ne se tournèrent-ils pas vers elle bien qu'elle entendît distinctement leurs paroles.

— Non, Kollgrim Gunnarsson, s'écria Sigrid en riant, s'il n'y en a que six, je n'en veux aucune, car j'ai grande envie d'un chaperon comme celui de ta sœur et il en faut pour cela une dizaine au moins.

Elle se tut puis reprit :

— Tu vois comme je tiens ma promesse. Je ne pouvais pas donner un fromage en échange ou de la viande séchée. Alors j'ai apporté mes propres ciseaux, qui ont été faits en Angleterre et donnés à ma grand-mère adoptive du temps du navire de Thorleif, et ils sont damasquinés tout le long des lames. Tu peux le voir à la lumière.

Elle tendit ce qu'elle avait dans la main et Kollgrim s'esclaffa.

— Que veux-tu que je fasse de tes ciseaux ?

— Peu me chaut. Tu peux les donner à ta sœur ou les faire fondre, car les anneaux sont d'argent pur. Mais j'aurai les fourrures que tu m'as promises.

— Et avec quoi couperas-tu ton fil, si tu n'as plus de ciseaux ?

— Avec les dents, comme les femmes skraelings. Mais crois-tu que la maison du récitateur de la loi soit si pauvre qu'elle n'ait qu'une seule paire de ciseaux ?

Helga avait l'impression que sa voix montait dans le clair de lune en vagues cascadantes. Kollgrim se déroba en riant et Sigrid se lança à sa poursuite. Helga vit immédiatement que la fille du récitateur de la loi était entêtée de lui, bien qu'il ne s'en rendît pas compte lui-même. Il trébucha dans la neige et leva les mains au ciel en riant.

— Prends-les toutes, alors, dit-il. J'en ai douze ou treize dans ma besace. Je ne voudrais pas que tu croies que j'avais l'intention de te léser. Plutôt te donner plus que je ne croyais recevoir. Les gens ont raison de dire que tu es une enfant obstinée !

— Disent-ils vraiment que je suis une enfant ?

— A vrai dire, je ne sais pas, car je ne suis pas dans la confidence de tout le monde, mais s'ils ne le disent point, ils le devraient, car je n'ai jamais rencontré plus obstiné que toi.

— Marché conclu, alors ; et il faut nous exécuter sans perdre un instant.

Elle l'obligea à prendre les ciseaux.

— Maintenant ils sont à toi, il n'est plus question que j'y touche.

La main de Sigrid retomba sur la manche de Kollgrim, qu'elle serra fermement. Les deux jeunes gens s'en furent. Quelques instants après, Helga se leva et secoua sa robe. Gunnar apparut au coin de la maison.

— Tu es enfin réveillée, dit-il. Ta mère vient d'étendre des fourrures pour toi dans le lit clos de Johanna. Je croyais qu'il me faudrait t'y porter, comme je le faisais quand tu étais enfant. Johanna dort déjà.

Et il lui raconta tout ce régal de patinage et de contes qu'elle avait manqué, mais elle ne lui dit rien de Kollgrim et de Sigrid Bjornsdottir. Le lendemain, elle ne cessa de penser au désir qu'elle avait vu dans les yeux de Sigrid Bjornsdottir, et avec quelle force elle avait saisi la manche de Kollgrim, et ces pensées la remplissaient de vergogne quand elle se trouvait auprès de Jon Andres Erlendsson, aussi l'évita-t-elle tout le temps que dura le banquet, jusqu'au matin du troisième jour.

De retour sur la terre de Gunnar, Helga se rendit bien compte que Kollgrim se souciait peu des ciseaux, car il les laissa traîner sans y songer et finit par les jeter dans un des coffres comme s'ils le gênaient. C'était faire insulte à Sigrid Bjornsdottir, se dit Helga, bien qu'elle fût seule à le savoir. Après le festin, Kollgrim partit souvent à la chasse, et lièvres et ptarmigans ne manquèrent pas sur la table. Il s'absentait presque tous les jours et bien des nuits également. Il commença à se rendre de temps à autre dans le lit clos d'Elisabet Thorolfsdottir et la jeune servante le rendait fort joyeux.

Un jour, pendant le Carême, un serviteur de la terre de Ketil apporta quelques fromages à la terre de Gunnar et les remit à Helga en disant que l'arrivée tardive de Helga et de Kollgrim les avait privés du lait de l'été. L'homme était mal à l'aise et les paroles lui venaient avec peine. Helga le remercia et il s'en fut. Restée seule, Helga contempla les fromages : ils étaient informes et Birgitta les eût trouvés fort mal faits. Helga les regarda longtemps, comme s'ils étaient un présage dont elle pouvait débrouiller le sens.

Lorsque Bjorn Bollason et sa famille retournèrent à la Colline du Soleil, Sigrid alla immédiatement trouver Margret Asgeirsdottir, qui était restée à la maison pendant la fête, et lui montra les peaux de renard.

— Elles m'ont été données par Kollgrim Gunnarsson, votre neveu, qui me semble un parfait compagnon, avec un grand domaine et la réputation de ne pas manquer de talents. Son père, dit-on, sait lire et écrire comme un prêtre, sa sœur a épousé le fils adoptif du plus grand homme qui jamais vînt en Terre Verte, et son autre sœur est une femme belle et bien vêtue et nul ne la dit irascible. Je crois qu'un tel homme me siérait, plus que n'importe lequel de Herjolfsnes.

Le lendemain, alors qu'elles étaient à leur couture, Sigrid revint à la charge et Margret dit :

— Ne vaudrait-il pas mieux que tu en parles à Bjorn Bollason ? Son opinion a plus de prix que la mienne et il saura s'adresser aux gens à qui tu penses car, en vérité, je ne peux t'être d'aucune aide en cette affaire.

— Mon père se soucie peu d'entendre comment les yeux de Kollgrim pétillent, ou comme il rit fort quand je ris ; que lui importe comme il est grand ou comme il est prompt à défaire les nœuds de son sac. Ce qui intéresse mon père, c'est que je lui dise que Kollgrim Gunnarsson tient son rang comme les autres hommes, sinon avec davantage de poids.

Elle rit joyeusement.

— Mais, en vérité, il n'est pas comme les autres hommes, et ils préféreraient vivre à l'écart de lui comme lui d'eux.

— Il me semble, ma petite Sigrid, que tes jours seraient plus heureux si tu te trouvais quelque gaillard prospère, confiant et énergique, avec de vastes champs et force bétail, et nombre d'amis qui le regardent avec estime.

— Quels Groenlandais y a-t-il aujourd'hui qui répondent à ce portrait ? Nul que mon père ait trouvé, en dehors de lui-même. Jusqu'à mes frères qui restent bouche bée en présence de Bjorn Bollason et pourtant leur mérite est plus grand que celui de la plupart. Ce Kollgrim-là se distingue des autres Groenlandais, comme toi-même. Tu es une vieille femme mais tu te tiens aussi droite et te meus aussi vivement qu'une jeune fille. Gunnar Asgeirsson a l'air d'être le fils de sa propre épouse, et le frère de son propre fils.

— Mais les choses dans ce monde ne ressemblent pas à ce qu'elles sont. Pas plus que le mari incapable ne ressemble au beau prétendant, bien qu'ils ne soient qu'un seul et même homme.

Alors Sigrid Bjornsdottir posa sa couture sur ses genoux et regarda Margret les lèvres serrées, et Margret vit que la jeune fille avait pris son parti. Elle dit :

— Nous autres de la terre de Gunnar sommes d'un lignage malchanceux.

Sigrid secoua ses boucles et rit.

— Et nous autres de la Colline du Soleil sommes aussi chanceux qu'on peut l'être.

Et elles en restèrent là pour le moment. Sigrid se fit un chaperon très long qui lui retombait dans le dos presque jusqu'au galon de sa robe, et ce bonnet était fort joliment cousu, en sorte que le bleu des fourrures formait des chevrons sur les épaules de Sigrid et autour de son visage. Et cette coiffure lui seyait fort.

Vint le printemps, les fjords débâclèrent et arriva le moment de la chasse aux phoques, et lors de la chasse aux phoques, Larus le Prophète, comme les gens l'appelaient narquoisement, proclama devant nombre d'hommes qu'un rêve lui était venu où saint Nikolaus lui-même avait déclaré que Bjorn Bollason, le récitateur de la loi, serait fait roi de la Terre Verte, car le roi de Norvège, disait saint Nikolaus, avait été consumé par un grand feu avec toute sa descendance. Il serait couronné d'une couronne taillée dans l'ivoire de morse et oint par le nouvel évêque, le représentant épiscopal du pape de Jérusalem, qui apparaîtrait bientôt à bord du navire tant attendu. Les hommes trouvèrent que Larus le Prophète était un singulier personnage, en vérité, car il ne voulait pas renoncer à ses discours, malgré les menaces et même les coups, simplement, il prenait une grande inspiration et recommençait de plus belle, car il avait toujours quelque chose de nouveau à dire. La chasse aux phoques ne fut pas aussi abondante que les dernières années et les hommes en furent irrités et troublés, et l'attribuèrent aux divagations de Larus.

Après la chasse aux phoques, ces propos furent rapportés à Bjorn Bollason qui se rendit à Gardar et s'entretint longuement avec Sira Eindridi Andresson, son ami, mais il n'en parla guère ensuite, peut-être parce qu'il s'était fort mal sorti de sa dernière rencontre avec Larus. En tout cas, rien n'empêchait désormais Larus de prêcher et il colporta ses histoires dans le district de Brattahlid pendant tout l'été. Le navire, prédisait-il, arriverait l'été suivant, et tant hommes que femmes en débarqueraient, au nombre de trente en tout.

Cet été-là aussi, Eyvind Eyvindsson tomba et se brisa la jambe dans les collines au sud de l'église de Dyrnes, et il resta trois jours exposé aux intempéries et en mourut. Lorsque Margret apprit la nouvelle d'Anna Eyvindsdottir, elle en fut très accablée, car Eyvind avait coutume de lui rendre visite à la Colline du Soleil chaque fois qu'il le pouvait. Le mal des jointures lui déformait durement les épaules et les mains, mais c'était toujours un vaillant homme, méprisant sa douleur et ses infirmités et débordant de paroles. Il apparut à Margret que personne ne le prisait à sa juste valeur, loin de là, et peut-être pas plus elle que les autres. Vint alors le temps du Thing et les gens de la Colline du Soleil se préparèrent à y paraître en grand arroi.

Cette année-là, Gunnar se présenta dans les champs du Thing à Brattahlid avec une nouvelle tente, car ses vieilles peaux de rennes blancs étaient en lambeaux, malgré le soin qu'il en prenait. Des lés de vadmal étaient cousus avec ses nouvelles peaux de rennes et l'abri n'était pas aussi beau que Gunnar l'avait espéré. En vérité, cependant, quand il regarda autour de lui, il vit qu'il en allait des baraquements des Groenlandais comme de leurs habits : la plupart des gens n'avaient pas les moyens de les renouveler et se contentaient de les ravauder et d'y mettre çà et là des pièces de couleur. Tandis que Gunnar rangeait ses provisions dans l'abri, Thorkel Gellison vint le voir avec un de ses fils. Thorkel, le visage gris, avait beaucoup vieilli, même depuis le banquet de Noël. Gunnar dit :

— Je vois que tu n'as pas de bonnes nouvelles à me donner.

— En effet, dit Thorkel, mais elles ne sont pas plus mauvaises que les précédentes, qui étaient aussi mauvaises que possible.

— Ofeig s'est établi parmi les gens de Vatna Hverfi, alors. S'il a fait le moindre mal à Helga, dis-le-moi sans détour.

— Non, il est plus près de la terre de Hestur. Il a forcé un homme à l'héberger et à le nourrir. Te souviens-tu d'Arnkel Thorgrimsson et de sa femme, Alfdis ? Cet arrangement n'augure rien de bon.

— J'ai vu ces gens-là.

— Ils n'ont rien pour se défendre contre un gaillard tel qu'Ofeig. Il abuse de la femme, pour commencer. Et les voisins sont de petites gens, qui ne peuvent rien faire.

— Tiens-tu ces nouvelles d'Arnkel lui-même ?

— Non, de son cousin qui avait envoyé son serviteur chez Arnkel il y a quelque temps. Il dit qu'ils essayaient de faire bonne figure, par crainte. Le cousin lui-même a peur de s'approcher de la ferme.

— Je t'ai dit qu'il fallait proscrire Ofeig d'une manière ou d'une autre, et en vérité il importe de ne plus traîner. Je dois dire, avec tout le respect et toute l'affection que j'ai pour toi, que tu as fait preuve de légèreté en n'obtenant pas de Jon Andres Erlendsson une action contre lui. Il a envie d'être considéré, disent les gens.

— Je lui ai parlé, mais il voit Ofeig autrement. Il balance et se contente de répondre qu'il ne peut pas intenter une action, mais toujours avec la plus parfaite courtoisie.

— Il faut alors qu'un grand nombre de propriétaires aillent le trouver durant le Thing pour lui expliquer comment un homme estimable doit conduire ses affaires et s'acquitter de ses devoirs envers ses voisins. Je ne t'accompagnerai point mais je vais parler aux autres. Va voir Bjorn Bollason et Ragnleif Isleifsson, qui est un des fermiers les plus en vue de Brattahlid.

Et ainsi entreprirent-ils de chercher des appuis, et cela prit la plus grande partie du premier jour.

Ces appuis ne furent pas aussi faciles à trouver que Gunnar l'imaginait, tant il est vrai que les hommes répugnent à prendre la responsabilité de redresser un tort, tout évident soit-il. Maints obstacles se dressent sur le chemin de l'action, et le plus grand est que les hommes ne se soucient point de faire ce dont ils n'ont pas l'habitude. Douze hommes allèrent trouver Jon Andres Erlendsson avec Thorkel le matin du deuxième jour et c'étaient : Bolli Bjornsson, le fils aîné du récitateur de la loi, qui avait récemment repris la ferme de Hoskuld à Dyrnes ; Arni Magnusson, un fermier prospère de Vatna Hverfi, ami et voisin de Thorkel ; Ozur Osmundsson, le beau-fils de Ragnleif Isleifsson et le fils d'Osmund Thordarson, l'ancien récitateur de la loi ; Ragnleif lui-même, pour vieux qu'il fût et tordu par le mal des jointures ; Bardi Helgason, un voisin d'Arnkel ; son frère, Eyolf Helgason ; le propre fils de Thorkel, Skeggi ; et le frère de Jona, Hrolf. Quatre hommes de Hvalseyfjord les accompagnaient également, et notamment Hakon Haraldsson, le voisin le plus proche de Gunnar.

Jon Andres Erlendsson avait un baraquement spacieux et il invita tous les hommes à y entrer et leur offrit des rafraîchissements.

— Vous devez venir me parler d'Ofeig, car, au vrai, c'est la seule chose dont Thorkel souhaite jamais m'entretenir.

Il sourit.

— Il est vrai qu'Ofeig représente une partie de notre propos, répondit Ragnleif Isleifsson, mais nous avons des choses plus générales à dire. Un homme qui ne se défend pas lorsque injure lui est faite montre qu'il n'a guère d'amour-propre.

— Je ne dirais pas cela de moi-même ni, en vérité, de ma mère, mais j'ai beaucoup à me reprocher dans la mort de Vigdis.

— Tu étais prêt à capturer Ofeig, voire à le tuer, quand tu as investi la terre de Gunnar avec tes hommes et qu'Einar Marsson a trouvé la mort.

— Dans le feu de l'action, on est souvent prêt à faire des choses qu'on regrette par la suite. Je regrette la mort d'Einar, qui était mon compagnon et mon ami. Je regrette bien des méfaits auxquels j'ai participé pendant maintes années, et pourtant j'y avais pris plaisir à l'époque. Je regrette que des gens aient subi injure de ma main ou de celle de mes amis. J'ai maintenant renoncé à méfaire de la sorte.

— Ofeig s'est établi chez des gens qui n'ont guère les moyens de subvenir à ses besoins, et il les maltraite, dit-on, et abuse de la femme.

— Peut-être est-ce le cas, peut-être non. Sans doute Ofeig est-il malappris et grossier, mais il faut bien qu'il vive lui aussi. Pourquoi son père ne le prend-il pas chez lui ou ne lui trouve-t-il pas une ferme abandonnée dans le voisinage ? Je ne crois pas que l'affaire soit aussi grave que vous la présentez. Je ne vois pas pourquoi je devrais assigner Ofeig et lui intenter un procès. Mon père était un homme litigieux et cela ne lui a guère valu que rancœurs. Il me paraît que les affaires soumises au Thing finissent tôt ou tard par des combats et des meurtres, et il en a toujours été ainsi.

Alors Ragnleif dit :

— Il fut un temps où l'ombudsman du roi aurait réglé ces affaires, mais il faut maintenant que les gens s'en occupent eux-mêmes.

— Je vois les choses autrement, répondit Jon Andres.

Bolli Bjornsson s'empourpra de colère et dit :

— Ce ne sont point là choses que chacun puisse juger à sa guise. Sira Pall Hallvardsson dirait que les Groenlandais sont trop égoïstes pour comprendre leur propre intérêt.

Alors Thorkel intervint :

— Je crois qu'il ne sortira rien de bon de ces discussions et de ces hésitations et que nous nous en souviendrons avec regret. Mais je vois que le maître de la terre de Ketil se prend pour un homme de mérite et est fier de ses opinions. Rien de ce que nous dirons ne l'ébranlera.

Les hommes se levèrent et sortirent du baraquement de Jon Andres, et ils se demandèrent comment ils viendraient à bout d'Ofeig si un procès ne lui était pas intenté, mais chacun hésitait à en prendre l'initiative ou, du moins, à faire savoir aux autres qu'il était prêt à s'y risquer.

Thorkel retourna sous la tente de Gunnar et lui dit que le renard s'était mué en agneau. Une auréole n'allait pas tarder à se former au-dessus de sa tête, ou une de ces amulettes avec OGNS à surgir autour de son cou.

— En bref, dit-il, l'hôte de la terre de Ketil refuse d'intenter un procès, et nous pouvons nous attendre à voir bientôt pousser des vignes à Gardar.

Il était fort courroucé. Et après son départ, il advint une chose étonnante, et ce fut que Jon Andres Erlendsson se présenta devant le baraquement de Gunnar avec quelques hommes de sa connaissance, tous fermiers prospères de Vatna Hverfi, et il demanda Helga Gunnarsdottir en mariage.

Alors Gunnar invita les sept hommes à pénétrer sous sa tente et les pria de s'asseoir, et c'étaient tous des hommes que Gunnar avait connus lorsqu'il demeurait à Vatna Hverfi ou des fils de ceux-ci. C'étaient des hommes dont l'envie qu'ils portaient à Asgeir s'était muée en plaisir de voir Gunnar dépossédé de sa terre par traîtrise, ou du moins le semblait-il à Gunnar. Bien qu'ils fussent tout sourire, comme il sied quand il est question de mariage, leurs sourires semblaient mauvais et faux à Gunnar et suscitèrent en lui un douloureux sentiment de honte qu'il n'avait pas éprouvé de la sorte depuis son établissement dans le Hvalseyfjord. C'étaient des hommes qui s'étaient complu à répéter les strophes de Ketil le Malchanceux contre Margret Asgeirsdottir, qui avaient soutenu Erlend Ketilsson dans chacun de ses procès contre Gunnar, qui avaient vitupéré contre les gens de la terre de Gunnar à chaque occasion. Puis l'un dit à Gunnar :

— Mon ami, il est singulier de garder le silence quand le maître d'un domaine comme la terre de Ketil, avec toutes les fermes qui l'accompagnent, fait une telle proposition.

— En vérité, dit Gunnar, il me faut rassembler mes

pensées si je veux y comprendre quelque chose. J'ignorais tout de cette affaire.

— La jeune fille a pourtant largement dépassé l'âge idéal pour se marier. Peut-on avoir tant de pensées différentes sur une telle affaire ?

Alors Jon Andres Erlendsson prit la parole :

— Chacun doit se décider comme il l'entend, et il me semble sage de laisser cet homme décider à sa guise, plutôt que de le distraire et d'exciter sa hargne.

Aussi tout le monde patienta-t-il quelque temps encore. Gunnar regarda Jon Andres et vit qu'il n'avait rien perdu de cette douceur et de ce charme lumineux qui évoquaient un feu, une étoile. Gunnar se demandait bien quelle disgrâce le regard de Helga allait pouvoir cette fois déceler en lui. Et ses amis s'en remettaient à lui en toute chose, on le voyait aisément. Gunnar détourna les yeux et se remémora les torts faits à son père et à lui-même par cet homme et par Erlend, et même par Ketil, s'il fallait en croire les vieilles histoires. Jon Andres dit :

— Vieil homme, tu te renfrognes et songes au passé, mais il vaudrait mieux oublier tout cela, car j'ai grand regret de mes fautes et de celles de mon père.

Les autres acquiescèrent en souriant à ce discours.

— Non, dit Gunnar, je songe au lendemain, car il y a des affaires en suspens qui sont un danger pour beaucoup, et il me semble peu sage d'y surseoir.

— J'ai parlé si souvent d'Ofeig que d'y songer j'en meurs d'ennui.

Il dit cela d'une voix douce mais ne put s'empêcher de rougir de colère, et à cette vue, Gunnar se courrouça lui aussi et, s'écartant des hommes, il dit :

— J'ai coutume de laisser ma fille décider elle-même, mais cette fois-ci je n'ai aucune hésitation à décliner la proposition.

Alors les hommes se levèrent et s'en furent, et la nouvelle de cette offre et de son refus eut bientôt fait le tour du Thing. Une fois de plus, dirent les gens, Gunnar avait agi avec sa malchance habituelle. Ce soir-là, le Thing se dispersa et chacun rentra chez soi.

A quelque temps de là, des hommes avec qui chassait Kollgrim se mirent à railler l'échec du mariage de Helga.

— Une pucelle aurait tort de troquer en se mariant un riche domaine contre une pauvre ferme, dit Kollgrim.

Mais en fait, il ne savait rien de cette proposition. Les autres rirent et l'un dit :

— C'est bien la première fois que j'entends dire que la terre de Ketil est une pauvre ferme.

Kollgrim ne répondit rien, et les hommes eurent tôt fait de partager le gibier qu'ils avaient capturé et de repartir chez eux. A son arrivée à la terre de Gunnar, Kollgrim se montra silencieux et maussade et ne salua pas Helga avec son affection coutumière. Helga posa devant lui un bol de riche brouet, mais après quelques gorgées, il l'écarta, en renversant un peu sur la table. Helga s'assit auprès de lui sur le banc et lui passa doucement les doigts dans les cheveux. Elle dit :

— Tu me sembles abattu, mon frère, pourtant les choses n'auraient pu aller mieux pour nous cet été. Notre père ne saurait se plaindre de notre succès.

— Je ne songe pas à notre père.

— Peut-être penses-tu à notre mère. Elle...

— Non, je ne pense point à notre mère.

A ces mots, Kollgrim se leva et sortit de la maison. Helga le suivit bientôt et le trouva près de la barrière du pré clos, les yeux perdus dans le lointain. Et s'il allait être pris d'une de ses crises de confusion et de chagrin... Alors elle pria, comme toujours pendant ces crises, qu'il revienne à lui, qu'il ne blesse personne, et surtout pas lui-même, qu'elle ait la force d'y parer si le mal devait durer longtemps. Elle alla chercher Elisabet Thorolfsdottir dans la laiterie et lui dit :

— Je crains que notre Kollgrim ne soit mécontent de sa dernière chasse. Nous ne devons pas avoir peur, mais préparons-nous à le maîtriser de force s'il le faut. Tu devrais aller secouer les couvertures de ton lit clos ; emmènes-y des simples apaisants et profites-en pour te coiffer et te farder un peu. Peut-être parviendrons-nous ainsi à le distraire.

Elisabet s'exécuta et elle avait l'air fort jolie, trouva

Helga. Aussi lui donna-t-elle un tranchoir avec quelques morceaux de viande séchée et l'envoya le porter à Kollgrim, mais il refusa la nourriture et sembla ignorer la beauté de la jeune fille. L'inquiétude de Helga grandit. Puis Helga, Elisabet et les serviteurs gagnèrent leurs lits clos ; Helga resta longtemps éveillée, mais elle n'entendit pas Kollgrim rentrer et finit par sombrer dans le sommeil. Cette situation se prolongea deux jours encore mais sans tourner à la crise de larmes, comme Helga le redoutait, et le troisième jour, pendant sa viande du matin, Kollgrim leva les yeux sur sa sœur et dit :

— Le fermier de la terre de Ketil a demandé ta main à notre père.

Et il la fixa du regard. Helga laissa tomber sa cuillère et Kollgrim poursuivit :

— On dirait que tu vas te laisser enlever par cet homme, bien que sa ferme ne puisse rien t'offrir de plus que celle-ci. Mais les femmes sont faibles et trompeuses, et nous avons tort de leur accorder notre confiance.

— Cette offre ne signifie rien pour moi, répondit Helga, et c'est la première fois que j'en entends parler. Si notre père l'a repoussée, je ne vois pas pourquoi tu en as cure.

— Alors tu n'as pas de longues conversations avec ce gars quand je suis parti à la chasse ?

— Quand tu pars à la chasse, je n'ai guère de temps à perdre en conversations, même avec les serviteurs

— Mais tu ne cesses de penser à lui.

— Kollgrim, tu as tort de si mal me juger.

— Tu aimerais te marier, je suis sûr, à te frotter comme une jument en rut.

Helga resta bouche bée, stupéfaite, car jamais Kollgrim ne lui avait tenu semblable discours. Elle était trop oppressée pour répondre.

— Tu vois, dit-il, je n'ai fait qu'exprimer ce que tu as en tête. Je ne suis pas si facile à tromper que tu l'imagines.

— Kollgrim, je n'ai pas l'habitude de pareilles cruautés de ta part.

— Mais tu songes à me quitter.

— Dix étés, mon père m'a emmenée au Thing pour me trouver un mari. Une femme doit toujours songer à quitter un jour son foyer.

— Tu essaies de m'entortiller avec tes arguties, mais si tu es vraiment mon amie, il faut que tu me dises ce que tu as en tête.

— Non, Kollgrim, je ne te dirai rien de plus.

Et pendant six jours, Helga refusa de parler à son frère. Le septième jour, un orage éclata qui jeta au sol quelques séchoirs à viande ; tous les gens de la ferme sortirent les relever et pendant ce travail Helga et Kollgrim échangèrent quelques mots, si bien que Helga regretta sa dureté et dit :

— Chaque jour sans te parler, mon frère, est un triste jour pour moi.

— Dis ce que tu penses, alors, et reconnais que tu as encouragé le maître de la terre de Ketil.

Et Helga vit que sa colère contre elle n'avait point diminué et elle serra les lèvres. Un jour après, environ, Kollgrim repartit, car le moment était venu de la chasse aux phoques de l'automne. Et tandis qu'elle nettoyait et préparait les magasins pour la viande et la graisse que rapporterait son frère, Jon Andres Erlendsson l'envahit effectivement, et si fort qu'elle ne pouvait le chasser de son esprit. Elle se le rappelait dans le moindre détail, bien qu'elle ne l'ait vu qu'à de rares occasions. La dernière fois, pourtant, elle avait craint de le regarder, mais elle avait dû le voir tout de même car elle se souvenait de sa longue cape rouge et du motif qui montait le long de ses bottes. Elle revoyait son visage, plus mince et plus pointu que ceux de sa famille, et qui s'élargissait en un front large et doux, couronné d'une chevelure luxuriante aux boucles sombres. Sérieux, son visage n'était qu'un front, mais quand soudain il souriait, son visage devenait harmonieux, car son sourire était large et blanc. Qu'elle se rappelât ces particularités justifiait si clairement la colère de Kollgrim que la honte la poignait. Elle se sentit très malheureuse pendant toute la durée de la chasse aux phoques et pour la première fois de sa vie trouva sa besogne si éprouvante qu'elle fut tentée de la planter là. Elisabet Thorolfsdottir semblait abattue elle aussi, car Kollgrim s'était emporté contre elle deux ou trois fois avant son départ. Les journées passaient très lentement.

La chasse fut abondante mais désagréable, car une pluie violente ne cessa de tomber, en sorte que les hommes s'exaspéraient les uns les autres. Sans compter la présence de Larus le Prophète. Il semblait que rien ne pût lui fermer la bouche maintenant et l'hostilité des gens ne faisait que l'aiguillonner, car, disait-il, nul n'ignorait que c'était la bonté même de Notre-Seigneur Jésus-Christ qui avait poussé les méchants à Le tourmenter, et l'ampleur de Ses tourments attestait l'ampleur de Sa bonté. Bjorn Bollason, qui était présent à la chasse, prit soin de se tenir à l'écart de Larus, et Larus de lui, bien que le nom du récitateur de la loi fût toujours sur ses lèvres et qu'il évoquât sans relâche son destin de roi de la Terre Verte. Voici quelques-unes de ses prophéties : les gens du bateau apportant l'évêque et les trente Islandais traqueraient et détruiraient un démon qui vivait parmi les Groenlandais et ressemblait à l'un d'entre eux. Cet homme, qui les entraînait sur le chemin du mal, mourrait brûlé sur le bûcher, châtiment qui n'avait pas été appliqué en Terre Verte depuis le temps du roi Sverri. Les femmes à bord du navire seraient d'une beauté et d'une sainteté surnaturelles, et ce seraient elles qui conduiraient les Groenlandais à la sainteté. Les lettres du pape de Jérusalem apportées par l'évêque seraient calligraphiées en lettres d'or sur des rouleaux de parchemin écarlate, et écrites de telle sorte que chaque homme pourrait les lire, et pas seulement ceux, peu nombreux, qui avaient la science et l'habitude de la lecture. Ces nouvelles lui avaient été confiées, disait Larus, par une certaine sainte, sainte Catherine de Xanderberg, qui lui était apparue en tournoyant sur une grande roue de lumière, une nuit d'été, après sa viande du soir. La plupart n'avaient jamais entendu parler de cette sainte et beaucoup disaient que l'on ne pouvait se fier aux paroles des saintes, mais d'autres étaient impressionnés par les détails toujours plus nombreux que Larus avait à rapporter. Maintes petites gens trouvaient que Larus fréquentait bien noble compagnie, en vérité. Il y aurait encore une chasse aux phoques comme celle-ci avant l'arrivée du navire, disait enfin Larus.

Gunnar, lui aussi, s'était rendu à cette chasse aux phoques, et il avait choisi de prêter son bateau à des hommes du Hvalseyfjord pour chasser avec Kollgrim. La pluie assombrissait fort Kollgrim, sembla-t-il à Gunnar, car il ne parlait guère et encore sèchement. C'était, estimaient les gens, une bien malencontreuse habitude qu'avait Gunnar de tolérer la colère de son fils sans le corriger, et cela depuis toujours. Pour un homme de son âge, Gunnar n'avait guère l'expérience de la chasse aux phoques, mais la loi exigeait la participation de toutes les fermes et Kollgrim avait maintenant son propre domaine. Kollgrim méprisa fort l'incompétence de Gunnar et le traita d'imbécile quand il laissa échapper un des épieux de son fils, qui se perdit. Gunnar ne dit rien sur le moment, mais à l'heure de la viande du soir il prit Kollgrim par le coude et l'entraîna à l'écart. C'était encore un homme vigoureux, préservé du mal des jointures, et dépassant son fils d'une demi-tête. Il déclara :

— Voilà bien des années que les gens se plaisent à dire du mal de nous et ils ont toutes sortes d'opinions sur mon échec à te guider vers l'âge d'homme. Mais il me semble que maintenant ils s'irritent de nous voir porter nos démêlés dans leur besogne. Voilà ce que je te conseille, mon fils, contiens-toi pendant la durée de la chasse, et si tu dois me quereller, nous veillerons à t'en rendre l'occasion. Mais pour l'instant nous suscitons bien trop de bavardages qui ne sont guère à notre honneur.

Et il serrait le coude de Kollgrim si fort que celui-ci avait peine à ne pas crier de douleur. Il dit :

— Je vois que tu vas finir par donner ma sœur à notre ennemi.

— J'ai repoussé l'offre, presque sans y réfléchir. Et je n'en ai nul regret.

— De toute façon, tu changeras d'avis, quels que

soient mes sentiments à cet égard, parce que tu cherches toujours à me contrecarrer.

— Que non, mon Kollgrim, je cherche seulement à m'accommoder de toi avec le moins de tapage possible. Quand tu seras moins exténué, tu auras meilleure opinion de ces choses.

— Pourquoi faut-il que les projets de mariage de ma sœur soient sur toutes les lèvres avant même que j'en aie entendu parler ?

— Etais-tu présent au Thing quand la proposition a été faite ? T'ai-je vu depuis lors ? On ne peut dire que la fréquence de tes visites ait ébranlé la porte de notre demeure.

— On s'est moqué de mon ignorance, à ma grande vergogne.

— C'est l'occupation des Groenlandais que de se moquer les uns des autres et de se battre ensuite.

— Ma sœur sied bien à ma ferme, et elle y est heureuse.

— Néanmoins, si je reçois une proposition convenable, je ferai comme de coutume et je lui demanderai ce qu'elle souhaite.

Sur ces mots, ils retournèrent à leur repas, et s'il y eut entre eux de l'animosité, ce ne fut pas aussi visible pour les autres chasseurs.

L'automne avançait et les gens vaquaient à leurs travaux. Entre Kollgrim et Helga, les relations n'étaient pas aussi agréables que naguère, mais ils arrivaient à s'entretenir courtoisement, du moins devant les domestiques. Un jour, peu après la première neige, alors que celle-ci était déjà dure et cristalline sur le sol, Helga découvrit qu'il lui manquait une paire de beaux moutons dans l'enclos, et elle redouta qu'ils ne fussent perdus. Comme Kollgrim était parti piéger des ptarmigans, elle emmena Elisabet Thorolfsdottir, qu'elle avait en grande affection, et elles s'enfoncèrent à skis dans les collines. C'était une journée lumineuse, froide et calme, et Helga se réjouissait d'abandonner la maison étouffante qu'enfumaient les lampes à huile. Elisabet Thorolfsdottir lui paraissait aussi d'une humeur tranquille mais mélancolique, et très en mal de réconfort, et elle avait envie de lui parler et d'obtenir des réponses. Pas la moindre trace des moutons cependant, et Helga commença à craindre qu'ils n'aient été volés, et de les regretter car c'étaient de belles brebis, grandes et robustes. Au bout de quelques heures de recherche, Helga s'arrêta, sortit son sac de provisions et étendit son manteau sur la neige. Le soleil était chaud et éclatant sur la neige et elle s'assit sur sa robe et son châle. Elisabet disposa la nourriture entre elles et se mit à causer du tissage auquel elle travaillait la veille.

— Je crois que je n'y arriverai jamais, dit-elle, j'ai beau m'appliquer à compter, je me retrouve avec des fils en trop au bout de la duite. Malgré tout, la sœur de ma mère, dans le Hvalseyfjord, a une robe de ce tissu et elle tombe très ample. Quand elle la revêt, elle paraît riche et imposante, bien que les teintures dont ils se servent là-bas soient aussi tristes que possible, rien que des bruns et des verts sales. Elle doit avoir des yeux dans la tête.

Et avec un grand soupir elle prit son tranchoir de viande de renne séchée.

— J'aimerais bien trouver un beau rouge quelque part, dit Helga, mais les gens de la terre de Gunnar ne portent jamais de rouge. Ma mère dit que ce sont des couleurs pour les gens de Brattahlid, qui se moquent bien d'être vus vaquant à leurs affaires.

— Il y a des gens du Hvalseyfjord qui avaient une jolie couleur bleue, mais ça ne valait presque pas la peine, tant c'était du travail. On dit qu'ils la tiraient de coquillages. Pourtant, j'ai parfois très envie d'un joli bleu. C'est une couleur qui va bien aux blondes comme toi et moi.

Alors Helga dit :

— T'arrive-t-il de penser aux gens des autres contrées, qui portent des vêtements de couleurs tous les jours ? Je songe à ma sœur Gunnhild, qui est partie avec Bjorn Einarsson et son fils adoptif Einar. La robe qu'ils lui donnèrent pour son départ était aussi jaune que des boutons-d'or.

— Pourquoi les gens des autres contrées porteraientils des vêtements plus éclatants que les Groenlandais ? Je n'ai jamais entendu dire ça nulle part. Crois-tu qu'elle la mette tous les jours ?

— Tantôt elle met du pourpre, tantôt du vert, tantôt du bleu couleur du ciel matinal, tantôt du bleu de la couleur de la nuit, sinon du rouge, du jaune ou de l'or, et parfois sa robe est pleine de toutes ces couleurs en même temps. Voilà comment elle m'apparaît en rêve.

— Ce sont des choses qu'on dit de Notre-Dame.

Alors Helga prit son tranchoir, pleine de doutes sur Gunnhild, et elle était tellement perdue dans ses pensées qu'elle ne remarqua l'approche d'un groupe de skieurs que lorsqu'ils arrivèrent tout près d'elle. Surprise, elle retint son souffle, et avant même de lever les yeux, elle sut que la présence derrière elle était Jon Andres Erlendsson.

— Il ne me plaît guère de vous voir vous reposer sur ce coteau, dit-il, car on dit qu'Ofeig est de retour parmi nous.

— Nous cherchons des moutons qui ont disparu de notre enclos, répondit Helga.

— Vous ne les trouverez pas dans les collines, dit Jon Andres.

Helga remarqua qu'il portait des armes, une hache courte, une arbalète et un petit poignard. Deux de ses hommes avaient des gourdins et un autre une hache aussi. Quand elle leva les yeux sur lui, elle vit avec soulagement qu'il était peu disposé à la regarder. Ses joues, au-dessus de la barbe, étaient rougies par la réverbération sur la neige. Elle posa les mains sur ses propres joues et dit :

— Ofeig Thorkelsson se trouvait dans le sud du district.

— Il n'y est plus, bien qu'il ait laissé des traces de son séjour.

Et il parlait d'une voix si sombre que Helga osa à peine demander :

— Des traces ?

Jon Andres la regarda.

— Le cadavre d'Arnkel Thorgrimsson, gisant sur le

cadavre de sa femme Alfdis, dans une posture obscène, car Ofeig prend plaisir non seulement à tuer, mais encore à profaner.

Il soutint son regard jusqu'à ce qu'elle soit forcée de détourner les yeux, mais malgré sa peur et sa confusion, elle vit si clairement la forme et la couleur de ses yeux qu'elle ne put désormais en détacher ses pensées. Il la remit sur pied, secoua son manteau, puis les hommes l'accompagnèrent jusqu'à la terre de Gunnar. Jon Andres s'entretint avec les serviteurs et il laissa un de ses hommes jusqu'au retour de Kollgrim.

Or Kollgrim était parti avec ses armes, tantôt à skis, tantôt en barque, et chaque jour il avait envie d'aller plus loin, car il était de ces hommes qui suivent leurs yeux plutôt que leur tête, comme on dit. Voilà pourquoi il ne prévenait jamais Helga de son retour, car il l'ignorait lui-même. Il se trouva qu'il vagabonda çà et là dans l'Einarsfjord, parmi les collines au-dessus de Gardar, où nul n'a établi son domaine. Il captura force ptarmigans qu'il portait dans un grand sac de cuir. Songer que Helga pourrait être la femme de son ennemi lui brouillait l'esprit et ces pensées lui furent funestes, car en longeant une falaise au-dessus de l'Eriksfjord, il glissa et, s'il parvint à éviter une chute mortelle, il perdit son sac avec toutes ses proies. Grâce à sa longue pratique du ski, le pied ne lui manqua point, mais en vérité la pente était abrupte et Kollgrim vit le sac se briser en dévalant, et les oiseaux tournoyer et s'envoler comme s'ils étaient encore vivants.

— Voilà qui ne plairait guère à ma mère, dit-il à haute voix, car elle y verrait, je crois, un présage d'autres pertes, et c'est bien comme cela que je le vois moi-même.

Il continua à longer la crête et, à la brune, il descendait à skis dans la vallée qui formait la partie nord des possessions de l'évêché à Gardar, et il y passa la nuit dans une hutte de bergers.

Il faisait un soleil éclatant le lendemain et Kollgrim mit son chaperon sombre, avec seulement des fentes pour les yeux, afin de se protéger de la cécité des neiges. Il traversa l'Eriksfjord à skis. Il lui semblait qu'il trouverait des oiseaux plus rapidement dans les collines entre l'Eriksfjord et l'Isafjord et que ce long détour ne serait pas en vain. Des skieurs avaient déjà frayé un chemin entre la péninsule de Gardar et l'embarcadère de la Colline du Soleil, et il suivit leurs traces.

Il advint qu'il y eut un témoin de son approche de la Colline du Soleil : Sigrid Bjornsdottir. Bien que son visage fût recouvert de son bonnet de neige, Sigrid reconnut sa silhouette, et elle se précipita à son coffre et coiffa le chaperon de renard qu'elle s'était fait. Puis elle se rendit dans le magasin, choisit les meilleures provisions qu'elle pût trouver et les disposa sur un plat d'argent. En ressortant, elle regarda en bas vers le fjord et vit qu'il s'approchait, et elle l'attendit en silence. Il promena ses regards autour de lui, puis leva les yeux, et nul doute qu'il l'aperçut, mais rien dans son mouvement et sa posture ne trahit la surprise ou l'intérêt. Il continuait d'avancer comme si de rien n'était. Alors Sigrid retourna à la maison avec son plat. Une servante se tenait auprès du feu et Sigrid lui dit :

— Il y a un homme qui traverse le fjord, il aura envie de croquer un morceau. Qu'il se régale de ces reliefs, si tu veux mettre ton manteau et les lui porter.

Et elle alla s'allonger dans son lit clos avec sa cape et son chaperon.

La Colline du Soleil se trouve dans une région moins brumeuse que le reste de la Terre Verte, et voilà pourquoi on l'appelle ainsi. Les coteaux, orientés au sud, ont un aspect riant et ce domaine a toujours semblé désirable. Ainsi apparut-il à Kollgrim tandis qu'il s'avançait sur ses skis. Des moutons ornaient les coteaux et leurs bêlements grêles résonnaient comme une musique dans l'air cristallin. Alors Kollgrim se sentit une faim dévorante, car il n'avait rien eu à se mettre sous la dent depuis qu'il avait perdu son sac de gibier, et voilà qu'il vit une femme longer le petit sanctuaire de saint Olaf le Groenlandais et descendre vers la grève. Les traces de skis le menèrent jusqu'à elle et c'était un ange en vérité, car elle portait un étincelant plateau d'argent couvert de fromage de brebis, de viande en ragoût, de viande rôtie arrosée de beurre et de fromage de chèvre, tous mets comme il n'en échet pas souvent aux hommes en ce monde déchu, ou du moins le sembla-t-il à Kollgrim. Et cela, également, lui parut un signe, aussi dit-il simplement que le donateur de ces présents méritait sa reconnaissance : il fouilla dans sa poche et en retira une dent de morse sculptée en forme de baleine, ronde et luisante, qu'il posa sur le plateau, puis il tourna ses skis et s'en fut. Quatre jours après, il regagnait Vatna Hverfi et trouvait un des hommes de Jon Andres Erlendsson installé sur la terre de Gunnar. Le fait est que, de Noël au Carême et jusqu'au cœur du printemps, nul ne vit Ofeig mais seulement l'indice de sa présence. D'aucuns, avertis de son ouvrage à la ferme d'Arnkel, tâchèrent de l'apaiser en abandonnant à l'entour le peu dont ils pouvaient se passer : chaussures ou bas de laine ou un bonnet, dans l'espoir de l'éloigner de la bergerie. D'autres veillaient jour et nuit sur leur domaine dans l'attente de sa venue. Qu'il vînt ou non, disaient d'autres encore, relevait de la volonté de Dieu et il seyait mal aux hommes de prévenir les voies du Seigneur. C'était l'homme le plus grand de la Terre Verte, disait-on, et épais comme deux. Ses pieds étaient si larges, assurait-on, qu'il marchait sur la neige tôlée sans passer au travers, mais, malgré sa forte stature, le gaillard avait le pied léger et il pouvait pénétrer dans une maison ou en sortir sans réveiller les dormeurs. Et nul ne l'apercevait, bien qu'ils fussent quelques-uns à le traquer. C'était bien la preuve de sa nature démoniaque ! Et certains, se rappelant les paroles de Larus le Prophète, de déclarer que les gens du navire qui arriverait bientôt verraient Ofeig malgré le voile d'invisibilité qui le cachait aux Groenlandais et débarrasseraient le pays de ce fardeau. Larus, quant à lui, ne disait pourtant rien d'Ofeig, ni à Noël, ni durant le Carême, tandis qu'il se rendait à skis de ferme en ferme pour raconter ce qu'il avait appris à l'automne de la bouche de saint Olaf le Norvégien, qui, comme nul ne l'ignore, était un guerrier fameux qui combattit un homme qui refusait le Christ et lui porta un coup mortel à l'aide d'un grand crucifix, bien que son adversaire fût armé d'une épée et d'une hache.

Le printemps fut en avance cette année-là et vers Pâques les vents commencèrent à souffler du glacier. Bientôt la glace se rompit dans les fjords et fut chassée vers l'océan, et à Pâques, Bjorn Bollason déclara qu'il avait accepté l'offre d'Ari Snaebjornsson de Herjolfsnes et marierait Sigrid au fils aîné d'Ari, Njal. Le couple recevrait de Hoskuld, le père adoptif de Bjorn, une grande ferme dans le Nord, et ils demeureraient tous deux sur cette ferme une partie de l'année et auraient assez de serviteurs pour exploiter les deux domaines. A cette nouvelle, Sigrid s'évanouit à sa place, près de la table, et quand elle revint à elle, elle commença à verser un torrent de larmes.

— Il est vrai, sans conteste, dit Bjorn, que Njal n'est encore qu'un jouvenceau de quatorze hivers, mais il est déjà grand, puisqu'il dépasse sa promise d'une demi-tête. Les gens de Herjolfsnes s'étoffent tard, dit-on, mais en vérité ce sont de solides gaillards.

Mais en disant cela, il regarda l'assemblée d'un air déconcerté. Alors Signy, son épouse, s'approcha de Sigrid et lui ordonna de cesser de pleurer, car un tel déportement montrait qu'on ne l'avait point mariée assez tôt et confortait sa mère dans sa résolution de célébrer ces noces aussitôt que possible. Mais, au vrai, Sigrid ne pouvait s'arrêter de pleurer ou de rire, et on eut beau la secouer et la tancer, rien n'y fit. On la porta dans son lit clos pour qu'elle s'y calmât, mais quelque temps plus tard elle se mit à pousser des cris terribles, comme si elle était tenaillée avec des pinces ardentes ou mordue par des démons. Bjorn Bollason en fut tout bouleversé et refusa de faire taire la jeune fille à force de coups, comme le conseillaient tant Signy que Hoskuld.

Vint le temps de se coucher et Margret Asgeirsdottir enfila sa robe de nuit pour gagner le lit clos qu'elle partageait habituellement avec Sigrid. Celle-ci poussait encore des gémissements rauques et Margret prit la jeune fille dans ses bras. Elle lui dit :

— Ma petite Sigrid, je vais maintenant te raconter

une histoire si tu t'apaises, et prépare-toi à entendre de dures paroles, bien que tu n'y sois guère habituée.

— N'ai-je pas assez entendu de dures paroles, ce soir ? dit Sigrid.

— Pas plus dures que n'en entendent les autres filles. Peut-être moins, même, car ton père s'efforce de répondre à ton vœu de demeurer auprès de la Colline du Soleil.

Sigrid gardant le silence, Margret commença :

— Cette histoire se passe au temps du roi Sverri, quand les gens de la Terre Verte étaient fort prospères et n'hésitaient pas à aller chercher les belles choses dont ils avaient envie en Norvège ou en Islande, en Angleterre et jusqu'en France. Une dentelle ou un tissu de France n'avaient rien pour surprendre à l'époque, et les gens de Herjolfsnes avaient toujours ce qu'il fallait avoir, car c'étaient de grands navigateurs et des gens chez qui il faisait bon vivre. Le sort des Groenlandais n'est pas toujours celui des gens de Herjolfsnes, et c'est la vérité. Quoi qu'il en soit, à l'époque de cette histoire, il y avait à Vatna Hverfi une jeune fille qui n'avait plus de mère, car sa mère était morte en donnant le jour à son frère. Cette fille s'appelait, disons, Marta, et elle avait l'habitude de n'en faire qu'à sa tête. Elle s'occupait toute seule d'élever son frère, car son père ne s'intéressait guère au garçon. Quel bonheur elle avait à contempler cet enfant, à attirer son regard, puis à éveiller son sourire ! Et ce bonheur ne cessa jamais pour elle, ni ne s'amenuisa, tout le temps qu'il fut enfançon et garçon et jouvenceau. Les gens du pays disaient que c'était le plus bel enfant qu'ils eussent jamais vu. Les gens disent souvent cela, mais il semblait à Marta qu'ils ne parlaient pas en vain à propos de ce garçon, qui s'appelait Gudmund. Un autre de ses bonheurs était d'éprouver le poids de ce culottin sur son dos et elle l'emmenait ainsi attaché dans une écharpe dans les collines ou le long du fjord. Il advint ainsi qu'à force de passer tant de temps avec Marta le garçon refusa de frayer avec les hommes de la ferme et de faire le travail pour lequel il était né, car jamais Groenlandais ne fut si prospère qu'il pût se dispenser de cultiver sa terre de ses propres mains. Mais ce Gudmund-là était une grande déconvenue, car il détestait le travail sous toutes ses formes et ne goûtait que la présence de Marta. Il était une grande déconvenue pour tout le monde à l'exception de Marta, car elle ne se rassasia jamais d'être avec lui, d'écouter son babillage et d'attirer son sourire à elle. Il devint un joli vaurien, ni déplaisant ni insensible, mais bon à rien. Pourtant Marta l'idolâtrait, et mêmement leur vieille nourrice, qui mourut vers cette époque.

« Or il advint que le père mourut, et par quelque mésaventure, une partie de la ferme fut perdue — non la plus belle partie, mais la plus satisfaisante, celle qui séparait le domaine de ceux des voisins et faisait l'orgueil de la lignée depuis des générations entières. Désormais Gudmund était le maître de la ferme, mais il n'avait guère de dispositions pour cela et encore moins d'intérêt, et le travail ne s'effectuait que grâce à un fils adoptif, un rustaud très cher à Marta mais qui lui répugnait tout autant. Il s'appelait Odd et vivait à la ferme depuis maintes années, et depuis toujours, lorsque Odd entrait dans une pièce, l'envie prenait à Marta d'en sortir. Et contre cette répugnance, Marta priait et luttait chaque jour, car elle n'avait trait qu'à des choses viles, corporelles, et les prêtres nous disent que ces choses sont comme des vêtements que nous portons durant notre vie et quand nous nous endormirons dans la mort, nous les dépouillerons derechef et toutes les âmes seront indistinguibles. Marta se contraignait à méditer cette vérité quand Odd était dans la pièce, mais sans grand succès, car il remplissait tout l'espace de ses odeurs et de son haleine et Margret avait la sensation d'étouffer.

« Un jour, Gudmund se leva de son lit, revêtit ses habits et annonça qu'il se rendait au Thing, car tel était le devoir des hommes. Et quand il partit dans son vieux bateau, avec la tente de son père, il fit à Marta un sourire si débordant d'amour et de considération qu'elle se vit vivre paisiblement avec lui sur leur ferme, toute pauvre fût-elle, jusqu'à la fin de leurs jours, et cela lui paraissait suffisant, paraissait la combler entièrement. Mais il se trouve qu'il revint du Thing avec la nouvelle qu'il était accordé et que le mariage aurait lieu à l'automne.

« Alors Marta se sentit envahie d'une vapeur, d'une fumée comme celle qui sature les demeures à la fin de l'hiver, ce remugle de tous les feux faits pendant l'hiver, et de toutes les nourritures cuisinées et de toutes les haleines exhalées. Cette vapeur l'emplit et l'environna, si bien qu'elle embruma ses pensées, ralentit ses mouvements et la sépara de Gudmund, et il lui semblait que la dernière chose qu'elle ait vu clairement était son sourire d'adieu, transparent comme l'eau de ces lacs dans les montagnes au-dessus de la Colline du Soleil. Puis vint l'automne, et Gudmund partit se marier, pour revenir à Vatna Hverfi avec une femme qui n'était qu'une enfant, petite et menue, et incapable, mais pourtant très imbue de ses opinions et clairvoyante. Or Marta ne dit pas à la jouvencelle qu'elle devait aller dans le lit clos de son mari, en bonne épouse, mais elle tint la fille dans l'ignorance, dormant avec elle dans son propre lit clos. De même, pendant la journée, elle ne cessait de l'occuper à toutes sortes de travaux, si bien que le mari et la femme n'avaient guère l'occasion de s'entretenir. Mais il est vrai, aussi, que Gudmund était très embarrassé de ses nouvelles responsabilités ; seul Odd faisait marcher la ferme, et un jour qu'Odd fut appelé au loin, Marta vit qu'ils allaient tous mourir. Ce jour qu'Odd fut appelé au loin, Marta partit chercher des simples dans les collines, comme elle en avait l'habitude, et elle s'endormit et fit un petit rêve où elle vit deux choses : une grande peau d'ours blanc la recouvrait et l'empêchait de respirer, mais en même temps, on lui faisait manger de délicieux morceaux de renne et les airelles les plus douces. Ce rêve signifiait qu'elle devait épouser Odd, pour qu'il reste sur la ferme et que Gudmund puisse vivre à sa guise, car Marta n'avait d'autre désir que de voir Gudmund heureux. Quelques jours après, quand il sembla qu'Odd reviendrait peut-être si Marta acceptait de l'épouser, Marta acquiesça sans sourciller, et elle voulait ainsi sauver Gudmund mais aussi le blesser. Odd et elle se marièrent donc et, en vérité, ils vécurent sans querelle pendant un certain nombre d'années.

« Il advint alors qu'un navire arriva de Norvège, avec,

à son bord, des hommes envoyés par le roi — Sverri, s'appelait-il —, pour veiller aux affaires de son royaume en Terre Verte. Sur ce bateau se trouvait aussi un homme qui était déjà venu en Terre Verte et s'était lié d'amitié avec le père de Marta. Ce fut la première chose qui plaida en sa faveur. Il s'appelait Sigurd. Sigurd ne ressemblait en rien à un Groenlandais, car il portait des vêtements éclatants et semblait se promener à sa guise plutôt que de vaquer à ses occupations. Toutes ses actions, toutes ses attitudes avaient comme une richesse supplémentaire, une richesse prodiguée sans compter. Les Groenlandais le jugeaient insouciant, car les Groenlandais sont gens fort peu donneurs, qui se cramponnent à ce qu'ils ont : mots, moutons ou blocs de tourbe autour de la maison. Néanmoins, c'était un homme populaire et il prit bientôt l'habitude de rendre visite aux gens dans presque tout le pays, et il était le bienvenu partout où il allait. Il venait souvent à la ferme de Marta et quand il était là, Marta sentait cette vapeur la quitter et flotter loin d'elle. Alors elle résolut de ne plus penser qu'à se trouver près de lui, à parler avec lui et à attirer son sourire à elle, comme elle attirait naguère à elle le sourire de Gudmund, et le désir de Sigurd vint à la rencontre du sien, et ils tombèrent dans le péché sans remords. Le bref résultat de tout cela fut que Gudmund et Odd firent ce qu'ils devaient faire et tuèrent Sigurd, alors qu'il était désarmé, et le long résultat de l'affaire fut que Marta fut dépossédée de son Gudmund bien-aimé jusqu'à la fin de ses jours.

« Voilà maintenant les paroles dures que je dois te dire : le Seigneur qui est au Ciel prodigue ses châtiments sans compter aux femmes qui n'en font qu'à leur tête. Si elles veulent se marier par feintise, leur châtiment est d'être toujours suffoquées et écrasées par la présence du mari qu'elles n'aiment pas, dont la moindre action innocente paraît monstrueuse et répugnante, qui ne peut s'asseoir devant sa viande sans faire monter la vomissure à la bouche de sa femme ou, pis, d'amers reproches. Et ravaler les uns n'est pas plus facile que de ravaler l'autre. Si, en revanche, les femmes veulent avoir ce qu'elles désirent dans leur faiblesse, le châtiment est encore plus sévère, car elles perdent tout : l'amant, les agréments de la famille, les fruits de l'union, s'il y en a. La femme est rabotée, réduite à un galet, outre qu'elle est certaine de la damnation éternelle. Voilà pourquoi je te dis, Sigrid, de n'avoir nuls désirs et nulle volonté pour qu'ils ne puissent aller contre les désirs du Seigneur. Le chagrin qui ronge le cœur ne cesse jamais, mais reste toujours neuf et amer, et les vues mêmes qui appelaient naguère la joie tournent sur elles-mêmes et n'appellent que le tourment.

Sigrid resta longtemps silencieuse, mais Margret voyait qu'elle ne dormait pas, tandis que ronflements et froissements montaient des autres lits clos. Au bout d'un long moment, elle dit d'une voix rauque :

— Il faut que je l'aie.

Margret sourit et dit :

— Ce n'est pas une mauvaise chose. Les gens de Herjolfsnes ont la réputation...

— Pas cet enfant de Herjolfsnes, mais Kollgrim Gunnarsson.

— N'as-tu rien entendu de ce que je t'ai dit ?

— Ton histoire n'a qu'un défaut, c'est que Sigurd est arrivé trop tard. Si Marta l'avait épousé au lieu de ce rustaud, il n'y aurait pas eu de châtiment.

— Non, c'est la volonté elle-même qui mène la femme au péché.

— Non, ce n'est pas vrai, c'est que les hommes et les femmes usent de leur volonté sans réflexion ni plan.

Et Margret eut l'impression que ces paroles sortaient de la bouche de Bjorn Bollason en personne. Elle prit Sigrid dans ses bras et la tint ainsi jusqu'à ce qu'elle s'endormît, mais Margret ne trouva point le sommeil.

Il advint que, lorsque Kollgrim regagna la terre de Gunnar et trouva un des hommes de Jon Andres Erlendsson assis à sa table en train de manger le gibier qu'il avait capturé, il fut pris d'un grand courroux et le chassa avec de terribles menaces. Au début du printemps, Jon Andres Erlendsson vint en personne à la terre de Gunnar, et il vint à pied et sans armes ; il ne portait qu'une robe légère de sorte que l'on vît bien qu'il ne pouvait cacher le moindre couteau sur lui. Et Jon Andres s'avança hardiment vers Kollgrim, sans attendre d'y être invité, et il dit :

— Kollgrim Gunnarsson, il se peut que tu veuilles me tuer, et peut-être as-tu pour cela de bonnes raisons. Mais vilenie ne vient pas toujours sans provocation, et lorsque le Thing a délibéré de notre affaire, certains ont été de mon avis.

Kollgrim le regarda fixement, puis il dit :

— Du moins les as-tu emboisés à le croire, car tu as la finesse de bien parler, comme tu as maintenant la finesse de paraître sans défense, alors que tu ne l'es point.

— Il me semble que tu es rompu aux armes, et tu as des haches à portée de la main. Je ne compte pas fuir ni lever la main contre toi.

— Pourquoi me tourmentes-tu et me provoques-tu de la sorte ?

— Telle n'est point mon intention, dit Jon Andres Erlendsson d'un ton mesuré.

— Alors signifie ton intention comme un homme et quitte ce domaine.

— Mon intention est que la tradition d'inimitié qui oppose ces deux domaines soit brisée comme la glace se brise au printemps dans le fjord et est chassée vers le large. Je te laisse le soin de décider comment cela s'accomplira.

— Que non ! En vérité, c'est la plus grande finesse de toutes, car tu ne tarderas pas à demander derechef la main de ma sœur, et ainsi me sera-t-elle volée.

— Au vrai, tel est mon projet au Thing de cette année, je ne t'abuserai point à ce propos. Mais les hommes ne peuvent compter que leurs sœurs tiennent leur ménage jusqu'à la fin de leurs jours. Ne vaut-il pas mieux pour une sœur de se marier de l'autre côté de la colline plutôt que de partir dans un lointain district ?

— Elle est bien nourrie ici, et elle a assez de travail pour ne pas s'attirer d'ennuis.

— Peut-être ; pourtant, je ne renoncerai point à tâcher de te l'enlever. Cela ne nous empêche pas d'être amis. Le frère de son épouse vaut bien un frère dans une querelle, et ni toi ni moi n'avons de frère.

— Quelles querelles pourrions-nous partager tous deux ?

— Tu n'ignores pas qu'Ofeig est dans les parages.

Le visage de Kollgrim s'assombrit. Jon Andres ajouta :

— Je crains que l'entrelacs de nos rancunes ne soit si bien emmêlé que chaque parole cause une blessure, quoi qu'on fasse. Je suis convaincu cependant qu'Ofeig entend multiplier ses méfaits dans le district, et il a la force et la ruse de plusieurs hommes.

— Les gens des autres districts disent que c'est un démon envoyé parmi nous.

— On dit souvent qu'il y a un démon en lui, mais on peut le traquer comme on traque les ours.

Kollgrim sourit.

— On ne traque plus les ours. Les Groenlandais sont tombés si bas que les peaux d'ours de leurs lits sont mangées par les rats et tout élimées. Je n'ai jamais tué d'ours, alors que le frère de mon père en a tué un grand nombre.

— Mais nous pouvons tuer cet ours-là si nous renonçons à notre animosité.

— Tu souhaites les deux avec trop d'ardeur, me semble-t-il, mais je ne te tuerai pas aujourd'hui, puisque tu es désarmé.

Et Kollgrim tourna les talons et rentra dans la maison. Mais le fait est qu'il renonça à sa querelle avec le maître de la terre de Ketil, bien qu'avec une grande amertume. Et pendant le printemps, les hommes de Vatna Hverfi battirent le pays à la recherche d'Ofeig. Il s'était manifestement installé quelque temps dans le presbytère de l'église d'Undir Hofdi, laissant l'endroit en grand désordre, mais personne ne le vit à l'entour. Jon Andres hésitait à le tuer avant qu'il ait été proscrit par le Thing. Il ne chercha pas non plus à rencontrer Helga, mais lorsque Kollgrim partit au printemps chasser et piéger les oiseaux, deux hommes de Jon Andres vinrent en armes habiter la terre de Gunnar, et ils étaient rudes mais polis, et aidèrent aux travaux de la ferme pendant l'agnelage et la fumure des champs. Puis vint le moment du Thing.

C'était l'été de 1406, à en croire les calendriers-bâtons, et de tous ceux-ci, celui de Finnleif Gudleifsson était le plus exact. Huit années s'étaient donc écoulées depuis la grande faim, et la Terre Verte résonnait partout de cris d'enfants, mais il semblait aux gens qu'ils ne pouvaient entendre ces cris sans tristesse et sans crainte, car les hommes ne savent jamais quand la lourde main du Seigneur va s'abattre sur eux : c'est le Seigneur qui choisit quels péchés Il va punir, et quels péchés pardonner, et il Lui sied de mieux savoir que les hommes quel est Son bon plaisir. Pourtant, les Groenlandais chérissaient leurs enfants comme un grand trésor, et il leur semblait qu'ils ne pourraient jamais avoir assez de ce trésor. Dans certaines fermes, il y avait quatre enfants ou davantage qui se suivaient d'un an, et l'épouse et toutes les servantes étaient grosses encore.

Lors de ce Thing, Bjorn Bollason, le récitateur de la loi, débita toutes les lois dont il se souvenait en une journée, alors qu'il avait toujours fallu trois jours du temps d'Osmund Thordarson. Ensuite, les affaires furent jugées et Ofeig Thorkelsson fut proscrit, après une défense de pure forme de Hrolf, le frère de sa mère. Les hommes se rassemblèrent de tous les districts en présence du prêtre Eindridi Andresson, les hommes pour discuter comment ils allaient capturer et tuer le hors-la-loi et le prêtre pour dire ce qu'il faudrait faire si Ofeig était effectivement un démon. Ce prêtre était un homme dur et direct, mais ce n'était point Sira Audun, et les Groenlandais de se ramentevoir avec émerveillement comment Sira Audun avait terrassé Ofeig et s'était assis sur sa poitrine, en priant le Seigneur d'une voix tonitruante. Sira Eindridi serait bien en peine d'en faire autant, disaient-ils.

C'est à ce même Thing que Jon Andres Erlendsson demanda de nouveau la main de Helga Gunnarsdottir, et Gunnar Asgeirsson fit cette fois ce qu'il aurait dû faire l'année précédente, à en croire les gens, et consentit à ce mariage. Kollgrim Gunnarsson arpentait le champ de l'assemblée à Brattahlid d'un air sombre et furieux, mais en vérité il ne dit rien ni ne menaça personne. Et le dernier jour du Thing, une singulière affaire se produisit, et voici ce qu'il en fut.

Bjorn Bollason avait une grande tente neuve, comme il sied au récitateur de la loi, joliment arrangée par sa femme Signy et sa fille Sigrid, et celles-ci avaient la largesse de servir des victuailles aux gens présents alentour, aussi les Groenlandais n'étaient-ils pas peu nombreux à se faire un devoir de se tenir dans les parages. Mais parmi ceux-ci, il n'y avait jamais personne du Hvalseyfjord, car les habitants du Hvalseyfjord n'intéressaient pas particulièrement les hôtes de la Colline du Soleil, pas plus qu'ils ne s'intéressaient à eux. Pourtant, chaque fois que quelqu'un entrait sous sa tente, Bjorn Bollason demandait des nouvelles de tel ou tel habitant du Hvalseyfjord, et une fois sur trois ou quatre il mentionnait le nom de Gunnar Asgeirsson : Gunnar était-il présent au Thing ? Où se trouvait sa tente ? Etait-il venu avec quelques-uns de ses proches ? Kollgrim Gunnarsson l'accompagnait-il ou avait-il une tente personnelle ? Le père et le fils étaient-ils en bons termes ou étaient-ils brouillés, comme d'aucuns le disaient ? Etait-il vrai que la fille était fiancée à un ennemi de la famille ? La terre de Gunnar appartenait-elle à Gunnar ou à Kollgrim ? Quelle sorte de domaine était-ce là, aussi prospère qu'autrefois ou tombé ? Etait-il intact, avec deux grands champs ou ne restait-il plus que le pré clos ? Qu'arriverait-il à ce propos quand Helga et Jon Andres se seraient mariés ? En bref, Bjorn Bollason se montrait d'une curiosité insatiable à l'égard des affaires de Gunnar, et la chose revint à ses oreilles. Gunnar était assis devant sa tente et il sourit à part lui, car il se dit que Bjorn songeait certainement à demander la main de Johanna pour l'un de ses fils, et bien que les gens prétendissent que ces fils était parfaitement impossibles à distinguer, Gunnar trouvait que ce serait une bonne famille pour Johanna. Finalement, se racontait-il, il n'avait pas si mal réussi avec ses filles, après tout. Mais les gens avaient beau rapporter à Gunnar que son nom était toujours sur les lèvres du récitateur de la loi, celui-ci ne se montrait toujours pas, et Gunnar commença à se renfrogner et décida d'abattre sa tente et de faire ses bagages un peu plus tôt que prévu — le matin du quatrième jour plutôt que dans la soirée. Et il était en train de ranger ses affaires lorsqu'un jouvenceau qui devait être un des fils se présenta devant lui et dit d'un ton poli mais autoritaire :

— Gunnar Asgeirsson, Bjorn Bollason, le récitateur de la loi, souhaite vous entretenir en privé dans sa tente.

Ce n'était point la procédure que dictait la bienséance pour des accordailles, aussi Gunnar prit-il son temps pour finir son travail, arranger ses vêtements et se rendre à la tente du récitateur de la loi.

Bjorn Bollason avait beaucoup grossi depuis la grande faim, car en vérité on ne manquait pas de provisions à la Colline du Soleil. Il était aussi vêtu avec recherche, et l'étoffe de sa robe attira le regard de Gunnar par sa douceur et la complexité du tissage. Elle n'était pas teinte, car pour le récitateur de la loi le blanc était de mise. Dès que Gunnar pénétra sous la tente, Bjorn s'empressa de l'installer sur le haut siège et de lui offrir des rafraîchissements. Puis il se tourna vers les gens présents et les fit tous sortir, même Signy, sa femme, et Bolli, son fils aîné. Il semblait à Gunnar qu'il pourrait s'offenser un peu, tant cette procédure était inhabituelle. Il porta son bol de lait caillé à ses lèvres et Bjorn le regarda le goûter, et opina en souriant, comme s'il voulait que Gunnar en appréciât tout particulièrement la texture et l'épaisseur. Gunnar ne dit rien et examina hardiment les lieux. C'était une tente cossue, faite de peaux de rennes alternant avec des fourrures de renards, et tendue à l'intérieur de vadmal richement décoré. Finalement, Bjorn commença en ces termes :

— Il me semble que le mariage des enfants s'avère exiger plus de soins et d'efforts qu'il ne siérait. Pourquoi faut-il qu'ils ne se contentent point d'épouser qui leur père choisit ? Le résultat, c'est que la maison déborde de querelles et de bruit.

— Quel père ne partagerait pas votre avis ?

— Et pourtant, deux de vos filles ont fait de grands mariages.

— Les gens le disent.

— La différence entre vous et moi, c'est que vous avez beaucoup de filles et moi beaucoup de garçons. Les fils passent pour plus tumultueux et fatigants, mais mes quatre garçons réunis me donnent moins de souci que ma fille unique.

Gunnar sourit.

— Les gens diraient la même chose de mon seul fils. On dirait qu'il est dans sa nature de créer des ennuis.

— En vérité, je regrette beaucoup de vous entendre dire cela, car ma fauteuse de trouble de fille s'est entichée de votre fauteur de trouble de fils, et est fermement résolue à s'allier à la terre de Gunnar.

— Je n'avais jamais songé que Kollgrim se marierait un jour.

— C'est un beau gaillard et plein de talents : le chasseur le plus habile de tous les Groenlandais, dit-on.

— Sans doute, mais il ressemble au frère de mon père, Hauk Gunnarsson, il lui manque la faculté de vivre avec une épouse. Les préoccupations des femmes lui sont si étrangères qu'il n'y pense même pas. Il serait même tout étonné d'apprendre que de tels soucis existent.

Songeur, Gunnar se tut quelques instants, puis reprit :

— Mais peut-être que je parle de mon oncle et non de mon fils, car Kollgrim est fort attaché à sa sœur et se désole de son mariage plus qu'un frère ne le devrait.

— La traite-t-il bien ou mal ?

— Bien, dit-elle, mais elle se consacre à lui depuis que c'est un enfançon dans les langes.

— Mais elle va quitter la maison, maintenant.

— C'est le destin des sœurs de quitter la maison.

Alors les deux hommes se turent et s'étudièrent soigneusement. Puis Bjorn Bollason dit :

— On a dû vous dire où se trouvait maintenant Margret Asgeirsdottir.

Gunnar s'empourpra.

— Les gens ne me parlent pas d'elle et ils font bien.

— Pourtant, s'il devait sortir quelque chose de notre conversation...

— Il me semble préférable pour votre fille que rien n'en sorte. Il y a bien des années, on joua ce tour à Kollgrim de le plonger dans l'océan. La chose a laissé des traces. Ce n'est pas à la fille unique du récitateur de la loi, élevée avec le plus grand soin, de se charger d'un tel fardeau. Chaque fois qu'il m'est arrivé de la voir, par exemple au banquet de Thorkel Gellison, elle m'a paru enjouée, très vive et volubile. Je crois que Kollgrim la déconcerterait, de même qu'elle le déconcerterait.

Alors Bjorn Bollason réfléchit longuement, et Gunnar vit qu'il était mécontent de l'issue de cet entretien. Finalement, il dit :

— Mais ne vaut-il pas mieux les laisser découvrir eux-mêmes leur propre folie ?

— Mais Kollgrim ne parle jamais de Sigrid Bjornsdottir. Et mon Helga me dit qu'une servante de la terre de Gunnar attend un enfant. Rien de tout cela ne me semble de bon augure. Kollgrim aura bientôt trente hivers et je penche vers les mariages précoces. Je n'avais moi-même que dix-neuf ans et ma Birgitta quatorze lorsque je l'ai reçue au Thing de Lavrans Kollgrimsson.

— Je lui dirai donc qu'il n'y faut plus songer.

Et il sourit d'un air penaud ; Gunnar ne l'enviait pas du tout d'avoir à annoncer cette nouvelle. Puis Bjorn dit :

— Mais quittons-nous amis, car vous avez fait de votre mieux pour éviter aux miens les difficultés. S'il vous arrivait quelque traverse, d'où qu'elle vienne, ne craignez point de dire que le récitateur de la loi est pour vous comme un frère et vous aidera de toutes les manières possibles.

— Les gens disent que je suis poursuivi par la malchance, j'espère donc que vous n'aurez pas à regretter ces paroles généreuses.

Et les deux hommes se levèrent et se séparèrent, et, comme il leur semblait avoir résolu cette affaire, ils étaient tous deux fort satisfaits.

Il arriva aussi, le dernier jour du Thing, que Kollgrim

venait d'achever sa toilette devant sa tente lorsque Sigrid Bjornsdottir passa lentement à côté de lui. Elle était très richement parée et Kollgrim vit qu'elle s'était fait un beau chaperon des peaux de renards qu'il lui avait données. Elle le frôla sans un regard ni une parole, et il la laissa s'éloigner de quelques pas avant de lancer :

— A la vérité, Sigrid Bjornsdottir, il serait séant que tu me remercies de ces peaux de renards dont tu es si vaine.

Elle répondit sans se retourner :

— N'ai-je donc point rempli mes obligations ? N'ai-je pas pleinement versé le prix demandé ? Serait-il que tu m'en réclames davantage ?

Alors Kollgrim s'avança vers elle et se planta devant elle en disant :

— Quel joyeux sourire tu as ! Je m'en jugerais comblé si je ne risquais pas de désirer d'autres paiements après un tel acompte.

Sigrid éclata de rire.

— De fait, dit Kollgrim, je désire davantage.

— Voilà qui ne sied guère à un homme courtois.

Kollgrim éclata de rire à son tour.

— Je suis un homme du Hvalseyfjord. Ces questions de courtoisie ne me sont pas aussi familières qu'à la fille du récitateur de la loi.

— Les gens disent pourtant que tu es de Vatna Hverfi.

— Et les gens disent aussi que tu demeures à la Colline du Soleil, mais il se trouve que je sais que tu es née ailleurs, à Dyrnes.

— Nous avons quelque chose en commun, alors.

Elle eut un sourire radieux et Kollgrim la regarda de haut en bas. Elle était très différente de Helga, petite et coquette et vive, avec ces boucles qui jaillissaient de son chaperon et ruisselaient sur son visage. Il dit :

— Il me semble que nous pourrions avoir plus de choses en commun si les événements prenaient une autre direction.

— Qui sait ce qui peut arriver ? Quoi qu'il en soit, le Thing s'achève aujourd'hui, et lorsque nos serviteurs auront abattu notre tente il sera temps pour nous de partir. Mais c'est une grande tente, en vérité, et mon père est venu avec force bagages. D'un autre côté, nous ne manquons pas non plus de serviteurs.

Et sur ces mots, Sigrid se mit à gravir la colline ; Kollgrim lui emboîta le pas et ils poursuivirent leur entretien. En haut de la colline, Kollgrim tourna les talons et se rendit à la tente de Gunnar qui se trouvait près de là. Gunnar commençait à ôter les peaux de rennes quand Kollgrim entra. Il dit :

— Mon père, je te parlerai sans détour. Sache que j'ai résolu d'épouser Sigrid Bjornsdottir de la Colline du Soleil.

Et ce discours prit tant Gunnar au dépourvu qu'il laissa échapper un grand bruit, mi-hoquet mi-grognement. Alors Kollgrim ajouta :

— Je vois que tu as l'intention de me contrecarrer cette fois encore.

— Cela me semble un mariage de mauvais augure, d'autant que nous avons appris de Helga qu'Elisabet Thorolfsdottir attend un enfant. Une femme et une concubine sous le même toit sont un gage certain d'embarras, et les fils se retrouvent dans une situation bien délicate.

— Elisabet Thorolfsdottir peut retourner sur la terre de Lavrans. Qu'elle donne le jour à une fille ou à un garçon, il y aura toujours place pour l'enfant dans une ferme ou dans l'autre. Mais il ne sied point à une servante de se mettre en travers d'un bon mariage. Helga me quitte et il me plaît d'avoir une femme à la maison.

— Sigrid Bjornsdottir n'est qu'une jouvencelle.

— Birgitta Lavransdottir était beaucoup plus jouvencelle encore quand tu l'as ramenée sur la terre de Gunnar. La Colline du Soleil est un domaine bien gouverné. Je doute que l'apprentissage lui ait fait défaut.

— N'oublie pas que les gens de la Colline du Soleil sont habitués à l'opulence, et nulle plus que la fille unique de la maison. Je ne suis pas tranquille.

Gunnar considéra Kollgrim avec attention, puis il ajouta :

— Néanmoins, mon cher Kollgrim, je ne me mettrai point en travers de cette alliance, car ton destin t'appartient. Tel est le lot de tous les hommes, quelles que soient les opinions de leurs pères. Peut-être que si je te soutiens en cette affaire tu verras que je suis ton ami.

— Ma mère sera contente de cette nouvelle.

— Assurément, mais elle sera encore plus contente si tu viens la lui annoncer toi-même.

— Va maintenant chercher Thorkel et Arni Magnusson, que nous allions ensemble trouver le récitateur de la loi. Je crois que nous ne serons pas déçus par la réception qu'il nous réserve.

Quand les fiançailles eurent été décidées, le Thing se sépara et les gens rentrèrent chez eux avec force histoires à raconter. Il parut à Gunnar que Bjorn Bollason était en effet un homme bien accommodant, car il ne fit pas la moindre objection aux projets de Sigrid. Et il vit qu'il était lui-même aussi accommodant que Bjorn Bollason, bien que peut-être moins confiant.

Il fut décidé après le Thing que le mariage de Jon Andres Erlendsson et de Helga Gunnarsdottir aurait lieu juste avant la chasse aux phoques de l'automne, plus précisément le jour de la Saint-Barthélemy, ou aussi près de cette date qu'en conviendraient les détenteurs de calendriers. Alors Birgitta sortit de son lit clos et partit seule avec nombre de ses possessions pour la terre de Gunnar, afin de surveiller les préparatifs. Le mariage lui-même devait se dérouler sur la terre de Ketil, car il n'est pas jugé convenable que la promise se marie sur sa propre ferme, à moins qu'elle ne soit veuve. Et c'est ainsi que Birgitta se retrouva souvent en la compagnie de Jon Andres Erlendsson, et au début ces rencontres la troublèrent beaucoup, car elles lui rappelaient l'été qu'elle était enceinte de Gunnhild, quand il lui semblait que Vigdis lui jetait le mauvais œil. Les gens avaient beau dire que Jon Andres ressemblait remarquablement peu (ou pire) à ses parents, tant par la physionomie que par la conduite, Birgitta voyait néanmoins les yeux de sa mère la regarder sous ses sourcils sombres et avait peine à soutenir la conversation. Mais il était diaboliquement attentionné envers elle : il lui envoyait toujours un de ses meilleurs chevaux, avec un beau serviteur pour le conduire, ou encore il venait lui-même à la terre de Gunnar et ils parlaient longuement de fromages et de viandes séchées, de ragoûts et de ptarmigans rôtis, des tapisseries à réparer, des bancs, des tables et du nom des invités.

Il lui semblait que les dépendances de la terre de Gunnar reposaient aussi paisiblement dans les larges prés ensoleillés que des icebergs flottant dans le fjord bleu au milieu de l'été. Elle dit à Helga :

— J'avais oublié l'agrément de ce domaine. Le vent ne souffle jamais ici, tout au plus ébouriffe-t-il doucement la toison des moutons. La terre de Ketil n'offre point un spectacle aussi aimable.

— Assez aimable à mon gré. Sigrid Bjornsdottir sera contente, elle qui est habituée à d'agréables entours.

— Les serviteurs de la terre de Ketil sont bien intentionnés mais malhabiles.

— S'ils sont bien intentionnés, il ne sera pas difficile de les rendre habiles.

— Helga, n'as-tu donc aucune crainte ? Chaque femme aborde son mari comme une grande énigme, en espérant ne point trop découvrir de mal en lui, mais là il me semble que l'énigme est insoluble et que, chaque jour, Jon Andres Erlendsson t'apportera de grandes surprises.

— Je n'ai aucune crainte.

Et Birgitta vit qu'elle disait vrai. Mais elle avait pourtant le sentiment que Helga était perdue, et cela lui apparaissait comme une grande certitude. Mais cette certitude même lui conférait un calme particulier. Au reste, n'est-il pas vain de discuter avec les jeunes filles des maris qu'elles choisissent ?

Le temps du mariage approchait, aussi Gunnar, Johanna et bon nombre des serviteurs de la terre de Lavrans abandonnèrent leur besogne pour se rendre à Vatna Hverfi. Pour sa part, Gunnar se tint à l'écart du domaine de ses aïeux. Il faisait toujours beau et calme. Sira Pall Hallvardsson s'installa trois semaines dans le presbytère d'Undir Hofdi et chaque semaine il dit la messe et publia les bans. La maison du prêtre était en grand désordre, mais Ofeig était apparemment parti au sud, vers une autre région, car il ne se manifesta nulle part à Vatna Hverfi de tout l'été. Sira Pall Hallvardsson était si vieux maintenant qu'il marchait avec une béquille, mais les gens le préféraient encore à Sira Eindridi Andresson ou au prestolet Sira Andres Eindridason, qui, tout ignorant qu'il fût, semblait fort content de lui. De Sira Jon, qui vivait toujours, nul ne parlait. Personne ne se souvenait même de lui, sinon pour dire qu'il y avait eu jadis un prêtre fou à Gardar, dont les bras s'étaient mis à tournoyer dans leurs cavités dès que la démence l'avait pris.

Or il advint que, la veille du jour que devait avoir lieu le mariage, un grand navire remonta l'Einarsfjord à la voile, et il était plein d'Islandais, trente-deux en tout, tant hommes que femmes. Ce navire faisait route vers la Norvège lorsque la tempête l'avait dévié de sa course, et les passagers avaient beaucoup souffert de la faim et des intempéries, car la saison était bien avancée pour venir en Terre Verte et la glace commençait à remonter du cap Farvel pour se masser à l'embouchure des fjords. En apprenant la nouvelle, les Groenlandais s'émerveillèrent que Larus ait prophétisé avec tant d'exactitude. Et c'est ainsi que les trente-deux Islandais, du moins ceux qui en avaient la force, furent invités pour le mariage à la terre de Ketil, et ils apportèrent force nouvelles et quelques beaux présents : quatre gobelets d'argent ciselé, un crucifix d'ivoire joliment sculpté et douze des nouvelles monnaies de la reine Margarethe, des couronnes d'argent brillantes et belles, mais point aussi lourdes que les vieilles pièces du temps du roi Sverri.

Une des nouvelles était que l'antipape régnait toujours en Avignon pour les Français. Une autre que la reine Margarethe avait réalisé l'union de la Norvège, de la Suède et du Danemark sous l'autorité d'une seule maison, et pas simplement par la guerre mais à force de mariages et de traités. C'étaient les Allemands et les Danois qui gouvernaient tout dans le Nord ; quant aux Nordiques, ils ne faisaient que traîner sur leurs terres, en complotant contre la reine, mais au vrai, la Peste noire avait tant vidé les fermes que ces hommes n'avaient guère d'autre choix que de comploter, faute de pouvoir rassembler d'armée. Tous les paysans étaient aux champs, à labourer, semer et moissonner sans trêve, et ils réclamaient de forts salaires. Qu'en était-il du pape de Jérusalem ? demandèrent les Groenlandais. La question laissa les Islandais perplexes — deux papes ne suffisaient-ils donc point ? Sans doute un grand conquérant avait-il surgi à l'orient, qui s'appelait Timour le Féroce. Après avoir passé de vastes cités par l'épée, telles Damas, où saint Paul eut sa vision du Seigneur, et Bagdad, ce démon attelait une centaine de belles pucelles à son char d'or et les fouettait si rudement qu'il les dépouillait de leurs vêtements et qu'elles le tiraient jusqu'à ce qu'elles en périssent. Et c'était la moindre des horreurs qu'il perpétrait. Mais il n'y avait pas de pape à Jérusalem. D'ailleurs, on disait que ce Timour était mort il n'y a guère.

Jon Andres se réjouissait fort d'avoir ces Islandais à son mariage. Il y voyait un bon augure et il plaça leurs présents auprès de ceux qu'il avait échangés avec Helga.

Vint le moment de se rendre en procession à l'église et Helga sortit d'une des petites pièces de la maison. Elle ne portait qu'une simple robe au tissage savant, de couleur verte et ornée de passementerie blanche, outre un petit cercle d'argent autour de la tête qui était la couronne nuptiale du lignage de la terre de Ketil. Gunnar la tenait par le bras, et lorsqu'ils arrivèrent auprès de Jon Andres Erlendsson, elle s'arracha à lui, mais involontairement, transportée qu'elle était par la présence de celui qu'elle allait épouser, et ce mouvement qu'elle eut remplit Gunnar de plaisir. Puis les deux promis gravirent le coteau et traversèrent bientôt la vallée menant derrière eux. L'air était immobile et le soleil de la fin de l'été baignait les verts pâturages d'une lumière éclatante ; les yeux posés sur la nuque de sa fille et de son ancien ennemi, Gunnar eut le sentiment qu'il avait dépouillé la capacité même d'éprouver de l'inimitié, que jamais il ne se livrerait plus à la moindre vengeance. Le promis tourna sa tête bouclée et sourit à la promise, qui se tourna pour lui rendre son sourire, et Gunnar murmura à Birgitta :

— Ce petit ne peut être du lignage de la terre de Ketil, et doit être un ange descendu sur terre, car il rejette le plus grand plaisir des Groenlandais qui est de faire grief à qui leur a fait grief.

Birgitta se pencha vers lui pour mieux tendre l'oreille et il ajouta simplement :

— Tous les signes me semblent favorables.

Les deux fiancés atteignirent bientôt la porte de l'église où ils s'agenouillèrent pour recevoir la bénédiction de Sira Pall Hallvardsson, puis le prêtre célébra l'office nuptial. Les serviteurs de Jon Andres avaient décoré l'église de branches de bouleau et de saule, et maintes lampes à huile de phoque brillaient le long des murs. Tout le monde regagna ensuite la terre de Ketil pour le banquet, et les gens de s'émerveiller devant la variété des viandes, comme la plupart n'en voyaient pas de telle en l'espace d'une année entière, et c'était l'œuvre de Birgitta Lavransdottir, toute vieille et courbée qu'elle fût. Le festin se poursuivit deux jours encore après la nuit de noces, puis vint le moment de la chasse aux phoques de l'automne et ce banquet alimenta la plupart des conversations des chasseurs, le banquet et l'arrivée des Islandais, dont tous voulaient s'emplir les yeux et entendre parler.

Le chef de ce navire s'appelait Snorri Torfason et c'était un homme frêle auprès des Groenlandais, sec et presque chauve, bien qu'on dît qu'il était encore jeune, n'ayant que trente-cinq hivers. Il était peu loquace, presque taciturne, mais son navire était grand et bien équipé. Ses compagnons l'écoutaient quand il parlait et s'en remettaient à lui en toutes choses. Il y avait six femmes à bord du bateau, dont deux sœurs fort imposantes. Elles s'appelaient Thorunn et Steinunn et c'étaient les filles d'un homme important en Islande, qui s'appelait Hrafn. Elles avaient épousé deux cousins. Thorunn était mariée à Onund Sigmundsson, qui était le compagnon le plus proche de Snorri, et des deux sœurs, Thorunn était la plus péremptoire et la plus richement parée.

Steinunn était la femme de Thorgrim Solvason, jeune homme de bonne mine et plein de promesses qui en imposait à tous les Groenlandais. Cette Steinunn-là était plus réservée que sa sœur et se tenait toujours un peu en retrait des autres Islandais. Elle avait de larges épaules et une poitrine opulente : c'était en somme une belle femme. Il n'y avait, par contre, ni demoiselles ni nonnes à bord du bateau, comme Larus l'avait prophétisé, et il semblait aux Groenlandais que ces six femmes n'étaient pas près de les guider sur les voies de la sainteté.

Bjorn Bollason fut fort impressionné par ces Islandais, et il invita Snorri et quelques autres à demeurer chez lui à la Colline du Soleil, où il leur montra le sanctuaire de saint Olaf le Groenlandais et leur conta l'histoire de Ragnvald et du martyre de saint Olaf. Les autres Islandais s'installèrent çà et là dans les Etablissements de l'Est, certains à Gardar, d'autres à Brattahlid, l'un chez Thorkel Gellison. Quelques marins s'établirent sur deux fermes abandonnées mitoyennes à Vatna Hverfi, et les Groenlandais leur donnèrent des moutons et un peu de viande de renne. Le temps passa de la chasse aux phoques et de la chasse aux rennes ; l'automne s'avançait et les fermiers commencèrent à abattre leurs moutons pour l'hiver. Le sol et les fjords avaient gelé, mais la neige n'était pas encore très épaisse lorsque Gunnar partit un jour, à pied et en patins, pour Gardar. Il voulait s'entretenir avec Sira Pall Hallvardsson, mais il trouva à la place Bjorn Bollason, sa famille et les Islandais, venus en visite et en pèlerinage.

Gunnar entra dans la demeure de l'évêque et y rencontra Sigrid Bjornsdottir. Il l'embrassa et lui parla avec tendresse, car son mariage avec Kollgrim était fixé à Noël et les préparatifs avaient commencé. Il semblait d'ailleurs à Gunnar que ce pourrait être une bonne chose, après tout, car en vérité la jeune fille était jolie et pimpante et tout ce à quoi elle mettait la main était bien fait. En outre, elle avait toujours à la bouche des remarques si joyeuses et malicieuses que Gunnar était tout à fait conquis par elle. Il dit :

— Alors, comment te paraît mon Kollgrim ?

— Comme toujours, calme et réservé, et très replié sur lui-même, mais je crois qu'il est content de la tournure que prennent les choses.

— Je ne suis pas ton père, Sigrid, mais je ne tarderai pas à te chérir comme un père. De grâce, sois généreuse envers mon garçon, car il ne sait pas ce qu'il fait, bien que son cœur soit chaleureux et ses intentions nobles. Je crois qu'il t'aime comme un homme doit aimer son épouse, mais il faut que tu lui apprennes à s'en rendre compte et à te le montrer.

— Ce n'est pas pour me faire peur !

Gunnar sourit de l'intrépidité des femmes, puis il se mit en quête de Snorri Torfason qu'il trouva en train de manger un bol de lait caillé. Bjorn et les autres étaient partis à la cathédrale. Snorri posa sa cuillère et salua amicalement Gunnar. Gunnar le pria de poursuivre son repas.

— Car je ne me permets de vous déranger que dans l'espoir que vous ayez des nouvelles de personnes qui nous sont chères : Bjorn Einarsson Jorsalfari et son fils adoptif Einar, qui a épousé ma fille Gunnhild.

— Ce sont des gens du Borgarfjord et je ne les connais guère, car nous sommes du sud de l'Islande, de Hlidarendi, mais en vérité, qui en son temps n'a pas parlé avec envie de Bjorn Einarsson Jorsalfari, qui est un homme comblé par la chance.

— Bjorn serait-il alors encore en vie ? Car nous n'avons aucune nouvelle de lui depuis dix-sept hivers que ma fille nous a quittés, et elle n'était point encore mariée, car elle n'avait alors que quinze hivers.

— Il me semble que Bjorn a dû mourir, mais il est vrai que cela fait maintenant quatre hivers que je suis parti d'Islande pour m'établir dans le Sunnfjord. D'Einar, je ne sais rien, mais peut-être que certains d'entre nous sauront quelque chose, car quelques-uns viennent des régions de l'Ouest, non loin du Borgarfjord.

— J'espère apprendre de bonnes nouvelles de Gunnhild, mais tout père doit se résoudre à redouter les dangers de la gésine, et j'y suis prêt aussi. Quoi qu'il en soit, je suis heureux qu'elle se trouve en Islande, car les affaires des Groenlandais vont bien mal depuis quelques années.

Snorri se leva avec un grognement et regarda Gunnar de haut en bas.

— Je trouve, dit-il, que les Groenlandais se débrouillent fort bien. Le pays est si riche en gibier que l'on voit dans toutes les fermes sécher force phoques et rennes, et les moutons abondent et sont exempts de maladies.

— Nous n'avons plus que quelques vaches, pourtant, et bien peu de chevaux. Nos pâturages regorgent de chèvres et rares sont les gens qui les aiment.

— Il me semble, cependant, que c'est aux Islandais que le Seigneur réserve ses plus durs châtiments. Ainsi cette femme, Steinunn, et sa sœur Thorunn, qui nous accompagnent, leur domaine a été détruit il y a seize hivers et elles n'ont eu la vie sauve que parce qu'elles se trouvaient en nourrice dans une autre famille.

— Comment cela, détruit ?

— Le volcan de Hekla a explosé avec une telle violence qu'on l'a entendu jusque dans les districts les plus lointains des fjords de l'Ouest, et des feux infernaux ont jailli dans le ciel, non seulement du haut de la montagne, mais aussi des forêts environnantes, desséchant les arbres, et cela a duré pendant deux jours et deux nuits, puis il y a eu deux jours aussi sombres que la nuit, et l'air était si encombré de cendres que les gens ont cru que la terre se soulevait pour les engloutir. Quand cela prit fin, on découvrit qu'une grande avalanche avait recouvert tout le domaine de Langahlid et les gens eurent beau se mettre par dizaines à la recherche de Hrafn Bodulfsson, on ne retrouva rien de lui, bien qu'on ait exhumé sa femme des décombres et qu'on lui ait donné une sépulture. Quelques serviteurs, également, avaient péri dans l'étable. Ces filles, Steinunn et Thorunn, se trouvaient dans une autre ferme en compagnie de la mère de leur mère.

— C'est, en effet, un dur châtiment. Il n'en reste pas moins que les Groenlandais attendent impuissants dans leur maison la vie ou la mort, selon que l'une ou l'autre leur paraît plus désirable à ce moment-là.

— Croyez-vous que les Norvégiens aient tant à nous offrir, à nous autres Islandais ? Les gens ne sont pas du même avis à ce propos. La plupart disent que les Allemands volent tout. C'est une engeance diabolique et pourtant la reine les affectionne par-dessus tout. En tout cas, une douzaine de bateaux dans le port ne sauraient remplacer tout le bétail perdu, et les moutons, et les pâturages et les fermes. Et lorsque ces bateaux arrivent, ils apportent des denrées, sans doute, mais ils remmènent aussi les impôts qu'exige la reine. Mieux vaut encore être laissé à soi-même. Telle est mon opinion.

— Vous avez un évêque, qui bénit, marie et enterre les gens, et les empêche de se détourner du Seigneur par ignorance.

— C'est vrai.

— Voilà près de trente hivers que nous autres Groenlandais n'avons point d'évêque, et le plus instruit de nos vieux prêtres se consume dans la folie au fond d'une minuscule cellule, ici même à Gardar.

— Nous avons des évêques, en effet, mais ce sont des querelleurs ou des fous. Nous nous portons mieux sans eux. Qui voudrait entendre le Seigneur parler par leur bouche ? Autre chose encore, j'ai appris par des gens de passage à Bergen que la grande peste s'était abattue sur les Islandais, et beaucoup ont été emportés, bien que ces miasmes noirs n'aient point récemment resurgi ailleurs, ni en Norvège, ni en Allemagne, ni même en Angleterre, où la vénalité rend les gens particulièrement sujets à ce mal.

Et à ces nouvelles, Gunnar ne put répondre que l'habituelle remarque des prêtres, que chacun doit supporter son fardeau de son mieux. Avec un grognement, Snorri retourna à sa viande du matin tandis que Gunnar sortait de la demeure de l'évêque.

Les gens achevaient leurs préparatifs pour l'hiver lorsqu'il advint que des têtes de mouton fumées furent volées dans une ferme de Vatna Hverfi, puis de la viande de renne et de phoque, et l'on sut ainsi qu'Ofeig était de retour dans le district. Alors les hommes se rassemblèrent et convinrent que tout proscrit pouvait être capturé et tué si ses poursuivants étaient suffisamment résolus. Ainsi Jon Andres Erlendsson, Arni Magnusson et Hrolf, le beau-frère de Thorkel Gellison, entreprirent-ils de traquer Ofeig pour le tuer. Kollgrim Gunnarsson se joignait parfois à eux et il était fort précieux par sa science des signes et des traces, car, disent les gens, c'est un don de Dieu auquel tous les hommes ne peuvent prétendre, pour attentifs qu'ils soient.

Cet hiver-là, Ofeig fut aperçu trois fois, et deux fois Jon Andres crut qu'ils parviendraient à le capturer. La première occasion se présenta peu après les premières nuits d'hiver. Un matin, bien avant le lever du soleil, Jon Andres était étendu avec Helga dans leur lit clos lorsqu'un garçon arriva en déclarant qu'il y avait un ours dans l'étable de la terre de Mosfell. Comprenant que cet ours n'était autre qu'Ofeig, les gens de la ferme s'étaient empressés de barricader la porte avec des rochers, mais en vérité il y avait des moutons, des chèvres et d'autres provisions dans l'étable, et Ofeig les tuerait sûrement à son réveil. Alors Jon Andres sauta de son lit, prit sa hache et son arbalète et rassembla ses hommes. Quelques instants plus tard, ils partaient à cheval sur les chemins gelés, mais la ferme n'était pas aussi proche que Jon Andres l'aurait souhaité.

La terre de Mosfell se situait sur une langue de terre entre deux étangs alimentés par le lac Large, qui était le deuxième lac de Vatna Hverfi par l'étendue. La maison se dressait sur un mamelon dominant le lac et l'étable se trouvait en contrebas, si bien que de la maison les blocs de tourbe du toit semblaient se fondre dans le coteau. Le maître du domaine était une femme qui avait trois fils mais dont le mari était mort durant la famine, et c'était cette femme, qui s'appelait Ulfhild, qui avait eu l'idée de rouler les rochers contre la porte de l'étable. Lorsque Jon Andres et ses hommes arrivèrent, Ulfhild, ses fils et les enfants de ses fils se tenaient devant la maison pour surveiller l'étable, et les bêlements des moutons et des chèvres en montaient assourdis par la tourbe. Ulfhild dit à Jon Andres :

— Maintenant, mon garçon, il s'agit de tuer ce démon. Une pauvre femme comme moi aime plus ses moutons que ses enfants, car ceux-ci ôtent de la bouche la nourriture que lui donnent ceux-là, et ça me fend le cœur d'entendre crier mes chéris en bas.

Mais le fils aîné n'était pas de cet avis et se mit à pester en disant que les faits et gestes d'Ofeig Thorkelsson ne les regardaient en rien et qu'ils auraient mieux fait de laisser l'homme dormir tout son saoul et aller au diable.

Ulfhild se renfrogna.

— Et qui te dit, imbécile, qu'il ne serait pas venu saccager la maison ? Tu n'as rien dans la tête et tu serais mieux inspiré de te taire.

Jon Andres et ses hommes mirent pied à terre et attachèrent leurs chevaux aux bouleaux rabougris qui entouraient la demeure.

Jon Andres se rendit à la porte de l'étable et cria :

— On dirait que les ours sont de retour en Terre Verte.

Il n'y eut pas de réponse.

— On dit qu'il fallait autrefois dix hommes pour capturer un ours mais six seulement pour le tuer, reprit Jon Andres. Nous sommes ici dix hommes, quatre de plus que nécessaire, et tous brûlant de se battre.

Seul lui répondit le cri des bêtes. Mais soudain un grand choc ébranla la porte, puis un deuxième, et la porte trembla derechef. Jon Andres se recula et fit signe à deux de ses hommes d'approcher, car tel était leur plan : ils retireraient rapidement et silencieusement les pierres de sorte qu'en se ruant sur la porte Ofeig roulerait à leurs pieds, alors eux et les autres se serviraient de leurs armes pour le maîtriser ou le tuer. Leurs sept compagnons formèrent un cercle étroit à quelques pas de la porte tandis que tous trois commençaient à ôter les pierres. L'un d'eux poussait sa pierre, qui était fort lourde, lorsque Ofeig se jeta contre la porte, et celle-ci se brisa en renversant l'homme à terre. Au lieu de rouler à leurs pieds, Ofeig bondit par l'ouverture ainsi faite, enjamba l'homme au sol et commença à dévaler la colline, plongeant et roulant entre les hommes qui formaient le cercle. Un instant après, il s'était remis debout et détalait vers le lac. Un cheval paissait au pied de la colline, le seul cheval de la veuve ; Ofeig l'enfourcha et le frappa de ses talons, et le temps que Jon Andres et ses compagnons retournent chercher leurs montures auprès de la demeure, Ofeig était au milieu du lac, et ils eurent beau se lancer à sa poursuite, jamais ils ne le revirent.

Quand ils revinrent à la ferme quelques heures plus tard, ils constatèrent que les cloisons de l'étable avaient été abattues et que plusieurs moutons gisaient la nuque brisée, outre que le cheval était perdu. Aussi Ulfhild dit :

— Décidément, vous autres hommes, vous êtes bien maladroits dans cette affaire !

Jon Andres lui promit deux moutons et un autre cheval, et retourna avec ses hommes à la terre de Ketil, où ils demeurèrent un certain temps sans agir.

Helga se rendait chaque jour à la terre de Gunnar, de l'autre côté de la colline, pour préparer un repas à Kollgrim et le lui servir. Et chaque jour elle parlait à Elisabet Thorolfsdottir, qui s'arrondissait de plus en plus. L'enfant de Kollgrim était attendu avant Noël et Helga aurait aimé qu'Elisabet retournât à la terre de Lavrans ou du moins qu'elle s'installât sur la terre de Ketil avant le mariage de Kollgrim et de Sigrid Bjornsdottir. Mais Elisabet Thorolfsdottir ne voulait rien entendre, et chaque fois que Helga lui en touchait mot, elle pleurait en caressant son gros ventre. Elle pleurait sans vergogne ni cesse, trempant de larmes le devant de sa robe, mais ces pleurs ne semblaient aucunement la soulager ni lui donner la force de se lever et de s'occuper dans la maison, fût-ce pour préparer le repas ou faire le feu. En fait, ce larmoiement n'avait nulle force mais se déversait comme l'eau d'un ruisseau dans le fjord. Helga était tour à tour affligée, en colère et amusée, mais rien de ce qu'elle disait ou faisait n'avait le moindre effet sur ces larmes. Kollgrim allait et venait. Il se montrait tendre et cordial envers Helga, comme il ne l'avait pas été depuis un an, et ne prêtait absolument aucune attention à Elisabet Thorolfsdottir.

Ce chagrin débilitait Helga, si bien qu'elle redoutait particulièrement de voir Jon Andres partir pour une de ses expéditions à la poursuite d'Ofeig, et tout le temps qu'il était absent, elle appréhendait son retour, car elle était certaine qu'il reviendrait blessé ou mort. Il advint vers Noël qu'Ofeig reparut, cette fois à l'église d'Undir Hofdi, dans la maison du prêtre, et tous les hommes de la terre de Ketil et de la terre de Gunnar, ainsi que quelques voisins, partirent au milieu de la nuit pour le capturer. Helga se leva en même temps qu'eux pour distribuer des bols de lait caillé aux hommes, à son frère et à son mari. Ils parlaient debout sous la lune, leurs armes à leurs pieds dans la neige, l'un grand, droit et blond, si perdu dans ses pensées qu'il ne levait pas les yeux de ses pieds même lorsqu'il donnait des ordres sur les dispositions à prendre. L'autre, aussi grand, était svelte et sombre, et ses yeux parcouraient l'horizon, par-dessus les autres hommes, par-dessus Kollgrim lui-même, toujours à mesurer, à comparer les choses. Lorsque Helga lui tendit son bol de lait caillé, ces yeux se posèrent sur elle et la contemplèrent avec plaisir, et ce regard, en un tel moment, la brûla jusqu'au cœur, mais elle se contenta de sourire et de baisser les yeux, comme les prêtres disent toujours qu'il sied à une femme. Puis les hommes enfourchèrent leur cheval et s'en furent.

Les premières chutes de neige de la saison couvraient le sol d'une poudre épaisse et les chevaux projetaient de grands panaches blancs dans la nuit en trottant et galopant vers l'église d'Undir Hofdi. Bientôt, tant les hommes que les montures furent argentés des sabots jusqu'au bonnet. Leur plan était le suivant : ils encercleraient le presbytère et, sans un bruit, attendraient simplement qu'Ofeig se réveille et sorte se soulager dans la neige. Alors, une partie des hommes le cerneraient avec leurs haches. S'il leur échappait, les autres le cribleraient de flèches pendant sa fuite. Nul ne l'approcherait sans armes, car le malheureux était sûr de trouver la mort tant était grande la vigueur d'Ofeig.

Ils s'avancèrent vers la masse sombre de l'église, mirent pied à terre et menèrent leurs chevaux dans l'église, pour que leurs bruits soient assourdis par la tourbe entourant les murs. La maison était encore sombre et silencieuse. L'aube ne se lèverait pas avant quelque temps encore, estima Kollgrim, car c'étaient presque les jours les plus courts de l'année. Les hommes s'assirent dans la neige et s'emmitouflèrent dans leurs manteaux et leurs fourrures pour attendre que s'ouvre la porte du presbytère. Kollgrim avait interdit de prononcer le moindre mot.

Jon Andres s'assit en tailleur devant la porte, bien au chaud dans ses fourrures. Kollgrim se plaça à sa gauche tandis qu'un serviteur, Karl, qui était particulièrement adroit avec une arbalète, se postait à sa droite. Il parcourut les alentours du regard, par-dessus la tête de ses compagnons, et fixa de nouveau la porte de la demeure, en se demandant si Ofeig se trouvait effectivement dedans ou s'il était en train de se glisser dans quelque autre ferme pour voler de la nourriture ou tuer des moutons pendant qu'à grand effort ils attendaient ici en silence. Les gens du pays n'appelaient plus maintenant Ofeig que « ce diable » et plus d'un comptait sur les Islandais pour les débarrasser de lui, selon les prédictions de Larus. Il y avait si longtemps que Jon Andres lui-même n'avait vu Ofeig que, lorsqu'il avait appris la mort d'Arnkel et de sa femme Alfdis, il y avait trouvé, lui aussi, quelque chose de diabolique. Maintenant, en revanche, ce n'était pas la diablerie d'Ofeig qui donnait envie à Jon Andres de le tuer, mais la certitude que c'était un homme comme les autres. Et si quelque chose lui avait donné cette certitude, c'était de le voir dévaler à toutes jambes la longue pente de Mosfell, dans des penaillons trop petits, des bottes dépareillées et un manteau râpé. Et il avait le visage, les mains et l'allure d'Ofeig. C'était Ofeig, quelle que fût la corruption qui fermentait en lui.

Jon Andres avait maintenant l'impression qu'ils attendaient depuis très longtemps, bien que le ciel ne se fût pas éclairci, même à l'orient, et qu'il eût encore chaud dans ses pelisses. Il regarda en direction de ses compagnons. Ils étaient assis comme pétrifiés par un enchantement, un de ces enchantements que connaissent les Skraelings, qui rendent un homme immobile des jours durant devant un trou de phoque dans la glace. Seul Kollgrim avait changé de position, mais silencieusement, sans le moindre froissement d'étoffe. Il regardait vers l'église et Jon Andres commença à percevoir lui aussi un bruit intermittent, comme si l'un des chevaux s'était désentravé et circulait parmi ses congénères. Kollgrim tourna les yeux et surprit son regard : il haussa les épaules en montrant l'église d'un signe de tête. Jon Andres se sentit soulagé. A la vérité, le bruit n'était pas fort et Ofeig ne pouvait certainement pas l'entendre derrière les murs doublés de tourbe du presbytère. Kollgrim se remit à surveiller intensément la porte de la maison, avec une concentration de bête de proie ou de Skraeling. Jon Andres ne savait que penser du frère de sa femme, sinon qu'il n'avait point renoncé à son inimitié pour lui, hormis en apparence. Il n'y renoncerait jamais, croyait Jon Andres, même s'il sauvait la vie de Jon Andres ou que Jon Andres sauvât la sienne. Il lui semblait que l'animosité formait l'épine dorsale de son beau-frère, l'animosité et la mélancolie. Et il se trouvait aussi que, s'il désapprouvait fort ce trait chez les Groenlandais, Jon Andres en aimait Kollgrim plus qu'il ne l'en détestait. Helga, pour sa part, n'en disait rien, tant son dévouement pour son frère était devenu une seconde nature.

Les ténèbres ne se dispersaient toujours point ; nul mouvement pour dissiper l'ennui. Et voilà que Jon Andres sentit l'enchantement l'envahir à son tour, il n'osa pourtant pas bouger ou changer de position, car il ne savait pas l'art de se déplacer en silence. Un souvenir l'envahit avec force, d'Ofeig enfant, quand il venait parfois à la terre de Ketil avec Magnus Arnason, son père adoptif. Le souvenir d'Ofeig assis devant son tranchoir et plongeant sa cuillère dans son brouet, car il faisait toujours ainsi : il enfonçait très lentement la cuillère dans le liquide fumant, comme s'il voulait retarder le plaisir de l'emplir, comme si chaque gorgée était presque insupportablement délicieuse, et Jon Andres, que la nourriture laissait indifférent, regardait chaque cuillerée qui pénétrait dans la bouche d'Ofeig avec autant d'attention que lui. Là, dans l'obscurité, fixant la porte du presbytère, Jon Andres s'attendait presque à la voir s'ouvrir sur l'enfant Ofeig, la cuiller au poing. Et il lui semblait que l'enchantement le pénétrait toujours plus profondément et que seule la vigilance de Kollgrim offrait l'espoir d'y échapper. La peur l'empoigna, bien qu'il ne fût pas d'un naturel craintif.

Jon Andres détacha les yeux de la porte du presbytère, et le mouvement même de ses yeux lui parut faire du bruit. Il regarda en direction du fjord gelé, par-delà l'église, et vers la masse noire des montagnes, dans le lointain. Il avait l'impression que, s'il tournait la tête en direction de la terre de Ketil, il apercevrait Helga, il la verrait tourner vers lui son visage grave, comme tous les matins, lever lentement ses paupières pour le regarder droit dans les yeux. Il n'avait jamais songé au mariage avant de voir Helga, et lorsqu'il l'avait vue, il s'était dit que jamais il n'épouserait personne d'autre. C'était une raison supplémentaire de tuer Ofeig, car Ofeig le haïssait et était assez fin pour deviner la manière la plus terrible de lui nuire. Il ne tourna pas la tête mais il ramena les yeux vers le presbytère au moment même où Kollgrim faisait un mouvement soudain : la porte était ouverte et Ofeig baissait la tête pour sortir lorsqu'il aperçut les formes blanches dans la neige blanche. Il poussa un grondement furieux et tous bondirent sur leurs pieds. Tous restèrent un instant immobiles à se regarder, sauf Karl qui décocha un de ses traits. Celui-ci se logea dans la tourbe près de la porte.

Ofeig se précipita alors vers deux serviteurs de la terre de Gunnar qui couvraient le flanc non loin de Kollgrim. Ce n'étaient guère plus que des jouvenceaux, Jon Andres ne l'ignorait point, même si l'un d'eux avait une bonne hache. Ofeig leva les bras, sans cesser de gronder, et se jeta sur eux. Kollgrim encocha une de ses flèches à oiseaux. Les garçons commencèrent par faire face, puis l'un trébucha en arrière et Ofeig l'abattit aussitôt d'un coup de sa propre hache. La flèche s'envola pour retomber trop court. Un deuxième carreau de Karl se ficha dans la neige. Evitant Kollgrim, Jon Andres se lança à la poursuite d'Ofeig. Il crut qu'il allait se saisir de lui. Si seulement il courait un tout petit peu plus vite ou qu'il tendît plus fort le bras, il mettrait la main sur lui. Mais rien n'y fit. Il se mit alors à crier : « Ofeig ! Ofeig ! Ofeig ! » : un ordre, une prière, un écho de leurs jeux d'enfants. Ofeig jeta un coup d'œil en arrière, un seul peut-être au son de sa voix, et une des flèches de Kollgrim se planta dans son épaule. Sans cesser de courir, Ofeig la saisit, l'arracha de sa chair et la jeta par terre. Il poussa alors un nouveau rugissement et, redoublant de vitesse, s'enfuit vers le fjord, la rivière et les montagnes. Lorsque le jour se leva, il avait disparu. Ils regagnèrent le presbytère, ramassèrent le cadavre du garçon de la terre de Gunnar et sortirent leurs chevaux de l'église, fort marris d'avoir encore échoué.

Quelques jours après, Helga revint de la terre de Gunnar avec la nouvelle que le mariage de Kollgrim et de Sigrid avait été repoussé à Pâques à la convenance des deux promis, parce que la terre de Gunnar n'était pas prête à accueillir Sigrid — Elisabet Thorolfsdottir était toujours là — et que la Colline du Soleil répugnait à la laisser partir. Semblables rebondissements n'avaient rien d'inhabituel et Helga ne s'inquiéta pas de ce retard ; elle était simplement exaspérée par Elisabet Thorolfsdottir et ne savait que faire d'elle. Juste avant Noël, celle-ci donna le jour à un petit garçon, mais elle ne lui manifesta guère d'intérêt, au point même qu'elle ne se souciait pas de le faire téter, bien que ses seins débordassent de lait, trempant sa robe jusqu'à la taille. L'enfançon fut baptisé Egil.

Aux banquets de Noël, à Gardar et à la Colline du Soleil, comme à Brattahlid et à la ferme d'Arni Magnusson à Vatna Hverfi, les Islandais furent très en évidence car ils avaient force nouvelles à raconter et à répéter. Il est vrai aussi que certains d'entre eux savaient narrer de longues histoires à la mode de leur pays, en strophes joyeuses et rimées. Tantôt ils les récitaient, mais le plus souvent ils les chantaient, et les femmes — Steinunn, sa sœur et les autres — aimaient à danser sur ces chants. Les Groenlandais trouvaient que c'était là un grand divertissement en vérité. Un de ces conteurs s'appelait Thorstein Olafsson et c'était un cousin de Snorri le capitaine. Il venait du sud-est de l'Islande où, disait-on, son frère et lui possédaient un vaste domaine, avec cinquante vaches et des centaines de moutons. Il était âgé d'environ vingt-cinq hivers et avait une voix tonitruante qu'il maniait à merveille en récitant ses poèmes. Il avait aussi le talent d'improviser des vers à tout propos, sur la viande du soir ou sur les nuages au-dessus du fjord, et il composait ces vers aussi bien dans l'ancien style que le nouveau, serrés ou lâches, comme on dit. Les Groenlandais le tenaient en haute estime et il demeurait chez les prêtres de Gardar bien qu'on le vît souvent à la Colline du Soleil, car il y eut tout l'hiver force allées et venues entre l'évêché et le domaine du récitateur de la loi.

Snorri, le capitaine du navire, et Bjorn Bollason, le récitateur de la loi, se lièrent d'amitié durant l'hiver, si bien qu'ils convinrent tous deux que Bolli Bjornsson accompagnerait les Islandais quand ils repartiraient. Il est vrai que Snorri ne semblait pas pressé de s'en aller : il se plaisait en Terre Verte, disait-il, d'autant qu'il ne savait trop ce qui l'attendait à son retour sur sa ferme. Les échos de la grande peste en Islande n'avaient certes rien de réjouissant. Nul doute que les Groenlandais brûlaient d'apprendre ce qui se passait ailleurs, mais à leur place, disait Snorri, il ne serait pas si impatient d'entendre ces nouvelles, tant elles étaient invariablement mauvaises. Snorri se tenait pour satisfait cet hiver-là de naviguer du lit clos à la table et du coteau devant la maison à son lit clos. C'était là, étendu sous les fourrures, qu'il aimait à recevoir ses visiteurs. Les Groenlandais trouvaient que c'était une conduite singulière de la part d'un capitaine aussi bien considéré, mais Thorstein Olafsson ne faisait qu'en rire en disant que Snorri était ainsi fait : il ne savait comment s'occuper à terre et c'était pourquoi il laissait sa femme administrer son domaine. Elle était d'ailleurs fort satisfaite de cet arrangement, car jamais il ne lui arrivait de mettre la main à la pâte. En revanche, c'était un bon navigateur et pas une fois il n'avait perdu de cargaison, sans parler d'un homme ou d'un navire. Sur son bateau, il était aussi agile et bondissant qu'une chèvre, courant sans cesse de-ci de-là et éventant les traverses avant même qu'elles surgissent. Qui devait voyager était heureux de le faire à son bord.

Bjorn Bollason ne semblait pas prendre ombrage de se voir ainsi supplanter par Snorri dans sa propre maison. Il passait lui-même de longs moments à la porte du lit clos, l'interrogeant sur toutes sortes de choses et surtout sur ce que faisaient les gens en Norvège et en Islande. Pour lui, Snorri affectionnait particulièrement Sigrid et goûtait fort son enjouement et son badinage. Celle-ci avait d'ailleurs pris l'habitude de s'asseoir chaque jour à son chevet, et lui la taquinait de la sorte :

— Tu feras une bien médiocre épouse, je le crains.

— Que non. En vérité, je ferai une excellente épouse, comme tous les hommes en rêvent et bien peu la méritent.

— Et quelle sorte d'épouse méritent donc la plupart des hommes ?

— Des petites choses dociles, qui leur servent le lait caillé avec une cuillère et un frisson.

— Il est vrai qu'une épouse doit baisser les yeux devant son mari.

— Comme les hommes baissent les yeux devant la face de Dieu. Oui, c'est ce que disent les gens, mais les femmes qui baissent les yeux vers le sol ne voient que leurs propres pieds.

— Et quelle sorte d'épouse veulent la plupart des hommes ?

— Une femme qui leur dise ce qu'ils pourraient faire mais non ce qu'ils doivent faire.

— Et quelle sorte de mari veulent la plupart des femmes ?

— Quelqu'un qui leur dise ce qu'elles doivent faire mais qui les laisse agir à leur guise.

— Vraiment, quelle médiocre épouse tu feras !

— Pas du tout. Mon promis est un grand chasseur et un homme plein de hardiesse. Il aura plaisir à revenir auprès de moi, et moi, j'aurai plaisir à prendre soin de ses affaires pour lui.

— Que peut-on savoir d'autre sur lui ?

— C'est un bel homme. Le fils du frère de Margret Asgeirsdottir, que tu connais.

— La vieille femme qui parle peu ?

— Elle parle quand elle a quelque chose de valeur à dire ou quelqu'un de valeur à qui le dire.

— Alors tu épouses le neveu d'une servante ?

Sigrid s'empourpra et se tint coite, et Snorri vit qu'elle était courroucée contre lui. Elle dit :

— Les étrangers apportent des nouvelles de loin, mais ils ne savent rien de ce qui se passe ici. Tu es allé à Vatna Hverfi, alors tu dois savoir que c'est le plus riche de tous les districts du pays, et mon Kollgrim y possède un des plus grands domaines. Quant à sa sœur, elle a épousé le propriétaire de la terre la plus vaste, avec les plus nombreuses dépendances. Margret Asgeirsdottir fait ce qu'elle veut de son histoire, et tu auras bien de la chance si elle te la raconte, car elle n'en a jamais dit mot à personne.

Après un instant de silence, elle ajouta :

— Elle travaille comme servante de son plein gré, mais mon père et ma mère la considèrent comme une invitée, et le tissage qu'elle fait est un présent qu'elle nous offre.

Snorri eut un sourire moqueur et dit :

— Il n'y a pas de place pour la colère chez une bonne épouse.

— Alors en vérité, il n'y a pas de place non plus pour l'honneur et la vertu, ce me semble. Je suis lasse de cette conversation et d'ailleurs j'ai autre chose à faire.

Sur ces mots, elle se leva, mais elle revint le lendemain car Snorri n'était point un homme acariâtre et elle prenait plaisir à ses taquineries. Après cette conversation, cependant, Snorri n'eut de cesse de bavarder avec Margret Asgeirsdottir, mais celle-ci ne lui révéla rien, quoi qu'il fît ou dît.

Un autre qui aimait à s'entretenir avec Sigrid Bjornsdottir, c'était Thorstein Olafsson, et chaque fois qu'il venait de Gardar, il ne manquait point de la prendre à part pour lui réciter les dernières strophes qu'il avait composées, et un jour qu'il arrivait à skis de l'évêché avec quelques compagnons, elle vint à sa rencontre et lui lança :

Les gens qui paient leur viande de chansons
Mâchent un instant mais chantent tout du long.

Thorstein fut enchanté de cette strophe et répondit ainsi :

Eux se gorgent en chantant leurs chansons
Des sourires fleurissant tout du long.

De temps à autre, Kollgrim apparaissait à la Colline du Soleil, apportant du gibier pour la viande ou les fourrures, et lui aussi était fort attiré par les Islandais. S'il ne leur parlait guère, il les observait avec tant d'insistance qu'il les mettait mal à l'aise. Un jour, Snorri dit à Sigrid :

— Ton promis a plus d'yeux que de langue.

— C'est une vertu chez la plupart que d'ouvrir les yeux en gardant pour soi ses folies. Les fourrures qu'il m'apporte et le brouet que tu avales avec tant d'empressement témoignent de ses qualités.

— Ce garçon m'a l'air du parfait Groenlandais, mi-homme mi-ours.

— Il ne m'évoque rien de semblable.

— Il regarde les autres comme s'il allait les avaler.

— Et les autres regardent les gens comme s'ils voulaient qu'ils fassent leur travail à leur place. Mon Kollgrim n'avalera personne, mais les autres parviendront à faire faire leur travail à leur place.

— Cette acerbité sied mal à une bonne épouse.

— Comme tu n'as pas vu ta femme depuis cinq hivers, peut-être as-tu oublié ce qui sied à une bonne épouse. Pas elle, puisqu'elle a certainement pris soin de tes affaires sans toi.

Et ainsi leur conversation se poursuivit-elle. Snorri disait le plus grand bien de Sigrid à Bjorn Bollason, mais jamais à la jeune fille même, et Sigrid se rendait chaque jour au chevet de Snorri mais en affectant de ne pouvoir faire autrement. En revanche, les Islandais continuaient de faire peu de cas de Kollgrim et disaient entre eux que c'était un beau gâchis de céder cette joyeuse jouvencelle à un gaillard tant aigri. Pour lui, voyant que Kollgrim se montrait aussi paisible, Thorstein Olafsson s'enhardit à parler toujours davantage à Sigrid et à l'enjôler de ses strophes, dont elle était souvent le propos et qui toutes la faisaient rire.

Il advint aussi que Kollgrim se lia d'amitié avec la sœur de son père. Il s'asseyait parfois près d'elle quand elle tissait, un fuseau à la main, car, comme Gunnar, il avait le talent de filer la laine, mais ils n'échangeaient presque jamais une parole et jamais ils ne parlaient de Gunnar. De temps à autre, il semblait à Margret Asgeirsdottir que c'était Gunnar lui-même qui lui tenait compagnie, mais ce n'était qu'illusion passagère. Un jour qu'elle travaillait sur son métier à tisser, Kollgrim se présenta avec une douzaine de lièvres. Il s'assit près de Margret et la regarda s'affairer sans rien dire. Sigrid était absente. Margret lançait sa navette d'un geste régulier et rapide, s'arrêtant à peine pour compter les fils. Elle tissait du vadmal pour en faire une tunique pour Sigrid, et il avait cette couleur pourpre à laquelle on reconnaissait les gens de la terre de Gunnar. Au bout d'un moment, Margret dit :

— Il me semble parfois, mon Kollgrim, que nous sommes comme des branches mortes au milieu de ce troupeau babillard de la Colline du Soleil.

— Ces Islandais font grand tapage.

Puis ils se turent de nouveau, bercés par le cliquetis de la navette. Margret finit par dire :

— Mais ceux qui babillent redoutent toujours ceux qui ne disent rien.

— Peut-être. Je n'y ai guère songé.

— Asgeir Gunnarsson disait de Hauk, son frère, qu'il

était capable de rendre la chasse à l'ours le plus féroce aussi fastidieuse qu'une journée de barattage.

— Tout le monde n'a pas le talent de conter.

Alors Margret s'écarta de son métier et regarda Kollgrim droit dans les yeux, et elle vit qu'il la fixait et l'écoutait.

— Mais certains l'ont, dit-elle à voix basse.

Ils restèrent un instant silencieux, puis elle reprit :

— C'est une habitude dangereuse que de passer tout son temps dans la lande.

— Il faut de la viande sur la table.

— Et des simples et des verdures. Mais il faut aussi que des gens restent à la maison. Le frère de mon père ne prit jamais femme ; nulle épouse ne lui fit peine ni n'eut chagrin de lui.

— Il est dur pour un homme aux habitudes bien enracinées d'entendre pareilles choses. Je suis habitué à ma sœur Helga et voilà qu'on me l'a volée, et tout ce que font les gens, c'est de hausser les épaules en disant que le lot des sœurs est de partir ailleurs.

— Elle n'est pas partie loin.

— Bien assez loin. Elle ne se soucie plus guère de moi. Son cœur est tout plein de lui.

— Tu parles comme un enfant, mon Kollgrim.

Mais elle dit cela d'une voix si bienveillante qu'il ne s'en offensa point et resta silencieux auprès d'elle tandis qu'elle reprenait son travail. Sigrid rentra sur ces entrefaites et ses yeux tombèrent sur eux assis de compagnie, et elle en fut fort satisfaite. Envers Kollgrim, elle ne se montrait jamais tranchante, car il lui faisait un peu peur. Elle vint à lui et dit :

— Mon Kollgrim, je vois que tu as besoin d'une collation.

Et il posa doucement sa main sur sa manche, car vraiment c'était une jolie jouvencelle et la contempler lui faisait chaud au cœur. Elle tourna les talons, s'affaira quelques instants dans la cuisine et bientôt un petit repas fut dressé devant lui, et elle resta à le regarder manger.

Un jour que Helga se trouvait sur la terre de Gunnar

avec Elisabet Thorolfsdottir et l'enfant Egil, Kollgrim entra dans la maison. On ne l'attendait pourtant pas avant deux ou trois jours. Il posa ses armes, ôta ses fourrures et s'assit sans un mot à la table. Elisabet Thorolfsdottir était aussi assise à la table et elle tenait l'enfant dans ses bras avec beaucoup de négligence, semblait-il à Helga. Egil ne pleurait point ; il avait hérité l'apathie de sa mère.

— Sois le bienvenu, mon Kollgrim, dit Helga. Tu as abrégé ton voyage.

Elle posa un bol devant lui, plein du lait caillé qu'elle avait versé pour elle-même.

— Comment se porte ce garçon ?

Il prit Egil dans ses mains et le regarda fixement.

— C'est un bel enfant, risqua Helga. Il n'y a pas tant d'enfançons de cet âge qui aient tant de cheveux sur la tête.

Kollgrim ne dit rien pendant quelque temps. Il examinait le petit.

— Je crains que la mort ne soit sur lui, comme sur un agneau né avant terme, finit-il par déclarer.

Il prit les doigts du garçon et les plia sur son index avec le pouce. Ils étaient longs, minces et bleuâtres.

— Tous les membres sont là, mais il n'y a pas grand-chose qui les maintienne ensemble.

C'était également le sentiment de Helga, pourtant elle répondit :

— En vérité, tu cherches le malheur ; espérons que tu ne le trouveras point. Le garçon vit et respire, et ce n'est pas à nous de sonder son destin.

— Je peux sonder le mien, en revanche, et je vois qu'Elisabet Thorolfsdottir et Egil Kollgrimsson sont mon destin et non les oiseaux babillards de la Colline du Soleil, et cela me va.

C'est ainsi que Helga apprit la rupture des fiançailles de Kollgrim Gunnarsson et Sigrid Bjornsdottir. Quant à savoir qui ou quoi avait provoqué leur brouille, les commérages n'en dirent rien, car ni lui ni elle ne s'en ouvrirent à personne. Ils s'évitaient, comme il est séant, mais n'en semblaient guère souffrir, et, un jour, Bjorn Bollason rencontra Gunnar Asgeirsson à Gardar, à l'occasion du banquet de Pâques que donnait Sira Pall Hallvardsson, et il lui dit :

— Les choses ont finalement bien tourné pour nous.

— On le dirait, en effet. Mais avec Kollgrim, rien ne s'est jamais passé avec si peu d'histoires.

— Avec ma Sigrid non plus. Mais peut-être voient-ils maintenant les choses avec des yeux d'homme et de femme, et non d'enfants capricieux. Cette fois-ci, je suis confiant.

— En vérité, récitateur de la loi, tu es toujours confiant.

Et ainsi l'amitié de Gunnar et de Bjorn resta-t-elle solide et inéprouvée.

Les Groenlandais passèrent l'été paisiblement sur leurs terres, et cet été-là ne fut point aussi prospère que les précédents. Les gens s'attendaient que les Islandais feraient grand cas de Larus le Prophète, du moins s'attendaient-ils qu'il ferait grand cas d'eux, or, cet été-là, il se mit à parler d'autres choses que du navire et du pape de Jérusalem. Cette fois, dit-il, son confident n'était autre que la Vierge Marie en personne, qui lui était apparue trois nuits de suite. Elle lui avait donné ses seins à téter, et ceux-ci étaient remplis d'un lait aussi délectable que le miel le plus doux et aussi abondant que l'eau qui coule dans le fjord. Et il se rappelait aussi qu'elle l'avait pris et bercé sur son ventre comme un nouveau-né. Et voilà ce qu'elle lui avait dit : « Un grand démon demeurait parmi les Groenlandais, qui marchait comme un homme mais avait aussi les organes de la femme et des pieds d'ours. Ce diable, lui dit-elle, éloignait les gens du bien par ses séductions et nul n'avait la ressource de lui résister. S'il vous donnait à manger, cette nourriture vous empoisonnerait et vos pensées en seraient viciées. S'il vous parlait, ses paroles s'enfonceraient dans vos oreilles et bourdonneraient dans votre tête comme autant d'abeilles et d'araignées. S'il vous donnait de l'eau, cette eau serait comme un feu qui détruirait toute piété en vous. S'il touchait de sa main votre pré clos ou vos moutons, son contact les corrompait jusqu'à la venue du Seigneur, ainsi que l'annonçaient les Ecritures. Les mottes de terre grouilleraient de vermine, des vers sortiraient des narines des moutons, la viande de ces animaux pourrirait dans la bouche, leur lait surirait, mais avec l'odeur de la mort non du lait sur. » Les yeux de la Vierge, disait Larus, étaient des cercles tourbillonnants d'un bleu de glace et son étreinte aussi vigoureuse que celle d'un morse, qui peut étouffer un homme entre ses pattes.

Il faut dire que Larus ne manquait désormais point de disciples, pour la plupart des femmes, il est vrai, et ces femmes venaient à la terre de Larus pour écouter, en compagnie d'Ashild et de la petite Tota, Larus broder sur ses histoires. D'abord, cela n'eut rien d'un culte, car ils craignaient de pécher en s'agenouillant en dehors de l'église. Sans doute s'étaient-ils agenouillés bien des jours de leur vie pour dire le *Je vous salue Marie* ou le *Notre Père* ou les autres prières que leur enseignaient les prêtres, mais la pensée de s'agenouiller dans la demeure de Larus, les oreilles pleines des visions du Prophète, les effrayait un peu, et pourtant aucune de ces femmes ou des quelques hommes qui les accompagnaient ne pouvait s'empêcher de venir. Ashild était un modèle pour eux, ainsi que la petite Tota : l'enfant innocente qui portait son tranchoir à son beau-père en s'inclinant devant lui, et sa mère, image même de la bonté, qui servait Larus mais semblait aussi le mener.

« Prenons notre collation maintenant », déclarait-elle, ou : « Larus doit se reposer un moment dans son lit clos. »

Larus disait que le Seigneur et Ses saints lui avaient donné le caractère d'une parfaite épouse, car ils avaient chassé d'elle tout mécontentement et aussi toute peur.

Et il advint ainsi, peu à peu, pendant les hivers, quand les prêtres étaient immobilisés à Gardar, que plusieurs voisins de Larus prirent l'habitude de se rendre chez lui en certaines occasions. Il y avait de la viande sur la table et douze couverts étaient mis ; Larus portait une robe particulière qu'une des femmes avait tissée pour lui, et les gens s'asseyaient à la table pour partager la viande de phoque séchée et le brouet, tandis que le Prophète parlait d'une de ses visions — d'une partie seulement, en vérité mais dans l'ordre, du début jusqu'à la fin. A un autre moment du repas, il évoquait les persécutions des Groenlandais, son procès et sa victoire sur Bjorn Bollason et Eindridi Andresson, les sarcasmes des fermiers pendant les chasses aux phoques, la manière dont il avait été reçu dans tel grand domaine ou tel autre.

Mais quand arriva Pâques, en cette année 1407, et qu'un prêtre vint officier dans l'église de Thjodhilds, il sembla à certaines de ces gens qu'ils avaient péché et trahi le Seigneur, car ils se dandinèrent sur leur siège et leur sang bouillonna dans leurs veines pendant la messe d'Eindridi Andresson, et quelques-uns d'entre eux se jurèrent de se tenir à l'écart de Larus. D'autres, en revanche, remarquèrent davantage les défaillances du service de Sira Eindridi, comme il marmonnait le latin faute de le bien connaître, comme il sautait des passages de l'office qu'ils croyaient se rappeler, et comme il essayait de corriger ces lacunes en entonnant un long sermon plein de cruelles menaces et de dures paroles. Ces gens-là se ramentevaient agréablement les repas simples de la terre de Larus et la familiarité avec laquelle Larus racontait ses histoires, comme une grand-mère narrerait un conte que tout le monde connaît déjà, à sa manière propre mais à la manière aussi de tant d'autres avant elle. Quel talent pour ces choses avait donc Larus quand il n'était qu'un serviteur à Brattahlid ? Aucun pour ainsi dire. N'était-ce pas une preuve que les saints et le Seigneur et la Vierge lui parlaient effectivement, comme il le disait ? Quoi qu'il en fût, après Pâques, quelques femmes abandonnèrent Larus, mais d'autres lui rendirent visite aussi souvent que possible, amenant de nouvelles personnes, parents et voisins. Il advint ainsi que Gudrun, l'épouse de Ragnleif Isleifsson et l'ancienne femme d'Osmund Thordarson, se présenta un jour, et bien qu'elle ne restât point longtemps, Larus dit à Ashild que c'était une grande victoire pour eux, et Ashild en convint.

Ces faits vinrent aux oreilles de Bjorn Bollason, car en vérité, la terre de Larus n'était pas très éloignée de la Colline du Soleil. Le récitateur de la loi ne savait trop qu'en penser et il s'en ouvrit aux Islandais, disant à Snorri comment Larus avait prédit l'arrivée du navire à maintes reprises, bien que certains détails de ses prédictions se soient révélés faux. Néanmoins, il avait vu le navire, et les femmes à son bord, et ce mélange de vérité et d'erreur laissait Bjorn perplexe. Alors Snorri se mit sur son séant dans le lit clos et, repoussant son tranchoir, il raconta à Bjorn l'histoire suivante :

En ce temps-là, Snorri n'était qu'un apprenti à bord du navire de son oncle, qui transportait de la morue séchée vers l'Angleterre, lorsque le bateau fut poussé par les vents dans le bras de mer qui sépare l'Angleterre de la France ; une grande tempête se leva et ils trouvèrent refuge dans une ville de France qui s'appelait Calais, et c'était un grand port en vérité, mais toujours en guerre, tantôt français tantôt anglais, si bien que les habitants parlaient aussi bien la langue de France que celle d'Angleterre. Ce n'était guère un endroit au goût de Snorri, encombré et plein de gens rudes. Or, si la cargaison avait pu être sauvée, le navire avait besoin de réparations, de sorte que Snorri et ses camarades restèrent quelques semaines à Calais, déplorant tout ce temps de ne pouvoir profiter des vents favorables et de voir arriver l'hiver, car ils ne se réjouissaient guère de s'attarder à Calais jusqu'au printemps.

Un jour que Snorri et un autre jouvenceau se promenaient dans les rues de la ville, ils virent une foule affluer vers une grande place et, emportés par le courant, ils arrivèrent bientôt à un endroit où avait été dressé un échafaudage et où force gens se baguenaudaient et mangeaient et vidaient des flacons de bière ou de vin. Un prêtre ne tarda point à se hisser sur l'estrade, un grand échalas avec de longs bras et une grosse tête, et il commença à haranguer la presse avec d'étranges histoires sur le Diable et le Seigneur et la venue de la fin du monde. Sa voix, sembla-t-il à Snorri, s'enflait comme un grand vent et traversait la foule, la courbant tantôt dans une direction tantôt dans une autre, jusqu'à ce que personne ne sût plus ce qu'il faisait ni où il allait. Les gens se pressaient toujours davantage contre l'estrade où se tenait le prêtre si bien que certains tombèrent sur le pavé et ne purent se relever, et furent foulés aux pieds par les autres. La voix du prêcheur ne cessait de s'enfler, sans jamais faiblir, et les badauds arrêtèrent de parler, de manger et de boire pour mieux écouter, et Snorri et son compagnon de même. Les gens commencèrent à pleurer, et pas seulement les femmes, qui étaient nombreuses. Et bientôt ils pleuraient tous, ils se lamentaient et hurlaient même, en sorte que la place résonnait de clameurs. Et pourtant le prêtre tonnait toujours plus fort, et Snorri entendait chaque parole qu'il disait, et cela parce qu'on eût dit qu'il parlait directement à Snorri dans l'oreille.

Snorri ne savait pas combien de temps ce prêche se poursuivit, mais l'après-midi semblait ne jamais devoir finir lorsque soudain des hommes à cheval, magistrats et chevaliers, s'enfoncèrent dans la foule, montèrent sur l'estrade et en arrachèrent le prêtre qui disparut parmi les chevaux et les remous de la presse. Mais bien qu'on ne pût plus le voir, il sembla encore gonfler sa voix, appelant le Seigneur à l'aide, et chaque homme entendit ses appels, comme le sermon auparavant. Alors la populace courut sus aux magistrats et les horions plurent, si bien que d'autres cavaliers, qui attendaient non loin, se lancèrent au galop parmi les gens en brandissant leurs armes, et nombreux furent ceux qui churent sous les sabots des chevaux. Mais d'autres sortirent leurs couteaux et coupèrent les tendons des coursiers, si bien qu'ils s'abattirent sur le pavé, et la foule de se ruer sur les gendarmes tombés pour les assommer.

Snorri et son compagnon se dirent que ces Anglais-Français étaient d'un tempérament bien impétueux tant, en vérité, ce prêche les avait puissamment enflammés. Les deux Islandais tâchèrent de sortir de la foule, mais avant d'atteindre le bord de la place une grêle de coups s'abattit sur eux, à l'aveuglette. De grandes cloches sonnaient maintenant dans toute la ville, faisant une tonitruante clameur, et de nouveaux cavaliers affluèrent sur les lieux de l'émeute, ainsi que force gens de pied, de sorte qu'à la tombée de la nuit la place était jonchée de blessés et même de morts. On proclama dans la ville qu'il était interdit de toucher à ceux dont les vêtements indiquaient la basse condition, même par charité chrétienne, fût-ce pour les enterrer, leur donner les sacrements ou les soigner. Le vacarme des cloches se poursuivit toute la nuit et le matin on annonça que ce prêtre, qui était un diable déguisé, avait été torturé et exécuté par les magistrats et que personne n'avait plus rien à craindre de lui. Alors l'interdiction fut levée de s'occuper des blessés et des morts couchés sur la place, et ces hommes, ces femmes et ces enfants furent ramenés chez eux ou enfouis dans leur tombe, selon le cas.

Après tout ce tumulte, il y eut une grande discussion sur la nature de ce prêtre — d'où venait-il, comment l'estrade avait été dressée sur la place, comment se faisait-il que sa voix s'enflait et s'adoucissait en même temps, si bien qu'elle couvrait le brouhaha de la presse tout en chuchotant à l'oreille de chacun, quelle était la vérité et quel était le péché dans les paroles qu'il avait prononcées, combien de temps avait-il prêché, tout l'après-midi ou quelques instants ? Et personne ne s'accordait sur aucune de ces questions. Certains prêtres disaient que c'était un vrai prophète, de Paris, et d'autres que c'était un diable, sans demeure terrestre ; d'aucuns assuraient que des hommes avaient dressé l'échafaudage dans la nuit, d'autres que des démons l'avaient apporté, d'autres encore que c'étaient des anges ; certains tenaient que les morts de la place étaient des martyrs, d'autres que c'étaient de damnés pécheurs, mais nulle autorité ne parvenait à persuader toute la ville dans un sens ou dans l'autre. Puis vint le moment de partir pour les Islandais et Snorri n'en fut pas mécontent, mais, depuis lors, il lui arrivait parfois de se ramentevoir cette scène et il lui paraissait que la vérité de tout cela, c'était que la prédication, vraie ou fausse, avait enflammé les gens et produit bien des maux. Tout Islandais connaît les maux de ce monde, surtout ceux que nul ne peut prévenir — tels que les maladies du bétail, les éruptions des volcans et la venue de la Peste Noire —, mais c'était là un mal vers lequel se précipitaient les gens, non un qui s'abattît sur eux.

Bjorn Bollason considéra Snorri en silence puis il dit :

— Crois-tu que ce Larus va amener de tels maux ?

Snorri haussa les épaules.

— Nous avons déjà essayé de mettre fin à sa prédication, Sira Eindridi et moi-même, mais je crains que nos efforts n'aient fait que l'affermir.

— On peut le tuer.

— J'y ai pensé.

— Mais voilà ce qui s'est passé en Islande : on chassa l'abbé Thorlak, de Thykkvabaer, mais bien que ce fût un méchant homme, les gens se mirent à le vénérer après qu'on l'eut battu, et il vécut les deux dernières années de sa vie entouré du plus grand respect. Il me semble que le mal a déjà commencé ici avec ce drôle de Larus et que les événements suivront leur cours, comme toujours.

Et Bjorn Bollason acquiesça, car il n'avait aucune idée de ce qu'il fallait faire.

Vint le temps de la chasse aux phoques de l'automne et quelques Islandais demandèrent à s'y rendre pour aider ou regarder. Bjorn Bollason en prit certains dans son grand bateau et persuada un fermier de Brattahlid d'en emmener d'autres à son bord. Les Groenlandais de pester que ces étrangers se montreraient au mieux une gêne, au pire iraient jusqu'à leur porter malheur, mais, en vérité, disaient-ils, « le récitateur de la loi vendrait sa tête pour devenir islandais. Il leur a déjà donné ses yeux et ses oreilles ». Et ils s'amusèrent à le brocarder de la sorte, à leur plus vive joie. Deux Islandais se montrèrent quand même utiles pendant la chasse : Thorgrim Solvason, le mari de Steinunn, et le conteur Thorstein Olafsson. Thorgrim s'était muni d'une grande hache à la lame d'acier affilée et, grâce à elle, il abattit maints phoques. Thorstein, quant à lui, brandissait une épée. Ces deux Islandais trouvèrent que c'était la meilleure chasse qu'ils eussent jamais faite, les autres, en revanche, ne supportaient pas le massacre et le sang et n'étaient guère bons qu'à ramer par temps calme.

Ce fut aussi au cours de cette chasse que Kollgrim Gunnarsson fit un grand exploit : il empêcha un homme de son district, dont le bateau avait chaviré et s'enfonçait sous les lames, de se noyer et même de se mouiller plus que les jambes, car Kollgrim vit le danger que représentait le troupeau de phoques en effervescence et il manœuvra son bateau vers lui de sorte qu'au moment où l'autre bateau commença à se renverser, Kollgrim bondit en avant, saisit l'homme sous les bras et le hissa à son bord. Et si la barque de Kollgrim ne chavira point, ce fut seulement grâce à son équilibre insolite. Les chasseurs firent grand cas de cette affaire, mais Kollgrim se contenta de dire qu'il regrettait la perte des lignes, des épieux et des avirons, et aussi du bateau, qui s'était rempli d'eau et ne put être sauvé.

L'automne avançant, on abattit les moutons pour l'hiver, et Sira Pall Hallvardsson dépêcha partout des messagers qui invitèrent les gens à un grand banquet en l'honneur de l'archange saint Michel, mais quelques jours après la date exacte de sa fête. Tous les Groenlandais savaient que les Islandais y assisteraient et qu'ils auraient force histoires et poèmes à dire, aussi, quoiqu'ils feignissent de pester contre les incommodités du voyage, surtout en automne, parce que les fjords seraient certainement gelés, tous s'efforcèrent de s'y rendre, et ceux qui étaient cloués au lit ou empêchés pour une raison ou pour une autre firent promettre à leurs proches de se rappeler le mieux possible ces strophes étranges qu'ils allaient entendre.

Jon Andres, Helga, Kollgrim, Elisabet et Egil avaient également l'intention d'assister à la fête, bien que Helga fût fort avancée dans sa grossesse. Un jour qu'elle se tenait auprès du feu sur lequel les serviteurs avaient brûlé les têtes de mouton avant de les fumer, et qu'elle tisonnait les braises afin qu'elles se consument entièrement pour faire du savon avec les cendres, elle se dit qu'elle devait se rendre sur la terre de Gunnar, tout pénible que ce fût pour elle de gravir la colline, car ses chevilles et ses jambes étaient fort enflées par les humeurs de la naissance proche. Pourtant, elle ne pouvait chasser cette envie d'aller voir Kollgrim, aussi pria-t-elle un serviteur d'aller chercher Jon Andres qui se trouvait dans un bâtiment de la ferme. Mais le serviteur revint lui dire que Jon Andres était parti à la recherche de chevaux qui avaient disparu dans les collines au-dessus de l'église d'Undir Hofdi. Helga décida alors d'envoyer le serviteur auprès de Kollgrim avec cette commission que la certitude lui était venue qu'il ne devait pas aller au banquet de Gardar. Mais elle vit immédiatement, en le lui faisant répéter, que le message n'était pas convaincant dans sa bouche et n'aurait aucun effet sur son frère — en vérité, il l'oublierait sitôt l'homme reparti. Elle fit quelques pas dans la salle, en songeant qu'elle pourrait aller elle-même à la terre de Gunnar, après tout, mais ces quelques pas lui donnèrent des douleurs si cuisantes dans le haut des jambes qu'elle dut s'asseoir par terre et envoyer finalement le messager. Et il apparut à Helga que son propre enfant causerait la mort de son frère. Mais, se dit-elle aussi, les gens s'attendaient depuis toujours à voir périr Kollgrim par méchef et il avait toujours bon pied bon œil. Ainsi advint-il que le message fut donné mais point reçu, et tous les gens de la terre de Ketil et de la terre de Gunnar se rendirent ensemble à Gardar dans le grand bateau de la terre de Gunnar, et la saison était si avancée que deux serviteurs devaient repousser les bancs de glace avec des manches de hache.

Sira Pall Hallvardsson était très courbé par le mal des jointures et s'aidait de deux bâtons pour marcher. Il avait les genoux et les hanches tout déformés et ne pouvait plus s'agenouiller pour prier, mais en vérité, dit-il à Gunnar, si le Seigneur n'a point d'yeux dans la tête pour voir les traverses de son peuple, qui en a ? Quoi que voient les hommes, le Seigneur le voit avec infiniment plus de clarté. Sira Jon, dit-il également, vivait encore et il pria Gunnar de l'accompagner dans sa cellule pour lui parler, car Jon évoquait parfois Gunnar dans ses discours.

— Mon ami, ajouta Sira Pall, peut-être cela n'apaisera-t-il point son esprit de te voir mais cela aidera son âme éternelle.

Et Gunnar suivit Sira Pall Hallvardsson dans la chambre de l'autre prêtre non sans quelque trépidation.

Sira Jon était aussi menu qu'un faisceau de brindilles et gisait recouvert d'un bout de vadmal sur une paillasse de joncs. La pièce était close et humide, et si petite que le souffle de l'homme suffisait à la chauffer. Gunnar se tenait courbé sous le plafond bas. Les mains de Sira Jon étaient posées sur la couverture, si déformées par le mal des jointures que les doigts se recroquevillaient en arrière. Il n'avait plus de chair sur les bras. Sira Pall Hallvardsson dit :

— Mon frère, voici une âme qui cherche réconfort auprès de vous.

— C'est un Groenlandais, je le vois à sa carrure, dit-il avec amertume.

Gunnar regarda Sira Pall Hallvardsson puis Sira Jon et dit :

— Tous les hommes cherchent le pardon du Seigneur pour leurs péchés. Moi comme les autres.

— Peut-être le Seigneur leur pardonne-t-il, peut-être non. Que peut savoir un prêtre de ces choses ? Voilà l'essentiel de ce que j'ai à te dire. N'attends rien de moi, Gunnar Asgeirsson.

— En vérité, je ne sais ce que j'attends, sinon quelque mansuétude entre les hommes.

— Le Seigneur ne se soucie point de la mansuétude des hommes.

— Mais les hommes s'en soucient.

— Pas moi. Ta sœur et toi étiez comme des figues mûres, gonflés d'orgueil par votre beauté et la cautèle de vos natures rebelles.

— Je ne me souviens pas de cela.

— Il est vrai que la vision est venue à ta femme, la vision de la Vierge et l'Enfant, et ton insouciance ne la méritait point.

— En vérité, Sira Jon, je ne l'ai pas vue, car je dormais. Elle seule la vit. Vous devez pardonner à ma Birgitta, car ses visions l'ont fait souffrir sans jamais lui apporter le moindre plaisir.

— Les Groenlandais ne connaissent pas grand-chose de la souffrance.

— Il me semble que chaque homme connaît la souffrance des autres à raison de celle qu'il éprouve. Si vous me dites que les Groenlandais ne connaissent pas grand-chose de la souffrance, je dois vous répondre alors que c'est vous qui ignorez la souffrance.

— Vous autres Groenlandais avez toujours montré peu de respect pour mon état. Je ne suis pas surpris d'entendre de tels discours de ta part.

Sira Pall Hallvardsson écoutait, appuyé sur le mur et sur ses deux bâtons. Il trébucha soudain et Gunnar le rattrapa et l'aida à se relever. Puis il dit :

— Pourquoi faut-il que des vieillards comme nous se querellent comme des jeunes gens ? Le jour du mariage de mon Helga, j'ai renoncé au passe-temps préféré des Groenlandais : la passion pour les rancunes. J'attends du Seigneur la miséricorde, et de vous, Sira Jon, la mansuétude des hommes.

— Non, Gunnar Asgeirsson, ce ne sont point denrées que je puisse te donner. Cherche ailleurs que dans ce cercueil. Va-t'en maintenant, car je n'ai point envie de te voir planté là davantage.

Il ferma les yeux. Gunnar guida Sira Pall Hallvardsson vers la porte et le suivit dans le couloir. Sira Pall se tourna vers Gunnar avec un sourire triste et dit :

— Voilà le frère qui m'a été donné. Sa chair m'est aussi familière que la mienne, ses paroles m'emplissent les oreilles. Je suis son confesseur, sa nourrice et son unique compagnon, car tout le monde ici le craint. Il approche de la mort et je n'ai rien à lui donner pour le voyage.

— C'est ainsi que je pense à mon fils, Kollgrim. On dirait qu'il y a des hommes qui cheminent si solitairement à travers cette vie qu'ils fuient jusqu'à la grâce de Dieu.

— Tout homme peut trouver le salut au dernier instant de son existence.

— Tous les hommes le souhaitent-ils ?

— On dit que oui.

— Alors ce doit être vrai. Nous sommes vieux et nous saurons à quoi nous en tenir.

— Sira Audun a composé une fois une prière pour moi, pour me taquiner. Elle dit : « Notre-Seigneur, c'est moi, Pall Hallvardsson, sur les confins de la mer occidentale. Je suis le prêtre de cet endroit qui T'estime. »

Gunnar éclata de rire.

— C'est ma prière quotidienne, dit Sira Pall Hallvardsson.

Ils sortirent de l'évêché pour se rendre dans le champ où les gens, par petits groupes, échangeaient les nouvelles de l'automne.

Birgitta était assise sur le coteau, entre Helga et Kollgrim, et elle les tenait chacun par le bras. En dessous d'elle, Elisabet Thorolfsdottir donnait le sein au petit Egil et c'était à elle que Birgitta parlait.

— Ma fille, redresse-toi, s'il te plaît, et tiens le garçon bien droit. Laisse-le prendre le tétin bien au fond de sa petite bouche, comme ça il ne pourra pas te mordre. Il est encore trop petit pour qu'on lui mâche de la viande.

— Oui, certainement, murmura Elisabet d'une voix sourde.

Mais l'enfançon se déplaça, lâchant de nouveau le sein, et la mère ne fit aucun effort pour le relever. Il se mit à geindre. Sans marquer d'impatience, Birgitta dit alors :

— Voyons, ma fille, ton enfant a faim et désire téter. Ça ne te fait donc pas mal aux oreilles de l'entendre pleurer ?

Elisabet fit l'effort de se tenir plus droite. Birgitta se tourna vers Helga et lui dit, de sorte que Kollgrim pût l'entendre :

— Cet enfant est petit comme un chiot et ne gazouille mie, bien qu'il soit né depuis plus d'un hiver et d'un été maintenant.

— Oui, ma mère, répondit Helga.

— Chacun de mes enfants se tenait debout et regardait autour de lui à cet âge. Mon fils Kollgrim sortait déjà seul de la maison. C'est une pauvre race que cette lignée de Thorolf. Je crois que leur sang est appauvri par l'abus du poisson. Ce sont comme des prêtres. Thorolf ne manque pas de bonne volonté sur la ferme, mais en vérité il y a des moments pendant l'hiver où il ne peut même pas se lever de son lit clos. Le fils sera aussi pitoyable quand il aura pris quelques années de plus. As-tu quelque espoir pour cet enfant, Helga ?

— J'espère le matin que je le verrai le soir, et j'espère le soir que je le verrai le matin, et mes vœux sont toujours comblés.

— Mais bientôt tu auras ton propre enfant et il te faudra renoncer aux visites que tu fais à celui-ci.

— Nous pouvons encore convaincre Elisabet d'amener l'enfant à la terre de Ketil. Mais c'est toute une affaire de la remuer. Jon Andres dit qu'elle ressemble à un oiseau mais est aussi lourde qu'une baleine.

Kollgrim prit alors la parole :

— La vie n'est pas mauvaise pour elle sur la terre de Gunnar. Il y a de la nourriture en abondance et de chaudes fourrures dans les lits clos.

Sur ces entrefaites, Birgitta et Helga cessèrent de parler d'Elisabet et de l'enfant. Et voilà qu'une procession de gens richement vêtus descendit la colline, et c'était Sigrid Bjornsdottir et d'autres personnes de la Colline du Soleil, ainsi que quelques Islandais, dont Thorstein le rimeur, Thorgrim, sa femme Steinunn, sa sœur Thorunn, Snorri le capitaine et d'autres gens encore. Tous les Groenlandais tournèrent la tête pour regarder les nouveaux venus, et Kollgrim aussi, comme si ses yeux allaient lui sortir de la tête. Helga n'aurait pas cru qu'il tenait tant à Sigrid et, prise de peur, elle agrippa fermement le bras de sa mère. Le groupe passa devant eux et le regard de Sigrid tomba d'abord sur Helga puis sur Kollgrim, et elle sourit, mais autant d'embarras que de plaisir. Helga vit que ses yeux fouillaient quelques instants le visage de Kollgrim avant de se poser sur l'herbe. Helga se tourna vers Kollgrim : il ne regardait pas du tout Sigrid mais un autre membre du cortège, et Helga ne put découvrir lequel, car ils formaient tous un groupe compact qui bavardait joyeusement. Sigrid se joignit à eux après une imperceptible hésitation, l'hésitation de son regard fugitif vers Kollgrim, puis Elisabet Thorolfsdottir, puis l'enfant. L'arroi passa, et Helga et Birgitta échangèrent un regard, lourd de sens, sembla-t-il à Helga, et elle eut très peur car Birgitta avait une grande réputation de seconde vue.

Ce banquet de Gardar se prolongea deux jours et il y eut quatre offices : en vérité, tant d'hommes avaient fait le voyage jusqu'à la cathédrale Saint-Nikolaus qu'il fallait les repaître de liturgie et de prières, puisqu'ils en seraient fort sevrés tout l'hiver, malgré les efforts de Sira Eindridi et de Sira Andres. La cathédrale était toujours pleine de monde, car les gens aiment prier en présence d'une relique, ne fût-ce que la dernière phalange du plus petit doigt. Saint Olaf le Norvégien reçut maintes offrandes et les gens s'en sentirent réconfortés. Larus le Prophète resta longtemps à genoux devant le reliquaire et l'on loua l'immobilité de sa posture et la longueur de son oraison. Ashild se tenait près de lui, avec la petite Tota, à le regarder, et lorsqu'il eut terminé, elle l'aida à se relever, et il s'en alla en chancelant, appuyé sur son épaule.

Puis les gens furent invités à entrer dans la cathédrale pour le premier service, et ils s'entassèrent si nombreux qu'ils s'assirent les uns sur les autres sur les bancs, et bien qu'il n'y eût point de feu, il faisait une chaleur suffisante. Sira Eindridi célébra la messe, et il sembla à certains qu'il remplissait les passages qu'il ne connaissait pas par des bribes de prières, empruntées ailleurs ou de sa propre fabrication. Comme d'habitude, il prononça un grand sermon interminable, plein de damnation et de souffrance et de terribles prédictions sur l'Enfer, où, disait-il, le feu brûlait comme de la glace, où les gens n'avaient à ronger pour toute l'éternité qu'un bout de fromage pourri ; jamais ils n'avaient le ventre plein et étaient tourmentés sans relâche par le mal des entrailles, de sorte qu'ils étaient tout couverts de merde, et autres prédictions semblables. Et pendant son sermon, comme d'habitude aussi, les gens commencèrent à parler doucement entre eux, ce qui décupla la fureur du prêtre, si bien que son visage devint aussi rouge que des canneberges et qu'il dut interrompre son discours tant il étouffait. Puis vint le moment de la communion et les hommes se turent et s'absorbèrent en prières.

Or le sermon de Sira Eindridi se prolongea si longtemps et la cathédrale était si bondée que certains durent sortir prendre l'air vers la fin de l'office, et notamment Steinunn Hrafnsdottir, l'Islandaise. Le soleil couchant teintait le fjord au-dessous de la cathédrale de lueurs rouges et blanches, et elle eut envie de se promener auprès de l'embarcadère, où tous les bateaux avaient été hissés sur la grève. Sa sœur Thorunn avait un peu peur des Groenlandais et n'aimait point trop se trouver seule en leur compagnie, mais Steinunn ne partageait pas ses inquiétudes. Sans doute ces gens avaient-ils d'assez frustes manières : ils vous dévisageaient avec avidité et ne mettaient pas les formes pour s'adresser à vous, mais après tout, estimait-elle, ils n'étaient pas pires que certains Islandais des provinces les plus reculées. Le champ devant la cathédrale descendait en pente douce et Steinunn aspira goulûment l'air glacé. Elle n'était point mécontente de se trouver seule car, en vérité, Thorgrim, son mari, était un gaillard volontiers importun qu'elle avait toujours dans les jambes. Elle vaguait entre les barques et s'émerveillait à leur vue, car elles étaient toutes rafistolées avec des bouts de bois et de planches, et puaient l'huile de phoque. Toute la Terre Verte puait l'huile de phoque, pourtant, loin de brûler de retourner en Islande, Steinunn se hérissait à cette idée, bien que Thorgrim y fût un homme puissant. Pourquoi Thorgrim ne s'établirait-il point en Terre Verte, puisqu'il n'avait pas élu de s'installer en Norvège ? Les Groenlandais disaient qu'il y avait maintes bonnes fermes à l'abandon, et il ne serait pas difficile, après tout, d'aller chercher en Islande ou en Norvège une cargaison de moutons et de vaches. Le bateau de Snorri était assez grand pour cela. Quoi que décidât Thorgrim, Steinunn songeait qu'elle n'aimerait point retourner en Islande : ne prétendait-on pas que tout le monde y avait péri ?

Cette pensée lui tordit le cœur et elle s'immobilisa, la main sur la poitrine, pour reprendre son souffle.

Depuis qu'elle était en Terre Verte, elle voyait combien elle avait eu tort d'accepter d'épouser Thorgrim, faiblesse qu'elle avait craint de regretter à l'époque et qu'elle regrettait maintenant. Mais son séjour chez les Norvégiens s'était révélé bien malheureux, en vérité, et le seul fermier du pays qui lui eût demandé sa main était affligé d'un gros goitre. Tout puissant et riche qu'il fût, elle comprit incontinent que jamais fille de Norvège n'avait voulu de lui, et pourtant, il faisait si peu cas d'elle qu'il était sûr de la voir accepter. Une femme qui possédait des terres en Islande, surtout recouvertes en partie de lave fumante, n'avait rien d'une aubaine pour un Norvégien. Et même si son père avait été récitateur de la loi, il était mort maintenant, et sa disparition sous une avalanche de cendres avait de quoi dissuader tout autre qu'un Islandais.

Pour lui, Thorgrim n'était point disgracieux et Steinunn avait naguère grand plaisir à parler avec lui de choses qu'ils connaissaient tous deux. Il lui semblait quc sa mélancolie se dissipait quand il était auprès d'elle, à moins qu'elle ne la dissipât par égard pour lui. Elle ne se dissipait guère maintenant, sauf lorsque Steinunn levait les yeux sur les montagnes de la Terre Verte, en songeant qu'aucune n'était un volcan, que leurs formes et leur quiétude étaient immuables et éternelles. L'hiver passerait et viendrait l'été, et Snorri déciderait de partir pour l'Islande et de voir ce que sa femme avait fait de ses fermes au fil des années.

Le soleil s'était couché et le crépuscule s'épaississait sur les champs de Gardar. Seuls les pics neigeux des montagnes flamboyaient encore dans le lointain. Steinunn s'écarta des bateaux et commença à remonter la colline, et elle était tellement plongée dans ses pensées qu'elle faillit trébucher sur un homme agenouillé entre deux barques. Il se redressa d'un bond et la rattrapa pour l'empêcher de tomber ; c'était le grand gaillard qui avait été fiancé à Sigrid. Elle ne l'avait vu qu'une ou deux fois et ne se souvenait point de son nom.

— L'obscurité me rend bien étourdie ! s'écria-t-elle. Et bien qu'elle parlât des ténèbres du soir, elle songea que ses paroles auraient tout aussi bien pu s'appliquer à ses pensées, et cela lui arracha un soupir profond et mélancolique.

— Tu t'es écartée du troupeau rassemblé pour entendre le prêtre.

— Et toi aussi.

— Ces bavardages de prêtre ne m'intéressent guère.

— Ce Sira Eindridi aime à attirer l'attention.

— C'est possible. Je ne me suis jamais posé la question.

— Alors pourquoi es-tu venu au banquet ?

— J'ai entendu dire que les Islandais raconteraient des histoires. Je n'aimerais pas qu'ils enjôlent la mère de mon fils.

— Pourquoi se laisserait-elle enjôler ?

— Parce que c'est une femme, ce me semble. Je ne sais vers quoi elle incline, la vie ou la mort. La plupart des gens se divertissent à entendre des contes. Peut-être la distrairont-ils des pensées qui l'occupent à présent. Pourquoi t'es-tu écartée du troupeau ?

— Je me sentais étouffer.

— Je t'ai déjà vue. Parmi les babillards, tu es la moins bavarde.

— Vraiment ?

— C'est ce qu'il me semble.

Ils se turent. Alors il lui prit la main et la glissa sous son bras et la conduisit parmi les bateaux jusqu'à un endroit au-dessus d'eux d'où elle pourrait regagner la cathédrale sans encombre. Mais tandis qu'ils se tenaient en cet endroit, elle n'eut point envie d'abandonner son bras, ni lui sa main. Ils attendirent quelques instants en silence, sans se regarder ni s'éviter non plus des yeux, et Steinunn eut le sentiment que la présence du Groenlandais apaisait son inquiétude. Puis il la lâcha, posa légèrement sa dextre sur son épaule et l'écarta de lui. Elle gravit la pente tandis qu'il retournait à ses occupations sur la grève. En arrivant à la cathédrale, Steinunn se souvint de son nom : Kollgrim Gunnarsson, l'homme dont les accordailles avec Sigrid Bjornsdottir excitaient tant la gouaille des Islandais.

Vint le moment du premier festin de la soirée et tous les gens envahirent la grand-salle de la résidence de l'évêque. Ils se répartirent sur les bancs tandis que femmes et servantes distribuaient des bols de ptarmigan mitonné avec des nageoires de phoque et relevé de thym, et même les Islandais trouvèrent que c'était un plat savoureux. Ensuite on servit des bols de lait caillé, épais et froid, parfumé aux myrtilles, et celles-ci avaient été cueillies pour le festin pendant trois jours dans les collines entre Gardar et le Hvalseyfjord, et étaient grosses et juteuses. Puis ce fut le tour de la tête de mouton fumée et du mouton rôti : ce mouton était un peu dur et vieux mais délicieux tout de même, et les gens se réjouissaient d'avoir fait le voyage de Gardar pour participer à ce banquet. Mais ce n'était pas terminé, et l'on servit un autre plat encore : des capelans séchés arrosés de beurre sur, et c'est un mets dont les Groenlandais sont très friands, car ces petits poissons craquent sous la dent et le beurre vous fait froncer les lèvres. Les Islandais ne s'en montrèrent pas particulièrement gourmands. C'était le moment du banquet où les gens commencent à repousser leur tranchoir, mais se laisseraient bien tenter par une dernière chatterie avant de se lever. Et voilà que les femmes et les servantes arrivèrent avec quelque chose que la plupart n'avaient jamais goûté : de l'angélique confite dans du miel, et c'était si doux et délicieux que les dents vous en lancinaient de plaisir.

Après quoi, on retira les tables, les gens repoussèrent les bancs contre les murs et les Islandais commencèrent leurs réjouissances. Or les Islandais vivaient maintenant parmi les Groenlandais depuis une année, de sorte que certains de ces derniers, et en particulier les gens de la Colline du Soleil, avaient eu le temps d'apprendre les pas et les paroles de quelques poèmes chantés. Aussi, huit femmes, dont Sigrid Bjornsdottir, et huit hommes se levèrent pour exécuter les figures tandis que Thorstein Olafsson rugissait la chanson. Et c'était un poème étrange sur un gaillard appelé Troilus, un héros du temps jadis, et sa concubine, appelée Criseda, qui péchait et était durement punie de ses fautes. Les Islandais racontèrent d'autres histoires ensuite, moins scandaleuses, puis les gens furent invités à retourner à la cathédrale pour le deuxième service. Les premiers à entrer dans l'église découvrirent Larus le Prophète la face sur les pierres devant le crucifix, et il fallut le relever et l'emmener dehors car il semblait inanimé. Il apparut alors que Larus n'avait pas participé au festin mais avait passé tout le temps en prière dans la cathédrale, en compagnie d'Ashild et de la petite Tota. Toutes deux s'étaient endormies et on dut les réveiller pour l'office.

Celui-ci fut célébré par Sira Andres, qui n'avait que dix-sept hivers, mais si ses manières étaient plus amènes que celles de son père, il connaissait encore moins la messe et marmonnait bien davantage encore. Lui aussi aimait à faire des sermons sur le salaire du péché, mais le salaire qu'il prédisait était moins cruel que les vaticinations de Sira Eindridi, et il lui arrivait parfois de se perdre dans son texte, ce qui permettait aux gens de souffler un peu. Ce service fut plus bref que le précédent et les invités gagnèrent bientôt leurs baraquements ou leurs chambres pour dormir.

Sira Pall Hallvardsson devait célébrer les deux messes du second jour de fête, et chacun de s'en réjouir parce qu'il connaissait toutes les prières dans le bon ordre et ne marmottait jamais ; en outre, la communion qu'il donnait passait pour plus sainte que celle des deux autres. Aussi les confessions allèrent-elles bon train toute la journée et les gens ne cessèrent d'aller et venir dans la cathédrale. Le premier à pénétrer dans l'église, bien avant l'aube, découvrit Larus le Prophète devant le crucifix et celui-ci resta là toute la journée à prier, mais ne se confessa point.

Ce jour-là était prévu un office matinal, suivi d'un banquet et d'un service religieux en début de soirée. Puis les visiteurs qui n'habitaient pas loin rentreraient chez eux et les autres le lendemain matin. Or il advint que l'Islandaise Steinunn Hrafnsdottir sortit de la grand-salle de Gardar avant l'office du matin pour se promener non loin de la grève où les bateaux étaient hissés. Son mari, Thorgrim Solvason, l'y suivit et dit :

— Ma Steinunn, ta sœur requiert ta présence, car en vérité elle a besoin que tu lui arranges sa coiffure.

— Elle se coiffe seule tous les matins, pourquoi aurait-elle besoin de mon aide aujourd'hui ?

— Elle te réclame quand même. Et il faut dire aussi qu'il ne te sied guère de te promener de la sorte, car il y a bien des gens ici que nous ne connaissons pas.

— Thorunn et toi pensez trop de mal de ces Groenlandais.

— Ce sont des gens rudes.

— Baste ! Ils ont piteuse allure et s'habillent curieusement, de fourrures et d'autres nippes de ce genre, mais ils ne sont pas plus rudes que d'autres gens que nous avons pu rencontrer en Norvège ou en Islande.

— Et comment sais-tu tout cela ?

Alors elle leva la tête et le fixa droit dans les yeux.

— Mon cher Thorgrim, figure-toi que moi aussi je vis en Terre Verte depuis un an et que, moi aussi, je bavarde avec Bjorn Bollason, ses fils et les autres personnes qui fréquentent la Colline du Soleil. N'aurais-je point le droit de me faire une opinion sur ce sujet ?

— J'estime qu'une femme doit s'en remettre à son mari et à sa sœur dans ce genre d'affaire.

— Thorunn est ma cadette de trois hivers.

— Mais elle est d'un naturel plus prudent que toi. Elle a remarqué que tu t'étais éclipsée hier soir pendant la messe, et longtemps qui plus est.

— On étouffait dans cette église.

— Si tu étais venue me chercher, je t'aurais emmenée dehors et nous nous serions promenés de compagnie, comme il convient à un mari et à une femme.

— Que ne le faisons nous maintenant, mon cher Thorgrim ?

Et c'est ce qu'ils firent, gravissant et redescendant la colline jusqu'à l'heure de la messe. Ils entrèrent alors dans la cathédrale et trouvèrent des places où s'asseoir.

Sira Pall Hallvardsson commença par des prières, puis il prononça un sermon d'action de grâces pour remercier le Seigneur de toutes ses bontés, et voilà quelques-unes des choses dont il parla : les enfants des Groenlandais, dont le visage illuminait chaque ferme comme la saxifrage pourpre à la fête de saint Jean le Baptiste : les maisons des Groenlandais, si bien calfeutrées de tourbe que deux ou trois lampes à huile de phoque suffisent à les chauffer l'hiver ; le renne, qui donne sa peau, sa chair et ses os ; les phoques, qui prodiguent leur graisse, leur fourrure et leur viande ; l'hiver, qui procure le repos ; l'été, qui apporte le travail et la lumière du soleil ; la ronde annuelle des semailles, de la chasse, de la traite, de la fenaison et de la chasse à nouveau, depuis Noël, qui rappelle aux hommes la naissance dans ce monde, jusqu'à Pâques, qui rappelle aux hommes la renaissance dans les Cieux, et à la fête de tous les saints qui rappelle aux hommes comment aller d'un monde à l'autre. Et les gens furent fort apaisés par ces paroles et regrettèrent qu'elles prissent fin si vite, car, en vérité, Sira Pall Hallvardsson ne pouvait rester longtemps debout pour un sermon et encore moins pour deux dans la même journée. La messe finie, les gens sortirent dans la lumière. Il avait neigé au-dessus de Gardar pendant la nuit, mais le coteau sud de la colline était chaud et agréable dans le soleil du matin. Alors les gens parlèrent de l'hiver qui commençait et tous décrivaient avec confiance leurs réserves de provisions et la bonne santé de leurs troupeaux. Certains, qui avaient eu affaire aux Islandais, disaient que ces étrangers auraient avantage à laisser leur navire en Terre Verte pour reprendre quelques-unes des fermes abandonnées que l'on trouvait dans tous les districts. N'étaient-ce point les mêmes conditions qu'au temps d'Erik le Rouge, avec des terres à prendre en abondance ? D'autant que les conditions étaient encore meilleures car la terre avait été amendée, les maisons et les étables étaient mieux adaptées au climat que les anciens bâtiments construits par Erik et ses compagnons, avec leurs longues salles et leurs feux dévorants. Telles étaient les conversations des Groenlandais tandis qu'ils se rendaient au second banquet, et ils étaient très contents d'eux.

Au crépuscule, Sira Pall Hallvardsson entama le second service et il récita les prières d'une voix grave et sonore qui faisait plaisir à entendre. La cathédrale était aussi pleine de monde qu'à la messe du matin, car tous les Groenlandais, surtout des districts les plus éloignés, répugnaient à manquer le moindre office de Sira Pall Hallvardsson : c'était un vieillard, en effet, et qui savait s'il survivrait à l'hiver ?

Or il advint, comme il achevait le *Kyrie,* que Larus le Prophète prit la parole et s'écria d'une voix forte en langue norraine :

— Le Seigneur est avec moi ! Ecoutez-moi parler !

Un fermier de son district, qui se tenait près de lui, l'apostropha :

— A chacun son tour, Larus ! C'est maintenant le moment de laisser le prêtre parler.

Des hommes posèrent la main sur les épaules de Larus, mais il secoua leur étreinte.

— Non, s'écria-t-il. La Parole du Vrai Dieu vient toujours à son tour. Elle s'exprime par la bouche des enfançons, ou dans le vent qui hurle dans la montagne, s'il le faut. Voilà ce que j'ai à vous dire : Rome vous abandonne ! Le pape ne songe nullement à vous ! L'archevêque de Nidaros dort paisiblement chaque nuit, que lui chaut votre attente ? Ceux qui guident vos âmes ne se soucient point si vous tombez chaque jour dans le péché, ou chaque heure, ou chaque instant ! Ils ne dépensent pas une couronne ni ne lèvent un doigt pour vous aider à gagner votre salut. Ils se préoccupent plus de leur caleçon que de vos âmes ! Ils vous ont interdit de vous sauver vous-mêmes, et maintenant ils refusent de vous sauver ! Avez-vous des hosties ? Avez-vous du vin ? Croyez-vous que le sang du Seigneur était de l'eau et Sa chair de l'algue ? Où est-ce écrit ? Groenlandais, vous êtes maudits et non bénis, que vous vous remplissiez le ventre ou mie, parce que le chemin du salut vous est fermé. Peut-être que le Seigneur en personne parle à l'archevêque de Nidaros et le prie d'envoyer un navire aux Groenlandais, et quelques prêtres dûment consacrés, non comme ces faux Groenlandais qui se font appeler Sira mais n'ont jamais été ordonnés, mais l'archevêque se bouche les oreilles. Il n'entend pas la parole du Seigneur ni les cris des Groenlandais qui pleurent pour leur salut. Tous ces gens qui ont péri ici, ces femmes et ces maris, ces mères et ces pères et ces frères et sœurs qui sont morts du mal des vomissements et du mal des entrailles, par malaventure, de faim, de froid et par noyade, croyez-vous qu'ils sont parvenus au Ciel ? Croyez-vous qu'ils sont assis aux pieds du Seigneur et qu'ils écoutent chaque jour le chant des anges ? Que non ! Ils brûlent en Enfer, car leurs péchés n'ont pas été absous, ils ne sont pas en communion avec le Seigneur, ils sont abandonnés de la terre et Jésus Lui-même n'entend point leurs gémissements. Voilà ce que j'ai à vous dire !

Sur ces mots, Larus regarda autour de lui, et les Groenlandais furent bien en peine de lui répondre, car nul n'était en mesure de réfuter ses paroles.

Alors Sira Pall Hallvardsson reprit l'office où il avait été interrompu, comme si Larus n'avait point parlé, mais presque immédiatement le bruit des conversations couvrit ses oraisons, si bien qu'il dut élever la voix pour se faire entendre, alors les Groenlandais se turent et Sira Pall Hallvardsson poursuivit la cérémonie jusqu'au sermon. Alors les gens se redressèrent sur leurs bancs et le regardèrent, car ils étaient curieux de savoir s'il répondrait à Larus et comment il s'y prendrait. Et voilà ce qu'il déclara :

— En ce temps-là, le Seigneur Jésus-Christ entra dans une ville d'Orient qui s'appelait Béthanie, et Il y passa la nuit en compagnie de gens très pauvres, si bien que lorsqu'Il se leva le matin, Il vit qu'ils n'avaient entre eux qu'un seul pain, bien qu'ils fussent au nombre de sept. Alors Il dit qu'Il n'avait pas faim et leur fit Ses adieux, mais en vérité, c'était un homme comme tous les hommes et Il avait grande envie de Sa viande du matin. Il y avait un figuier au bord de la route, et bien qu'il fût couvert de feuilles et de fleurs, on ne pouvait y voir la moindre figue, et avec la colère qui s'empare de tout homme qui a faim et se voit refuser à manger, le Seigneur Jésus-Christ, emporté par Sa nature humaine, dit à l'arbre : « Sois maudit désormais. Jamais plus tu ne produiras de feuilles, de fleurs ni de fruits. » Et immédiatement l'arbre sécha et mourut, sous les yeux des passants.

« Alors les gens restèrent tout ébaubis devant le figuier. Mais Notre-Seigneur ne se souciait guère de leur stupéfaction, et voilà ce qu'Il leur dit, et Il était fort courroucé : "En vérité, en vérité, Je vous le dis, si vous avez la foi et ne doutez point, non seulement vous pourrez faire ce qui vient d'être fait au figuier mais aussi cela : si vous dites à la montagne qui se dresse devant vous et vous bouche la vue du soleil : Va te jeter dans la mer qui baigne le pied du pré clos, cela aussi adviendra. Car voici la vérité que Je vous dis, et écoutez-la avec vos oreilles et votre cœur : quoi que vous demandiez dans vos prières avec la foi, vous le recevrez, car Je vous écoute et Je suis le Seigneur Dieu qui ai tout pouvoir sur tout."

Alors Sira Pall retourna à l'autel et continua la messe, et donna la communion à tous ceux qui s'avancèrent pour la recevoir. Pourtant, les Groenlandais trouvèrent qu'il n'avait pas bien répondu à Larus et ils en furent fort abattus. N'était-il point vrai, après tout, que Sira Pall n'avait pas osé toiser la montagne et lui ordonner de se jeter à la mer ?

Vint l'hiver, et le temps fut mauvais dès le début : chaud et pluvieux, ou sec et venteux, en sorte que le sable s'infiltra dans les étables, même après qu'elles eurent été murées avec des pierres, et la tourbe autour des bâtiments se remplit d'eau, puis s'effrita sous le vent. Mais il y eut peu de neige et de temps calme dans tous les districts, et ce même après Noël. C'est également après ces événements de Gardar que Helga Gunnarsdottir de la terre de Ketil donna le jour à un enfant, et cet enfant était une fille, qui reçut le nom de Gunnhild, mais Helga ne se remit pas aussi rapidement qu'elle l'eût pu de ses couches et à Noël elle était toujours dans son lit clos, très affaiblie. Il advint aussi que l'enfançon Egil Kollgrimsson subit une grande malaventure : alors qu'il dormait dans le lit clos de sa mère, tandis que Kollgrim était parti à la chasse, Elisabet Thorolfsdottir roula sur lui pendant son sommeil et l'étouffa, si bien qu'on le retrouva sans vie au matin. Helga fut fort attristée aussi par cette nouvelle.

Ce fut le second Noël que les Islandais passèrent à la Colline du Soleil : Thorgrim et Steinunn, ainsi que Snorri, Thorunn et son mari, et cet hiver-là les Islandais commencèrent à parler entre eux de retourner en Islande, mais Snorri le capitaine n'était point partisan de se hâter de prendre cette décision. La vie n'était pas désagréable chez les Groenlandais, et si l'on ne savait ce qui se passait en Islande, les dernières nouvelles étaient bien mauvaises. Snorri demanda son avis à Bjorn Bollason, mais le récitateur de la loi se plaisait toujours autant en la compagnie des Islandais. Le bateau n'était pas en très bon état et Snorri n'était guère enclin à faire l'effort de le réparer. En bref, le temps n'était pas assez mauvais pour chasser Snorri, et ceux qui étaient plus pressés de partir, tel Thorgrim, maugréaient dans leur barbe.

Steinunn partageait le manque d'empressement de Snorri et n'était point mécontente de la manière dont il résistait à Thorgrim et aux autres, mais c'était bien la seule chose qui lui plût et le hurlement du vent sec aux quatre coins de la demeure commençait à lui peser. Elle ne parvenait pas à rester devant son métier à tisser ou à se contraindre à filer, mais ne cessait de se tordre les mains, si bien que Thorgrim ne la quittait plus des yeux, comme à l'affût de son humeur. A dire vrai, s'il lui avait posé la question, elle eût été bien embarrassée de lui répondre, sinon que la plus sombre mélancolie la tenait, une mélancolie si suffocante qu'elle ne pouvait ni rester assise, ni dormir, ni prendre plaisir à sa viande. Il arriva ainsi que Thorunn s'exaspéra de plus en plus contre elle, si bien que l'inimitié entre les deux sœurs s'ajouta au mécontentement des Islandais, et la joie ne régna plus sans partage comme l'hiver précédent à la Colline du Soleil.

Un jour, Signy, la femme de Bjorn, vint trouver Thorunn et lui dit :

— Thorunn Hrafnsdottir, tu m'as toujours honorée de ton amitié depuis ton arrivée chez les Groenlandais.

Thorunn sourit.

— Qui ne serait point l'amie d'une aussi généreuse hôtesse se montrerait bien rustre, en vérité, d'autant qu'il me semble que nous voyons parfois les choses de la même manière et que nous prenons plaisir toutes deux à nous entretenir.

— C'est aussi mon sentiment. Mais il nous faut maintenant parler de choses désagréables.

Et elle se tut, car, comme disaient les gens, Signy de la Colline du Soleil préférait la famine à une conversation désagréable.

— Dis ce que tu souhaites me dire, ma Signy ; cela ne diminuera en rien notre amitié.

— Il se trouve qu'en Terre Verte les hivers sont très longs, les fermes très proches et les gens vivent les uns sur les autres même sur les plus grands domaines, comme la Colline du Soleil.

— C'est le cas dans toutes les contrées du Nord, dit Thorunn en souriant. J'ai remarqué que les Groenlandais croient être les seuls à connaître ces épreuves.

— Peut-être bien. Je ne saurais en juger. Mais il me semble que la sombre humeur de ta sœur affecte tout le monde, Islandais aussi bien que Groenlandais, et nous venons à peine de fêter Noël. Pour nous, l'hiver ne s'achève que lorsque nous transportons les vaches hors de l'étable après Pâques.

— Il est vrai que ma sœur n'est pas d'une nature guillerette, et dans le passé déjà, elle s'est montrée sujette à de semblables accès de maussaderie.

— Elle, et Thorgrim aussi s'il le souhaite, pourrait aller demeurer à Gardar, avec les prêtres. Sira Pall est très aimé des Groenlandais, et Sira Eindridi est un gaillard plein d'entrain. Mais en vérité, je crains de n'être guère hospitalière et mes paroles me couvrent de honte.

— Les gens qui demeurent chez les autres pendant plus d'une année doivent vivre en d'autres termes que la simple hospitalité et je crois qu'un tel arrangement lui siérait ou, du moins, nous siérait et lui ferait le plus grand bien.

Voyant qu'elles s'étaient mises d'accord sur le sujet, les deux femmes échangèrent un sourire et examinèrent comment elles allaient présenter l'affaire à Thorgrim.

Et c'est ainsi que Steinunn Hrafnsdottir fut éloignée à Gardar, et Thorgrim avec elle, sinon qu'au bout de quelques jours Thorgrim trouva l'endroit sinistre et ennuyeux comparé à la Colline du Soleil. Tous les Islandais qui y avaient passé l'hiver précédent étaient partis sur d'autres domaines, il n'y avait pas grand-chose à faire et la cuisine était assez mauvaise. Après que Thorgrim s'en fut retourné à la Colline du Soleil, Steinunn persuada Sira Eindridi de lui donner une chambre extérieure, qui fût peu éloignée de la porte donnant sur le pré clos et la cathédrale, car, déclara-t-elle, elle souhaitait vaquer librement à ses prières sans troubler la vie de la maison du prêtre. Ainsi fit-elle, et elle priait beaucoup, et elle se promenait beaucoup aussi car il n'y avait guère de neige. Après quoi, Sira Eindridi partit pour le Sud avec Sira Andres : le début du Carême approchait.

Et de la sorte, il advint un jour que Steinunn Hrafnsdottir vit Kollgrim Gunnarsson descendre des collines au-dessus de Gardar avec un ballot de fourrures, et elle commença désormais à le rencontrer de temps à autre, et ces rencontres lui apportaient une grande sérénité, plus que la prière. Cela dura quelque temps ainsi, et ces rencontres leur étaient agréables à tous deux, de sorte que bientôt ils ne se soucièrent plus d'être vus. D'ailleurs, disait Steinunn, ils ne faisaient que bavarder, et point d'autres gestes entre eux que ceux qu'il sied à un homme d'avoir pour une femme : l'aider à franchir les rochers et les fossés, à monter et descendre les coteaux, si elle se promène, ou à se relever, si elle est assise et désire se mettre debout.

Au bout de quelques jours, il parut à Steinunn Hrafnsdottir qu'elle avait conçu pour Kollgrim Gunnarsson une grande passion que celui-ci ne lui rendait point, bien qu'il recherchât sa compagnie aussi souvent que possible. Mais il se montrait si réservé et distant qu'il lui semblait qu'il la quittait chaque fois sans presque un regret, alors que sa pensée la dévorait sans trêve jusqu'à ce qu'elle le revît. Il la hantait si constamment qu'elle savait à peine à quoi il ressemblait ; elle savait seulement que sa présence était à la fois comme un baume et un aiguillon. Or, il advint que, pendant deux jours, elle s'absorba dans ses prières, n'allant que de sa chambre à la cathédrale, où elle gisait sur les pierres au pied du crucifix en suppliant le Seigneur de la délivrer de sa rage, mais en vérité elle évita tous les prêtres et ne confessa point son péché, car elle ne désirait pas encore y renoncer, en dépit de ses prières. On a raison de dire que le Seigneur entend bien des choses qui ne sont point destinées à Ses oreilles.

Ces deux jours-là, Kollgrim Gunnarsson s'en était allé à Vatna Hverfi, sur la terre de Ketil, mais il n'avait pas grand-chose à dire à Jon Andres ou à Helga, et il regarda à peine Gunnhild, bien que ce fût un enfançon avenant, plein d'entrain et de sourires. Et Helga le vit repartir sans attacher grande importance à sa visite, songeant simplement qu'il devait être abattu par la mort d'Egil Kollgrimsson. Kollgrim retourna à Gardar, et il se trouva qu'il rencontra Steinunn Hrafnsdottir à la porte de la cathédrale comme elle regagnait sa chambre, et il la prit dans ses bras et la serra étroitement contre lui. Alors Steinunn se dit que ses prières étaient exaucées et sa rage apaisée à jamais.

Or il advint quelques jours plus tard que Thorstein Olafsson le conteur, un autre Islandais du nom de Bork et une poignée de serviteurs de Magnus Arnason vinrent à skis à Gardar pour s'entretenir avec Sira Pall Hallvardsson et remporter quelques affaires que Thorstein et Bork avaient laissées à l'évêché. Il y avait maintenant juste assez de neige pour skier, mais le voyage fut pénible et plus long que les Islandais ne le prévoyaient, en sorte qu'ils arrivèrent dans la nuit, allouvis et fort irrités.

Les serviteurs de Gardar étaient allés se coucher, et Thorstein et Bork, qui était un gaillard tapageur et violent, firent le tour de la cathédrale et de la résidence en criant et en cognant à toutes les portes, jusqu'à ce qu'un des domestiques se levât pour les laisser entrer. Puis ils réclamèrent à manger, et la cuisinière, une femme appelée Una, vint leur préparer une collation. Entre-temps, Thorstein sortit se soulager aux cabinets, et il se trouva qu'il sortit par la porte la plus proche de la chambre de Steinunn Hrafnsdottir, et il entendit des bruits qui venaient de cette chambre, les cris et les gémissements d'une femme. Il écouta un instant à la porte, puis fit son affaire et rentra. Les bruits s'étaient tus et il n'y songea plus. Après manger, Bork et lui et les serviteurs de Magnus Arnason allèrent se coucher, et tous se réveillèrent tard dans la matinée ; les travaux de la journée avaient déjà commencé.

Bork et Thorstein n'étaient pas pressés de reprendre le dur chemin de Vatna Hverfi, aussi se promenèrent-ils dans les champs de Gardar après leur viande du matin, en bavardant de choses et d'autres. Et voilà qu'ils virent un homme en bas de la colline, vêtu d'épaisses fourrures, qui s'affairait parmi les bateaux hissés sur la grève et renversés pour l'hiver. Reconnaissant Kollgrim Gunnarsson, Thorstein le considéra longuement, car il tenait Sigrid Bjornsdottir en haute estime et s'interrogeait souvent sur ce garçon, que la jeune fille était sur le point d'épouser avant sa venue, à lui Thorstein.

Le fait est que Thorstein ne faisait guère cas de Kollgrim. Sans doute était-il grand et beau à suffisance, mais il n'avait aucun des talents qui plaisent aux gens l'hiver à la veillée ; un personnage insignifiant, semblait-il à Thorstein. Il est vrai aussi qu'il attirait l'attention et que les gens le regardaient quand ils auraient préféré regarder quelque chose de plus agréable. Aussi Thorstein regarda-t-il Kollgrim et l'observa, quand il aurait préféré regarder autre chose. Et il se demanda si le gaillard chevauchait la jeune cavale durant leurs fiançailles, car Sigrid, nul ne l'ignorait, allait et venait à sa guise et disposait d'une grande liberté en toutes choses. Une fois que cette pensée se fut emparée de lui, Thorstein ne put se l'ôter de l'esprit, et il fixa Kollgrim avec tant d'intensité que Bork dut le secouer et l'entraîner ailleurs.

Peu après, Steinunn Hrafnsdottir sortit de sa chambre pour se rendre dans la grand-salle de l'évêché. C'est là qu'elle rencontra Thorstein Olafsson, qui continuait à différer son départ, et ils furent aussi surpris de se voir l'un que l'autre, car il ne savait pas qu'elle demeurait à Gardar. Elle le bienveigna et s'avança pour lui prendre la main, mais il vit qu'elle s'empourprait jusqu'à la racine des cheveux et n'osait trop le regarder. Alors, la pensée de Kollgrim Gunnarsson chevauchant Sigrid Bjornsdottir l'envahit soudain, et quand Steinunn fut partie tisser après s'être entretenue quelques instants avec lui, il alla trouver Bork et lui déclara qu'ils passeraient une nuit de plus à Gardar pour ne repartir que le lendemain à l'aube.

Steinunnn s'assit devant son métier à tisser et elle pouvait à peine lever les mains pour saisir la navette, car elle comprenait que la présence de Thorstein Olafsson lui interdisait toute rencontre avec Kollgrim. Pourtant, ces rencontres lui semblaient si nécessaires à sa paix intérieure qu'y renoncer serait insupportable. Et de penser à ces choses, sa rage de revoir Kollgrim resurgit et l'obséda de plus belle, si bien qu'elle ne pouvait plus attendre leur rendez-vous de l'après-midi et brûlait de le retrouver sans déport, de lui parler, de toucher sa manche, son bras, de poser sa tête sur sa poitrine et de mêler ses doigts aux siens. Elle se cramponna à son banc pour s'empêcher de se lever et de courir le rejoindre sur la grève, où il triait ses collets.

Il lui apparut soudain que Thorstein avait dû voir les marques du péché sur elle, car on dit que les hommes à la vision pénétrante les aperçoivent aisément, et Thorstein avait certainement cette réputation. Alors Steinunn voulut savoir de quoi elle avait l'air, et elle examina sa robe et vit qu'elle tombait bien droit sur son ventre et ses seins. Elle tâta sa coiffure, et sentit qu'elle était parfaitement disposée, et elle fut un peu soulagée et se persuada que l'on pouvait tout cacher en soi, du moins à la vue des hommes. Thorgrim n'était-il point convaincu que ses caresses lui donnaient du plaisir alors qu'elle n'en prenait aucun ? Puis elle se rappela que son visage était devenu brûlant quand elle avait aperçu Thorstein, que sa main avait tremblé, légèrement, quand elle l'avait posée dans la sienne, qu'elle avait promené ses regards dans la grand-salle de Gardar plutôt que de l'envisager. Qu'allait-il conclure de ces signes et que lui diraient les domestiques, qui le connaissaient de l'hiver précédent ? Alors sa chair se glaça et se roidit à cette idée, et le souffle lui manqua, car elle ne s'était pas souciée des serviteurs, et à Gardar ils étaient partout. Elle ne s'était souciée de rien, en vérité, sinon de voir Kollgrim, qui la hantait et chassait toute autre pensée de son esprit. Il la sauverait de ces malaventures qu'elle retournait dans sa tête, se dit-elle, et il lui fut presque impossible de s'empêcher de courir le rejoindre, puis elle réfléchit que rien ne pourrait la sauver et elle demeura immobile sur son banc.

Sira Pall Hallvardsson entra alors dans la pièce et demanda à Steinunn si elle avait assez chaud, car elle était livide de froid. Elle répondit :

— J'étais toute à mes pensées et je n'avais pas remarqué le froid, mais maintenant que vous le dites, il me semble que je suis transie jusqu'aux os.

Il ôta son manteau, qui était en peau de phoque, et le posa sur ses épaules, et elle se mit à trembler à son contact. Il s'assit auprès d'elle sur le banc de tissage et lui sourit, et elle s'emmitoufla dans le manteau, mais en vérité elle savait qu'elle était morfondue par le froid du péché et non par l'hiver groenlandais dont les gens faisant tant de cas, et ce froid lui pénétra les os et déborda d'elle pour glacer la pièce, la demeure, le monde tout entier. Le sourire bienveillant de Sira Pall Hallvardsson offrait de la réchauffer comme le soleil réchauffe le coteau verdoyant, et l'aveu de son péché monta à ses lèvres. Elle vit que ses prières ne lui avaient apporté nul soulagement mais, au contraire, l'avaient poussée à songer sans relâche à ses désirs. Il était si simple de confesser son adultère et de s'abaisser devant le prêtre, le Seigneur, les Islandais et les Groenlandais. Les mots dont elle avait besoin se formaient aisément et il les attendait, en se frottant le genou de la main, comme elle avait remarqué qu'il le faisait souvent, et sa tête chenue, presque chauve, se tendait interrogativement. On eût dit que les nouvelles qu'elle allait lui révéler étaient un présent qu'il brûlait de recevoir. Oui, c'était un présent qu'elle brûlait de donner. Elle toucha sa main, celle qui frottait son genou, de son doigt et plongea ses yeux dans les siens, mais en fin de compte, elle ne put s'arracher à Kollgrim. Si elle prononçait ces paroles qui lui montaient aux lèvres, elle ne reverrait jamais Kollgrim, elle ne lui parlerait plus, ni ne sentirait sa présence, ni ne frémirait sous sa main, ni n'éprouverait le poids de son regard. Surtout, il ne lui apporterait plus cette sérénité qu'elle désirait ardemment et qu'il ne manquait jamais de lui donner. Et c'est ainsi qu'elle ravala ses mots, remit sa main sur ses genoux et sourit comme font les femmes sincères et sans feintise. Sira Pall resta près d'elle en silence pendant quelques instants, puis une servante vint lui donner un message de la cuisinière, à propos de la viande de Sira Jon, et il s'en fut. Ainsi tout fut perdu.

Pour lui, Thorstein alla trouver une des servantes, avec qui il était en bons rapports l'hiver précédent, et lui demanda où pouvait bien se trouver la chambre de Steinunn, et la fille lui indiqua la chambre à la porte de laquelle il avait écouté la veille au soir. Puis Thorstein dit :

— Et où ce gars de Vatna Hverfi, Kollgrim Gunnarsson, a-t-il sa chambre ?

Alors la servante lui jeta un regard, en souriant d'un air entendu, et répondit :

— Mais non, seigneur, Kollgrim n'a pas de chambre ici.

De la sorte, Thorstein sut tout ce qu'il avait à savoir. A la brune, Thorstein entraîna Bork dans les collines, avec l'intention d'aller chercher Thorgrim Solvason et Snorri Torfason pour les ramener à Gardar avec lui.

A la brune aussi, Kollgrim Gunnarsson s'éloigna de l'évêché dans une autre direction, vers le fond du fjord, pour gravir la grande montagne, appelée le Rocher de l'Evêque, qui se dresse au-dessus de Gardar, à l'orient. Il méditait de poser des lacs à ptarmigan pour les relever le lendemain matin et porter ces proies, avec d'autre gibier, à la terre de Gunnar, car Elisabet Thorolfsdottir lui donnait quelques inquiétudes. Il advint, cependant, qu'en gravissant la montagne Kollgrim fut pris d'une grande fatigue, et le désir de s'étendre et de dormir l'envahit. C'est ce qu'il fit, et voici le rêve qui lui vint :

Un homme était assis auprès d'un petit abri dressé au milieu d'une vaste banquise, et il avait des armes avec lui — deux ou trois bons épieux et un arc avec des flèches à oiseaux. Il avait aussi une hache, mais cette hache était en piteux état, le manche brisé et la lame rongée par la rouille. L'homme se tenait parfaitement immobile, les yeux perdus dans l'immensité blanche, et il ne portait pas de capuchon contre la cécité des neiges. Il advint alors dans le rêve de Kollgrim qu'un groupe de phoques sortit de l'eau et se dirigea vers l'homme avec ces bruissements et ces claquements sonores que font ces animaux et qui se réverbèrent sur la glace. L'homme se redressa sur son séant et rapprocha ses armes de lui car il avait l'intention de tuer quelques phoques pour sa viande de l'hiver. Les phoques s'avançaient toujours, formant une troupe nombreuse, et il y en avait beaucoup devant et encore plus derrière. Qu'il serait facile d'en tuer autant qu'il voudrait, songea l'homme, et il était fort content de lui. Les phoques se rapprochèrent et le chasseur vit qu'ils avaient des sourires d'hommes et que ce n'étaient point des phoques mais des âmes de noyés. Tuer de tels phoques serait malaventure des plus funestes, aussi l'homme écarta-t-il ses armes et jura de ne leur faire aucun mal. Mais les phoques continuaient d'avancer vers lui, sans faire mine de l'éviter, alors il se leva et brandit ses armes devant eux. Puis le rêve changea : l'homme était écrasé par les phoques qui dévoraient sa chair, et il était encore vivant car ses bras et ses jambes s'agitaient comme des fléaux.

Et après ce rêve, Kollgrim s'éveilla et vit qu'il faisait complètement nuit. Il songea à poser ses collets à la lueur des étoiles, comme il l'avait prévu, car en règle générale il attachait peu d'importance aux rêves, mais, après celui-ci, capturer du gibier lui parut peu attirant. Aussi descendit-il de la montagne pour chercher abri dans la chambre de Steinunn Hrafnsdottir, et celle-ci fut fort aise de l'accueillir.

La simple présence de Kollgrim Gunnarsson était toujours un bonheur pour Steinunn, car le silence semblait son état naturel ; et ce silence la pénétrait comme un baume, surtout quand l'aiguillon du désir avait été apaisé. Mais ce soir-là, le silence avait une qualité nouvelle : il semblait lui dénier quelque chose plutôt que de tout lui donner, et Steinunn se surprit à l'agacer un peu, lui touchant le bras ou lui caressant les cheveux pour attirer son attention, alors qu'elle n'avait jamais eu besoin de le faire auparavant, et cela l'accabla grandement, car elle vit qu'en l'espace d'une journée ce qu'elle s'efforçait de conserver par péché et fallace l'avait fui néanmoins. Elle s'écarta de lui et s'assit au bord du lit clos, mais il ne la suivit point, absorbé qu'il était dans ses pensées. Elle ôta ses chaussures, enfila ses bas de nuit et grimpa dans le lit, et elle attendit longtemps, étendue en silence. Puis la petite lampe à huile de phoque qui éclairait la pièce s'éteignit.

Peu après, Steinunn entendit Kollgrim se lever de son tabouret, retirer sa chemise et ses bottes en peau de renne. Un instant après, c'était le glissement de ses pieds sur la pierre et la jonchée du sol, et elle sentit sa présence, sa main dans la paille puis sur elle, sur son épaule. Il monta la rejoindre dans l'alcôve et lui dit :

— Ma Steinunn, j'ai fait un rêve et j'aimerais que tu me l'interprètes, car ces choses me sont étrangères.

Il lui raconta le rêve qui lui était venu dans la montagne et elle resta longtemps ensuite à le tourner et retourner dans son esprit. Finalement, elle dit :

— Mon Kollgrim, il me semble que ce rêve prédit ta mort, et que ces créatures n'étaient pas des phoques à sourire d'hommes mais des hommes à forme de phoque. Ce n'est point dans la lande que tu trouveras ton trépas mais parmi les hommes, et il me semble aussi que tu devrais te hâter de partir maintenant, de quitter cette chambre et ce domaine pour chercher refuge sur la terre de Gunnar. Voilà comment je démêle ce rêve.

Kollgrim ne répondit rien ni ne lâcha la femme qu'il retenait dans ses bras, mais au contraire il la serra plus fort contre lui, et elle mêmement, et ils reposèrent ainsi dans le plus complet silence pendant la plus grande partie de la nuit.

Et voilà qu'un bruit lointain de voyageurs parvint aux oreilles de Kollgrim Gunnarsson, bruit que d'autres n'auraient point entendu, comme le reniflement d'un lièvre dans la neige. Il posa un baiser sur les lèvres de Steinunn Hrafnsdottir, se glissa hors du lit clos et enfila sa longue chemise, puis il prit ses armes et s'assit sur le tabouret de la chambre. Pas de lumière, seule la rumeur des hommes qui approchaient. Des coups violents résonnèrent sur la porte qui s'abattit dans la pièce avec fracas. La lumière envahit la chambre, surgirent les visages inquisiteurs des Islandais, et ils virent que Kollgrim était armé de pied en cap et prêt au combat : il tenait une hache et une dague, son arc et ses carquois de flèches, pour les oiseaux, les lièvres et les renards, étaient posés derrière lui avec quelques épieux.

Thorstein portait une épée et Thorgrim sa hache. Ils s'immobilisèrent et fouillèrent la pièce du regard. Thorgrim finit par lancer :

— Où est la putain ?

— Steinunn Hrafnsdottir repose dans le lit clos.

— La loi, dit Bjorn Bollason, permet au mari de te tuer, Kollgrim Gunnarsson.

— Qu'il essaie donc, répondit Kollgrim. Il n'est pas dit dans la loi, je gage, que je n'ai pas le droit d'essayer de le tuer aussi. L'oncle de mon père, Hauk Gunnarsson, était, dit-on, un grand tueur d'ours dans le Northsetur. Un homme est plus petit qu'un ours. Je n'ai jamais tué d'homme, mais je suis prêt à le faire.

— Nous sommes six, dit Bjorn Bollason.

— Mais vous êtes l'ami juré de mon père, répondit Kollgrim. Je ne crois pas que vous ni la plupart de ces gens ayez le courage de m'assaillir, et je doute que les autres aient l'apertise de s'en tirer indemnes. Thorgrim Solvason, tu devrais te demander s'il vaut mieux être cocu que mort. Bien des gens le croient.

Il leva sa hache.

— En tout cas, reprit-il, Bolli devrait aller chercher le

prêtre, car certains d'entre nous vont avoir besoin de l'absolution et nul ne peut dire qui ce sera.

Bolli regarda Bjorn, mais Bjorn l'ignora, car, en vérité, comme toujours, il ne savait trop que faire. Alors Snorri le capitaine prit la parole :

— Une entreprise ne réussit pas toujours du premier coup et celle-ci me semble condamnée. Nous n'avons plus le sang aussi chaud que pendant notre course, et il faut avoir le sang chaud pour se battre. Mais il existe d'autres moyens, lorsque le sang s'est refroidi, de châtier les pécheurs effrontés. Je crois que pour l'instant il est préférable de mener la femme auprès de sa sœur et de laisser ce coq regagner son poulailler. Mais l'affaire n'en restera point là.

Aussi, tandis que Kollgrim se rasseyait sur le tabouret, Thorgrim et Bork allèrent au lit clos et en sortirent Steinunn Hrafnsdottir, docile mais presque inanimée. Elle était incapable de se tenir debout ou assise et son mari dut l'emporter dans ses bras. En vérité, elle ne pouvait même pas nouer ses bras autour de son cou. Après que ces gens furent partis, Kollgrim gagna à skis Vatna Hverfi, où il passa le reste de l'hiver jusqu'aux abords de Pâques.

Sa sœur avait dû être ensorcelée, se dit Thorunn Hrafnsdottir, car elle ne pouvait plus ni parler ni lever les mains, et gisait à longueur de journée dans son alcôve les yeux mi-clos. Le brouet qu'on lui versait entre les lèvres coulait le long de ses joues. Si on la pinçait ou claquait, elle ne cillait point ni ne montrait la moindre douleur. Ni Thorunn ni Signy n'avaient jamais rien vu de tel ; Thorunn avait seulement entendu parler d'un enfant dans le Hordaland et d'un homme du Bogarfjord, en Islande, à qui des sorcières avaient jeté des sorts semblables, et ces histoires revenaient souvent dans leurs conversations, car, en effet, disait Thorunn, les prêtres de Norvège se préoccupaient fort des sorcières, de la sorcellerie et autres pratiques démoniaques. A force de parler de ces choses, Signy et Thorunn se persuadèrent que Steinunn avait été envoûtée, comment, sinon, démêler ses actions ? Thorstein n'était pas loin de partager leur avis, car il avait demeuré plusieurs hivers chez les Norvégiens et entendu maints récits sur ce genre de pratique secrète. D'ailleurs, disait-il aux femmes, comment expliquer autrement qu'un gaillard comme ce Kollgrim Gunnarsson ait pu séduire une femme telle que Steinunn, dont le mari était un homme respectable, et beau, bien fait et disert, et prospère et courtois en outre ? Signy de protester alors que Kollgrim était un Groenlandais accompli, avec une bonne ferme et force talents, mais les autres ne voulurent rien entendre : ne s'était-elle point montrée favorable au mariage de Sigrid avec ce drôle ? Quant à Sigrid, on l'avait envoyée à Dyrnes, chez son oncle, avec Margret Asgeirsdottir et ses deux frères cadets pour éviter que la vue de Steinunn Hrafnsdottir ne l'assombrît par trop.

Thorgrim restait tout interdit devant cet inexplicable malheur, car il lui semblait que son épouse n'avait pas sujet de se plaindre de lui. En vérité, elle ne lui avait jamais ménagé ses sourires, elle l'accueillait avec plaisir et l'avait toujours servi comme une épouse le doit. Tout son comportement lui paraissait incompréhensible. Il ne l'avait jamais vue seulement regarder ce Groenlandais pendant tout le temps qu'il traînait à la Colline du Soleil, et jamais elle ne lui avait adressé la parole. Thorgrim n'arrivait pas à imaginer ce que ce flandrin avait bien pu faire pour attirer son attention, et lorsque Thorstein parla de maléfices, cela parut à Thorgrim la seule explication de ce qui était advenu à la malheureuse. En fait, Kollgrim avait dû lancer deux sortilèges, l'un pour attirer son attention et conquérir ses faveurs, l'autre pour la rendre inerte comme une pierre, ainsi qu'elle l'était maintenant devenue. C'était ce que ce drôle avait dû faire avant de s'asseoir sur le tabouret : ensorceler Steinunn pour qu'elle ne soit plus jamais comme avant. Thorgrim était fort abattu et cherchait la compagnie de Thorstein jour et nuit, car celui-ci était quelque peu plus âgé et entendu que lui.

Alors Snorri, Thorstein et Bjorn Bollason se mirent à réfléchir ensemble à la manière de traduire Kollgrim devant le Thing, et ils différaient fortement sur la nature de l'affaire, car Thorstein et Snorri voulaient le faire condamner à la fois pour sorcellerie et pour adultère : en effet, l'adultère n'était passible que du bannissement, châtiment sans conséquence pour un homme aussi habitué que Kollgrim Gunnarsson à battre la lande, tandis que la sorcellerie était punie de la mort sur le bûcher, du moins en Islande et en Norvège. Bjorn Bollason ignorait quelle peine était prévue en Terre Verte, n'ayant jamais entendu parler d'un cas semblable. A cela, Snorri et Thorstein répondaient que les lois étaient pratiquement les mêmes dans toutes les contrées du Nord, puisque le même roi les gouvernait toutes. Mais Bjorn Bollason de citer certaines lois en vigueur chez les Groenlandais, surtout à propos de commerce, qui allaient à l'encontre des lois du roi. En vérité, ces trois-là ne parvinrent de longtemps à se mettre d'accord, aussi en discutaient-ils tous les jours, sans que s'améliorât cependant l'état de Steinunn Hrafnsdottir, et il semblait bien qu'elle allait mourir.

Peu après le retour de Kollgrim sur la terre de Gunnar, Helga s'en fut lui rendre visite avec la petite Gunnhild, et elle était fort inquiète de ce qui l'attendait à la ferme de son frère, car elle n'y était point allée depuis longtemps, depuis la mort d'Egil Kollgrimsson. Mais lorsqu'elle poussa la porte de la maison, Helga se rasséréna, car il y avait bien des saisons qu'elle n'avait pas vu l'intérieur aussi propre et bien rangé. Un feu brûlait dans l'âtre et un oiseau rôtissait sur une broche au-dessus du feu. Helga tourna la broche avant de ressortir. Elle trouva Elisabet Thorolfsdottir dans la réserve, en train de couper un fromage que Helga avait fait pour les gens de la terre de Gunnar l'été précédent. Il restait quatre meules de fromage, une belle provision à la fin de l'hiver, et Helga dit :

— Ma fille, quelle ménagère économe tu fais, d'avoir encore tant de fromages entiers en ce moment de l'année ! Nous viendrons te voir en mendiants avant Pâques.

Mais Elisabet ne lui accorda ni un sourire ni un regard. Helga s'approcha.

— Kollgrim est-il de retour ?

— Oui. Il sort d'un autre lit, voilà ce qu'il fait.

Helga éclata de rire à cette ineptie, mais Elisabet la fixa avec amertume.

— Ris tant que tu veux, mais on l'a surpris avec cette Islandaise, Steinunn Hrafnsdottir, et il a bien failli être tué par un groupe d'Islandais. Ils auraient dû l'occire. C'est ce que je me dis à chaque instant de la journée avec délectation. Si pauvre qu'était la ferme de mon père et si maigre la viande, je regrette le jour où il offrit ses services à Gunnar Asgeirsson, car ce jour signa ma perte.

Helga n'eut rien à répondre. Elle serra son enfant contre son sein et dévisagea la servante, qui lui rendit son regard. Helga finit par murmurer :

— Mon frère est-il dans les parages ?

— Peut-être dans l'étable. Je ne sais pas. Il vient me trouver la nuit dans mon lit clos, mais pour parler de mon Egil et non pour m'y rejoindre. Il m'arrache des souvenirs du petit, et j'ai l'impression qu'avec ses questions il m'enfonce un poignard dans le cœur et qu'avec mes réponses il le retire. Pourtant je ne puis le chasser, car, en vérité, Helga Gunnarsdottir, il souffre de grands tourments.

Et les yeux de la jeune femme se remplirent de larmes.

Alors Helga eut très peur de retrouver son frère. Il vaudrait mieux, pensa-t-elle, rentrer à la terre de Ketil et envoyer Jon Andres à sa place, mais tandis qu'elle songeait, Kollgrim surgit derrière elle et dit :

— Ma sœur, tu es venue de bien loin pour trouver bien peu.

Elle se retourna et répondit, sans cesser de serrer son enfant contre elle :

— Mon Kollgrim, que vais-je trouver ici ?

— Des mortels, s'apprêtant à trouver leur destin.

— Quel malheur te prépares-tu ?

— Des hommes sont furieux contre moi, peu m'importe. Mais mon âme m'a quitté et il ne reste donc pas grand-chose de moi pour te recevoir dignement ici.

— Est-il vrai que tu sois allé avec une des Islandaises ? Si tu cesses de la voir, ce n'est pas un si grand crime.

Ils seront bien incapables de te tuer, et le châtiment légal ne doit pas être très sévère de nos jours, car les mœurs sont maintenant plus relâchées que naguère. Je ne vois pas là si grand malheur, et pourtant...

— Et pourtant... J'ai l'impression que des démons ont transporté la terre de Gunnar loin dans le Nord, tant il fait sombre ici.

Il sourit.

— Eloigne ton enfant, mon Helga. Voici la dernière chose que je te dirai : toute ma vie, j'ai cherché à tout t'enlever, à t'avoir toute à moi, car je jugeais que c'était mon dû, et chaque fois que tu t'éloignais de moi, fût-ce pour m'aller chercher quelque chose, je t'en haïssais, et exigeais de toi davantage. Oh, mon Helga, je m'en repens du fond du cœur et te supplie de me pardonner ! Autant je t'ai toujours désirée, autant je désire maintenant que tu te tiennes à l'écart et que tu ne sois pas entraînée dans cette embûche, ni toi ni ton mari, ni non plus notre père. Donc pars avec ton enfant, ne dis rien à Jon Andres et ne préviens point notre père, qui toute ma vie a essayé de m'arracher à mon destin. Il faut que tu me le promettes.

— Comment le pourrais-je ?

— Il le faut, ou je te prendrai par le bras et ne te laisserai pas partir que tu ne me l'aies juré, comme je l'ai déjà fait une fois.

— Je ne dirai rien, mais je vais prier, comme la dernière fois.

— Avec le même succès que la dernière fois, je gagerais. Rentre chez toi maintenant.

Alors Helga s'en fut, et pendant deux jours, elle tint sa promesse de ne rien dire de cette affaire à Jon Andres. Sur ces entrefaites, il vint la trouver avec des nouvelles qu'il avait apprises d'autres gens, et elle répondit aux questions qu'il lui posa.

Bjorn Bollason était finalement convenu avec les Islandais que, si nulle amélioration n'était intervenue à Pâques dans l'engourdissement de Steinunn Hrafnsdottir, il porterait plainte pour séduction par sorcellerie. Mais plus Pâques approchait, plus la femme s'enfonçait dans son apathie. Alors il envoya chercher Sira Eindridi, car il voulait l'entretenir de cette sorcellerie, et le prêtre vint à skis toutes affaires cessantes. Bjorn était attablé devant sa viande du soir lorsqu'un serviteur vint lui annoncer que Sira Eindridi et un autre homme approchaient. Le récitateur de la loi se précipita à la porte, sentant le regard des Islandais peser sur sa nuque, puis il descendit la colline et rencontra Sira Eindridi au pied du sanctuaire de saint Olaf le Groenlandais. Le prêtre n'avait point déchaussé ses skis que Bjorn, sans cesser de sautiller nerveusement, lui débitait toute l'histoire de Steinunn Hrafnsdottir.

— D'abord Sigrid, et maintenant Steinunn. Décidément, ces femmes sont incompréhensibles. A peine ont-elles mis la main sur un homme qu'elles n'en veulent plus et en désirent un autre.

— Les désirs les traversent comme brises, c'est tout ce que nous savons d'elles, dit Eindridi.

— Snorri et Thorstein se sont laissé convaincre par Thorunn Hrafnsdottir que cet homme s'est servi de la sorcellerie pour séduire sa sœur, et ils disent avoir déjà vu ce genre de chose en maintes occasions. En vérité, ces affaires sont aussi courantes que les mouches en Norvège et ailleurs.

— Cette histoire n'a rien pour m'étonner. Le Diable est à l'œuvre parmi nous et il a ses suppôts. Ce Kollgrim Gunnarsson passe tout son temps dans la lande, là où règne Satan. Et il s'y rend seul, sans jamais d'autres hommes. Serait-il difficile au Diable de s'approcher de lui pour lui parler secrètement à l'oreille ? Serait-il difficile au Diable de prendre la forme d'un lièvre, d'un renard ou d'un phoque pour lui parler et le tenter ? Et ne serait-il pas difficile à un homme comme lui de résister ? Les gens de la terre de Gunnar ont toujours été des rebelles, même pour des Groenlandais. Cette femme, Margret Gunnarsdottir, communie-t-elle, se confesse-t-elle ? Du tout, elle reste sur son quant-à-soi, n'est-il pas vrai ?

— Vous parlez aussi durement que les Islandais.

— Nous nous connaissons depuis bien des hivers, Bjorn Bollason, et vous devriez maintenant savoir que je dis ce que je pense. Sira Pall Hallvardsson rend un mauvais service aux Groenlandais en se montrant aussi faible et bienveillant. Ils croient que le péché est peu de chose et que le Seigneur est leur mère, qui les renvoie à d'autres plaisirs avec une petite tape sur la tête quand ils ont cassé leurs jouets.

— Mais quelles sont les lois sur la sorcellerie ? Connaissez-vous celles de l'Eglise ? Je gagerais que vous les ignorez autant que moi.

— Si nous ignorons la lettre, nous connaissons l'esprit. Ce Snorri est fort avisé. Je le soupçonne d'en savoir plus qu'il n'en dit. Et les lois sont partout les mêmes à propos des crimes les plus graves.

— C'est ce que disent les Islandais.

— S'il y a un diable parmi nous, ce serait un plus grand péché de l'absoudre que de punir un innocent, car dès qu'il est mis à mort, l'innocent obtient le pardon du Seigneur et est accueilli au Paradis avec d'autant plus d'empressement que son châtiment fut injuste. Mais un diable que l'on laisse en liberté détourne les autres hommes du Seigneur pour les entraîner dans le royaume de Satan, n'est-il pas vrai ?

Bjorn ne trouva rien à répondre à cela, et il lui sembla juste et convenable de s'en remettre en la circonstance au jugement de Sira Eindridi qui, en sa qualité de prêtre, en savait davantage sur ce genre d'affaire.

Dans le Hvalseyfjord, l'hiver fut plus froid et neigeux que dans les districts de l'intérieur et Gunnar et sa maisonnée en souffrirent plus que les années précédentes, car en vérité tout le monde était vieux maintenant et plus ou moins atteint par le mal des jointures ou d'autres infirmités. Sans doute Johanna et Egil, le fils de Thorolf, faisaient-ils exception, mais Johanna commençait à passer l'âge du mariage sans avoir reçu de proposition convenable, et Gunnar commençait à n'avoir plus la vigueur d'aller à chaque assemblée du Thing pour lui trouver un parti. Il faut dire que ses vertus ne se révélaient qu'à l'usage ; de prime abord, elle pouvait apparaître à un jeune homme superficiel plutôt rébarbative et disgracieuse, car si elle avait les traits de la lignée de

Gunnar, elle n'avait rien hérité des charmes de Birgitta et, au repos, son visage semblait taillé dans la pierre. Que de cette bouche de pierre tombassent souvent des remarques d'un tel mordant que Gunnar s'en ébaudissait des jours durant n'avait rien non plus pour séduire chez une épouse. En outre, sa condition ne semblait pas lui peser et, comme Helga avant elle, trouver un époux lui paraissait plus un devoir qu'un plaisir. Gunnar était donc presque décidé à ne point se rendre au Thing cette année-là, bien qu'il n'eût jamais manqué une seule assemblée depuis qu'il avait l'âge d'homme, même quand la plupart des fermiers de la Terre Verte dédaignaient d'y aller.

Or il se trouvait que Birgitta ne serait pas capable de faire le voyage et Gunnar préférait ne pas s'éloigner d'elle. Elle souffrait beaucoup du mal des jointures ; dans les doigts, les épaules et les hanches, si bien qu'à peine pouvait-elle faire la moindre besogne. L'humidité de l'hiver redoublait ses douleurs et ses doigts étaient si rouges et gonflés que Gunnar devait prendre ses mains dans les siennes et les masser longuement, et aussi la nourrir et la porter, car pour sa part le mal des jointures l'épargnait presque entièrement et il se dressait aussi droit qu'un jeune homme. Et tandis qu'il lui tenait ainsi compagnie, il essayait de la convaincre de s'établir avec lui sur la terre de Gunnar, où elle retrouverait Kollgrim et sa compagne, Elisabet, qui avait certainement besoin de conseils. Sans compter qu'elle se soustrairait de la sorte à l'humidité du Hvalseyfjord. Mais elle s'opposait à ce projet avec un entêtement inexplicable, n'invoquant que son grand âge : elle était trop vieille et trop proche de la mort pour entamer une vie nouvelle, les endroits de son enfance lui manqueraient, la terre de Gunnar avait toujours été trop vaste pour elle. Elle avoua même à Gunnar qu'à ses yeux mêmes c'étaient de pauvres excuses, mais sans démordre pour autant de son refus. Elle s'y refusait, tout simplement.

Aussi devint-ce un jeu entre eux. S'il la battait le soir aux échecs, ils partiraient le lendemain pour la terre de Gunnar. Si une cuillère tombait par terre cuilleron en l'air, ils resteraient sur la terre de Lavrans, mais si elle retombait dans l'autre sens, ils s'installeraient sur la terre de Gunnar. Si naissait un agneau noir, ils partiraient, un agneau blanc, ils resteraient. Si Birgitta devinait la réponse à une énigme que Gunnar inventait, ils resteraient, sinon, ils partiraient. Un jour, Gunnar dit à Birgitta :

— Je ne me rendais pas compte naguère que le monde était si plein de signes.

— Il me semble que tous ces signes ne révèlent qu'une seule chose.

— Et quoi donc ?

— Que Gunnar et Birgitta sont de vieux radoteurs, qui ne savent trop comment passer le temps.

Mais elle sourit alors et ajouta :

— Voici venir un homme à skis. Mes yeux sont encore assez perçants pour voir quelqu'un arriver avant qu'il le sache lui-même. Si c'est un étranger, nous resterons ici, et, si c'est un ami, nous irons nous établir sur la terre de Gunnar.

— Marché conclu.

Ils observèrent longuement le skieur, puis Gunnar se leva pour se porter à la rencontre de l'arrivant, et il vit que c'était Jon Andres, et il comprit qu'il apportait de mauvaises nouvelles.

Jon Andres souhaita la bienvenue à la mère de sa femme avec un grand sourire et une étreinte affectueuse, puis il s'assit auprès d'elle pour parler à loisir de la petite Gunnhild : qu'elle était grande et active, et comme Helga s'occupait tendrement d'elle. Elle avait tant de lait qu'elle aurait pu nourrir deux enfançons, si elle avait eu des bessons. Et d'ailleurs, la chose pourrait bien arriver, car elle avait senti un enfant remuer en elle quelques jours auparavant. Cette fois encore, la naissance aurait lieu à l'automne, un bon moment pour avoir un deuxième rejeton. Elle se sentait beaucoup plus forte pour celui-ci et tout le monde partageait sa confiance sur la terre de Ketil. Alors Birgitta lui dit :

— Pourtant, Jon Andres, je vois à ton attitude que

cette bonne nouvelle n'est point la seule que tu nous apportes.

— C'est vrai. Je dois consulter Gunnar sur une autre affaire.

Birgitta scruta son visage.

— Ce n'est pas une affaire aussi ordinaire que tu essaies de le faire penser.

— Je ne sais qu'en penser moi-même.

Et Jon Andres se tut, car il ne savait comment parler de Kollgrim à sa mère et espérait que Gunnar l'emmènerait ailleurs. Mais celui-ci ne semblait nullement y songer, et contemplait le fjord gelé. Birgitta suivit son regard un instant, vers la grève en bas de la colline et la blancheur brumeuse de la banquise, puis elle dit :

— Mon garçon, il y a longtemps que j'ai déjà vu toutes ces choses. Quand j'attendais Johanna, j'ai regardé le fjord, juste à l'endroit où nous nous trouvons maintenant, et j'ai vu mes enfants disparaître tous les cinq devant mes yeux, et je sais maintenant que ta venue annonce que le destin auquel je croyais me dérober s'accomplira finalement.

Gunnar se taisait toujours, aussi Birgitta ajouta :

— Mon garçon, il faut nous raconter ce que tu sais. Personne ne dit que sa femme va bien quand elle va mal, il doit donc s'agir de Kollgrim.

— Il a noué une intrigue avec cette Islandaise, Steinunn Hrafnsdottir, lorsqu'elle s'est installée à Gardar sans son mari, et on les a surpris. Les Islandais préparent un procès contre lui, mais je n'ai pu apprendre quelle action ils comptent intenter. Je ne crois pas qu'ils se contenteront du bannissement ; ils ne demanderont rien de moins que la mort, s'ils peuvent l'obtenir.

Alors Gunnar prit la parole.

— Bjorn Bollason, le récitateur de la loi, s'occupe-t-il de cette affaire ?

— Le mari et le patron du navire demeurent à la Colline du Soleil et d'autres Islandais les y ont maintenant rejoints. La femme et sa sœur s'y trouvent aussi.

— Bjorn Bollason est mon ami juré. Je crois que nous pouvons nous en remettre à lui.

— Si nous parvenons à l'éloigner suffisamment longtemps des Islandais pour nous entretenir avec lui, peut-être bien. Mais on raconte qu'il est plus entêté d'eux que jamais.

— Ce n'est peut-être qu'une apparence. Un Groenlandais doit savoir où il se tient, ne crois-tu pas ? Et qu'en est-il de Kollgrim ? Comprend-il la gravité de sa situation ?

— Helga dit qu'il ne pense qu'à la femme et ne se soucie point de ce qu'il peut lui advenir.

Alors Gunnar regarda Jon Andres dans les yeux et dit :

— Mais il me semble qu'il ne peut rien lui arriver de bien grave, car les gens n'attachent plus autant d'importance que naguère à ce péché, et si les Islandais ne l'ont pas encore tué, ce n'est pas maintenant qu'ils vont y arriver. Et même s'il est banni et qu'il doive disparaître quelque temps dans la lande, quelle importance ? C'est là qu'il se sent le plus chez lui de toute façon.

— Pourtant, sachant tout cela, Helga craint le pire pour lui. L'affaire dépasse les simples faits, me semble-t-il. Nous devons faire le tour de nos amis et voisins et les préparer à ce procès, car je crois que les Islandais ont un plan. Peut-être y aura-t-il combat au Thing, car ils sont bien fournis d'armes de fer, et les Islandais ont toujours recours à l'affrontement s'ils le peuvent, surtout s'ils jouissent de quelques avantages, comme ces armes.

— C'est leur réputation. Lorsque tu étais enfant, des Islandais sont arrivés en Terre Verte à bord d'un navire endommagé, et ils ont bataillé pendant deux hivers avec les Groenlandais à propos de droits d'échouage pour finalement brûler le bateau jusqu'à la dernière planche plutôt que de l'abandonner aux Groenlandais à un prix insuffisant. Ce sont des gens durs.

— Alors nous devons opposer notre dureté à la leur.

Mais il faut dire que ni l'un ni l'autre ne savait trop comment s'y prendre.

Alors Bjorn Bollason et Bolli Bjornsson commencèrent à se rendre chaque jour à skis dans le district de Brattahlid, où le récitateur de la loi avait beaucoup d'amis et où ni Gunnar Asgeirsson ni Jon Andres

Erlendsson n'étaient très connus, et dans chaque ferme, Bjorn Bollason offrait des présents et s'assurait l'amitié de tous, et tous de rappeler comme il avait distribué les provisions pendant la grande faim et maintenu le Thing quand la plupart des juges avaient péri, et tous les fermiers lui promirent leur appui sans savoir cependant la nature de l'affaire qui se préparait, car Thorstein et Snorri avaient exigé qu'il gardât le secret. Il advint aussi que Bork et Thorstein retournèrent à Nes, dans le sud de Vatna Hverfi, où ils résidaient l'hiver précédent, pour se concerter avec les autres Islandais qui y vivaient, mais comme c'était le district de Jon Andres Erlendsson et de Kollgrim Gunnarsson, les Islandais ne dirent rien à leurs hôtes, mais se serrèrent les coudes en se gardant bien de troubler la paix.

Quant à lui, Gunnar alla voir son cousin Thorkel pour lui expliquer l'affaire, et Thorkel se montra aussi confiant que possible. En vérité, nul de ceux à qui Gunnar ou Jon Andres en parla ne pouvait imaginer que les choses pussent tourner mal pour Kollgrim. La peine la plus sévère pour un tel crime était le bannissement et, après tout, il n'avait eu cette intrigue qu'avec une Islandaise et non une femme de la Terre Verte. Aucun des juges n'était apparenté à la femme, pour commencer. Et n'avait-elle pas quitté son mari pour aller vivre seule chez les prêtres ? A-t-on déjà vu un homme apercevant quelque brimborion dans l'herbe ne pas se pencher pour le ramasser ? Ainsi Gunnar et Jon Andres parcoururent-ils Vatna Hverfi du nord au sud, et ils obtinrent nombre d'appuis. Ils soupçonnaient, disaient-ils, les Islandais de vouloir troubler le Thing en déclenchant des bagarres, et les hommes promirent d'emporter leurs armes à l'assemblée : épieux, arcs et flèches, haches d'os et ainsi de suite. Après avoir ainsi battu Vatna Hverfi, Jon Andres chevaucha vers le sud, où il avait d'autres fermes, pour mobiliser d'autres partisans, tandis que Gunnar sillonnait le Hvalseyfjord et le Kambsteadfjord, par-delà les collines. Pourtant, les Islandais n'avaient toujours point intenté d'action contre Kollgrim, et bien que tout le monde fût au courant de l'affaire, on n'en parlait guère, et jamais de la femme, sinon pour dire qu'elle était malade, et cela depuis le début du Carême.

C'est alors que Larus le Prophète commença à se répandre, avec la venue du printemps, et il avait de nouvelles visions à raconter, cette fois de l'ange Gabriel, qui lui donnait les noms les plus aimants : mon enfant, mon frère, mon garçon, entre autres. Celui-ci arborait des robes angéliques, qu'on sentait plus qu'on ne les voyait, car il semblait à Larus que ses doigts devenaient des yeux et ses yeux des doigts. Voilà comme il voyait ces robes angéliques, l'auréole et les grandes ailes qui s'ouvraient comme celles d'un aigle fondant sur sa proie, et chaque plume avait des barbes de lumière. Tel était l'ange Gabriel, disait Larus, venu annoncer l'avènement d'un âge nouveau, et le signe de cet âge nouveau serait la capture d'un certain diable qui vivait depuis longtemps parmi les Groenlandais. Les gens, surtout dans le Sud, étaient sûrs qu'il s'agissait d'Ofeig Thorkelsson, car ses crimes et ses déprédations s'aggravaient de saison en saison, et les gens du Sud en étaient accablés. Lorsque ce scélérat serait pris, disait l'ange Gabriel, les Groenlandais apporteraient des bouts de bois et de planches et de meubles, ils ratisseraient les plages pour rassembler tous les combustibles qu'ils pourraient découvrir, et dresseraient un grand bûcher. Puis le bougre serait attaché sur le bûcher et brûlé. Le Diable se saisirait de son âme et tous les autres hommes seraient sauvés. Mais, disait l'ange, il faudrait que les Groenlandais se privent, eux et leurs familles, de lumière et de feu pour bâtir ce bûcher, sinon ils ne seraient point sauvés. Et voilà les récompenses qu'ils obtiendraient après avoir brûlé ce démon : un navire viendrait, richement sculpté et peint et orné de pourpre, et à son bord se trouverait l'évêque tant attendu, un jeune homme en robe pourpre, accompagné d'une demi-douzaine de prêtres accomplis qui, en débarquant sur la grève, iraient de l'un à l'autre pour les absoudre et leur donner la vraie hostie de pain et le vrai vin fait du jus de la treille. Ces gens annonceraient que les deux papes avaient disparu pour céder la place à un pape unique, le pape de Jérusalem, qui restaurerait son

Eglise dans la sainteté. Ils apporteraient aussi de nouveaux ornements pour la cathédrale : tapisseries de soie brodées de fil d'or, aiguières et calices d'or incrustés d'argent, nappes d'autel des confins de l'Orient, en soie elles aussi, nouveaux vitraux multicolores pour la baie de la cathédrale, et un nouvel ensemble de cloches afin que les oreilles des Groenlandais s'émerveillent du concert de cloches nombreuses au lieu de se contenter du grondement du bourdon qui pendait dans le clocher. Il adviendrait aussi que le nouvel évêque reconnaîtrait la sainteté de Larus et l'établirait dans une demeure où ses voisins et lui tiendraient leurs modestes réunions. Telles étaient les prédictions de Larus, et faute d'avoir mieux à faire la plupart des gens en parlaient, comme de ses précédentes prophéties. Il allait de ferme en ferme, et il y avait toujours pour lui quelque mets de choix et quelque viande à rapporter à Ashild et à la petite Tota.

Le printemps ne fut pas meilleur que l'hiver : force vent et peu de pluie ; le sable rentrait partout et les gens n'attendaient rien de bon de l'été, car les vents de ce genre dessèchent l'herbe et seules les fermes copieusement arrosées de ruisseaux et de canaux parviennent à récolter assez de foin pour l'hiver. Néanmoins, la chasse aux phoques se révéla fructueuse et chaque ferme reçut des animaux en abondance, petits et gros. C'est après la chasse aux phoques que Thorgrim Solvason intenta son procès contre Kollgrim Gunnarsson, cita ses témoins et proclama que l'affaire serait portée devant le Thing. Gunnar Asgeirsson n'avait toujours pas pu s'entretenir en tête à tête avec Bjorn Bollason, mais il était assez confiant et considérait que si les Islandais ne tuaient pas Kollgrim au Thing, en déclenchant une bataille rangée, Kollgrim ne risquait que le bannissement, une bagatelle pour un chasseur de sa trempe.

Gunnar et Jon Andres élaborèrent tranquillement leurs plans pour se défendre en cas de bataille rangée, et voici ce qu'ils résolurent : ils arriveraient tôt le matin dans les champs de l'assemblée avec les fils de Thorkel et d'autres hommes de Vatna Hverfi et déposeraient les armes qu'ils portaient généralement, comme la loi l'exige au début de chaque Thing, mais ils garderaient d'autres armes dans leurs tentes. Ils dresseraient leurs abris sur le monticule dominant l'endroit où les procès se déroulaient habituellement, quatre ou cinq tentes alignées en travers de la pente, et des hommes y resteraient en permanence, si bien que, lorsque les Islandais commenceraient à perturber le procès et à se battre, ces hommes dévaleraient immédiatement la colline et fondraient sur eux avec leurs armes.

Peu avant le Thing, Jon Andres et Gunnar se rendirent à la terre de Gunnar pour expliquer ces précautions à Kollgrim et savoir ce qu'il comptait faire pour sa défense, car de tout le printemps il n'avait rien dit de ses plans pour le Thing. La loi stipulait que tout accusé devait être présent au procès pour entendre l'accusation, ainsi que la plaidoirie s'il choisissait de ne pas s'en charger lui-même. Gunnar gagna d'abord la terre de Ketil, où il passa la nuit, pour s'entretenir de Kollgrim avec Helga et Jon Andres, mais ni l'un ni l'autre ne pouvait conjecturer comment il accueillerait les dispositions prises, car, disait Helga, il paraissait fort ahuri, comme il l'était souvent quelques années auparavant, après son immersion. S'il parlait, il n'avait cure que de son destin et de sa mortalité. Elisabet Thorolfsdottir ne lui était d'aucune aide, disait Helga, car elle était fort courroucée par son intrigue avec l'Islandaise et ne pouvait s'empêcher de l'agonir. Pourtant, Kollgrim ne s'éloignait pas de la ferme, supportait les récriminations de la fille jusqu'au bout et ne semblait pas se soucier de ce que l'on disait.

Il faut dire que Gunnar n'était pas revenu sur le domaine de ses ancêtres depuis qu'il s'était transporté sur la terre de Lavrans — c'est-à-dire depuis une trentaine d'hivers, toute la vie de Kollgrim Gunnarsson —, et lorsqu'il déboucha de derrière le coteau avec Jon Andres et ses serviteurs et que s'étendirent devant lui les vastes champs de la terre de Gunnar et ses paisibles bâtiments, il s'arrêta bouche bée pour contempler ce spectacle, car en vérité le domaine avait un aspect imposant et enchanteur. Le bleu du ciel se reflétait dans le bleu des lacs qui parsemaient les champs et les vieux canaux couraient en scintillant çà et là parmi l'herbe épaisse. La grande colline où il allait ramasser des myrtilles avec Margret, et où il était allé plus tard tuer Skuli Gundmundsson, s'élevait vers le couchant, pâle et sereine, illuminée par le soleil. Il donna un petit coup de talon à sa monture et le cheval pénétra au trot dans la scène que Gunnar venait de contempler, et il se dit qu'il était vraiment un homme malchanceux mais que sa malchance prenait toujours ce bel aspect, si bien qu'il continuait de la serrer contre son sein tandis qu'elle le détruisait.

Kollgrim ne montra aucun intérêt pour les dispositions qu'ils avaient prises pour sa défense et il leur donna si peu satisfaction, bien qu'ils s'attardassent toute la journée, qu'enfin, vers le soir, tous s'accordèrent pour reconnaître qu'il n'y avait rien à ajouter sur cette affaire. Gunnar et Jon Andres retournèrent passer la nuit sur la terre de Ketil, et là, après la viande du soir, quand Helga et la petite Gunnhild eurent gagné leur lit clos, et tous les serviteurs mêmement, Gunnar et Jon Andres s'assirent sur la pente qui descendait vers le lac.

— Je crois que je ne t'ai jamais raconté d'histoire, contrairement à mon habitude.

Jon Andres le regarda avec plaisir et dit :

— Il me plairait d'entendre une de ces histoires que tu racontais à mon Helga quand elle était enfant.

— Alors je vais te conter celle-ci. On dit qu'il y a environ soixante-quinze hivers, quand mon père Asgeir était enfant et que les Groenlandais cultivaient encore les fermes des Etablissements de l'Ouest, vivait là-bas un homme appelé Kari qui partit chasser au printemps et tua une grande ourse, la plus grande jamais capturée en Terre Verte. Cette ourse faisait une dizaine de coudées du nez à la queue, et dressée sur ses pattes arrière, elle était aussi haute que deux hommes. Son ourson, que Kari découvrit après avoir tué la mère, était en revanche aussi petit qu'un chiot et Kari, qui avait finalement le cœur tendre, renonça à l'abattre et le ramena chez lui. Mais au lieu de l'installer dans l'étable, il le logea dans la maison. Or la femme de Kari, qui s'appelait Hjordis, avait un nouveau-né au sein, et Kari lui donna le choix suivant : ou elle faisait téter l'ourson et l'enfant ensemble ou elle se tirait du lait pour nourrir l'animal avec une plume d'aigle comme on le fait pour un enfant incapable de téter. Cette Hjordis-là était une femme paresseuse et point trop délicate, aussi choisit-elle de donner le sein à l'ourson et à son fils.

La voix de Gunnar n'était presque qu'un murmure comme s'il parlait à des enfants pelotonnés les uns contre les autres au fond du lit clos, et Jon Andres se rapprocha et ferma les yeux, car, en vérité, enfant, il adorait les contes, bien que les commérages eussent plus souvent cours chez Vigdis et Erlend que les histoires.

— L'enfançon et l'ourson grandissaient à vue d'œil. Ils se regardaient en tétant et chacun croyait que l'autre était son frère et ils bavardaient ensemble, l'ours et le petit garçon. Kari en était fort content, et Hjordis aussi, mais le prêtre de la paroisse en était moins satisfait, car les hommes doivent lever les yeux vers les anges plutôt que de les abaisser sur les animaux. Néanmoins, Kari et Hjordis ne prêtaient guère attention au prêtre. Ils appelèrent l'ours Bjorn. Leur fils s'appelait Ulf. Et il advint qu'après l'arrivée de l'ours Hjordis n'eut plus d'enfants, aussi considérait-elle Bjorn et Ulf comme ses deux fils.

« Il se trouvait que le garçon n'était pas très beau, car il louchait et était bossu, tandis que l'ours était un ours magnifique avec une longue fourrure blanche et douce qui luisait dans la lumière comme dans l'obscurité, et il avait un nez noir et luisant et de grands yeux bruns et brillants, mais ce n'étaient point des yeux d'animal sauvage, qui ne disent rien aux hommes, car Dieu Lui-même a placé un voile entre eux. Les yeux de Bjorn étaient les yeux d'un chien ou d'un cheval quand ces bêtes regardent ardemment leur maître et semblent sur le point de parler.

« Lorsque l'ours eut quatre ou cinq hivers, ce qui est à peu près l'âge adulte pour un ours, Kari réfléchit et dit à Hjordis : “Je crains que nous ne puissions garder plus longtemps notre Bjorn avec nous, car il est trop grand pour son lit clos, dévore toute notre viande et ne se plaît plus à s'asseoir sur le banc pour prendre ses repas. Il me semble qu'il devrait partir vivre dans la lande comme les autres ours, bien qu'en vérité ce soit le plus petit ours que j'aie jamais vu." Et le cœur de Kari se fendit à la pensée de son petit Bjorn seul dans la lande. Aussi ne firent-ils rien et ne parlèrent plus de le chasser pendant plusieurs hivers.

« Finalement, quand le petit ours eut une dizaine d'hivers, Kari se décida. Il chaussa ses skis, prit Bjorn par la patte et partit avec lui dans la lande. Ils passèrent la nuit dans un abri que les hommes de l'Ouest avaient construit pour leurs expéditions de chasse, et, le matin, Kari partagea sa viande avec l'ours et dit : "Maintenant, mon Bjorn, il faut nous séparer, tu dois vivre en ours et moi en homme." Et il enfonça les mains dans l'épaisse fourrure de l'ours et le regarda affectueusement dans les yeux, car, comme je l'ai dit, Kari avait le cœur tendre et était fort attaché à son ours de fils. Et Bjorn regarda affectueusement Kari lui aussi. Mais ensuite, il se mit à quatre pattes et s'enfonça au petit trot dans la montagne. Lorsque Kari regagna sa maison, Hjordis lui annonça qu'Ulf avait disparu, et ils eurent beau le chercher partout, avec l'aide des voisins, ils ne le retrouvèrent pas, et ils furent très abattus car voilà qu'au lieu d'avoir deux enfants ils n'en avaient plus un seul. Et ainsi l'hiver se passa-t-il pour eux.

« Au printemps, Kari n'en pouvait plus et il retourna dans la lande où il avait laissé Bjorn et se mit à appeler l'ours. Il resta là trois jours, à appeler et à chercher, et, voyant que ses efforts étaient inutiles, il s'apprêtait à repartir lorsqu'il entendit son nom dans le vent : "Kari ! Kari !" Juste alors, un ours blanc d'une taille gigantesque apparut près de lui, et Kari vit que c'était Bjorn, devenu un ours accompli pendant son hiver dans la montagne. Et Bjorn regarda Kari, ouvrit sa gueule et dit : "Je te salue, Kari", d'une voix d'ours caverneuse mais amicale. Et Kari s'écria : "Mon fils ! Mon fils ! Chaque jour, tu nous manques davantage. De grâce, Bjorn, reviens vivre chez nous !" Mais Bjorn était maintenant un ours adulte, qui avait connu bien des aventures, et aussi des ourses, durant l'hiver. S'asseoir sur un banc ou dormir dans un lit clos ne le tentait guère. Il lui semblait, cependant, qu'il y avait quelque chose qu'il aimerait apprendre, alors il dit à Kari : "Je viendrai avec toi si tu me promets que le prêtre m'apprendra à lire." Et Kari, qui brûlait de retrouver son Bjorn, lui fit cette promesse.

« Mais en vérité c'était une promesse difficile à tenir, car le prêtre était entêté, et Kari savait qu'il n'avait jamais approuvé qu'il élevât l'ours et que l'entendre parler lui paraîtrait diabolique. Aussi Hjordis confectionna-t-elle à l'ours une grande robe avec un chaperon serré, et lorsque celui-ci l'endossa, on ne vit plus que ses beaux yeux bruns. Alors Kari alla trouver le prêtre et dit : "Mon fils nous est revenu bien changé d'avoir passé l'hiver chez les gens des Etablissements de l'Est, à Herjolfsnes. Et entre autres idées bizarres, il voudrait apprendre à lire, aussi vous supplions-nous de faire cela pour lui, car nul ne sait quel sera son destin." Ainsi, par pitié pour Ulf et aussi parce que Kari lui offrit force beaux présents, le prêtre vint avec ses livres apprendre à lire à l'ours, et il dit à Kari : "Ton fils a une voix très étrange. C'est presque un grognement, bien que nullement désagréable." Kari répondit : "Vous ne saviez pas ? C'est le ton de voix qu'ils cultivent à Herjolfsnes."

« Tous les soirs, l'ours réclamait de grosses quantités de viande, si bien qu'au milieu de l'été il ne restait plus un seul des phoques que Kari avait tués pendant la chasse aux phoques. Alors un jour il dit : "En vérité, mon père, le lit clos où tu dors avec ma mère est plus grand que le mien, et j'aimerais pouvoir prendre mes aises. Je crains que, si tu ne me donnes ton lit clos, je ne sois obligé de repartir dans les montagnes, car je me trouve très à l'étroit dans ta maison."

« Mais sa fourrure était si douce, et ses yeux si beaux, et il était si lourd, comme il sied à un ours, mais en même temps si gracieux que Kari ne put supporter de le voir partir. Hjordis et lui abandonnèrent donc leur alcôve et Bjorn s'y installa, y passant parfois des journées entières à lire les livres qu'il arrivait à se procurer.

« Or il arriva qu'un soir Kari vit Bjorn rouler hors de son lit clos et sortir de la maison. Kari le suivit. Au clair de la lune, l'ours se dirigea vers le bercail et en escalada le mur. Les moutons, habitués à l'odeur d'ours, tant celle de Bjorn que de Kari, dont les mains sentaient l'ours depuis le retour de Bjorn, ne s'inquiétèrent mie et se remirent à dormir ou à brouter. Mais voilà que Bjorn lança sa patte, comme les ours qui pêchent, saisit un mouton, lui brisa le cou de ses crocs, l'étripa et le dévora. Puis il regagna son lit clos.

« Le matin, Kari alla trouver Bjorn et dit :

« "Mon Bjorn, il y a la carcasse d'un mouton dehors, c'était une de mes meilleures brebis. Sais-tu ce qui s'est passé ?"

« "Assurément, dit l'ours. Cette brebis fit mon régal quand la faim me réveilla cette nuit."

« "Mais Bjorn, dit Kari, il ne faut pas que tu manges mes brebis, car elles sont ma richesse et ma sécurité."

« L'ours le regarda longuement, et il le regardait avec des yeux de bête sauvage, puis il dit finalement : "Mais, mon père, j'avais vraiment très faim." Ils en restèrent là, mais le lendemain matin, Kari découvrit une nouvelle carcasse devant la porte et il dit à l'ours : "Bjorn, nous nous sommes déjà expliqués là-dessus. Je suis très mécontent." Et Bjorn répondit : "J'avais vraiment très faim, mon père." Et la même chose se reproduisit pendant trois jours encore. Alors Kari dit à Bjorn qu'il ne devait sous aucun prétexte manger une autre brebis, mais Bjorn lui répondit simplement : "Ne dit-on pas dans les vieux livres, mon père, qu'il faut nourrir ceux qui ont faim ?" Et Kari ne sut que répondre, car il ne savait rien des vieux livres.

« Cette après-midi-là, il se chargea de présents et de richesses, alla trouver le prêtre, lui remit les cadeaux et lui avoua la vérité, et ils réfléchirent ensemble pendant la plus grande partie de l'après-midi. Et après avoir ainsi parlé au prêtre, Kari sut que les choses ne pouvaient se passer comme il l'avait espéré, car, qu'il parle ou qu'il lise, un ours ne peut comprendre ce qu'est le bien et le mal pour les hommes. Il restera un ours, dans la lande comme dans une maison. En revenant de chez le prêtre, Kari découvrit qu'encore trois de ses meilleures brebis avaient été tuées et dévorées, et il fut fort courroucé, mais lorsqu'il entra dans la maison et qu'il vit le magnifique ours blanc, avec sa douce fourrure et ses beaux yeux bruns, il ne dit rien.

« Hjordis, Kari et Bjorn s'attablèrent devant leur viande du soir et Kari parcourut sa maison du regard. Il n'y avait plus sur les étagères de la salle que deux petites lampes à huile de phoque, alors que Kari était naguère un homme prospère, un des plus riches des Etablissements de l'Ouest. Le prêtre avait tout maintenant, toutes les tapisseries et les nappes bordées de passementerie, et l'échiquier aux pièces en ivoire de morse, et les coupes d'argent d'Angleterre, et tous les autres objets divers que Kari avait naguère chez lui. Tous trois se mirent à manger ce qu'il y avait sur leur tranchoir — quelques morceaux de renne séché, du lait caillé et du phoque séché enduit de beurre —, mais bientôt Bjorn commença à regarder autour de lui, car il avait encore faim, mais il ne restait rien dans la maison et seulement une poignée de vieilles brebis, dures et décharnées, dans l'enclos, pourtant Bjorn ne cessait de s'agiter, la viande qu'ils avaient mangée n'ayant fait qu'aiguiser son appétit. Kari avait fini de souper, lui aussi, et n'avait donc rien à donner à son ours de fils, alors Hjordis poussa vers lui ce qui restait sur son tranchoir et il avala cela, mais il avait encore faim, toujours plus faim, sembla-t-il à Kari, et l'homme plongea son regard dans les beaux yeux bruns de l'ours et l'ours regarda au fond des siens, et il ne vit dans les yeux de l'ours que la faim. Alors il se souvint avec quelle innocence animale celui-ci lui avait dit : "J'avais vraiment très faim, mon père", et son cœur fondit pour l'ours, comme toujours ; il retroussa la manche de sa robe et tendit son bras à l'ours, qui le prit dans ses grandes pattes, referma ses griffes dessus et dans un grand bruit d'os broyé en croqua un bout, et Kari découvrit avec surprise la douleur et le plaisir de ce don. Pourtant, il n'ignorait point que l'ours ne se contenterait jamais d'un seul bras et finirait par le dévorer tout entier.

Gunnar se tut alors. Jon Andres l'interrogea du regard et Gunnar lui dit finalement :

— Quand je racontais cette histoire à Helga, elle finissait autrement, mais je deviens vieux et je n'arrive pas à me rappeler la fin.

Ils se retirèrent ensuite dans leur lit clos, et tôt le lendemain Gunnar regagna le Hvalseyfjord pour y attendre paisiblement la réunion du Thing.

Alors, Jon Andres, Gunnar et leurs amis firent comme ils l'avaient décidé : ils emportèrent leurs tentes au champ du Thing de Brattahlid, ainsi que toutes les armes qu'ils purent trouver, et ils arrivèrent dès l'aube pour dresser leurs abris près du sommet de la colline, au-dessus de l'endroit où les juges allaient siéger. Ils campèrent tranquillement deux jours, pendant que les juges entendaient quelques affaires de vols de moutons et de meurtres à Herjolfsnes. Bjorn Bollason se tint tout ce temps à l'écart de Gunnar, ne parla guère à aucun des amis de celui-ci et fit comme s'il était très affairé, chevauchant jour et nuit en tous sens. Kollgrim ne quittait pas la tente de Gunnar, et il était venu sans armes au Thing. Birgitta était restée chez elle, car Gunnar ne voulait pas qu'elle vît ce qui risquait de se passer. Quant à Helga, elle était demeurée avec Gunnhild sur la terre de Ketil.

A la fin du deuxième jour, les Islandais se présentèrent avec Bolli Bjornsson et ses trois frères, et ils arrivèrent en force sur le champ du Thing, car ils vinrent à vingt-quatre, une imposante compagnie, en vérité. Ils déposèrent leurs armes à l'endroit convenu, et les Groenlandais eurent tout loisir de les admirer et notamment quatre épées, quelques coutelas et force haches. Alors Thorgrim s'avança dans le cercle où siégeaient les juges, et voici ce qu'il déclara :

— Je porte plainte contre Kollgrim Gunnarsson de la terre de Gunnar à Vatna Hverfi, car cet homme m'a fait une cruelle injure à travers ma femme, et cette injure est double. D'une part, il m'a arraché son affection à force de séduction alors que pendant toute la durée de notre mariage, soit environ deux ans, elle m'avait été fidèle et soumise, me traitant comme les meilleures épouses traitent leur mari, à savoir qu'elles ne rechignent point à le servir et à faire leurs ses soucis. Et comme témoins de cette conduite, je cite mes camarades Snorri Torfason, Thorstein Olafsson et Bork Snaebjornsson, qui étaient avec moi quand j'ai demandé la main de la dame et que nous nous sommes mariés. Et je dis également ceci, que j'ai toujours traité cette jeune femme en toutes choses comme il sied, lui donnant de bons atours et autres objets de prix, sans jamais la battre ni lui montrer plus de colère que n'en doit montrer un mari à sa femme pour s'assurer de sa bonne conduite.

Il s'interrompit et regarda à l'entour, et il reprit son souffle, car c'était la première fois qu'il faisait un tel discours, mais la loi exige que ce soit le mari trompé qui présente son affaire devant le Thing. Il reprit la parole :

— Or il se trouve, et je cite les mêmes témoins à l'appui de mes dires, que Kollgrim Gunnarsson fréquentait souvent naguère le domaine dit de la Colline du Soleil, car il était fiancé à la fille de la maison, Sigrid Bjornsdottir, et en ce temps-là, dame Steinunn Hrafnsdottir, mon épouse, ne regarda jamais cet homme, ni ne lui parla, ni ne montra d'aucune autre manière qu'elle remarquait sa présence, et il en fut ainsi pendant tout l'hiver qu'elle demeura au domaine avant que les accordailles soient rompues à la requête de dame Sigrid Bjornsdottir, pour cette raison que l'homme avait une concubine et un enfant à demeure, et que cette concubine ne voulait pas se laisser convaincre de quitter le domaine avant le mariage.

Il regarda Thorstein, qui se trouvait non loin de là, et Thorstein hocha la tête avec approbation.

— Or il advint que ma femme, Steinunn Hrafnsdottir, manifesta quelque vague à l'âme ce second hiver à la Colline du Soleil, car, en vérité, disent les gens, ce fut un hiver inhabituel, et dur pour qui n'y est point accoutumé. Et voilà pourquoi elle se rendit à Gardar pour demeurer chez les prêtres, et elle allait longuement prier à la cathédrale tous les jours, et comme témoin de cela, je cite Sira Eindridi Andresson. Et comme ma femme Steinunn Hrafnsdottir est fort adonnée à la piété, son désir de s'établir au siège de l'évêque, où est conservée la relique, ne me surprit aucunement ni personne qui la connût. Mais il arriva qu'avec une grande soudaineté elle se mit à fréquenter ce Groenlandais qu'elle avait toujours ignoré jusqu'alors. Et sur ce point, nous avons comme témoins Thorgrim Solvason, Bork Snaebjornsson, Snorri Torfason et moi-même, car nous les avons tous surpris ensemble. Et cette conduite de mon épouse ne peut s'expliquer que d'une seule manière, à savoir qu'elle fut séduite par sorcellerie, la sorcellerie que ce gaillard, qui vagabonde là où les autres hommes ne vont point, a appris du Diable lui-même dans la lande. Et voici un autre signe d'enchantement : après qu'on l'éloigna de lui, elle sombra dans une stupeur qui ne l'a toujours point abandonnée, si bien qu'elle ne peut ni se tenir debout, ni se mettre sur son séant, ni parler, ni manger à peine, car le brouet ressort de sa bouche et la viande reste entre ses dents sans qu'elle la mâche. Je crains qu'elle ne finisse par en mourir, et nous sommes nombreux de cet avis. Voilà pourquoi nous accusons cet homme non de séduction, mais de sorcellerie, et réclamons par conséquent qu'il soit brûlé sur le bûcher, comme le sont les gens reconnus coupables de sorcellerie en Norvège, en Islande et dans les autres contrées du Nord.

Alors Thorgrim tendit la main, paume en l'air, pour montrer qu'il n'avait pas d'arme, et Gunnar, qui se tenait non loin, se tourna vers les Islandais, mais il ne les vit faire aucun geste en direction de leurs armes, et Gunnar comprit qu'il n'avait pas prévu la bonne riposte et que les Islandais n'avaient aucune intention de troubler les débats du Thing par des affrontements. Puis Thorgrim s'assit et Bjorn Bollason invita Sira Eindridi à se lever pour venir dans le cercle, et voici ce que dit Sira Eindridi :

— Tous les hommes doivent savoir que le Diable en personne est à chaque instant parmi nous, que ses suppôts grouillent sur terre comme moustiques en été, et qu'ils pénètrent dans nos yeux, nos oreilles et notre bouche sans que nous nous en rendions compte pour instiller leurs intentions démoniaques au fond de notre cœur. La lande est le pays d'élection de ces diables, car ils trouvent peu de repos parmi les chrétiens. Nous autres Groenlandais ne voyons-nous point leurs créatures tout autour de nous, sous la forme des Skraelings, qui se livrent à leur magie démoniaque dans leurs petits canots ? Qui a jeté un sort sur les phoques et sur eux pour qu'ils puissent capturer les phoques à leurs trous de respiration pendant tout l'hiver ? Croyez-vous qu'aucun homme soit à l'abri de ce mal s'il ne lutte pas contre lui de toutes ses forces ? Je vous dis que non, une fois que le mal s'est emparé de lui, il le rapporte parmi les autres, terrible contagion qui condamne les hommes à vivre au milieu des démons pendant l'éternité tout entière.

Ce fut tout ce que dit Sira Eindridi. Il sortit du cercle, laissant la place à Snorri Torfason, le capitaine, qui décrivit derechef la condition de la femme et raconta comment d'autres victimes de sorciers qu'il avait vues ailleurs étaient tombées dans la même apathie, tantôt mourant et tantôt non. Et il cita quatre exemples, deux en Islande et deux en Norvège, où exactement la même chose s'était passée, au moindre détail près. Il parla avec soin et sobriété et l'assistance se montra fort émue par son récit. La femme semblait effectivement avoir été enchantée, car rien de ce genre ne s'était jamais produit en Terre Verte.

Il y eut ensuite une longue interruption, au cours de laquelle Bjorn Bollason et les juges s'entretinrent, puis ils convoquèrent Kollgrim Gunnarsson dans le cercle, et ils attendirent longtemps sa venue.

Gunnar se rendit dans sa tente. Kollgrim y dormait d'un sommeil si profond que Gunnar l'appela et le secoua en vain. Il dut en fin de compte lui tirer les cheveux. Alors Kollgrim se mit sur son séant et Gunnar lui dit :

— Mon fils, faisais-tu un rêve ? Car un sommeil comme celui dont je viens de te réveiller ressemble certes à un présage.

Mais Kollgrim assura qu'il n'avait pas rêvé. Il se leva et

regarda autour de lui. Il n'y avait personne d'autre dans la tente. Gunnar dit :

— Mon garçon, ils ont porté plainte contre toi pour sorcellerie et n'ont pas choisi de recourir aux armes comme nous l'attendions. Ils prétendent que tu as attiré les regards de cette femme par des artifices diaboliques. Il faut maintenant présenter ta défense contre cette accusation et tous les espoirs te sont permis, car c'est une attaque absurde et les juges ne vont pas lui donner crédit.

Mais Kollgrim continuait de regarder autour de lui comme s'il ne savait trop où il se trouvait. Gunnar ajouta :

— Mon Kollgrim, il faut que tu reprennes tes esprits, car ta vie dépend de ce que tu vas dire pour ta défense, et dans une telle affaire personne ne peut le faire à ta place.

Alors Kollgrim se tourna vers son père, et Gunnar eut l'impression que son fils ne le voyait pas, bien que ses yeux fussent aussi avides que jamais.

— Qu'ont-ils dit d'elle ? demanda Kollgrim.

— Je ne te cèlerai point qu'elle est malade et frappée de stupeur. Son état n'a point changé depuis la dernière fois que tu l'as vue.

— Va-t-elle mourir ?

— C'est ce qu'ils disent. Mais les hommes ne peuvent prévoir ce genre de chose.

Alors Kollgrim entreprit d'arranger ses cheveux et ses vêtements, mais sans cesser d'arpenter nerveusement la tente. Puis il s'immobilisa soudain, les yeux fixés sur le sol. Le rabat de la tente s'ouvrit brusquement. C'était Jon Andres. Il dit :

— L'accusé doit se défendre ou perdre son procès. C'est la loi.

Et les deux hommes entraînèrent Kollgrim vers le champ du Thing, en le tenant chacun par un bras. Et le bras de Kollgrim parut à Gunnar aussi dur et rigide qu'un bout de bois flotté, rien d'un bras d'homme, en vérité. Les hommes en contrebas tournèrent la tête vers eux et les regardèrent attentivement.

Alors Kollgrim entra dans le cercle et les juges le

dévisagèrent à leur tour. Finalement, l'un d'eux demanda :

— Comment en êtes-vous venu à séduire cette femme, Steinunn Hrafnsdottir ?

Les gens alentour se rapprochèrent du centre du cercle en tendant l'oreille pour mieux entendre la réponse de Kollgrim. Il leva les yeux vers le fjord, puis les baissa de nouveau. Finalement, il répondit :

— Je ne sais pas.

— Avez-vous conquis ses faveurs en ayant recours à cette magie noire que le Diable enseigne à ses suppôts ?

— Je ne sais pas.

— Avez-vous appris ce genre d'envoûtement dans la lande, des Skraelings ou d'autres gens mystérieux qui vivent à l'écart des demeures du Seigneur ?

— Je ne sais pas.

— Dans quelles circonstances avez-vous rencontré cette femme pour la première fois ?

— Je ne sais pas ces choses-là. Peut-être cela s'est-il passé comme vous le dites si elle est mourante. Peut-être que les pouvoirs du Diable œuvrent à travers moi. Je ne sais pas.

Alors les juges se turent et regardèrent l'homme devant eux. Finalement, Bjorn Bollason prit la parole :

— Kollgrim Gunnarsson, les Islandais réclament un châtiment cruel pour ce crime, car il ne s'agit point de séduction mais de sorcellerie. Il vous faut vous défendre contre cette accusation, sinon, selon la loi des contrées du Nord, vous serez brûlé sur le bûcher.

— Je ne connais point ces questions. N'est-ce pas aux juges de décider ?

Alors les juges conférèrent tandis que l'assistance attendait alentour qu'ils se décident. Au bout de quelque temps, ils prièrent Sira Eindridi de les rejoindre, et c'est ce qu'il fit. Les vingt-quatre Islandais se tenaient en groupe et ils portaient des vêtements éclatants. Ils attiraient tous les regards, et Bjorn Bollason ne cessait de promener les yeux des Islandais aux juges et de Sira Eindridi aux Islandais. Il semblait à Gunnar qu'il parlait sans écouter et qu'il regardait sans voir. Sira Eindridi parla longtemps et avec véhémence tandis que les juges le considéraient gravement en hochant la tête. Un par un, les juges se mirent aussi à jeter des regards vers les Islandais et vers Bjorn Bollason, à qui la plupart devaient leur office, car il avait nommé juges beaucoup d'hommes de Brattahlid après la grande faim. Mais, en vérité, nul ne regardait Kollgrim, qui se tenait les yeux baissés, aussi immobile qu'un Skraeling devant un trou de phoque. En revanche, si tout le monde regardait les Islandais, eux ne regardaient personne et fixaient résolument le fjord et les nuages qui flottaient au-dessus des montagnes.

Puis le soleil commença à tomber vers l'horizon. Bjorn Bollason se leva et s'avança au centre du cercle. Il s'éclaircit la voix et proclama le verdict : Kollgrim Gunnarsson, pour le crime d'avoir séduit l'Islandaise Steinunn Hrafnsdottir par magie noire, serait emmené par les Islandais et brûlé sur le bûcher le dernier jour du Thing, car ce serait un grand péché, en vérité, de laisser cet homme vaquer parmi les hommes vertueux plus longtemps que nécessaire. Ne savait-on pas que le Diable, dans un ultime sursaut de désespoir, décuple ses forces et entraîne avec lui les âmes de dix fois plus d'hommes ? Ainsi, firent remarquer les gens, la prophétie de Larus s'accomplissait-elle : un démon allait effectivement être brûlé sur le bûcher. Et tout le monde de dire que prendrait bientôt fin la longue attente d'un évêque, qu'ils recevraient des nouvelles de Rome ou d'Avignon, voire du pape de Jérusalem. Entre eux, les Islandais souriaient.

Et voici comment les Groenlandais entreprirent de brûler Kollgrim Gunnarsson de la terre de Gunnar à Vatna Hverfi. Ils descendirent sur la grève pour ramasser tout le bois flotté qu'ils purent trouver, et ils démolirent aussi à coups de hache un ou deux vieux bateaux, tandis que d'autres traversaient le fjord pour abattre des bouleaux dans les halliers qui subsistaient dans les failles derrière la ferme de Steinstraum, bien que ces broussailles fussent encore vertes et humides de l'été. Ensuite, les gens qui habitaient non loin de là, à Brattahlid et dans l'arrière-pays, se rendirent chez eux pour rassembler les tabourets et autres meubles cassés ou abîmés, et ils jetèrent tout ce bois sur le bûcher. Deux hommes trouvèrent des poutres brisées dans des bâtiments en ruine et ils les ramenèrent aussi. Le bûcher ne cessait ainsi de monter, mais Thorstein Olafsson et Snorri Torfason firent remarquer qu'il est difficile de brûler un homme. Pas si difficile, intervint Bjorn Bollason, si on le trempe d'abord dans de l'huile de phoque, vêtements et cheveux, et c'est ce qu'ils décidèrent de faire, Kollgrim ne semblant pas enclin à résister à ce traitement.

Le zèle de beaucoup vient rapidement à bout de presque toutes les tâches, et celle-ci ne faillit point à la règle : le bûcher grandit durant la nuit et était prêt le lendemain matin. Les gens étaient nombreux à tourner autour et à le regarder, car ils n'avaient jamais rien vu de tel, et, attentifs à la prédiction de Larus, tous y déposèrent quelque broutille, sinon de bois, alors d'os, car nul n'ignore en Terre Verte que l'os brûle assez bien pour chauffer, à défaut d'éclairer, quand il n'y a rien d'autre. Et les gens étaient si fascinés par cette pile d'objets qu'ils en oublièrent leur viande du matin et le reste pour venir la contempler. Toutes les autres affaires du Thing furent bientôt réglées, plutôt précipitamment, dirent certains, et les juges se rendirent à l'endroit du bûcher. Les Islandais amenèrent alors Kollgrim Gunnarsson, qui était leur prisonnier, et Sira Eindridi l'accompagnait : il l'avait confessé et lui avait administré les derniers sacrements, et maintenant il le conduisait au bûcher. Kollgrim apparut à Gunnar plus ahuri et mort que jamais, jusqu'à ce qu'il vît la pile d'objets et de bois, alors ses yeux semblèrent jaillir de ses orbites et il accéléra le pas. Les Islandais le retinrent, cependant, pour verser de l'huile de phoque sur ses vêtements, et la puanteur de l'huile de phoque s'éleva dans l'air.

Alors Kollgrim monta sur le bûcher et étreignit la poutre qui se dressait au milieu, et Thorstein l'y attacha par les poignets avec une corde en boyau de phoque, si bien qu'il sembla à Gunnar que les bras du garçon étaient presque arrachés à leurs cavités. Gunnar s'approcha du bûcher pour essayer de capter le regard de Kollgrim, mais Kollgrim ne le regarda point. Thorgrim Solvason sauta derrière Kollgrim avec une torche qui brûlait pâle dans le soleil et il la posa contre le bûcher imbibé d'huile de phoque avant de s'écarter. Le feu rampa un instant parmi les bouts de bois et les débris, et Gunnar vit Kollgrim fermer les yeux ; il ne les rouvrit plus après. Des paroles et des gémissements montèrent de la foule, mais Kollgrim ne laissa échapper aucun son.

Bientôt Kollgrim fut suspendu à la poutre au milieu d'un grand embrasement pâle qui grondait en fumant autour de lui, dévorant ses vêtements, noircissant sa peau, rongeant ses doigts, ses sourcils et ses cheveux. Une épaisse fumée à la riche odeur d'huile de phoque flottait dans l'air. Puis la poutre s'effondra et les flammes redoublèrent avec ce nouvel aliment, et il sembla à Gunnar que la chair et les os de Kollgrim brûlaient, car une puanteur nouvelle se fit sentir, chassant les spectateurs fascinés, mais, en vérité, il ne restait plus grand-chose à voir, tant la fumée était épaisse et piquait les yeux, et les gens commencèrent à se disperser pour vaquer à leurs autres occupations.

D'habitude, les Groenlandais s'attardent sur le champ du Thing quand le moment est venu d'abattre les tentes et de se préparer à rentrer chez soi, car toute occasion est bienvenue pour s'entretenir avec les autres et échanger des nouvelles, sans parler de la possibilité de conclure quelque ultime affaire. Mais cette année-là, les gens se hâtèrent de rassembler leurs possessions et de s'en aller, abandonnant toutes sortes d'objets dans leur précipitation. Pour finir, lorsque le bûcher ne fut plus que cendres et débris fumants, seuls restaient à l'entour Gunnar, Jon Andres, les fils de Thorkel et Sira Eindridi, et Gunnar vit que pour une fois le prêtre ne savait que faire : ses yeux ne cessaient de se porter vers lui et de le fuir. Mais, à vrai dire, Gunnar ne savait pas non plus que faire ni comment rassembler ses forces pour agir, et ainsi s'attardèrent-ils jusqu'à la nuit tombée.

Enfin, Jon Andres prit la parole, et il dit :

— Je crois que nous devrions verser de l'eau sur les cendres et rassembler les os de notre frère que nous trouverons pour les enterrer où il sied, selon la loi de l'Eglise et des contrées du Nord.

Il regarda Sira Eindridi. Celui-ci se tourna vers le fjord, vers l'antique ruine de l'église de Thjodhilds, qu'Erik le Rouge avait jadis bâtie pour son épouse dans les premiers temps de la colonie, et il dit :

— Ici, à Brattahlid, ont été enterrés des hommes qui n'acceptèrent jamais le Christ. On peut y ensevelir ces cendres.

Aussi les fils de Thorkel allèrent-ils emprunter quelques pelles dans une ferme voisine et entreprirent de creuser un trou le long du mur nord de la petite église. Et parce que c'étaient de petites pelles et que la journée avait été longue, ils creusèrent presque toute la nuit. Gunnar et Jon Andres réunirent ce qui semblait être des fragments d'os et les laissèrent refroidir sur l'herbe humide.

Alors, après une brève obscurité, les oiseaux se reprirent à chanter et le ciel s'éclaircit : Sira Eindridi et les fils de Thorkel regagnèrent leurs tentes pour un court repos tandis que Gunnar et Jon Andres s'asseyaient sur le coteau pour parler.

— Je ne suis guère impatient de porter la nouvelle à Helga, dit Jon Andres, car nous n'étions pas peu confiants dans le résultat avant le Thing.

— Pourtant, je ne crois pas qu'elle sera très surprise, et ma Birgitta sera encore moins étonnée. Mais, en vérité, il y a des moments où un homme ne sait que penser de la volonté de Dieu, et ce moment est venu pour moi.

— Ce n'est pas la volonté de Dieu, mais celle des hommes.

— Le désir de Thorgrim, peut-être, qui a ressenti l'injure si profondément.

— Ne vois-tu pas que Thorgrim est la dupe des autres ? On pourrait se rendre chez les juges l'hiver prochain, par exemple, pour évoquer l'affaire, proposa Jon Andres. Nul doute qu'elle sera dans tous les esprits, et il ne faudra pas grand-chose pour qu'elle soit sur toutes les lèvres. Je suis très curieux de savoir qui a dit quoi et à qui, pas toi ?

— Non, mon fils. Je n'éprouve pas la moindre curiosité.

— Un méfait a été commis. Le moins que nous puissions faire est d'intenter un procès.

— Contre qui ?

— C'est ce que nous découvrirons par d'habiles propos.

— Cela me semble un mauvais recours. Je n'ai jamais eu de chance avec la justice.

— Mais moi, oui.

— Je te dirai ce que les Groenlandais disent toujours aux autres : Fais ce que voudras, en cela comme dans tout le reste.

Ils restèrent longtemps en silence, jusqu'à ce qu'une femme leur apportât d'une ferme voisine quelques bribes de nourriture pour leur viande du matin. Puis les fils de Thorkel et Sira Eindridi se levèrent. Les fragments d'os étaient froids, ils les rangèrent dans une besace en peau de phoque et les enterrèrent parmi les restes des païens près de l'église de Thjodhilds. Quant au bûcher, il demeura en l'état tout l'été, car nul ne se souciait d'en approcher ni de fouiller les cendres.

Gunnar et les autres prirent le bateau de Gardar jusqu'au débarcadère de l'Eriksfjord desservant l'évêché, puis ils traversèrent les collines, et Gunnar, Jon Andres et les fils de Thorkel embarquèrent dans le bateau des fils de Thorkel pour descendre l'Einarsfjord. Il faisait un temps calme et clair. Les hommes n'échangèrent guère de paroles, sinon pour signaler les icebergs à la dérive et autres traverses qui n'exigeaient point de discours. Le spectacle de la veille resurgissait de temps à autre devant les yeux de Gunnar. Les cimes neigeuses et les pentes grises familières qu'effleuraient les ombres noires défilaient sur les deux rives du fjord en une majestueuse procession, ignorant l'effort des rameurs qui ahanaient et suaient en face de Gunnar. Jamais, se disait-il, ces montagnes n'avaient vu semblable géhenne, malgré tous les dangers de la chasse et tout le plaisir que les Groenlandais prenaient à se battre et à se massacrer, et pour cette raison elle semblait n'avoir jamais eu lieu, en réalité. Sans doute n'éprouvait-il guère de chagrin et encore moins de colère. Mais que le châtiment épousait mal le crime : comme la robe d'un géant jetée sur un tout petit enfant ! Gunnar ne savait qu'en penser, qu'en ressentir, ni d'ailleurs comment en parler à Birgitta. Telles étaient les pensées qui vagabondaient dans son esprit tandis que le bateau glissait vers l'embarcadère de la terre de Ketil. Et il lui sembla que se séparer de son gendre et ancien ennemi lui coûtait plus que d'avoir été séparé de son fils, car en vérité des larmes lui montèrent aux yeux en voyant la souple silhouette familière à la tête bouclée s'éloigner du bateau et commencer à gravir la pente herbeuse menant à sa demeure.

Gunnar prit alors place sur le banc de nage et les montagnes commencèrent à s'estomper et à disparaître dans le crépuscule. On ne vit bientôt plus que les scintillements de l'eau et la lueur des icebergs émergeant çà et là. Skeggi Thorkelsson dit :

— Gunnar, cette longue journée s'achève et mon père Thorkel sera content que tu viennes passer le reste de la nuit sur la terre de Hestur.

Mais Gunnar refusa cette offre et quelques instants plus tard ils le déposèrent au débarcadère où ceux qui ne se soucient point de contourner à la rame la large bande de terre qui s'étend jusqu'au Hvalseyfjord commencent leur randonnée dans la vallée menant à la terre de Lavrans. Et lorsqu'ils l'y laissèrent, le ciel était aussi sombre qu'il peut le devenir au milieu de l'été, mais assez clair pour qu'il distinguât son chemin.

C'était un vieil homme de cinquante-six hivers et il avait fait ces mêmes pas des milliers de fois déjà, pourtant il naissait comme un enfançon à une vie nouvelle et chaque pas vers la terre de Lavrans était incertain et effrayant, chaque coup d'œil en avant dans la nuit, un effort de percer l'avenir que les hommes ne peuvent voir, même s'ils s'imaginent bâtir des objets familiers avec les formes qui s'esquissent devant eux. Il s'arrêta pour regarder autour de lui. Une grande tempête de souffrance l'attendait chez lui, dans laquelle il lui faudrait plonger courbé en deux, comme un homme face au vent, fermant les yeux devant la glace qui lui fouette le visage. Autant cette nuit lui était douce, à cheminer entre les montagnes qui se dressaient de part et d'autre, autant serait violente cette tempête chez lui, qui l'empoignerait et lui arracherait le souffle du corps et le rejetterait ailleurs, transformé. Et bien qu'il marchât avec entrain, il défaillait devant cette tempête. Il voyait bien que le chagrin serait le présent que lui ferait Birgitta, comme elle lui avait déjà fait don d'elle-même, jeune fille, puis de lui-même, puis de ses enfants, puis d'elle-même à nouveau depuis qu'elle était vieille. Et il devait tendre les mains et accepter ce don avec le même empressement que tous ses autres présents. Il déboucha en haut du coteau dominant la maison et vit que le soleil rosissait déjà le ciel au-dessus de Hreiney. Il s'arrêta un instant, puis descendit vers la maison.

Aux alentours de la Saint-Lavrans, la vieille Birgitta Lavransdottir de la terre de Lavrans prit un long couteau en os et se fit une profonde blessure dans le ventre, et les gens s'étonnèrent qu'elle en ait trouvé la force malgré son âge et sa faiblesse. Elle perdit beaucoup de sang et fut très malade ensuite, mais après avoir longtemps dépéri, elle finit par recouvrer une partie de ses forces. D'aucuns attribuèrent cet acte au chagrin de la mort de Kollgrim Gunnarsson, d'autres à la honte de son crime et de son exécution. A l'automne, elle se procura une flèche à oiseau et elle se la plongea dans le sein, si bien qu'elle se perça le cœur et en mourut. Les gens dirent alors, comme ils disent toujours, que c'était peut-être la meilleure chose après tout, si son chagrin était si grand, bien que, naturellement, se tuer soit un péché et un affront au Seigneur, qui interdit à l'âme l'espoir du Paradis.

Vint l'hiver et il fut très différent du précédent, car la neige tomba en abondance dans tous les districts. On se rendit force visites de ferme en ferme et de district en district, tant il était agréable de skier les jours de beau temps calme. Après Noël, Gunnar Asgeirsson et Johanna Gunnarsdottir entassèrent toutes leurs possessions sur un grand traîneau qu'ils halèrent avec leurs serviteurs tout le long de la vallée menant à l'Einarsfjord. A l'embarcadère, Skeggi Thorkelsson les attendait sur le fjord gelé avec trois chevaux qui tirèrent le traîneau jusqu'à la terre de Gunnar. C'est ainsi qu'au début du Carême, quelque trente-deux hivers après son départ, Gunnar regagna le domaine de ses aïeux à Vatna Hverfi. Bien que sa fille et ses serviteurs fussent avec lui, que son autre fille et ses enfants vécussent de l'autre côté de la colline, sur la terre de Ketil, et que les bagages et les provisions qu'ils rapportaient leur aient donné force gêne et labeur, il lui semblait qu'il revenait gueux et résigné sur la terre de Gunnar, et qu'en ouvrant l'antique porte de bois, taillée dans un sapin du Markland, il disparaîtrait à jamais. Bien sûr, rien de tel n'arriva. Il alluma simplement une lampe à huile de phoque, regarda autour de lui et disposa son parchemin si d'aventure lui prenait l'envie de noter quelque chose.

Jon Andres ne cessa de chevaucher à travers le pays durant l'hiver qui suivit la mort de Kollgrim Gunnarsson sur le bûcher : on eût dit qu'il voulait s'insinuer dans les bonnes grâces de tous les gens et de tous les districts. Certains déclaraient qu'il se sentait tout vergogneux de cette malemort, mais d'autres s'interrogeaient sur ses actions, ses sourires, son bavardage à propos de moutons, de vaches et de bateaux, et de toutes les affaires des Groenlandais hormis le supplice. Mais en fin de compte, tous lui en parlaient, car tout le monde voulait savoir ce qu'en pensaient les gens de la terre de Gunnar et de la terre de Ketil, ce qui avait été fait des cendres, ce qui se racontait et se préparait. Et ainsi, bien que les gens eussent fait serment de ne pas dire mot de cette affaire, Jon Andres se montrait si agréable et mesuré à ce propos qu'ils finissaient par s'en ouvrir ; et ils se demandaient comment on en était venu à brûler un homme pour si peu de chose. Qui n'avait eu une intrigue avec la femme d'un autre, ou du moins avec la fille ou la sœur d'un autre ? Si cela méritait un tel châtiment, eh bien, il ne resterait plus un homme en Terre Verte, nul doute là-dessus. Jon Andres acquiesçait et souriait. Il faisait des présents : des fromages, du phoque séché. Il proposait ses béliers et son taureau pour la reproduction. C'était un fermier prospère et de grande réputation : ses attentions flattaient les gens. De retour sur la terre de Gunnar, il dit à Gunnar :

— C'est Bjorn Bollason qui a suggéré qu'ils arrosent notre frère d'huile de phoque. S'ils ne l'avaient pas fait, il n'y aurait pas eu assez de bois pour le brûler.

— Qui t'a dit cela ?

— Les gens le disent partout.

— Mais peut-être seulement ceux qui ont quelque chose contre Bjorn Bollason ?

— Non, ils le félicitent de sa trouvaille, non sans quelque embarras, d'ailleurs, devant moi. Ils trouvent qu'il a fait montre de ressource, comme durant la famine, quand il s'est emparé des provisions engrangées à Gardar. Les gens voient en lui un gaillard entreprenant, aussi fort que les Islandais, à sa manière.

Jon Andres eut un sourire amer.

Cette conversation fit resurgir l'agonie de Kollgrim dans l'esprit de Gunnar avec plus de vivacité et de plénitude que lorsqu'il se tenait devant le bûcher, avec tant de vivacité, en vérité, que la vision lui coupa le souffle, et il sentit la fumée lui brûler les yeux comme Kollgrim avait dû le ressentir, et sa propre chair se rétracter comme celle de Kollgrim avait dû se rétracter devant la chaleur, et il advint aussi que monta en lui une petite flamme, qui était le désir d'écraser Bjorn Bollason sous son pied. Et ce désir l'envahit avec autant d'urgence qu'aucun autre dans sa vie — le désir d'épouser Birgitta, le désir de voir naître ses enfants, le désir de préserver Kollgrim de son destin. Il dit :

— J'ai tué des hommes deux fois dans ma vie, et l'une de ces fois, les hommes qui moururent étaient tes frères. En creusant cette fosse et en préparant le piège pour eux, nous étions à la fois graves et joyeux. Ce fut une grande poursuite, à l'enjeu mortel, mais le stratagème nous dilatait le cœur, et la course et le secret de la nuit ; et ils auraient fort bien pu nous rattraper et nous tuer, et le combat aurait eu le succès inverse. Lorsqu'il fallut tuer cet autre homme, le Norvégien Skuli Gudmundsson, Olaf, mon frère adoptif, et moi, nous entreprîmes ce meurtre le cœur lourd et avec plus de colère contre la perfidie des femmes que contre le gars lui-même. Maintenant, je sens en moi quelque chose d'autre qui me terrifie, et c'est la volonté de faire souffrir et souffrir et souffrir Bjorn Bollason. Lui infliger des tortures telles qu'aucun homme n'en a jamais connu, le priver d'absolution, lui arracher la chair lambeau par lambeau. Et comment une telle convoitise me sera-t-elle jamais pardonnée ?

Jon Andres regarda Gunnar droit dans les yeux, et Gunnar vit que le mari de sa fille, un homme pacifique pourtant, nourrissait le même désir dans son cœur. Jon Andres haussa les épaules et tous deux restèrent quelque temps en silence.

On commençait alors à raconter chez les Groenlandais que Larus le Prophète et Sira Eindridi Andresson étaient souvent vus ensemble ces temps-ci : Larus allait et venait à Gardar dans le petit bateau de l'évêché tandis que Sira Eindridi se rendait sur la terre de Larus, et il lui arrivait même d'assister depuis la porte aux petits services que célébrait Larus. Depuis lors, Sira Eindridi n'en disait rien, ni pour ni contre, de sorte que certains se montrèrent plus empressés d'y assister. Larus prétendait n'y attacher aucune importance et continuait d'officier, toujours d'une voix basse et perlée, racontant chaque fois tel ou tel détail de ses visions, et il y avait toujours quelque chose à manger après. Alors qu'il y avait naguère à ces services trois femmes pour un homme, on y trouvait maintenant presque autant d'hommes que de femmes, et les gens en parlaient ouvertement, même en présence de ceux qui n'y participaient point. Ashild, la petit Tota et lui s'habillaient avec autant de simplicité que possible : tous trois portaient la même longue robe tissée et cousue par certaines des femmes qui venaient aux réunions. Ils allaient tête nue, dédaignant coiffes et chaperons, mais, en vérité, les gens disaient qu'ils étaient d'une modestie exemplaire. Après la mort de Kollgrim sur le bûcher, tout le monde attendit impatiemment l'arrivée du navire de l'évêque. Larus et Sira Eindridi étaient très confiants de sa venue, si confiants qu'ils ne le guettaient nullement mais vaquaient à leurs occupations comme s'il ne devait jamais apparaître.

Le vieux prêtre fol, Sira Jon, mourut l'hiver après le supplice, et quand on sortit son corps de sa cellule, enveloppé dans un beau linceul de soie, il était aussi petit qu'un enfant. Les femmes qui firent sa toilette racontèrent que ses cheveux tombaient jusqu'à la taille, ses sourcils lui recouvraient les yeux, et sa barbe s'emmêlait sur sa poitrine ; au total, leur tâche s'était révélée bien pénible car les poux sautaient de lui aussi nombreux et frétillants que les capelans dans les filets, l'été. Il y avait dans sa petite chambre une forte odeur qui avait imprégné jusqu'aux pierres mêmes, si bien que la cuisinière, pourtant guère sourcilleuse en général, déclara que rien de comestible ne pouvait y être entreposé : on verrouilla donc l'endroit aussi soigneusement que du vivant du vieux prêtre et la plupart des gens oublièrent qu'il était mort, au point qu'à deux ou trois reprises la cuisinière prépara son repas, comme à l'accoutumée, laissant naturellement à Sira Pall Hallvardsson le soin de le lui porter.

Sira Pall Hallvardsson était bien perclus maintenant : il faisait faire ses commissions par un jeune garçon, et lorsqu'il disait la messe à la cathédrale, il restait tout le temps soit assis soit debout.

Il arriva aussi qu'après la mort de Sira Jon, Sira Pall Hallvardsson trouva la nourriture si répugnante que manger l'étouffait presque, alors qu'il avait toujours eu bon appétit. Il n'avait pourtant jamais cessé de proclamer que ce que le Seigneur donnait en pitance aux hommes était pour eux viande saine et qu'il était bon de manger tout son soûl, si toutefois par pénitence ils ne s'étaient point engagés à jeûner quelque temps. Il avait d'ailleurs pris très vite goût aux victuailles des Groenlandais, aussi aigres et fortes qu'elle fussent. Mais maintenant l'odeur même de sa viande lui faisait venir des humeurs exécrables à la bouche, ou alors sa bouche devenait si sèche qu'il ne pouvait mâcher ce qu'il portait à ses lèvres. Ses compagnons de table l'engageaient à manger, comme il y avait toujours engagé Sira Jon, et il se surprenait à chipoter à l'instar de l'autre prêtre.

Il ne regrettait point la mort de Sira Jon, car n'est-ce pas un péché si l'homme s'est confessé et réconcilié avec le Seigneur et que ses amis soient assurés qu'il a réalisé son salut ? Mais il était vrai aussi qu'il lui fallait meubler bien des heures autrefois occupées à lui porter à manger, à bavarder ou à lui tenir compagnie, entre autres choses. D'autant que ces jours-là aussi — sans qu'il pût exactement se rappeler comment il les occupait — il s'asseyait longuement dans le haut siège de la grand-salle de Gardar en laissant vaguer ses regards, ou il restait étendu la nuit dans son lit, sans trouver le sommeil, ou encore il s'installait dans la cathédrale pour prier, parfois avec passion, parfois machinalement, mais toujours avec le sentiment qu'il n'y avait rien qu'il pût faire, lui, quand bien même les choses devaient être faites.

Lorsqu'il s'asseyait dans la grand-salle en laissant errer son regard, il se prenait à penser à la cathédrale de jadis, lorsque c'était sous la conduite de l'évêque Alf, ou même de Sira Jon, un lieu agréable et bien tenu, où les gens avaient plaisir à se recueillir. Ce n'était certes plus le cas. La jonchée de paille et de feuilles, trop rarement changée, dégageait une odeur de décomposition et de poussière. Les tapisseries pendaient en loques noircies et nul n'osait les toucher, car au moindre contact elles se déchiraient et tombaient par terre en lambeaux. Les ornements de l'autel étaient aussi noirs que possible, et bosselés et tordus. Le haut siège lui-même était branlant et disjoint, et le crucifix avait maintenant une grande fente, qui courait depuis l'inscription au-dessus de Sa tête, pour redescendre, à travers Sa joue, le long du côté gauche de Son torse et de Sa jambe — désormais coupée du corps — jusqu'en bas du montant. De temps à autre, ce rêve venait à Sira Pall : il priait avec une grande ferveur, étendu sur le sol au pied du crucifix, comme il ne pouvait plus le faire depuis maintes années maintenant, et la force même de ses prières crevassait le crucifix, si bien que, quand il relevait la tête, il achevait de se fendre en deux et s'écrasait par terre.

Quant à la cuisine et au reste de la résidence, tout y était en aussi piteux état que dans la cathédrale, sinon pire. La cuisinière et les autres domestiques se plaignaient sans cesse de devoir se débrouiller, de n'avoir rien à manger ou à se mettre, d'avoir froid, de grelotter dans leurs chambres humides. Et les magasins étaient presque vides. Çà et là, quelques provisions s'entassaient dans un coin, de quoi vivre un jour ou deux. Le fait était qu'aucune dîme n'était plus perçue. Pendant la famine, les Groenlandais avaient perdu l'habitude d'apporter leurs impôts, et Sira Pall n'avait pas eu la patience ou le cœur de les exiger quand la situation s'était améliorée. Désormais, les gens comptaient que Gardar, qui d'ailleurs possédait les champs les plus vastes et les plus riches, subviendrait à ses propres besoins. Mais il n'en avait rien été. Telles étaient ses pensées quand il s'asseyait dans le haut siège de la grand-salle.

Au cœur de la nuit, dans son lit où le sommeil le fuyait, il songeait souvent à Steinunn Hrafnsdottir, qui gisait entre la vie et la mort à la Colline du Soleil, moribonde et muette, mais toujours vivante. Quelle sorte d'homme aurait pu la sauver, et ce garçon, Kollgrim Gunnarsson ? Un homme plus dur, comme Sira Eindridi, serait-il parvenu à la faire parler ? Il voyait maintenant, il l'avait compris dès que les Islandais avaient enfoncé la porte, qu'elle avait été sur le point de se confesser ce jour-là, à son métier à tisser, quand il avait disposé son manteau sur ses épaules. Mais à quoi pensait-il donc ? A Sira Jon, sans doute, qui occupait toujours ses pensées. C'était le principe du Seigneur que les gens eussent toujours le choix en ces affaires, et Steinunn avait eu le choix. Elle aurait pu lui ouvrir son cœur, et elle avait préféré choisir, sans discernement, d'enfouir son péché dans son sein et de ne pas s'en remettre à la miséricorde du Seigneur. C'était difficile de savoir. Il est toujours difficile de savoir avec les femmes pourquoi leur choix va dans un sens et non dans l'autre. Néanmoins, c'était aussi le principe du

Seigneur que Ses représentants sur terre devaient voir et entendre et agir afin que le péché ne s'étende pas et n'engendre point davantage de péché. Et ce petit péché, cet adultère, s'était étendu pour s'épanouir en ce grand péché d'une mort injuste. C'était, du moins, ce que pensait Sira Pall, malgré Sira Eindridi, qui approuvait péremptoirement les mesures prises contre les puissances des ténèbres, et malgré Bjorn Bollason, moins péremptoire mais tout aussi certain. Etendu sur son grabat, Sira Pall songeait également à Kollgrim, un homme du temps jadis, celui-là, esclave du destin, aussi condamné que s'il avait adoré les vieilles divinités et non point le vrai Dieu. Il tournait et retournait cette pensée dans sa tête : il devait exister un langage pour ces gens-là, un trésor de paroles qu'ils pouvaient entendre, et qu'ils écouteraient.

Mais en vérité il ne l'avait pas trouvé à temps. Pas plus pour la mère que pour le fils. Et les regrets les plus amers l'envahissaient à la pensée de Birgitta Lavransdottir, car elle avait toujours tourné son regard vers lui avec amitié et intérêt ; elle avait si vite appris à lire, quand il n'était qu'un jeune prêtre, attrapant les mots et les phrases comme une collection de jolis petits cailloux. Ne l'avait-elle pas toujours stupéfait par sa vision de choses que les autres ne voyaient pas ? Ne lui apportait-elle point des provisions et des pièces de tissu dans le Hvalseyfjord, en s'assurant qu'il avait ses aises et jouissait de petits plaisirs pour se distraire agréablement ? Elle était toujours là pour le cribler d'opinions, sur le Seigneur, sur lui-même, sur les Groenlandais, sur sa propre famille et sur les pensées qui lui venaient, opinions dont il ne pouvait s'empêcher de tenir compte, bien que, nul ne l'ignore, les vues des femmes soient fausses et sans valeur. Assuré de son amitié, il lui avait confié les meilleures choses qu'il connaissait, lui avait longuement parlé des devoirs des hommes sur terre, avait veillé sur elle avec autant de soin qu'un berger peut veiller sur une de ses brebis, et pourtant elle aussi avait glissé entre ses doigts, aspirée vers la mort par la mort de ses enfants, et voilà qu'elle s'était tuée, sans confession, sans pardon.

Comment se faisait-il, songeait parfois Sira Pall dans l'obscurité de sa cellule, quand la lampe à huile de phoque s'était éteinte, comment se faisait-il que le Seigneur rassemblât ces âmes en un endroit, juste le temps pour elles d'en venir à s'aimer et à prendre appui les unes sur les autres, pour ensuite les séparer pour l'éternité, jetant les unes dans les tourments, certaines au Paradis et d'autres au Purgatoire pour y attendre le temps de leur récompense ? Et pourquoi l'âme devait-elle endurer la séparation éternelle alors que déjà les petites séparations entre une mort et une autre étaient à peine supportables ? Et il se trouvait aussi qu'il connaissait la réponse à ces questions : les hommes doivent aimer le Seigneur par-dessus tout, ces autres amours doivent se dissoudre dans le feu de l'amour pour le Seigneur, un feu ardent que pas même les cendres n'y survivent. Mais bien qu'il connût la réponse à ces questions, il ne savait comment incorporer cette réponse en lui-même.

Quand il s'asseyait sur un banc de l'église pour prier, il priait et songeait à Sira Jon. A propos de ce frère, il s'efforçait de ne pas éprouver de chagrin, car celui-ci avait reçu l'absolution et la bénédiction et avait prononcé toutes les paroles nécessaires pour s'assurer sa récompense céleste. Comme pour la mort de Sira Audun, Sira Pall Hallvardsson voyait que c'était contre lui-même qu'il devait s'appliquer, contre son regret et sa solitude plus que contre le chagrin pour l'âme disparue. C'était toujours un péché de pleurer une âme disparue, car cela montrait une ignorance de la grâce de Dieu. Pourtant, tandis qu'il priait ou qu'il contemplait simplement le visage fendu sur le crucifix, son cœur semblait un trou où ses pensées réconfortantes s'évanouissaient sans une trace, un trou qui exhalait le chagrin et le désespoir, comme des vapeurs sortent de la terre en des lieux comme l'Islande, par exemple. Quant à la mort de Sira Jon, la vérité différait quelque peu des apparences, et si Sira Pall Hallvardsson s'en rendait compte, n'était-ce point un jeu pour le Seigneur d'en débrouiller le signe et la marque ?

De fait, si Sira Jon ne parlait jamais sans employer les

mots justes, les mots qu'il avait appris aux genoux de son oncle et à l'école, les mots qu'il n'avait cessé de répéter pendant les soixante-quatre hivers de sa vie, ces mots étaient accentués de telle sorte qu'ils jetaient un doute sur tout ce qu'il disait. « Notre Père qui êtes aux Cieux. » Combien de fois Jon avait-il prononcé ces paroles ? Et combien de fois une inflexion de sa voix avait-elle fait naître un soupçon sur un mot ou un autre, insinuant dans les propres pensées de Sira Pall que certains d'entre nous n'ont pas de père, ou qu'il n'y a point de père, ou que les pères qu'il y a ne demeurent pas aux Cieux. Combien de fois les yeux des deux prêtres n'avaient-ils point cligné l'un vers l'autre quand de semblables paroles étaient prononcées, et que transmettaient-ils donc alors, sinon quelque conjuration ? Mais une conjuration dont Sira Pall ne faisait pas partie et qu'il reconnaissait à peine. Il voyait bien qu'il n'était qu'un balourd auprès de Sira Jon, à peine capable de séparer le denier de saint Pierre des dîmes en les rangeant dans des coffres différents, comme du temps de son ministère dans le Hvalscyfjord. Et il avait toujours fait montre de balourdise, ne sachant jamais que faire pendant la folie de Sira Jon, courant après lui lorsqu'il était enragé, et tout juste capable de bayer aux corneilles avec les domestiques. Après quoi, quand son frère refusait tout bonnement de manger, de se laver et de s'habiller, il avait été encore plus dérouté, croyant tantôt qu'il valait mieux le forcer, tantôt le laisser faire, croyant tantôt trouver la réponse à ces questions dans les propres paroles et actions du prêtre, tantôt ignorant entièrement ces paroles et ces actes. Décidément, quel balourd il faisait ! Et sur son banc de la cathédrale, il détourna les yeux de Sa face et maudit sa sottise. Quel balourd il faisait, les mains tendues en avant, sans la moindre idée de ce qu'il désirait y voir tomber !

Et voilà un autre de ses péchés : il brûlait de s'occuper encore de Sira Jon ; il aurait ramené celui-ci à ses souffrances s'il avait pu le ramener à la vie, tout cela pour lui apporter de nouveau sa viande, pour lui tenir la tête et lui verser son brouet dans la bouche à la cuillère, défroisser les lés de vadmal étendus sur son grabat, et le conduire à son vase de nuit, et lui rendre tous les services qui avaient occupé ses journées pendant tant d'années. Ainsi, il pourrait prier avec lui de manière plus convaincante et vider ses paroles de ces intonations sceptiques auxquelles il pensait maintenant sans relâche, assis sur un banc de la cathédrale à répéter ces mêmes prières.

Parfois, en regardant les faces sombres des montagnes se dessiner au-dessus des fjords bleus et des bandes vertes des prés, il songeait à Erik le Rouge qui avait conservé sa foi en les vieilles divinités jusqu'à sa mort, et il lui semblait que les événements qui s'étaient abattus sur les Groenlandais ne l'auraient guère surpris. Ténèbres, ténèbres. Erik s'attendait à ce genre de chose : Odin acheta de son œil un peu de sagacité, et la force qu'il perdit ainsi mesura sa faiblesse lorsque Fenris brisa ses chaînes et que les puissances du mal se lancèrent à l'assaut des Ases. Vieilles histoires. Sira Pall Hallvardsson n'en connaissait pas grand-chose et ne se souciait pas d'y réfléchir.

Alors le jeune garçon vint lui dire que la cuisinière le cherchait, et Sira Pall Hallvardsson se leva précautionneusement, avec l'aide du garçon, prit ses cannes et se dirigea vers la cuisine. Si difficile qu'il lui fût parfois de se déplacer, sa lenteur même passait le temps, et l'attention qu'il devait porter à ses mouvements pour en limiter la souffrance occupait ses pensées.

En sortant de la cathédrale, Sira Pall Hallvardsson vit que Bjorn Bollason et Larus le Prophète venaient d'arriver et étaient profondément engagés dans une conversation avec Sira Eindridi, pas si profondément, cependant, que Bjorn Bollason ne la rompît immédiatement pour se porter à la rencontre du vieux prêtre. C'était la manière qu'avait Bjorn Bollason de toujours manifester du respect et de l'intérêt, et c'était la manière de Sira Pall Hallvardsson de toujours être charmé des manières du récitateur de la loi, charmé malgré la méfiance que celui-ci lui inspirait. Alors Bjorn Bollason s'avança à grands pas dans l'herbe, le visage fendu d'un large sourire, et il dit :

— Je suis enchanté de vous voir, Sira Pall Hallvardsson. Je suis venu annoncer les fiançailles de ma fille Sigrid. Pourvu que cette fois soit la bonne ! Le garçon semble avoir assez de résolution pour deux et il l'étourdit de plaisanteries, de poèmes et d'amusettes, si bien qu'elle ne sait que penser ou, en tout cas, que dire.

— C'est une bonne disposition pour une future épouse, dit-on généralement.

— Rare disposition, pourtant. Mais Signy est contente de ce mariage. Le fiancé n'est autre que Thorstein Olafsson, l'Islandais.

— Je ne dirai pas que cette nouvelle me surprend.

Sira Pall Hallvardsson voyait que Bjorn était dans le plus grand ravissement, et en vérité, de tous les Islandais, seul Snorri Torfason, le capitaine, était un homme plus puissant ou respectable. Qui ne se serait réjoui d'un tel mariage ? Surtout après le nuage répandu sur les espérances matrimoniales de Sigrid par la mort de Kollgrim, même si ces fiançailles avaient été rompues bien avant le crime. Sira Pall sourit et dit :

— Après bien des tempêtes, la barque finit parfois par arriver au port.

— Et ce n'est pas tout. Mon fils Bolli a l'intention d'embarquer avec les Islandais pour chercher fortune sur les mers. Il n'y a aucune raison qu'il ne puisse apprendre ce qu'il y a à apprendre de Snorri Torfason pour ramener ensuite un navire en Terre Verte. Les Groenlandais ne se sont guère montrés entreprenants ces dernières années, en comparaison de naguère.

— Snorri me semble mener une existence prospère sur les mers, et je suis sûr qu'il aime ce garçon, car Bolli est un bon garçon.

— Assurément. J'ai quatre bons garçons.

Bjorn Bollason dit cela avec sa candeur satisfaite habituelle et Sira Pall sourit. Mais en vérité, quelles circonstances avaient jamais mis en question la bonne opinion que Bjorn Bollason avait de lui-même ou sa bonne fortune ?

— Les choses vont bien pour vous, Bjorn Bollason.

— Je crois que la chance m'a souri lorsque j'ai aperçu

pour la première fois le navire de Snorri dans l'Einarsfjord, nul doute là-dessus.

Ce disant, il inspira à pleins poumons et sa poitrine se dilata d'orgueil. Puis il prit congé de Sira Pall et alla retrouver Sira Eindridi et Larus, toujours en grande conversation.

Sira Pall était étonné de voir à quel point Eindridi et Larus étaient devenus amis, après avoir été aussi méfiants l'un de l'autre que deux chiens mâles. Larus semblait à Sira Pall un petit homme cauteleux, avec sa voix douce et ses histoires joliment contées. Sira Audun l'aurait goûté, se disait-il. On avait peine à croire maintenant que Larus avait été un domestique toute sa vie, avant la famine, tant il parlait de tout, de la Vierge aux cuillères devant lui sur la table, avec une aisance bénigne. Il avait une voix qui ne frappait pas d'emblée mais attirait l'attention au bout d'un moment, pour la retenir, baissant et baissant encore jusqu'à devenir un murmure envoûtant, et, de fait, les gens étaient envoûtés par les histoires qu'il racontait. Sira Pall ne savait trop qu'en penser lui-même, ne savait si l'homme était un vrai mystique ou un gaillard inventif. Tout était possible, finalement, et il n'était pas assez perspicace pour pénétrer de telles choses. Sira Eindridi voulait bien faire, mais il était dur, et non dépourvu d'une certaine aisance verbale, bien que grandiloquente, et envoûtante pour le seul Sira Eindridi. Difficile de savoir qui sollicitait l'autre, mais ces jours-ci Larus et Sira Eindridi étaient souvent ensemble, et bien que Sira Eindridi eût toujours le plus à dire, et parlât le plus fort et fût toujours à chaperonner l'autre, Sira Pall ne croyait guère que ce fût le prêtre qui dirigeât l'attelage. Et voilà que tous deux se tournèrent vers lui et vinrent lui parler avec le respect dû à son âge, et de lui demander des nouvelles de sa santé, de son âme et de ses affaires, si bien qu'au bout de quelques instants à peine Sira Pall Hallvardsson fut envahi d'un violent désir de regagner sa chambre pour dormir comme un vieillard.

C'est peu après Noël que les gens qui revenaient de la Colline du Soleil, où ils avaient festoyé avec les Islandais, annoncèrent à Dyrnes que Birgitta Lavransdottir s'était donné la mort. Margret Asgeirsdottir était restée à Dyrnes chez le frère de Signy quand Sigrid était retournée à la Colline du Soleil, car non seulement elle n'avait guère envie d'y repartir, mais elle n'y était guère la bienvenue désormais. D'avoir recueilli cette femme après la grande faim se révélait maintenant plutôt embarrassant, avec la tournure qu'avaient prise les événements, estimaient Bjorn Bollason et Signy, mais enfin ce n'était pas leur genre de la faire chasser de sa place. D'autant que la mère de Signy n'était point mécontente d'avoir Margret à Dyrnes, car elle la trouvait discrète et utile. Margret, très abattue par la mort de Birgitta, s'isolait le plus possible. Pendant le Carême, elle se dit qu'elle devait maintenant avoir environ soixante-quatre hivers, l'âge qu'avait la nourrice Ingrid l'année de sa mort. Pourtant, elle n'était guère atteinte par le mal des jointures : seuls ses doigts et ses gros orteils l'élançaient par temps humide. Elle pensait souvent à Eyvind Eyvindsson et moins souvent à Skuli Gudmundsson.

Mais plus souvent encore, elle songeait à Gunnar et à Kollgrim, qu'elle confondait dans son esprit. Elle croyait avoir dit à l'un des choses qu'elle avait dites à l'autre. Elle se rappelait les vêtements de fourrure de Kollgrim mais dans son souvenir en revêtait Gunnar, qui n'avait jamais porté de fourrures. Elle se souvenait de Gunnar dans son lit clos, sous la peau d'ours, mais son visage était celui de Kollgrim. L'enfant Gunnar, qu'elle avait promené partout sur son dos, avait les traits de Kollgrim. Les yeux bleus de Kollgrim la regardaient fixement dans ses rêves du fond des orbites de Gunnar. La bouche parlait avec la voix de Gunnar, mais prononçait les paroles de Kollgrim : « Les gens disent qu'il faut renoncer à ses sœurs. » Quand elle surprenait des gens à décrire le supplice, c'était le visage de Gunnar qu'elle voyait surgir de la fumée, et ses vêtements rayés qu'elle voyait s'embraser. Rares étaient ceux qui évitaient ce sujet de conversation devant elle, elle avait toujours été si silencieuse qu'ils ne se rendaient presque jamais compte de sa présence.

Lorsque vint le printemps, que la glace se brisa dans

l'Eriksfjord et que les gens se remirent à circuler en bateau, Margret rassembla quelques lés de vadmal qu'elle avait tissés, le même nombre qu'elle avait apporté à la Colline du Soleil durant la grande faim, ainsi que des vêtements de rechange, et alla trouver le frère de Signy, qui avait un bateau, pour lui demander de la déposer dans le Kambsteadfjord, d'où elle pourrait gagner le Hvalseyfjord à pied, car en vérité elle brûlait de revoir son frère Gunnar d'un désir de vieillard, qui désespère de s'accomplir, faute de temps et de force. Alors le frère de Signy alla consulter la mère de Signy, parce qu'il lui semblait que la femme était trop vieille pour une telle randonnée, mais la mère de Signy lui répondit simplement :

— Elle doit savoir ce qu'elle veut et ce n'est pas à nous de l'arrêter.

Et ainsi l'homme fit-il le long voyage à la rame jusqu'au fond du Kambsteadfjord pour la déposer à l'embarcadère d'où les gens prennent le chemin du Hvalseyfjord à travers les collines, un parcours aussi aisé que bref.

Vers le soir, Margret parvint devant la maison et vit que l'endroit était abandonné. Elle décida cependant d'y passer la nuit et poussa la porte. La longue marche l'avait épuisée et elle s'assit lourdement sur le banc contre le mur de la salle commune. Elle était si sûre de le trouver là que pendant tout le parcours elle l'avait vu s'encadrer dans la porte et s'avancer pour l'accueillir, et l'image était si distincte que son absence ne l'avait pas effleurée. C'était comme s'il lui avait été donné, pour lui être arraché de nouveau à jamais. Elle regarda autour d'elle : des objets brisés ou sans valeur gisaient çà et là sur les étagères et sur la jonchée du sol. Alors, la tête entre les mains, elle s'effondra sur la table et s'abandonna aux larmes, comme jamais cela ne lui était arrivé auparavant. Et si abondantes que fussent ces larmes, elles semblaient être pressées hors d'elle comme de l'eau d'une pierre, par un broiement d'une puissance extrême, la puissance de Dieu Lui-même, peut-être, Dieu dont elle s'était toujours détournée.

Quelque temps après, Margret se hissa dans un des lits clos. Son départ lui semblait maintenant insensé et vain, et elle songea avec regret à la ronde de ses tâches à Dyrnes et à la Colline du Soleil. Le visage de Gunnar lui apparaissait sans cesse, non comme auparavant mais comme elle se le rappelait quand il l'avait abandonnée sur la grève de Steinstraum, amer et désapprobateur, ses yeux bleus aussi glacés que l'eau et aussi distants que la voûte du ciel. Etendue dans le lit clos de son frère, elle se rendait compte, comme jamais elle ne l'avait fait auparavant, qu'il était son implacable ennemi. Toujours jusque-là, elle n'avait songé qu'à son amour pour lui quand il était enfant, ou à son exaspération contre lui après la mort d'Asgeir, ou à sa jalousie envers Birgitta. Jamais elle n'avait envisagé ses sentiments pour elle, mais tandis qu'elle reposait là où il avait reposé tant de nuits, les pensées de Gunnar semblaient s'infiltrer en elle, et ce n'était point qu'il pensât à elle avec animosité, il n'avait simplement pas la moindre pensée d'elle. Il écartait toute pensée d'elle. Kollgrim n'avait-il pas été surpris, à leur première rencontre, d'apprendre qu'elle était la sœur de son père ? Il n'avait même jamais entendu prononcer son nom à la ferme, comme c'eût été le cas si elle était morte. C'était la manière de Kollgrim d'accepter ce genre de chose et de ne pas se montrer curieux, et Margret n'avait guère songé à sa surprise sur le moment, tant elle prenait plaisir à le découvrir, mais maintenant la signification de son ignorance l'envahissait et la faisait trembler. Non qu'elle ne pût faire le voyage de Vatna Hverfi, mais il tournerait vers elle ce même regard vide quand elle arriverait. N'était-elle pas aussi implacable à sa manière ? Ne pouvait-elle sonder son propre cœur et se rappeler comment elle avait tout répudié — tout chagrin, tout désir, tout espoir —, comme elle s'était mutilée jusqu'à devenir pierre ? Dans ces conditions, pouvait-elle attendre moins de Gunnar ?

Elle s'interrogea alors sur ce qu'elle allait faire, car, assurément, elle ne pouvait retourner à Dyrnes. Ils étaient trop contents d'être débarrassés d'elle. Sans doute y avait-il des fermes dans le Hvalseyfjord, où elle pourrait trouver à s'employer, mais le district était pauvre et ne cessait de s'appauvrir. Elle serait bien restée sur la terre de Lavrans, car la solitude lui paraissait plus un soulagement qu'un obstacle, mais comment faire ? Elle n'avait que la nourriture que la mère de Signy lui avait donnée et Gunnar avait emporté toutes ses provisions. Pas de moutons non plus. Alors elle songea à rester couchée quelques jours dans le lit clos, le temps que la faim l'emportât. Bien des Groenlandais s'étaient ainsi abandonnés à la mort au temps jadis, et depuis son séjour chez Eyvind Eyvindsson dans l'Isafjord elle savait que ce n'était point trop difficile. Le corps ne tardait pas à s'affaiblir, si bien qu'on oubliait jusqu'au désir de trouver à manger, tandis que les pensées se perdaient dans des souvenirs qu'on n'avait pas remués depuis maint hiver. C'était même assez agréable, ou ce pouvait l'être, si la fin apparaissait plus souhaitable que redoutable. Ainsi le sommeil finit-il par l'envahir, et elle ne se réveilla que tard dans la matinée.

Alors elle se leva, enfila ses bas, ses souliers et son manteau, rassembla ses affaires et sortit de la maison. Un garçon paissait ses moutons non loin de là, comme si le pâturage de la terre de Lavrans était le sien, et lorsqu'elle sortit de la demeure, il commença à rassembler son troupeau comme pour s'éloigner. Elle le rassura et lui demanda où étaient partis les gens de la terre de Lavrans. Il répondit qu'il l'ignorait mais que son père, Harald Hakonarson, le savait, et il partit en courant, lui laissant ses sept brebis et ses quatre agneaux. Tôt après, le fermier Harald vint la saluer avec curiosité, et tandis qu'il répondait à ses questions, disant que Gunnar avait tout emmené sur la terre de Gunnar à Vatna Hverfi, il la dévisageait sans vergogne. Il finit par lui dire :

— Grand-mère, pourquoi demandes-tu après ces gens ? D'où viens-tu ? Es-tu une de leurs anciennes servantes ?

— J'ai été nourrice dans cette maison. Je viens de perdre ma place à Dyrnes, car mes maîtres sont morts, et je cherche à m'employer dans le Hvalseyfjord.

— Pourquoi aller aussi loin que Vatna Hverfi ? Nous

avons besoin d'une nourrice de l'autre côté de la colline. Ma Gudny a quatre petits enfants, en dehors de celui-ci, et notre table est aussi bonne qu'aucune autre dans le Hvalseyfjord.

— Mais j'ai grand désir de revoir ces gens, car c'étaient mes maîtres préférés.

— Le chemin est bien long d'ici au nord de Vatna Hverfi, et comment feras-tu pour traverser l'Einarsfjord ?

— Je trouverai bien un bateau, je suis sûre.

— Mais non, grand-mère. Il ne te sied point de vagabonder de la sorte, en cherchant çà et là de l'aide. J'ai bien envie de te conduire à ma ferme, que tu voies comme tu y seras heureuse, car ma Gudny est une âme allègre, et les garçons et filles qu'elle a débordent d'entrain.

— Pourtant...

— Ces gens de la terre de Lavrans sont poursuivis par le guignon. Tu dois avoir entendu raconter que la vieille a mis fin à ses jours mais, en vérité, je ne saurais dire qui a tort et qui a raison. Les gens disent que dans ces affaires on ne sait pas tout ce qui se passe. Mais ce que je sais, c'est qu'ils sont tous vieux et malheureux, et les vieux ne devraient pas rester avec les vieux mais rechercher la jeunesse et la bonne fortune. Je dis cela pour toi, grand-mère. Et pour ton bien.

— En vérité, Harald, je le vois bien, et il doit faire bon vivre chez toi.

— Tu peux venir dès maintenant, si ça te chante.

Et il sembla à Margret que cela lui chantait effectivement. Le garçon s'épanouissait comme un œuf en la regardant et Harald était un de ces vifs gaillards au poil roux qui ont opinion de tout. Elle dit :

— Je te remercie vivement, mais il faut que je revoie mes nourrissons avant de mourir.

Sur ces mots, elle s'écarta de lui et commença à regarder autour d'elle. Alors il finit par dire en soupirant :

— Le mieux est de longer le fjord dans cette direction, puis de remonter la vallée, pour atteindre bientôt l'Einarsfjord. Mais le voyage, tout pénible soit-il, te sera plus agréable que l'arrivée.

Or le voyage se révéla agréable, en fin de compte, car le chemin de la vallée était aisé, et le soleil brillait, et partout l'herbe reverdissait. Elle était aussi convaincue que la nuit précédente que Gunnar l'accueillerait avec froideur, pourtant il lui semblait qu'une vie nouvelle l'animait et elle marchait d'un pas plein d'assurance, bien qu'elle n'eût jamais foulé ce sentier auparavant.

Le soleil était haut dans le ciel quand elle parvint à l'embarcadère : une grosse barque était tirée sur le rivage et quelques hommes s'affairaient dans un autre bateau au milieu du fjord. Plutôt que de les héler, elle s'assit sur la pente, ouvrit sa besace et se mit à manger un morceau de fromage. Peu après, un homme vint à sa rencontre et lui demanda comment elle allait.

— J'irais le mieux du monde, répondit-elle, si toi ou l'un de tes camarades me faisait traverser le fjord dans ton bateau.

— Tes affaires te mènent à Vatna Hverfi, alors ?

— Une affaire de vie ou de mort.

Il la regarda de haut en bas pendant qu'elle époussetait les miettes sur sa robe.

— Tu n'as pas de bagages ?

— Je n'emporte avec moi que quelques morceaux de tissu. Je te les donnerai tous à la fin du voyage.

— Je préférerais que tu me parles de tes affaires.

— Pourquoi donc ?

— Voilà plusieurs jours que nous pêchons le capelan et nous avons épuisé toute conversation. Nous n'avons plus à nous dire que « bon », « eh bien », « bah », et nous sommes presque morts d'ennui.

— Si tu me prends dans ton bateau, je raconterai une histoire qui sera peut-être celle de mon affaire.

Ainsi montèrent-ils dans le bateau, et Margret leur raconta l'histoire de Hauk Gunnarsson et de l'ours qu'il tua dans l'île aux Ours, qui se trouve à deux semaines de voile de Herjolfsnes sur la route du Markland, puis elle leur parla de Thorleif le Magnifique et de son grand navire, et du bois et des fourrures qu'il rapporta du

Markland en un seul été. Jamais ces hommes n'avaient entendu cette histoire, et elle leur plut tellement qu'ils l'emmenèrent jusqu'au fond du fjord, à un débarcadère proche de la terre de Gunnar, de l'autre côté des collines. Et en prenant congé d'elle, le propriétaire du bateau lui dit :

— C'est une belle histoire, grand-mère, et à peine croyable, mais j'y ajoute foi, car tu ne l'as pas contée avec cet air entendu des gens qui font profession de colporter des mensonges. Je crois que cette histoire va me hanter longtemps, car ce que tu dis de ces contrées lointaines m'enflamme l'esprit.

— Mon frère, Gunnar Asgeirsson, peut probablement encore te montrer la peau d'ours que mon oncle rapporta de ce périple, et c'est la vérité.

— J'espère un jour la voir, assurément.

Et l'homme dit à Margret qu'il s'appelait Harald Magnusson, de Nes, dans le district de Vatna Hverfi, et il lui prit la main pour l'aider à descendre du bateau et l'accompagna un bout de chemin. Le crépuscule tombait. Elle regarda autour d'elle et vit qu'elle savait exactement où elle se trouvait. Alors elle se mit en marche vers la terre de Gunnar, et quand elle aperçut la demeure dans la nuit pâle de l'été, elle s'assit et s'enveloppa dans son manteau pour attendre le jour, et que les gens commencent à vaquer à leurs occupations matinales.

Sur la terre de Ketil, la petite Gunnhild s'éveilla avec l'aurore, et Helga se leva en même temps qu'elle, doucement, pour laisser Jon Andres et les serviteurs se reposer. Gunnhild dormait peu ces temps-ci, car elle apprenait à se tenir sur ses jambes et s'arrêtait à peine pour manger ou dormir. Helga glissa quelques morceaux de fromage dans sa poche et suivit sa fille dehors. Jamais elle n'avait vu pareille allure chez un enfant : mi-course, mi-marche, aussi assurée sur la pente d'un coteau que sur le sol de la demeure. C'était le portrait de son père, brune et sèche. Helga prenait grand plaisir à la suivre et à remarquer que, si jeune fût-elle, un an et un hiver, elle ne se retournait jamais.

Gunnhild porta ses pas vers le sentier de la terre de

Gunnar, et Helga la laissa faire, car elle avait toujours envie de voir son père, et même sa sœur, bien que Johanna eût une attitude si distante qu'elle ne savait jamais si elle était la bienvenue. Helga n'était pas sans regretter Elisabet Thorolfsdottir, qui avait été renvoyée dans le Hvalseyfjord, contre son gré, pour travailler chez d'autres gens. En dépit de son chagrin, elle débordait de projets, parlait de tailler des robes et de tisser des galons ; elle s'était montrée très courageuse de bout en bout. Gunnhild tomba et commença à pleurer. Helga la prit dans ses bras, mais elle se trémoussa bientôt pour redescendre. Helga sortit un morceau de fromage de sa poche et se mit à le manger. La brume s'était dissipée, la matinée s'annonçait splendide. La petite Unn, qui était née l'automne dernier, dormait certainement encore, mais Jon Andres devait maintenant être en train de se lever. Et Helga eut l'envie fugitive d'être auprès de lui, de laisser ses mains courir sur son dos tandis qu'il enfilait sa chemise.

Sur la terre de Gunnar, rien ne bougeait, et Helga sut ainsi que Gunnhild s'était réveillée encore plus tôt que d'habitude. Elle bâilla et s'arrêta en se demandant si elle allait retourner avec l'enfant vers la terre de Ketil, mais rien ne pressait, se dit-elle. Plutôt suivre la fillette çà et là dans le soleil, sans penser à rien ni se sentir d'obligations. Il lui semblait que, partout où elle allait, Gunnhild bénissait le sol de ses petits pieds et s'ouvrait un chemin neuf parmi les fantômes moins chanceux dont elle foulait les traces. Kollgrim ! Kollgrim ! Un sanglot l'étreignit et elle faillit trébucher car elle ne voyait plus que le scintillement de la lumière à travers ses larmes.

Sur la colline, Margret se redressa et repoussa son manteau, car le soleil était déjà chaud sur ses épaules. En contrebas, elle aperçut une femme et une enfant au milieu du pré clos ; l'enfant, en chemise blanche, courait devant elle en trébuchant, les bras joyeusement levés. Son rire s'éleva dans la brise et tinta dans l'oreille de Margret. La mère, en blanc elle aussi, la suivait en se balançant, attentive, tantôt souriant, tantôt riant aux gambades de l'enfant. Le petit trébucha dans une tache de fleurs et tomba. La mère se précipita, l'enleva dans ses bras et lui couvrit le cou de baisers, juste derrière l'oreille. Le culottin rit de joie. Alors la mère le reposa, leva ses manches à son visage et s'essuya les yeux. Quand elle releva la tête, elle vit Margret et sembla soudain se pétrifier. Margret se mit debout.

A cette distance, Helga n'arrivait pas à reconnaître la femme sur la colline. Ses cheveux, d'un blond si pâle qu'ils en paraissaient blancs, pendaient en tresses sur sa poitrine. Ce devait donc être une vieille femme, se dit-elle. Mais elle s'avançait avec tant de grâce et d'assurance que ce devait être une jeune femme, après tout, et cette allure, à la fois jeune et vieille, fascina Helga, qui resta à la fixer impoliment, sans se porter à sa rencontre, comme il est séant. En revanche, bien entendu, Gunnhild se mit à courir, non vers la femme, mais en direction de quelques fleurs qui avaient attiré son attention, et Helga ne put faire autrement que de la suivre.

Elles étaient maintenant assez proches pour parler, mais Helga ne savait que dire ni ne comprenait sa propre hésitation.

Margret tendit brusquement la main et dit :

— Tu dois être Helga. Comment s'appelle l'enfant ?

Elle s'accroupit devant la petite, mais sans la dévisager ni approcher ses mains, alors Gunnhild s'enhardit et vint à elle.

— C'est ma fille Gunnhild. J'en ai une autre encore, qui s'appelle Unn, mais ces jours-ci Gunnhild se lève avec le soleil.

— Sais-tu qui je suis ?

— Non, en vérité, mais il me semble que je devrais le savoir.

— Je suis la sœur de ton père.

— J'ai entendu parler de toi, bien que mon père ne m'ait jamais dit un mot de sa sœur. Mon frère Kollgrim m'a raconté une fois que tu vivais inexplicablement chez les gens de la Colline du Soleil.

Elle pâlit, puis s'empourpra et baissa les yeux.

— Chez tes ennemis, c'est ça que tu penses ?

— Non, je ne sais quoi penser d'eux. Ils ne sont pas de

notre district ni de notre parti. Peut-être ont-ils été ensorcelés par les Islandais, qui sont si pressés de crier à la sorcellerie.

Elle était maintenant la proie d'une grande agitation, remuait la tête en tous sens et se tordait les mains. Aussi Margret dit :

— Il n'est pas bon de parler d'eux, parlons plutôt de Kollgrim.

La poitrine de Helga se souleva.

— Nous n'aurons nul plaisir à le faire, car c'est un malheureux damné.

— Alors parlons de mon frère Gunnar, car autant je brûle d'avoir de ses nouvelles, autant je suis peu pressée de voir avec quel regard il m'accueillera après tant d'hivers. A-t-il les cheveux blancs ? Se traîne-t-il, tourmenté par le mal des jointures ? Voit-il ? Entend-il ? La mémoire lui fait-elle parfois défaut ?

— Il se tient droit et n'est tourmenté que du chagrin d'avoir perdu ma mère. Il s'assied chaque jour devant son parchemin, à la lueur de la lampe, et trace des signes, mais il ne sort presque plus de la maison. Il se porte aussi bien que possible. Puis-je te faire entrer ? Ma sœur Johanna habite ici également. C'est de toi qu'elle tient son visage, je le vois maintenant.

— Je préfère attendre ici et voir les gens à mesure qu'ils sortent de la maison. Ne t'occupe pas de moi, car maintenant que le moment est venu, l'appréhension m'est insupportable. Plus tard, peut-être, nous aurons l'occasion de bavarder devant le métier à tisser.

Peu après, Gunnar sortit de la maison pour se laver dans la citerne. Ses cheveux blancs étaient tout ébouriffés et il portait une chemise aux couleurs singulières. Il regarda Margret avec le même regard qu'il avait à quatre ans, avec ce même air mi-mécontent mi-endormi du matin. Il toussa et renifla, et ces bruits montèrent clairs dans le vent. Puis il se frotta les yeux, regarda le temps qu'il faisait et l'avisa. Son regard s'arrêta brièvement sur elle, se détourna puis revint en arrière, et Margret eut l'impression que ses yeux bleus ne se détacheraient jamais des siens.

Il avait oublié comme elle était grande, comme elle se relevait avec grâce, et de quel pas balancé elle s'avançait. Son regard happa Gunnar et l'effraya un peu, comme jadis, tant il semblait grave. Elle avait si peu vieilli, bien qu'elle eût douze ans de plus que Birgitta, qu'elle lui parut un fantôme de sa jeunesse. Quand elle fut plus près, cependant, il remarqua les rides de son visage et le vieillissement de ses mains, les poignets et les doigts déformés par le travail. Qu'il avait été cruel avec elle ! Elle venait certainement crier vengeance. Sans un geste de politesse, il porta la main à sa tête et sentit ses cheveux tout ébouriffés, puis il baissa les yeux vers sa chemise. Cela faisait plusieurs jours qu'il n'en avait pas changé. Quand il leva les yeux et croisa son regard, elle dit :

— Mon frère, est-ce toi qui as fait cette chemise ?

— Elle traînait dans un vieux coffre, à la maison.

Telles furent les premières paroles qu'ils échangèrent après trente-quatre hivers.

A la Colline du Soleil, l'heure était aux réjouissances, et les festivités des fiançailles se prolongèrent des jours durant. En vérité, dans son bonheur, Thorstein avait tant de contes, de poèmes et d'idées de divertissements qu'il semblait dissiper à lui seul la morosité qui pesait sur le domaine depuis près d'un an. Thorgrim s'était installé à Nes à la place de Thorstein, tandis que Steinunn gisait toujours inerte et silencieuse, mais beaucoup plus décharnée et moribonde que jamais, si bien que les gens disaient ouvertement leur espoir qu'elle succomberait avant le mariage. Sa propre sœur Thorunn était la première à le souhaiter, car c'était à elle que revenait le soin de la folle, et elle n'y avait guère de goût tant cette tâche laborieuse avait peu d'effet sur la santé de Steinunn. Il valait mieux pour elle mourir et recevoir sa récompense, quelle qu'elle fût, que de rester ainsi un fardeau pour tous, et un rappel de la faiblesse des femmes. Voilà ce que disait Thorunn : le Seigneur veillait à ce que le péché accablât les gens, et si le Seigneur y veillait, alors on n'avait pas à aller contre Sa volonté.

Chaque fois qu'il se trouvait là, Sira Eindridi absolvait et bénissait la malheureuse muette, et chaque fois les gens disaient que ce serait sans doute sa dernière occasion de le faire. Et il se trouva qu'elle expira effectivement cet été-là, et le mariage fut fixé au début de l'automne, après la chasse aux phoques, quand il y aurait de la viande en abondance pour le banquet. Il se trouva aussi que Sigrid avait résolu de se marier à l'église Sainte-Birgitta du Hvalseyfjord : c'était en effet la plus belle église de la Terre Verte, plus belle maintenant que la cathédrale, car elle était plus neuve et les gens du Hvalseyfjord la conservaient en bon état.

Les circonstances de la mort de Steinunn Hrafnsdottir ne passèrent point inaperçues, et voici ce qu'il advint : cet été-là, un jour que les gens de la Colline du Soleil vaquaient dehors à leurs occupations, son corps fut transporté d'un bord du lit clos à l'autre, si bien qu'une de ses jambes et une de ses mains pendaient dans le vide. Mais lorsque les gens rentrèrent pour leur viande du soir, elle était aussi immobile que jamais, et ces mouvements parurent inexplicables, sinon, peut-être, qu'ils témoignaient qu'elle était toujours possédée des démons qui l'avaient entraînée à se laisser séduire. Thorunn alla lui porter son brouet, et lui tint la tête et fit son possible pour faire avaler quelque nourriture à sa sœur, mais ces efforts se révélèrent aussi infructueux que jamais. Le lendemain, elle avait été bougée derechef, cette fois en travers du lit ; et ce voyant, Bjorn Bollason somma ses fils et ses serviteurs de lui dire qui s'était ainsi amusé aux dépens de la malheureuse, mais personne ne voulut rien avouer de semblable. Pendant les trois jours suivants, il n'y eut plus de mouvements, et les gens oublièrent la chose. Puis, le quatrième jour, il advint que la femme parla à haute voix, comme dans un rêve, et dit le plus distinctement du monde :

— Non, ça ne se passe pas comme ça maintenant.

Deux ou trois personnes entendirent ces propos, dont Signy, la femme de Bjorn Bollason. Alors les gens se mirent à caqueter et à espérer que Steinunn reviendrait à la vie et recouvrerait la santé, mais rien de tel n'arriva.

Au contraire, le lendemain, elle laissa échapper un grand râle qui transperça le cœur de l'assistance comme un poignard, tant il était plein de souffrance. Thorunn se précipita vers son lit clos et vit que Steinunn avait ouvert les yeux pour la première fois depuis des mois et des mois. Alors elle dit :

— Ma sœur, tu es revenue parmi nous !

Les yeux de Steinunn s'emplirent de larmes. Mais soudain son corps se tordit de douleur, et tôt après elle expira.

Et lorsque les femmes commencèrent à faire sa toilette mortuaire, elles virent qu'elle était aussi décharnée que les Groenlandais à la fin de la grande famine : plus de poitrine pour ainsi dire, ses hanches saillaient comme des cuillères, toutes ses côtes ressortaient et ses genoux étaient plus gros que ses cuisses. C'était de faim qu'elle était morte, dirent les gens, pas de doute, comme s'il n'y avait rien eu du tout à manger ! Avant sa séduction, c'était une femme comme Thorunn, large et solide. Elle fut enterrée dans le cimetière de la Colline du Soleil, près du sanctuaire de saint Olaf le Groenlandais, et les gens trouvèrent qu'elle avait eu plus de chance lors de son décès que pendant toute sa vie, car, entre les feux des volcans et les feux de la séduction diabolique, elle n'avait jamais trouvé la paix de son vivant, et il ne lui restait plus qu'à espérer de toutes ses forces une heureuse récompense dans l'autre monde.

Il semblait à Bjorn Bollason qu'il avait fait tout ce qui était possible en l'occurrence et que les choses n'avaient pas mal tourné auprès de ce qui aurait pu arriver : une bataille rangée aurait pu éclater au Thing, faisant force morts et blessés parmi les Groenlandais, ou Gunnar Asgeirsson aurait pu chercher à se venger, comme dans le passé, ou les Islandais auraient pu lui reprocher, à lui, Bjorn Bollason, les circonstances de la séduction et de la mort de cette femme. Or Snorri se montrait on ne peut plus décidé à emmener Bolli sur son bateau ; de même, Thorstein Olafsson était un prétendant aussi ardent qu'on pouvait le rêver, et bien que Sigrid se retrouverait beaucoup plus loin qu'à Herjolfsnes, Thorstein la troublait et la subjuguait tant que, si elle y songeait, elle ne s'en plaignait point. En Islande, disaient les gens, Thorstein était un homme éminent d'une famille puissante, qui deviendrait peut-être un jour récitateur de la loi. Quant aux vaches, moutons et chevaux, nul ne pouvait dire combien parcouraient les trois fermes de Thorstein, et pour les meubles de prix, eh bien, certains venaient d'aussi loin que Damas et Rome, et de Norvège, d'Angleterre, d'Allemagne et de Suède. La propre cousine de Thorstein était dame de compagnie à la cour de la reine Margarethe, ou l'avait été quelques années auparavant, si elle n'avait pas épousé maintenant un grand seigneur danois. Et Thorstein avait cet art islandais de manier les mots qui le mènerait partout, à tous les succès, comme les grands *skaldes* du passé, tel Egil Skallagrimsson. En somme, jamais Bjorn n'avait vu l'avenir d'un cœur plus confiant, et ce n'était pas la moindre de ses joies que l'incommode Sigrid dût échapper à sa tutelle pour être confiée à un mari.

Pour sa part, Sigrid avait un secret : de temps à autre, un rêve étrange lui venait, toujours le même. Elle se tenait à la porte de la demeure, à la Colline du Soleil, et regardait en direction de la plage, en bas du coteau. L'herbe était verte, mais le fjord gelé et blanc, et le ciel au-dessus des montagnes débordait de nuages. Ces nuages étincelaient de toutes les nuances du rouge, de l'or et du cramoisi, comme jamais on n'en vit dans le ciel de la Terre Verte mais seulement, dit-on, aux Cieux. Au début de son rêve, elle se tenait là simplement, un tranchoir à la main, à contempler la scène. Puis un homme apparaissait, un inconnu, et il s'avançait vers elle à travers la glace. Alors, elle descendait la colline à sa rencontre, en flottant, tendant le tranchoir comme une offrande. Mais bien qu'elle flottât vers lui, elle avait grand-peur de lui et de la manière dont il l'accueillerait. Pourtant, il lui était impossible de s'arrêter ou de remonter la pente. Il se déplaçait sur des skis, mais sans le balancement laborieux d'un skieur : lui aussi flottait. Elle ne le reconnaissait toujours pas tandis qu'il s'approchait. C'était bien un inconnu. Néanmoins, quand ils se rejoignaient, il la prenait toujours dans ses bras pour l'étreindre, et le bonheur la traversait comme une bourrasque, et son corps se pressait de lui-même contre le sien. Alors le rêve cessait et elle se réveillait. Et il se trouvait aussi qu'elle s'éveillait de ce rêve transportée plutôt qu'abattue, et, se disait-elle, tant qu'elle enfermerait secrètement ce rêve dans son cœur, il ne cesserait de lui revenir.

Elle n'était pas mécontente de son mariage avec Thorstein. Il lui semblait qu'il la tenait fermement en son pouvoir et qu'avec lui elle était à l'abri du danger. D'ailleurs, le mariage devait avoir lieu dans la plus jolie église de la Terre Verte, et ses habits de mariage étaient aussi magnifiques que le permettaient des mains humaines : ses mains, les mains de Margret Asgeirsdottir et de toutes les femmes du domaine. Tout d'abord, il y aurait le mariage, puis une petite promenade en bateau vers l'Islande, puis de grandes fermes aux innombrables moutons, vaches, chevaux et domestiques, puis enfin des enfants comme ses frères, petits garçons obéissants, forts et chanceux, quatre ou cinq ou six peut-être. Snorri Thorfason disait parfois que la vie en Islande ne manquerait point de les surprendre, mais les Islandais n'étaient-ils pas riches de tant de belles choses ? Ne parlaient-ils pas d'une manière qui ravissait l'oreille ? N'en savaient-ils pas plus sur le monde et les spectacles du monde qu'aucun Groenlandais ? Et ne faisaient-ils point grand cas d'elle, Sigrid Bjornsdottir, bien qu'elle ne fût qu'une jouvencelle groenlandaise ?

Elle ne haïssait pas Kollgrim Gunnarsson, alors qu'elle l'aurait dû, à en croire les gens. Elle ne savait point exactement pourquoi ils s'étaient séparés, sinon que c'était leur destin. Un jour, il était venu à la Colline du Soleil et l'avait trouvée dans la grand-salle en train de tisser de la passementerie tandis que les autres étaient dehors ou dans d'autres pièces. Il s'était assis auprès d'elle sans la toucher mais en la regardant au visage, et elle avait laissé choir son ouvrage, au risque d'embrouiller les fils ; et sans qu'un mot fût prononcé, elle avait su qu'ils étaient séparés, que leur mariage ne pouvait avoir lieu. Et elle avait su si clairement que, malgré leur volonté et leurs désirs, quelque chose les en empêchait, qu'elle n'avait même pas ressenti de chagrin, seulement une sorte de soulagement que cette séparation lui évitât un chagrin plus grand. Elle avait vu qu'il le savait aussi et qu'ils se quittaient amis. C'était à l'automne, et l'hiver ses craintes s'étaient réalisées avec la séduction de l'Islandaise. Que fallait-il en penser ? En dépit de ce que lui disaient Thorstein et Bjorn Bollason et Thorunn, Sigrid s'en tenait fermement à son incompréhension, qu'elle enfouissait dans son cœur à côté de son rêve secret.

Et ainsi traversa-t-elle l'été et les préparatifs de son mariage et du banquet comme envoûtée. Parfois Thorstein s'approchait d'elle dans un nuage, parfois il la touchait et parfois il disparaissait, et elle entendait sa voix monter et s'estomper, et le rire des gens qui le suivaient toujours partout. Seules ses mains vaquaient à leur tâche — confectionnant des fromages, filant, cousant à petits points, affairées et complices. Ses lèvres formaient les mots qui convenaient à chaque occasion, toutes seules elles aussi, et les jours passaient comme un torrent. Nul n'ignore, lui disait sa mère, que les jeunes filles sont distraites à l'idée de leur mariage et de leur nouvelle vie. Elle-même était fort maladroite juste avant d'épouser Bjorn Bollason : elle laissait tout tomber, perdait tout, à en faire hurler sa mère. Et nul doute que Sigrid eut plus de raisons que d'autres d'être distraite, car elle s'apprêtait à partir par-delà l'océan — Signy ne savait trop que penser du départ de sa fille unique, peut-être pour ne jamais revenir, et même certainement, comme son fils Bolli. Signy lâcha la cuillère qu'elle tenait à la main et porta ses manches à ses yeux, et Sigrid se tourna vers elle, lentement, ne comprenant qu'avec difficulté ce qui se passait. Mais voilà que son bras se tendit, comme le doit le bras d'une fille aimante, et entoura les épaules de sa mère, et elle fit quelques bruits, les bruits convenables, et quand sa mère sourit de nouveau et s'écarta d'elle pour ramasser la cuillère et retourner à ses occupations, Sigrid oublia tout ce qui s'était passé, sans pouvoir dire pour autant à quoi ses pensées revenaient.

Et ainsi arriva le jour du mariage. La famille et les Islandais s'éveillèrent dans la maison du prêtre, dans le Hvalseyfjord, et Sira Eindridi et Sira Pall Hallvardsson s'esquissèrent devant Sigrid, qui se retrouva dans sa robe de mariée, avec la guirlande de mariage de la Colline du Soleil sur la tête, et à ses mains, à ses bras et à son cou force babioles offertes par Thorstein. Puis les gens la prirent par les mains et les bras et la conduisirent vers l'église, et à la porte, fugitivement, elle entrevit Thorstein, le mari qui lui était destiné, et il lui sembla qu'elle émergeait un instant de l'enchantement qui l'enchaînait depuis tout l'été, et elle vit la coupe de sa chemise, et la rondeur de ses joues mangées de barbe, puis elle vit ses yeux se tourner vers elle et l'évaluer avec approbation mais sans, cependant, effleurer ses yeux à elle, et elle se souvint, un instant seulement, comment Kollgrim Gunnarsson avait plongé son regard dans le sien, et alors, un autre bref instant, la pensée lui vint que le regard de Thorstein ferait toujours surgir dans son esprit le regard de Kollgrim, jusqu'à ce que la mort la sépare de tous deux. Une grande peur la saisit, puis ceux qui la conduisaient l'entraînèrent en avant et elle retomba dans l'enchantement de l'été, entra dans l'église, et la messe fut dite, et elle fut entraînée dehors, cette fois par Thorstein. Etait-elle enfin heureuse, se demanda-t-elle, ou malheureuse à jamais ? Alors quelqu'un lui parla, et ses lèvres formèrent une joyeuse plaisanterie, et tout le monde se rendit dans le presbytère pour le festin : une cinquantaine d'invités et davantage s'assirent autour des tables, et ils firent bombance, car Bjorn Bollason, le récitateur de la loi, était un homme prospère et heureux.

Vint l'hiver, et la première neige, épaisse et humide, couvrit le sol avant que, dans la plupart des fermes, le bétail ait été muré dans l'étable ou que la viande de phoque ait eu le temps de sécher complètement après la chasse de l'automne. Peu après cette chute de neige, un grand vent, inhabituel pour la saison, recouvrit la neige d'une quantité de sable, de sorte qu'elle fondit au soleil en formant une croûte glacée. Et les hommes durent creuser la neige avec leurs haches en os jusqu'à l'herbe, qui, en vérité, était encore verte, car le temps avait été assez chaud jusqu'à la première neige. Les fermiers se hâtèrent de ramener les moutons des alpages et d'en tuer quelques-uns pour la viande de l'hiver et de murer les vaches dans les étables. Tout le monde s'affairait malgré l'humidité inhabituelle et la neige. C'est vers ce moment-là aussi que Helga sentit un nouvel enfant bouger dans son ventre ; elle s'en doutait depuis quelque temps, car elle n'allait pas très bien depuis le début de l'été. L'enfant ne semblait nullement s'accorder avec elle, car, dès qu'il commença à bouger, il se mit à rouler dans son ventre comme un esquif dans la tempête. Peu après, elle se sentit si malade chaque jour qu'elle demanda à une des femmes de la terre de Gunnar de venir lui tenir compagnie, car, en vérité, elle n'avait point la force de travailler sur la ferme et de courir derrière Unn et Gunnhild. Ce fut Johanna qui vint et Helga comprit qu'elles devaient enfin apprendre à vivre ensemble.

La première chose que fit Johanna, le matin qu'elle apporta ses affaires à la terre de Ketil, fut de jeter toute la paille de son lit clos pour la remplacer par de la paille neuve. Puis elle fit une boule des couvertures et des fourrures du lit, la posa devant la porte, et étendit ses propres couvertures et ses propres fourrures sur la paille neuve. Cette tâche l'occupa si longtemps que Helga dut se mordre la langue pour s'empêcher de faire des remarques. Johanna s'activait sans un mot, et lorsque Helga lui demanda des nouvelles de leur père, ou de la sœur de leur père, ou des autres gens de la ferme, Johanna se contenta de répondre : « Il va bien » et « elle s'occupe sans bruit ». Son lit fait, Johanna prit la boule de literie, la déroula et alla examiner chaque article à la lumière du jour en palpant soigneusement les fourrures. Elle jeta les uns par terre et secoua les autres avant de les étendre en tas près de la porte. Assise au bord de son lit clos, Helga eut soudain la sensation qu'elle allait rendre tripes et boyaux, elle serra les dents et la nausée passa.

— Que comptes-tu faire de ces choses-là ? finit-elle par demander.

Johanna se contenta de donner un coup de pied dans le tas de couvertures, sans répondre. Bientôt Gunnhild entra dans la maison, et ses pieds et ses bras étaient couverts de neige. Sans un mot, Johanna la prit par l'épaule et la fit ressortir, puis elle la suivit pour brosser la neige sableuse de ses pieds. Helga se leva et se dirigea vers la porte : sa sœur tenait l'enfant solidement par l'épaule, comme si elle tenait un mouton, et ôtait la neige à petits coups secs. Gunnhild se débattit et lui échappa ; aussitôt Johanna la rattrapa et l'immobilisa d'une main ferme, sans brutalité mais sans tendresse non plus. La nausée remonta dans la gorge de Helga, qui se précipita en titubant vers le tas de fumier derrière la maison, et vomit pour la deuxième fois ce jour-là.

Un peu plus tard, Helga se sentit assez bien pour s'asseoir un moment au métier à tisser. Sur ces entrefaites, Johanna apparut derrière elle et se tint ainsi quelques instants en silence. Puis, avec un reniflement, elle s'en fut, et tôt après il sembla à Helga que le motif qu'elle avait choisi n'était pas si joli après tout, bien qu'il lui ait plu auparavant, et elle se leva de son métier pour s'asseoir sur le banc près de la table. Tous les tranchoirs, les bols, les coupes et autres ustensiles, qui s'entassaient généralement un peu en désordre, étaient rangés avec un soin méticuleux. Tous les coins et les manches étaient alignés sur les étagères, et un morceau de vadmal avait été coupé, cousu et tendu en travers du rayon inférieur pour en cacher les pots et les vases. Tout était impeccable mais pas vraiment au goût de Helga. Johanna revint alors du magasin en s'essuyant les mains sur sa robe comme si la réserve était très sale. En voyant son aînée, elle eut un de ses sourires lents et dit :

— Ma sœur, as-tu déjà fini ton tissage ?

— Ma sœur, as-tu fini d'arranger la terre de Ketil à ton propre goût ?

Johanna répondit sans s'irriter :

— A vrai dire, il reste beaucoup de choses à faire, mais peut-être préfères-tu que je ne m'en mêle pas. Lorsqu'on s'efforce de faire plaisir aux gens, peut-être, en fait, essaie-t-on de se faire plaisir à soi-même.

Et elle sourit de nouveau de son sourire lent.

— Je ne sais pas ce que tu veux dire, mais je vois que nos façons de faire ici ne te conviennent point.

— Ce n'est pas ce que je voulais dire. Moi aussi, j'ai mes manières de faire, car, après tout, j'ai longtemps habité la terre de Hestur et nul n'ignore la réputation de Jona. Mais je suis venue ici pour faire ce que tu voudras.

Alors Helga se renversa en arrière et regarda longuement sa sœur. Puis elle sourit et dit :

— En vérité, je ne sais pas ce que je veux en fin de compte, sinon me sentir bien, comme avant.

Elle détourna les yeux avec un grand soupir, et ainsi s'écoula la première journée qu'elles passèrent ensemble et il leur fallut longtemps pour que la gêne se dissipât entre elles, car non seulement leurs habitudes différaient, mais aussi leurs intérêts, et Johanna ne s'occupait pas des enfants de Helga comme celle-ci, car elle y mettait moins de tendresse et d'indulgence.

Il se trouva que Helga fut prise de douleurs juste au moment de Noël, alors qu'elle ne prévoyait d'accoucher que vers le début du Carême. Les douleurs durèrent plus d'une journée, si bien qu'elle donna le jour à un garçon le lendemain matin, et à un autre garçon dans la soirée, et si le premier était tout petit, le second l'était encore davantage, et ni l'un ni l'autre ne passèrent la nuit. Pour sa part, Helga perdit beaucoup de sang et d'autres humeurs et garda longtemps le lit sans se remettre. Elle était si affaiblie qu'elle pouvait à peine parler ou ouvrir la bouche pour se nourrir, bien que Margret vînt tous les jours de la terre de Gunnar pour lui préparer des potions cordiales avec les simples qu'elle avait cueillis l'été précédent. Grâce à ces soins, les deux femmes se rapprochèrent beaucoup, et quand Helga fut capable de s'asseoir un peu dans son lit, Margret lui dit à voix basse :

— Mon Helga, si je dois en croire ces couches et ce que les gens disent de la naissance de Gunnhild, il me semble que tu n'es guère faite pour enfanter. Tu ressembles à Helga Ingvadottir, ma mère, dont tu portes le nom, et il faut que tu veilles à te garder en vie.

— C'est toujours périlleuse aventure que d'avoir des bessons, murmura Helga.

— Généralement, le danger est pour l'enfant bien plus que pour la mère.

— Sans doute.

Après un long silence, elle ajouta :

— Sans doute, mais tel est le lot des femmes.

— Elles peuvent se tenir à l'écart de leur mari.

Alors Helga détourna la tête et Margret se tut, mais ces paroles pesèrent entre elles pendant le reste de la matinée.

Il semblait à Helga que Margret devrait prendre l'initiative d'aborder cette affaire avec Jon Andres, aussi, lorsque tous deux se trouvaient ensemble à la maison, les épiait-elle pour voir s'ils se parlaient, mais ils semblaient se contenter d'échanger quelques propos amicaux, et, à vrai dire, la sœur de son père était aussi silencieuse qu'elle en avait la réputation. Néanmoins, depuis leur entretien sur la gésine, Helga désirait vivement le départ de sa tante, aussi se força-t-elle à se mettre sur son séant et à sourire, à s'asseoir au bord de son lit puis à se lever, bien que les couleurs désertassent son visage et qu'elle dût se rasseoir le cœur battant. Elle s'obligea aussi à avaler les breuvages et les mets qu'on lui présentait, qu'ils excitassent son appétit ou non. Il en résulta que ses forces revinrent, comme à force de volonté, et qu'elle se leva la deuxième semaine de Carême. Margret cessa de venir aussi souvent et Johanna parla une fois de retourner sur la terre de Gunnar.

Helga remarquait que Jon Andres, que Margret lui ait parlé ou non, semblait beaucoup l'éviter. Tout l'hiver, avant Noël et après qu'il fut certain que Helga n'était plus en danger de mort, il s'était absenté quantité de jours et de nuits, en disant simplement qu'il s'occupait de certaine affaire avec Gunnar Asgeirsson. Il avait également donné un nom aux deux bessons, bien qu'ils aient à peine vécu quelques heures et n'aient point reçu le baptême, et il avait appelé le plus grand Erlend, comme il sied, et le plus petit Kollgrim, et il les évoqua plusieurs fois par leur nom. A la maison, il se tenait à l'écart de Helga et n'avait pas grand-chose à lui dire, bien qu'il se montrât avec elle aussi gentil que possible. Et Helga se demandait ce qui les avait séparés. Une nuit, Helga s'éveilla et sentit qu'il était auprès d'elle dans le lit clos, réveillé, bien qu'il fût très tôt le matin, avant l'aube. Elle fit semblant de dormir encore, le souffle lent et profond, et arrondit sa hanche contre lui. Alors, il poussa un gémissement presque imperceptible, qui sembla à Helga plein de souffrance, et elle ne put s'empêcher de se tourner vers lui, mais, aussitôt, il se raidit dans ses bras, se leva du lit clos en chemise, enfila ses chausses et sortit de la maison. Et Helga se dit que Margret avait dû lui parler après tout, dehors ou à un moment où elle dormait, et elle se sentit amèrement déçue, et furieuse contre la sœur de son père, car elle vit clairement qu'en dépit des conséquences il lui était impossible de se tenir à l'écart de son mari tant qu'il lui resterait un souffle de vie.

Or Margret n'avait point parlé à Jon Andres, mais celui-ci était si occupé à venger Kollgrim Gunnarsson qu'il craignait, s'il se mettait à parler avec Helga à leur manière habituelle, de s'en ouvrir à elle, qu'il le voulût ou non. Or Gunnar et lui étaient convenus de garder cette affaire secrète, même, ou surtout, devant les femmes du domaine. Gunnar ne pouvait dire d'où lui venait cette fièvre de secret, mais elle lui semblait inextricablement liée à sa haine contre Bjorn Bollason et la garantie que sa résolution ne l'abandonnerait pas, si longtemps que se prolongeât le séjour des Islandais à la Colline du Soleil. Tous deux avaient en effet résolu de s'abstenir de toute action jusqu'à ce que les Islandais s'en allassent, emmenant leurs épées, leurs haches et leurs autres armes de fer. C'était une résolution facile à tenir, mais la promesse faite à Gunnar de ne jamais parler de l'affaire à Helga mettait Jon Andres à l'épreuve chaque jour, et chaque instant de chaque jour. Il avait toutes les peines à ne pas succomber lorsqu'elle tournait lentement la tête dans sa direction et levait lentement ses paupières, en sorte que son regard se posait sur lui avec un mélange de tristesse et de plaisir. Alors, sa langue paraissait s'animer dans sa bouche et battre contre ses dents, et il lui semblait que le flux de ses paroles avait déjà à moitié jailli de lui. Mais Gunnar exigeait si fermement le secret qu'il ne pouvait parler. Il pouvait seulement faire des rêves, comme cela lui arrivait de temps à autre, rêves qu'il racontait sans le vouloir et dans lesquels le chagrin le brûlait des pieds à la tête. Aussi fuyait-il Helga en mourant d'envie d'être près d'elle. Mais nul n'ignore que, dans les affaires d'honneur et de vengeance, soit les femmes affaiblissent la résolution de l'homme par leurs conseils de prudence, soit elles l'aiguillonnent à l'excès par leurs reproches ; aussi les hommes ont-ils tout avantage à tirer un voile sur leurs plans.

Lorsqu'il rendait visite à d'autres fermiers, comme l'année précédente, il bavardait de choses et d'autres avec une parfaite candeur. Après s'être fait régaler des meilleures viandes, il parlait de Helga et, après Noël, du triste sort de ses jumeaux. C'était un des hommes les plus puissants et les plus fortunés du district et il prenait soin de se vêtir avec la richesse la plus étudiée et d'être toujours accompagné de deux serviteurs à fière allure, et lorsqu'il y avait peu de neige, il chevauchait son plus bel étalon et, quand la neige était épaisse, il chaussait des skis sculptés. Il commençait habituellement par laisser les gens lui faire des présents et des promesses et lui parler de leurs soucis. Ensuite, il aventurait quelques remarques sur leurs affaires, évoquant avec obligeance et finesse le ménage des champs, des moutons, des vaches et des hommes. Enfin il réglait les petites querelles, mais avec le plus grand soin, afin que les deux parties eussent la certitude que le différend était résolu à leur plus grand avantage. Il allait de ferme en ferme, commençant par celles où il était peu connu, ou même à peine. Puis il parcourut les domaines où il s'était déjà rendu dans le passé, ou bien dont les gens lui avaient quelque menue obligation. Il visita ensuite ses propres terres et ses tenanciers. Enfin, il alla saluer les fermiers presque aussi prospères et puissants que lui, qui se considéraient comme ses féaux. Et dans chaque maison, il comptait les fils et les frères et prenait note des armes disponibles, et dans chaque maison, il pesait soigneusement ce qu'on lui offrait et mesurait la constance de l'amitié que lui manifestait le maître de céans. Il mettait en balance la cordialité et l'égoïsme, la générosité et la fidélité. Jamais il ne mentionnait le nom de Gunnar Asgeirsson. Il agissait pour lui-même, Jon Andres Erlendsson de la terre de Ketil à Vatna Hverfi, et selon toute apparence il ne faisait que renforcer sa position dans le pays, comme il sied de temps à autre aux hommes de bien.

Il advint qu'il se rendit à Mosfell, la terre que cultivait Ulfhild la veuve, où lui et quelques autres avaient failli une fois capturer Ofeig, et Ulfhild et ses fils lui souhaitèrent la bienvenue, comme tous les gens du district. Ulfhild posa devant lui ses meilleures victuailles, puis, lorsqu'il eut mangé à satiété, elle l'emmena vers l'étable pour lui montrer les moutons qu'il lui avait donnés, ainsi que le cheval qu'il lui avait mandé pour remplacer la monture volée par Ofeig. Ce nouveau cheval était une jument, et elle avait mis bas un joli poulain qui avait maintenant près de un an. Jon Andres passa les mains sur le dos et les jambes du poulain, et nul doute que celui-ci était bien soigné, car il ne broncha point sous ses doigts. Il dit :

— C'est déjà un beau gars, aussi fort qu'un animal de deux ans et le poil bien épais.

Il sourit et ajouta :

— J'aurais dû y réfléchir à deux fois avant de te donner Flosi. Cette jument se révélera la meilleure de mon élevage. N'est-elle point de la lignée de la terre de Hestur ?

Ulfhild répondit avec une certaine aigreur :

— Et lequel de mes fils chevauchera l'étalon quand il sera adulte ? M'en donneras-tu un autre pour qu'aucun ne soit lésé ?

— Tu m'as l'air de bien aimer ce poulain, en dépit de ton acerbité. D'ailleurs, ils n'ont pas besoin de le monter en même temps. Il faut bien qu'un de tes garçons reste travailler sur la ferme.

— Et d'ici là ?

Jon Andres éclata de rire.

— De quoi te plains-tu, grand-mère ? Même du temps de ton mari, jamais ta ferme ne m'a paru aussi prospère.

— Peut-être bien que oui, peut-être bien que non. Tout cela, en fin de compte, dépend largement de toi et des gens comme toi. Les puissants du district se montrent bien tranquilles depuis plusieurs années. Mais quelque chose se prépare, j'en jurerais.

— Et quoi donc, dis-moi ?

— Ce serait plutôt à toi de me le dire. Tu n'es pas venu ici pour le seul plaisir de manger à ma table. Si la tienne n'est pas meilleure, alors ta femme est une fière empotée. Et tu n'es pas venu davantage pour admirer cette jument ou soupirer après ce poulain de un an. Tu es venu aux renseignements, et pour mesurer la taille de mes fils et l'apparence de leur bravoure. Et ce n'est pas la première ferme que tu visites. Tu ne t'imagines tout de même pas, mon gars, que, parce que tu te promènes seul, tu n'es pas suivi à la trace par une traînée de bavardages.

— Les Groenlandais sont toujours à bavarder, surtout l'hiver. Mais ils ne savent pas toujours de quoi ils parlent.

— Il est vrai qu'ils disent grand bien de toi : un gaillard si estimable, si ouvert et complaisant, guère comme Erlend ni tout à fait comme Vigdis, mais peut-être d'une autre lignée.

— Les gens disent cela de moi tout le temps. C'est peut-être vrai, mais jusqu'à présent, il n'y a pas grand-chose à raconter, ni dans un sens ni dans l'autre.

— Tu es pourtant de la vraie lignée de Ketil, car, lorsque j'étais enfant, ton père Erlend se répandait exactement comme tu le fais maintenant, et ce qu'il voulait, c'était qu'on lui apportât son soutien dans son procès contre Gunnar Asgeirsson. Et je ne serais pas surprise que Gunnar Asgeirsson ait aussi quelque chose à voir dans tes allées et venues : n'as-tu pas épousé sa fille ?

— Il faut donc que tu n'aies point de soucis personnels pour t'occuper si diligemment des miens.

— Je me soucie de protéger mes fils jusqu'à ce qu'ils

soient assez forts pour travailler à la ferme. Voilà mon souci. Les grands finiront par nous mener à notre perte, rien de plus certain !

— Mais non, grand-mère. Qu'y a-t-il de certain là-dedans ? Rien n'est certain qui n'ait encore eu lieu.

— Ce qu'il y a de certain, c'est que les hommes aiment à se battre et paient ce plaisir de quelques morts ou injures mortelles, et il est certain que les femmes ne peuvent y faire grand-chose. Si l'occasion est donnée à mes fils de se battre, leur cœur y volera aussi promptement que celui de n'importe quel autre, tout paresseux qu'ils soient pour le reste.

— Personne n'a envie de se battre.

La veuve ne répondit que par un sourire et reconduisit Jon Andres à la maison, pour lui offrir une nouvelle collation, bien qu'il eût mangé quelques instants plus tôt seulement. Après le crépuscule, quand la lune se leva, il enfourcha son cheval et continua sa route sur la neige craquante, en se demandant ce qu'on racontait dans le district et si ses projets étaient aussi évidents pour tout le monde que pour lui-même. Il demeura quelque temps sur la terre de Ketil après cela. Depuis sa délivrance, remarqua-t-il, Helga se renfermait sur elle-même et ne lui parlait guère, et il se sentit fort réprouvé et solitaire.

Vint le printemps, la glace se rompit dans les fjords, et, après cet hiver rude et neigeux, les gens se réjouirent d'avoir encore quelques miettes à manger dans leurs armoires et magasins. Puis, à Pâques, ils rendirent grâce au Seigneur de Ses bienfaits et prièrent pour des temps meilleurs. Quant aux Islandais, ils s'apprêtaient au départ avec Sigrid Bjornsdottir et Bolli Bjornsson, mais au dernier moment Snorri Torfason, le capitaine, changea d'avis et retarda le voyage d'un an, à la fureur de certains de ses hommes et surtout de Thorstein Olafsson. Mais, en vérité, bien qu'il fût petit et paresseux, une fois qu'il avait arrêté une décision, Snorri ne voulait ou ne pouvait en démordre, et il avait résolu de passer une année de plus chez Bjorn Bollason. La vie en Terre Verte, conjecturait-il, serait plus facile qu'en Islande, même si sa femme Gudrun était encore en vie, ce dont, après huit hivers, il doutait. Bjorn Bollason n'était point mécontent d'héberger Snorri, Thorstein, Sigrid et Thorunn, car son enthousiasme pour eux jamais ne fléchit. En revanche, on entendait parfois sa femme Signy ronchonner à part elle, car il faut dire que Thorunn et elle n'étaient plus si bonnes amies que naguère, bien qu'elles dussent cohabiter comme deux sœurs.

Thorstein et certains des autres Islandais avaient pris l'habitude d'aller à la chasse aux phoques chaque printemps et chaque automne, et ils n'y étaient point trop maladroits, si un Groenlandais de quelque expérience les accompagnait. Nonobstant, la plupart des Groenlandais trouvaient qu'avoir échangé un chasseur comme Kollgrim Gunnarsson contre ces Islandais, même avec leurs armes, était une bien médiocre affaire, d'autant que, depuis deux ans qu'il avait été brûlé, nul navire n'était arrivé et nul évêque n'avait parcouru la foule rassemblée sur la grève en distribuant de vraies hosties de pain et du vrai vin. En vérité, à chaque chasse, les hommes ne pouvaient s'empêcher de déplorer la perte de Kollgrim Gunnarsson. La part de chacun n'était-elle point plus congrue maintenant ? Et c'était un gaillard si réservé qu'il n'avait jamais appris grand-chose aux autres, si réservé que jamais personne n'avait songé à lui demander ses conseils. D'aucuns ne l'avaient même jamais entendu parler. Mais plus de Kollgrim maintenant, et les gens se disaient entre eux que son supplice était inexplicable, à mesure que les circonstances s'obscurcissaient dans la mémoire. Gunnar était désormais de toutes les chasses, et l'on s'étonnait que le père fût aussi gauche que le fils était habile. Sans doute disait-on que le père écrivait dans des livres, comme un prêtre, mais les Groenlandais s'accordaient à penser qu'une telle industrie est comme un trou profond où tous les autres talents disparaissent à jamais, que l'homme qui écrit le veuille ou non. Pour lui, Jon Andres participait aussi à chaque chasse, et il s'y entendait aussi bien que les meilleurs.

Helga ne goûta guère la venue du printemps, avec la chasse aux phoques et le Thing et tant d'autres voyages.

L'étrange brouillerie entre elle et Jon Andres se poursuivit tout le printemps, si longtemps qu'elle cessa de s'interroger et commença à lui en vouloir de la prolonger et à s'éloigner de lui à son tour. Quelle que fût son origine, la désaffection devint elle-même la raison de sa continuation. Pourtant, Helga souffrait de le voir partir, de crainte qu'il ne fût tué et ne revînt jamais. La certitude qu'il lui serait ôté pour l'éternité et la douleur qu'elle en éprouvait l'obsédèrent sans cesse, depuis le moment où il annonça son départ jusqu'à son retour dans leur lit clos, raide et distant, et cette peur l'éloigna encore davantage de lui. C'était comme si elle ne pouvait même pas le héler, comme les gens se hèlent d'un champ à l'autre, alors qu'il se tenait tout près d'elle.

Elle souffrait de le laisser partir, mais les hommes doivent partir, quoi que puissent en dire les femmes qui restent à la maison. Il est des tâches qu'il faut accomplir, aussi Jon Andres partit-il à la chasse aux phoques, et fit sa part, et la chasse dura cinq jours, plus un jour et demi pour y aller et un jour et demi pour revenir. Trois jours après le départ de Jon Andres, Helga et Johanna sortirent dans la cour devant la maison et étendirent la literie pour la battre et l'aérer. On ne pouvait dire que les deux sœurs fissent excellent ménage, mais Johanna n'avait point quitté la terre de Ketil, même si elle en parlait de temps à autre. Le ciel était haut et ensoleillé, hormis quelques minces nuages pâles qui s'effilaient çà et là. L'herbe, qui reverdissait depuis une quinzaine de jours, était épaisse et sèche. La broussaille de bouleaux et de saules commençait à bourgeonner, et l'angélique à déplier ses feuilles luxuriantes autour des ruisseaux. Helga n'était point aveugle à ces signes, et voyant ses enfants jouer au bord du pré clos, un certain espoir en l'avenir l'envahit agréablement. Après tout, Jon Andres n'avait que quelque trente-six hivers, et il avait participé à d'innombrables chasses aux phoques pour en revenir indemne à chaque fois. Johanna entrait et sortait sans sourire, comme toujours, mais il semblait à Helga que sa sœur, elle aussi, évoluait avec une légèreté nouvelle et pressentait la fin de leur infélicité.

Et cette longue journée d'été s'écoula comme toujours lorsque les gens vaquent à leurs tâches, plongés dans leurs pensées, pour découvrir de temps à autre que l'heure de la viande du matin est passée, que la lessive est sèche ou que le soleil a déjà dépassé son zénith, alors que la matinée semble à peine commencer. Et voilà que Thormod, le berger, et son frère Thorodd, à qui Jon Andres avait confié les travaux de la ferme en son absence, vinrent demander à Helga la permission de conduire un troupeau de moutons à la terre de Gunnar et d'y passer la nuit.

Au repas du soir, tout le monde était aussi sommeilleux qu'on peut l'être d'avoir respiré tant d'air chaud. Gunnhild arrivait à peine à lever sa cuillère et Unn parvenait tout juste à avaler la viande que Helga mâchait pour elle. Même Johanna piquait du nez sur son siège, et les servantes, Oddny, la femme de Thormod, et les deux autres n'avaient pas grand-chose à dire, alors que d'habitude elles n'arrêtaient pas de bavarder en mangeant. Helga les expédia se coucher dès la fin du repas et s'étendit dans son lit clos avec Unn, mais elle resta longtemps éveillée dans le crépuscule tardif de l'été, en songeant à Jon Andres avec une expectation irritée, et elle ne cessait de se retourner dans les couvertures et les fourrures, si bien que sa robe était tout entortillée autour d'elle. Puis l'obscurité tomba et elle se mit à penser à tout ce qu'elle aurait pu effectuer — coudre, tisser ou filer — pendant qu'il faisait encore jour, au lieu de rêvasser futilement. Elle hésitait, cependant, à se lever ou à allumer la lampe à huile de phoque.

Tandis qu'elle songeait ainsi, elle entendit distinctement un crissement suivi d'un bruit sourd, si distinctement qu'elle ne put l'ignorer, mais en vérité, elle ne voyait pas ce que ces bruits pouvaient bien être, car ils ne semblaient pas venir de l'intérieur de la maison. Elle écouta sans bouger. Johanna se retourna dans son alcôve, se cognant le genou ou le coude contre la paroi, et Helga se dit que c'était peut-être une des femmes de la maison qui avait fait ces bruits dans son sommeil, sauf que Johanna dormait de l'autre côté de la pièce à gauche, et que les bruits semblaient venir d'ailleurs. Elle écouta de nouveau le silence, en pensant qu'elles n'étaient à la maison que cinq femmes et deux petites filles. Au bout de quelques instants, elle se mit sur son séant et arrangea les couvertures pour mieux dissimuler la petite Unn. Puis elle se glissa hors du lit clos et se dirigea à tâtons vers l'alcôve d'Oddny, où dormait Gunnhild, pour y faire la même chose, mais juste alors il y eut un grand tintamarre, une cascade de coups sourds et de froissements, et elle comprit immédiatement que cela venait du toit : quelqu'un essayait d'entrer dans la maison à travers les blocs de tourbe qui la recouvraient. Elle tendit la main dans l'obscurité, effleura la cloison du lit clos de Johanna, puis l'épaule de sa sœur, qu'elle secoua, en posant l'autre main sur sa bouche pour l'empêcher de crier en se réveillant. Elle se pencha dans l'alcôve et murmura :

— Nous voilà en fâcheuse posture, car il y a un ours ou une autre bête qui essaie de pénétrer dans ce nid de femmes, et nous n'avons aucune arme, puisqu'elles ont toutes été emportées à la chasse. Je ne sais vraiment pas quoi faire.

Johanna se dressa dans son lit, toute pâle dans les ténèbres, et écouta le remue-ménage tandis que la tourbe du toit tombait en pluie dans la pièce. Elle dit :

— C'est ce que font les démons dans les vieilles légendes, ils chevauchent la poutre maîtresse du toit jusqu'à ce que toute la maison tremble sous leur poids.

— La maison ne tremble pas encore et ce ne sont pas des vieilles légendes qui vont nous aider à trouver un expédient pour nous tirer d'affaire.

Johanna s'assit au bord du lit et dit :

— Je crois que nous devrions réveiller tout le monde et nous enfuir par une des autres pièces.

— Tu oublies que toutes ces pièces sont aveugles, pour garder la chaleur. Il n'y a qu'une seule entrée à la maison, et on ne peut même plus s'échapper par l'étable depuis que Vigdis a fait boucher la porte, à cause de l'odeur et de la saleté que faisaient les domestiques en allant et venant.

— Mais on peut rouvrir ce passage, s'il le faut. Un trou suffira.

Le bruit redoubla et Helga leva la tête, affolée. Johanna sauta du lit et courut réveiller les servantes. Oddny surgit de son alcôve avec Gunnhild dans ses bras et Helga entendit Unn s'agiter dans les couvertures en poussant un cri étouffé. Croyant, dans sa panique, que l'enfant étouffait, elle la sortit du lit clos et la serra sur son sein. Impossible de se rappeler ce que Johanna avait proposé de faire, et pendant quelques instants interminables, comme paralysée, elle regardait fixement sa jeune sœur. Johanna la considéra en silence et finit par dire :

— Quelle est la pièce qui communiquait avec l'étable ?

Alors Helga se ressaisit, prit Oddny par l'épaule et répondit :

— Celle-ci...

Juste alors, un homme traversa le plafond et atterrit sur la table, qui se brisa sous son poids, mais l'homme parvint à retomber sur ses pieds. A la lueur de la lune qui entrait par le trou du toit, Helga reconnut Ofeig Thorkelsson.

Il n'était plus aussi gras que jadis. En fait, sa chair semblait baller sur sa grande carcasse comme la peau d'une vache à la fin de l'hiver. Des lambeaux de vêtements brandillaient autour de lui en désordre, maladroitement noués pour lui tenir un peu chaud. Son capuchon déchiré était grossièrement ravaudé. Il se tenait courbé et sa barbe lui pendait en boucles clairsemées jusqu'au milieu de la poitrine. Avec un sourire grimaçant, il brandissait une hache et un petit poignard. Helga vit que ses yeux, habitués à la vive lumière de la lune dehors, ne parvenaient pas encore à distinguer ce qui se passait dans la maison, et elle recula dans l'obscurité pour replacer Unn dans le lit clos. Ce fut l'affaire d'un instant. Et soudain, Ofeig empoigna le bras de Johanna, le tordit en arrière, et l'on entendit un bruit mat de fracture. Johanna hoqueta de surprise et se pétrifia.

— Maintenant, ma petite, fit Ofeig, dis-toi bien que ça

ne me déplairait pas de le recasser ou, d'ailleurs, de briser l'autre, mais pour l'instant j'ai faim, et je meurs d'envie de tâter de ce bon et tendre fromage de la terre de Ketil, dont je me remplissais la bedaine il y a bien des années. Alors tu vas rester ici avec moi pendant que les autres vont me chercher à manger.

Helga s'avança et, du coin de l'œil, elle vit Oddny et Gunnhild disparaître dans le lit clos de Johanna. Ignorant si Ofeig avait remarqué ce manège, elle lui dit :

— Ofeig, ce n'est que le début de l'été et nous n'avons plus que de vieux fromages très durs, mais je vais te préparer un tranchoir.

— Remplis-le comme tu veux, pourvu que ce soit copieux et bon. Mais je veux pas de saloperies, pas de restes et de vieux os à moitié rongés, parce que, sinon, je lui enfonce tout ça dans le gosier à cette petite. Puisqu'elle a le malheur d'être tombée entre mes pattes, tout ce qui ne me plaira pas risque de lui coûter cher.

Il tira brutalement le bras de Johanna, et elle hoqueta de nouveau mais ne cria pas. Alors Ofeig la fit tourner pour la voir.

— Tu es une servante ou quoi ? Comment tu t'appelles ?

— Johanna Gunnarsdottir, dit-elle d'une voix ferme et froide, alors que Helga avait parlé d'un ton tremblant.

Helga ramassa un tranchoir sur le sol, parmi les débris de la table, et se mit en quête de nourriture.

— Mon Helga, il y a de la bonne viande de phoque séchée dans le coffre là-bas, dit Johanna, comme si elle parlait de leur viande du soir.

Helga souleva le couvercle du coffre d'une main tremblante et posa presque toute la viande sur le tranchoir. Puis elle coupa quelques morceaux de fromage et tendit le tranchoir à Ofeig.

— Reste là et tiens-le pendant que je mange. Maintenant que j'ai attrapé la petite, je ne suis pas près de la lâcher.

Et il lui tordit le bras derechef. Johanna dit :

— Si tu es Ofeig Thorkelsson, les gens disent que tu es

le Diable en personne. Alors, je ne vois d'autre recours que dans la prière.

Et elle commença à réciter d'une voix ferme :

— Je vous salue, Marie, pleine de grâce...

Il lui tordit de nouveau le bras, plus brutalement, et dit :

— J'aime pas beaucoup ces patenôtres.

Mais Johanna continua :

— Le Seigneur est avec vous...

Helga lui posa la main sur la bouche pour l'arrêter. Ofeig dit :

— Le Diable est un puissant gaillard, paraît-il, et il a pas besoin de traîner de ferme en ferme, comme moi, pour se contenter d'un brin de ceci ou d'un brin de cela. Laissez-moi vous dire une chose : les Groenlandais sont une bande d'avaricieux, et je les hais autant que le Diable doit les haïr. C'est vraiment un coin misérable de la terre qu'on habite, rien que des landes glacées, et le vent qui vous mord les chairs comme un chien. Donne-moi un peu plus de ça.

Helga prit le tranchoir et se mit à chercher d'autres choses à lui servir. Johanna proposa, avec autant de sang-froid que jamais :

— Il y a du lait caillé dans la réserve de derrière, un grand pot, ainsi que du lard de phoque en saumure et de la tête de mouton fumée.

Il lui tira brutalement le bras en arrière, mais cette fois, comme elle s'y attendait, elle ne laissa pas échapper un son.

— Et je vais vous dire autre chose, poursuivit-il, je hais ces gens de la terre de Gunnar. J'ai entendu dire qu'ils avaient brûlé le lorgneur, celui qui nous suivait partout. Ça m'a fait plaisir, croyez-moi. Tu dois être sa sœur, alors. T'as un peu le même regard que lui, je le remarque maintenant que j'ai mangé. Pourquoi n'allumez-vous pas une lampe là-dedans ? J'aimerais voir ce qu'il y a autour. Ah, je hais cette maison. Je hais tous les endroits où j'ai jamais mis les pieds dans ce maudit pays, ça oui alors !

— Nous n'avons pas de pierre à feu. Pendant ces

longues journées, nous n'allumons pas les lampes, répondit Helga.

Elle étreignit la pierre dans sa poche en priant qu'Unn ne fasse pas de bruit derrière elle. Il lui semblait que l'obscurité était leur seule chance de salut, et aussi qu'elle devait sacrifier sa sœur pour protéger ses filles, et son cœur se serra, si bien que ses jambes avaient peine à la porter. Johanna lui apparaissait comme deux personnes à la fois : cette pâle créature condamnée, raide comme une souche dans la lumière de la lune, et cette jeune femme radieuse qu'elle regardait aller et venir le matin dans le soleil d'un pas souple et ferme. Et elle se repentait de tout son cœur de l'exaspération qui l'avait tourmentée l'hiver et le printemps, car elle voyait que, si sa sœur manquait de douceur, elle avait de la grâce et de la bonté à revendre. Alors Johanna dit de sa voix claire et ferme :

— As-tu fini de manger, Ofeig Thorkelsson ? Car, en vérité, je me souviens que nous avons autre chose qui pourrait te tenter, et ce sont des capelans séchés avec un peu de beurre sur.

— Ah, je vois que la petite veut vraiment me faire plaisir maintenant. J'ai tellement faim que je pourrais vous avaler toutes crues ; ça fait un bout de temps que je ne me suis pas régalé ainsi.

Et Johanna dit à Helga :

— Dans le fond du garde-manger, tu trouveras le beurre et le poisson séché. Et d'autres victuailles aussi : un peu de renne séché, du mouton et une meule de fromage.

Helga sortit en tremblant, fouilla à tâtons dans la réserve et revint avec ce qu'elle avait trouvé auprès d'Ofeig, lui tenant le tranchoir tandis qu'il se goinfrait de plus belle. Alors il s'affala sur le banc, attirant Johanna sur ses genoux, le bras toujours tordu dans le dos. Il lâcha deux énormes rots et se mit à caresser le ventre et les seins de la jeune femme, et Helga vit sa sœur fermer les yeux et prier en silence. Helga dit :

— Tu as mangé quantité de viandes savoureuses, Ofeig Thorkelsson. N'as-tu pas la gorge sèche ?

— Donne-moi du lait frais, car j'ai effectivement le gosier sec, maintenant que tu le dis.

Alors Helga ouvrit la porte de la maison et prit sur le seuil un seau de lait de brebis, tiré du soir. Tout le monde, en effet, était si fatigué par cette journée de travail que personne n'avait porté les seaux dans la laiterie. Et elle le ramena dans la grand salle et en remplit deux bols pour Ofeig. Il ôta sa main de la poitrine de Johanna et les avala d'un trait, puis deux autres encore. Alors, il rota derechef et se frotta le ventre. Il avait énormément bâfré, plus que trois hommes. Et voilà qu'Unn poussa un gémissement et se mit à pleurer. Helga se recula brusquement et glissa la main dans le lit clos. Ofeig essaya de se lever, sans lâcher Johanna, et ouvrit la bouche pour parler, mais soudain il se prit le ventre à deux mains, plié sur le banc. Puis, avec un grognement, il commença à vomir toute la nourriture dont il s'était gorgé, et cela gicla partout : sur les vêtements de Johanna, et sur la table brisée, et sur le sol et jusque sur la robe de Helga. Libre, Johanna bondit de côté et s'empara de la hache et du couteau qu'il avait posés pour manger et la patiner. Et elle dit :

— Ofeig Thorkelsson, tu es certainement le Diable en personne, comme en témoignent ta haine et ta gloutonnerie, mais tu as été terrassé par la grâce du Seigneur et l'intercession de nos prières.

Ofeig se roulait sur le sol, dans les tourments d'une énorme repue après un long jeûne, dont tous les Groenlandais se méfient, et les servantes surgirent des lits clos où elles se terraient et se mirent à le rosser à grands coups de tranchoir et autres ustensiles sur la tête et les épaules. Johanna leva la hache, mais en vérité il avait plus de force qu'elles ne le croyaient, car il parvint à se remettre sur pied et à se précipiter dehors. Quelques instants plus tard, il détalait sous la lune.

A travers le toit brisé, Helga vit que l'aube se levait. Elle s'assit sur le banc et parcourut la pièce du regard : Gunnhild était assise sur les genoux d'Oddny, et Unn sur ceux de Thordis, et Johanna souriait, le bras pendant. Helga dit :

— Ton bras doit te faire joliment souffrir, car je crains que ce démon ne l'ait brisé.

— Nous partirons pour la terre de Gunnar après notre viande du matin, et Margret Asgeirsdottir me le remettra en place.

Et elle n'ajouta rien de plus sur le sujet. On ne revit point Ofeig dans le district, bien que Helga le guettât toutes les nuits jusqu'au retour de Jon Andres et des autres hommes de la ferme. Pour sa part, Johanna s'endormait paisiblement chaque soir, à la grâce de Dieu.

Or il advint qu'arriva la fin du septième jour sans que Jon Andres ne reparût, et de même la fin du huitième jour, et Gunnar Asgeirsson ne rentrait point non plus, quoique tous les serviteurs eussent regagné la terre de Gunnar, si bien que le neuvième jour, lorsque Jon Andres revint enfin, tout sali et épuisé par la chasse, le récit que Helga espérait faire de son aventure avec Ofeig s'étrangla dans sa gorge, et son désir d'en parler et de parler d'autres choses encore, qui étaient plus chères à son cœur, demeura insatisfait. Le silence continua de peser ainsi entre elle et son mari. Jon Andres apprit la chose de la bouche d'Oddny et interrogea longuement Johanna, mais malgré la vive inquiétude qu'il montrait, Helga ne souffla mot, bien qu'il lui en donnât plus d'une fois l'occasion. Alors, il décida de ne pas lui parler de cette histoire, puisqu'elle ne se souciait point d'en faire mention. L'été s'écoula de la sorte ; et comme Margret l'avait recommandé, Helga n'eut aucun commerce avec son mari qui pût mettre sa vie en péril. Ce même été, Johanna regagna la terre de Gunnar, au grand regret de Helga qui la considérait maintenant comme une excellente amie, quoiqu'il ne fût jamais question entre elles des violences d'Ofeig.

Sur la terre de Gunnar, Johanna retrouva ses habitudes passées ; rien n'avait changé ou presque depuis de nombreuses années, mais maintenant tout lui paraissait très vieux. Sur la terre de Ketil, elle s'était prise pour Gunnhild et Unn d'une affection qu'elle n'avait jamais éprouvée auparavant. Elle comprenait qu'il fallait se laisser pénétrer par la présence des enfants, qu'autant leur brève accointance était plus que lassante, autant on ne pouvait se lasser de les pratiquer tout le temps. Elle avait vingt-quatre hivers environ, mais les filles de la terre de Gunnar se mariaient souvent tard, et elle se dit que son père pourrait l'emmener cette année au Thing ou simplement lui chercher un époux. Mais à bien y songer, ce n'était point n'importe quel mari ou n'importe quel établissement qui lui faisait envie, mais ce qu'elle avait trouvé sur la terre de Ketil. Aussi se garda-t-elle bien d'en parler. Gunnar et Margret l'avaient retrouvée avec bonheur. Comme elle leur avait manqué : son pas dans la maison, et ses pauses pour contempler leur travail, elle à son métier à tisser, lui devant son parchemin ! Gunnar voyait bien que c'était son enfant préférée, aussi paisible et pure qu'un lac de montagne, et depuis sa victoire sur Ofeig, il devinait aussi qu'elle lui survivrait, et il en éprouvait une vive gratitude.

Pendant la chasse aux phoques du printemps, Gunnar et Jon Andres avaient écouté beaucoup d'hommes, et beaucoup déploraient l'absence de Kollgrim Gunnarsson, qui avaient pourtant jeté quelque bout de bois sur le bûcher de son supplice. Gunnar et Jon Andres acquiesçaient, rappelaient de temps à autre que Kollgrim avait une fois tué quarante-deux phoques en une après-midi, qu'il manœuvrait sa barque avec la rapidité et l'agilité d'un Skraeling, et n'avait-il point sauvé la vie de Hrafnkel Snaefelsson, quand son bateau avait chaviré, si bien qu'il s'était à peine mouillé les chausses ? A vrai dire, ils avaient un allié en la personne de Hrafnkel, vantard qui ne manquait jamais une occasion de raconter sa quasi-noyade, et comment il s'était senti en même temps perdu et sauvé par le bras de Kollgrim, « gros et dur comme une poutre, qui m'enserrait les bras et la poitrine ». Quand les Islandais s'approchaient, un lourd silence tombait sur les Groenlandais, un silence au milieu duquel les voix joyeuses de Bjorn Bollason et de ses fils résonnaient comme des cloches. La chasse n'avait pas été aussi faste que d'autres ni aussi infructueuse que certaines. On n'avait perdu ni homme ni bateau. Puis ce fut le moment du Thing, puis l'été s'acheva, et les gens vaquèrent à leurs tâches comme ils l'avaient toujours fait en Terre Verte et comme il semblait qu'ils le feraient toujours.

Un jour, peu après Noël, Snorri Thorfason descendit du lit clos où il se calfeutrait la plupart du temps depuis quatre ans et dit qu'il aimerait revoir ses fermes en Islande, et dès cet instant il déploya l'énergie d'un démon. Le jour même, il rassembla quelques-uns de ses hommes et partit à skis pour Gardar, où son bateau était au radoub sur des rouleaux, et il fit ôter bannes et prélarts pour examiner les réparations à faire. Il y avait quelques bordages enfoncés, la quille était un peu pourrie çà et là, et fendue l'emplanture du mât. Ces avaries qui paraissaient si difficiles à réparer quand Snorri ne voulait pas vraiment retourner en Islande semblaient maintenant sans conséquence. Snorri alla immédiatement trouver Sira Eindridi et entreprit de l'interroger ce soir-là sur les moyens de remettre son navire en état. Puis les Islandais écumèrent les fermes pour acheter le bois dont ils avaient besoin, ainsi que de la graisse de phoque pour calfater la coque, car ils durent s'en contenter faute de poix. En bref, dès que la glace se rompit dans l'Eriksfjord et fut emportée vers le large par les vents de la montagne, après la fête de saint Erik, les Islandais disparurent, emmenant Sigrid Bjornsdottir et Bolli Bjornsson. Le lendemain de ce départ, Gunnar Asgeirsson et Jon Andres Erlendsson firent le tour de Vatna Hverfi et du Hvalseyfjord en prenant les gens à témoin qu'ils allaient intenter un procès au Thing contre Bjorn Bollason, le récitateur de la loi, pour la mort inique de Kollgrim Gunnarsson. Et la plupart des Groenlandais qui avaient la moindre connaissance de la loi dirent qu'ils n'avaient jamais entendu parler d'une telle accusation contre le récitateur de la loi en personne, mais après tout on peut engager les actions que l'on veut si l'on parvient à se faire écouter des juges.

Bjorn Bollason, pris au dépourvu, alla trouver ses amis de Brattahlid et Sira Eindridi, mais tous lui répondirent qu'il était le récitateur de la loi et qu'il connaissait donc les lois par cœur. Qui mieux que lui saurait préparer sa propre défense ? D'autant que cela ne semblait pas particulièrement difficile : Gunnar Asgeirsson n'avait jamais gagné un procès devant le Thing de sa vie, quant à Jon Andres Erlendsson, ce n'était point un homme litigieux : il n'avait dû se défendre qu'une seule fois et n'avait jamais engagé une action. Pourtant, Bjorn Bollason se sentait abasourdi et consterné, car les Islandais étaient partis et il voyait que les amis qu'il comptait naguère parmi les Groenlandais se montraient plus distants qu'il ne l'eût imaginé, et il regretta de n'avoir pas cultivé ses relations avec davantage d'industrie. Après Brattahlid, il partit consulter les gens de Dyrnes, mais Hoskuld, son père adoptif, était mort l'année précédente, et les propres fils de Hoskuld, hommes puissants de ce district, parurent eux aussi un peu réservés ; ils avaient également leurs difficultés, dirent-ils. Et Bjorn Bollason se rendit compte qu'en vérité ils étaient ses ennemis en un sens parce que, s'ils ne lèveraient point le petit doigt contre lui, au nom de leur vieille accointance, ils ne lèveraient pas non plus le petit doigt pour lui, car Hoskuld l'avait peut-être trop souvent aidé dans le passé, au détriment de ses propres fils. Il suffisait de les voir détourner les yeux à table, chaque fois que Bjorn Bollason les envisageait, pour le comprendre. Aussi revint-il quelque peu abattu à la Colline du Soleil, qui, après tout, ne se trouve vraiment dans aucun district particulier et forme un fief isolé.

On vint nombreux au Thing cette année-là, car dans les districts voisins tout le monde voulait voir comment s'affronteraient les adversaires. Tous estimaient Gunnar Asgeirsson, mais soulignaient qu'il avait toujours été malchanceux. Bjorn Bollason apparaissait comme le moindre sire, en dépit de sa grande chance, et l'on disait que l'on n'eût peut-être jamais songé à établir de telles distinctions entre eux deux sans ce procès, car c'est dans les conflits que l'on s'interroge sur le mérite des hommes. Et voilà pourquoi les Groenlandais s'occupent toujours des affaires des autres, car il est dans la nature des hommes de se demander, comme fait le Seigneur, comment chacun doit être jugé. Et quand il y a aussi peu d'hommes et de femmes qu'en Terre Verte, on voit chacun plus souvent, mais les opinions sont si diverses que personne n'est vu dans sa totalité ni, à vrai dire, comme il aimerait l'être.

Jon Andres dressa sa tente, qui était fort riche, au beau milieu du champ du Thing, et autour de son abri, en un vaste cercle, s'érigea la douzaine de baraquements, grands et petits, des gens de Vatna Hverfi et du Hvalseyfjord. Les Groenlandais des autres districts s'éparpillèrent tout autour, de sorte qu'il fallait se glisser entre leurs tentes pour gagner le campement des amis de Jon Andres. Les battants de leurs douze baraquements étaient toujours ouverts, et hommes et jouvenceaux, qui pour certains n'étaient pas souvent allés au Thing auparavant, sinon jamais, se pressaient autour en permanence. Et s'ils n'avaient pas apporté beaucoup de provisions, Jon Andres les régalait comme Bjorn Bollason régalait tous ceux qui venaient le voir autrefois, quand il avait été nommé récitateur de la loi. Pour lui, Gunnar Asgeirsson avait installé sa tente à sa place habituelle, un peu au-dessus du champ du Thing, et se gardait bien de dire un mot.

Alors, le premier matin du Thing, Bjorn Bollason entreprit de réciter les lois, et cela dura presque jusqu'à la fin de la journée, avec quelques répétitions et hésitations, mais, en vérité, rares étaient les anciens capables de corriger ne fût-ce qu'une ou deux de ses erreurs. Il y avait six affaires à juger, en comptant le procès contre Bjorn Bollason : un homme de Herjolfsnes réclamait du bois flotté qui s'était échoué sur sa grève mais avait été emporté par la mer pendant la nuit pour atterrir chez son voisin. Il avait ensuite battu un serviteur de ce voisin lorsqu'il avait commencé à emporter ce bois, si bien que celui-ci avait perdu l'usage de son bras et de l'épaule et était donc d'une moindre valeur pour son maître. Deux pêcheurs, des frères, avaient construit un bateau ensemble, puis ils s'étaient brouillés, si bien que chacun réclamait l'embarcation. Un homme de Dyrnes avait commencé à battre sa femme et avait fini par la tuer au lieu de se contenter de la corriger. Deux garçons du sud de Vatna Hverfi s'étaient mis à voler dans plusieurs magasins, et ils avaient amassé de la sorte quelque trente-six meules de fromage, mais au lieu de les manger, ils les avaient coupées en morceaux pour les laisser pourrir dans le lac de l'Andouiller. Un homme et une femme de Brattahlid revendiquaient une ferme abandonnée par leur frère, quoique celui-ci en ait fait présent à sa concubine. Telles furent les affaires qui occupèrent le Thing cette année-là, et comme toujours, beaucoup se plaignirent que la plupart de ces querelles auraient pu être réglées par les familles mêmes ou dans les districts. Les Groenlandais avaient ainsi coutume de protester contre le long voyage du Thing et la peine qu'ils prenaient à monter leurs baraquements.

L'après-midi du deuxième jour du Thing vint le tour de Jon Andres de présenter son différend avec Bjorn Bollason. Il s'avança dans le cercle des juges, et ses nombreux partisans, dont Gunnar Asgeirsson, se pressèrent autour. Et il faut dire que depuis qu'il s'était défendu contre Gunnar, bien des années auparavant, Jon Andres n'avait rien perdu de son éloquence ou de sa grâce, pour gagner, au contraire, cette sorte de confiance qu'ont les hommes faits et non les jouvenceaux. Aussi, maintenant comme alors, tous les yeux se fixèrent sur lui. Son sourire étincela, puis son visage devint très grave et il parla ainsi :

— Quel homme parmi nous n'a pas un frère, un fils ou un cousin qui n'en fait qu'à sa tête, que les autres l'approuvent ou non ? En vérité, qui agit comme il sait qu'il le devrait à chaque instant de sa vie ? Quel homme n'est pas conduit par le désir ou la peur à commettre un faux pas ? S'il meurt de faim, ne se baisse-t-il point pour cueillir quelques baies qui poussent au bord du chemin, bien que le chemin traverse le champ de son voisin ? Et quand le prêtre arrive dans l'église de son district, il confesse son péché et le prêtre lui donne une pénitence et son péché lui est pardonné. S'il dit qu'il a tendu la main vers les baies, les autres peuvent comprendre son acte, car, en vérité, chacun a fait chose semblable en son temps, et ainsi, par notre propre péché, en venons-nous à comprendre le pécheur. Le Seigneur ne dit-Il point Lui-même que vous devez aimer le pécheur tout en haïssant le péché ?

« Maintenant tout le monde sait qu'il existe d'autres péchés pas aussi anodins que de manger quelques baies. Voler l'agneau du voisin est un de ces péchés, ou voler les faveurs de sa femme, et ces péchés doivent être confessés aussi, et la pénitence est plus lourde, mais il y a un pardon pour eux également, non ? Car s'il n'y avait point de pardon, nous serions certainement tous voués à l'Enfer, sans espoir de salut, et qui parmi nous ici peut dire qu'il n'a aucun espoir de salut ? Les Groenlandais sont de grands batailleurs, pas vrai ? Et il arrive parfois que dans la bagarre un homme soit tué, et ceux qui l'ont tué doivent reconnaître leur péché et faire pénitence, mais, en vérité, leur acte leur interdit-il tout espoir de salut ? Eh bien, dit Jon Andres, il faut reconnaître que personne ne connaît la réponse à cette question : qui est exclu des Cieux et qui ne l'est point, car le Christ n'est pas venu parmi nous pour séparer les chèvres des brebis, n'est-il pas vrai ?

Et il dit tout cela d'une voix douce et égale que les hommes devaient tendre l'oreille pour entendre. Et tout ce qu'il disait semblait juste et vrai.

— Moi aussi, poursuivit-il, j'avais un frère, dont les habitudes n'étaient pas les miennes. Et il advint que j'en agis avec lui comme s'il était mon ennemi et que je lui causai grande injure, et ceux qui le connaissaient avant et après cet incident disent qu'il ne fut jamais ensuite tout à fait lui-même et eut désormais l'esprit troublé, et quand j'en vins à connaître cet homme comme un frère je me repentis de tout cœur de ce tort que je lui avais fait, d'autant plus que je vis qu'il ne me pardonnait pas vraiment au fond de lui, bien qu'il se comportât toujours comme un frère envers moi. Et il advint ainsi que je finis par aimer cet ancien ennemi et mon cœur se remplit de pitié pour lui, car, dans la confusion de son esprit, je voyais que la vie le dépassait et que bien souvent il ne savait point diriger ses pas dans la bonne direction.

L'entêtement et la révolte étaient des habitudes si ancrées en lui qu'il faisait toujours le contraire de ce qui lui était conseillé. Néanmoins, c'était un gaillard utile et vigoureux, doué de talents dont aucun autre Groenlandais ne peut se prévaloir, et cet homme était Kollgrim Gunnarsson de la terre de Gunnar à Vatna Hverfi. Mais qui parmi nous n'a pas un frère, un cousin ou un fils que nul ne semble pouvoir guider vers le bien, mais qui doit trouver son propre chemin à travers les plus épaisses broussailles, alors que le sentier battu est tout près ? Qui parmi nous ne se courrouce pas parfois, et ne se tourmente et parfois ne s'afflige devant les procédés de ces gens-là ?

« Or il advint que mon frère trébucha et en vint à désirer une femme qui était mariée à un Islandais mais vivait seule à ce moment-là. On peut dire de cette femme qu'elle aussi était d'un tempérament inhabituel et mélancolique, car, lorsque les autres riaient, elle se contentait parfois de sourire, quand ils souriaient, de contempler ses mains croisées sur ses genoux, et quand ils écoutaient, de disparaître dans ses propres pensées. Etait-il si étrange que ces deux êtres mélancoliques, qui se tenaient à l'écart des autres, se découvrissent quelque connivence étrangère à la plupart des hommes ? Car multiples sont les manières dont un homme et une femme viennent à se rencontrer, et souvent risibles pour les autres.

« Quoi qu'il en soit, ils ne se rencontrèrent pas très longtemps, car ils furent bien vite découverts par le mari et ses amis, et séparés, avec quelque deuil de part et d'autre. A grand deuil peut-être même, tant ils étaient tous deux enclins à s'endeuiller. Et il advint que le mari intenta un procès à mon frère Kollgrim en raison de cet adultère, et tous les Groenlandais s'en gaussèrent à part eux, car si chaque adultère devait être traîné devant le Thing, en vérité, nous devrions passer ici deux semaines tous les étés.

« Mais les Islandais ourdirent une étrange accusation, en invoquant des pratiques que les Groenlandais ne connaissent guère, bien que, naturellement, nul chrétien n'ignore comment le Diable œuvre en ce monde, et que tous redoutent son pouvoir. Et il arriva que mon frère, qu'aucun homme ne pouvait déconfire les armes à la main, fut traîné dans ce cercle, dans la plus grande confusion d'esprit et plein de fantasque mélancolie, et il comprenait si peu ce dont on l'accusait — c'est-à-dire de sorcellerie — qu'il ne sut pas répondre aux questions qu'on lui posa et alla même jusqu'à dire que, si les juges présentaient les choses ainsi, elles devaient être ainsi. Cela ressemble-t-il aux paroles du Diable ? Un homme peut-il être si plein d'artifice qu'il se précipite ainsi dans le feu parce qu'il feint l'ignorance ? J'étais présent moi-même, et ce que je vis alors n'était point un diable, ni un sorcier, ni même un homme, mais une pauvre brute, un ours blessé à mort, qui trébuche en aveugle, brandillant la tête de douleur, cherchant il ne sait quoi, car ce n'est qu'une brute. Le Seigneur ne nous requiert-Il pas de montrer de la clémence à plus faible que soi ? Les juges, sinon les Islandais, ne pouvaient-ils pas voir la douleur et la confusion de sa contenance, et montrer de la clémence à mon frère ? Ils le pouvaient. Je le croyais alors et je le crois maintenant.

Là, Jon Andres se tut pour regarder l'assistance, puis il inspira fortement et ferma les yeux un moment.

— Selon les lois de la Terre Verte, poursuivit-il, en l'absence d'un représentant du roi, les hommes sont proscrits et chassés dans la lande où leurs ennemis peuvent les traquer et leur faire tout le mal possible. Mais il est vrai que personne n'aurait pu faire grand mal à mon frère de la sorte, car la lande est son domaine et la hardiesse son apanage naturel. Quelle table n'est pas un peu dépourvue après les chasses aux phoques et aux rennes depuis le meurtre de Kollgrim Gunnarsson ? Et qui peut dire que ces chasses ne seront pas plus laborieuses et moins fructueuses dans l'avenir ? Elles l'ont été dans le passé. Qui n'a un enfant qui pourrait périr un jour faute d'une bribe de viande que Kollgrim Gunnarsson aurait pu lui fournir ? Jamais mon frère ne prit pour sa part plus d'un quart de sa chasse. Les Groenlandais sont-ils si riches qu'ils puissent se permettre de perdre un bateau, quelques flèches et épieux, ou un homme ? Certainement pas ! En vérité, les Groenlandais font penser à six hommes dans une barque à quatre rameurs, dont le plat-bord ne dépasse la mer que d'un doigt et qui peut couler d'un instant à l'autre, selon qu'elle s'enfonce de ce doigt ou non.

« Mais ces hommes ne suivaient pas les lois de la Terre Verte. Et qui sait quelles lois ils ont suivies ? Des lois existant prétendument dans d'autres contrées du Nord, mais ils étaient les seuls à le dire. Nous autres Groenlandais n'avons guère le moyen de connaître les lois des autres nations. Nonobstant, mon frère fut sommairement traîné vers cet endroit du champ, là-bas...

Il pointa le bras vers l'endroit où le bûcher avait été dressé :

— Et mis à mort par le feu. Jamais Groenlandais n'a été mis à mort par le feu avant lui, et je crois que ceux qui ont assisté à ce supplice espèrent que nul Groenlandais ne connaîtra jamais le même sort. Pour moi, je préférerais périr de faim ou de froid, ou d'un coup de hache sur la tête. Mais il y a encore une chose que nous savons. Nous savons qu'on aurait pu lui montrer de la clémence au dernier moment, lorsqu'il apparut que les Groenlandais ne parviendraient point à rassembler assez de bois pour le brûler. Les cœurs auraient pu renoncer à cette entreprise diabolique à ce moment-là. Mon frère aurait pu être proscrit, alors. Mais certaine personne, l'accusé de ce procès, dit à ses complices : « Imbibons-le d'huile de phoque. » Et c'est ce qu'ils firent, et lorsque l'huile de phoque l'eut consumé dans une grande conflagration, il était mort.

Jon Andres lança un regard noir en direction du récitateur de la loi.

— Voilà pourquoi je vous dis que le récitateur de la loi fut le meurtrier de mon frère, et devrait subir la proscription et la confiscation de ses biens pour ce crime, tout inhabituel que cela soit. Qu'en serait-il si le récitateur de la loi s'était approché furtivement, la nuit, de mon frère pour lui porter son coup mortel avec une hache ? Il n'y a aucune différence. Un homme peut en tuer un autre grâce à la force de son bras, ou il peut le tuer grâce à la force de sa ruse. Il peut le tuer ou comme un homme, ou sous le masque du récitateur de la loi, mais l'homme assassiné est aussi mort dans les deux cas, et aussi pleuré, et aussi perdu pour les gens qui dépendent de lui pour vivre. Je réclame donc une sentence de pleine proscription et de confiscation des biens à l'encontre de Bjorn Bollason, l'exil dans la lande, la perte de sa fonction de récitateur de la loi et tout autre châtiment que le droit de juger seul peut nous autoriser à revendiquer.

Et Jon Andres se tut et promena lentement son regard autour du cercle, scrutant chacun de ses partisans, et chacun des spectateurs, et chacun des juges, et finalement Bjorn Bollason lui-même, et nul ne bougea tout le temps qu'il regarda de la sorte.

Alors Bjorn Bollason s'avança dans le cercle, et il était fort richement vêtu, d'une robe en vadmal blanc avec un grand sceau de saint Olaf le Groenlandais qui pendait sur sa poitrine. Il arborait toutes sortes d'ornements que les Islandais lui avaient offerts en présents, et il paraissait fier et imposant. Il se trouva qu'il ne regarda personne, ni l'assistance, ni Jon Andres, ni les juges, mais tourna les yeux vers le fjord, une fois, puis les leva, une fois, vers les montagnes. Il prit alors la parole et dit d'une voix fière :

— Moi, Bjorn Bollason, je suis le récitateur de la loi des Groenlandais depuis bien des étés, et avant cela, mon père adoptif Hoskuld avait une grande connaissance de la loi. Jamais de mémoire d'homme semblable accusation n'a été portée devant le Thing, jamais juge n'a été menacé de proscription pour avoir appliqué les lois comme elles avaient été édictées. Cette action est pour le moins absurde et au pire dangereuse, car de la sorte toute décision des juges peut être remise en question, et cela aussi longtemps qu'il pourra prendre l'envie à quelqu'un de la récuser. C'est tout ce que j'ai à dire.

Et il sortit du cercle aussi fièrement qu'il y était entré. L'heure approchait de la viande du soir, aussi les juges se retirèrent-ils pour prendre leur décision, et ce qu'ils décidèrent ne surprit personne, pas plus Gunnar que Jon Andres. Les gens se pressèrent en foule autour du petit cercle et le juge principal, après Bjorn Bollason, un homme de Brattahlid appelé Bessi Hallsteinsson, annonça que l'accusation était irrecevable, que le récitateur de la loi n'avait commis aucun crime et qu'en vérité il aurait commis un crime s'il ne s'était pas efforcé de son mieux de faire exécuter le châtiment qui avait été résolu.

Alors un grand tumulte éclata, et certains tâchèrent de s'écarter du cercle où se tenaient les juges, tandis que d'autres accouraient de l'endroit où se dressaient les tentes, et l'on vit que les hommes du Hvalseyfjord et de Vatna Hverfi étaient beaucoup plus nombreux qu'on ne l'avait cru auparavant. Et soudain tous brandissaient haches et gourdins, arcs et flèches. Les hommes de Brattahlid et de Dyrnes qui soutenaient Bjorn Bollason, de même que Bjorn et ses fils, se précipitèrent vers le lieu où les armes avaient été déposées le premier jour du Thing, et ils se saisirent de ce qui leur tombait sous la main, que ce fût leurs armes ou non, et ils n'eurent que le temps de faire face, car les hommes de Vatna Hverfi étaient déjà sur eux.

Il parut à Gunnar Asgeirsson que les clameurs accueillant le verdict surgissaient autour de lui, mais il sentit bientôt que c'étaient sa propre bouche qui se distordait et sa propre gorge qui vomissait des malédictions contre Bjorn Bollason et ses juges liges. Lui eût-on dit que ses cheveux étaient en flammes qu'il ne s'en serait point étonné tant la rage et la haine brûlaient en lui avec ardeur. Bjorn Bollason n'avait pas daigné regarder les hommes assemblés, si hautain était-il, si ostensiblement vêtu de blanc, et cela seul, ce mouvement de la tête, tandis qu'il promenait les yeux de l'Eriksfjord aux montagnes derrière, fit jaillir toute la fureur de Gunnar, comme du glacier l'eau de fonte au printemps. Quand les hommes de Vatna Hverfi surgirent derrière lui, ainsi qu'il avait été convenu dans le cas d'un tel verdict, Gunnar reçut sa hache dans la main, mais il n'aurait pu dire qui la lui avait glissée, car ses yeux étaient fixés sur Bjorn

Bollason, qui s'était retourné, titubant, et se ruait maintenant vers la pile d'armes. Gunnar bondit à sa poursuite, et dans la foule, malgré tous les gens devant et derrière lui, jamais un instant il ne perdit Bjorn Bollason du regard, ni ne sentit sa rage diminuer la moindre fraction de seconde. En vérité, la rage qu'il éprouvait à chaque moment n'était rien auprès de celle qu'il ressentait l'instant suivant, et il brûlait non seulement de tuer Bjorn Bollason, mais de lui infuser au tréfonds de ses os chaque souffrance et tourment que Kollgrim avait enduré, et lui aussi, Gunnar Asgeirsson, depuis le moment de cette mort : chaque instant de fureur et de deuil. Des coups pourraient-ils déchirer cet homme comme la vision de Birgitta Lavransdottir, les entrailles palpitant au fond des entailles qu'elle s'était infligées, puis la vue de son corps sans vie, tassé contre une pierre le long du mur de la maison, une flèche sanglante fichée dans sa poitrine ? Pourraient-ils lui faire entendre les cris et les sanglots qui avaient empli sa demeure et ses oreilles pendant des jours et des jours après son retour du Thing ? Personne n'avait eu à annoncer la nouvelle à Birgitta, car elle connaissait déjà la mort de Kollgrim grâce à sa seconde vue ou par sa chair de mère, et elle l'avait accueilli à la porte de sa ferme comme une folle, dévastée par le deuil, tordue par le mal des jointures, et pourtant debout, raide de douleur. Il y avait les autres aussi : Elisabet Thorolfsdottir, qui s'arrachait les cheveux, et Helga, qui simplement gémissait, en serrant son enfant contre son sein, et Jon Andres, cet homme pacifique, qui avait préparé, froidement, pas à pas, en toute connaissance de cause, chaque démarche vers cet instant, cet instant où ils broieraient et anéantiraient Bjorn Bollason et ses fils. Et tandis que celui-ci tournait fièrement la tête, Gunnar pouvait entendre et voir le récitateur de la loi dire ce qu'il avait dû dire : « On pourrait l'imbiber d'huile de phoque. »

Et il semblait que le feu qui le dévorait brûlerait avec toujours plus de violence tant que Bjorn Bollason ne serait point inerte sur le sol, méconnaissable, déchiqueté en lambeaux sanglants.

Les hommes de Brattahlid se regroupèrent en une maigre ligne, armes brandies, et les hommes de Vatna Hverfi fondirent sur eux de toute la puissance de leur charge, si bien que certains traversèrent la ligne pour se retrouver derrière leurs adversaires. Les hommes de Brattahlid étaient beaucoup moins nombreux mais en fait ils étaient mieux armés, car les amis de Gunnar avaient laissé quelques-unes de leurs armes sur la pile, pour sauvegarder les apparences. Et l'on n'entendit plus que grognements et halètements, le choc des coups et les cris des blessés, tant les hommes se battaient avec fureur.

D'abord, Bjorn Bollason, surpris, hésita quelque peu. A vrai dire, il ne comprenait pas comment les choses avaient pu tourner ainsi ni ne savait trop que faire. Et son ventre était si rebondi maintenant, grâce à la bonne chère de la Colline du Soleil, que sa course du cercle des juges jusqu'au tas d'armes lui avait coupé le souffle et fait tourner la tête. Puis un horion le jeta à genoux, un coup de pied à la tête l'étendit sur le ventre, et cela le surprit tant qu'il n'eut pas le sens de faire le mort : il s'efforça au contraire de se relever et de se retourner pour voir son assaillant, car il avait peine à croire que quelqu'un ait eu le front de le frapper, lui, un homme aussi populaire et chanceux. Mais dès qu'il se remit sur ses genoux, un gourdin s'abattit, d'abord sur son épaule, un coup oblique, puis sur son dos, et une violente douleur le parcourut, si bien qu'il lui parut préférable, en fin de compte, de rester allongé, mais il essayait encore de se retourner, pour voir qui le tourmentait de la sorte, mais en vain. Et soudain, une main l'empoigna par les cheveux et le renversa sur le dos, et il vit le visage de Jon Andres Erlendsson, et derrière lui le visage de Gunnar Asgeirsson, et ce fut la dernière chose qu'il vit, car tous deux lui assenèrent un coup de hache sur la tête, et l'un de ces coups le tua, sans pourtant qu'on pût dire lequel avec certitude, et cela faisait aussi partie du plan de Jon Andres Erlendsson.

Et voilà qui trouva la mort dans cette bataille : outre Bjorn Bollason, ses deux fils Sigurd et Hoskuld périrent sur le champ du Thing, tandis que le troisième, Arni, était emmené avec une blessure mortelle. Un autre homme de Brattahlid fut tué d'une flèche, et un homme de Dyrnes eut un œil arraché. Des hommes de Vatna Hverfi, un seul, Karl, le fils puîné de la veuve Ulfhild de Mosfell, fut occis au combat ; et un autre reçut un coup de hache si profond dans la cuisse qu'il décéda le Noël suivant. Il y eut force meurtrissures et entailles et autres douloureuses blessures, et bien des combattants eurent peine à se rétablir de cette mêlée. Le Thing se dispersa sans qu'aucune autre affaire fût jugée et les juges rentrèrent chez eux fort précipitamment. En vérité, tous les gens rentrèrent chez eux fort précipitamment, car nul ne savait comment renouer avec le déroulement normal de l'assemblée que cet événement avait bouleversé.

Gunnar et Jon Andres regagnèrent indemnes Vatna Hverfi, et l'on estima généralement qu'ils avaient été gravement provoqués dans cette affaire et ne méritaient pas d'être trop sévèrement blâmés de ce qui était arrivé, car les hommes doivent se venger des injures qu'on leur a faites, s'ils sont assez forts pour cela. Si ceux dont ils se vengent ne sont pas, pour leur part, assez forts pour exiger d'eux une compensation, alors justice est faite.

Le soir de cette bataille, Sira Pall Hallvardsson était assis à sa place habituelle dans la cathédrale, à contempler le visage fendu du Seigneur au-dessus de l'autel, et personne n'avait encore apporté les lampes à huile de phoque, de sorte que l'endroit ne laissait point d'être ténébreux. Soudain, la porte donnant sur la grand-salle s'ouvrit violemment et Sira Eindridi et Larus le Prophète se précipitèrent tout effarés dans la cathédrale. Ils s'immobilisèrent dans l'obscurité et regardèrent autour d'eux jusqu'à ce que Sira Pall leur signalât sa présence, alors Sira Eindridi s'avança vers lui en haletant et lui annonça la nouvelle de la bataille de Brattahlid. Sira Pall écouta en silence, puis il dit, d'une voix calme :

— Ce sont douloureuses nouvelles, en vérité, et il faut que j'aille y réfléchir dans ma chambre.

Il tendit le bras pour que Sira Eindridi l'aidât à se relever et lui passât ses cannes, mais juste à ce moment-là, le vieux prêtre poussa un grand gémissement et s'effondra en avant. Sira Eindridi n'eut pas la force de le retenir, si bien que dans sa chute il heurta le banc de la tête. Il ne revint pas à lui et l'on constata bientôt qu'il était mort, mais bien que Sira Eindridi ne lui eût pas administré les derniers sacrements, l'on estima qu'il était assuré d'entrer au Paradis puisqu'il priait au moment de sa mort. Telle était du moins l'opinion de Larus le Prophète. Désormais, les gens considérèrent Sira Pall comme une des victimes de la bataille de Brattahlid, au même titre que les autres, car, disaient-ils, son cœur s'était brisé à cette nouvelle, et qui eût pu prouver le contraire ?

Un jour de cet été-là, Gunnar était assis sur l'agréable coteau auprès de la demeure de la terre de Gunnar, et Margret allait et venait devant lui en filant. Il regardait son fuseau tomber en tournoyant tandis qu'elle marchait dans un sens, puis il la regardait enrouler le fil sur le fuseau quand elle faisait demi-tour, et il lui sembla que le fuseau et le fil qui s'allongeait lui jetaient un sort et que ce sort le poussait à parler comme il ne l'avait jamais fait auparavant. Il dit :

— Comment font les hommes pour revenir de leurs passions ?

Il leva la tête vers elle et c'était comme s'il était redevenu enfant et elle sa sœur aînée, et qu'il venait de lui demander comment on faisait le beurre, ou comment le Seigneur sait qui est bon et qui ne l'est pas — telle était l'innocence avec laquelle il avait posé cette question après une longue vie de péché. Margret s'arrêta de marcher, baissa les yeux vers lui et dit :

— Il me semble que la plupart n'en reviennent pas.

Et Gunnar vit immédiatement que tel était le cas, mais il demanda :

— Que se passera-t-il après ?

Et Margret s'interrompit de nouveau dans ses allées et venues, baissa de nouveau les yeux vers lui et dit :

— Nul doute que nous mourrons, mais peut-être ne serons-nous pas de ceux qui meurent de leurs passions mêmes.

Alors Gunnar dit :

— As-tu jamais songé aux voyages de notre père Asgeir en Norvège et en Islande ? Ailleurs, les gens doivent vivre autrement que nous.

— Quand j'habitais parmi les Islandais, Snorri Torfason avait coutume de dire que les Groenlandais commettent le péché d'orgueil en se croyant les plus mal lotis, jusqu'à ce qu'ils aient des nouvelles d'autres peuples, et alors ils commettent derechef le péché d'orgueil, cette fois en s'imaginant les meilleurs.

— Quand j'ai porté à Bjorn Bollason le coup qui le tua, il me sembla que ce n'était pas grand-chose, car cela ne dura qu'un instant. Ma passion se maintint alors car elle n'avait pas été satisfaite. Maintenant, cela me semble toujours une petite chose, comme un obstacle où s'est prise ma robe. Mais au lieu de me détacher de ce petit obstacle, chaque pensée et chaque geste m'y lie toujours plus étroitement, si bien que tôt ou tard je m'y étranglerai.

— Les partisans du récitateur de la loi seraient heureux de t'entendre, puisque cela les libérerait de l'obligation de se venger.

Et Margret se remit à arpenter le coteau, aussi posément qu'avant, et elle continua ainsi pendant quelque temps, et le fuseau tournoyait et le fil s'allongeait, et Gunnar la regardait, tandis que le soleil illuminait le pré clos, comme depuis près d'un demi-millénaire, depuis le temps d'Erik le Rouge et du premier Gunnar à cultiver ce domaine, qui, le premier, avait clôturé le pré clos et l'avait fertilisé avec le fumier de ses vaches, moutons et chevaux. Alors il dit :

— Ma sœur, que cherches-tu dans ce monde ?

Et Margret répondit :

— Il m'a toujours semblé que je cherche à devenir comme une pierre, et lorsque j'étais une jeune femme, il me semblait que tel était le procès vers la mort — un durcissement qui gagnait peu à peu la chair, jusqu'à ce que le corps reposât inerte dans le lit clos ou fût jeté dans la neige en attendant d'être enterré au printemps. Maintenant, il me semble que ma chair palpite avec toujours plus de vie chaque année et que je ne réaliserai jamais ce que je cherche. Je crains, en vérité, que la mort ne soit point la mort mais la vie qui perdure après tout.

Et elle se remit à marcher et à filer, et quelque temps après Johanna vint leur dire que la viande du soir était sur la table.

Durant la chasse aux phoques et pendant tout l'automne, il y eut chez les Groenlandais force discussions et querelles sur qui serait le nouveau récitateur de la loi ou s'il y en aurait même un de nommé. Or il se trouvait que Bjorn Bollason n'avait pas essayé d'enseigner les lois à quiconque, sinon, peut-être, à Sigurd Bjornsson, qui était mort avec son père à Brattahlid, et les gens ne voyaient d'autre explication à cela que Bjorn Bollason se croyait si chanceux qu'il ne mourrait jamais, au contraire des autres hommes. A moins qu'il n'en ait point trouvé le temps, car il y avait bien des choses qui intéressaient plus Bjorn Bollason que de prendre la peine de passer les lois en revue. Les réjouissances qui étaient de règle à la Colline du Soleil, surtout les années où les Islandais y vivaient, devaient d'ailleurs accaparer une bonne part de ses loisirs. Il se trouvait aussi qu'on ne pouvait dire que Bjorn Bollason eût particulièrement bien appris les lois lui-même, puisque leur récitation ne lui prenait que moins d'un jour au lieu de trois jadis.

Et de cela, quelques-uns disaient : quelle importance après tout ? Les affaires qu'on soumettait au Thing ne se réglaient-elles pas mieux dans les districts ? Ou entre les plaignants eux-mêmes ? Et si elles se réglaient parfois par des coups, était-ce si différent de ce qui était arrivé à Bjorn Bollason lui-même ? La querelle avait été tranchée en sa faveur, et pourtant il était mort sans personne pour venger sa mort, puisque ses frères adoptifs de Dyrnes n'en avaient pas dit un mot de tout l'été, bien que Signy fût allée vivre chez eux. Se rendre au Thing, surtout depuis qu'il se réunissait à Brattahlid, était d'ailleurs extrêmement incommode, maintenant qu'il y avait si peu d'hommes dans les fermes pour faire tout le travail nécessaire. Il y avait eu un temps où le Thing durait sept jours ou davantage, avec toutes les lois à réciter et tous les procès, mais il semblait désormais qu'à peine avait-on dressé sa tente, il fallait la démonter. Voilà ce que racontèrent les gens tout l'automne et tout l'hiver, et nulle démarche ne fut entreprise, ni par Sira Eindridi ni par personne d'autre, pour remplacer le récitateur de la loi. Si nul ne connaissait toutes les lois, les Groenlandais ne savaient-ils pas, d'une manière générale, ce qui était requis de chacun ? Et dans le cas contraire, on pouvait consulter Sira Eindridi, puisqu'il fallait toujours aller à Gardar, en tout état de cause. Quelques anciens évoquaient le temps de l'évêque et de Sira Jon, quand pratiquement personne n'allait au Thing. Ces périodes vont et viennent, disaient-ils. Les hommes trouveront toujours le moyen de se gouverner. Ainsi l'hiver passa, puis vinrent le printemps et la saison de la chasse aux phoques, mais rien ne fut décidé, sinon que, lorsque le Thing se réunirait de nouveau, il ne se tiendrait plus à Brattahlid mais à Gardar comme autrefois. Il n'y eut cependant pas de Thing cette année-là, bien que quelques hommes se rendissent à Gardar pendant la période habituelle de l'assemblée. Ils parlèrent à Sira Eindridi Andresson de leurs problèmes et il leur donna ses conseils, et ils consultèrent également Larus le Prophète, qui avait abandonné Ashild et la petite Tota pour vivre dans le célibat à Gardar, dans l'ancienne chambre de Sira Audun.

Et ainsi, pour la plupart des Groenlandais, une sorte de paix s'instaura l'année qui suivit la grande bataille au Thing de Brattahlid, car les chasses furent assez abondantes, l'hiver assez froid et neigeux pour voyager commodément, l'été assez chaud et humide pour une bonne récolte de foin dans presque chaque ferme. Les moutons allèrent des alpages aux pacages des vallées, les vaches du pré clos à l'étable, et les gens de la table au lit clos et aux champs, de la maison à la réserve, du métier à tisser à la laiterie, de la chasse au ptarmigan à l'abattage des moutons, et le supplice de Kollgrim Gunnarsson ou le meurtre de Bjorn Bollason n'y avaient rien changé.

Seul Larus le Prophète trouvait que quelque chose avait changé, et pour le mieux, si l'on se souciait de purger le monde du mal et de préparer les gens à leur imminente rencontre avec le Seigneur. Or le jour de la fête de saint Nikolaus, Larus se trouvait dans la cathédrale, sans penser à grand-chose, sinon que le pavé commençait à lui donner froid aux pieds. Et voilà que cette sensation lui vint : il sentit le froid des pierres monter le long de ses pieds, de ses mollets, de ses cuisses et de son tronc, et il sut que se tenait derrière lui une présence qu'il était seul parmi les Groenlandais en mesure de recevoir, et il se mit à trembler sans pouvoir faire volte-face. Puis il reçut l'ordre de se retourner. Alors le froid l'envahit tout entier et il leva les yeux vers le crucifix fendu et dit avec ses lèvres :

— Seigneur, ne me laissez pas fuir loin de Vous.

Ainsi qu'il disait toujours en semblable occasion, puis il tomba sur le sol, comme c'était également son habitude.

Alors un homme humble s'approcha tout près de lui, et sa robe était en vadmal sombre et grossièrement tissé, et son visage voilé, si bien que Larus ne put voir ses traits, et l'homme dit :

— C'est moi, Lazare, ressuscité d'entre les morts, qui viens devant toi en ce lieu, et je ne viens pas t'apporter la lumière, mais les ténèbres, car, en vérité, Larus, des ténèbres s'étendent sur ce pays comme nul homme n'en a jamais vu par les plus sombres nuits d'hiver, même parmi les vaches murées dans leur étable. Ces ténèbres sont comme une lueur aveuglante auprès des ténèbres que je t'apporte.

Et cet homme, Lazare, posa le doigt sur le front de Larus et un flot de ténèbres sembla l'envahir, remplissant le plus petit coin de son être.

Ce fut juste après la viande du matin que ces choses advinrent à Larus ; ensuite, il resta étendu sur le pavé de la cathédrale, inanimé, pendant la plus grande partie de la journée, jusqu'à ce que deux serviteurs qui le cherchaient le trouvent là et viennent voir ce qui l'avait jeté à terre. Comme ils s'approchaient, Larus revint à lui et se mit sur son séant. Il porta les mains à son visage et sa chair lui sembla livide et exsangue. Il dit aux hommes :

— En vérité, mes enfants, je me suis égaré aujourd'hui.

Mais il leur sourit, comme toujours, car il se montrait toujours doux et amène, et pour cela les gens le tenaient en affection, malgré ses étranges discours. Alors il se mit à genoux et dit :

— Nous devons prier.

Les serviteurs s'agenouillèrent à leur tour, et tous trois prièrent quelques instants, puis les hommes s'en furent et Larus partit trouver Sira Eindridi, car les domestiques lui avaient transmis ce message que Sira Eindridi était dans le champ des chevaux et demandait à Larus de l'y rejoindre.

En effet, avant de devenir prophète, Larus avait été vacher dans le district de Brattahlid, et sa science du bétail lui avait alors valu une certaine réputation, au point qu'il avait pu cesser de servir les autres après la grande faim pour réclamer sa propre ferme. En devenant prophète, il n'avait rien perdu de son savoir, aussi Sira Eindridi n'était-il pas mécontent de l'avoir à l'évêché, car il était fort ignorant en ce domaine. En vérité, Sira Eindridi trouvait qu'il s'était très bien arrangé de Larus. Sans l'ordonner prêtre, il avait fait de lui un allié de l'Eglise, et les diatribes, comme celle qu'il avait entonnée pendant le fameux office de Sira Pall Hallvardsson, appartenaient maintenant au passé. Sira Eindridi ne craignait nullement d'être interrompu. En outre, les services autour de la table, que Larus avait pris l'habitude de célébrer à sa ferme pendant quelques années, avaient aussi pris fin. Sans doute les gens cherchaient-ils toujours à le voir, mais ils devaient maintenant venir à Gardar, et quoi qu'ils lui racontassent en privé, la cathédrale et la face du Seigneur et les reliques de saint Olaf veillaient sur eux, et leurs pensées ne pouvaient trop s'égarer sur des voies dangereuses. N'était-il pas vrai que des lieux sacrés émane un rayonnement invisible qui écarte les hommes de leurs errements familiers pour les ramener à la vraie foi, telle que l'ensemble des âmes s'accorde à l'édicter ? Quelqu'un lui avait parlé de ce pouvoir, peut-être Sira Pall Hallvardsson. Quoi qu'il en fût, avoir un cheval qui boitait bas et pouvoir faire venir Larus immédiatement pour qu'il constate que le cheval avait reçu une ruade en se battant, mais n'avait rien de brisé, était rassurant de toutes sortes de manières. Ni alors ni plus tard ce jour-là, Larus ne mentionna l'apparition de Lazare ou les conclusions qu'il fallait tirer de cette vision. Il lui semblait que ce Lazare viendrait le voir aussi souvent qu'il pourrait le supporter, et qu'en vérité ce serait un maître impitoyable.

Tôt après, aux abords de Noël, on apprit de Vatna Hverfi que le corps d'Ofeig Thorkelsson avait été trouvé dans une ferme abandonnée de l'Alptafjord. Selon toute apparence, ce démon était mort depuis quelque temps, et peut-être de faim, car sa chair était maigre et résorbée, et ne ressemblait guère à la chair d'un homme mais plutôt à du cuir desséché tendu sur ses os. Peut-être, disaient les gens au souvenir de sa puissante stature, peut-être que Satan l'avait sucé jusqu'à la moelle pour ne laisser que cette coquille d'homme. Il était mort et il n'y avait désormais plus rien à redouter de lui, si du moins toutes les précautions étaient prises. Skeggi Thorkelsson demanda donc respectueusement à Sira Eindridi Andresson ou à Sira Andres Eindridason de venir sur la terre de Hestur pour accomplir les rites nécessaires afin d'assurer la paix du spectre et de ses victimes potentielles sur la ferme et dans le district. Aussi, après la fête de l'Epiphanie, Sira Andres partit-il à skis pour la terre de Hestur, escorté de quelques serviteurs.

Sira Andres était un joli bachelier, grand et blond, à la contenance enjouée, et il n'ignorait point l'effet qu'il produisait sur les jeunes filles, qui préféraient toujours se confesser à lui, ou s'entretenir avec lui, ou faire quelques pas en sa compagnie, quand elles ne s'enhardissaient point à lui toucher la manche. Certains se gaussaient et disaient que c'était un prêtre à l'ancienne mode, à la mode de Sira Nikolaus qui avait vécu soixante ou cent hivers avec son « épouse » à l'église d'Undir Hofdi, sans lui être exagérément fidèle au fil des ans. Mais ces prêtres-là ont également leur usage, aussi les gens ne trouvaient-ils pas que les procédés peu orthodoxes de Sira Andres leur causassent grand dommage.

Bien que Thorkel Gellison fût un très vieil homme, fort perclus par le mal des jointures, et entièrement sourd, qui quittait rarement son lit clos, la terre de Hestur était toujours un grand domaine, assez vaste pour nourrir Skeggi, Ingolf et Ogmund, les fils de Thorkel, et leurs femmes et leurs enfants. Comme parmi ces enfants se trouvaient un certain nombre de filles, Sira Andres fut enchanté d'atteindre ce havre au terme de son voyage. Le matin qui suivit son arrivée, cordiale et festive, avec force agapes et causeries, Skeggi Thorkelson se leva, alla réveiller Sira Andres et lui dit :

— Maintenant, prêtre, il faut que tu accomplisses ton office et que tu enterres cet homme, mais il faut que tu l'enterres de telle sorte qu'il ne puisse ressortir de sa tombe, car, en vérité, si un homme risque de se relever après la mort, c'est bien notre frère Ofeig.

Le cadavre ratatiné d'Ofeig avait été enveloppé dans des lés de vadmal et placé dans un magasin vide, et comme le sol était gelé, il avait été décidé de l'ensevelir sous un tumulus, plutôt que d'attendre le printemps pour l'enterrer, et ce tumulus était déjà bâti pour l'essentiel. Il ne restait plus à Sira Andres qu'à prononcer les formules idoines et l'on déposerait le corps dans la tombe, pour le recouvrir de pierres si lourdes que même Ofeig ne pourrait les écarter. Alors Sira Andres revêtit ses robes, sa chape et sa chasuble, et les autres ornements, et sortit célébrer le service funèbre rituel, avec toute la gravité de rigueur. Lorsqu'il eut terminé, il regarda autour de lui, mais loin de commencer à entasser les pierres sur le cadavre, les gens restèrent là à le fixer. Skeggi hocha la tête, comme pour l'encourager à ajouter quelque chose, et Sira Andres comprit qu'on attendait de lui une initiative particulière, mais en vérité il n'en avait point la moindre idée. Il sourit à sa manière enjouée, mais Skeggi se renfrogna et, au bout d'un moment, il dit :

— Ne vas-tu pas conjurer aussi le mauvais esprit ? Nous redoutons, en effet, que l'âme de notre frère Ofeig ne quitte pas la terre et ne tourmente les gens de la ferme. Tu dois prononcer les paroles qui empêcheront cela.

Sira Andres continua de sourire, car, à vrai dire, il ne savait qu'ajouter. Alors Skeggi se tourna vers Ingolf et dit, d'une voix assez basse :

— Il me semble que ce garçon ne sait pas ce qu'il faut dire et que sa visite est vaine.

Mais Ingolf se pencha vers lui, chuchota quelque chose et regagna la maison.

Tout le monde attendit autour du cairn et Sira Andres commença à se sentir un peu déconfit. Au bout de quelque temps, Ingolf revint en tenant une vieille femme par le bras, et il la guidait car elle était aveugle et courbée. En pénétrant dans le cercle, il dit à Sira Andres :

— C'est notre cousine, la cousine de notre mère. Elle s'appelle Borghild et bien qu'elle ait la voix vieille et cassée, si tu écoutes attentivement, elle t'indiquera les mots à dire, et si tu les prononces après elle, l'exorcisme sera accompli.

Borghild s'approcha tout près de Sira Andres, et celui-ci eut un haut-le-cœur car, en vérité, elle était fort vieille et pisseuse. Elle parlait d'une voix sifflante, et Sira Andres l'écouta de son mieux et répéta après elle :

— Seigneur, daigne entendre notre supplication. Nous recommandons à Tes soins notre fils Ofeig, qui a péché bien souvent dans sa vie. Ses crimes sont légion et il s'est offert comme refuge aux suppôts du Diable. Nous Te demandons de l'éloigner de nous maintenant et à jamais, et de lui interdire de revenir parmi nous, car nous sommes Tes fidèles serviteurs. Et voilà ce dont nous T'adjurons : que sur lui Tu amoncelles la terre, et les pierres de la terre, et les eaux de la terre, et tout cela en telles quantités que Toi seul, dans Ton infinie sagesse, Tu puisses le retrouver.

Quand Sira Andres eut prononcé toutes ces paroles, Skeggi lui tendit une poignée de terre, et Sira Andres la jeta sur le corps, puis Skeggi lui tendit une pierre, et Sira Andres la jeta sur le corps, enfin Skeggi lui tendit une louche d'eau, et Sira Andres la jeta aussi sur le corps.

Alors tous firent le signe de la croix, et les fils de Thorkel entreprirent d'entasser les pierres sur le cadavre, tandis que les autres retournaient à la maison.

Sira Andres ne songea plus guère ensuite à cette cérémonie. Il resta encore deux nuits sur la terre de Hestur et trouva les fils de Thorkel d'un commerce si agréable qu'il convint de revenir chez eux pour son ministère pendant le Carême, à l'occasion de sa tournée des paroisses du Sud. Mais il advint qu'à son retour à Gardar, pour égayer son père et Larus le Prophète pendant la viande du soir, il raconta ce que la vieille femme lui avait dit et ce qu'il avait accompli avec la terre et la pierre et l'eau. Sira Eindridi ne fit guère de commentaires et continua tranquillement de souper, mais Larus le Prophète sursauta ; il réfléchit quelques instants puis demanda à Sira Andres de répéter mot pour mot ce qu'il avait dit. Sira Andres s'exécuta, après quoi Larus se tint coi et ne dit mot de la soirée.

A quelque temps de là, au printemps, un autre événement, qui s'était produit dans le sud de Vatna Hverfi, vint à la connaissance de Larus, et voilà ce dont il s'agissait : une vache qui avait été couverte par le taureau de la terre de Hestur, sur la ferme même de Thorkel Gellison, de retour chez son propriétaire avait mis bas un veau ayant cinq pattes et trois yeux, sans compter qu'un début de deuxième tête sortait de la première tête. Et ce veau vécut quelques jours comme un veau normal, jusqu'à ce que le fermier décide qu'il lui porterait malheur et le tue. Mais la naissance de ce sinistre animal porta effectivement malheur à la vache, car elle tomba malade et mourut peu après l'abattage du veau, et le fermier ne fut pas peu mécontent d'avoir perdu les deux, surtout que la vache était une de ses meilleures laitières. Alors les gens commencèrent à se demander si leurs vaches subiraient le même sort s'ils les accouplaient au taureau de la terre de Hestur, qui était un beau taureau, mais tellement jeune encore qu'il n'avait guère engendré d'autres veaux que celui-là. On pouvait toujours les mener au taureau de la terre de Ketil ou à l'un des autres étalons de Vatna Hverfi, voire les conduire à Gardar en bateau pour les faire saillir par les taureaux de l'évêché, qui étaient les plus beaux de la Terre Verte. Ces bavardages se répandirent dans tout le district, et quand vint la saison de la monte, les fermiers ne surent plus que décider. Pour eux, les fils de Thorkel firent toutes sortes de plaisanteries sur leur taureau, disant que, si la première année il avait produit un veau et demi par vache, nul doute que la saison suivante toutes les vaches mettraient bas des jumeaux, et chaque fermier s'en trouverait plus riche d'autant. Puis les rumeurs s'apaisèrent et tous les éleveurs finirent par se déterminer pour l'un ou l'autre des reproducteurs.

C'est vers cette époque que l'on trouva de nouveau Larus inanimé, cette fois sur le gazon devant la cathédrale, et lorsqu'il revint à lui, il parla enfin à Sira Eindridi, sous le sceau du secret, de ce saint, Lazare, qui venait le voir et lui parler et l'emplir, dit-il, des ténèbres du péché qui était tapi dans le cœur des Groenlandais, et en raison de cette affaire du veau de Vatna Hverfi, Sira Eindridi et Larus parlèrent longuement, tard dans la nuit, de ce que pouvaient bien signifier ces présages, et le matin, ils firent venir Sira Andres pour l'interroger sur les paroles que la vieille femme lui avait dites et sur ce qu'il avait fait de la terre et de la pierre et de l'eau et du corps d'Ofeig Thorkelsson. Et à eux deux, Sira Eindridi et Larus le Prophète résolurent que Lazare le saint leur indiquait que cette femme, Borghild Finnkelsdottir, était une sorcière, car elle avait été, disait-on, la nourrice d'Ofeig Thorkelsson, elle avait récité cette ancienne cérémonie sans hésitation, les gens de la terre de Hestur étaient cousins avec les gens de la terre de Gunnar, qui avaient produit le fameux sorcier Kollgrim Gunnarsson, et voilà maintenant que même le taureau de la terre de Hestur était maudit.

Et leur conversation se déroula ainsi : Larus exposa les faits à Sira Eindridi avec sa bénignité coutumière, tout comme il racontait ses visions dans le passé. Et Sira Eindridi le considéra longuement et dit :

— Les hommes de Dieu doivent agir sans hésitation dans ce genre d'affaire, et je suis bien connu pour être une personne dure et directe. Il est toujours préférable d'agir, car le Seigneur se chargera de juger.

Aussi dépêchèrent-ils un messager à la terre de Hestur demander que la femme Borghild Finnkelsdottir se présentât à Gardar, et à ce messager, Skeggi Thorkelsson répondit qu'on ne pouvait raisonnablement exiger une telle chose à ce moment de l'année, quand les fjords commençaient à peine à geler et étaient aussi traîtres que possible. Ce serait tout aussi impossible ensuite, car elle était trop vieille pour skier, et Skeggi et ses frères ne voyaient aucune raison de l'amener sur un traîneau. Skeggi finit par dire qu'il la conduirait lui-même dans le bateau de la terre de Hestur au printemps, après la débâcle.

Alors Sira Eindridi entra dans un grand courroux, car il discernait une nuance de mépris dans la réponse de Skeggi, et il manda un autre message pour exiger que cette femme vînt immédiatement, au péril de son âme, et que Skeggi lui-même l'accompagnât. Skeggi reçut le message et renvoya le messager sans réponse, si bien que Sira Eindridi l'attendit d'un jour à l'autre, mais l'hiver s'écoula et jamais il n'arriva, et Sira Eindridi en conçut une profonde fureur, car il voyait que tous ces gens-là, tous les gens de Vatna Hverfi, mais surtout la parentèle de Gunnar de la terre de Gunnar et de Jon Andres Erlendsson de la terre de Ketil, étaient fort rebelles et en grand péril de leur âme. Or nul n'ignore que les âmes doivent être sauvées, fût-ce par la destruction de la chair, car l'âme appartient au Seigneur dans les Cieux, qui est fort jaloux de Ses possessions.

Il se trouva que Larus le Prophète eut encore deux apparitions de Lazare le saint au cours de l'hiver, et chaque fois il lui fut signifié avec toujours plus de clarté et de souffrance que d'énormes ténèbres menaçaient les Groenlandais et qu'ils ne pourraient y échapper que par les mesures les plus rigoureuses. Aussi, au printemps, commença-t-il à parler de ces quatre visions-là, sous le sceau du secret, à certains des hommes et des femmes qui venaient le voir à Gardar, mais tandis qu'on évoquait volontiers naguère ses visions de Jésus, de la Vierge et de l'ange Gabriel, les gens craignaient un peu de parler de ce qu'il leur racontait maintenant, et l'on ne peut pas dire qu'ils n'entendirent point parler des fils de Thorkel et de Borghild Finnkelsdottir. Certes sous le sceau du secret, mais, comme le disent les Groenlandais, de même qu'il leur faut respirer, les hommes doivent exprimer ce qu'ils pensent.

A la fin de l'hiver, vers la fête de saint Joseph, la femme mourut, et Skeggi envoya à Sira Eindridi un message pour le lui annoncer ; il était convaincu, ajoutait-il, que l'affaire en resterait là. Sira Eindridi dépêcha immédiatement un messager pour lui signifier qu'il prenait des airs bien hauts avec le Seigneur et que lui et d'autres en viendraient peut-être à le regretter. Et Skeggi renvoya l'émissaire avec cet avertissement qu'il ne manquait pas d'armes sur la terre de Hestur ni d'hommes pour s'en servir. Ainsi les relations empirèrent-elles fortement entre la terre de Hestur et Gardar.

Sur la terre de Ketil, Helga Gunnarsdottir se préparait à une nouvelle gésine, car, en vérité, la bataille du Thing, trois ans auparavant, lui avait fait comprendre qu'une épouse doit abdiquer l'orgueil de ses rancœurs et conformer sa volonté à celle de son mari, car, en Terre Verte, celui-ci court toujours le hasard d'être ramené mort à son domaine. Pour lui, Jon Andres ne se souciait plus que son secret lui échappât, et lorsque Helga posa de nouveau sur lui son regard lent, il darda vers elle son regard vif, et pendant trois ans ils furent très heureux ensemble. La grossesse ne se passa pas plus mal, ni mieux d'ailleurs, que les précédentes, et Margret Asgeirsdottir apportait tous les jours des mets et breuvages fortifiants, tandis que Johanna s'occupait de la maison, de Gunnhild et de la petite Unn. Helga croyait que l'enfant serait un garçon et s'en réjouissait beaucoup.

Un jour qu'elle reposait dans son lit clos et que les autres étaient dehors ou dans d'autres pièces de la maison, elle entendit un homme marcher dans la chambre voisine. Certaine que c'était Jon Andres, auquel elle venait de penser, elle s'assit sur sa couche et se pencha par l'ouverture. Et de fait, un homme était dans la demeure, qui lui tournait le dos, mais il ne portait pas la casaque en peau de mouton de Jon Andres mais une riche pelisse de renard bleu. Quand il lui fit face, elle vit que c'était Kollgrim et qu'il la contemplait avec le même sourire mélancolique qu'il avait toujours eu pour elle, autrefois, quand ils vivaient ensemble sur la terre de Gunnar, avant qu'elle partît se marier. Et il lui parut qu'elle était sienne en fin de compte, entièrement, et seulement prêtée aux autres un bref moment. Un peu plus tard, Margret vint lui parler et Helga lui conta son rêve, et Margret ne dit rien, mais toutes deux savaient comment l'interpréter. Il advint donc que Helga Gunnarsdottir mourut en couches, et l'enfant, qui fut lui aussi appelé Kollgrim, quelques jours après sa mère. Helga fut enterrée le long du mur nord de l'église d'Undir Hofdi, près de la tombe de Helga Ingvadottir et non loin des sépultures de Hauk Gunnarsson et d'Asgeir Gunnarsson et de tous les autres gens de leur lignage. Elle avait trente-huit hivers. Après la mort de Helga, Johanna resta sur la terre de Ketil pour s'occuper de Gunnhild et d'Unn, qui avaient fini par s'habituer à elle, bien qu'elle les traitât toujours avec plus de vivacité que de tendresse.

Cette année-là non plus, le Thing ne se réunit point. Sans doute, pendant la chasse aux phoques du printemps, fut-il question de le rétablir, mais il aurait fallu que les Groenlandais confectionnassent tout un nouvel attirail de lois à inculquer à un nouveau récitateur de la loi, et cela semblait une tâche à la fois impossible et inutile, puisque presque tous étaient d'accord sur les actions qu'il convenait d'accepter ou non. D'ailleurs, on pouvait toujours s'adresser à Sira Eindridi et à Larus le Prophète, d'autant que Gardar était un endroit plus commode d'accès que Brattahlid ; et les gens ne devaient-ils pas s'y rendre de toute manière, pour accoupler leurs brebis aux béliers ou leurs vaches aux taureaux de l'évêché ? Pendant cette chasse aux phoques, il fut aussi question de Skeggi Thorkelsson et des difficultés que Sira Eindridi avait avec lui, et certains trouvaient que Skeggi était fort provoqué, et d'autres qu'il s'était toujours montré intraitable, fier du riche domaine de son père et bien dédaigneux avec les autres fermiers du district.

L'été qui suivit cette chasse aux phoques, peu avant la fête de sainte Margret, Larus reçut derechef la visite de Lazare, le saint, et il resta inanimé pendant toute une journée et toute une nuit sans qu'on pût le ramener à lui. Il s'effondra dans la cuisine, pendant qu'il parlait à la cuisinière, et on l'y laissa tout le temps, car les serviteurs et Sira Eindridi craignaient de le remuer. Il gisait comme mort et de temps à autre la cuisinière mouillait son doigt et le plaçait sous son nez pour voir s'il respirait encore. Lorsqu'il finit par revenir à lui, on remarqua qu'il était très affaibli par cette crise, plus que jamais par le passé : pendant une journée il put à peine se traîner et son visage était aussi blanc qu'une toison fraîchement lavée. Quand Sira Eindridi l'interrogea sur sa vision, il répondit d'une manière si inintelligible que Sira Eindridi finit par lui dire :

— Larus, mon ami, je vois que ce Lazare ne te laisse nul répit, mais c'est le signe que toi, et toi seul, as la force de supporter ce fardeau.

Et Larus acquiesça, car la même idée lui était venue.

Or, le lendemain même du jour que Sira Eindridi prononça ces paroles, une femme de Brattahlid arriva à Gardar. Elle s'appelait Gunndis et avait été une des premières disciples de Larus : elle avait cousu des vêtements pour lui et mangé maintes fois à sa table, et elle connaissait beaucoup de ses visions aussi bien que lui, et dans presque exactement les mêmes termes. Il l'accueillit avec plaisir et elle lui parla longuement. Ainsi vit-il que la prophétie de la veille, que « le nord sera comme le sud, l'est comme l'ouest, et le mal surgira de tous côtés comme les vagues autour d'un frêle esquif », était accomplie.

A Brattahlid, dit Gunndis, il y avait un homme et une femme qui jetaient des sorts à leurs voisins, si bien que, tout autour de leur ferme, bétail et moutons tombaient malades, mais non les leurs, et la raison pour laquelle ils jetaient ces sorts était celle-ci : cet homme et cette femme avaient une querelle avec leurs voisins de deux côtés sur les limites de leurs terres, et après avoir essayé d'autres moyens d'agrandir leurs pâturages ils avaient maintenant recours à celui-ci. Gunnhild elle-même vivait loin de ce couple, mais la fille de sa cousine demeurait sur une des fermes atteintes et ne voyait pas comment échapper à cette calamité, sinon par l'intercession, que Gunndis avait suggérée, de Larus le Prophète. Larus lui dit qu'il s'attendait à quelque chose de ce genre, puis, sous le sceau du secret, il lui raconta les apparitions de Lazare, le saint. On ne peut dire qu'elle garda ce récit pour elle à son retour à Brattahlid, mais à chaque personne à qui elle se confia, elle demanda aussi de celer ce secret au fond de son cœur.

Ce même été, Larus apprit qu'une grande tempête s'était abattue sur le sud de Vatna Hverfi et que, pendant cette tempête, le taureau de la terre de Hestur avait été foudroyé dans son pré par un éclair. Il sembla à Larus que cet événement se passait de commentaires, et qu'il n'avait pas besoin de le commenter, hormis à Skeggi Thorkelsson ; aussi lui manda-t-il le message suivant : « Ton orgueil sera ton abaissement et la langue dans ta bouche parlera contre elle-même. » Skeggi ne répondit rien à ce message, et l'été se passa tranquillement, sinon que l'homme et la femme de Brattahlid qui avaient répandu des maladies sur les moutons et les vaches de leurs voisins furent convoqués à Gardar, où ils s'humilièrent avant de retourner chez eux, mais en vérité ils s'opiniâtrèrent dans leur péché car les vaches de leurs voisins continuèrent de périr comme devant. Larus et Sira Eindridi se consultèrent sur les prochaines mesures à prendre, mais sans parvenir à une décision. On parla beaucoup de toutes ces choses pendant la chasse aux phoques de l'automne.

Vers la fin de la mi-année de l'été, Ashild vint à Gardar avec la petite Tota, qui avait maintenant quelque dix-sept hivers mais qu'on appelait toujours la petite Tota. Ashild vivait sur sa ferme, la terre de Larus, entre le district de Brattahlid et la Colline du Soleil, avec un homme, Gerd, auquel elle n'était point mariée. Larus ne fut pas médiocrement heureux de la voir et il lui donna un baiser sur chaque joue, qui était, dit-il, le Baiser de la Vertu éternelle. S'il ne la désirait plus jamais comme la chair désire la chair, lui confia-t-il, il lui arrivait de désirer la présence de sa nature purifiée, et elle répondit que c'était la même chose pour elle, et tous deux de reconnaître que les jours anciens sur la terre de Larus, après les premières visions, quand les gens commençaient à peine à leur rendre visite, pour manger avec eux et entendre ce que Larus avait à dire, avaient été des moments heureux et paisibles. Ashild proposa de venir en pèlerinage à Gardar, pour y accomplir les tâches les plus modestes et peut-être, de temps en temps, retrouver Larus, mais celui-ci répondit qu'elle ne devait point y songer. Aussi en vinrent-ils à l'objet véritable de sa visite.

Ashild dit qu'elle avait grand-peur et que le réconfort de la présence de Larus lui manquait souvent, car des puissances maléfiques s'étaient répandues sur le monde, libérées, peut-être, lorsque Kollgrim Gunnarsson avait été brûlé sur le bûcher. On ne savait pas, interrompit Larus, où s'étaient réfugiés les diables qui avaient fui l'homme en feu, et beaucoup avaient assisté au supplice. Ashild hocha la tête. Elle-même avait vu un présage cette nuit-là, sous la forme d'une bulle luisante dans les eaux de l'Eriksfjord, vers la Colline du Soleil et le sanctuaire de saint Olaf le Groenlandais, du côté de Brattahlid, bien qu'elle n'ait pas su ce que c'était alors et n'y ait guère songé. Mais depuis, ce signe ne cessait de la hanter, comme si sa signification devait finir par s'imposer à elle en dépit de son ignorance. Larus approuva. Depuis ce temps-là, Ashild ouvrait les yeux, et elle avait remarqué bien des choses. Et il était vrai aussi qu'en raison de sa longue accointance avec Larus les gens la considéraient avec faveur et venaient souvent lui demander conseil, et elle tâchait de les éclairer comme Larus lui-même l'aurait fait. Larus acquiesça. Mais, en vérité, poursuivit Ashild, le Diable se cache bien et il faut l'œil le plus perçant pour distinguer la pointe de sa corne ou l'empreinte de son pied fourchu sur la terre.

Une servante avait été ensorcelée à la fin de l'hiver, et

elle avait parlé avec rudesse dans une autre langue, et avec une autre voix aussi, mais sa maîtresse avait eu beau la battre, elle avait juré qu'elle ne pouvait se rappeler ce qu'elle avait dit ou fait. Ashild la croyait. C'était arrivé sur la ferme de Ragnleif Isleifsson, où Margret Asgeirsdottir avait été servante elle aussi. Et cette chose encore : dans un autre domaine, un garçon s'était inexplicablement réveillé pendant la nuit pour descendre de son lit clos, bien que l'on fût au cœur de l'hiver, et sortir dehors, et il avait vu, disait-il, une croix d'étoiles flamboyantes dans le ciel, dont coulait du sang. Et il ne voulait point démordre de son histoire, fût-ce du moindre détail. Il avait une douzaine d'hivers, estimait Ashild, l'âge de savoir ce que l'on dit. Une troisième chose enfin : une femme appelée Asta Bjartsdottir était venue trouver Ashild à trois reprises, et chaque fois elle lui avait raconté sous le sceau du secret une vision qu'elle avait eue. En effet, disait la vieille femme, de tous les gens du district, c'était Ashild qui avait vécu le plus longtemps avec Larus le Prophète, et Larus qui avait eu les visions les plus nombreuses, et si Ashild n'avait rien appris de tout le temps qu'ils avaient passé ensemble, elle n'était qu'une sotte. Sa première vision lui avait montré des hommes montant des chevaux magnifiques, des chevaux comme on n'en trouve que sur la terre de Hestur, et ils foulaient des enfants à mort sous les pieds de leurs montures, sans cesser de rire aux éclats. Lors de sa deuxième vision, lui était apparu Kollgrim Gunnarsson, qu'elle avait vu lors du procès et du supplice, et il était assis avec des hommes vêtus de sombre, qui riaient aussi ; une lueur rougeoyait derrière lui. Et la troisième vision lui avait révélé Larus le Prophète en personne, debout sur une colline, dans une robe blanche, et une harde de rennes galopait vers lui, et voilà que sous les yeux de la femme ces rennes se changèrent d'abord en torrent, puis en avalanche, puis en un feu ardent qui sembla dévorer Larus. Et la femme eut très peur et demanda à Ashild de veiller à avertir Larus de sa vision.

Alors Larus se sentit exalté par cette nouvelle, il prit

les mains d'Ashild dans les siennes et lui raconta toute l'histoire de Lazare, et tout ce que Lazare lui avait appris du sort que leurs natures pécheresses et leurs manières rebelles vaudraient aux Groenlandais. Et c'était un sort terrible que celui-là : domaines démembrés, maisons et étables abattues, moutons et vaches dispersés dans la lande ; et l'herbe pousserait partout, le sable volerait en tous sens, recouvrant tout, et les gens disparaîtraient de la face de la terre, ne laissant derrière eux que des débris d'outils, des jouets brisés et des fragments d'os, et le pays serait si maudit que même les Skraelings maudits éviteraient les établissements des hommes. Ces visions que tous avaient à Brattahlid annonçaient ce destin et engageaient les Groenlandais à se réformer et à se laisser conduire hors des ténèbres, ainsi que le Seigneur le leur intimait. Car Larus pouvait sauver les Groenlandais, dit-il à Ashild, si les Groenlandais se laissaient sauver.

— Comment cela ? demanda Ashild.

Et Larus se dressa furieux, la regarda droit dans les yeux et dit :

— Skeggi Thorkelsson doit être brûlé sur le bûcher comme Kollgrim Gunnarsson, et ces deux sorciers rebelles de Brattahlid doivent également être brûlés sur le bûcher, et les gens de Vatna Hverfi, dans leur ensemble, doivent abdiquer leur orgueil et donner une bonne partie de leurs richesses à Gardar, car leur richesse est le fruit du péché dans lequel ils s'obstinent. Tous les domaines, si éloignés soient-ils, doivent envoyer des pèlerins à pied à Gardar et à la Colline du Soleil, pour s'agenouiller devant les reliques de saint Olaf. En outre, tous les Groenlandais doivent accepter la volonté du Seigneur, telle que la transmet Lazare, le saint, à Larus le Prophète. Et ceux qui ne le font pas doivent être tués. De même faut-il modifier le service divin, car voici venu le règne du pape de Jérusalem.

Ces paroles jaillirent de Larus comme un torrent et Ashild s'en sentit tout exaltée. Après qu'ils eurent parlé quelque temps encore, elle retourna chez elle et propagea ces récits dans tout le district, avec tout le zèle dont elle était capable. Et bien que Larus lui ait dit ces choses en confidence, et parmi ces choses il en était qu'il n'avait jamais divulguées à personne, il ne s'en irrita point trop, car, de même que Lazare le pressait avec vigueur, il était désormais temps pour lui de presser les Groenlandais avec vigueur.

Tout l'hiver, les gens de Brattahlid parlèrent de ces choses et les comparèrent aux autres révélations de Larus. Et vers la fin du Carême, il advint que des hommes envahirent la demeure de l'homme et de la femme qui étaient accusés de propager la maladie sur le bétail de leurs voisins, et ils les massacrèrent à coups de gourdin. Et il arriva ceci de particulier que les hommes qui commirent le meurtre ne l'annoncèrent jamais, comme le voulait la coutume de la Terre Verte, et, comme Jon Andres Erlendsson et Gunnar Asgeirsson, ces hommes ne furent jamais punis ou proscrits. En vérité, le Thing ne se réunissait plus et personne ne connaissait les lois, si bien qu'il était impossible de les proscrire. Lorsque la nouvelle se répandit pendant la chasse aux phoques du printemps, les gens des autres districts ne surent qu'en penser, sinon que les Groenlandais de Brattahlid avaient toujours fait les choses à leur manière, depuis le temps d'Erik le Rouge. Quand Skeggi apprit que Larus le Prophète requérait qu'il fût brûlé sur le bûcher, il éclata d'un rire irrépressible.

Mais la chasse aux phoques fut malheureuse : deux bateaux furent perdus, et trois hommes, et l'on captura peu de phoques. Alors les hommes de se le reprocher mutuellement et tous de se préparer à un été de disette. Un des chasseurs disparus n'était autre que Skeggi Thorkelsson. Par la suite, Larus baptisa la vague qui avait submergé le bateau de la terre de Hestur la Vague Punitive du Dieu Juste. Et après la chasse aux phoques, bien des gens dans bien des districts commencèrent à avoir peur et à ne plus se parler comme naguère, en plaisantant ouvertement de toutes sortes de choses. Cet été-là, Sira Eindridi autorisa Larus le Prophète à modifier légèrement la messe, à la lumière des formules que lui avait dictées Lazare, et Larus enseigna ces formules à Sira Eindridi lui-même et à Sira Andres.

Un jour d'été, après ces événements, Gunnar Asgeirsson se rendit à cheval sur la terre de Hestur pour voir Thorkel Gellison, car il lui semblait que le vieil homme n'avait plus longtemps à vivre. Gunnar était aussi fort abattu par la mort de Skeggi Thorkelsson et par les histoires qui s'y rapportaient. A son arrivée sur la terre de Hestur, il vit que Thorkel était mourant, en effet, et que sa vie ne se prolongerait que de quelques jours tout au plus. Il s'assit un moment au chevet de Thorkel, tandis que celui-ci dormait, puis Thorkel se réveilla et Gunnar dit :

— C'est moi, Gunnar Asgeirsson, et je suis venu te demander conseil pour la dernière fois.

Thorkel ne répondit rien, et Gunnar pensa qu'il ne l'entendait peut-être pas, mais il continua pourtant à lui parler, de moutons et de vaches, de la chasse et du temps, et de ces autres affaires dont les Groenlandais aiment à bavarder. Soudain, Thorkel ouvrit la bouche et dit d'une voix claire :

— Gunnar Asgeirsson, tu as répandu ta mauvaise chance sur la Terre Verte tout entière.

Et il se tut de nouveau. Alors Gunnar ne sut que dire, car ces paroles de Thorkel lui semblaient vraies, et il garda le silence un moment.

— Néanmoins, reprit Thorkel, tu es toujours le bienvenu sur la terre de Hestur, car les hommes ne choisissent pas leurs amis pour leur bonne chance ni ne les trahissent pour leur malchance. En cela comme en toutes choses, c'est folie de leur part.

Ces discours l'avaient beaucoup fatigué et il se rendormit bientôt. Gunnar s'attarda deux jours et s'entretint deux fois encore avec Thorkel, puis il regagna la terre de Gunnar, et quelques jours plus tard il apprenait la mort de son cousin.

Or cet été-là, qui selon la plupart des calendriers était l'été de 1415, une autre chose arriva qui mérite d'être rapportée. Des hommes qui possédaient un grand bateau, assez grand pour accueillir vingt rameurs, déclarèrent qu'ils voulaient quitter la Terre Verte pour tâcher d'atteindre le Markland et le Vinland. C'étaient pour la plupart des hommes de Brattahlid et de Dyrnes, et l'un d'eux était cet Harald Magnusson qui avait fait traverser l'Einarsfjord à Margret lorsqu'elle était en route pour la terre de Gunnar. Le bateau emmènerait, disait-on, quinze hommes et cinq femmes, les meubles et ustensiles nécessaires, ainsi que des agneaux et des veaux sevrés, et il n'était pas prévu que ces gens revinssent en Terre Verte, ce qui était bien le plus curieux de cette affaire. Les gens se demandèrent longtemps si Harald et ses amis mettraient leur fanfaronnade à exécution, mais il se trouva que oui, et après leur départ ils attendirent tout l'été qu'ils revinssent ou que des débris de leur barque s'échouassent sur la côte, mais rien de tel n'arriva, si bien qu'on ne connut jamais le sort de Harald Magnusson et de son bateau, sinon parfois en rêve. Alors les Groenlandais se ramenturent, non sans les transformer, les histoires d'Erik le Rouge et de son fils Leif le Chanceux, et l'évêque Erik, et Thorleif le Magnifique, et Hauk Gunnarsson et d'autres qui avaient fait le voyage du Markland au fil des ans, et ces histoires les troublèrent fort, car, en vérité, le Vinland est un grand paradis de forêts et de vignes et de blé fol, où les hommes peuvent se reposer de leurs labeurs de temps à autre. Mais qui ne rêve d'un tel pays quand il vient à y songer ?

Quelques années passèrent sans incidents notables. Larus le Prophète était le maître de Gardar, et Sira Eindridi et Sira Andres ses serviteurs, ni plus ni moins, et bien que ces deux-là continuassent à desservir les églises durant l'hiver, comme les prêtres l'avaient toujours fait, les gens étaient moins enclins à assister aux offices, tant ils étaient changés maintenant. Beaucoup disaient qu'il n'y avait plus d'espoir de salut, car comment savoir si l'on ne vivait point dans le péché ? Il valait mieux rester à la ferme, soigner les vaches et profiter ainsi des jours qui restaient à chacun, sans se soucier de la vie éternelle. Si des querelles s'élevaient, il fallait les régler ou se battre, et si des hommes étaient tués dans ces bagarres, du moins les querelles étaient-elles ainsi réglées. D'aucuns se soustrayaient même à la chasse aux phoques, quand ils le jugeaient bon, parce qu'on ne pouvait dire si cela valait la peine ou non. Les gens de Brattahlid apportaient toujours avec eux désormais la malchance de leurs controverses sur la sorcellerie et beaucoup avaient le sentiment qu'ils ensorcelaient les phoques ou les bateaux ou les autres chasseurs, si bien qu'on déplorait à chaque fois la perte d'une barque ou d'un homme. Il valait mieux garder son bateau chez soi, d'autant qu'ils n'étaient pas si nombreux, après tout. Il n'en était pas moins vrai qu'à ne pas aller à la chasse aux phoques toutes les fermes se retrouvaient un peu plus affamées, tous les carêmes plus longs et chaque famille plus misérable.

Les gens de la terre de Gunnar vieillissaient. Jon Andres Erlendsson épousa Johanna Gunnarsdottir, et celle-ci donna le jour à deux enfants. Il semblait à Gunnar que les hommes étaient de plus en plus clairsemés sur la Terre Verte ces temps-ci et il en venait à croire que Birgitta Lavransdottir avait raison, qu'effectivement la fin du monde arrivait, du moins pour les Groenlandais. Et peut-être pour toutes les nations et tous les peuples, mais en vérité comment le savoir, sinon par les rêves que rêvaient certains. A Brattahlid, les gens se débattaient dans les querelles et les meurtres, et il en allait un peu de même à Dyrnes aussi ; les gens de Vatna Hverfi évitaient tout commerce avec eux.

A Vatna Hverfi, en effet, tout était paix. Le soleil se levait chaque matin pour baigner la débauche de fleurs qui surgissaient autour des tas de fumier et parsemaient le pré clos. Il verdissait le fjord et bleuissait les lacs, et du bord, on pouvait en apercevoir le fond : lueur cuivrée qui chatoyait jusqu'à la surface. L'herbe poussait dense et haute, et ployait sous la brise, car il n'est pas de jour sans brise en Terre Verte. Les noires montagnes aux pics étincelants se métamorphosaient sous la lumière, toujours immuables pourtant. Chaque été, l'angélique surgissait un matin pour déployer ses tiges comme des paumes d'homme s'ouvrant en supplication. Parmi ses racines, le bruissement sourd de l'eau courait sans trêve. Hommes et femmes s'éveillaient, allaient et venaient autour de la demeure, regardaient à l'entour et se recouchaient pour dormir.

Il semblait à Gunnar, peut-être parce qu'il était un vieil homme maintenant, que ces années passaient comme par enchantement. Margret se faisait très âgée, il le voyait bien, mais elle s'enfonçait chaque jour aussi loin qu'elle pouvait dans les collines. Elle ne cherchait rien et ne ramenait rien, elle ne pouvait simplement supporter de rester toute la journée enfermée dans la maison. Un jour, elle rentra avec un léger sourire, et il lui demanda des nouvelles de sa promenade et elle répondit :

— Il y avait des Skraelings sur l'Einarsfjord, un grand nombre dans leurs canots de peau, et ils étaient gras et prospères, et il me semble avoir vu Sigurd Kolsson parmi eux, grand et vigoureux, avec deux épouses.

Pour lui, Gunnar s'asseyait devant son parchemin. Ses yeux étaient bons et ses mains épargnées par le mal des jointures, et parfois il écrivait une phrase ou deux.

La nouvelle arriva que Sira Eindridi était mort d'un mal des entrailles. Vinrent ensuite d'autres nouvelles : on avait vu deux navires embouquer l'Einarsfjord. Ils ne ressemblaient à aucun bateau que les Groenlandais avaient vu. Les gens descendirent sur la plage, poussés par la curiosité. Les navires remontaient lentement le fjord. Ils étaient larges et lourds, et couverts de voiles. Disgracieux mais extrêmement grands, ils devaient transporter une énorme cargaison. Les matelots, le visage curieusement argenté et déformé, penchaient la tête par-dessus le plat-bord.

Les bateaux poursuivirent leur route devant les Groenlandais ébahis, et voilà ce qui arriva lorsqu'ils parvinrent à Gardar. Les hommes à bord débarquèrent en grande hâte, sautant dans l'eau pour se précipiter sur la grève, et ils portaient des armures de plates et des casques et brandissaient toutes sortes d'armes de fer, non seulement des épées, mais des boucliers, des piques et hallebardes. Ils se mirent immédiatement à massacrer tous les animaux qu'ils voyaient dans le hameau autour de la cathédrale, et quand l'intendant, qui s'appelait Odd, vint leur dire qu'ils étaient sur une terre d'Eglise, ils le tuèrent. D'autres serviteurs sortirent des bâtiments et aussi, bien sûr, Larus le Prophète et Sira Andres. Et ces marins entreprirent sans déport de cuire et de manger les animaux qu'ils avaient abattus, car il est de fait que les gens qui font le voyage de Terre Verte arrivent toujours allouvis. Mais ils ne trouvèrent guère de bois à brûler, hormis un peu de bois flotté et les maigres réserves de la cuisine de Gardar, et ces marins en furent si courroucés qu'ils commencèrent à exterminer les domestiques, au hasard, ou à les rouer de coups ou, pour les femmes, à les violenter avant de les battre.

Alors Larus le Prophète s'approcha d'eux les mains tendues, pour montrer qu'il n'avait point d'armes, et se mit à les haranguer à sa manière habituelle, en prenant les saints et les anges qui le visitaient à témoin de ces terribles forfaits : le Seigneur, tonna-t-il, infligerait Son juste châtiment à ces démons ! Il se trouvait qu'un de ces matelots parlait un peu le norrain, appris lors de ses voyages en Norvège et au Danemark, et il comprit quelques mots du discours de Larus, aussi, au milieu du tumulte, il cria en langue norraine :

— Hé, l'homme, comment t'appelles-tu ?

Et Larus cria :

— Je suis Larus le Prophète !

Alors le marin éclata de rire et expliqua la chose à ses camarades, qui se mirent à s'esclaffer à leur tour. Et Larus fut pris d'une grande fureur et les menaça de plus belle de la vindicte du Seigneur.

— Eh bien, qu'il vienne nous trouver, ton Seigneur, s'il le peut !

Alors Larus s'écria :

— Quelle sorte d'hommes sont-ce, Seigneur, qu'ils nous pillent sans merci de la sorte ?

— Nous sommes des hommes de Bristol ! clama le marin. Et pas particulièrement contents de nous retrouver en Terre Verte aussi tard dans l'année, tu peux en être sûr !

Larus ne savait pas ce qu'étaient les hommes de Bristol, mais tout le monde se rendait bien compte que ce devaient être des pirates comme on n'avait jamais vu leurs pareils, car, après avoir massacré tous les moutons, toutes les vaches et tous les chevaux qu'ils purent attraper, ils poursuivirent les Groenlandais dans la cathédrale où ils s'étaient réfugiés et volèrent tout ce qui s'y trouvait, et rossèrent ou tuèrent tous ceux qui essayèrent de les en empêcher, et parmi eux Larus le Prophète en personne. Et voici comment cela arriva : Larus courut à toutes jambes dans la cathédrale pour mettre les ornements de l'autel à l'abri. Quelques marins lui donnèrent la chasse et le trouvèrent en train de décrocher le crucifix au-dessus de l'autel. Il était debout sur l'autel, et soudain la croix se brisa en deux et un des morceaux tomba sur le sol, arrachant à Larus un grand gémissement. Les matelots l'entouraient maintenant et le houspillaient, alors il serra ce qui restait du crucifix contre son sein et se mit à hurler.

— Seigneur ! Seigneur ! cria-t-il, déchaîne Ton feu et Tes ténèbres sur ces démons ! Ecrase-les et déchire-les avec des roues tranchantes, des roues faites de lances acérées, car ils se sont abattus sur nous comme une horde de pirates, et ils nous expédient et ils T'outragent dans Ta demeure consacrée !

A ce moment-là, un des matelots le tisonna de sa pique et quelques gouttes de sang apparurent. Alors, Larus brandit le crucifix brisé et l'abattit non sans vigueur sur le crâne casqué de l'homme, si bien qu'en dépit de sa cervelière il s'effondra sur les pierres au pied de l'autel. Et Larus de s'écrier que la victoire du Seigneur était la sienne, mais les autres le firent tomber de l'autel et le massacrèrent en le frappant d'estoc et de taille. Ainsi mourut Larus le Prophète.

Ces hommes de Bristol semblaient saisis de frénésie, car ils dévastèrent tous les bâtiments de l'évêché, volant tous les objets de prix et brisant tout le reste. Ils sortirent les bancs de bois de la cathédrale, firent quelques feux avec pour rôtir leur viande, et en se gavant de cette viande, ils avalèrent force vin, bière et autres breuvages enivrants qu'ils avaient apportés, si bien qu'après ce festin ils ravagèrent de nouveau les bâtiments, torche au poing, à la recherche de Dieu même ne savait quoi. Les

Groenlandais rescapés coururent porter la nouvelle dans tout le pays, mais beaucoup avaient péri. Huit hommes et quatre femmes avaient été tués sur place, tandis que quatre autres hommes et quatre autres femmes, dont la cuisinière de Gardar, succombaient à leurs blessures quelques jours plus tard. Et il faut dire que, tout le temps qu'ils agonisèrent, ils eurent beau implorer merci, demander de l'eau ou de l'aide, les hommes de Bristol les ignorèrent et ne firent que manger leur viande, boire leurs breuvages et dormir du sommeil hébété de l'ivresse.

Il ne resta bientôt plus rien à Gardar, et les hommes de Bristol regagnèrent leurs navires pour cingler vers l'embouchure de l'Einarsfjord, mais, ce faisant, ils s'arrêtèrent partout où ils apercevaient des fermes, et les pillèrent aussi. Et une de ces fermes était la terre de Ketil. Tous les animaux étaient volés, tous les meubles rapinés ou détruits, et les blocs de tourbe arrachés des murs, et les provisions des magasins enlevées, piétinées ou répandues sur le sol. Jon Andres n'essaya point de défendre son domaine, car il n'avait ni armes ni hommes pour le faire, mais, caché dans les collines, il resta à regarder la dévastation, en s'interrogeant sur la férocité des hommes de Bristol. Et bien que la terre de Ketil appartînt à sa maison depuis le temps d'Erik le Rouge, il contempla sa destruction sans trop d'affliction, car la mort de Helga avait épuisé sa douleur, et toute autre perte lui semblait désormais légère.

La terre de Gunnar, où Johanna et les serviteurs s'étaient réfugiés avec les enfants, était assez loin du fjord pour ne pas attirer les regards ou la convoitise des hommes de Bristol ; elle échappa donc à la ruine. Mais il advint cette disgrâce : le jour que les hommes de Bristol mirent à sac la terre de Ketil, Margret Asgeirsdottir sortit de la maison pour vaguer dans les collines comme à l'habitude, et personne ne songea à l'arrêter, car, en vérité, tout était en grand désarroi avec les enfants et les serviteurs de la terre de Ketil. Lorsque Jon Andres vint annoncer les pillages et les destructions qu'avait subis son domaine, cela provoqua une telle consternation que ce ne fut guère qu'à la tombée de la nuit que Gunnar songea à se mettre à la recherche de Margret dans les collines, mais même alors il ne s'inquiéta pas vraiment, tant le danger, fût-il sur soi, est difficile à voir. Alors, dans le long crépuscule bleu, il endossa sa touloupe et partit avec un de ses serviteurs dans la direction où Margret avait coutume de se promener, et dès qu'il s'engagea sur le sentier, il comprit que ses pas l'avaient peut-être portée vers la grève, et vers la terre de Ketil, et pris de peur, il se mit à courir.

Le serviteur et lui fouillèrent frénétiquement les halliers de saules et de bouleaux, s'arrêtant de temps à autre pour épier un cri ou un gémissement, mais d'abord ils ne virent ni n'entendirent rien. Bientôt, ils furent en vue du fjord, où de blancs icebergs flottaient silencieusement sur l'eau sombre, puis ils aperçurent les décombres de la terre de Ketil, mais ils ne voyaient toujours personne et Gunnar, pris d'espoir, renvoya le serviteur à la terre de Gunnar pour vérifier si Margret n'était point rentrée. Mais voilà qu'il découvrit son manteau, sombre dans le soir tombant, et elle gisait dessous, tailladée et percée de coups. Pourtant, sa tête était toujours sur son cou et son visage entier et reconnaissable, et ses longues tresses ondulaient autour d'elle sur le gazon. Alors Gunnar s'agenouilla au milieu de l'herbe et de la broussaille et pleura comme seuls font les vieillards qui n'ont plus d'espérance.

Et il faut dire que, dans sa désolation, il maudit le cœur des hommes de Bristol, qui les poussait à commettre de telles atrocités. Puis il maudit son propre cœur, car lui aussi avait jeté son esprit et ses forces dans des crimes semblables. Huit hommes avaient péri de sa main, sous le coup de sa haine, et il s'obligea à méditer sur leurs noms : Skuli Gudmundsson, Ketil le Malchanceux, Hallvard Erlendsson, Kollbein Erlendsson, Bjorn Bollason, Sigurd Bjornsson, Hoskuld Bjornsson et Arni Bjornsson. Alors il s'effondra, le visage dans l'herbe, et pleura pour ces huit hommes, qui avaient tous été ses ennemis et qui tous lui avaient fait cruelle injure, mais qui tous étaient des hommes. Gunnar comprit qu'il était maintenant un vieillard, près de sa mort, écrasé contre la terre du Groenland, aussi petit qu'une baie de canneberge sur le versant d'une montagne, et il fit la seule chose que peuvent faire les hommes quand ils viennent à se connaître : il pleura et pleura et pleura.

ÉPILOGUE

Après la destruction de Gardar et de la plupart des fermes qui dominaient les fjords du Sud, les nouvelles se tarirent entre les districts et chacun se replia sur lui-même. Vaches et moutons, déjà bien peu nombreux, se firent encore plus rares, et il en allait de même des hommes et des bateaux. On racontait que les femmes et les enfants du Hvalseyfjord s'étaient retrouvés sans un seul homme et avaient rejoint les Skraelings ; que les querelles avaient redoublé dans les districts de Brattahlid après le passage des hommes de Bristol, si bien que discordes et vengeances ne cessaient de déchirer les familles ; que, si le prochain hiver était dur, rares seraient les survivants, mais, en vérité, on disait cela tous les ans et nul ne pouvait assurer qu'il en adviendrait ainsi ou non.

Margret Asgeirsdottir fut enterrée avec tous les rites dont Jon Andres et Gunnar parvinrent à se souvenir, auprès de Helga Gunnarsdottir, à l'abri du mur nord de l'église d'Undir Hofdi, bien qu'on n'y ait point célébré le moindre service depuis six ou huit hivers. Jon Andres, Johanna, leurs enfants et leurs serviteurs récupérèrent ce qu'ils purent retrouver sur la terre de Ketil et s'établirent sur la terre de Gunnar. Habiter en vue du fjord passait maintenant pour malchanceux, tant on redoutait le retour des hommes de Bristol. La terre de Gardar connaissait une certaine prospérité : les champs étaient vastes et paisibles, et bien arrosés, quoique les gens y fussent laissés à eux-mêmes, sans secours à attendre de Gardar et sans guère de voisins à l'entour. A la maison, on était un peu les uns sur les autres et Gunnar n'espérait rien de bon : tôt ou tard, l'hiver les tuerait tous, se disait-il. Et sur son parchemin, il écrivait les phrases qui lui venaient à l'esprit.

L'hiver, comme toujours en Terre Verte, chaque jour ressemblait au précédent, et chaque nuit. Le blizzard hululait sur le toit, étouffé par la tourbe. La neige s'amassait contre la porte, si bien que les hommes devaient se mettre à deux ou trois le matin pour l'ouvrir. Blottis dans le lit clos, les enfants jouaient ou dormaient à la lumière d'une lampe à huile de phoque. Jon Andres et Johanna s'asseyaient devant l'échiquier, car on ne peut tout le temps s'appesantir sur son destin, et il faut savoir se divertir aussi bien que travailler. Le grand métier sur lequel Margret Asgeirsdottir avait tissé tant de lés de vadmal, et avant elle Helga Ingvadottir, et Maria Steinsdottir, et Asta Palssdottir et maintes générations de femmes avant elles, jetait son ombre noire sur le mur. Devant Gunnar, sur la table, la petite lampe à huile vacillait, tantôt sur le point de s'éteindre, tantôt plus vive un instant. Il songeait à se musser dans son alcôve, sous la vieille peau d'ours que lui avait laissée son oncle Hauk Gunnarsson, lorsque Johanna leva les yeux de sa partie et dit, de son air froid et sérieux :

— Mon père, la maison est bien silencieuse, à part le vent. Si tu nous égayais d'une histoire ?

Les enfants tendirent la tête hors du lit clos, et Gunnar conta son histoire.

Composition réalisée par JOUVE

IMPRIMÉ EN FRANCE PAR BRODARD ET TAUPIN
Usine de La Flèche (Sarthe)
LIBRAIRIE GÉNÉRALE FRANÇAISE - 43, quai de Grenelle - 75015 Paris.

ISBN : 2-253-13972-6 31/3972/2